Eine Faust voller Credits

Das erste Buch eines neuen Apokalyptischen LitRPG-Romans

Von

Tao Wong & Craig Hamilton

Translation by Iwan Gabovitch

Lizenzhinweis

Veröffentlicht durch Starlit Publishing
PO Box 30035
High Park PO
Toronto, ON
M6P 3K0
Kanada

www.starlitpublishing.com

Ebook ISBN: 9781990491863
Druck ISBN: 9781778550003
Hardcover ISBN: 9781778550010

Bücher im System-Apokalypse-Universum

Haupthandlung

Das Leben im Norden

Erlöser der Toten

Der Preis des Überlebens

Städte in Ketten

Die brennende Küste

Die befreite Welt

Die Sterne erwachen

Stern der Rebellen

Die entzweiten Sterne

Der zersplitterte Rat

Die verbotene Zone

Das System-Finale

System Apokalypse: Gnadenlos

Eine Faust voller Credits

System Apokalypse: Australien

Die Stadt am Ende der Welt

Flat Out

Anthologien und Kurzgeschichten

The System Apokalypse Short Story Anthologie Volume 1

Valentines in an Apokalypse

A New Script

Daily Jobs, Coffee and an Awfully Big Adventure

Questing for Titles

Adventures in Clothing

Blue Screens of Death

My Grandmother's Tea Club

The Great Black Sea

A Game of Koopash (Newsletter-exklusiv)

Lana's story (Newsletter-exklusiv)

Schulden und Tänze (Newsletter-exklusiv)

A Tense Meeting (Newsletter-exklusiv)

Comic-Serie

Die System-Apokalypse

Andere Serien von Tao Wong

Abenteuer in Brad

Verborgene Wünsche

Ein Tausend Li

Inhalt

Prolog

Mit einem Schlag war ich wach, im Dunkeln gefangen.

Eine Welle der Qual war an mein Erwachen gekoppelt und durchfuhr meinen Körper.

Auf meinen Brustkörper drückte ein schweres Gewicht, es hielt mich fest am Fleck und ich keuchte vor Schmerzen. Meine frisch gebrochenen Rippen mahlten sich mit jedem mühsamen Atemzug aneinander. Trümmer bedeckten mich und die Zuckungen meiner Brust wirbelten den Staub auf. Aus meinem anfänglichen Keuchen wurde ein quälender Husten.

Als dieser endlich nachließ, war ich erschöpft, und lag regungslos da. Ich zählte meine Verletzungen.

Der Nebel im Kopf deutete wahrscheinlich auf eine Gehirnerschütterung. Strahlende Hitze und Blasen bedeckten meinen linken Arm und eine Seite meines Gesichts. Am ganzen Körper rann Blut aus mehreren Wunden.

Durch den Schleier des Schmerzes drangen langsam Erinnerungen an die Oberfläche.

Explosionswellen wölbten sich durch einen Gang auf mich zu. Feuer verschlang den Rest des Trupps und ich konnte nur hilflos zusehen. Flammenzungen stießen heraus und versengten mir die Haut, drohten, mich ebenfalls zu vertilgen, doch die Druckwelle der Explosionen verdichtete sich in der engen Passage und katapultierte mich rückwärts, außer Reichweite des Feuers. Mein Körper krachte durch eine zerbrochene Tür, purzelte bis in ein Treppenhaus und kam dort zum Stillstand. Noch mehr Sprengstoff detonierten unten im Keller, und mit dem Kollaps des Fundaments ging ein Ruck durch das ganze Gebäude.

Die Treppe fiel unter mir weg, und ich stürzte, schwerelos für einen Augenblick, bis die Wucht des plötzlichen Aufpralls mir den Atem aus der

Brust trieb. Das restliche Gebäude stürzte um mich herum ein, und das Treppenhaus formte mir sowohl einen Unterschlupf als auch ein Grab.

In der Dunkelheit wirbelten die verbrannten und blasenübersäten Gesichter meiner Kameraden vor mir her. Die qualvollen Grimassen starrten mich an, klagend, schimpfend, über mein ihnen ungleiches Überleben, über mein Versagen, ihren Mördern Gerechtigkeit zuzuführen.

Verloren, verlassen, vergraben.

Immer noch nach Luft schnappend und von Schmerzen überwältigt, drehte sich mein Verstand zurück zur Bewusstlosigkeit.

Kapitel 1

Eine Autotür knallte zu und ich war mit einem Schlag wach. Der Knall ließ mich aus dem wiederkehrenden Alptraum von Dunkelheit und Feuer auffahren. Meine aufbröckelnden Augen erblickten ein blaues Feld. Ein blaues Feld gefüllt mit Text. Ein kurzer Moment der Panik ergriff mich auf dem holprigen Übergang zum Wachzustand, und aus Instinkt griff ich zum Gewehr neben mir.

Meine Hand tastete durch die Luft bis mein Hirn erwachte und mir klar wurde, dass ich nicht in einem militärischen Etagenbett liege und das Gewehr nicht existiert. Stattdessen richtete ich mühselig im zurückgelehnten Fahrersitz meines Ford Explorers auf. Ich wischte meinem Arm durch das schwebende blaue Feld vor mir und zwang meine Fantasie zurück zur Realität.

Nicht das erste Mal, dass Schlafentzug mich durcheinanderbrachte, aber die Halluzination war neu.

Nachdem das erste blaue Kästchen weg war, tauchten noch ein paar auf. Ungelesen winkte ich sie alle weg, und schaute durch die getönten Scheiben, auf der Suche nach dem Ursprung des Geräusches.

Ein paar Häuser weiter von meinem SUV in der Einfahrt eines leeren Hauses mit einem „Zu Verkaufen" Schild, war genau das zu sehen, worauf ich es bei dieser Überwachung abgesehen hatte. Ein großer, hagerer Mann mit zerzaustem braunem Haar ging von einer hässlichen orangefarbenen Limousine weg. Diese stand vor dem Haus, das ich überwachte. Also überwachte, bevor ich weggenickt war. Der Mann trug ein Hawaiihemd, das in der Vormittagssonne des wolkigen, westlichen Pennsylvanias besonders schrill aussah. Die Limousine stimmte überein mit dem Fahrzeug, das auf meine Zielperson registriert war, aber um ganz sicher zu gehen, schaute ich auf das Fahndungsfoto.

Das Foto lag auf meinem Beifahrersitz. Daneben, das offiziellen Kautionsstück der Strafkammer des Kreisgerichtes von Allegheny County. Auf dem Papier war eine Belohnung von $30.000 zu lesen. Der Mann hatte vor zwei Tagen eine Gerichtsverhandlung geschwänzt. Darunter war das Allegheny County Gefängnis vermerkt – als Abgabeort nach der Festnahme. Das war Standard für die meisten Kautionsflüchtigen aus Pittsburgh, und dort habe ich schon öfters Kopfgeld kassiert. Inzwischen grüßten mich sogar einige der Wärter beim Namen.

Unter dem Papierkram ragte eine ausklappbare Karte des Großraums Pittsburgh hervor. GPS ist nützlich, aber manchmal zahlt es sich aus, die Straßen im Jagdgebiet als großes Ganzes zu sehen. Schon öfters habe ich den Fluchtweg eines Kautionsflüchtlings vorhersagen können.

Eine beglaubigte Kopie seines Kautionsschreibens und Ausdrucke von seinen Social Media Konten vervollständigten das Chaos auf meinem Beifahrersitz. Erstaunlich, wie viel private Informationen Menschen über sich selbst online veröffentlichen – insbesondere Kriminelle auf der Flucht vor dem Gesetz. Die meisten Social Media Plattformen haben Geotags in jedem Beitrag eingebettet. Wenn man nicht vorsichtig genug ist, diese abzuschalten, kann jeder öffentlich darauf zugreifen.

Einige dieser nachlässigen Social Media Beiträge und mehrere getaggte Fotos meiner Zielperson haben mich hierhergeführt.

Ein weiteres Paar knallender Autotüren lenkten meine Aufmerksamkeit zurück vom beruflichen Papierkram. Ich fluchte innerlich. Aus einem verbeulten Pick-up hinter der orangen Limousine waren zwei Männer ausgestiegen. Jetzt gingen sie die Auffahrt hoch. Die Männer begrüßten mein Ziel freundlich, und die drei wechselten Händedrücke, und gingen ins Haus.

Ich musste seufzen. Eines war klar: Ich werde noch viel länger warten müssen. Ich hätte die drei gemeinsam konfrontieren können, aber aus Erfahrung wusste ich: Möglichst nur eine Zielperson gleichzeitig fangen. Schwer einzuschätzen, wer wann vor seinen Freunden auf hart machen würde. Warten, bis er alleine war, bedeutete den Job mit höherer Wahrscheinlichkeit still und friedlich zu erledigen.

Ich rieb mir die Augen – ein Versuch, mich möglichst wach zu halten – und spürte die Hand an meiner vom entstellten Fleisch gezeichneten linken Wange. Das Gewebe der Brandnarbe ging den Hals hinunter und verschwand im Kragen. Bei weitem nicht die einzige Erinnerung an meine Zeit in Afghanistan, wohl aber die sichtbarste.

Um mich von diesen Gedanken abzulenken, nahm ich den Styroporbecher aus der Mittelkonsole und verzog beim Schlürfen das Gesicht. Der billige Tankstellenkaffee schmeckte kalt genauso schlecht, aber die bittere Flüssigkeit gab mir willkommene Wachsamkeit.

Als die Sonne hinter den Wolken hervorspähte, um den letzten Morgentau funkeln zu lassen, traten die beiden Männer aus dem Haus. Jeweils ein Plastikmüllsack in der Hand. Der zweite schloss die Haustür hinter sich. Nichts war zu sehen von meinem Ziel, während die Männer die Säcke auf die Ladefläche des Pick-ups luden und dann einstiegen. Der Wagen fuhr aus der Einfahrt und dann die Straße entlang. Ich hielt mich und meinen Atem still, als das Fahrzeug an mir vorbeifuhr. Keiner von beiden schien mich zu beachten.

Sobald der Pick-up nicht mehr zu sehen war, schlüpfte ich aus meinem Explorer an die frische Luft des leicht kühlen Aprilmorgens. Mein automatisches Türlicht hatte ich schon vor langer Zeit untauglich gemacht, da es meine Anwesenheit zu einem unpassenden Zeitpunkt preisgeben könnte. Lärm war meine einzige Sorge, während ich die Autotür langsam schloss.

Steif vom Sitzen – die Nacht und den Morgen über – maulten meine alten Wunden am ganzen Körper, und ich versuchte ihn zu strecken. Gleichzeitig klopfte ich mich ab, um sicherzugehen, dass nichts von meiner Ausrüstung abhandenkam.

Aus einem Oberschenkelholster zog ich meine M9A3 Dienstpistole und prüfte, ob eine Patrone in der Kammer war. Mit der gesicherten Waffe zurück im Holster, glitt meine Hand über die Ausrüstung am Gürtel, während ich meine Hüfte von Seite zu Seite bog, um die angespannten Muskeln im unteren Rücken zu lockern. Mit der rechten Hand ertastete ich: Ausziehbarer Schlagstock, Handschellen und Kabelbinder – alles an seinem Platz. Von der Bewegung wurde aber der Kevlarplattenträger am Oberkörper lose. Ich zog den störenden Riemen fest und zog dann am Taser-Holster, das an den MOLLE-Riemen vorne am Plattenträger befestigt war.

Meine linke Hand fummelte an der anderen Seite meines Gürtels herum, ertastete mit betäubten Fingern die Ersatzmagazine mit 9-mm-Munition und Taser-Ersatzpatronen. Neben der Ersatzmunition: Eine kleine taktische Taschenlampe und eine Handfackel. Manche mögen mich für paranoid halten, aber ich habe es schon einmal erlebt, in völliger Dunkelheit gefangen zu sein. Die eine Erfahrung hat gereicht.

Ich spreizte die linke Hand und ignorierte bewusst das konstante Kribbeln, mein Souvenir und die Verbrennungen und Zerquetschungen aus Dienstzeiten. Die Nervenschäden hatten zur Entlassung aus den Korps geführt. Ich sorgte dafür, dass jedes Ausrüstungsstück zur Not rechtshändig erreichbar wäre, da ich meinem linken Arm volle Funktionsfähigkeit nicht mehr zutraute.

Mit gesicherter Ausrüstung, verließ ich mein Fahrzeug und ging auf das Haus mit der orangen Limousine zu. Ich ging durch die Vorgärten und sah mich in dem Vorort um. Obwohl es noch früher Frühling war, sahen die meisten Rasen frisch gemäht aus. Mit Mulch gefüllte Blumenbeete säumten viele der Häuser und Einfahrten. Das Haus meiner Zielperson war eine unübersehbare Ausnahme von dem ansonsten anständigen Viertel. Das Gras war ungepflegt und passte nicht in die Nachbarschaft.

Es war unter der Woche, und für die meisten Leute spät genug am Morgen, um bereits auf dem Weg zur Arbeit zu sein. Dennoch versuchte ich mich dem Haus subtil zu nähern. Nicht, dass neugierige Nachbarn noch Etwas durch ihre Jalousien mitbekommen.

Am Haus angekommen, stieg ich die Stufen zur Veranda hinauf. Ein schwacher Ammoniakgeruch kitzelte mir in der Nase, und läutete eine Warnglocke im Kopf. Als ich am Abend zuvor die Lage klärte, hatte ich mir die verschlossenen Jalousien notiert. Sie waren da noch nicht besonders auffällig. Kombiniert mit dem Chemiegeruch waren sie jedoch ein Hinweis darauf, dass dieser Kautionseinzug gefährlicher als erwartet sein könnte.

Da die Person des Kautionsschreibens im Gegenzug seinen verfassungsrechtlichen Schutz aufgegeben hatte, erlaubte mir das Staatsrecht, als Kautionseinzugsbeamter einen Flüchtigen auf Privatgrundstück zu verfolgen. Der Inhaber einer beglaubigten Bürgschaft kann den Wohnraum des Flüchtigen zwecks Festnahme legal betreten.

Einer beglaubigten Bürgschaft, wie die auf dem Beifahrersitz meines Ford Explorers.

Mit der Linken prüfte ich langsam den Haustürgriff – Nicht abgeschlossen. Mit der Rechten zog ich den Taser aus dem Holster. Ich drehte den Türknauf, öffnete langsam die Tür und trat hinein.

Der beißende chemische Gestank prallte mit physischer Wucht auf mich ein und verbrannte mir die Kehle. Instinktiv hielt ich den Atem an und Tränen schossen mir in die Augen. An Haken neben der Tür hingen mehrere industrielle Atemschutz-Vollmasken und ich setzte mir schnell eine auf.

Mit Maske im Gesicht blinzelte ich, um wieder klar zu sehen. Die Maske stank nach Körpergeruch, aber nicht nach den giftigen Chemikalien im Haus. Jetzt war klar, dass ich auf ein verdammtes Meth-Labor gestoßen bin.

Ich schaute um mich. Eine Treppe zu meiner Linken bog scharf zum ersten Stock ab, parallel zum Flur geradeaus vor mir. Zu meiner Rechten ging es in ein Wohnzimmer, übersät mit Müll und Abfall.

„Was habt yihrz nun wieder vergessen?"

Die Stimme drang aus dem Flur, und eine Gestalt trat um die Ecke. Der Mann schritt auf mich zu, und merkte plötzlich, dass ich nicht zu denen gehörte, die gerade gegangen waren. Er bewegte sich nicht. Trotz der Maske erkannte ich das struppige Haar und das schrille Hemd, die aus dem weißen Chemie-Schutzanzug hervorragten.

„Stehenbleiben!", befahl ich, den Taser auf den Mann gerichtet.

Hinter der durchsichtigen Maske weiteten sich seine Augen und er machte instinktiv einen Schritt zurück, bewegte sich dann aber nicht mehr.

Ich stellte mich direkt vor: „Ich bin Harold Mason. Ich bin lizenzierter Kautionseinzugsbeamter mit einer beglaubigten Bürgschaft für Ihre Festnahme.

Sein überraschter Gesichtsausdruck verzog sich zu einem höhnischen Grinsen, und sein Fuß rutschte einen weiteren Schritt nach hinten. Ich war lange genug im Geschäft. Er war kurz davor, loszurennen.

Na gut. Seine Chance, friedlich mitzukommen, hatte er gehabt.

Ich betätigte den Taser-Abzug, der sich mit einem Knall, einem Wölkchen Kohlendioxid und flatterndem Konfetti antwortete. Die Pfeile schossen heraus, zogen die Drähte von den Spulen, und gruben sich in den Oberkörper des Mannes. Ich erwartete das schnell pulsierende Taserklicken, aber es kam nicht.

Für einen langen Augenblick herrschte Stille. Keiner von uns rührte sich. Er sah auf die Pfeile in seiner Brust, während ich auf den Taser in meiner Hand schaute und abdrückte.

Nichts.

„Ha!", spottete er, und riss die Taserpfeile los. Die Maske dämpfte mehrere Kraftausdrücke. „...iß wigser Bulle!"

Der Mann griff um die Ecke und zog einen langen zylindrischen Gegenstand hinter der Wand hervor. Er hob die Schrotflinte und der nutzlose Taser fiel wie von selbst, als ich nach meiner Pistole im Holster griff. Ich löste einen Riemen und zog die Pistole glatt heraus.

„Fallenlassen!", befahl ich, mit meiner Pistole auf seine Brust gerichtet.

Als Antwort donnerte die Schrotflinte.

Der Aufprall links auf meiner Brust wirbelte mich teils zur Seite. Scharfe Feuerstacheln und Schmerz breitete sich an meiner Seite und am linken Arm aus, dort wo sie die Keramikplatten in meiner Weste nicht schützten. Der Großteil des Schrots war von der Panzerung auf meinem Oberkörper abgeprallt.

Trotz der Schmerzen zielte ich und betätigte den Abzug meiner Pistole. Die Pistole bellte, und die Kugel traf ihn an der Schulter. Er stolperte nach hinten.

Ich richtete mich auf und ging den Flur entlang. Der Mann schritt hastig nach hinten. Offensichtlich war er überrascht, dass ich noch auf den Beinen war. Das war ich selbst ein wenig, aber mein Kevlar hatte das schlimmste des Schusses abgefangen und Schmerz war für mich sowieso kein Neuland.

Der Mann sprang um die Ecke vor mir, ich stürzte hinterher. Das Geräusch davon, wie der Vorderschaft vor- und zurückgezogen wurde, warnte mich, und ich bremste mich aus, bevor ich das Ende des Ganges erreichen konnte. Ich warf einen Blick um die Ecke und duckte mich, als die Schrotflinte abermals donnerte. Die enge Streuung des Schrots riss ein tellergroßes Loch in die Wand.

Ich steckte meine Pistole um die Ecke und gab blind zwei Schüsse ab. Ein gedämpfter Aufschrei klang nach einem Treffer, also trat ich mit schussbereiter Pistole hervor.

Ich sah nur etwas weiß aufblitzen, als meine Beute wieder verschwand, diesmal in einem Raum weiter hinten im Korridor. Ein roter Spritzer unten an der Wand fiel mir auf. Ich folgte ihm. Ich hatte ihm bereits zwei Wunden zugefügt, und dennoch war er weiterhin auf der Flucht. Glas krachte irgendwo von vorne und spornte mich zur Eile an.

Der nächste Raum beseitigte jeden Zweifel daran, dass das Haus ein Meth-Labor war. Die offene Küche und das Esszimmer waren voller großer, von mehreren Röhren verbundener Glasflaschen. Dosen an Farbverdünner und Stapel von Batterien entlang einer Wand. Selbst durch den Maskenfilter hindurch hing der Gestank von Chemikalien schwer in der Luft.

Auf der anderen Seite des Esszimmers war das große Panoramafenster zerstört, offensichtlich die Quelle der Glasscherben. Draußen sah ich mein Ziel auf dem Weg zum Wald hinterm Haus, nachdem er durch das Fenster geflohen war. Ich hatte nachgeforscht, wo sich der Kautionsflüchtling verstecken könnte und erinnerte mich vage an die Bezeichnung des Waldgebietes auf der Karte: „Frick Park".

Während der Mann der Baumgrenze näher kam, machte ich einen weiteren gezielten Schuss und wurde mit mehr Rot auf der Schulter des Chemieanzugs belohnt. Der Schuss brachte den Mann ins Stolpern und er prallte von einem Baum ab, und fiel in den Wald und aus meinem Sichtfeld.

Der Schmerz des Schrots in meinem linken Arm war zu einem entfernten Pochen verblasst, als ich mich über die niedrige Wand des kaputten Küchenfensters hob und zu der Stelle lief, wo der Mann verschwunden war.

Als ich die Baumgrenze erreichte, war eine Vertiefung im Laub die einzige Spur von ihm. Ein paar Fetzen des weißen Chemieanzugs waren an Brombeerbüschen hängen geblieben, beim Kriechen in den Wald aus dem Anzug gerissen. Glücklicherweise gab es ausreichend frisches Frühlingsgebüsch, das für eine deutliche Spur sorgte. Auf dem Fluchtweg meiner Beute war die Vegetation gespalten und zur Seite geschlagen.

Ich duckte mich unter ein paar tief hängenden Ästen hindurch und folgte ihm. Entkommen lassen stand außer Frage, nicht, nachdem er auf mich abgefeuert hatte.

Äste peitschten beim Rennen über mich, zerkratzten meine Hände und mein Gesicht. Ich ignorierte den stechenden Schmerz und rannte weiter. Mit abnehmendem Abstand zwischen uns, konnte ich ihn durch das Unterholz krachen hören. Er war vor mir.

Bald hatte ich den Mann im Blick, trotz der vielen Bäume, die ihm Deckung boten. Er hatte noch nicht bemerkt, dass ich aufgeholt hatte. Ich schoss nicht, sondern wollte für mehr Treffsicherheit näher heran.

Er hinkte von der Schusswunde in seinem Bein, obwohl ihr seltsamerweise die deutliche Blutspur fehlte, die im Haus zurückgelassen worden war.

Ich folgte, über lange Minuten, ihm immer näherkommend. Dann schaute er hinter sich und bemerkte mich endlich. Er machte eine scharfe Wendung und feuerte die Schrotflinte aus der Hüfte. Die Kugeln sprengten ein Stück Baum neben mir, aber diesmal verfehlte mich der Schrot vollständig.

Ich erwiderte das Feuer präziser, ein Trio von Schüssen auf seinen Körperschwerpunkt. Ein Stück Dunkelrot blühte auf der Brust des Mannes, und der Fleck breitete sich über den weißen Chemieanzug aus. Er taumelte rückwärts gegen einen Baum und sackte dann langsam zu Boden.

Ein blaues Feld tauchte vor mir auf und versperrte meine Sicht. Pure Qual schoss mir direkt in den Kopf.

Kapitel 2

Der Schmerz brachte mich ins Wanken. Ich torkelte gegen einen Baum, um mich anzulehnen. Schließlich verblasste das stechende Gefühl in meinem Kopf allmählich, aber der vor mir schwebende Text ließ mich erstarren.

Herzlichen Glückwunsch! Du bist das 74. intelligente Wesen, das ein Mitglied der menschlichen Rasse getötet hat (und die Auseinandersetzung überlebt hat).
Belohnung: +10.000 EP und +10.000 Credits

Levelaufstieg!
Du hast genug Erfahrung für Level 2 gesammelt, noch vor Bestätigung deiner Klassenwahl.
Da du zu sehr aufs Verfolgen und Auslöschen eines Mitglieds deines eigenen Volks konzentriert warst, wurde eine entsprechend angemessen blutrünstige Klasse zu deinen Optionsmöglichkeiten hinzugefügt. Herzlichen Glückwunsch, Killer!
Nun wähle verdammt noch mal deine Klasse.

Ich starrte auf das blaue Feld und kam langsam zu der unbestreitbaren Erkenntnis, dass es keine Halluzination war. Vorsichtig stieß ich mit meinem linken Zeigefinger in das Feld. Meine Berührung wurde mit leichtem Widerstand erwidert, als würde ich ihn in Gelatine stecken, aber ich konnte sehen, wie er durch das Feld drang. Es klebte für einige Bewegungen an meinem Finger – wie das Ziehen ein App-Menüs auf dem Handy. Als ich meine Hand wegzog, schwebte das Feld dort weiter.

Wenn dieses schwebende blaue Feld echt war und ich nicht gerade einen totalen Nervenzusammenbruch hatte, dann waren die in meinem Auto wahrscheinlich auch echt.

Etwas mentale Konzentration auf die Felder vor mir projizierend, rief ich die vorherigen Benachrichtigungen wieder auf. Sie schichteten sich in richtiger Reihenfolge auf einem Stapel.

Diesmal las ich jedes einzelne sorgfältig durch.

Guten Morgen, Bürger. Da eine friedliche und organisierte Aufnahme in den Galaxis-Rat (nach umfangreichen und schwierigen Untersuchungen, wie wir betonen müssen) abgelehnt wurde, ist deine Welt nun ein Dungeon. Danke. Die vorherigen 12 Welten wurden ohnehin allmählich langweilig.

Mehrere weitere Absätze beschrieben, wie dieser mächtige Galaktische Rat vernunftbegabten Bewohnern empfahl, den Planeten während der Transformation in eine Dungeonwelt zu verlassen. Dungeons und Monster würden in den nächsten 373 Tagen zufällig und zunehmend auf der ganzen Welt erscheinen. Die Überlebenswahrscheinlichkeit war gering.

Die folgenden Felder zitierten mehrere galaktische Gesetze, die mir nach nur einem Satz schon die Augen verdrehten. Nur meine Erfahrung im Ausfüllen von Gerichtsdokumenten zur Kopfgeldjagd erlaubte mir Durchblick. Schließlich entzifferte ich den Rechtstext, der auf mehrere zusätzliche Boni hindeutete – aufgrund meines Standorts, als der Galaktische Rat die Erde als Dungeonwelt aktiviert hatte.

Darüber hinaus wurde den einheimischen Bewohnern der Erde Zugang zu einer Benutzeroberfläche gewährt, die es ermöglicht, Klassen und Fähigkeiten zu erwerben – was die blauen Benachrichtigungsfelder erklärt.

Mit all diesen Benachrichtigungen, Boni und dem Druck, eine Klasse auszuwählen, fühlte ich mich wie in einem überwältigenden, zum Leben erwachten Videospiel gefangen. Ich hatte nie besonders viel gezockt – zumindest bevor ich eingeliefert wurde, dank der Bomben, die meinen Trupp im Überseeeinsatz getötet hatten. Die Handheld- und Konsolenspiele im Krankenhaus sollten angeblich die Physiotherapie fördern und verwundeten Veteranen helfen, ihre Koordination wiederzuerlangen. Tatsächlich aber waren die Spiele genauso nützlich, um mich abzulenken und die Zeit zu vertreiben, während ich auf die Heilung meines Körpers wartete.

Ich war in keinem dieser Spiele besonders gut – vor allem mit meinem Nervenschaden im linken Arm – aber zumindest hatte ich nun eine Vorstellung davon, was mich erwarten würde.

All dem zufolge, was die Benachrichtigungen implizierten, würde es auf der Erde demnächst schnell immer schwieriger werden, also musste ich mächtiger werden, wenn ich überleben wollte. In Gamersprache ausgedrückt bedeutete das: Spawnende Monster töten und die in der Einführungsnachricht erwähnten Dungeons räumen, um höhere Levels zu erreichen. Wenn ich also am Leben bleiben wollte, musste ich eine Klasse auswählen, genau wie von der sarkastischen Nachricht erklärt, und mit dem Leveln beginnen.

Ich tatschte ein wenig auf die blauen Kästchen, bis ich in der Klassenauswahl war. Eine lange Liste wurde angezeigt, aber die obersten Auswahlmöglichkeiten wurden als „Systemempfehlungen" hervorgehoben. Die meisten der aufgeführten Optionen wurden als einfache Klassen bezeichnet – Soldat, Späher, Waldläufer, Jäger und Marine. Über der Liste stand jedoch eine einzelne fortgeschrittene Klasse.

Ich rief die Informationen dazu auf, und das Interface erweiterte sich in ein neues Fenster.

Fortgeschrittene Klasse: Gnadenloser Jäger

Gnadenlose Jäger sind Elitekämpfer, die beharrlich Kopfgeldbeute zwecks Erfassung oder Eliminierung verfolgen.

Klassenfähigkeiten: +1 pro Level in Stärke. +3 pro Level in Beweglichkeit und Konstitution. +2 pro Level in Intelligenz und Charisma. +1 pro Level in Wahrnehmung und Willenskraft. Zusätzlich 2 Gratis-Attribute pro Level. +60 % Geistiger Widerstand. +20 % Elementarwiderstand.

Warnung! Minimale Attribut-Anforderungen für die Klasse Gnadenloser Jäger nicht erfüllt. Klassen-Fertigkeiten gesperrt, bis die minimalen Anforderungen erfüllt werden.

Die Klasse schien mir gut zu passen: Fokus auf Ausdauer und Geschwindigkeit. Da ich keine Wahl treffen wollte, ohne zumindest Alternativen anzusehen, rief ich auch die Werte für die einfachen Klassen auf.

Als ich sie durchgelesen hatte, war ich alles andere als beeindruckt. Die einfachen Klassen boten lediglich 5 bis 9 Attributpunkte pro Level, während die fortgeschrittene Klasse großzügige 15 Punkte pro Level und zusätzliche Widerstandsboni bot.

Andererseits würden mit der fortgeschrittenen Klasse die Klassen-Fertigkeiten erst verfügbar sein, wenn meine Attribute bestimmte Ränge erreicht hatten.

Trotz des unmittelbareren Nachteils schien es eine einfache Entscheidung für die Zukunftsplanung zu sein. Ich bestätigte meine

Auswahl der fortgeschrittene Klasse. Im Gegenzug erschien ein Warnfenster.

Die Auswahl dieser fortgeschrittene Klasse wird deinen hohen Bonus verbrauchen. Möchtest du mit dieser Auswahl fortfahren?
J/N

Ich hatte mir noch keinen der Boni angesehen, aber die zwei- oder dreimal so hohe Anzahl an Attributspunkten pro Level war zu gut, um sie mir entgehen zu lassen.

Nach Bestätigung meiner Auswahl und Schließung des Fensters mit den Klasseninformationen erschien erneut eine Benachrichtigung.

Du hast Level 2 als Gnadenloser Jäger erreicht. Wertepunkte werden automatisch verteilt. Du darfst 2 Gratis-Attribute verteilen.
Klassen-Fertigkeiten gesperrt.

Der Klassenfertigkeitspunkt, der normalerweise auf Level 1 vergeben wird, war mir nicht zugänglich, genau wie die Beschreibung zuvor gewarnt hatte.

Mit der Entscheidung, fortzufahren, schloss ich die Benachrichtigung und versuchte, meine verbleibenden geringen und mittleren Boni zuzuweisen. Mit einem Gedanken scrollten zuerst Dutzende, dann Hunderte von Boni durch das schwebende Fenster. Ich tippte herum, wie vorhin beim Aufrufen der Klasseninformationen, und fand bald heraus, wie ich das Menü sortieren kann.

Ich war zwar kein Gamer, aber auch kein Trottel.

Ich brauchte Boni, die später genauso vorteilhaft sein würden wie jetzt gleich. Als erstes suchte ich nach einem geringen Bonus, der meine Klassenfähigkeiten langfristig stark verbessern würde. Nach einigen Minuten des Herumstöberns, grenzte ich meine Auswahl ein und entschied mich für jene, die mir am nützlichsten erschien.

Bauchgefühl

Das Markenzeichen eines jeden erfahrenen Ermittlers ist das Wissen, wann er seiner Intuition folgen muss. Du nimmst Informationen subtil aus dem System auf, und das führt zur richtigen Entscheidung. Ob in der Hitze einer Auseinandersetzung oder nach Abwägung aller Fakten – deine Fähigkeit, stets die richtige Wahl zu treffen, wird die Leute um dich beeindrucken.
Wirkung: Der Benutzer hat ein mysteriöses, System-gestütztes Talent dafür, gelegentlich Verbindungen zu erkennen, die andere übersehen, und versteckte Informationen zu entdecken.

Die Wahl eines mittleren Bonus dauerte etwas länger. Obwohl es etwas weniger Auswahlmöglichkeiten gab, waren sie alle wesentlich mächtiger als die bisher gesichteten Fähigkeiten. Schließlich fand ich einen Bonus zum Ausgleich dafür, dass meine Klassenfertigkeiten derzeit nicht verfügbar waren.

Vorsprung

Du bist von Natur aus begabt und fängst mit Vorteilen an, von denen andere nur träumen können.
Wirkung: Erhalte Zugriff auf zwei zusätzlichen Klassenfertigkeitspunkte, die auf jede Stufe I Klassen-Fertigkeit angewendet werden können, unabhängig davon, ob du

derzeit die Voraussetzungen dieser Klassen-Fertigkeit erfüllst. Diese Punkte werden nicht zur Fertigkeitsentwicklung hinzugezählt, verhindern diese jedoch auch nicht.

Jetzt, wo ich mich um die Boni gekümmert hatte, schloss ich diese Fenster und stellte fest, dass eine neue Benachrichtigung auf mich wartete.

Du hast drei nicht zugewiesene Klassenfertigkeitspunkte. Möchtest du sie jetzt zuweisen? (J/N)

Interessant. Ich konnte wohl jetzt den Klassenfertigkeitspunkt von Level 1 verwenden, obwohl er normalerweise nicht verfügbar wäre. Ein Bug im System, den ich gerne ausnutzen würde.

Ich wählte „Ja" aus und ein neuer Bildschirm erschien, der meinen Klassenfertigkeitsbaum darstellte. Der Baum hatte drei Hauptzweige, die mit „Unterstützung", „Verfolgung" und „Kampf" beschriftet waren. Jeder der Hauptzweige hatte vier Stufen an Fähigkeiten. Zwischen den drei Hauptzweigen schienen zwei kleine Säulen aus ihnen herauszuwachsen. Nur die erste Zeile war als jetzt verfügbar markiert, und alles in den Levels darüber war ausgegraut und nicht auswählbar.

Ich brauchte einen Moment, um die Wahlmöglichkeiten durchzulesen, war dann aber zufrieden mit meinem Plan für die drei Klassenfertigkeitspunkte vom Bonus.

Ich wählte die erste Fähigkeit im Kampfbaum und verbrauchte meinen ersten Punkt auf die Fertigkeit der Stufe 1. Ein neues Benachrichtigungs-Pop-up erschien über den anderen Feldern.

Klassen-Fertigkeit erhalten
Hindern (Level 1)

Wirkung: Jegliche physische Bewegung eines bestimmten Ziels innerhalb von 3 Metern wird 1 Minute lang erheblich beeinträchtigt. Preis: 40 Ausdauer + 20 Mana

Ich schloss das Fertigkeitenfenster und verbrauchte einen Punkt auf die erste Fähigkeit im Verfolgungsbaum. Ein weiteres Pop-up erschien.

Klassen-Fertigkeit erhalten

Scharfe Sinne (Level 1)

Der Benutzer ist besser auf seinen Körper abgestimmt und interpretiert Informationen aus seiner Umgebung genauer. Dies manifestiert sich beim Benutzer durch Steigerung der Sehkraft, des Hörvermögens, des Geschmackssinnes, des Tastsinnes, des Fühlsinnes und der Kinästhesie. Manaregeneration wird dauerhaft um 5 Mana pro Minute reduziert.

Nachdem ich diese letzte Benachrichtigung geschlossen hatte, traf ich meine endgültige Auswahl aus den Fähigkeiten erster Stufe. Ich wählte die Klassenfertigkeit in der Spalte zwischen Verfolgungs- und Unterstützungsbaum. Als ich meinen letzten freien Punkt verbraucht hatte, erschien ein weiteres Feld mit den Ergebnissen der letzten Auswahl.

Klassen-Fertigkeit erhalten

Auf der Jagd (Level 1)

Der Gnadenlose Jäger hat die Fähigkeit, seine sichtbaren Titel, Klasse, Level und Werte zu verbergen. Die Effektivität basiert auf dem Fähigkeitslevel und dem Charisma des Benutzers. Manaregeneration wird dauerhaft um 5 Mana pro Minute reduziert.

Die Fähigkeit, Informationen über mich selbst zu verbergen, schien eine weise Wahl, insbesondere wenn man bedenkt, wie ich an meine Klasse herangekommen bin. Selbst wenn die Welt gerade massiv von was auch immer verändert wurde – ich konnte mir nicht vorstellen, dass die feine Gesellschaft sich in der Nähe eines „Killers" wohlfühlen könnte.

Nachdem alle Fertigkeitspunkte verbraucht waren, schloss sich das Fenster von selbst. Endlich warteten keine weiteren blauen Felder mehr auf mich. Ohne die Ablenkung der Fenster bemerkte ich sofort die Steigerung meiner Wahrnehmung durch die Fähigkeit Scharfe Sinne. Die Farben des Waldes wirkten heller und intensiver. Ich konnte das sanfte Rauschen der Bäume in der Morgenbrise hören. Ich konnte den kupfernen Geruch des Blutes vom ein paar Schritte entfernt liegenden Körper riechen. Ich brauchte einen Moment, um mich an die neuen Empfindungen zu gewöhnen, bevor ich mich wieder auf meine aktuelle Situation konzentrieren konnte.

Laut den Benachrichtigungen über die Boni, wurde der Großraum Pittsburgh als Level 80 Zone klassifiziert. Ich war lediglich Level 2. Höchste Zeit, hier abzuhauen.

Da es keine weiteren Ablenkungen mehr gab, schaute ich mir endlich den Toten an. Die Benachrichtigungen hatten behauptet, dass ich für seinen Tod verantwortlich war, aber mir war nicht wohl dabei, den blauen Kästchen volles Vertrauen zu schenken.

Ich schritt hinüber zur Leiche und trat die Schrotflinte aus seinen erschlafften Händen. Keine Reaktion. Ich beugte mich vorwärts und hob die Waffe auf, und überprüfte sie auf Schäden, die während der Schießerei entstanden sein könnten. Es war kein Problem zu erkennen.

Ein Gedanke schlich sich mir in den Kopf. Wenn die Dinge jetzt wie ein Videospiel funktionierten, dann hatte ich vielleicht auch ein Inventarsystem – ganz wie in einem Game.

Bei diesem Gedanken erschien vor mir ein Gitter mit fünf mal fünf Feldern. Ich versuchte, die Schrotflinte in das Gitter zu schieben, aber ein roter Rand blitzte um den Umriss des Gitters herum auf und ich spürte ein Zurückschieben der Waffe. Ich versuchte es mit ein paar anderen Gegenständen, die ich bei mir hatte, aber jeder von ihnen erhielt auch das rote Aufleuchten und den ablehnenden Schub. Ich runzelte die Stirn. Ich hatte ein Inventar, konnte aber aus irgendeinem Grund nichts hineinlegen.

Wieder das Gefühl, dass ich bald weiterziehen sollte. Vielleicht war es Teil meines Bauchgefühl Bonus.

Ich sah den Toten zu meinen Füßen an. Es fühlte sich nicht gut an, ihn zurückzulassen. Ich zog mein Smartphone aus der Hosentasche und versuchte, es anzumachen, aber der Bildschirm blieb schwarz. Ich hielt die Ein-/Aus-Taste einige Sekunden lang gedrückt, aber der Bildschirm blieb dunkel.

Mein neuerdings empfindliches Gehör nahm ein leises Rascheln im Unterholz wahr. Sofort danach unterbrach ein Knurren aus dieser Richtung meine Bemühungen mit dem Handy. Ich stopfte das nutzlose Gerät zurück in die Hosentasche und zog am Vorderschaft der Schrotflinte. Mit einer Schrotpatrone in der Kammer drehte ich die einsatzbereite Waffe über meine linke Schulter, zog meine Pistole und schritt langsam den Weg zurück, den ich gekommen war – weg von der Leiche und noch weiter weg von den herannahenden Geräuschen.

Das Knurren, gelegentlich von einem Schnüffeln unterbrochen, wurde lauter, und ein Schatten tauchte aus dem Blattwerk auf. Die schlurfende Gestalt entpuppte sich als Schwarzbär. Er schnüffelte herum wie ein Hund, während ich weiter zurückwich. Als seine Nase den toten Körper erreichte, zuckte sie.

Das scharfe Knacken eines übersehenen Astes unter meinem Fuß zerbrach die Stille. Der Bär zuckte den Kopf mit einem Knurren und sah mir in die Augen. Als es bemerkte, dass ich mich entfernte, drehte die Kreatur ihren ganzen Körper in meine Richtung, und scharrte brüllend auf dem Boden. Die Augen des Bären blitzten rot auf, und er stampfte auf mich zu.

Ich drückte ab. Der Rückstoß brachte den Lauf nach oben, und ich senkte ihn, um mit Ziel im Visier wieder zu feuern. Ich leerte das Magazin in den auf mich zustürmenden Bären. Die Schüsse schienen jedoch nur wenig Effekt zu haben. Ich ließ die leere Pistole fallen und richtete die Schrotflinte aus. Gleichzeitig schritt ich um einen Baum, und hatte nun seinen Stamm zwischen dem Bären und mir.

Der Bär rammte seine Schulter gegen den Baum, brüllte und krallte nach mir, versuchte mich um den Stamm herum zu greifen. Verzweifelt griff ich mental nach meiner neuen Klassen-Fertigkeit, so wie ich auch die durchscheinenden blauen Fenster bedient hatte. Mein Wille ließ einen unsichtbaren Strom Energie durch mich und aus mir herausfließen, und bedeckte den Bären. Die Wucht von Hindern drückte auf den Bären herab. Seine Bewegungen wurden träge, als wäre sein Körper plötzlich mit lauter schweren Gewichten belastet oder als würde er eine zähe Flüssigkeit durchschreiten.

Der nun lethargische Bär bewegte sich wie in einem Zeitlupenvideo, und ich erlaubte mir eine Sekunde zum Zielen, bevor ich die Schrotflinte abfeuerte. Der Schrot flog dem Bären ins Gesicht, und sein rechtes Auge explodierte und verspritzte dabei pampigen Schleim.

Der Bär brüllte und schlurfte um den Baum herum, stürzte sich wieder auf mich. Ich wich dem langsamen Angriff aus, weiterhin im Rückzug, und pumpte gleichzeitig den Vorderschaft der Schrotflinte. Ich feuerte und trat hinter einen anderen Baum, immer noch mit dem Bären hinter mir. Ich hatte ihn inzwischen zweimal ins Gesicht getroffen. Mit jedem wütenden Brüllen strömte Blut seine Schnauze hinunter und spritzte über den Waldboden.

Plötzlich beschleunigte der Bär und stürzte sich mit zurückgewonnenem Schwung vorwärts. Ich tauchte zur Seite ab, aber Krallen fetzten durch meinen linken Kniebeuger. Ich schrie vor Schmerzen und taumelte über den Boden. Offensichtlich hat Hindern bereits vom Bären nachgelassen. Ich warf mich hinter einen Baumstamm und als die Bestie um diesen ging, aktivierte ich Hindern abermals.

Als der Bär sich auf mich stürzte, rammte ich den Lauf der Schrotflinte in das knurrende Maul der Bestie und betätigte den Abzug. Die Explosion sprengte seinen Hinterkopf. Während das Tier wie eine Marionette mit durchtrennten Fäden herabfiel, endete der Zeitlupeneffekt. Mein rechter Zeigefinger war im Abzugsbügel der Schrotflinte stecken geblieben und knickte um, als die Pumpgun vom zusammenbrechenden Bären aus meinem Griff gerissen wurde.

Ich fluchte, und erleichtert, noch am Leben zu sein, hielt ich meinen gebrochenen Finger. Der brennende Schmerz auf der Rückseite meines Beins machte sich bemerkbar, und ich zerrte mit der linken Hand an der Schrotflinte. Mit nur einer heilen Hand war es etwas Aufwand, aber schließlich zog ich die Schrotflinte aus dem Bärenmaul. Ich musste jedoch angewidert grunzen, als klar war, dass der Lauf der Waffe vom Bärenkiefer zerdrückt und verbogen war.

Ich ließ die nutzlose Schrotflinte fallen, und fragte scherzhaft den toten Bären: „Du hast nicht zufälligerweise wenigstens etwas Beute?"

Ich war nur halb überrascht, als sich ein Fenster über dem Bären öffnete.

Willkommen in der Welt der Videospiele.

Das Fenster enthielt einen Stapel Bärenfleisch und ein junges Bärenfell. Mit einem Gedanken öffnete sich mein Inventarfenster, und ich versuchte, die Beute aus dem Fenster über den Bären per Drag & Drop hineinzuschieben. Nur das Bärenfleisch erschien in meinem Inventar, also versuchte ich es noch einmal.

Diesmal leuchtete das Beutefenster rot und eine neue Benachrichtigung tauchte auf.

Junges Bärenfell defekt aufgrund unvollständiger Systemintegration. Dieser Gegenstand kann nicht erbeutet werden.

Ich seufzte. War fast zu erwarten.

Unter Schmerzen stemmte ich mich mit der kaputten Schrotflinte auf die Beine. Mein rechter Zeigefinger war eine geschwollene Masse aus dunkelblauem und violettem Fleisch, aber ich konnte die restliche Hand immer noch und ohne allzu große Schmerzen bewegen. Ich müsste eine Schiene anlegen. Dazu brauchte ich meinen Verbandskasten, der mit dem Rest meiner Ausrüstung im Auto war.

Ich sah den Titel des Beutefensters über dem Bären schweben und hielt inne.

Schwarzbärenjunges.

Junges.

Ungefähr in dem Augenblick, in dem ich die Information zu einer schlechten Nachricht zusammengesetzt hatte, hallte ein bebendes Gebrüll aus der Ferne durch den Wald. Das polternde Geräusch vibrierte in meiner Brust, und ich hörte den Schmerz und die Wut, die das Heulen erfüllten.

Diesmal versuchte ich nicht mal, den Ursprung zu orten.

Ich drehte mich um und humpelte in einen qualvollen Lauf.

Kapitel 3

Mein Herz schlug laut in meinen Ohren. Ich stolperte auf einem heilen Bein durch den Wald. Viel zu langsam kam ich auf dem Rückweg voran. Das wutentbrannte Gebrüll kam immer näher – sein Ursprung krachte hinter mir durch den Wald. Ich konnte mir die Größe der Bestie auf meiner Fährte nur erahnen – anhand der laut zerbrechenden Bäume und den schweren Schritten. Ich wagte es nicht, zurückzublicken und zwang mich, schneller zu rennen.

Ich kam am Waldrand an und humpelte über den ungepflegten Rasen. Beim zerbrochenen Fenster angekommen legte ich beide Hände auf das Fensterbrett. Mit reißendem Schmerz im gebrochenen Finger sprang ich ins Haus. Ein paar Glassplitter drückten sich mir schneidend in die Hände, aber ich machte mir deutlich mehr Sorgen über das brüllende Monster, das mir auf den Fersen war.

Ich drehte mich zum Wald, und sah eine noch größere Bärin aus der Baumgrenze brechen. Während das Bärenjunge etwa so groß wie ein kleines Pony war, hatte diese Bärin eher die Größe eines Pick-ups. Eines hochgelegen, doppelbereiften Schwerlast-Pick-ups mit verlängertem Fahrerhaus.

Ganz wie der jüngere Bär, war auch die wütende Mutter völlig auf mich fixiert, und die Augen der Bestie blitzten rot auf, als sie losstürmte.

Das Haus erbebte, als die Bestie aufschlug, und ich stolperte rückwärts. Risse bildeten sich um das Fenster herum, durch welches nun ein Bärenkopf ins Haus ragte. Weniger als einen halben Meter von mir, schnappte das massive Gebiss zu. Ich konnte den ekelerregenden Gestank von Aas im Bärenatem riechen, trotz des chemischen Geruches, der immer noch das Haus durchdrang.

Da meine Pistole irgendwo im Wald lag, fehlte mir eine Fernkampfwaffe, um die riesige Kreatur zu bekämpfen. Ich würde ganz bestimmt nicht versuchen, das Ding mit meinem ausziehbaren Schlagstock oder einem klappbaren Taschenmesser anzugreifen. Stattdessen schnappte ich mir eine der Dosen mit Farbverdünner vom Stapel an der Esszimmerwand. Ich schleuderte die Dose auf die Bärin, so hart ich nur konnte. Die Dose zerknautschte beim Aufprall mit der Bärenschnauze und die enthaltene Flüssigkeit spritzte über die Kreatur. Sie knurrte laut und zog sich etwas zurück.

Ich hob eine weitere Dose auf und schleuderte sie auf die Bärin, gefolgt von zwei weiteren. Jeder Aufprall durchnässte sie mehr und sie zuckte bei jedem Aufprall zusammen. Der scharfe chemische Geruch verunsicherte sie, verursachte jedoch keinen wirklichen Schaden.

Sie sammelte sich und stürzte sich wieder ans Fenster. Das Haus polterte und die Fensterecke gab nach. Die Bärin quetschte sich hinein. Ich ging rückwärts in Richtung Küche, weg vom schnappenden Maul.

Ich warf weitere Dosen mit Farbverdünner auf sie, was das Biest nur noch wütender machte. Jegliche Anzeichen von Intelligenz in ihren Augen waren vom Drang, mich zu zerfetzen, verschwunden. Die wahnsinnige Kreatur hatte ihre Schultern vollständig durch die Wand geschoben, und im Versuch mich zu erreichen, hatte sie sich im Gebäude verkeilt.

So widerlich der Bärenatem gewesen sein mag, nun stiegen die augenverbrennenden Dämpfe von Meth-Laborchemikalien wieder auf, da das Fenster von einer Bärin mit Farbverdünner durchtränktem Fell verstopft war. Ich blieb stehen. Trotz der um sich schlagenden, durch die Hauswand quetschenden Bestie, ergriff mich die Inspiration.

„Das ist eine schlechte Idee", murmelte ich, und zog die Handfackel aus meinem Gürtel.

Ich nahm die Endkappe ab und klappte die Reibfläche auf. Ich umklammerte die Fackel fest mit meiner rechten Hand – von meinem Körper weg gerichtet, dann schliff ich die Reibfläche mit einer Bewegung meines Handgelenks gegen das Fackelende, als würde ich ein riesiges Streichholz anzünden. Die Handfackel entzündete sich mit einem Zischen und erfüllte den Raum mit einem infernalischen Glühen. Flammen strömten aus ihr heraus. Das plötzlich helle Licht ließ das Tier mit Kopf und Körper zurückweichen.

Ich machte mehrere Schritte auf die Bärin zu und sie bemühte sich, der Fackel in meiner Hand fernzubleiben, hatte sich jedoch zu weit ins Haus gequetscht und steckte nun im Fensterrahmen fest. Da ein Rückzug nicht möglich war, stürzte die Bärenmutter sich abermals auf mich. Jetzt wo die Bärin so nah war, aktivierte ich Hindern und sie verlangsamte gerade noch, sodass ich den massiven Klauen ausweichen konnte. Dann machte ich einen Satz vorwärts und steckte der Bestie die brennende Handfackel in die Schnauze.

Flammen brachen vom Aufprallpunkt aus, rasten über das Fell und hüllten sie in eine lebende Decke aus Feuer. Abgestoßen von der Hitze stolperte ich zurück. Die Bärin bäumte sich mit einem Heulen auf. Die Kreatur versuchte, sich die reißenden Flammen vom Kopf abzuschütteln. Erst gegen die Decke, dann gegen den Boden. Jedoch führte das nur dazu, dass die Feuersbrunst sich im von Chemikalien durchdrungenen Zimmer verteilte.

Ich konnte vor Rauch kaum atmen. Hustend kroch ich durch die Küche in den Flur. Hinter mir ergriffen die Flammen nun auch den Boden und fingen an, die Wände hochzuklettern. Inmitten des Infernos versengte die glühend heiße Luft die Bärin durch ihren Atem von innen. Sie keuchte und jammerte.

Ich schleppte mich um die Ecke des Flurs, und auf dem Weg zur Haustür stemmte ich mich wieder auf die Füße. Meine Hand drehte den Türgriff. Bevor ich jedoch die Tür öffnen konnte, spürte ich das Haus beben – die Chemikalien in der Küche waren explodiert. Ich sah zurück in den Flur und konnte gerade noch die Augen zusammenkneifen, bevor eine Flammenwelle über mich hinwegfegte.

Die gewaltige Wucht rammte mich gegen die Tür – Gesicht voran. Ich fühlte meine Nase brechen und sofort darauf gab die Tür durch die Kraft der Explosion nach. Ich flog kurz durch die Luft, schlitterte über das Dach der orangen Limousine und krachte auf die betonierte Einfahrt. Der Aufprall jagte mir die Luft aus den Lungen. Ich schürfte über den Boden bis zum Ende der Auffahrt und kam einige Zentimeter vor der Straße zum Stillstand.

Ich keuchte und rollte mich auf die Seite. Von meiner gebrochenen Nase aus strömte Blut über mein Gesicht. Auf dem Status in der Ecke meines Blickfeldes blinkte mein Gesundheitspool eine Weile lang rot, fing dann aber an, langsam anzusteigen. Mehrere Minuten lang lag ich einfach nur da und schnappte nach Luft, bis meine Gesundheit endlich nicht mehr im roten Bereich war, und ich wieder zu Atem kam.

Eine Erfahrungsbenachrichtigung blinkte in der Ecke meines Blickfeldes. Die wütende Bärenmama war wohl bei der Explosion umgekommen, kurz bevor es mich aus dem Gebäude hochgejagt hatte. Ich war nur noch am Leben, weil meine Konstitution durch den vorherigen Levelaufstieg höher war.

Ich setzte mich auf und sah mir das Haus an. Das Gebäude loderte vor sich hin. Rauch stieg in den bedeckten Himmel auf. Ich bemerkte andere Rauchschwaden im Himmel, einige nahe und andere fern. Schüsse hallten aus der Ferne, während die Apokalypse ihr Elend großzügig verbreitete.

Ich hatte den Eindruck, dass viele den morgigen Tag nicht mehr erleben würden.

Kapitel 4

Ich öffnete die Fahrertür meines Explorers und lehnte mich hinein. Endlich habe ich es zurück zu meinem Auto geschafft, nachdem ich die Überreste von Mama Bär nach Beute durchsucht hatte. Der Großteil ihres Körpers war von Flammen aus dem immer noch brennenden Meth-Labor verzehrt worden. Dennoch konnte ich folgendes zu meinem Inventar hinzufügen: Ein paar Brocken Bärenfleisch, einige Streifen Bärenfell, einige geschärften Klauen und eine Handvoll riesiger Bärenknochen.

Ich konnte schon ahnen, was passieren würde, steckte aber dennoch meinen Schlüssel ins Zündschloss und drehte ihn um.

Nichts. Nicht mal ein Klick.

Ich seufzte – enttäuscht, aber nicht überrascht. Einer der Unteroffiziere im Marinekorps Rekrutentraining hatte oft eine Plattitüde geschwafelt, die nun zutraf. Ich konnte ihn geradezu schreien hören: „Einmal ist Pech, zweimal ist Zufall, aber dreimal ist Feindeinwirkung."

Nachdem der Taser nicht taste und mein Smartphone nicht anging, hatte ich schon vermutet, dass alles Elektronische durchgebrannt war. Ohne Telefone keine Hilfsanrufe. Jeder auf der Welt war jetzt auf sich allein gestellt und hatte nur die Mittel und Menschen, die er auf die Schnelle erreichen konnte.

Die Dinge liefen jetzt eindeutig anders.

Ich hatte das Haus eine gute halbe Stunde her in die Luft gesprengt. In der Zwischenzeit hatten sich mein gebrochener Finger und mein zerfetzter Kniebeuger wieder zusammengesetzt und zusammengestrickt.

Ich schnappte mir einen Müsliriegel und eine Wasserflasche von der Mittelkonsole, schloss die Fahrertür und ging beim Knabbern hinter den Wagen, um die Heckklappe aufzumachen. Mein Fahrzeug war ein gebrauchter Polizeiwagen und im Kofferraumboden war ein flaches

Tresorsystem eingebaut. Ich drehte die Zahlenkombination am Tresor, und mit einem Klicken öffnete sich das Schloss, sodass ich eine gepolsterte Schublade voller Waffen und Munition herausziehen konnte.

Plötzlich lief es mir kalt über den Rücken und meine Nackenhaare standen zu Berge. Ich hatte das seltsame Gefühl, beobachtet zu werden.

Ich schnappte mir eine Colt 1911 Pistole aus meiner Waffenschublade und steckte ein geladenes Magazin hinein, dann wirbelte ich mit der Pistole im Anschlag herum und versuchte zu erkennen, wer mich gerade im Auge behielt. Ich zog meinen Blick von Haus zu Haus, es war jedoch nichts Auffallendes zu sehen. Nach einigen Minuten verblasste das Gefühl. Was immer mich beobachtet hatte, war weg. Ich konnte nichts entdecken.

Da ich nichts gegen den mysteriösen Beobachter unternehmen konnte, kam die Pistole in mein leeres Oberschenkelholster. Dann ersetzte ich die 9-mm-Magazine an meinem Multifunktionsgürtel durch welche mit Kaliber .45 geladen. Sobald ich mit der Munition fertig war, sah ich mir den Rest des Schubladeninhaltes an. Bestimmt würden die meisten nicht-besonders-tödlichen Optionen in dieser neuen Welt nur wenig Nutzen bringen. Ich hatte dennoch eine kleine aber feine Auswahl.

Ein Kampfmesser samt Scheide ersetzte das leere Taserholster auf der Brustseite meines Plattenträgers. Ich nahm die Tasche mit Kabelbindern vom Gürtel und ließ sie auf dem Waffentresor liegen. Die defekte Taschenlampe, nutzlose Taserpatronen und ein leerer Handfackelhalter gesellten sich zu dem Haufen abgeworfener Ausrüstung.

Ich durchwühlte den angesammelten Müll auf dem Tresor und zog einen kleinen khakifarbenen Rucksack heraus. Das war meine Notfalltasche mit Verbandskasten, Ersatzkleidung, ein paar Militär-Rationen und einer Edelstahl-Wasserflasche. Ich befestigte eine taktische Axt seitlich am Rucksack, schwang ihn mir auf den Rücken und zog die Schultergurte fest.

Als nächstes hob ich eine Remington 870 Schrotflinte aus dem Tresor und legte die Schlinge an. In einer Situation, in der ich die Remington fallen lassen müsste, würde die Schlinge von ihrem Entwurf her dafür sorgen, dass die Schrotflinte aus dem Weg gezogen wird. So kann man seine Hände immer noch benutzen, ohne seine Waffe zu verlieren.

Schließlich nahm ich einen Beutel mit Kaliber 12 Schrotpatronen und befestigte ihn an meinen Gürtel, anstelle der Tasche mit Kabelbindern. Ich warf einen letzten Blick auf das Heck meines Fahrzeugs, schob die Tresorschublade zurück und schloss den Kofferraum.

Nachdem ich die banale Arbeit erledigt hatte, rief ich meine Charakterdaten auf. Als erstes fiel mir auf, dass neben jedem meiner Attributwerte ein zweiter Wert in Klammern stand. Die zweite Zahl war deutlich größer als die erste. Einen Augenblick Anstarren später wurde mir klar, dass ich diese Zielwerte erreichen musste, um den Mindestwerten meiner Klasse zu entsprechen. Auf meine Klassenfähigkeiten würde ich erst zugreifen können, nachdem alle Werte auf die angegebenen Zahlen angehoben wurden.

Ich hatte im Moment zwei Attributpunkte verfügbar. Die automatisch verteilten Punkte der bisherigen Levelaufstiege haben für fast vollständig gleichmäßig ansteigende Werte gesorgt. Da meine Ausrüstung den Fernkampf stark begünstigte, beschloss ich, meine Geschicklichkeit und Präzision zu maximieren. Ich steckte jeweils einen Punkt in Beweglichkeit und Wahrnehmung und bestätigte.

Ich entschied mich, mit einer meiner neuen Klassenfähigkeiten zu experimentieren, bevor ich den Charakterbildschirm verlassen würde.

Ich aktivierte Auf der Jagd, die Klassenfertigkeit, mit der ich verschiedene Aspekte meines Status verschleiern konnte, und änderte meinen Vornamen von Harold zu Hal. Der Bildschirm wurde aktualisiert, aber ein Sternchen stand hinter meinem Namen.

Ich konzentrierte mich auf das Sternchen und eine Benachrichtigung erklärte, dass nur ein durchdringender Skill einer höheren Stufe die von mir versteckte Information preisgeben würde.

Zufrieden mit meinem ersten Experiment änderte ich meine sichtbare Klasse von Gnadenloser Jäger zu Jäger.

Ich verspürte einen nahezu unerklärlichen Zwang, meine tatsächliche Klasse zu verbergen. Ein Jäger würde den meisten Leute weniger bedrohlich erscheinen, und zusätzlich meinen militärischen Hintergrund verdecken. Ein Jäger sollte außerdem ein recht alltäglicher Anblick sein – der erste Tag der Hirschsaison im westlichen Pennsylvania galt praktisch als offizieller Feiertag.

Schließlich verschleierte ich in meinem Status, dass Auf der Jagd aktiviert war und mich beeinflusste.

Statusmonitor			
Name:	Hal Mason*	Klasse:	Jäger*
Volk:	Mensch (M)	Level:	2
Titel			
Keiner			
Gesundheit:	120	Ausdauer:	120
Mana:	150		
Status			
Normal*			

Attribute			
Stärke	15 (30)	Beweglichkeit	13 (60)
Konstitution	12 (50)	Wahrnehmung	18 (40)
Intelligenz	15 (40)	Willenskraft	16 (30)
Charisma	14 (40)	Glück	16
Klassen-Fertigkeiten			
Hindern	1	Scharfe Sinne	1
Auf der Jagd	1		
Boni			
Bauchgefühl			
Kampfzauber			
Keiner			

Ich sah, dass meine Gesundheitspunkte wieder fast voll und meine Manapunkte auf dem Maximum waren, als ich mit meinen Änderungen fertig war. Zufrieden mit den Anpassungen und meiner zurückgewonnenen Gesundheit verließ ich den Statusbildschirm.

Ich drehte meine Schultern von Seite zu Seite und hüpfte ein paar Mal auf den Zehen, um die Fixierung meiner Ausrüstung zu testen. Eine plötzliche Erkenntnis ließ mich erstarren. Verwundert sah ich auf meine linke Hand. Erst jetzt erkannte ich, dass mit Beginn dieses spielartigen Systems mein Nervenschaden verschwunden war. Ich war zu sehr vom Kampf um mein Leben und den neuartigen Fensteranzeigen abgelenkt gewesen, um zu bemerken, dass ich sie tatsächlich mit meiner linken Hand bedient und gefühlt hatte.

Ich konnte mich frei bewegen, ohne Schmerzen! Die Taubheit auf meiner linken Seite, die mich jahrelang geplagt hatte, war fort! Ich beugte vorsichtig die Finger meiner Linken und rieb sie übereinander und schwelgte in der Wahrnehmung. Dann fuhr ich mir mit der linken Hand übers Gesicht, was einen Teil meiner Begeisterung abdämpfte. Das Gefühl war zurückgekehrt, jedoch verunstalteten die Narben von der Bombenexplosion immer noch die Haut auf meinem Gesicht.

Ich betrachtete mich im Spiegelbild der getönten Autoscheiben.

Blut war über mein Gesicht verschmiert und war auf meinem Shirt und meiner Weste verkrustet. Das linke Hosenbein war von meinem Hintern bis zum Knie zerfetzt, und meine linke Gesäßbacke spürte Zugluft. Der Rest meiner Kleidung war versengt und Funken vom brennenden Haus hatten ein paar Löcher hineingebrannt. Ich stank nach Rauch und verkohltem Fleisch.

Trotz meines ungepflegten Zustandes fühlte ich mich so gut wie seit Jahren nicht mehr. Irgendetwas an dieser veränderten Welt stimmte mit mir jedenfalls überein. Ein Teil von mir fragte sich, ob ich mich mit zunehmender Erfahrung zunehmend stärker fühlen würde.

Meine wetteifernde Art, die mich einst durch die U.S. Marines Rekrutenausbildung getrieben hat – sie wurde wieder lebendig.

Ich brauchte mehr Levels.

Kapitel 5

Ich ließ meine Schlüssel auf dem Fahrersitz des aufgeschlossenen Explorers, lief die Auffahrt hinunter und auf die Straße. Vielleicht würde jemand eines Tages etwas Nützliches darin finden. Ich hätte noch mehr Zeug mitnehmen können, aber ich rechnete mit Ärger, und glaubte fest daran, dass man mit wenig Last in den Kampf ziehen sollte.

Ich folgte den gewundenen Straßen und arbeitete mich durch das Viertel vor, nach Norden, auf den Beechwood Boulevard. Pittsburgh war eine auf merkwürdige Weise einzigartige Stadt. Manchmal waren die Straßen in einem ordentlichen Raster angelegt, an anderen Orten waren sie wild verbogen. Oft sollten die Kurven dem unebenen oder hügeligen Gelände gerecht werden, aber genauso oft verzogen sich die Straßen ohne Grund.

Ich war überrascht, wie ruhig der Stadtteil wirkte. Die meisten Leute waren bereits zur Arbeit gegangen, bevor es seltsam wurde, oder sie harrten noch immer in ihren Häusern in der Hoffnung, dass dies alles ein Alptraum war.

Oder sie waren bereits tot.

Das Gefühl, beobachtet zu werden, überkam mich erneut und ich sah mich um. Diesmal fehlte dem Gefühl die haarsträubende Kühle, wodurch es weniger unheilverkündend aber auch irgendwie unmittelbarer wirkte.

Bei einem Haus konnte ich auf der Veranda sehen, dass das große Panoramafenster blutüberströmt war. Ein ungewöhnlich großer Chihuahua starrte mich durch das Fenster an, seine Schnauze war mit Blut bedeckt und tropfte hinter das Fensterbrett.

Sobald ich mit dem Hund Augenkontakt hatte, rastete er aus. Der Chihuahua jaulte, drehte sich im Kreis, stürzte sich gegen das Fenster, was eine Bruchstelle und einen weiteren Streifen Blut verursachte. Durch den

Bruch ermutigt, rammte sich der Hund erneut gegen das Fenster. Diesmal zerbrach das Glas, und der Riesenköter sprang auf die Veranda.

Durch den Scherbenregen hindurch, stürmte der Hund auf mich zu. Je näher er kam, desto klarer wurde mir, wie sehr er mutiert war. Anstatt ungefähr Stiefelgroß zu sein, hatte der knurrende Hund einen beinahe Basketballgroßen Kopf und er selbst reichte mir fast bis zur Hüfte.

Als er mir nahekam, begrüßte ich ihn mit Hindern und zog mein Kampfmesser. Ich wollte mit meiner begrenzten Munition sparsam umgehen. Ich trat auf den Chihuahua zu und rammte mein Messer in seine Schnauze. Es bohrte sich tief in den Hundekopf, doch der Schaden konnte die Kreatur nicht töten. Ich hielt das Messer fest und zog es heraus, während der Köter nervtötend jaulte.

Er versuchte sich zu mir zu drehen und schnappte nach mir. Hindern war noch aktiv und ich wich seinen Angriffen leicht aus. Nun stieß ich dem Hund das Messer waagerecht ins Ohr. Diesmal erreichte die Klinge das Hirn der Kreatur. Der mutierte Hund verlor die Kontrolle über seine Gliedmaßen, stolperte über seine eigenen Füße und stürzte zu Boden.

Ich kniete mich neben das Tier und wischte die Klinge am Fell sauber – seine Beine zuckten noch. Ich steckte das Messer zurück in die Scheide. Das Blut strömte aus seinen Wunden und gesellte sich zur Verunstaltung um seinen Schlund herum. Anhand der verfügbaren Hinweise würde ich raten, dass die Kreatur, kurz vor dem Angriff auf mich, ihren früheren Besitzer beseitigt hatte.

Ich plünderte das nicht ganz so kleine Monster, um ein kleines Fell und weitere Fleischstücke zu erhalten. Das Inventar erstellte einen Stapel für jeden einzigartigen Gegenstand. Obwohl ich sowohl Hunde- als auch Bärenfleisch hatte, nahmen die vielen Tierfleischstücke nur ein einziges Quadrat im Fünf-mal-Fünf-Raster ein.

Ich betrachtete die beiden Fleischstapel im Inventar. Einige Kulturen betrachten Hund als Delikatesse. Wenn ich die Wahl hätte, würde ich jedoch lieber das Bärenfleisch essen. Dabei hatte ich im Einsatz schon Schlimmeres gegessen. Meistens als Mutprobe. Erinnerungen an die hundert Mäuse, die ich von meinen Kameraden für eine Portion Khash abgezogen hatte, brachten mir ein Grinsen aufs Gesicht. Ihre angewiderten Gesichtsausdrücke waren das widerliche Brodeln des Kuhhufgerichtes im Magen wert.

Wie auch sonst immer – die Gedanken an meine Dienstzeit und die Erinnerung an meinen Einsatztrupp trübten mir schnell die Stimmung. Um die negativen Emotionen loszuwerden, stand ich wieder auf. Weiter ging's, die Straße hinunter.

Da die Fahrzeuge nutzlos waren, konnte man sich sicher sein, nicht angefahren zu werden. Ich bewegte mich also mitten auf der Straße, um so hoffentlich mehr Zeit zu haben, auf Bedrohungen zu reagieren – zum Beispiel auf mutierte Hunde, die durch Fenster springen. Meine Hoffnung war, Gefahren mit meinen Knarren erst mal aus der Ferne handhaben zu können.

Die Umgebung war seltsam ruhig. Beunruhigend ruhig. Gelegentlich waren Krach oder Schreie von Weitem zu hören. Dennoch blieb ich auf der Straße. Solange ich es vermeiden konnte, ging ich in keine Häuser hinein. Nahkampf gegen mutierte Monster. Klang nach einer guten Abkürzung ins Jenseits. Mit lediglich Level 2 hatte ich keine Möglichkeit zu wissen, wie stark die Kreaturen hier sein könnten.

Die Hauptstraße bog sich zurück zum Park. Da ich meine knappe Begegnung mit der Bärensippe nicht wiederholen wollte, wählte ich stattdessen, mehrere kleinere Seitenstraßen. Etwas weiter wandte sich die Seitenstraße vom Park ab und ich folgte dem Bürgersteig um die Ecke. Am

Straßenrand stand eine Reihe von hölzernen Pflanzkübeln, die mit Frühfrühlingswuchs gefüllt waren.

Die Pflanzen sahen aus der Ferne seltsam aus. Je näher ich kam, desto größer wuchs mein Unbehagen. Sie sahen aus wie Tomatenpflanzen, insbesondere an den Blättern, aber Tomatenpflanzen bewegten sich normalerweise nicht. Ich kam näher und die schwingenden Tentakel streckten sich mir entgegen. Ein erstaunlicher Anblick. Ein leerer Schuh lag ominös neben einem der straßennahen Pflanzkübel.

Neugierig stocherte ich mit meiner Schrotflinte auf einer Pflanze herum. Die Tentakel schossen nach oben und schlangen sich um die Mündung der Waffe, und versuchten, mich zu sich zu ziehen. Ich zerrte am Pistolengriff der Schrotflinte und trat zurück auf die Straße. Die Pflanze weigerte sich, meine Waffe freizugeben und ein Tentakel blieb um den Lauf der Waffe gewickelt.

Der Zug nahm zu, bis die Pflanze plötzlich entwurzelte und auf mich zuflog, durch eine Erdwolke hindurch. Da die Pflanze die Schrotflinte immer noch festhielt, rammte ich die Waffe nach vorne und unten und drückte die Pflanze in den Boden. Das gezackte Ende des brechenden Laufs der Schrotflinte grub sich in die Fasern der kleinen Pflanze und hielt sie fest, während ich mit dem Fuß drauftrat und die Pflanze in die Straße hineinstampfte. Pflanzenfasern rissen auseinander und ihr Saft verschmierte sich auf dem Asphalt.

Einen Moment später tauchte eine Meldung über mehr Erfahrung auf, und informierte mich über den Tod einer *Jungen Fleischfressenden Killertomate*.

Ich betrachtete einen Moment lang den grünverschmierten Saft auf dem Bürgersteig, dann sah ich mir die anderen Pflanzen an. Wäre das Pflanzenwesen ein wenig stärker, oder ich ein wenig schwächer gewesen, hätte es mich vielleicht herunterziehen und mit den Tentakeln komplett einwickeln können. Ich hatte nicht vor, den restlichen Pflanzen zu erlauben, stark genug zu werden, um andere Leute auszuschalten. Vor allem, wenn es mir Erfahrung geben würde.

Mit getroffener Entscheidung wiederholte ich den Vorgang mit jeder der ein Dutzend Killer-Tomatenpflanzen in den Holzkübeln. Einige verschwitzte Minuten später war die Straße von einem klebrigen Durcheinander aus Pflanzensaft und zerfetzten Pflanzenfasern bedeckt. Ein Blick auf meinen Status zeigte, dass mich die gesammelte Erfahrung fast auf das nächste Level gehoben hatte. Nicht schlecht für ein paar Minuten Arbeit.

Die entwurzelten Pflanzgefäße hinter mir lassend, nahm ich eine Abkürzung zwischen dem Vorgarten und dem Haus nebenan. Etwas bergab ging ich durch einen anderen Garten und kam bald wieder auf die Straße, östlich, von wo aus Beechwood den Hügel hinunterlief und eine Kurve schlug, um parallel zu Forbes Avenue zu verlaufen.

Hier konnte ich die ersten Anzeichen anderer Menschen erkennen. Auf Forbes, der Hauptverkehrsstraße des Stadtviertels in Richtung Innenstadt und Kulturviertel, war Stau. Die Autos standen still, die meisten mit offenen Türen. Fußgänger rannten zwischen ihnen umher. Leute kamen an mir vorbei, mehrere kreischten und hatten vor Panik weit aufgerissene Augen. Offensichtlich flohen sie vor etwas.

Ich machte mich auf den Weg in die Richtung, von der aus sie gekommen waren. Die Schrotflinte fest an meine Schulter gedrückt, Mündung nach unten, hielt ich Ausschau nach der Ursache des Schreckens.

Ich machte meine ersten Schritte auf Forbes und hörte zur Begrüßung das Widerhallten mehrerer Knalle. Meine Aufmerksamkeit richtete sich auf die nahe gelegene Kreuzung. Ein pittsburgher Polizist stand auf der Motorhaube eines geparkten Streifenwagens. Er feuerte mit seiner Waffe auf den Boden. Von meiner Position aus konnte ich sein Ziel nicht erkennen und näherte mich vorsichtig von der anderen Straßenseite aus.

Hinter dem Streifenwagen waren noch zwei Handwerkerwagen der Stadt geparkt. Es sah aus wie ein typischer Schlagloch-Bauarbeitertrupp im Frühling, nur dass das halbe Dutzend Straßenarbeiter auf Fahrzeugen auf der ganzen Straße verstreut geklettert waren und mit Schaufeln, Rechen und sogar Vorschlaghämmern gen Boden schwangen. Ich kam näher und es fing an auszusehen, als würde sich die Straße unter den Fahrzeugen winden. Abwassergestank lag in der Luft.

Dann wurde mir klar, dass die graue Flut nicht die Straße war. Vom Ekel bekam ich eine Gänsehaut.

Aus den Straßenabläufen zu beiden Seiten strömte eine Flut von Kanalratten, so groß wie kleine Hunde. Das verfilzte graue Fell der Ratten verschmolz im Schwarm untereinander und mit dem Asphalt. Es war fast unmöglich, einzelne Kreaturen zu erkennen.

An einigen Fahrzeugen kletterten die Ratten übereinander und bildeten einen Hügel, um die Menschen oben zu erreichen. Der mir nächste Hügel wuchs gerade am Heck des Streifenwagens. Ich ging auf ihn zu. Vorne am Fahrzeug feuerte der Polizist in die sich windende Masse. Seine Schüsse waren stetig und diszipliniert, trotz der steigenden Flut von Ratten, die immer höher und höher wuchs.

Ich betätigte den Abzug der Schrotflinte, und der hintere Rattenhaufen löste sich in einer Lache Blut und Fetzen auf. Ich zog den Vorderschaft der Pumpgun für eine neue Patrone und schritt auf die Vorderseite des Fahrzeugs zu. Ich trat in Schusshaltung und feuerte wieder auf den Rattenschwarm. Der Schuss drückte die fortschreitende Flut zurück, und ich pumpte den Vorderschaft erneut.

Vorne am Wagen schwappte die Flut jedoch über die Motorhaube. Der Polizist trat gegen die Spitze des auf ihn zurasenden Haufens. Er schleuderte die ersten paar Ratten in die Luft, doch der Rest des Schwarms traf ihn, sein Bein hoch. Mit einem abscheulichen Schrei fiel er hin und die Viecher umhüllten ihn. Selbst als er unter der Schar verschwunden war, konnte man seine entsetzlichen Schreie hören. Ich richtete meine Schrotflinte auf den Schwarm.

Ich feuerte ab, und seine Schreie wichen barmherziger Stille. Ich lud eine weitere Patrone und jagte sie in den Schwarm. Die Rattenschar schien zu zögern und wich vor meinen wiederholten Schüssen zurück. Ich nutzte die Gelegenheit, um Munition aus der Gürteltasche zu greifen. Dann machte ich weiter.

Mitten auf der Straße stand ein großer Schwarzer Mann in neonfarbener Warnweste auf einer leeren blauen Limousine und rammte eine breitköpfige Stahlschaufel auf einen weiteren Rattenhaufen. Der heftige Aufprall zerstampfte den Großteil des Hügels, und der Mann änderte die Stellung, um einem weiteren wachsenden Haufen entgegenzuwirken. Plötzlich sackte die Limousine unter dem Gewicht des muskulösen Mannes zusammen.

Ich ging auf den großen Straßenarbeiter zu und feuerte, wann immer ich eine große Gruppe Ratten ertappte. Nur wenige der Ratten stürmten alleine auf mich zu. Wenn es dazu kam, machte ich mit Stoßen und Treten kurzen Prozess mit den einzelnen Nagetieren, die es bis zu mir schafften.

Ich versuchte, einige der Ratten zu verlangsamen und stellte fest, dass Hindern nur auf einzelne Monster wirkte. Somit war die Klassenfertigkeit gegen größere Gruppen beinahe komplett wirkungslos. Die zerbrechlichen Kreaturen waren alleine leicht zu töten – gefährlich wurden sie in großer Anzahl.

Ein paar Ladungen Schrot räumten den Bereich um die Limousine, und der große Mann sprang herunter neben mich. Aus der Nähe sah er aus wie ein Bodybuilder über vierzig. Er ragte deutlich mehr als nur ein paar Zentimeter über mir auf. Ich brauchte nicht länger als diese kurze Einschätzung, und wandte mich wieder dem Nagetiertöten zu. Zusammen arbeiteten wir uns die Straße hinauf. Meine Pumpgun beseitigte die größten Ansammlungen von Ratten und seine Stahlschaufel kümmerte sich um kleinere Gruppen, die versuchten, uns zu umgehen.

Mehrere Wartungsarbeiter wurden von Ratten umschwärmt, bevor wir sie erreichen konnten. Sobald wir jedoch die Rattenmassen um die wenigen überlebenden Mitglieder der Straßencrew entfernt hatten, ebbte die Flut der Nagetiere zurück in die Straßenabläufe ab. Es blieb unklar, ob die Kreaturen sich vorübergehend zurückgezogen hatten oder einfach nur auf der Suche nach leichterer Beute weiterzogen.

Um die Autos herum blieben Haufen von blutigem Fleisch und zerfetzter Kleidung zurück. Überbleibsel jener, die zum Fliehen oder Verteidigen zu langsam gewesen waren.

Meine Gürteltasche mit Schrotpatronen war nach dem Nachladen der Waffe fast leer. Das anschließende Plündern des Areals dauerte mehrere Minuten. Ich wollte von dem, was von den Gefallenen übrig gewesen war, plündern, jedoch erschien kein Beutefenster. Vielleicht konnte nur der Töter die Beute erhalten. Also würde nur zurückbleiben, was das Opfer physisch an sich trug, und alles im Inventar ginge verloren.

In meinem Inventar sammelte sich eine Anzahl fettiger Rattenfelle und eine kleine Summe Credits an. Dieser letzte Gegenstand stammte vom gefallenen Polizisten, da ich für seinen Tod verantwortlich war. Ein ekelhaftes Gefühl drehte mir anfangs den Magen um, bis mein Gehirn die

Tötung mit der Begründung rechtfertigte, dass der Mann unter dem Rattenschwarm sowieso niemals überlebt hätte.

Als ich mein Inventarfenster zur genaueren Untersuchung öffnete, stellte ich fest, dass die Galaktischen Credits in einem Zähler am unteren Rand des Fensters auftauchten. Vom Format des Zählers her schien es eine Währung zu sein. Ich hatte noch keine Ahnung, wofür Credits verwendet werden konnten, und war einfach nur froh, dass sie keinen meiner kostbaren Inventarplätze belegten.

Ich verdrängte meine Zweifel und ging zu den überlebenden Straßenarbeitern, die sich bei ihren Pick-ups versammelt hatten. Der muskelbepackte Mann, neben dem ich gekämpft hatte, trank Wasser aus einem orangefarbenen Getränke-Thermobehälter auf der Ladefläche des Pick-ups, während sich ein zitternder jüngerer Kerl hinter ihm auf den Bordstein übergab. Sonst hatte nur eine stämmige Brünette überlebt, deren lockiges Haar unterm weißen Helm hervorlugte. Sie plauderte mit dem Bodybuilder. Der breitschultrige Mann nahm seinen Helm ab und wischte sich den Schweiß von der Stirn. Dabei kam ein glattgeschorener Kopf zum Vorschein.

Als ich zu ihnen kam, unterbrachen die beiden ihre Unterhaltung und sahen mich an.

Ich nickte zum Gruß. „Ihr solltet plündern, was ihr könnt.“

„Plündern?“, fragte die Frau.

„Ja, unser Leben ist jetzt wie ein Videospiel. Berührt etwas, das ihr erledigt habt und formt den Gedanken, Beute davon zu sammeln. Was ihr kriegt, solltet ihr in euer Inventar stecken können.

Der große Mann runzelte stumm mit der Stirn. Dann ging er zu einem Haufen zerstampfter Ratten und kniete nieder. Einen Augenblick später war sein Gesichtsausdruck überrascht.

„Es hat geklappt!" Der raue Ausruf des Mannes grollte mit der Intensität, die zu seinem einschüchternden Äußeren gut passte. Er stand auf und wischte sich auf dem Rückweg die Hand an seiner asphaltbefleckten Jeans ab. Dann reichte er mir seine Hand. „Man nennt mich Zeke. Die Dame ist Paula, und der Jüngling ist Adam."

„Hal", antwortete ich, und gab ihm einen festen Händedruck. Ich schaute mir die drei an.

Zeke schien von ihnen am gefasstesten zu sein. Paulas Augen huschten umher, ihr Kopf zuckte beim geringsten Geräusch hin und her. Adam war mit dem Erbrechen fertig. Er kam zurück zu uns, starrte jedoch unkonzentriert.

Ich sah diesen traumatisierten Blick nicht zum ersten Mal. Zusammen mit der blassen Haut und der beschleunigten Atmung schätzte ich ein, dass er unter Schock stand. Allerdings konnten wir jetzt nicht viel für ihn tun. Solange wir keinen sicheren Unterschlupf gefunden hatten, blieb nur die Hoffnung, dass er sich von selbst einkriegt.

„Du scheinst ziemlich gut hierfür ausgerüstet zu sein", kommentierte Zeke.

Ich zuckte mit den Schultern. „Ich war dabei, einen gesuchten Kautionsflüchtling zu fassen, als es mit all dem anfing. Ich hatte bisher recht viel Glück."

„Bist du Polizist?", fragte Paula mit hoffnungsvoller Stimme.

Ich schüttelte den Kopf. „Kopfgeldjäger."

„Oh." Die einsilbige Reaktion klang enttäuscht.

Ich konnte die Enttäuschung verstehen. Es war ganz natürlich, dass sich die Menschen in Zeiten des Chaos nach Ordnung sehnten. Ich gehörte nicht dazu. Stattdessen wurde ich zu jemandem, der im Chaos aufging.

Ich konnte mir ein Lächeln nicht verkneifen, als ich meine neuesten Benachrichtigungen sah.

Levelaufstieg!

Du hast Level 3 als Gnadenloser Jäger erreicht. Wertepunkte werden automatisch verteilt. Du darfst 2 Gratis-Attribute verteilen.
Klassen-Fertigkeiten gesperrt.

Ich schloss die Benachrichtigung und fragte: „Welche Klasse habt ihr bekommen?"

„Abrissarbeiter", sagte Zeke. „Es ist eine Hybridklasse mit Kampf- und Nichtkampf-Klassenskills, von einer Rasse namens Gimsar. Ist auf Angriffe auf Panzerung oder Gebäude spezialisiert. Zurzeit habe ich eine Zerschmettern Fähigkeit. Sie kann die Rüstung eines Ziels dauerhaft beschädigen, damit es Folgeangriffen mehr ausgesetzt wird."

„Klingt nützlich", sagte ich.

Paula seufzte. „Nützlicher als meine Klasse."

„Wieso das?", fragte ich.

„Feldmesser ist eine Nichtkämpferklasse", antwortete die Frau. „Wenn du also nicht gerade den Abstand zwischen zwei festgelegten Punkten oder ein Stadtraster haben willst, bin ich nicht sehr nützlich.

„Oh, das könnte nützlich sein, wenn wir hier überleben", sagte ich. Meine Hoffnung war, dass wir lange genug am Leben bleiben würden, bis die Zivillisten mit ihren Klassen zum Zug kamen – selbst, wenn diese Klassen nicht darauf angelegt waren, alles zu töten, was nicht bei Drei auf dem Baum ist.

Paula verdrehte die Augen und deutete auf das Blutbad um uns herum. Die Leichen untermauerten ihre Ansicht.

„Was ist mit Adam?", fragte ich.

Als der junge Mann seinen Namen hörte, blinzelte er und schien mich zum ersten Mal zu bemerken. Sein Gesichtsausdruck blieb ausdruckslos. Ich wechselte einen Blick mit Zeke, der einfach mit den Schultern zuckte.

„Was ist deine Klasse?", fragte ich Adam.

„Klasse?", fragte er. „Oh, Operator?"

„Was macht der genau?", fragte Zeke.

Adams Blick wurde zu einem Starren, als würde er auf etwas für uns Unsichtbares schauen, vermutlich seine Statusmenüs. „Ich kann Ausrüstung bedienen und sie verbraucht weniger Mana."

Ich schaute mir die Fülle von Autos auf der Straße in beide Richtungen an. „Fahrzeuge?"

„Vielleicht?", antwortete Adam. Nicht sehr hilfreich. „Meine derzeitige Fertigkeit gewährt nur passive Effizienz für Manabatterien. Also, ich denke, wenn ein Fahrzeug eine Manabatterie hat?"

Ich erwartete kein funktionsfähiges Fahrzeug zu finden, wenn jegliche Elektronik durchgebrannt ist – so wie mein Handy. Oder mein eigenes Auto. Es fühlte sich an, als hätte jemand am ganzen Videospielkram gedreht.

„Meine Kids!", realisierte Zeke plötzlich. Er hatte meine Aufmerksamkeit. Unterbewusst drehte er an einem goldenen Ring am Ringfinger. „Ich muss zu meinen Kids."

„Wo sind deine Kinder nochmal?", fragte Paula.

„Montour Highschool", antwortete Zeke. „Drüben in McKees Rocks, auf dieser Seite von Robinson."

Dank meiner Aufgaben als Kopfgeldjäger vor Ort, hatte ich einen recht guten Durchblick in der näheren Umgebung. Zeke hatte einen Vorort westlich außerhalb der Stadtgrenze genannt. Von unserem Standort genau auf der gegenüberliegenden Seite von Pittsburgh. Da ich jedoch keine unmittelbaren Familienmitglieder hatte, war mein einziges Ziel das Überleben. Sich hier einzunisten, erschien mir außerdem eine schlechte Idee zu sein. Trotzdem zögerte ich, mich freiwillig zu melden. Ich war nicht so der Heldentyp.

„Mein Jake kann auf sich selbst aufpassen", sagte Paula mit einem überzeugten Nicken. „Ich komme mit."

Ihre Äußerung war das erste Stück Selbstvertrauen, das ich in ihr gesehen hatte.

„Adam?", fragte Zeke.

Der junge Mann blinzelte und schien wieder zu sich zu kommen. „Oh, ja?"

Er schaut um sich, als würde er seine Umgebung zum ersten Mal sehen. Mein Gefühl sagte mir, dass Adam keine Ahnung hatte, zu was er gerade zugestimmt hatte. Zeke muss den Blick auch gesehen haben.

„Wir gehen nach Westen, Adam", sagte er, und trank noch einen Schluck aus dem Wasserbehälter auf dem Pick-up.

Dann schaute Zeke mich an, und ich zog eine Augenbraue hoch.

„Hör zu, Kumpel", sagte Zeke, „ich habe nicht viel, aber wenn du mir hilfst, dann kannst du alles behalten, was ich unterwegs auftreibe. Geld, Beute, was du willst."

Ich wägte sein Angebot ab. Es war ja nicht so, dass ich dringend irgendwo sein musste. Meine Überlebenschancen als Teil einer Gruppe gefielen mir außerdem besser, als alleine zu sein. Eine der vielen Lektionen, die ich im Rockpile gelernt hatte: Jeder Mensch braucht jemanden, der ihm den Rücken freihält.

„Okay", sagte ich schließlich. „Ich nehme die Beute."

Zeke seufzte erleichtert als Antwort auf mein Einverständnis. Er war eindeutig besorgt gewesen, dass ich ablehnen würde. Er zeigte auf den Behälter, lud ein, zu trinken, und ich nahm zunickend an. Paula umklammerte nur ihre Stahlschaufel und schüttelte den Kopf. Sie wollte die improvisierte Waffe nicht loslassen. Ich trat an die Ladefläche des Pick-ups, steckte meinen Kopf unter den Ausguss des Wasserbehälters und trank einen langen Schluck. Als ich mit dem Kopf wieder hochkam, durchstöberte Zeke gerade den Laderaum des anderen Pick-ups. Nachdem er kurz herumgewühlt hatte, grunzte er und zog einen riesigen Vorschlaghammer mit Schaft aus Hickoryholz hervor. Er schwang das massive Werkzeug mit Leichtigkeit und klatschte mit dem Griff in seine Hand, hielt es vor sich und nickte zuversichtlich.

Zwischenzeitlich war Adam beim Streifenwagen gewesen und hatte den Kofferraum geöffnet. Als ich zu Ende getrunken hatte, war der magere Jugendliche zurück, mit dem AR-15 des Polizisten. Mehrere Zeitschriften waren in die Vordertaschen seiner reflektierenden, neongelben Sicherheitsweste gestopft.

Ich hatte den Verdacht, dass der junge Mann nicht unbedingt ausgeglichen genug war, um ihm anzuvertrauen, hinter mir mit einer Schusswaffe zu stehen. So weiß die Knöchel seines festen Griffs auf der Waffe jedoch waren, würde ich meine Meinung jetzt nicht äußern.

„Also nach Westen", sagte Paula nervös.

Ich nickte und ging den Weg nach Westen voran, über den geraden, aber verstopften Abschnitt der Forbes Avenue. Zurück blieben sowohl das zerstückelte Fleisch und das vergossene Blut der Monster als auch ihrer Opfer.

Kapitel 6

Wir hatten kaum das Zentrum des Squirrel Hill Viertels erreicht, als wir erneut angegriffen wurden.

Statt Wohnhäusern sahen wir nun Ladenfronten. Gerade erst waren wir an einer örtlichen Bankfiliale vorbeigekommen. Vor uns glänzten die Fenster im zweiten Stock der Squirrel Hill Filiale der pittsburgher Carnegie Bibliothek. Sie reflektierten das Vormittagslicht über der Kreuzung von Forbes Avenue und Murray Avenue.

Trotz der erhöhten Aufmerksamkeit durch Scharfe Sinne, war das erste Warnsignal über die nächste Gefahr das panische Schießen hinter mir – Adam hatte mit der Polizei-AR das Feuer eröffnet. Ich drehte mich zum Geräusch um und hob instinktiv meine Schrotflinte, um auf eine potenzielle Bedrohung zu zielen.

Weit hinter uns rannte eine kleine Hirschherde auf der Straße in unsere Richtung. Das halbe Dutzend Tiere sprang über und um die Fahrzeuge im Weg. Im Gegensatz zu den meisten Tieren, denen ich heute Morgen über den Weg gelaufen war, schienen diese normal dimensioniert zu sein. Die Hirsche bewegten sich jedoch schnell, und keiner von ihnen schien durch das schnell feuernde Gewehr Schaden zu nehmen.

Adam war ein schlechter Schütze.

„Hör auf zu schießen", befahl ich. „Warte, bis sie näherkommen, sonst verschwendest du nur Munition."

Adam sah gekränkt aus, aber er befolgte meine Anweisung und stellte sein wirkungsloses Feuer ein.

Die Herde kam näher, und ich beobachtete, wie mehrere Fußgänger den Tieren aus dem Weg eilten. Eine Person – ich konnte nicht erkennen, ob Mann oder Frau – war zu langsam. Ein Hirsch am äußeren Rand der Menge schwang sich ohne Mühe näher an die fliehende Gestalt heran.

Immer noch bei hoher Geschwindigkeit, drehte der Hirsch seinen Kopf zur Seite, um die Person mit seinem mehrendigen Geweih zu erwischen. Das Geweih durchdrang die Gestalt scheinbar ohne Widerstand, und die Eingeweide brachen aus der Person heraus, während ihr Oberkörper geschreddert wurde. Der Körper wurde weggeschleudert und prallte schlaff gegen ein Gebäude.

Zeke und Paula wechselten nervöse Blicke.

Ich schaute die Bank an und hatte eine Idee.

„Stellt euch hinter die Säulen!", rief ich und deutete auf die Bank neben uns. „Adam, gib ihnen Deckung! Zeke und Paula, zerschmettert jeden, der zu nahe kommt!"

Meine Anweisungen rüttelte die Gruppe zur Tat, und sie folgten meinem hastigen Plan. Anstatt mich ihnen anzuschließen, ging ich auf die gegenüberliegende Straßenseite und kroch auf die Ladefläche eines großen Pick-ups, der mit geöffneten Fahrerhaustüren leer stand.

„Was machst du?" Ich hörte die Besorgnis in Zekes tiefer Stimme.

„Ich teile sie auf!" Ich schaute auf die sich nähernden Hirsche. Sie waren fast schon in Reichweite. „Hoffentlich.", murmelte ich vor mich hin.

Die deutlich nähere Hirschherde hatte sich leicht ausgebreitet, als sie uns erreichte, und wich den verlassenen Fahrzeugen auf der Straße aus. Die ersten paar Hirsche schienen auf mich fixiert zu sein, also bereitete ich mich auf das Treffen vor.

Als der erste Hirsch bei meinem Pick-up war, sprang er und senkte den Kopf, um mich mit seinem Geweih aufzuspießen. Ich aktivierte Hindern. Verlangsamt durch die Klassenfähigkeit, schien der Hirsch in der Luft zu hängen. Ich feuerte auf die luftgestützte Kreatur, dann sprang ich rückwärts auf die Fahrerkabine des Pick-ups, während ich den

Vorderschaft pumpte, um eine neue Patrone zu laden. Der zweite Hirsch rannte um den Pick-up herum und hielt dabei seinen Kopf zu mir gedreht.

Der Einsatz von Hindern und die Einwirkung des Schusses aus nächster Nähe hatten den ersten Hirsch teilweise abgebremst, was ihn davon abhielt, vollständig auf der Ladefläche zu landen. Jedoch hatte der Schuss nicht so viel Schaden angerichtet, wie erhofft. Der Hirsch versuchte sich hochzuziehen, und ich gab noch einen Schuss ab. Diesmal hatte der Aufprall den Hirsch anscheinend betäubt, und ich sprang von der Kabine, um noch einmal aus deutlich kürzerer Entfernung zu schießen. Der dritte Schuss riss den Großteil des Fleisches vom Schädel der Kreatur und legte Knochen und verunstaltete Muskeln frei.

Der Hirsch riss das Geweih in meine Richtung, und die Enden glitzerten mir mit metallischer Schärfe entgegen. Ich wich der geschwächten Bewegung jedoch mühelos aus, pumpte die Schrotflinte und machte einen Schritt zurück nach vorne. Ich hielt den Lauf gegen den freigelegten Knochen des Hirschkopfes und drückte ab. Der vierte Schuss zerschmetterte den Schädel der Kreatur. Die Bestie kollabierte, und hing halb von der Ladefläche.

Irgendwie versuchte der Hirsch immer noch, auf die Beine zu kommen, also zog ich mein Kampfmesser und ließ die Schrotflinte an der Schlinge hängen. Ich packte den Hirsch am Geweih und hielt ihn in Position, während ich wiederholt mein Messer in die Kopfwunde stach.

Als der Hirsch endlich reglos war, steckte ich mein Messer in die Scheide und zog die letzte Handvoll Reservepatronen aus dem Gürtelbeutel. Ich schob sie eine nach der anderen ins Röhrenmagazin der Remington.

Ein Klappern hinter mir und das Zittern des Pick-ups lenkte meine Aufmerksamkeit von der Jagdbeute. Der zweite Hirsch hatte das Fahrzeug umkreist und war während des Kampfes gegen das erste Tier auf die Motorhaube gesprungen. Unbeholfen erklomm es die Fahrerkabine und raste auf mich zu.

Ein schnelles Repetieren führte eine neue Patrone ins Patronenlager, und ich aktivierte Hindern auf mein neues Ziel, und feuerte ab. Der Hirsch nahm den Schaden gelassen auf, sprang auf die Ladefläche und stürzte mit blitzendem Geweih auf mich zu. Ich wich auf der schmalen Ladefläche erfolgreich aus. Mit meiner aktivierten Fähigkeit war ich schneller als der gewandte Hirsch.

Ich war nun an seiner Flanke, und rammte meine Schulter in den Hirsch. Als die Kreatur versuchte, sich zu drehen, stieß ich von der Bordwand ab, um eine Hebelwirkung zu erzielen. Mein Manöver brachte den Hirsch aus dem Gleichgewicht und er stolperte seitwärts. Wäre da mehr Platz gewesen, hätte er sich vielleicht stabilisiert, aber seine Beine verfingen sich an der anderen Seite der Ladefläche, und er neigte sich, ohne genug Raum zu haben, um sich auszubalancieren.

Ohne Platz für Seitenschritte, hob ich mit aller Kraft an, und der Hirsch stolperte über den Rahmen der Pick-up-Ladefläche und landete verdreht unten auf der Straße. Auf seinem Rücken trat der Hirsch mit den Beinen um sich, im Versuch sich aufzurichten. Ich pumpte den Vorderschaft und feuerte in die Unterseite des Tieres in Bauchlage. Es brauchte mehrere Schüsse, von denen jeder noch tiefer in den verletzlichen Unterleib der Kreatur bohrte, bevor die wild um sich tretenden Beine der Bestie zusammenklappten und ruhig blieben.

Zu sehr darauf konzentriert, den zweiten Hirsch zu erlegen, bemerkte ich nicht, wie der dritte sich näherte.

Er stürzte sich hinter dem Pick-up auf mich, und ich reagierte zu spät, um Verletzungen komplett zu vermeiden. Noch während ich mich wegdrehte, musste ich am eigenen Leib erfahren, wie messerscharf das Geweih war. Die Krone schnitt durch das Fleisch meines linken Unterarms, bis zu den Knochen. Die Attacke durchtrennte mir die Sehnen, die meinen Griff am Vorderschaft hielten. Furchtbare Qualen rasten den linken Arm hoch. Meine Finger klappten auf, die Waffe glitt aus meiner leblosen Hand, und Blut spritzte aus den tiefen Wunden.

Ich biss die Zähne zusammen vor Schmerz. Mit nur einer Hand konnte ich nicht schnell genug nachladen, also ließ ich die Schrotflinte los und die Schlinge zog sie aus dem Weg. Ich drückte meinen verwundeten Arm fest an meine Brust, während ich mit meiner unverletzten Rechten meine Coltpistole zog.

Der Hirsch, der mich verwundet hatte, war am Pick-up vorbeigelaufen, drehte sich um und sprang nun auf, das Geweih wieder über den Rand der Ladefläche auf mich gerichtet. Ich sah ihn kommen und aktivierte Hindern rechtzeitig, um der verlangsamten Kreatur problemlos auszuweichen.

Nebenbei bemerkte ich meinen Ausdauerbalken, der nun fast leer war. Obwohl er sich nach und nach erholte, war er viel zu erschöpft, um die Fähigkeit noch mal zu aktivieren. Hoffentlich würde ich auch ohne erneuten Einsatz auskommen. Ich beschloss, meine Fähigkeiten in zukünftigen Kämpfen strategischer zu nutzen.

Meine Ausdauer war zwar niedrig, aber Hindern bewahrte seinen Effekt, selbst, nachdem der Hirsch gelandet war. Mein Colt war ausgerichtet und eröffnete das Feuer. Die halbautomatische Pistole donnerte bei jeder Betätigung des Abzugs, und der Hirsch zuckte mit jeder Kugel, die ihn direkt hinter der Schulter traf. Jeder Schuss hämmerte in die gleiche Stelle und schlug tiefer in die Brusthöhle des Tieres ein — ich hatte auf Herz und Lunge gezielt.

Nach meinem dritten Schuss stolperte der Hirsch und fiel zu Boden. Bei jedem Atemzug spritzte nun Blut aus seinem Maul. Ich feuerte noch einmal auf dieselbe Stelle und das verwundete Tier schüttelte sich und erstarrte dann.

Ich sah mich nach weiteren Bedrohungen um. Keine in meiner Nähe zu sehen.

Zwei Hirsche waren jedoch noch auf den Beinen und lauerten den anderen Mitgliedern meiner Gruppe auf, die sich zwischen die Marmorsäulen des Bankeingangs gedrängt hatten. Ein dritter Hirsch war in einiger Entfernung auf der Straße gefallen. Adam hatte wohl ein paar Glückstreffer gelandet.

Hinter den Säulen saß Paula mit dem Rücken gegen die Bankmauer und eine Blutlache unter ihr. Zeke schwang seinen Vorschlaghammer hin und her. Der lange Griff der Waffe hielt die letzten beiden Hirsche in Schach. Adam schien jedoch die Munition ausgegangen zu sein, und er kniete zwischen Paula und Zeke, zog ein Magazin vorne aus seiner Weste und fummelte am Gewehr herum, im Versuch es nachzuladen.

Mein linker Arm schmerzte immer noch und es tropfte Blut, aber immerhin spritzte es nicht mehr. Allerdings konnte ich meine linke Hand immer noch nicht bewegen.

Ich sprang vom Pick-up hinunter und ging auf den Kampfschauplatz mit den anderen zu. Adam hatte immer noch Mühe, das Magazin ins Verschlussgehäuse des AR zu stecken. Ich bewegte mich seitwärts weiter und passte meine Position an, damit meine Schüsse nicht die Gruppe treffen konnten. Als ich sicher war, dass ich die anderen nicht erwischen würde, schoss ich dem mir nächsten Hirsch in die Seite.

Mein Angriff überraschte die Kreaturen und Zeke nutzte ihr Zögern aus. Während meine Schüsse den einen Hirsch verletzten, schwang er wild, kopfüber zu dem Hirsch auf der anderen Seite. Der schwere Kopf des Vorschlaghammers zerschmetterte dem Hirsch den Schädel. Er fiel sofort in sich zusammen.

Ich schoss weiter auf mein Ziel, bis der Schlitten zurückgezogen blieb. Ich steckte die leere Pistole in das Holster, da ich mit meinem verwundeten Arm und meiner unbeweglichen Hand kein Nachladen riskieren wollte. Stattdessen griff ich nach hinten und riss die Survival-Axt von meinem Rucksack ab.

Meine Schüsse hatten den Hirsch verletzt, aber nicht genug Schaden angerichtet, um ihn zu töten. Ich kam näher, und er hinkte auf drei Beinen rückwärts und schwang sein messerscharfes Geweih nach mir. Nichts passierte, als ich den Hirsch erreichte, und mit Hindern auf ihn zielte. Meine erschöpfte Ausdaueranzeige blinkte warnend.

Ohne die Hilfe meiner Klassenfertigkeit musste ich auf konventionellere Mittel zurückgreifen.

Ich umkreiste den Hirsch und zwang ihn, sich auf seinem verwundeten Vorderbein zu drehen, während er versuchte, das geschärfte Geweih auf mich gerichtet zu halten. Da er ein verletztes Bein hatte, konnte ich mich schneller bewegen, als er sich drehen. Ich stürzte nach vorne und hackte dem Hirsch meine Axt in den Nacken. Ich zog und befreite die Axt und sprang zurück, nur einen Augenblick bevor sein Geweih durchschnitt, wo ich gerade noch stand. Ich kreiste weiter und wartete auf die nächste Gelegenheit, zuzuschlagen.

Hufen kratzten über den Asphalt mit der Drehung des verwundeten Tieres, das mich vor sich halten wollte. Blut rann vom zerrissenen Fleisch im Nacken des Hirsches, die Rinnsale tropften um den Hals herab und auf die Brust des Tieres. Mit jeder panischen Bewegung spritzten dunkelrote

Tropfen im Bogen von der Kreatur weg und klatschten auf den Bürgersteig herab. Blutaroma erfüllte die Luft.

Meine Nasenlöcher weiteten sich bei diesem Geruch und Speichel sammelte sich in meinem Mund. Ich schluckte und atmete tief ein, drückte den Blutdurst nieder und umkreiste meine Beute weiter. Das Kampftempo hatte ich nun fest im Griff, ich hielt das Tier mit Finten und einem immer höheren Tempo davon ab, sein Gleichgewicht zu erlangen. Jedes Mal, wenn sich der Hirsch nicht schnell genug drehte, versetzte ich ihm einem weiteren Hieb.

Dank der Wunden und starken Blutungen geriet der Hirsch ins Stocken und wurde nach jeder erfolgreichen Attacke noch langsamer. Schließlich, als die Kreatur fast vollständig erschöpft war, sprang ich vor, um ihr den Todesstoß zu versetzen. Der kraftvolle Hieb auf das Rückgrat des Hirsches durchtrennte es mit einem scharfen Knacken, und das Tier stürzte zu Boden. Ich trat auf das sterbende Tier zu und erledigte es mit einem weiteren schweren Hieb mit der Axt, der sich tief in dessen Hinterkopf grub.

Nachdem ich mich nun um alle Kreaturen gekümmert hatte, war es Zeit, sich der Gruppe zuzuwenden. Zeke und Adam halfen Paula auf die Beine. Der rechte Oberschenkel der Frau war von einem der Hirsche erwischt worden und unförmig zerhacktes Fleisch war sichtbar. Darunter war ihre Jeans rot mit Blut durchtränkt. Das Schlimmste der Blutung schien jedoch überstanden. Ebenso hörte der Bluterguss an meinem schwer verletzten Arm auf.

Anscheinend heilten wir in dieser neuen Welt alle viel schneller, und alles, was einen nicht sofort umbrachte, bot eine Überlebenschance.

Sobald klar war, dass meinen Landsleuten keine unmittelbare Gefahr drohte, wischte ich die Schneide meiner Axt am Fell des Hirsches ab und schnallte sie wieder an meinem Rucksack fest. Dann plünderte ich den von mir erlegten Hirsch. Die Erfahrungsbenachrichtigungen, die am Rande meines Blickfeldes blinkten, nahm ich zur Kenntnis.

Hirschfelle, rohes Wildfleisch und Rasierhorngeweihe machten den Großteil der Gegenstände aus, die ich in mein Inventar zog. Wieder einmal wünschte ich mir, den Wert meiner Gegenstände zu kennen. Ich hatte außerdem ein paar Rasierhornhufe, Rasierhornknochen und diverse Organe geplündert.

Beim Betrachten meines Inventars fiel mir auf, dass das Gitter sich mit Tierteilen füllte. Ich hatte die Hoffnung, dass sich irgendwann in naher Zukunft der mir zur Verfügung stehende Platz vergrößern würde. Sonst war ich bald gezwungen, Beute zurückzulassen.

Nach meiner Sammeltour traf ich die anderen in der Mitte der Straße wieder.

„Alles okay mit dir?", fragte ich Paula.

Die Frau hielt sich jeweils mit einem Arm an den Schultern von Adam und Zeke fest. Der große Zeke war leicht nach vorne gebeugt, um mit Adam auf gleicher Höhe zu bleiben. Paula schaute auf ihr Bein, für eine Sekunde zurück auf mich, dann wechselte ihr Blick zu einem Starren.

„Ich denke schon", sagte sie zögernd. „Meine Gesundheitspunkte steigen langsam wieder an."

Unser Gespräch wurde von einem Ruf unterbrochen. „Alles okay mit eych?"

Ich blickte auf und sah einen jungen Mann, Business-Casual gekleidet, der die Bibliothekstür offenhielt und sich leicht vorbeugte, um uns zu sehen. Er war wohl nicht bereit, das Gebäude zu verlassen. Ohne auf unsere Antwort zu warten, sah der junge Man sich mit raschen Kopfdrehungen um, und winkte uns mit einer Geste zu sich.

„Ihr solltet hier rüber kommen, das ist eine Sichere Zone", sagte der Mann.

Ich konnte die Großschreibung in seinen Worten hören und sah die anderen an. Alle schauten zurück und warteten eindeutig auf meine Meinung. Ich drehte mich zu dem Mann in der Tür um.

„Okay, wir kommen", antwortete ich und setzte meine Worte in Schritte um.

Kapitel 7

Wir gingen durch die Tür in die Bibliothek. Als ich hineintrat, tauchte eine neue Nachricht oben in meinem Blickfeld auf.

Du hast eine Sichere Zone betreten (Squirrel Hill Zweigbibliothek der öffentlichen Carnegie Bibliothek von Pittsburgh)
In diesem Bereich sind die Manaströme stabilisiert. Hier werden keine Monster spawnen.
Dieser Sicherheitsbereich umfasst:
Eine Bibliothek (+10% Forschungsfortschritt)

„Eine Sichere Zone?", fragte Zeke. Natürlich hatte er dieselbe Benachrichtigung erhalten.

„Ja", antwortete der junge Mann. „Es ist eine Sichere Zone wegen der Kinder in der Tagesstätte."

Er nickte in die Mitte der Bibliothek. Ich schaute in die angedeutete Richtung, und sah eine ältere, grauhaarige Frau auf einem roten Plastikstuhl. Sie las einer Gruppe kleiner um sie sitzender Kinder aus einem bunten Buch vor. Es war kaum wahrzunehmen, aber die alte Frau wirkte gebrechlicher, als alle anderen um sie.

Ich dachte einen Moment lang nach und kam zu einer Erkenntnis.

„Sie hat etwas geopfert, nicht wahr?", sagte ich mit leiser Stimme.

Der junge Mann nickte traurig. „Das System hatte Mrs. Lynne eine einzigartige Basisklasse angeboten. Sie hat abgelehnt, um diesen Ort sicherer zu machen. Auch ihre Boni hat sie dafür verwendet. Jetzt hat sie eine sehr einfache Basisklasse." Der Blick des jungen Mannes wurde ernster. „Ihr werdet uns keinen Ärger machen, oder?"

Ich schüttelte den Kopf. „Hatte ich nicht vor."

Ich sah die anderen an, die ebenfalls ihre Köpfe schüttelten.

„GUT", sagte eine Roboterstimme aus dem Schatten.

Das Heulen von Maschinen hallte durch den Eingangsbereich der Bibliothek und ein großer Mech trat hervor. Der mechanisierte Apparat hatte zwei Arme und zwei Beine. Auf einem erhöhten Kontrollstuhl, der aussah, als wäre er einst ein Elektrorollstuhl gewesen, saß ein dürrer junger Mann. Sein Kopf war von einer Kapuze mit Schutzbrille vollständig umhüllt. Jede Menge Drähte und Schläuche liefen von der Kapuze zu den Maschinen hinter ihm. Die Beine des Mechs ragten aus den Hüften heraus, die direkt außerhalb der Räder des Elektrorollstuhl platziert waren. Am Ende der zwei langen Arme war jeweils eine Kreissäge und daneben eine Düse, die wie ein Flammenwerfer aussah. Das Ganze schien wie eine Mischung aus Rollstuhlkostüm, das von einer Gruppe Cosplayer als wohltätiger Zweck für eine Parade geschaffen wurde, und tödlicher Kriegsmaschine aus der düster-dunklen und fernen Zukunft.

„Boah", kam es aus Adam heraus, als der Mech einen bebenden Schritt auf uns zu machte.

„ICH WÜRDE ES HASSEN, EUCH ZERLEGEN ZU MÜSSEN, WENN IHR ÄRGER MACHT", sagte die Roboterstimme, die aus einem Gitter auf dem vermummten Kopf kam. Die Sägeblätter wirbelten für eine einzige Umdrehung, um die Bedrohung zu betonen.

„Das würde ich auch hassen", sagte Paula mit großen Augen.

„Wir hatten nicht vor, lange zu bleiben", fügte ich hinzu.

„Wir sind auf dem Weg nach Westen", sagte Zeke. „Ich muss zu meinen Kids."

„WESTEN", gab der Mech von sich. „IM WESTEN GIBT ES EINEN SHOP. IHR SOLLTET ZUERST DORTHIN GEHEN UND

SYSTEMWAFFEN UND UPGRADES KAUFEN. IHR WERDET SIE BENÖTIGEN."

„Ein Shop?", fragte ich.

„EIN SYSTEM-SHOP BEFINDET SICH IN DER KATHEDRALE DES LERNENS."

„Danke", sagte ich höflich, nicht sicher, was genau ein Shop sein sollte. Der Klang von Upgrades gefiel mir jedoch gut.

Nachdem er mit seiner Grußdrohung fertig war, stampfte der Mech rückwärts in den Schatten.

„Man gewöhnt sich ziemlich schnell an ihn", sagte der erste junge Mann entschuldigend. „Zuerst war es ziemlich seltsam, aber er hat definitiv einige üble Kreaturen gestoppt, als sie Leuten reinfolgen wollten."

„Das scheint ein interessanter Bonus zu sein", antwortete ich und bot meine Hand an. „Ich bin Hal."

Alle stellten sich einander vor. Der junge Mann, der uns in die Bibliothek gerufen hatte, war Jeremy und der mechanische Wächter war Evan.

Mein Gespür sagte mir, dass Jeremy von der übermäßig freundlichen, gesprächigen Sorte war. Tatsächlich erwies er sich als eine sprudelnde Informationsquelle. Vor dem heutigen Tag waren ihre Rollen vertauscht gewesen. Jeremy hatte sich freiwillig als Pfleger für Evan gemeldet, welcher von seinem Rollstuhl abhängig war. Evan verbrachte viel Zeit in der Bibliothek, um die Welt mithilfe von Büchern zu erkunden. Heute Morgen hatte Evan einen Bonus ausgewählt, der ihn zum mechanisierten Wächter der Bibliothek machte, sowie einen geringeren Bonus, der eine Datenbank voller Informationen über diese neue Welt lieferte.

Jeremy erzählte uns von der Sicheren Zone und etwas über den Shop, welchen Evan erwähnt hatte, einschließlich der Tatsache, dass der Shop sogar magische Fähigkeiten vermittelte, wenn man es sich leisten konnte.

Im Verlauf des Gesprächs heilte mein linker Arm und allmählich kehrten die Sinne und die volle Bewegungsfähigkeit in ihn zurück. Nach ungefähr zehn Minuten bewegte ich ihn vorsichtig etwas energischer. Ich wollte sicherstellen, dass er wieder in Ordnung war.

Mit voller Beweglichkeit wiederhergestellt, entlud ich meine Waffen und nahm eine Bestandsaufnahme meines Inventars vor. Danach lud ich die Waffen auf dem Bibliothekstresen nach. Ich hatte nur noch drei Patronen für die Schrotflinte übrig, diese Schüsse mussten also sitzen. Zum Glück hatte ich noch drei volle Magazine für den Colt.

„Wie sieht es bei dir mit Munition aus?", fragte ich Adam während einer Unterbrechung im Gespräch.

„Nur noch ein volles Magazin", antwortete er. „Ich habe außerdem nur ein paar Patronen extra."

„Du wirst mit deinen Schüssen vorsichtig sein müssen", meinte ich zu ihm. „Zumal scheint es mir, als würden Feuerwaffen nicht die Art Schaden verursachen, die man erwarten würde."

„Das stimmt", sagte Jeremy. „Eure Waffen sind keine Systemwaffen, also werden sie auch weniger effektiv gegen höherstufige Kreaturen sein.

„Na klasse", sagte Zeke und hievte seinen massiven Vorschlaghammer. „Diese etwa auch?"

Jeremy nickte. „Ja. Er wird immer noch Schaden zufügen, jedoch werden Systemwesen Resistenzen gegen ihn haben. Ihr werdet Waffen, die mit dem System integriert sind, vom Shop kaufen müssen, um vollen Schaden anrichten zu können.

„Du sagst ‚System' immer wieder, als wäre es ein Titel", sagte ich.

„Das ist es", antwortete Jeremy. „Das ganze hier wird das System genannt. Die blauen Fenster, die Levels, die Erfahrungspunkte. Alles davon."

Ich nickte verständnisvoll. Das System war die Videospielwelt, in der wir nun lebten.

Wir mussten definitiv zu diesem Shop gelangen. Ohne Systemwaffen hatten wir keine Chance mehr, sobald die Mutantenlevels anstiegen und sich dem tatsächlichen Level der Zone näherten.

Ich öffnete meinen Statusbildschirm und sah ihn durch. Schnelle Bewegung und präzises Schießen waren immer noch meine besten Möglichkeiten, um am Leben zu bleiben, also investierte ich meine verfügbaren Attribute wieder in Beweglichkeit und Wahrnehmung.

In meinem letzten Kampf ist meine Erfahrung um einiges gestiegen, vor allem, weil ich für die meisten Kills verantwortlich war. Der Weg zum nächsten Level war bereits gut gepolstert.

Leider lagen meine Attributwerte immer noch weit unter den Mindestanforderungen meiner Klassenfähigkeiten. Im Kopf berechnete ich auf die Schnelle, dass ich meine Klasse erst ab ungefähr Level 15 vollständig freischalten konnte.

Statusmonitor			
Name:	Hal Mason*	Klasse:	Jäger*
Volk:	Mensch (M)	Level:	3
Titel			
Keiner			
Gesundheit:	150	Ausdauer:	150

Mana:	170		
Status			
Normal*			
Attribute			
Stärke	16 (30)	Beweglichkeit	17 (60)
Konstitution	15 (50)	Wahrnehmung	20 (40)
Intelligenz	17 (40)	Willenskraft	17 (30)
Charisma	16 (40)	Glück	16
Klassen-Fertigkeiten			
Hindern	1	Scharfe Sinne	1
Auf der Jagd	1		
Boni			
Bauchgefühl			
Kampfzauber			
Keiner			

Ich machte das Statusfenster weg und sah mich um.

Paula tastete durch die aufgeschlitzten und blutbefleckten Jeans an ihrem geheilten Bein herum.

Zeke hielt nervös seinen Hammer. Natürlich war er um seine Kinder besorgt und wartete ungeduldig darauf, weiterzuziehen.

Adam starrte auf die Tür, mit Furcht vor dem, was draußen lauerte.

Ich streckte mich, um meine Muskeln vor dem Wegantritt zu lockern. Die anderen sahen mir zu.

„Nun, Jeremy, danke für die Auskunft. Definitiv sehr lehrreich, aber ich denke, wir müssen weiter", sagte ich und nickte zur Tür. „Wollen wir?"

Zeke nickte motiviert, schwang den Hammer auf seine Schulter, ging zur Tür und drückte sie auf. Ich folgte ihm mit Paula im Anschluss.

Adam stand reglos da. „Ich kann nicht." Er schüttelte seinen Kopf ununterbrochen. „Ich kann nicht wieder da raus gehen!"

Wir schauten auf ihn zurück. Er hatte sich nicht von der Theke fortbewegt und klammerte sich mit festem Griff an sein Gewehr.

„Ich werde ihn nicht zum Mitkommen zwingen." Ich zuckte mit den Schultern.

„Ich kann's verstehen, Mann", sagte Zeke, als er Adam ansah. „Aber ich muss zu meinen Kids."

Paula ging zurück zu Adam und legte ihm eine Hand auf die Schulter.

„Du kannst hier bleiben", sagte sie und schaute zu Jeremy. „Er kann hier bleiben, nicht wahr?"

„Das sollte kein Problem sein", antwortete der junge Mann. „Solange er bereit ist, hier mit auszuhelfen."

„Ich kann euch hier helfen!", sagte Adam mit verzweifelter Stimme. „Solange ich nicht wieder raus muss!"

Zeke ging zurück zum jungen Mann, um ihm auf die Schulter zu klopfen. Dann reichte er ihm die Hand zum Abschied. Das ganze beruhigte Adam ein wenig.

„Viel Erfolg, Junge!"

Der Große wandte sich wieder der Tür zu und ging hinaus. Ich nickte Adam zu und folgte Zeke, Paula machte das Schlusslicht.

Kapitel 8

Beim Verlassen der Bibliothek stand die Sonne fast schon über uns und spähte gelegentlich durch die Wolken. Langsam fanden sich die Menschen damit ab, wie die Welt sich verändert hatte. Es waren mehr Fußgänger auf der Straße zu sehen. Die meisten Leute waren bewaffnet oder umklammerten improvisierte Waffen: Vom Baseball- bis zum Hockeyschläger war alles dabei. Das Volk erschien von Eile getrieben, wie sie von Gebäude zu Gebäude huschten. Nervöse Blicke wurden ausgetauscht, wobei die Meisten jedoch Augenkontakt mieden.

Eine ängstliche Erwartung erfüllte die Atmosphäre, als könnte jeden Moment eine Explosion von Gefahren auf sie niedergehen. Ich fühlte mich wie zurück auf Patrouille durch ein Kriegsgebiet. Ich hatte schwer gehofft, so etwas nie wieder erleben zu müssen.

Aber jetzt war alles anders. Ich war stärker, schneller und hatte übermenschliche Fähigkeiten.

Hier konnte ich die Gefahren bekämpfen.

Je weiter wir uns westwärts entlang der Forbes Avenue von der Murray Avenue entfernten, umso mehr verminderte sich der Fußverkehr. Nur einen Häuserblock weiter sahen wir statt belebter Ladenfronten ein ruhigeres Wohnviertel. Zwischen den Häusern war großzügiger Abstand, mit gepflegten Rasenflächen und Sträuchern.

Auf unserem Weg redeten wir drei miteinander. Zeke verriet, dass seine Frau vor fast zehn Jahren an Krebs gestorben war. Somit musste er sich alleine um ihre zwei Kinder kümmern, die zurzeit mit zwei Klassenstufen Abstand voneinander auf der Highschool waren.

Paula und ihr Mann Jake hatten keine Kinder und verbrachten den größten Teil ihrer Freizeit ehrenamtlich in Tierheimen.

Unter normalen Bedingungen wäre der Weg zur Kathedrale des Lernens höchstens vierzig Minuten zu Fuß gewesen. Da wir wachsam bleiben und gelegentlich spawnende Monster beseitigen mussten, waren wir auf ein langsameres Tempo eingeschränkt. Kein einzelnes Monster war besonders bedrohlich, definitiv nicht für uns drei. Wann immer möglich hielt ich mich zurück, um meine Munition zu schonen. In unserer Formation ging und spähte ich voraus. Paula und Zeke hingen mir zu beiden Seiten etwas hinterher. So bewegten wir uns die Straße entlang.

Dieser Abschnitt der Forbes Avenue verlief gerade und größtenteils eben. Nach mehreren Häuserblocks kamen wir bei einer dreiarmigen Kreuzung an. Hier bog Forbes Avenue nach Norden, mit einer sanften Kurve bergab, zum Campus der Carnegie Mellon University. Die Seitenstraße geradeaus stieg ein wenig auf, ging durch einen Golfplatz, in den Schenley Park hinein.

Ich blickte zur Gruppe hinter mir. „Geradeaus durch den Park oder unten an Carnegie Mellon vorbei?"

„Von der Entfernung her ist es ungefähr gleich, nicht wahr?", fragte Paula.

„So ziemlich", antwortete Zeke. „Ich will mich aber ehrlich gesagt nicht mit den CMU-Studenten auseinandersetzen. Gehen wir lieber geradeaus."

„Durch den Park also", sagte ich.

Der Weg vor uns war von weiten Feldern und sanften Hügeln umgeben, das offene Gelände übersät mit Putting Greens. Gelegentlich waren Baumreihen entlang der Straße verteilt. Als Teil des Golfplatzes waren sie jedoch sehr ordentlich. Auf dem Boden gab es nichts, was versteckten Monstern Deckung bieten konnte.

Am Ende des Golfplatzes erreichten wir den Hauptteil vom Schenley Park, wo der Baumwuchs von gepflegt zu natürlich und dicht bewaldet wechselte.

Die Straße nach Westen schlängelte sich Nord- und Südwärts. Zum Phipps Conservatory hin wurde die Straße durch beidseitige Parkreihen etwas breiter. Noch bevor wir das Conservatory erblicken konnten, war ein beunruhigendes Rascheln von den Bäumen über uns zu hören und ein penetranter Geruch stieg mir in die Nase.

Durch den plötzlichen Gestank musste Paula mit dem Würgreiz kämpfen. Ich sah auf – ein halbes Dutzend riesiger Stinkwanzen fielen von den Bäumen, zu beiden Seiten der Straße. Die riesigen Insekten hatten die Größe von Sofas erreicht. Sie krochen die Straße entlang über parkende Autos und ihre spindeldürren Beine hinterließen Beulen und Risse. Giftige Dunstschwaden gingen von den uns umzingelnden Käfern aus.

Als die Schwaden über mich wehten, tauchte eine Benachrichtigung auf.

Gifteffekt abgewehrt

Ich ging auf das mir nächste Insekt zu und feuerte meine Schrotflinte ab. Der Schrot prallte größtenteils vom gehärteten Panzer ab, drang zum kleinen Teil jedoch ins weichere Fleisch um die Augen und den Rüssel herum ein. Ich ließ die wenig wirkungsvolle Pumpgun in die Schlinge fallen und zog meine Pistole.

Hinter mir hustete Zeke etwas, als wäre er nur leicht von den Gasen beeinflusst, aber Paula würgte heftig. Ich hatte jedoch keine Zeit für sie, denn zwei weitere Insekten stürmten auf mich zu.

Ich feuerte meinen Colt ab. Jeden Schuss zielte ich sorgfältig auf die Augen des ersten Käfers. Schleim spritzte aus den Wunden, und der Käfer stürzte durch seine Vorwärtsbewegung. Der zweite Käfer hatte mich fast erreicht, und ich sprang seitlich auf den leblosen ersten Käfer, der nun still dalag.

Mein Manöver verwirrte den noch lebenden Käfer, er hielt mit schwingenden Antennen inne, und versuchte mich zu orten. Ich nutzte das stehende Ziel aus und gab einen Doppelschuss auf dieselbe Kopfstelle ab, wie beim ersten.

Ich drehte mich zu meinen Gefährten. Zeke hatte sich um einen der Käfer gekümmert, der nun als zerknautschter Haufen hinter ihm lag. Ich sah, wie er mit seinem Vorschlaghammer ein tastendes Bein beiseite schlug. Dann hob er die Waffe über seinen Kopf, und donnerte sie ohne Unterbrechung herab, auf den nun zerquetschten Kopf des Insekts.

Ein Schrei riss meine Aufmerksamkeit zu Paula. Die letzten beiden Stinkwanzen hatten sie unter sich am Boden festgenagelt. Die Rüssel beider Insekten waren in ihrem Torso gerammt. Gepackt vom Effekt des Gifts zitterten ihre Muskeln heftig. Sie schlug gegen die röhrenförmigen Gliedmaßen, die Giftstoffe in ihren Körper pumpten, während ihre Schreie schwächer und ihre Bewegungen langsamer wurden.

Zeke war näher dran als ich, aber wir eilten ihr beide zu Hilfe und erreichten gleichzeitig die letzten zwei Käfer. Ein weiterer Überkopfschlag vom Großen traf eines der Insekten, und drückte ihm einen Teil des Panzers ein. Der verwundete Käfer ließ Paula los und stolperte zurück.

Mit einem Messer in der Hand rutschte ich unter den anderen Käfer, aktivierte Hindern, und schnitt tief in den weichen Unterbauch des Insekts. Eingeweide und Schleim spritzten aus dem Einschnitt. Das meiste davon verfehlte mich und ich rollte unter dem riesigen Insekt hervor.

Weitere Giftgase strömten aus den verletzten Käfern, aber ich wehrte die Auswirkungen weiterhin ab. Zeke hustete abermals. Er war beeinflusst, aber nicht außer Gefecht. Er hielt das Gift aus und drosch auf den Käfer ein, bis von diesem nur eine leblose, zerknüllte Hülle übrig war.

Durch das klaffende Loch an der Unterseite verwundet, und durch meine Klassenfertigkeit verlangsamt, konnte mein Ziel nicht mit mir mithalten. Ich umkreiste den Käfer, der nicht schnell genug mitdrehen konnte, und schlitzte ihm die freiliegenden Gelenke auf. Nach nur wenigen weiteren Treffern erledigte ich ihn mit einem Stich durch das Auge. Mit einem Blick auf meine Erfahrungsbenachrichtigungen war bestätigt, dass das Insekt tot war. Ich drehte mich um. Zeke kniete bereits neben Paula.

Ich ging zu ihnen hinüber. Aus der Nähe konnte ich sehen, dass Paulas Körper ein blasses, durchscheinendes Weiß angenommen hatte. Bei den Einstichstellen an ihrem Torso war ihr Körper verkümmert und das Innere verflüssigt. Zeke schüttelte seinen Kopf und traf meinen Blick.

„Sie ist dahin", sagte er traurig. Dann musste er heftig husten. Er röchelte. „Es ist meine Schuld."

Ich packte ihn unter seinen Schultern, und hob ihn auf die Beine, zog ihn weg, an die frische Luft. „Wir müssen aus dieser Wolke raus."

Als Zeke von den Dämpfen befreit war, sank er wieder auf die Knie und starrte zurück auf Paulas Körper. „Sie wäre noch am Leben, wenn sie nicht mit mir gekommen wäre."

„Das kannst du nicht genau wissen", sagte ich mit leiser Stimme. „Du hast keine Ahnung, worauf die Leute da draußen stoßen könnten. Die ganze Welt ist durchgeknallt."

„Sie wählte, mit mir zu kommen", argumentierte Zeke.

„Das stimmt", antwortete ich und legte ihm eine Hand auf die Schulter. „Sie hielt es für wichtig, zu deinen Kindern zu gelangen. Das war ihre Entscheidung. Ehre sie dafür."

Zeke sagte nichts mehr, saß aber immer noch regungslos da, den Blick auf Paula gerichtet. Ich klopfte Zeke fest auf den Rücken, und als die stinkenden Wolken sich auflösten, machte ich mich auf, die riesigen Käfer nach Beute zu durchsuchen.

Nachdem ich mein Inventar fast vollständig mit Käfereingeweiden und Panzerstücken gefüllt hatte, hoffte ich sehr, zu diesem Shop zu kommen, bevor mein Inventar randvoll war. Ich konnte sie nicht ausstehen – die Vorstellung, potenziell wertvolle Beute zurückzulassen.

Ich ging zu Zeke zurück und reichte ihm meine Hand. „Du wirst klarkommen, Großer?"

Nach einem Moment Pause ergriff er meine Hand und ließ mich ihn mühelos auf die Beine ziehen. Wir waren beide ein wenig überrascht, wie wenig Anstrengung es mich kostete, ihn hochzuheben. Stärke war mein niedrigstes körperliches Attribut, aber selbst das hatte den Höhepunkt menschlicher Leistungsfähigkeit erreicht. Meine Beweglichkeit war mehr als dreimal so hoch wie zuvor, und ich konnte nur erahnen, wie viel schneller ich geworden war. Meine Schusspräzision war sicherlich von meiner Steigerung der Wahrnehmung und Beweglichkeit begünstigt worden.

„Wie kommst du damit so gut zurecht?", erwiderte Zeke.

Ich schaute ihm in die Augen. „Es ist nicht das erste Mal, dass Menschen um mich herum auf furchtbare Weise gestorben sind." Ich rieb mit dem Finger über ein paar Löcher in meinem Kevlar-Plattenträger. „Ich wurde angeschossen, verbrannt und hochgejagt. Irgendwie gewöhnt man sich an die Schrecken des Krieges oder sie überwältigen und ertränken einen."

Etwas an meiner Stimme ließ Zeke seinen Blick auf mich fokussieren, und er suchte mein Gesicht ab. Seine Augen weiteten sich, als bemerke er zum ersten Mal die Brandnarben auf meiner Wange. Sein Blick strich entlang der Rillen des Narbengewebes an meinem Hals, wo sie unter meinem T-Shirt und meinem Plattenträger verschwanden. Dann sah er wieder zu mir auf.

„Du bist nicht nur ein Kopfgeldjäger", sagte Zeke. „Du warst beim Militär."

Ich schüttelte den Kopf und zwang meinen Blick weg – von Zeke, von Paula und von dem Blutbad, das nach unserem letzten Kampf hinter mir lag. Ich wollte nicht an die Erinnerungen meiner Vergangenheit oder an gefallene Kameraden denken.

„Lass uns gehen", sagte ich.

Es dauerte ein paar Schritte, bis ich wieder mit Selbstvertrauen gehen konnte. Zeke seufzte tief auf und folgte mir dann mit schwerfälligen Schritten.

Kapitel 9

Wir gingen weiter die Straße entlang. Vor dem Phipps Conservatory bog diese in einer sanften Kurve ab. Ich blieb jedoch stehen, als ich die Gewächshausfenster des Conservatory erblickte. Oder was davon übrig war.

Nahezu jede der massiven Scheiben war zerbrochen, und aus dem verstreuten Glas war ersichtlich, dass die Zerstörung von innen heraus geschehen war. Massen von Ranken und farbenprächtigen Blumen ragten heraus. Einige der Pflanzen kletterten außen an den Gebäuden nach oben, andere verliefen am Boden entlang und reichten fast bis zur Straße.

„Oh, zur Hölle, nein!", rief Zeke aus, als er zu mir aufschloss.

„Definitiv. Ich hatte für heute schon genug Killerpflanzen."

Beim Vorbeigehen drängten wir uns zur anderen Straßenseite. Dornige Ranken hatten sich um mehrere Autos auf der Straßenseite beim Conservatory gewickelt. Zu diesen Stellen hielten wir beim Vorbeilaufen zusätzlichen Abstand.

Ab und zu hallte ein schmerzerfüllter Schrei aus dem Gebäude heraus. Jedes Mal schauderte es mich.

Zeke schüttelte nur den Kopf und sagte: „Nein. Nein. Nein."

Auf halber Strecke durch den Parkplatz reichten die Ranken nicht mehr bis auf die Straße. Wir waren weit außerhalb ihrer Reichweite.

Ich seufzte erleichtert. „Das war wie ,Der kleine Horrorladen' auf Speed. Ich hatte Alpträume als Kind von diesem Film."

„Nie gesehen", antwortete Zeke. „Würde ich mir jetzt auch nicht mehr antun."

„Zur Abwechslung etwas Erfreuliches", sagte ich und zeigte auf ein hochragendes rechteckiges Gebäude, das sich vor uns über der Stadtkulisse erhob. „Dort soll der System-Shop sein."

Instinktiv beschleunigten wir unser Tempo und überquerten die Schenley-Brücke. Die pittsburgher Carnegie Zentralbibliothek lag zu unserer Rechten und teilte sich ein massives, beigefarbenes Steingebäude mit dem naturhistorischem Carnegie Museum.

Wir passierten die Bibliothek und den Schenley Plaza ohne Zwischenfälle. Die Forbes Avenue war nun zwischen uns und der Kathedrale des Lernens.

Zeke und ich überquerten die Straße. Wir kamen gut um die festgefahrenen und verlassenen Autos voran.

Auf der anderen Seite angekommen, standen wir mehreren Gestalten in blauer Panzerung gegenüber. Sie versperrten uns den Weg. Die Anzüge hatten massive Schulterklappen und Beinschienen, die bei jedem Schritt auf dem gepflasterten Boden erschallten. Jeder von ihnen trug außerdem ein klotzig geformtes Gewehr mit kurzem Lauf von mehreren Zoll Durchmesser.

„Anhalten und identifizieren", sagte die nächste Gestalt mit tiefer, synthetischer Stimme.

Ich blieb stehen und hielt meine Hände fern von meinem Körper. „Wir sind nicht auf Ärger aus. Wir haben gehört, dass es in der Kathedrale des Lernens einen Shop gibt."

Ich wollte wirklich gegen keinen dieser Typen kämpfen. Ihre schwere Panzerung sah nach mächtiger, hochstufiger Ausrüstung aus.

Die erste Gestalt musterte uns einen Moment lang, nahm dann ihren Helm ab und enthüllte einen schmächtigen Teenager, der nur allzu selbstgefällig schien.

„Entspannt euch", sagte der Junge und schwenkte einen gepanzerten Daumen über seine Schulter in Richtung des hochragenden Kalksteingebäudes. „Der Shop ist gleich da drinnen."

„Hast du da die Rüstung her?", fragte ich.

„Jup!", rief der Teenager. „Sie ist genau wie die Marine-Rüstung in einem Tabletop-Spiel, das wir alle spielen."

„Oh, okay", antwortete ich, überrascht von der Begeisterung des Teenagers. Ich nahm ihn gerne beim Wort.

Eine der Figuren hinten beugte sich vor. „Wissen ist Macht, behütet es gut."

Als er einem der anderen ein High-Five gab, war der ehrwürdige Eindruck dahin.

Der helmlose Teenager winkte Zeke und mich hindurch, also verließen wir die Gruppe und machten uns auf den Weg zur Kathedrale selbst. Zeke warf mir einen Blick zu und verdrehte die Augen über die Kinder und ihre Possen. Als wir den Hintereingang des gotischen Gebäudes erreichten, öffnete Zeke eine der schweren Holztüren.

Das chaotische Gebrabbel einer großen Versammlung brühte dabei aus der Tür. Wir fanden eine dicht gedrängte Menschenmenge, die fast den Eingang versperrte. Diejenigen, die uns am nächsten standen, wichen zurück, als die Tür aufschwang. Selbst als sie erkannten, dass es sich nur um uns zwei handelte, blieben ihre Mienen angsterfüllt.

Zeke sah mich Weisung suchend an, während die Leute uns ängstlich anstarrten. Ich zuckte mit den Schultern zu ihm, also drängte er sich in die Menge, und ich folgte ihm. Als ich durch die Türöffnung und in die abgestandene Luft des dicht gedrängten Raumes trat, erschien eine Benachrichtigung in meinem Blickfeld.

Du hast eine Sichere Zone betreten (Kathedrale des Lernens, University of Pittsburgh)

In diesem Bereich sind die Manaströme stabilisiert. Hier werden keine Monster

spawnen.

Dieser Sicherheitsbereich umfasst:

Dorf Oakland, Pittsburgh Stadtzentrum

Eine Schule (+10 % Skill-Fortschritt)

Der Shop

Ich ließ das blaue Feld verschwinden. Die Gerüche von Menschenmassen stiegen mir in die Nase. Obwohl der Gemeinschaftsraum unter der vierstöckigen Gewölbedecke fast einen Hektar grünen Schieferboden hatte, war der Raum voll warmer Luft – erzeugt durch die Ansammlung eng zusammengedrängter Menschen. Ich nahm die Gerüche ungewaschener Körper, Schweiß und Angst wahr.

Ich konzentrierte mich darauf, dicht hinter Zeke zu bleiben, während er uns durch die Massen drängte. Ich hatte kaum Aufmerksamkeit übrig für die solide Konstruktion des hohen Gebäudes, die Kalksteinblöcke und die massiven Rundbögen, welche die gotische Decke hochhielten.

Der Weg zum anderen Ende der Halle dauerte mehrere Minuten. Folgendes war schmerzhaft deutlich: Die Leute, die sich hier versteckten, hatten keinerlei Anstrengungen unternommen, Erfahrungspunkte zu sammeln.

Im hinteren Teil des Raumes führte ein Gitterboden aus Schmiedeeisen zu mehreren Aufzügen. An der Wand über dem schweren und dekorativen Gitter waren die Zeilen eines seltsam passenden Gedichts eingraviert.

„Hier ist der ewige Frühling; für dich sind selbst die Sterne des Himmels neu."

Unter der Inschrift am Fuß der eisernen Wand befand sich ein silberner Sockel, über dem eine smaragdgrüne Kristallkugel schwebte. Trotz der

Menschenmenge in der Halle war der Bereich um das Podest herum leer. Zeke pflügte sich den Weg zum offenen Bereich, und ich trat neben ihn, während wir den schwebenden Kristall betrachteten.

Eine junge blonde Frau trat auf den Kristall zu und legte ihre Hand darauf. Auf einmal verschwand sie.

Eben war sie noch da, und plötzlich war die Frau komplett verschwunden.

Zeke und ich tauschten Blicke aus, aber niemand sonst in der Nähe reagierte auf das Ereignis. Ein paar Minuten später materialisierte sich eine Frau neben dem Kristall. Nur die blonden Haare verrieten mir, dass es dieselbe war. Statt zerrissener Jeans und Hoodie trug die junge Frau einen hautengen Jumpsuit, der ihre sportliche Figur betonte.

Ich trat zur Frau und fragte: „Ist das der Shop?"

„Ja", antwortete sie. „Einfach die Hand drauflegen und man wird teleportiert."

„Danke", erwiderte ich.

Die Frau nickte mir zu und verschwand in der Menge. Irgendwie bezweifelte ich, dass sie zu denen gehörte, die sich drinnen in Sicherheit versteckten.

Ich trat auf den schwebenden Kristall zu und beäugte ihn misstrauisch, bevor ich langsam meine linke Handfläche drauf legte. Ich hatte kaum die kühle, glasartige Oberfläche gefühlt, schon war ich woanders.

Das Murmeln der überfüllten Kathedrale verstummte augenblicklich, und die stickige Wärme des überfüllten Raums sank auf eine erfrischend kühle Temperatur. Die saubere, frische Luft war ein spürbarer Unterschied zum überfüllten Innenraum der Kathedrale des Lernens.

Ich befand mich im Eingang einer langen Halle voller Vitrinen und seltsam geformter Schaufensterpuppen. Soweit ich das einschätzen konnte, war jede Schaufensterpuppe einzigartige geformt. Während einige humanoid waren, hatten viele andere mehrere Arme oder Beine. Sie waren in alles Mögliche gekleidet, von gewebtem Gras und Stoff, bis hin zu futuristisch aussehenden Powerrüstungen. Die primitiveren Figuren waren mit Nahkampfwaffen aus Holz oder Metall bewaffnet, während die fortgeschritteneren Figuren glühende Energieklingen oder schnittig und tödlich aussehende Gewehre trugen. An den Wänden hinter den Vitrinen hingen in regelmäßiger Anordnung weitere Waffen und Rüstungen. Der Ort fühlte sich an wie eine charmante Mischung aus einem Museum und einer Handelsmesse voller Waren.

Die Atmosphäre des Ortes entspannte mich, obwohl ich mir vorgenommen hatte, mich beim Umschauen auf Trab zu halten.

„Ah, ein Jäger aus der neuen Dungeonwelt", sagte eine vornehme Stimme. „Sei gegrüßt, Abenteurer.

Ich drehte mich um und sah eine vierbeinige Gestalt, nur wenige Schritte von mir entfernt. Auf den ersten Blick hielt ich die Kreatur für einen Zentauren, aber die Anatomie stimmte nicht ganz. Die Gestalt war genauso groß wie ich und hatte einen muskulösen humanoiden Oberkörper, gekleidet in ein Smoking-ähnliches Ensemble, komplett mit weißem Rüschenhemd und goldenem Kummerbund. Unter dem Kummerbund bedeckte dichtes kastanienbraunes Fell die untere Hälfte der Kreatur, bis knapp über die Knie der vier paarhufigen Beine. Das Fell erinnerte mich trotz des Farbunterschieds an Schafwolle. Zur Schafanalogie gesellten sich silberfarbene, gebogene Widderhörner. Von der Stirn aus weiteten sie sich spiralförmig in geschärfte Spitzen aus. Trotz der Hörner hatte die Kreatur bemerkenswert menschliche Gesichtszüge.

Es war meine erste Begegnung mit einem echten Alien.

„Ich grüße Sie, Händler", stammelte ich. „Leider kenne ich die Verhaltensregeln für diesen Ort nicht."

„Das ist hier kein Problem, mein Freund", rief der Widdermann. „Ich bin Ryk, vom Silberhorn-Clan. Der Clan betreibt viele Läden wie diesen. Hier können Sie Galaktische Credits ausgeben, im Tausch gegen fast jeden vorstellbaren Gegenstand, sowie Informationen oder Klassenfähigkeiten – direkt vom System."

„Was ist, wenn ich Materialien zu verkaufen habe?", fragte ich, denn mein Inventar war derzeit voller Monsterteile, und ich ansonsten etwas knapp bei Kasse.

Ryk spitzte die Ohren. „Kaufen wir. Handwerkskomponenten aus Dungeonwelten verkaufen sich sehr gut." Der Widder führte mich mit einer Geste zu einem großen Metalltisch. „Dieser Tisch verfügt über ein integriertes Stasis-Feld, das deine Gegenstände behüten wird, während wir sie schätzen und einen angemessenen Preis vereinbaren."

Ich zog Monsterstücke aus meinem Inventar und legte sie auf den Tisch. Ryk hatte in Bezug auf das Stasisfeld die Wahrheit gesprochen – keines der Monsterorgane oder -Fleischstücke sickerte bis auf den Tisch herab, obwohl einige von ihnen sehr blutig und schleimig waren. Jedes Stück erschien frisch geschnitten, konserviert vom System, innerhalb meines Inventars.

Mit Ausnahme von einem der letzten Gegenstände, die über dem Tisch landeten.

Als ich die Knochen der Bärenmutter herausholte, sah der Oberschenkelknochen aus, als wäre er von etwas mit winzigen, aber sehr scharfen Zähnen angenagt worden. Es erinnerte mich an einen zerkauten Hundeknochen.

Der beschädigte Oberschenkelknochen erregte auch Ryks Aufmerksamkeit und seine Augenbrauen verzogen sich verwirrt. Er beugte sich über den Tisch, um ihn genau zu untersuchen. „Haben sich irgendwelche wilde Tiere an dieses Biest gemacht, bevor Sie es plündern konnten?"

„Nein", sagte ich und schüttelte den Kopf. „Ich habe es mit einer Explosion getötet, und nur wenige Minuten später ausgenommen."

„Hmm", murmelte der Widder, während er auf den Knochen schaute. „Keine Aura auf dem Knochen. Eigentlich unmöglich." Er sah mich mit zusammengekniffenen Augen an. „Sie haben vielleicht die Aufmerksamkeit von jemandem oder etwas sehr Mächtigem auf sich gezogen, mein Freund. Sie sollten vorsichtig sein und nichts tun, was verärgern könnte."

„Woher wissen Sie das?"

„Händler verfügen in der Regel über sehr hohe Gutachtungs- und Analyseskills", antwortete er. „Wenn ich den Ursprung nicht bestimmen kann, dann muss eine bedeutsame Macht sie verschleiert haben."

Ich musste an das Sträuben meiner Nackenhaare zurückdenken, das Gefühl beobachtet zu werden, als ich mich an meinem Pick-up aufgerüstet hatte. Es war direkt passiert, nachdem ich die Beute vom Bären genommen hatte. Ich vermutete stark, dass die Ereignisse miteinander verbunden waren.

„Nun", sagte ich mit einem schnellem Schulterzucken, „ich kann da wahrscheinlich nicht weiterhelfen. Noch nicht, zumindest." Ich deutete zum Tisch. „Wie viel ist das alles wert?"

Ryk betrachtete einen Moment lang den Haufen Fleisch, die Knochen, die Organe und weitere verschiedene Monsterteile, bevor er mich wieder ansah. „Ich kann Ihnen siebentausend Credits dafür geben."

Ich sah den Händler an, der offensichtlich eine Antwort von mir erwartete. Es erinnerte mich daran, wie ich bei Auslandseinsätzen auf Marktplätzen gestöbert hatte. Für die meisten Händler war es eine Beleidigung gewesen, wenn man ihr Feilschen nicht ernst nahm.

„Siebentausend scheint mir recht wenig", sagte ich vorsichtig. „Ich hatte eher zwölf im Sinne."

Die Augen des Widdermanns weiteten sich und er griff sich mit überzogener Gestik an seine Brust. „Zwölftausend! So viel auszuzahlen würde mich in den Ruin treiben. Neuntausend Credits wären ein deutlich anständigerer Preis."

„Das scheint immer noch etwas wenig zu sein, wie wäre es mit zehntausend?", konterte ich.

Ryk schüttelte widerstrebend den Kopf, diesmal ganz ohne Theatralik. „Mehr als neun kann ich nicht hergeben."

„Ich nehme die neuntausend Credits.", nickte ich.

„Abgemacht", sagte Ryk.

Vor mir erschien eine Benachrichtigung. Ich akzeptierte die Eingabeaufforderung und die Waren auf dem Tisch leuchteten auf und verschwanden – wegteleportiert vom Shop.

Der Tisch leerte sich und in meinem Inventar drehte sich der Credit-Zähler hoch. Zusammen mit meinem Bonus für den weltweit ersten Kill und diversen kleineren Beutebeträgen, hatte ich durch den Verkauf der Gegenstände jetzt insgesamt knapp unter zwanzigtausend Credits. Ich konnte nur hoffen, dass das genug war, um im System registrierte Waffen und Rüstung zu kaufen.

Ich schloss meinen Inventarbildschirm und sah Ryk an, der geduldig auf meine Aufmerksamkeit wartete. Als er sah, dass ich nicht mehr von meinen

Statusbildschirmen absorbiert war, bedeutete er mir, mich neben eine der im Raum aufgereihten Glasvitrinen zu setzen.

„Ich nehme an, Sie möchten jetzt einige Ihrer frisch erhaltenen Credits ausgeben?", fragte Ryk.

Ich nickte. „Ja" „Ich bin auf der Suche nach Waffen und Rüstungen."

„Nun, bitte schauen Sie sich die Vitrinen an", sprach Ryk. „Neben jeder Vitrine sind die Statistiken des Gegenstands angezeigt, zusammen mit Bildern vom Einsatz des Gegenstandes und Empfehlungen von erfahrenen Abenteurern."

„Danke", erwiderte ich.

„Und wenn ich einen Vorschlag machen darf", fuhr Ryk fort, „ich würde empfehlen, magische Fähigkeiten oder Klassenfähigkeiten nicht zu vernachlässigen."

Ich bedankte mich und fing an, durch die riesige ausgestellte Sammlung zu stöbern. Waffen hatten für mich Priorität, und es gab so viele, dass ich ziemlich überwältigt war. Der Shop hatte eine Vitrine für alles, was ich mir vorstellen konnte.

Es gab alle Arten von Nahkampfwaffen, angefangen bei Messern über Schwerter, bis hin zu Stangenwaffen und alles dazwischen. Es gab Schusswaffen aller Klassifikationen, von Pistolen über Karabiner bis zu Gewehren und ein entsprechend passender Abschnitt für Energiewaffen. Dann gab es noch mehr esoterische Waffen, die Netze oder Chemikalien abfeuerten oder toxische Schlammbälle ausspuckten. Ich fand sogar eine seltsame Nahkampfwaffe, die wie ein großer Tentakel mit Griff aussah.

Innerhalb jeder Kategorie waren die Waffen in Stufen V bis I eingeteilt, wobei V die niedrigste war. In Stufe V waren massenproduzierte Waffen – in der Regel Billigware. Andererseits waren diese Waffen der Stufe V auch die günstigsten. Die Qualität der Waffen stieg mit jeder Stufe, und sie wurden einzigartiger und mächtiger. Und deutlich teurer. Oberhalb von Stufe I gab es nur einzelne Unikate. Diese Gegenstände wurden ausschließlich von Hand gefertigt und waren von allen die teuersten. Zurzeit konnte ich mir nichts aus dieser Stufe leisten.

Der Shop hatte ein Warenkorb-Menü, um gewünschte Einkäufe zu merken, also fügte ich eine Waffe aus der Kategorie Energiewaffen hinzu. Diese Waffen hatten eine natürliche Nachladerate, also regenerierte sie Ladungen im Laufe der Zeit, selbst wenn ich die enthaltenen Patronen vollständig aufbrauchte. Mir gefiel die Vorstellung, dass mir die Munition nie dauerhaft auszugehen könnte. In dieser Kategorie sahen alle Waffen schnittig und futuristisch aus. Ich war neugierig, wie es wohl wäre, diese Waffen ohne jeglichem Rückstoß abzufeuern. Schließlich legte ich zwei Strahlenpistolen aus der Kategorie Energiepistolen in meinen Warenkorb.

Silversmith Mark II Strahlenpistole (Upgradefähig)

Grundschaden: 18

Akkukapazität: 24/24

Nachladerate: 2 pro Stunde pro GME

Preis: 1.400 Credits

Als nächstes durchsuchte ich die Projektilwaffenkategorie. Die Auswahl war so vielfältig wie bei den Energiewaffen, aber dank Lebenserfahrung und militärischer Ausbildung hatte ich ein viel besseres Verständnis für die Funktionsweise von Schusswaffen. Nach einiger Zeit fand ich schließlich eine Systemwaffe, die meinem Colt ähnelte, und legte sie auch in meinen Warenkorb.

Luxor Serie III Projektilpistole

Grundschaden: -- (je nach Munition)

Munitionskapazität: 12/12

Munitionstypen: Standard, Panzerbrechend, Sprengpatronen, Leuchtspur,

Hohlspitzgeschosse

Preis: 1.200 Credits

Natürlich wurde die Projektilmunition einzeln verkauft, also kaufte ich zweihundert Schuss Standardmunition für die Luxor. Ich wollte eigentlich auch einige der exotischeren Munitionstypen wie panzerbrechend oder Sprengpatronen, aber diese Varianten waren viel teurer.

Fürs erste war ich mit meiner Auswahl an Fernkampfwaffen zufrieden und ich entschied mich, auch ein paar Nahkampfwaffen zu kaufen. Ich glaubte fest ans Prinzip der Regel Nr. 9 aus einer sehr beliebten Fernsehserie – geh nirgendwohin ohne Messer. Meine Axt hatte sich bereits mehrmals als nützlich erwiesen, also nahm ich mir die Zeit, aus beiden Kategorien jeweils eine Nahkampfwaffe auszuwählen.

Stufe V Messer

Grundschaden: 11

Haltbarkeit: 140/140

Sonderfähigkeiten: Keine

Preis: 600 Credits

Stufe IV Handaxt

Grundschaden: 25

Haltbarkeit: 200/200

Sonderfähigkeiten: Keine

Preis: 1.500 Credits

Die Waffenwahl war gefällt, und es war Zeit, Rüstungen anzuschauen.

Auch die Rüstungsauswahl war vielfältig. Die Möglichkeiten reichten von verstärkter Kleidung und Powerrüstungen, bis hin zu Energieschilden, die getragen oder zum Schutz eines Gebiets abgesetzt werden konnten.

Ich zog weitere 4.500 Credits für den Einkauf ab und legte einen Abenteurer-Jumpsuit der Mittelklasse in meinen Warenkorb. Der dunkelgraue Overall saß kuschlig eng, und verfügte über integrierte Panzerplatten auf Oberkörper, Schultern und Oberschenkeln. Die segmentierten Platten erlaubten mehr Bewegungsfreiheit. Der Anzug war inklusive robuster Stiefel, die ebenfalls bis zum Knie gepanzert waren.

Ich nahm einen Schildgeneratorgürtel und ein paar Schilde. Noch war ich keinen Fernkämpfern in die Quere gekommen, aber die 3.000 Credits waren es mir wert, späteren Ärger zu ersparen.

Ich fand außerdem ein Ausrüstungspaket. Es schien mir nützlich für die Sorte Wanderabenteuer, in das ich anscheinend hineingeraten war. Ich setzte es auf meine Einkaufsliste, die bisher noch auf meine Bestätigung wartete.

Abenteurer Ausrüstungspaket (Menschen)

Dieses Kit wurde so konzipiert, dass es in einen einzigen Systeminventarplatz passt. Es enthält häufig verwendete Gegenstände wie ein reißfestes Stahlseil, einen Wurfhaken, eine Tarnplane, einen Schlafsack, einen Feuerstarter, eine Wasserreinigung und menschenverträgliche Rationen für fünf Tage.
Preis: 1.000 Credits

Beim Filtern der Abenteurerkits nach den für Menschen geeigneten, stieß ich auf einen anderen interessanten, für Menschen bestimmten Shop-Artikel, und rief ihn zur näheren Untersuchung auf.

Menschen-Genombehandlungen

Genombehandlungen werden individuell auf jeden Kunden zugeschnitten. Ziel der Behandlung ist es, den grundlegenden genetischem Code des Kunden zu reparieren und zu optimieren, wobei durch Alter und Strahlung verursachte Fehler behoben werden. Zu optionalen Verbesserungen gehören das Entfernen von suboptimalem, genetischem Code, und das Einfügen optimaler Gene.

Grundpreis: 10.000 Credits

Entfernung von Genen: 2.500 Credits

Einfügung von Genen: 2.500 Credits

Puh. Das ging ins Geld und passte aktuell nicht ins Budget, mit all dem, was ich bereits kaufen wollte. Vielleicht irgendwann einmal.

Ich erinnerte mich an die Empfehlung des Händlers und suchte nach magischen Fähigkeiten.

Ich fand schnell einen schwachen Heilzauber für 10.000 Credits und blinzelte, überrascht über den Preis. Nein, das war kein Tippfehler. Verwandte Zaubersprüche desselben Levels hatten ebenfalls Preisschilder mit Zehntausenden von Credits. Mit dem hohen Preis war es beim Zauberspruch leider nicht vorbei. Eine Voraussetzung musste erfüllt sein, erst dann könnte man ihn lernen. Die aufgeführte Anforderung war, dass der Benutzer auch über „Basis Mana-Manipulation" verfügen muss.

Eine weitere Shopsuche nach Mana-Manipulation lieferte mehrere Ergebnisse zu unterschiedlichen Preisen. Manche waren wohl auf bestimmte Rassen zugeschnitten, aber ich wollte nicht mehr ausgeben, als unbedingt nötig. Wenn ich meine Auswahl für Waffen und Rüstung beibehalten wollte, könnte ich mir die Genombehandlung ohnehin nicht leisten. Dass es verschiedene Optionen für scheinbar dasselbe gab, störte mich immer noch.

Ich warf Ryk einen Blick zu, der mir geduldig folgte, während ich von Vitrine zu Vitrine ging. Ich deutete auf den schwebenden Bildschirm vor mir und fragte: „Gibt es einen Unterschied zwischen der menschlichen Spezialfähigkeit ‚Mana-Manipulation' und der generischen?"

„Ich muss drauf hinweisen, dass die auf den Menschen zugeschnittene bessere Ergebnisse garantiert.", antwortete Ryk. „Aber in Wirklichkeit werden Sie mit der generischen zurechtkommen. Es sei denn, Sie haben eine seltene Einschränkung Ihres Lernverständnisses oder eine Anti-Magie-Affinität."

„Wieso sind Sie so selbstlos hilfsbereit?", fragte ich misstrauisch. „Wenn Sie mich überreden würden, die teurere Auswahl zu kaufen, würden Sie mehr dazuverdienen."

„Der Silberhorn-Clan ist der Überzeugung, dass zufriedene Kunden zu Stammkunden werden und dass diese uns langfristig mehr nützen, als sofort ein paar zusätzliche Credits in der Kasse", antwortete Ryk. „Es gibt jedoch auch Shops, die versuchen, menschliche Naivität und Unerfahrenheit auszunutzen."

„Oh. Ich weiß Ihre Ehrlichkeit zu schätzen."

„Und ich würde Sie als zurückkehrenden Kunden sehr schätzen", erwiderte Ryk. „Dieser Shop wurde Ihnen vom System als Standard zugewiesen, aber Sie können diesen bei zukünftigen Besuchen ändern."

Ich ging zum Magiemenü zurück und fügte „Die Grundlagen der Mana-Manipulation" zu meiner Einkaufsliste hinzu. Bevor ich mir echte Zaubersprüche leisten konnte, musste ich erst mal mehr Credits verdienen.

Ich rief meinen Warenkorb auf, um meine Auswahl zu überprüfen, und zuckte auf, beim Anblick der Summe von etwas über 14.000 Credits.

Bevor ich meinen Kauf bestätigte, warf ich noch einen letzten Blick durch die Waffenabteilung der Halle. Eine Vitrine zog meine Aufmerksamkeit auf eine seltsam geformte Waffe. Ich hatte sie zuvor übersehen, jetzt aber weiteten sich meine Augen beim Anblick der Waffenbeschreibung.

Hybridwaffen verbrauchten Energie, so wie auch Strahlenwaffen. Diese feuerten die Energie ab, um direkt Schaden zu verursachen. Hybridwaffen andererseits nutzen diese Energie, um feste Geschosse auf enorme Geschwindigkeiten zu beschleunigen. Nicht nur verursachte das Projektil der Waffe Schaden durch die Nutzlast – die zusätzliche Energie gab einen Schadensbonus.

Railguns. Ich konnte eine tragbare Railgun kaufen!

Die Strahlenwaffen waren futuristisch, schnittig und schlank, die Hybridwaffen jedoch klotzig und sperrig. Unter dem Lauf hing eine zylindrische Anreihung von Kondensatoren, wodurch die Waffe im Seitenprofil rechteckig erschien. Von vorne ähnele sie ungefähr den Doppelzylindern einer Bockflinte. Das Gewehr hatte ein Bullpup-Design: Das Magazin mit den Projektilen war hinten im Schaft, schräg nach hinten geladen.

Ich fügte ein Hybridgewehr meiner Liste hinzu, dazu 100 Schuss Standardmunition.

Banshee III Gauss Hybridgewehr

Grundschaden: -- (je nach Munition)

Munitionskapazität: 15/15

Akkukapazität: 30/30

Nachladerate: 4 pro Stunde pro GME

Preis: 5.400 Credits

Neben der Hybridwaffenvitrine stand eine rote Kiste, gekennzeichnet mit einem weißen Totenschädel.

„Was ist das für eine rote Kiste?", fragte ich Ryk.

Ryk runzelte verwirrt die Stirn und kam näher, um mir über die Schulter zu sehen. „Hmm, ich kann mich nicht erinnern das ins Inventar aufgenommen zu haben, aber es sieht aus wie ein Musterbehälter mit Spezialgeschossen für die Hybridgewehre. Du weißt schon, Hersteller-Werbegeschenke und so. Ich habe dazu aber nichts in meinen Unterlagen."

Der Widdermann war auf die rote Kiste konzentriert, dann warf er mir einen Seitenblick zu, die Augen mit intensiven Überlegungen gefüllt.

„Wissen Sie was?", sprach Ryk. „Wenn Sie dieses Banshee-Gewehr kaufen, gebe ich die Probepatronen ohne Aufpreis dazu."

„Das klingt nach einem guten Angebot", erwiderte ich. „Ich will auf jeden Fall diese Waffe. Sie sieht ziemlich abgefahren aus."

„Sie bietet deutlich mehr als nur das Design", sagte Ryk selbstbewusst. „Sie wird gegen Ihre tödlichsten Feinde hocheffektiv sein."

Ich nickte zustimmend und ging weiter durch den Shop.

Schließlich kam ich zu einem Touchscreen-Display, das die vom System käuflichen Informationen aufzählte. Es gab Bücher über versteckte Quests und Möglichkeiten, seltene Boni zu erhalten. Jedoch zu astronomischen Preisen. Informationen über Klassen und Klassenfertigkeiten waren ebenfalls verfügbar, zu unterschiedlichsten Beträgen. Karten der Zoneneinteilungen mit zu erwartenden Levels und Shop-Standorten auf der Erde waren für mich erschwinglich, also legte ich einige dieser Grundlagen in meinen Warenkorb. Einer der Gegenstände war ein

Handbuch – angeblich speziell für die frisch ins System eingeführten Menschen entwickelt, also legte ich es in meinen Warenkorb.

Thrashers Leitfaden zum Überleben der Apokalypse auf der Erde

Dieser Leitfaden enthält grundlegende Informationen über das System, die jetzige Apokalypse und zukünftige Pläne. Hierzu gehören Erläuterungen wichtiger Fertigkeiten, Magie, Technologie, sichere Bereiche, des Shops und mehr.
Preis: 50 Credits.

Ich bestätigte meine Auswahl im Warenkorb und sah meine Credits von mehreren Tausend auf nur noch 318 schrumpfen. Als die Credits abgezogen waren, erschienen meine neuen Gegenstände in meinem Inventar, zusammen mit einer Benachrichtigung.

Update System-Quest

Die Reise zu den Ursprüngen des Systems und des Mana hat viele Ausgangspunkte, aber alle Wege führen zum Verständnis des Mana. Du hast den ersten Schritt zum Systemverständnis getan.
Anforderungen: Erlerne die Mana-Manipulation
Belohnung: 500 EP

Interessant. Ich rief meine Statusmenüs auf und stellte fest, dass ich tatsächlich eine neue Quest hatte, die der gerade erhaltenen Nachricht entsprach.

Die System-Quest

Finde heraus, was das System ist.
Belohnung: Wissen ist Macht.

Beim Anblick der Questbelohnung lief es mir kalt über den Rücken. Ich hörte genau diesen Satz bereits zum zweiten Mal. Auch wenn die Teenager vor der Kathedrale nur zum Spaß etwas aus einem Videospiel nachgepredigt hatten – ich glaubte nicht an Zufälle.

Mit ausgegebenen Credits und etwas verunsichertem Gefühl schloss ich die Inventarfenster und sah Ryk an. „Gibt es zufällig eine Ecke, wo ich meine neue Rüstung anziehen kann?"

„Selbstverständlich", antwortete Ryk.

Der Widder wies an, zu folgen und trappelte voran, an mehreren Vitrinen vorbei. Wenige Meter weiter blieb er neben einer größeren Schaufensterpuppe stehen und zeigte auf die Wand dahinter. Auf der Wand befand sich der rechteckige Umriss einer Tür mit einer leichten Einkerbung, wo ein Türknauf wäre. Ich legte meine Hand in die Vertiefung, und die Tür schob sich in die Wand hinein.

Hinter der Tür war ein kleines Zimmer mit Tisch, Stuhl und einem Spiegel an der Wand.

„Ich werde auf Sie warten, bis Sie mit dem Auswechseln der Ausrüstung fertig sind", sagte Ryk, als ich den Raum betrat.

Sobald ich komplett im Raum war, glitt die Tür hinter mir zu. Ich war allein. Zum ersten Mal, seit ich vor den vielen Stunden der Straßencrew begegnet war. Mit geschlossenen Augen sank ich in den gepolsterten Stuhl, lehnte mich an die Wand und atmete tief durch.

In gewisser Weise belebten mich die Aufregung und die Gefahr auf eine unerklärliche Art. Nichtsdestotrotz multiplizierten sich die Anstrengungen vom Kämpfen, mit Folgen für den Körper. Ständige Alarmbereitschaft addierte sich auf und führte zu Erschöpfung. Meine vom Leveln erhöhte Konstitution und andere Attribute hatten wohl meine Gesundheit über die menschliche Norm hinaus verbessert. Trotzdem fühlte es sich gut an, sich zu entspannen, ohne dem Druck, aus dem Nichts heraus auf eine lebensbedrohliche Situation reagieren zu müssen.

Nach nur einer Minute Sitzen stand ich auf und zog meine blutverschmierte Kleidung aus. Der neue gepanzerte Jumpsuit war leicht anzuziehen. Ich befestigte die verschiedenen gepanzerten Platten und schnallte die gepanzerten Beinschienen an und befestigte sie an den Stiefeln. Der Anzug war überraschend bequem, so eng er auch im Spiegel erschien.

Nach dem Anziehen faltete ich meine alten Kleider und ordnete alte Waffen und Ausrüstung ordentlich auf dem Tisch an.

Ich drehte meinen Oberkörper von Seite zu Seite, beugte mich vor und zurück und sprang dann ein paar Mal auf und ab, um meine Beweglichkeit im neuen Outfit zu testen. Überraschenderweise war meine Mobilität nicht im Geringsten eingeschränkt. Stattdessen hatte ich tatsächlich mehr Spielraum als mit der bisherigen Ausrüstung.

Dem gepanzerten Anzug war ein anpassbares Waffentragesystem beigefügt. Es dauerte mehrere Minuten, bis ich die Holster und Taschen nach meinen Wünschen arrangiert hatte. An beiden Seiten meiner Hüfte war jeweils ein Holster – für alle meine Pistolen geeignet. Die Axt steckte in einer Scheide im Lendenbereich am Rücken und konnte mit der rechten Hand leicht gezogen werden, aber auch mit der linken konnte ich sie immer noch erreichen. Eine Messerscheide kopfüber auf meiner Brust platzierte das Kampfmesser über meinem Herzen und greifbar für beide Hände. Ich beschloss, die Railgun und andere Ersatzwaffen im Inventar aufzubewahren. Es könnte dauern, sie herauszuziehen, aber es erschien mir klüger, sie als Ersatz zu behalten. Die Railgun war viel zu sperrig, um sie komfortabel tragen zu können.

Mit meiner Ausrüstung war ich fertig und mit meinem Einkauf zufrieden. Ich öffnete die Tür. Wie versprochen, wartete Ryk draußen.

Ich zeigte zum Tisch mit meinen beschädigten Kleidern und Waffen. „Was kann ich mit meinem alten Zeug machen?"

„Ich hätte dazu tatsächlich einen Vorschlag.", sagte Ryk.

„Sprechen Sie gerne weiter."

„Ich gebe Ihnen 500 Credits für all Ihre Vorsystemwaffen und die Kleidung, in der Sie hier angekommen sind", bot Ryk an. „Es wäre mir eine Ehre, Ihr Abbild zu den ausgestellten Exponaten hinzuzufügen."

Mit meinem niedrigen Guthaben konnte ich das Angebot wirklich nicht ablehnen. Die Waffen würden mir nichts nützen – im Laufe des Tages hatten sie immer weniger Schaden verursacht. Einige Teile der Ausrüstung hatten sentimentalen Wert, aber es war nichts dabei, ohne dem ich nicht hätte leben können.

Ich zögerte nur kurz und sagte: „Okay."

Ryk schloss die Tür hinter mir und die Credits rollten in mein Inventar. Er drehte sich zu mir um und reichte mir seine Hand.

„Ich glaube in Ihrer Kultur ist ein Händedruck zum Abschließen von Geschäften angemessen", sagte Ryk.

Ich schüttelte ihm fest die Hand.

„Ich danke für den Einkauf und wünsche viel Glück", sagte Ryk. „Ich hoffe auf jeden Fall, Sie wiederzusehen."

„Danke für die Ausrüstung und die Ratschläge", antwortete ich und ließ seine Hand los.

Unsere Hände trennten sich und die Welt um mich herum löste sich auf. Ich stand wieder in der Kathedrale des Lernens, meine Hand in der Luft, direkt über dem smaragdgrünen Kristall.

Ich trat vom Kristall weg und sah um mich. In der nahen Menge war keine Spur von Zeke. Ich dachte mir, dass er wohl immer noch im Shop sein musste. Ich lehnte mich an eine Wand in der Nähe und rief meine digitale Kopie von *Thrashers Leitfaden* in einem meiner Systemfenster auf.

Ich war gerade mal mit einem halben Dutzend Seiten fertig, da erschien Zeke aus dem Nichts neben dem Kristall. Er war nun ebenfalls in einen gepanzerten Jumpsuit gekleidet, wobei seine gehärteten Platten viel dicker waren. Statt einem Vorschlaghammer hatte er nun einen massiven zweihändigen Kriegshammer. Die Vorderseite des Kopfes war gezahnt und die Rückseite war zu einem Stachel geformt.

Mit Leichtigkeit schwang Zeke die schwere Waffe auf eine Schulter. Er drehte sich um und erblickte mich. Ich schloss das Systemfenster mit dem Leitfaden, stieß mich von der Wand ab und ging auf ihn zu.

Es war schwer, über das lärmende Murmeln der Menge um uns herum hinweg zu sprechen. Ich deutete mit meinem Kopf auf die Türen des Haupteingangs und Zeke nickte und begann sich seinen Weg durch die Menge zu bahnen. Ich folgte ihm.

Nach nur ein paar Minuten hatten wir uns aus dem überfüllten Gebäude hinausgearbeitet. Im Vorbeigehen überhörte ich Gespräche – die meisten vom Unglauben über das Geschehene oder vom Unwillen, hinauszugehen – aus Angst vor den Dingen draußen.

Als wir mit unserem schwer bewaffneten Aussehen bei der Tür ankamen, machten die Leute einen großen Bogen um uns, da klar wurde, dass wir rausgehen würden. Zeke öffnete die Tür und schüttelte traurig den Kopf. Ich selbst konnte gerade noch ein Stirnrunzeln unterdrücken.

Ich wusste, wenn diese Menschen nur drinnen warteten, es nur noch schlimmer werden würde. Die Levels in der Umgebung waren keine Starterzonen. Die gekaufte Karte zeigte, dass der Großteil des Staates aus

Zonen Mitte Vierzig bestand, mit einer Vielzahl von Gebieten mit höheren und niedrigeren Levels. Da war eine einsame Anfängerzone um Level zehn, die sich von Hershey bis Elysburg erstreckte, aber diese Zone befand sich praktisch am anderen Ende des Staates.

Den ersten paar Seiten des Leitfadens hatte ich entnommen, dass, je mehr Zeit vergeht und je mehr Mana sich in der Umgebung stabilisiert, desto höher die Levels der Monster sein würden.

Die gesamte Menschheit war gegen ihren Willen in einen Wettlauf um Leben und Tod eingeschrieben worden. Wir mussten Leveln, bevor uns die Zone überholte. Es war offensichtlich, dass die meisten Leute weit hinters Tempo zurückfallen würden, das zum Überleben erforderlich war.

Kapitel 10

Die Holztüren zur Kathedrale des Lernens fielen hinter Zeke und mir krachend ins Schloss, und ließen das besorgte Geschnatter drinnen verstummen. Ich seufzte und schob meine Sorgen um die Zurückgebliebenen zur Seite. Wenn sie nicht bereit waren, für sich selbst zu kämpfen, konnte ich auch nichts für sie tun. Ich konnte jetzt nur mein Bestes geben, um selbst zu überleben.

„Wie hast du dich im Shop zurechtgefunden?", fragte ich. Trotz unserer Vereinbarung, dass ich Zekes Anteil an der Beute erhalten würde, war mir klar, dass wir bessere Überlebenschancen hätten, wenn wir beide ordentlich ausgerüstet sind. Er versuchte zunächst darauf zu bestehen, gab aber schließlich nach und behielt seine Beute. Zum Glück war er mehr daran interessiert, zu seinen Kindern zu gelangen, als herumzustehen und darüber zu streiten, wer mehr Käfereingeweide und Hirschgeweihe hatte.

Zeke zuckte die Achseln. „Ich habe einen neuen Hammer und Rüstung besorgt, konnte mir aber viel mehr nicht leisten."

„Ich habe auch hauptsächlich für Ausrüstung ausgegeben", sagte ich. „Eine Karte habe ich mir aber auch gegönnt."

„Oh?"

„Es gibt einen weiteren Shop in der Innenstadt, nördlich der Flüsse, und einen oben auf Mount Washington. Je nachdem, auf welchem Weg wir zu deinen Kindern gehen, sollten wir an einem von beiden vorbeikommen."

„Durch North Shore oder über Mount Washington – was wäre besser?", fragte Zeke.

„Ich bin mir nicht sicher", antwortete ich. „Ich konnte mir keine weiteren Informationen leisten, aber die Karte zeigt, dass Fort Duquesne jetzt ein echtes Fort ist. Vielleicht sollten wir unsere Entscheidung zur Route dort fällen?"

„Klingt gut", antwortete Zeke.

Da Zeke und ich das Gebäude auf gegenüberliegenden Seiten betreten und verlassen hatten, standen wir nun vor der Fifth Avenue. Ich bog nach links ab und führte uns nach Südwesten die Straße hinunter.

Eineinhalb Hausblocks später erreichten wir den weitläufigen Komplex des University of Pittsburgh Medical Centers. Zu unserer Rechten stand UPMC Presbyterian etwas von der Straße versetzt. Einige Verwaltungsgebäude waren zwischen uns und dem Hauptkrankenhaus, aber die Stille, die vom verdunkelten Gebäude auszugehen schien, erschreckte mich ein wenig. Ich fand Krankenhäuser schon in guten Zeiten unheimlich. Das Ende der Welt schien dieses Gefühl nur noch zu verstärken.

Als nächstes gingen wir am UPMC Montefiore vorbei, ebenfalls ohne Zwischenfälle. Das Gebäude zu unserer Rechten ragte über uns auf, doch drinnen war keine Bewegung zu sehen. Nach dem, was ich heute überstanden hatte, war es mir recht, nicht von weiteren mutierten Monstern überfallen zu werden.

Einen Block später folgten wir der Fifth Avenue um ein hohes Wohnhaus herum, und ich musste feststellen, dass es mit mutierten Monstern noch lange nicht vorbei war.

Waschbären, die wie große Hunde aussahen, knurrten Zeke und mich aus einem Haufen zertrümmerter Mülltonnen an. Die rasenden Müllpandas waren alles andere als niedlich, als das Bestienrudel auf uns losstürmte. Mit unserer neuen und verbesserten Ausrüstung erwiesen sich die Monster jedoch als geringe Herausforderung.

Die erste meiner neuen Strahlenpistolen eliminierte zwei der Waschbären, bevor sie uns erreichen konnten. Dann wechselte ich zu Messer und Axt, um Zeke beim Erledigen der letzten paar zu unterstützen. Keiner von uns erlitt auch nur einen Kratzer und die Bestien waren alle tot. Die üblichen Knochen- und Fellreste gingen nach dem Kampf in mein Inventar.

„Das war deutlich einfacher", kommentierte Zeke, als wir mit dem Plündern fertig waren.

„Auf jeden. Systemwaffen machen einen ganz schön großen Unterschied."

Zeke nickte.

Wir gingen weiter die Fifth Avenue in Richtung Innenstadt entlang, vorbei an einem Hügel voller Bäume zu unserer Rechten. Mehrmals stürzten rasende Tiere von den Bäumen oder Büschen, um uns anzugreifen, aber Zeke und ich kämpften uns mühelos durch die mutierte Tierwelt. Blutspuren und Körperteile auf und an der Straße bezeugten, dass andere weniger erfolgreich waren.

Gelegentlich begegneten wir dem einen oder anderen Überlebenden. Manchmal war es ein bewaffneter Wächter, der auf seiner Veranda saß und uns misstrauisch anguckte. Oft war es das leichte Zucken eines beiseite gezogenen Fenstervorhangs, der verriet, dass wir beobachtet wurden. Zeke blieb stehen und winkte den Beobachtern zu. Wenn sie aus ihrem Haus kamen, um zu reden, gaben wir ihnen ein paar Informationen und den Standort des Shops, bevor wir weiterzogen.

Wir blieben nie lange. Zekes Sorgen um seine Kinder trieben uns weiter voran.

Durch diese wiederkehrenden Begegnungen waren wir deutlich langsamer. Mit flottem Schritt wären wir innerhalb einer Stunde in der

Innenstadt gewesen. Es war jedoch später Nachmittag als wir am Rand des Bezirks ankamen.

Ich hatte einen weiteren Level gewonnen, jedoch keine Gelegenheit, die Benachrichtigungen zu überprüfen. Eine meiner Strahlenpistolen war leer, die andere halbvoll geladen. Ich hatte zum Kampf mit Nahkampfwaffen gewechselt, um die verbleibenden Ladungen aufzusparen. Zeke zog die Aufmerksamkeit der Monster auf sich und ich schlug von hinten zu.

Eine weitere Stunde ständiger Gefechte folgte. Wir drängten uns an der PPG Paints Arena vorbei – der Heimat des Pittsburgh Penguins Hockeyteams. Dann hatten wir das Zentrum der Innenstadt erreicht.

Als würde man ein Kriegsgebiet betreten.

Ein rauchiger Dunst erfüllte die Luft mit dem Geruch von Feuer, Pulverrauch und Blut. Leichen lagen auf den Straßen und Gehwegen oder zusammengesunken in Türen. Mehrere ominöse Blutspuren deuteten darauf hin, wo Tote oder Verwundete hineingeschleppt worden waren.

Wir kamen an einer Pizzeria vorbei, in der ich erst vor ein oder zwei Monaten ein Date hatte. Die Frontscheiben waren bereits eingeschlagen, und die Sixpacks aus dem Kühlschrank hinter der Eingangstür waren geplündert.

Ich dachte an diesen Abend zurück und runzelte die Stirn. Es hatte sich herausgestellt, dass die Wertschätzung für gut belegte Teigfladen so ziemlich das Einzige war, was wir gemeinsam hatten. Der Rest des Abends lief schlecht. Sie wollte mich über meine Kriegserfahrungen ausquetschen, selbst, nachdem ich mitteilte, dass ich Bedenken hatte, mich so schnell jemand neuem anzuvertrauen. Die Frau war kurz darauf rausgestürmt und ließ mich auf der vollen Rechnung sitzen.

Wenigstens blieb mir auch der Rest der Pizza.

Ich fragte mich, was mit Jessie passiert war. Oder war es Julia? Jamie?

Ich gab den Versuch auf, mich an den J-Namen zu erinnern, und konzentrierte mich auf die Gefahren um uns herum. Ablenkende Gedanken konnten im Kampfgebiet tödlich sein und die Gegenwart forderte meine Aufmerksamkeit.

Kleine Menschengruppen versammelten sich nervös an den Straßenecken, und beobachteten Zeke und mich mit Misstrauen. Fast jeder war auf irgendeine Weise bewaffnet, meistens mit Baseballschlägern, Messern oder Gewehren. Auch improvisierte Waffen waren öfters zu sehen, zum Beispiel Knüppel aus Tischbeinen.

Schutzausrüstung für Hockey und Football wurde als Schutzpanzer getragen. Ich war mir nicht sicher, ob die Kunststoffe wirklich gegen die Zähne und Klauen der vielen überall auftauchenden mutierten Kreaturen verteidigen würden.

Kaum jemand hatte Systemwaffen. Wegen der schwelenden Feindseligkeit, die von den Gruppen ausging, hielten Zeke und ich Abstand zu allen. Ich hätte wahrscheinlich mehr tun können, um nützliche Informationen weiterzugeben, aber die Stimmung war äußerst angespannt. Jeder sah sich nach Monstern um, die jeden Moment angreifen könnten.

Schüsse prasselten nah und fern. Gelegentlich pfiffen verfehlte Kugeln durch die Luft oder prallten von Gebäuden ab.

Während wir vorsichtig, Block für Block weiterwanderten, kam es zwei Mal vor, dass Eckgruppen in Scharmützel verfielen und unseren Fortschritt blockierten. Das erste Mal konnten wir ungeschoren vorbeilaufen, nachdem sich der tobende Tumult auf die andere Straßenseite verschoben hatte.

Beim zweiten Mal hatten wir nicht so viel Glück.

Zwei Männer in schwarz-goldenen Pittsburgh Steelers Trikots lösten sich aus dem Handgemenge heraus und kamen zu uns auf den Gehweg.

Als sie näherkamen, konnte ich sehen, dass die Trikots und der Rest ihrer Kleidung in schäbigem Zustand waren. Die Stoffe waren zerfetzt und zerrissen, voller ungeflickter Löcher. Im Gegensatz zu ihrer Kleidung war ihre Ausrüstung nicht ganz so schäbig: Der erste Mann trug ein langes zerbrochenes Stück Rohr, sein Freund einen massiven Schraubenschlüssel. Beide Waffen waren von früheren Kämpfen mit Blut besudelt.

„Yihr habt ganz schön feine Ausrüstung, Jungs", sagte der erste Yinzer.

„Legt die schicken Spielzeuge einfach auf den Boden, und niemandem wird etwas passieren." Der zweite kicherte und tätschelte den Kopf des Schraubenschlüssels im Versuch, bedrohlich auszusehen.

Ich verdrehte die Augen. „Wie wär's, wenn ihr uns aus dem Weg geht, und niemandem wird etwas passieren?"

„Du hattest deine Chance", höhnte der Mann mit dem Rohr, richtete es auf mein Gesicht und stürmte vorwärts.

Ich seufzte und hielt meine linke Hand hoch, um das Ende des Rohres mit meiner Handfläche abzufangen. Das gezackte Ende des Rohres bohrte sich in meine Hand, aber meine größere Kraft brachte den Mann zum plötzlichen Stillstand.

Seine Augen weiteten sich vor Verblüffung. Ich trat vorwärts und knallte ihm eine, mit einem scharfen rechten Haken, bevor er weiter reagieren konnte. Der Mann taumelte rückwärts. Ich trat näher und bot ihm mit einer Hiebkombination eine Portion Nachschlag, wonach er schwer zu Boden fiel. Sein Kopf prallte mit einem Rums vom Betongehweg ab, und er plumpste nach hinten, betäubt vom Aufprall.

Ich drehte meinen Kopf zum zweiten Mann, der nur einen Schritt nach vorne geschafft hatte, bevor sein Partner plattgemacht war. Er erstarrte, als ich ihn mit einem Grinsen herausforderte, einen Zug zu wagen. Er ließ es sein und hob eine Hand abwehrend, während er den Schraubenschlüssel senkte.

„Lass uns gehen, Zeke", sagte ich.

Der Große ging an mir vorbei. Als wir die beiden Möchtegern-Räuber verließen, stieß der schlaffe Mann am Boden ein schmerzhaftes Stöhnen aus.

Der Straßenkampf hatte während unserer Konfrontation nicht aufgehört, und so blieb der Weg vor uns frei. Wir gingen weiter die Fifth Avenue hinunter in Richtung Park.

Zwei leere Häuserblocks weiter vernahm ich den leisesten Hauch eines Schrittes direkt hinter, der mich vor einer neuen Bedrohung warnte. Ich tauchte nach rechts ab, rollte zwischen zwei Autos in der Straße durch und sprang wieder auf meine Füße, während mein Angreifer sich von einem wilden Schwung über meinem Kopf erholte.

Es war der Mann, den ich vor wenigen Minuten bewusstlos geschlagen hatte. Das Blut auf seinem Kopf war noch frisch, vom Aufprall auf dem Bürgersteig.

„Ich bring dich um!", drohte der Mann.

Manche Leute lernen einfach nie dazu.

Der Mann stürmte wieder mit einem waghalsigen Rohrschwung auf mich zu. Ich lehnte mich weg, machte einen kurzen Schritt außer Reichweite des Angriffs, und zog die Axt aus der Scheide an meinem Rücken.

Ich blockierte den Rückschwung des Rohres mit dem Griff meiner Axt, direkt über meiner Hand. Ich riss meine Waffe nach unten und hakte das Rohr zwischen Schaft und der Rückseite des Axtkopfes ein. Der Mann verlor sein Gleichgewicht und stolperte vorwärts. Ich riss meine Axt von seiner Waffe, und jagte sie ihm ins Bein, knapp über dem Knie. Die Klinge bohrte sich tief ins Fleisch und biss in den Knochen.

Ich zog meine Waffe aus der Wunde, während der Mann schreiend zu Boden stürzte. Ich trat ihn, sodass er auf dem Rücken lag, und platzierte einen gepanzerten Stiefel auf seiner Kehle. Der Mann würgte und klammerte sich an meinen Stiefel.

„Du hattest deine Chance", sagte ich, und zog mit der Linken meine Strahlenpistole.

Seine Augen weiteten sich, als ich seinen Spruch von vorhin wiederholte. Ich schoss ihm direkt ins Gesicht. Durch sein Geschrei hindurch verbrannte ihn der Energiestrahl. Fleisch brutzelte und knisterte, aber das Schreien hörte nicht auf.

Ich entschied mich dagegen, eine weitere Ladung für die Pistole zu verbrauchen, und stampfte stattdessen mit meinem gepanzerten Stiefel auf seinen Kopf. Mit einem hässlichen Knacken hörte das Schreien abrupt auf, und sein Körper blieb regungslos.

Diesmal ging ich kein Risiko ein und stampfte noch zweimal. Fleisch und Knochen zermahlten zwischen Stiefel und Straße. Ich blickte auf und sah, wie Zeke und der zweite Schläger mich anstarrten. Ihre Waffen waren mitten im Schwung aneinander festgesteckt. Zeke drückte seinen Hammer gegen den massiven Schraubenschlüssel.

Als der zweite Typ merkte, dass ich in seine Richtung sah, stieß er sich von Zeke ab und drehte sich zur Flucht um. Ich hob die Strahlenpistole und schoss ihm in den Rücken, während er davonrannte. Er taumelte, rannte aber weiter. Ich richtete die Waffe wieder aus und feuerte erneut. Mein zweiter Schuss fräste ihm hinten ins Bein und er fiel zu Boden, versuchte jedoch verzweifelt wegzukriechen.

Ich folgte dem Verwundeten und steckte die Strahlenpistole ins Holster, damit sie sich aufladen konnte. Als ich ihn einholte, trat ich auf seinen Rücken, um ihn festzuhalten, und er fing an zu weinen.

Ich ignorierte das Schluchzen des Mannes, ging in die Knie und schlug ihm die Axt in den Hinterkopf. Die Klinge gab einen kräftigen dumpfen Laut von sich, als würde man in eine Melone hacken. Ich hebelte den Axtkopf frei und hackte wieder zu. Das Blut spritzte überall. Ich wiederholte den Angriff, bis es keine Zweifel mehr gab, dass er tot war.

Blutüberströmt stemmte ich mich wieder auf die Füße. Ich zögerte, dann beugte ich mich hinunter, riss das Trikot des Toten ab und wischte damit den gröbsten Teil an Blut und Fetzen von mir und der Klinge ab.

„War das wirklich nötig?", fragte Zeke leise.

„Ja." Ich seufzte. „Sie haben uns zwei Mal angegriffen, und das zweite Mal beinahe unbemerkt. Stell dir vor, wir wären abgelenkt oder in einen anderen Kampf verwickelt gewesen."

Bevor wir weitergingen, plünderte ich die zwei Toten, fand jedoch nichts Wertvolles.

Wir bogen auf die Liberty Avenue ab und folgten der breiteren Straße westwärts. Als wir am Point State Park ankamen berührte die Sonne gerade den Horizont und tauchte den Himmel in Gelb, Rosa und stets dunkler werdendes Rot.

Die Schritte aus den Schatten der Innenstadt-Hochhäuser fühlten sich fast so an, als würde man eine andere Welt betreten. Ich war müde vom langen Tag, aber auch nicht bereit, so nah an unserem planmäßigen Rastplatz etwas zu riskieren, also spähte ich über die Halbinsel.

Die Überführungen und Rampen der Interstate 279 überquerten unsere Seite des Parks. Dahinter sah ich die Granitmauern von dem, was wahrscheinlich Fort Duquesne sein musste. Bis heute war das vorkoloniale

Fort mit dem Granitumriss eines vierzackigen Sterns im Boden markiert. Nun war dieser Umriss in Form von unebenen Mauern aus dem Boden gewachsen. Sie waren etwa einen Meter hoch und erstreckten sich über die gesamte Halbinsel zwischen den Flüssen Ohio, Allegheny und Monongahela.

An der uns nächsten Ecke des Forts stand ein automatischer Geschützturm und wartete auf Bedrohungen. In der nordöstlichen Mauer zwischen den spitzen Ecken des Forts befand sich eine Öffnung. Von dort aus konnte man das offene Feld überblicken, das die Festung umgab und von der eigentlichen Stadt trennte. Die Öffnung wurde von mehreren Gestalten vor ihr bewacht. Sonderbar war, dass die meisten Bäume, die den Park geschmückt hatten, jetzt umgestürzt waren, was dem Geschützturm klare Schusslinien auf der gesamten Halbinsel bot.

Das kräftige Grün der Wiese war stellenweise von Kratern übersät. Um diese herum waren die Pflanzen versengt und es qualmte leicht aus ihnen heraus. Ein paar verbrannte Leichen lagen auf dem Feld, sowohl menschliche als auch andere. Eine schwache Brise wehte mir den Geruch von Rauch und Tod übers Gesicht.

Als Zeke und ich näherkamen, beobachteten uns die Gestalten des Forts misstrauisch, aber ohne die offene Feindseligkeit und Missgunst der Menschen in der Innenstadt. Zwei von ihnen, ein Mann und eine Frau, trugen dunkelgrüne Hosen und hellbraune Hemden, die Uniform der Park Ranger des Naturschutzministeriums von Pennsylvania. Ein dritter Mann, der kleiner und stämmiger war als die Ranger, trug eine Anzugshose, und ein Hemd mit Kragen und gelockerter Krawatte. Die oberen Knöpfe des Hemdes waren offen, und der Krawattenknoten hing darüber. Die letzte Gestalt der Gruppe war eine Frau in einem himmelblauen Kleid, die sich müde an die Wand lehnte. Anscheinend rang sie nach Atem. An einem Fuß fehlte der Schuh, und er war geschwollen, und blutete.

Der stämmige Mann wandte sich von uns ab und legte beide Hände an die Wand. Ein Glühen umgab den Abschnitt der Mauer neben ihm, und langsam bewegte er sich, aus dem Boden wachsend, nach oben. Der Granitabschnitt ging nach oben, bis er gleich hoch zum Mauerteil neben der Öffnung war, wo ich mir bei höheren Mauern ein Tor vorstellen würde. Als der Mauerwachstum aufhörte, fielen die Hände des Mannes von der Mauer und er sank auf die Knie. Sein Körper zitterte vor Erschöpfung.

Der Rest der Gruppe beobachtete Zeke und mich auf dem Weg zum Tor. Auch der Turm folgte unserer Bewegung. Als ich näher kam, streckte und zeigte ich meine leeren Hände seitlich von mir, und weit weg von meinen Waffen in ihren Holster.

„Das ist nahe genug!“, sagte der Ranger. Sein Gesicht war angespannt, und seine Hand ruhte auf der geholsterten Waffe.

Die Rangerin sah genauso gestresst aus, war jedoch unbewaffnet. Wahrscheinlich war sie vom Bildungs- oder Umweltabschnitt und nicht vom Gesetzeshüterarm, wie ihr Gegenstück.

„Nur die Ruhe“, erwiderte ich beschwichtigend, mit meinen immer noch ausgestreckten Händen. „Wir sind nicht auf Ärger aus. Wir suchen nur nach einem Ort, an dem wir uns vor Anbruch der Dunkelheit verkriechen können, und das System hat diesen Ort als Festung gekennzeichnet.“

„Das System?“, fragte der bewaffnete Ranger.

Ich nickte und gestikulierte um uns herum. „Das System ist hierfür verantwortlich. Das Mana, die Level und die mutierten Monster.“

Es dauerte mehrere Minuten, alles zu erklären, was ich über das System und die Shops gelernt hatte.

Als ich mit allem, was ich wusste, fertig war, hatte sich der stämmige Mann erholt und beteiligte sich am Gespräch. Carl Jenkins hatte die Klasse Bauingenieur. Seine Fähigkeiten erlaubten Mana für Gebäude auszugeben, um sie zu verbessern und zu verstärken. Mit dieser Fähigkeit hatten sie die Festungsmauern verbessert.

Es war langsame Arbeit. Carl konnte jeweils nur einen Abschnitt verändern. Und während Carl am Arbeiten war, mussten sie mehrere Wellen mutierter Kreaturen abwehren. Mehrere Menschengruppen hatten ebenfalls versucht, das Fort zu übernehmen. Dank des Geschützturms, der den Weg zum Eingang verteidigte, waren die Kämpfe kurz gewesen. Die Gruppe hatte jedoch nicht die nötigen Credits, um weitere Upgrades zur Verteidigung des Forts zu kaufen.

Laut System gehörte das Fort den beiden Rangern Jared Smith und Chrystal Branton. Sie hatten am frühen Morgen eine Wartungsinspektion des Parks durchgeführt. Als das System aktiv wurde, sprach es ihnen den Park als Eigentum zu. Carl war Teil einer der ersten Gruppen Zivilisten im Fort gewesen. Sie waren auf der Flucht vor einer Gruppe Monster gewesen, die in einem Bürogebäude in der Nähe gespawned waren. Die verletzte Frau im blauen Kleid war Erica Davis, eine Sekretärin und die einzige Überlebende der letzten Gruppe, die vor Zeke und mir das Fort erreicht hatte.

Es stellte sich heraus, dass die meisten Leute mit Nichtkämpferklassen dastanden, was sie angesichts der lebensbedrohlichen Realität einer Dungeonwelt erheblich benachteiligte.

Wir besprachen die Situation weiter bis Zeke und ich uns bereit erklärten, für den Rest der Nacht bei der Verteidigung des Forts zu helfen. Im Gegenzug durften wir hinein. Die offensichtliche Erleichterung in den angespannten Gesichtern der beiden Ranger war spürbar.

Zeke ging mit den anderen hinein, um sich auszuruhen. Nur Carl blieb mit mir draußen, und arbeitete weiter an den Wänden.

Als die Nacht vollständig hereinbrach, hatten wir beide drei volle Runden um die Außenmauern gedreht. Sie waren inzwischen fast zwei Meter hoch. Die Anstrengung hatte Carl zwei Levels in seiner Klasse weitergebracht, und er gab einen Fertigkeitspunkt für seinen Konstruktion Verstärken Skill aus, was sowohl die Effizienz als auch die Wirkung der Fähigkeit steigerte.

Während Carl arbeitete, hatte ich mehrere Monsterwellen mit Leichtigkeit abgewehrt. Nur eine war im Entferntesten bedrohlich gewesen. Die mutierten Katzenwelse, die auf ihren Schnurrhaaren aus dem Fluss liefen, hatten mich erschreckt, aber meine Energiepistolen hatten genug vom Fischschwarm niedergebrannt. Die Überbleibsel scheiterten beim Versuch, mich zu überwältigen, und ich hackte sie mit meiner Axt in Stücke.

Dieser Angriff hatte die Aufmerksamkeit mehrerer im Fort auf sich gezogen. Als der Kampf vorbei war, kamen sie raus vor die Mauern. Verwertbare Fische wurden in Welsfilets geschnitten. Ein Ranger machte Feuer und sie wurden über offener Flamme gegrillt. Dank Anzahl der Monster und der ungewöhnlichen Größe der Fische gab es mehr als genug für uns alle. Ich schnappte mir ein zweites Welssteak und machte mich auf, den Bauingenieur weiter zu bewachen.

Am Ende der dritten Runde war Carl komplett erschöpft. Ich musste den stämmigen Mann mit seinem Arm über meiner Schulter fast ins Fort tragen. Drinnen sank der Mann mit dem Rücken gegen die Innenwand gelehnt zu Boden und das Schnarchen fing nahezu sofort an.

Obwohl der Sonnenuntergang bereits Stunden zurücklag, gab der Vollmond genug Licht, um alles gut zu erkennen. Ich sah mich zum ersten

Mal im Inneren des Forts um. Hinter den Mauern gab es gar nicht so viel zu entdecken. Mehrere Menschengruppen waren eng zusammengedrängt, fast alle schliefen. In der Mitte des Forts schwebte ein schwach leuchtender Kristall ungefähr auf Hüfthöhe. Dieser Kristall gab den Rangern die Kontrolle über das Fort. Ich entdeckte die beiden darunter im Tiefschlaf.

Ich trat zurück zur Öffnung in der Mauer, die immer noch nicht hoch genug war, um wirklich als Tor bezeichnet zu werden, und merkte, dass auch ich erschöpft war. Es war ein seltsames Gefühl, da ich nicht körperlich müde war. Meine Konstitution hatte sich im Laufe des Tages mehr als verdoppelt und ich näherte mich jetzt wahrscheinlich der Art von Leistungsfähigkeit, die früher olympischen Triathleten vorbehalten gewesen wäre.

Mein Verstand war auf eine Weise träge, die nicht von den Zahlen in meinem Statusschirm definiert werden konnte. Eine Müdigkeit, die aus ständiger Bedrohung und konstanter Vorbereitung auf jegliche Gefahr heraus entstanden war.

Ich ließ mich am Eingang des Forts auf den Boden nieder. Mit dem Rücken gegen die Seite der Mauer, streckte ich meine Beine quer über den Eingang. Man müsste buchstäblich über mich stolpern, um hineinzukommen.

Ich warf noch einmal einen Blick auf die Leute, die sich hinter den Mauern versammelt hatten, und fragte mich, was ich hier überhaupt wollte. Trotz meiner Abneigung gegen Heldentaten war ich irgendwie in der Rolle eines Wächters gelandet. Würden sie sich noch meinem Schutz anvertrauen, wenn sie wüssten, was ich im Leben alles getan hatte?

Zeke lag auf der anderen Seite des Forts auf dem Boden. Nach meinen Handlungen mit den Möchtegern-Räubern wusste er genau, dass ich nicht lange zögerte, zu töten. Aber selbst er vertraute immer noch auf mein Wort, ihm zu seinen Kindern zu helfen.

Ich schüttelte meine Zweifel von mir und wandte meine Aufmerksamkeit wieder dem Bereich außerhalb des Forts zu.

Den Moment der Ruhe nutzte ich, um meine Benachrichtigungen aufzurufen und durchzugehen.

*Levelaufstieg! *3*

Du hast Level 6 als Gnadenloser Jäger erreicht. Wertepunkte werden automatisch verteilt. Du darfst 6 Gratis-Attributspunkte verteilen.
Klassen-Fertigkeiten gesperrt.

Ich hatte seit der Bibliothek in Squirrel Hill keine Punkte mehr vergeben. So viele Level hatte ich seitdem unmerklich dazugewonnen. Ich schaute durch die gesammelten Erfahrungsbenachrichtigungen, überflog die Zahlen und zog überrascht eine Augenbraue hoch.

Mein größter Erfahrungszuwachs durch einzelne Kills stammte von den beiden Männern, die uns in der Innenstadt angegriffen hatten. Es sah aus, als ob das Töten von Menschen weitaus mehr Erfahrung erntete, als das Töten von Monstern.

Ich grübelte darüber, welche Konsequenzen das auf lange Sicht verursachen könnte, und teilte dabei meine freien Attributspunkte wieder auf Wahrnehmung und Beweglichkeit auf. Ich hatte noch einen langen Weg zu den Mindestattributen vor mir, um den Rest meiner Klassenfähigkeiten freizuschalten. Nach Bestätigung meiner Attributsauswahl, schaute ich meinen aktualisierten Statusbildschirm an.

Statusmonitor			
Name:	Hal Mason*	Klasse:	Jäger*
Volk:	Mensch (M)	Level:	6
Titel			
Keine			
Gesundheit:	240	Ausdauer:	240
Mana:	230		
Status			
Normal*			
Attribute			
Stärke	19 (30)	Beweglichkeit	29 (60)
Konstitution	24 (50)	Wahrnehmung	26 (40)
Intelligenz	23 (40)	Willenskraft	20 (30)
Charisma	22 (40)	Glück	16
Klassen-Fertigkeiten			
Hindern	1	Scharfe Sinne	1
Auf der Jagd	1		
Boni			
Bauchgefühl			
Kampfzauber			
Keine			

Ich wischte das allgemeine Statusmenü weg und warf einen weiteren Blick auf meine Klassenfähigkeiten, obwohl sie alle im Baum ausgegraut waren. Etwas später schloss ich auch dieses Fenster, um mich nicht darüber aufzuregen, wie hilfreich diese Klassenfähigkeiten den ganzen Tag über gewesen wären. Zumindest konnten meine überdurchschnittlichen Attribute den Mangel an zusätzlichen Fähigkeiten ausgleichen. Im Gespräch mit Zeke und den Rangern hatte ich mitbekommen, dass man mit Basisklassen viel weniger Attribute pro Level erhielt. Ich war erleichtert, dass niemand darauf erpicht war, konkrete Attribute zu besprechen.

Da keine Benachrichtigungen oder Fenster mehr auf mich warteten, steigerte ich meine Wahrnehmung mit Scharfe Sinne und lauschte in die Nacht hinein.

Grillen zirpten und Frösche krächzten, und weitere unbekannte Kreaturen gurgelten und plätscherten in den umliegenden Flüssen. Es klang wie die Natur, die man in tiefer Wildnis vorfinden würde, und überhaupt nicht nach den üblichen nächtlichen Geräuschen im Herzen einer Stadt mit 300.000 Einwohnern – wobei ich annahm, dass die Bevölkerung nach dem heutigen Tag deutlich zurückgegangen sein musste.

Ich lehnte mich zurück und wurde vom erstaunlich klaren Nachthimmel überrascht. Der Einzug des Systems hatte alles Elektrische gekappt, wodurch der Lichtsmog der Stadt nun der Vergangenheit angehörte. Ich genoss die Aussicht. Eine Sternschnuppe zog einen Lichtstreifen über mir – wahrscheinlich ein Satellit, der die Umlaufbahn ohne elektrische Systeme nicht halten konnte. Ich fragte mich, wie es wohl den Astronauten auf der Internationalen Raumstation erging. Würden sie irgendwie überleben, hätten sie bestimmt spannendes davon zu erzählen.

Ich schloss meine Augen und ruhte mich aus. Weiterhin wachsam versuchte ich den Stress des Tages zu vergessen. Morgen würden genug neue Herausforderungen auf mich warten.

Kapitel 11

Eine trällernde Stimme im Inneren des Forts riss mich aus meinem entspannten Zustand zurück in die Gegenwart. Ich sprang auf, besorgt, dass ich irgendwie eine Gefahr vorbeigelassen hatte. Der Mond stand noch immer hoch am Himmel, aber sein Licht wurde von dicken Wolken verdeckt. Meine Ruhe war nur sehr kurz gewesen.

Ich lokalisierte die Geräuschquelle schnell, und ging auf zwei junge Frauen zu. Sie saßen allein, weit von den anderen Gruppen entfernt. Im Vorbeilaufen trat ich Zekes Fuß, der neben den beiden Rangern schlief.

„Es gibt Ärger", antwortete ich auf seine grummelnde Frage.

Näher bei den Mädchen hörte ich die murmelnde Stimme von der jungen Frau kommen, die mit dem Rücken zu mir saß und ihre Knie an ihre Brust gedrückt hatte. Im Takt mit ihrem seltsamen Ritual schaukelte sie vor und zurück. Ihre Begleiterin saß mir gegenüber. Sie drückte ihren Rücken gegen die Mauer und starrte die murmelnde Frau erschrocken an.

Ich kniete mich neben die schaukelnde Frau und sah ihre Freundin an. „Was ist los?"

Die verängstigte Freundin schüttelte sich bei meiner Frage und schien mich erst dann zu sehen. „Sie macht dieses, dieses …", sie kämpfte sichtlich um eine Erklärung, „Ding".

„Was macht dieses Ding?"

„Ich weiß nicht", erwiderte die Frau frustriert. „Aber schlimme Sachen passieren immer direkt danach." Sie packte mich am Arm. „Immer!"

Die brummelnde Frau fuhr fort. Ihre Worte kreisten mir durch die Ohren, in einer Sprache, die nicht aus dieser Welt war. Die Töne waren disharmonisch und das Zuhören war nahezu schmerzhaft.

Dann änderte sich ihr Tonfall und ich konnte ihren Wortschwall fast verstehen.

„'s war brühig und die schlinken Toven", murmelte sie.

„Gaubten und scheierten um den Sasen:

Ganz mimsig waren die Borogoven

Und die fromden Rathen nasen."

Das schaukelnde Mädchen rührte sich plötzlich nicht mehr, und ihre Stimme verstummte. Sie drehte ihren Kopf zu mir. Ihre zusammengepressten Augenlider öffneten sich, aber ich konnte nur das Weiße ihrer Augen sehen. Es leuchtete schwach und tauchte die Umgebung in ätherisches Licht. Ein Schauer lief mir über den Rücken, als die Frau ihre Aufmerksamkeit auf mich richtete.

„Und als er aufwärts denkend stand", dichtete die Frau mit Singsang-Stimme.

„Kam Jabberwock mit Flammenaugen

wipfend hindurch die Tulgeiwand

leis büchernd angesaugen."

Ihr Arm erschien und klammerte sich an meine Schulter. Ihr Gesicht verzog sich und flehte mich verzweifelt an, ihre Worte zu verstehen.

„Hüt dich vorm Jabberwock, mein Sohn!

Die Kiefern, die beißen, die Klauen, die fangen!

Nei worples Schwert, liegt unter der Sonn

Nur gerouged, mangsen Feind verbannen!"

Mit dem letzten Wort verblasste der geisterhafte Glanz um das Mädchen herum, und sie erschlaffte. Ich sprang nach vorne und fing sie auf, bevor sie vollständig zusammenbrach, und legte sie sanft auf den Boden.

„Was zur Hölle war das?", fragte Zeke, der mich inzwischen eingeholt hatte.

„Keine Ahnung." Ich zeigte mit dem Kopf auf die andere Frau. „Aber ihre Freundin sagt, dass schlimme Dinge danach passieren."

Die Frau nickte, die Augen weit geöffnet. „Sie ist ein Orakel. Eine ihrer Klassenfähigkeiten lässt sie sehen, wie mögliche Zukunftsszenarien ausgehen."

„Und wie lange haben wir, bis diese möglichen Zukunftsszenarien entstehen?", fragte ich.

„Nicht lange", antwortete sie und sah sich nervös um.

Plötzliche waren wir von oben herab in sanftes blaues Licht getaucht. Die Festung war erhellt und ich sah mehrere Leute um uns herum, die vom Proklamationsgeschwafel des Orakels beunruhigt waren.

Ich schaute auf und suchte nach dem Ursprung des Lichts. Ich fand diesen im Osten, weit über den höchsten Gebäuden der Innenstadt von Pittsburgh. Am Himmel schimmerte ein rechteckiges leuchtendes Feld, das parallel zum Boden ausgerichtet war. Von hier gesehen war nur klar, dass es riesig war, mehrere Hektar groß.

Das Feld wellte sich heftig, und eine lange dunkle Gestalt schlängelte sich durch das Zentrum der Störung, und rollte und wand sich um ihren eigenen Körper. Das Ding schwebte unter dem Portal in der Luft, von Schwerkraft anscheinend unbeeinflusst. Das blaue Licht des Portals glitzerte metallisch von der gewundenen Form, wie von Schuppen auf der wurmähnlichen Kreatur reflektiert. Es war jedoch zu dunkel und zu weit entfernt, um mehr zu erkennen.

Die schattenhafte Gestalt trieb tiefer und kreiste weiter, bis sie endlich komplett aus dem Portal auftauchte. Einen Augenblick später schnappte das Portal zu und brachte die Welt zurück in die Dunkelheit.

Ich saß einen Moment fassungslos da und sah die anderen um mich herum an. Die Ranger waren nun bei Zeke. Wir alle teilten Blicke mit weit aufgerissenen Augen.

„Ich würde stark annehmen", sagte ich langsam, „dass das unser Jabberwock war."

Zeke schüttelte den Kopf. „Scheiße."

Die Ranger sagten nichts.

„Wie kämpfen wir gegen sowas?", fragte Zeke.

Ich schnaubte. „Am besten gar nicht. Sieht mir nach einer Menge Mist aus, den man lieber vermeiden sollte."

Der Große blinzelte mich an, blickte dann zugespitzt auf das bewusstlose Orakel, bevor er mich wieder ansah. „Mir scheint, wir werden kaum eine Wahl haben."

Ein lautes Krachen aus der Ferne unterbrach unser Gespräch, und ich wandte mich wieder der Innenstadt zu. Zuerst konnte ich außer der üblichen Skyline nichts sehen, aber kurz darauf tauchte der Mond endlich hinter den Wolken auf und ich erstarrte. Mit meiner verbesserten Wahrnehmung konnte ich tatsächlich die Gebäude der Innenstadt klar erkennen und sah eine riesige alptraumhafte Kreatur auf der Spitze des U.S. Steel Tower.

Sie hatte einen unförmigen großen Kopf mit rot leuchtenden Augen. Direkt unter den Augen hing ein Paar Tentakel wie Schnurrhaare herab, zu beiden Seiten einer kurzen Stumpfnase, und eines großen, mit Reißzähnen gefüllten Schlundes, der langsam auf- und zuknirschte. Eine Reihe von Stachelschuppen ragte hinten aus dem dünnen Hals der Kreatur. Dieser Hals nahm fast ein Drittel der Gesamtlänge des Monsters ein. Der Stachelkamm ging auf einen dickeren, viergliedrigen Torso über und setzte sich dann entlang eines schmalen Schwanzes fort, der das letzte Drittel der langen Kreatur ausmachte. Die dürren Arme des Wesens endeten in spinnenartigen Klauen mit drei Fingern. Über den Schultern der ersten hageren Gliedmaßen befanden sich zwei Flügel, die an Fledermäuse erinnerten. Sie flatterten behäbig, und die Kreatur krallte sich an den Rand des höchsten Gebäudes in Pittsburgh fest, direkt über den riesigen „UPMC" Buchstaben am Wolkenkratzer.

Der Jabberwock warf den Kopf zurück und stieß ein trällerndes Kreischen aus. Das Geräusch stieß in meine Ohren, und ich sank vor Schmerzen auf die Knie, mit den Händen am Kopf, im vergeblichen Versuch, das Geräusch zu blockieren. Um mich herum waren auch die anderen zu Boden gefallen und krümmten sich vor Schmerzen, als der ohrenbetäubende Schrei um uns herum hallte.

Furchteffekt abgewehrt

Die Benachrichtigung tauchte in einer Ecke meines Blickfeldes auf, während ich mich wieder auf die Beine zwang. Der Schmerz schien deutlich nachzulassen. Ich spürte etwas aus meinen Ohren tropfen, und wischte es weg. Meine Hände waren Nass vor Blut. Schließlich verstummte der schreckliche Lärm, und ich sah zu, wie der Jabberwock über die Dachkante nach vorne kroch und das riesige M vom UPMC-Schild wegschleuderte. Der weiße Buchstabe stürzte hinter die anderen Hochhäuser und die Kreatur kletterte die Fassade herunter. Ihre Klauen zogen klaffende Risse in das Gebäude und zerbröselten die Oberfläche zu Staub. Dann verschwand es außer Sicht.

Die anderen um mich erholten sich langsam, aber erst nach einigen Minuten waren alle wieder auf den Beinen.

„Wo ist es hin?"

„In die Stadt", war meine Antwort.

Schnell hintereinander abgefeuerte Schüsse hallten aus der Ferne, dann hörte man ein leises Schreien, das plötzlich verstummte.

Unsere Gruppe ging zur Öffnung in den Festungsmauern und blickte in Richtung Innenstadt. Der Schaden und der Furchteffekt hatten alle Flüchtlinge geweckt. Ich trat heraus, um Wache zu halten und ihrem panischen Geschnatter zu entgehen, aber die Ranger konnten schließlich alle beruhigen und die Leute dazu bringen, beim Verstärken der Verteidigung zu arbeiten. Dazu gehörte auch Carl, der ausgezehrt aussah, aber sein Mana trotzdem wieder in die Wände kanalisierte.

In den kommenden Stunden brachen weitere Schüsse, massives Krachen, rote Lichtblitze und immer wieder Schreie durch die vormals stille Nacht, während der Jabberwock in der Stadt tobte. In der Zwischenzeit wuchsen die Mauern des Forts um einen weiteren halben Meter, und hatten nun in regelmäßigen Abständen Zinnen mit Schusspositionen innerhalb der Mauern.

Unsere Atempause endete, als die Sonne über dem Horizont hervorspähte.

Ein halbes Dutzend Leute rannte von den Gebäuden im Herzen der Stadt aus auf uns zu. Der Jabberwock kam hinter dem Wyndham-Hotel hervor und verfolgte sie fast beiläufig, wobei er seine smaragdgrünen Schuppen zeigte. Das Monster sprang voran, um auf seinen kleinen Fledermausflügeln zu gleiten. Es schleuderte den hintersten Läufer der Gruppe in die Luft und verschlang ihn mit einem einzigen Biss.

Die Leute schrien und rannten schneller. Die Kreatur schnaubte nur und lachte scheinbar über den verbreiteten Schrecken. Dann stürzte sie sich nach vorne, um ein weiteres Opfer zu verzehren.

Ein Energiestrahl schoss aus dem automatischen Geschützturm des Forts und traf den Jabberwock am Halsansatz. Das Wesen hielt überrascht an, vergaß dabei seine Opfer, und sah sich nach dem Angreifer um. Als es den Turm entdeckte, leuchteten die dunkelroten Augen der Bestie eine Sekunde lang heller, und Feuerstrahlen schossen aus beiden Augen. Die Strahlen fegten über eine Ecke des Forts. Der Turm explodierte mit einer gewaltigen Explosion und der Energieangriff löste die Mauern in Luft auf.

Obwohl ich eine halbe Mauerlänge entfernt war, fegte mich die Explosion sechs Meter weit. Während ich geschleudert wurde, fiel mir dank verstärkter Wahrnehmung auf, dass die Attacke des Jabberwocks einen zweiteiligen Effekt hatte. Die brennenden Strahlen schnitten durch den Geschützturm, die Mauer und den Boden. Dann war da die Explosion, wo auch immer sich die Strahlen berührten, ein Sekundäreffekt, der dem Primärangriff folgte.

Mentaler Vermerk: Nicht von den Strahlen berühren lassen.

Ich rollte ab, als mein Körper zu Boden fiel. Das verteilte die Wucht des Aufpralls, und ich stieß mich ab und landete auf den Füßen.

Den Tau wischte ich mir an der Hose ab, bevor ich die Pistolen aus den Holstern zog und nach Nordosten rannte. Vor meinem Weglockversuch wollte ich erst Abstand zum Fort schaffen. Das Monster verfolgte wieder die Leute, die zum Fort rannten.

Der Jabberwock hüpfte mit einem Bein auf das Fort Pitt Blockhaus, um sich aus der Höhe in einen zweiten Gleitflug abzustoßen. Stattdessen brach das letzte verbliebene Bauwerk des Kolonialzeitforts unter dem Gewicht zusammen, und sein Bein stürzte durch das Dach. Die Kreatur fiel und kam sofort zum Stillstand.

Jetzt wo der Jabberwock feststeckte, nutzte ich die Gelegenheit, um anzuhalten und genau auf die Bestie zu zielen. Größtenteils war sein

Körper von dunkelgrünen Schuppen geschützt, aber es gab eine offensichtliche Achillesferse. Ich schoss zuerst mit der Projektilpistole, und drückte dann den Abzug der Strahlenpistole.

Beide Attacken trafen gleichzeitig, und der Jabberwock heulte auf, als sein rechtes Auge durch den kombinierten Schaden explodierte. Ich wollte fast jubeln, doch der grüne Gesundheitsbalken über dem Monster zeigte nur minimalen Schaden an.

Zumindest hatten wir eher eine Chance, jetzt wo es zur Hälfte blind war.

Ich schoss noch mal. Diese Schüsse verfehlten das ehemalige Auge, und prallten von den Schuppen ab, ohne wirklichen Schaden. Jedoch erregten sie die Aufmerksamkeit der Bestie.

Sein hässlicher Kopf drehte sich mit unheilvollem Blick zu mir. Dann wurde das ein Auge hell. Ich rannte so schnell ich konnte. Ein Hitzeschwall erschien hinter mir. Ich stürzte verzweifelt nach vorne und erwartete, jeden Moment vom Strahl versengt zu werden.

Stattdessen verschwand das Brennen im Rücken plötzlich, dafür war ein Schrei des Jabberwocks zu hören. Ich erkannte, dass andere meine Ablenkung genutzt hatten.

Ranger Jared feuerte seine Pistole aus nächster Nähe auf die Kreatur ab. Er zielte auf das verbliebene Auge und seine Schüsse trafen ins Gesicht. Der Jabberwock drehte seinen Kopf nach oben, um das Auge zu schützen, legte jedoch die Unterseite seines Halses frei. Die Schuppen waren dort gelber und kleiner als sonst auf seinem Panzer.

Zeke war die Blockhausruine hochgestiegen und jagte seinen Riesenhammer in die feineren Schuppen am Halsansatz über den Schultern der Kreatur. Er hämmerte mehrmals auf dieselbe Stelle, ohne viel Wirkung; dann hielt er inne, und der Kopf seines Hammers fing an zu glühen.

Er drehte die glühende Waffe einmal im Kreis über seinem Kopf und jagte sie nieder. Der Aufprall zerschmetterte mehrere Schuppen und ihre Scherben sprangen davon. Die zwei attackierten weiter und der Jabberwock heulte und zuckte.

Doch dann war Jareds Waffe leer.

Als der Kugelhagel aufhörte, neigte der Jabberwock den Kopf vorsichtig zur Seite. Während der Ranger mit dem Nachladen beschäftigt war, schleuderte das Monster Zeke mit einem beiläufigen Klauenhieb weg. Das Blut spritzte in einem roten Bogen und er flog mehrere hundert Meter weit. Er prallte gegen die Granitmauer von Fort Duquesne und stürzte schlaff zu Boden.

Gleichzeitig fuhr der Jabberwock mit seinem langen Hals herum und schnappte und verschlang den Ranger im Bruchteil einer Sekunde. Er hatte nicht mal Gelegenheit zu schreien. Der Jabberwock warf seinen unförmigen Kopf zurück und wiederholte das schrille und lähmende Kreischen seiner Ankunft.

Furchteffekt abgewehrt

Ich wurde nicht beeinflusst, konnte jedoch die Leute im Fort am Boden liegen sehen. Inzwischen hatte der Jabberwock sein Bein aus den Trümmern des Blockhauses befreien können.

Ich leerte beide Pistolen so schnell ich konnte auf die Kreatur. Der Jabberwock drehte sich um und kam humpelnd auf mich zu. Deutlich langsamer als vorher – das Monster schonte eindeutig das befreite Glied.

In der zusätzlichen Zeit tauschte ich beide Pistolen gegen den voll geladenen Ersatz im Inventar. Ich steckte die Waffen ins Holster und zog das Hybridgewehr heraus. Ich brachte mich in eine stabile Schießhaltung, drückte den Schaft gegen meine Schulter, zielte auf die beschädigte Stelle am Hals des Jabberwocks und drückte vorsichtig ab.

Einen Moment lang passierte nichts. Ich wollte schon die Waffe senken und prüfen, was los war.

Doch dann jaulte die Waffe laut auf. Eine Sekunde lang baute sich die Energie auf, und die Spulen um den Lauf wurden mit Mana durchflutet. Mit voller Ladung leuchteten die Ringe hell auf. Als alle leuchteten, vibrierte die Waffe in meinen Händen.

Der Schaft sprang heftig gegen meine Schulter, und eine silberne Lichtsäule strömte aus der Mündung durch die Luft. In dieser Säule weißen Lichts wirbelte ein Blitz, der das Projektil der Hybridwaffe beförderte. Der Blitz und die Kugel schlugen in den Halsansatz ein, genau dort, wo Zekes Fähigkeit die Schuppen zerschmettert hatte. Die Kreatur taumelte und winselte vor Schmerz.

Ich musste vom Nachbild des strahlenden Lichts blinzeln, und sah zum Jabberwock. Der Ring von zerschmetterten Schuppen sah nun größer aus als vorher. Die Einschussstelle qualmte. Grünes Sekret tropfte aus der Wunde, und ich sah hoffnungsvoll zur Statusanzeige über dem Monster

Der grüne Gesundheitsbalken war nur um einen Fingerbreit gesunken.

Mit einem Knurren hob ich die Waffe. Immer wieder heulte und blitzte die Hybridwaffe, bis das Magazin aufgebraucht war und das Gewehr leer klickte.

Ich warf das leere Magazin aus und steckte es ins Inventar. Ich rief ein vollständig geladenes Magazin in meine Hand auf, und rammte es in den Magazinschacht. Dann spannte ich das Gewehr, um eine neue Patrone abzufeuern.

Der Jabberwock nutzte die Nachladepause, um weiter in meine Richtung zu kriechen. Er war definitiv verletzt. Der Gesundheitsbalken war um etwa 25 % gefallen.

Vor meinen Augen fing der Balken aber an, wieder anzusteigen – die natürliche Regeneration der Kreatur hatte eingesetzt.

Ein Blick auf den Zähler unter dem Visier zeigte nur 15 verbliebene Energieladungen. Ich hatte zwar um die hundert Schuss Munition, aber ohne Energieladung konnte ich nicht schießen.

Ich hob das schwere Gewehr auf meine linke Schulter, und zog meine Strahlenpistole. Ein Schuss in den verwundeten Jabberwock ließ die Gesundheitsanzeige lediglich aufflackern, aber dafür stieg sie nicht mehr an. Ich fing an, rückwärts zu gehen, und zählte, bis der Gesundheitsbalken wieder anstieg.

Dabei tauschte ich die Pistolen aus, und schoss mit der Projektilpistole, kurz bevor die Gesundheit der Kreatur wieder ansteigen konnte.

Im Rückwärtsschritt zählte ich und ging nacheinander alle meine Waffen durch. Ich führte den Jabberwock aus dem Park und bekämpfte seine Regeneration. Jeweils ein Schuss mit den zwei Pistolen, dann die Hybrid-Railgun.

Zwischendurch lud ich leere Magazine für meine Luxor-Projektilpistole nach. Hektisch holte ich Munition aus dem Inventar, steckte einzelne Patronen in Ersatzmagazine und verstaute dann alles, um einen weiteren Schuss abzugeben.

Im Verlauf dieser ständigen Attacken war der Jabberwock komplett auf mich konzentriert, und verfolgte mich von der Festung weg. Meine ständige Belästigung zog die Bestie nach Norden, bis zum Fort Duquesne Boulevard am Rand der Innenstadt. Auf der Straße schoss ich immer noch in regelmäßigen Abständen, aber die Energiewerte auf beiden Pistolen und dem Hybridgewehr waren niedrig.

Dann schnaubte der Jabberwock – das verdammte Geräusch klang nach gnadenlosem Gelächter. Er blickte zum verletzten Bein, beugte es vorsichtig und schnaubte erneut.

Ich war so versessen darauf gewesen, die generelle Gesundheit am Regenerieren zu hindern, dass das Bein sich heilen konnte.

Scheiße.

Ich sah mich schnell um. Im Freien war ich so gut wie tot. Nichts zu meiner Rechten. Richtung Norden führte die Straße zum Allegheny Fluss. Links von mir ein hohes Wohnhaus.

Ich stürmte nach links. Aber die Glastüren des Gebäudes schienen unglaublich weit weg. Der Jabberwock sprang in die Luft, glitt vorwärts, und streckte seinen grauenhaften Kopf nach mir. Keine Zeit zu klingeln. Während sein Maul nach meinen Fersen schnappte, krachte ich durch das Glas. Glasscherben prasselten um mich herum zu Boden, und ich hatte Mühe, in Bewegung zu bleiben. Hinter mir hörte ich den Jabberwock schnappen. Er klang ernsthaft verärgert.

Ich floh durch den verwüsteten Eingangsbereich zur Treppe, und rannte hoch. System sei Dank hatte der Strommangel das Gebäudesicherheitssystem lahmgelegt.

Ich verließ die Treppe im dritten Stock und fand eine kleine Lounge vor. Ich ignorierte das Gebrüll des Jabberwocks, der sich auf der Jagd nach mir ins Gebäude gestürzt hatte, und ließ mich auf eine lange Couch nieder. Bestandsaufnahme machen und Waffen nachladen war mein Plan.

Eine Strahlenpistole war komplett leer, die andere hatte nur noch zwei Ladungen übrig. Ich hatte außerdem nur noch drei Ladungen für das Hybridgewehr, machte mir also nicht die Mühe, es nachzuladen. Ich füllte die Magazine für die Luxors, dann machte ich es mir gemütlich und versuchte, mich vielleicht das letzte Mal im Leben zu entspannen.

Ich hörte, wie das Monster sich durch das Gebäude hindurchkämpfte und musste kichern. Dem Lärm nach zu urteilen war das Ding ganz schön sauer. Ich lehnte mich zurück, aber etwas bohrte sich mir in die Seite. Ohne zu schauen, schnallte ich die Munitionskiste für die Hybridwaffe vom Gürtel und wollte sie wegschleudern.

Meine Hand erstarrte, und ich richtete mich schlagartig auf.

Die rote Kiste!

Rot. Rouge.

Mit zitternden Händen öffnete ich die Kiste und sah hinein. Sechs gemein aussehende Hybridprojektilgeschosse waren in einem durchsichtigen Gitterrahmen eingebettet. Jedes hatte einen anderen Farbstreifen. Meine Augen wanderten zum roten.

Ich holte das Hybridgewehr aus meinem Inventar, zog das Magazin heraus und warf die Patrone aus dem Patronenlager. Ich steckte die ausgeräumte Patrone wieder in das Magazin und legte dann die rote Spezialpatrone darüber.

Ich hatte aber immer noch genug Energie für drei Schüsse. Willkürlich wählte ich die grün und orange gestreiften Patronen aus und fügte sie dem Magazin hinzu. Dann schob ich es wieder ins Hybridgewehr und lud nach. Die rote Kiste kam wieder an meinen Gürtel, und ich stand auf.

Der Jabberwock arbeitete sich näher und näher durch das erbebende Gebäude. Ich ging zurück in den Hauptflur, um dem Lärm der Zerstörung gegenüberzutreten. Einen Moment später kam der Jabberwock zerschmetternd durch den Boden und erblickte mich mit seinem guten Auge. Das andere Auge war weiterhin trüb und unfokussiert, fing jedoch eindeutig an zu heilen.

Ich versuchte Hindern zu verwenden, jedoch hatte die Klassenfertigkeit anscheinend keinen Effekt auf die Kreatur. Die Fähigkeit konnte wohl den gewaltigen Machtunterschied zwischen uns und die angeborenen Widerstände des Monsters nicht überwinden.

Ohne weiteres Zögern feuerte ich das Hybridgewehr ab. Im Gegensatz zu den vorherigen Schüssen traf diesmal ein blassgrüner Lichtstrahl auf den Jabberwock. Als das Projektil im Strahl seine Schnauze traf, quoll eine Gaswolke um sein Gesicht auf, und er hustete.

Ich lief den Flur zurück, weg vom Jabberwock, weg vom Gas. Meine Bewegungen blieben nicht unbeachtet, und das Monster krallte sich wieder auf mich zu.

Die Flurwände bröckelten um den Jabberwock herum. Mit dem nächsten Schuss vom Hybridgewehr erbebte das ganze Gebäude.

Der orangefarbene Strahl erhöhte die Temperatur und bräunte die beigefarbenen Wände durch die Hitze. Das Projektil flammte zu einem wütenden Inferno auf und verrußte das Monster komplett von vorne bis zur Hälfte. Als die aufsteigenden Flammen die Gaswolke erreichten, explodierte das Gas. Die Detonation schleuderte den Kopf des Jabberwocks durch den Flurboden hindurch. Die Explosion brachte mich ins Wanken. Ich taumelte zurück gegen das hohe Fenster am Flurende.

Dann riss der Kopf des Jabberwocks nach oben durch den Boden und erreichte fast meine Füße. Es gab kein Entkommen mehr.

Der Kraftaufwand ließ den Kopf an der Decke abprallen, bevor die Fangzähne nach mir schnappten. Deckenplatten regneten auf uns nieder. Ich stürzte mich rückwärts durch das Fenster und hob das Hybridgewehr.

Kurz vor meinem Sturz schien alles verlangsamt. Ich spürte Glassplitter in meinen Nacken schneiden. Die Reißzähne kamen näher. Ich zielte auf einen bestimmten Punkt und betätigte den Abzug.

Es war nicht das Gesicht.

Direkt unter Schlund und Tentakeln, in der Wunde am Halsansatz des Jabberwocks, sah ich verkohltes Fleisch. Dort hatte Zekes Klassenfertigkeit das Monster verwundbar gemacht. Das war es, wohin ich zielte.

Das Gewehr heulte auf, und ein dunkelroter Strahl schoss mitten in die klaffende Wunde. Das Projektil schlug durch Zekes Loch, und ein Ring aus roter Energie erhellte den Hals des Monsters von innen. Die strahlende Energiescheibe glühte unter den Schuppen und schnitt sauber durch die rissigen und zerbrochenen Schuppen, die den Hals des Monsters schützten. Nur die von Zekes Angriff unberührten Schuppen blieben intakt.

Die Wirbelsäule des Jabberwocks war von innen durchtrennt. Eine interne Enthauptung.

Das war alles, was ich sah, bevor ich außer Sichtweite fiel.

Zwölf Meter schnitt mein Hinterkopf durch den Wind, und ich fühle mich schwerelos. Dann krachte mein Körper auf den gepflasterten Bürgersteig. Die Luft quetschte aus meinen Lungen und ein hörbares Knacken bestand zu gleichen Teilen aus Kopfsteinpflaster und meiner Wirbelsäule.

Das Anstürmen des Jabberwocks hatte dem Kopf genug Schwung verliehen, damit seine eigene Kraft das Werk vollendete, welches all unsere Attacken nicht erreichen konnten. Die intakten Schuppen hatten sich losgerissen und der abgetrennte Kopf war aus dem Gebäude katapultiert, und stürzte nun in meine Richtung.

Entsetzen packte mich. Hatte ich das Monster nur überlebt, um nun von seinem abgetrennten Kopf zermalmt zu werden? Der massive Schädel stürzte neben mir zu Boden und überschüttete mich mit Steinsplittern und Blut.

Ich keuchte nach Luft, versuchte normal zu atmen, und meinen Status festzustellen. Eine hilfreiche Benachrichtigung informierte mich darüber, dass ich unter einer Gehirnerschütterung litt, wobei das aufgrund des rhythmischen Schmerzes in meinem Schädel offensichtlich war. Abgesehen davon war mein Status ein Durcheinander von Knochenbrüchen und internen Schäden. Die Timer für all die negativen Effekte tickten jedoch langsam herunter. Ich spürte, wie das System meinen zerstörten Körper heilte, nachdem der Kampf nun zu Ende war.

Es vergingen mehrere Minuten, bis ich mich vom kraterübersäten Boden hochziehen konnte. Ich verstaute das leergeschossene Hybridgewehr in meinem Inventar, setzte mich dann auf und hielt meinen hämmernden Kopf. Als das Pochen in meinem Gehirn nachließ, stand ich vorsichtig auf.

Ich trat dem Jabberwock gegen den Kopf. Das brachte mir außer einem gequetschten Zeh nichts ein, aber ich fühlte mich dadurch besser. Dann versuchte ich, das Monster zu plündern.

Ich erhielt einen Stapel armlanger Jabberwock-Reißzähne, ein halbes Dutzend Jabberwock-Klauen – fast so hoch wie meine ein Meter dreiundachtzig – und einen Haufen Jabberwock-Schuppen, die bestimmt großartige Panzerplatten abgeben würden. Zuletzt erbeutete ich ein Paar Rubinrote Jabberwock Augen, die orange und rot leuchteten, wie die Glut eines Lagerfeuers.

Nachdem alles im Inventar verstaut war, schaute ich auf das Gebäude über mir. Der Oberkörper der Bestie hing zum Teil aus dem dritten Stock. Ich war froh, dass ich ihn plündern konnte, ohne dort hinaufklettern zu müssen.

Mir fiel auf, dass mein Inventar an Kapazität zugenommen hatte. Statt des fünf-mal-fünf-Rasters, umfasste es nun sechs mal sechs Felder. Eine willkommene Entdeckung, besonders jetzt, wo ich mir die Jabberwock-Teile geschnappt hatte.

Ich verließ die erschlagene Kreatur und ging zurück zum Park, zurück zu den Überresten des Forts.

Selbst mit langsamen Schritten bemerkte ich sehr bald, wie beschädigt es war. Rauch stieg aus der Ecke des Forts auf, wo einst der Geschützturm gestanden hatte, aber von den Mauern dort war nur noch ein Schutthaufen übrig. Direkt hinter den Trümmern, entlang des südöstlichen Abschnitts der Mauer, standen mehrere Leute in einer kleinen Ansammlung zusammen.

Ich drängte mich durch sie hindurch. In der Mitte fand ich Chrystal vor. Sie war auf ihren Knien und versuchte, Zekes Körper in einem Stück zusammenzuhalten. Dem Großen ging es überhaupt nicht gut. Die Krallen des Jabberwocks hatten tief in seine Brust und seinen Bauch geschnitten. In den klaffenden Wunden waren freiliegende Rippenstücke zu sehen. Blut und andere Flüssigkeiten traten aus, und sammelten sich zu Lachen auf dem Boden.

Ich warf einen Blick auf den Gesundheitsbalken über Zekes Kopf. So gut wie leer. Noch während ich mich neben ihn hinhockte, sank der Balken wegen der anhaltenden Blutung und der inneren Schäden.

„Niemand hat irgendwelche Heilzauber oder Heilskills", sagte Chrystal verzweifelt. „Wir können den Blutungseffekt nicht stoppen."

„Scheiße." Ich war sprachlos.

Zeke keuchte bei jedem Atemzug und biss die Zähne vor Schmerzen zusammen. Schweiß glänzte auf seinem glatt rasierten Kopf. Er sah mich an. Seine Augen wussten, dass er es nicht schaffen würde. Mit schwacher Hand umklammerte er meinen Arm.

„Hal, meine Kids", sagte Zeke mit schwacher und rauer Stimme. „Bitte sorg' dafür, dass meine Kids in Sicherheit sind."

„Ich werde tun, was ich kann", sagte ich. „Versprochen."

Quest angenommen: Erreiche Montour Highschool und finde das Schicksal der Thomas-Kids heraus.

Zeke nickte mir anerkennend zu. Ich wusste, dass er die Meldung auch gesehen hatte. Worte hatten Macht in dieser veränderten Welt.

Er schaute zur Seite. Sein Blick erstarrte auf dem Gesundheitszähler, sah ihn mit jedem Ticken des Blutungseffekts sinken. Der Balken erreichte seinen Tiefpunkt, und Zekes Arme fielen erschlafft zu Boden.

Ich drängte mich aus der versammelten Menge heraus und ging einige Schritte. Ich musste von den anderen weg. Während die Sonne endlich über dem Horizont aufstieg, starrte ich auf die pittsburgher Skyline, ohne sie wirklich zu sehen.

Es war nicht das erste Mal, dass ich Leute sterben sehe. Auch Leute, an deren Seite ich gekämpft hatte. Einige von ihnen hatten das Zeitliche viel brutaler gesegnet als Zeke.

Ich musste an die Explosionen in einem Haus auf der anderen Seite der Welt denken. Mein ganzer Trupp war komplett ausgelöscht und ich blieb als Schwerverletzter zurück. Damit war ich noch nie so richtig klargekommen.

Die Dokumente des Veteranenministeriums bezeichneten es als Überlebensschuld-Syndrom.

Sie lagen falsch. Ich fühlte mich nicht schuldig, dass ich noch lebte. Mein Problem war, dass ich nicht zurückschlagen konnte. Aufgrund meiner Verletzungen bin ich entlassen worden, also war ich auch nie wieder auf dem Schlachtfeld. Ich habe nie herausgefunden, welche Gruppe oder welcher Warlord uns zum Tode verdammt hatte.

Nicht dieses Mal, versprach ich mir selbst.

Der Himmel war bewölkt, typisch für den Westen in Pennsylvania. Keine Spur vom Portal, durch das der Jabberwock um Mitternacht in unsere Welt eingetaucht war. Während er hier war, benutzte er keine Portalfähigkeit, also musste jemand oder etwas ihn hergebracht haben. Wahrscheinlich einer der Aliens, die unseren Planeten in diese Dungeonwelt verwandelt hatten.

Eines Tages würde ich es genau wissen. Und sie dafür bezahlen lassen.

Kapitel 12

Wir beerdigten Zeke und die Überreste der anderen unter der Ecke des Forts, im Graben, der durch den Strahlenangriff des Jabberwocks entstanden war. Während wir die Leichen bewegten, steckte ich Zekes Ausrüstung in mein Inventar. Entweder fiel das niemandem auf, oder sie interessierten sich nicht genug, um es zu kommentieren. Als die Toten beerdigt waren, stellte Carl die Mauer mit seinen Fähigkeiten wieder über ihnen her.

Der Wiederaufbau dauerte einige Zeit. Während ich wartete, rief ich meine Benachrichtigungen auf.

Herzlichen Glückwunsch. Du hast einen ganzen Tag überlebt! Ihr Menschen seid wirklich erstaunliche Kreaturen. Gestern sind nur 60 % von euch gestorben. Wir sind schwer beeindruckt. Hier, ein Keks. Und Erfahrungspunkte. Denk daran, dass im Verlauf der kommenden Woche mehr und mehr Monster erscheinen werden.

Das war die erste Nachricht für den Morgen. Der Inhalt war für mich nicht besonders überraschend. Wenn, neben den vermehrt spawnenden Monstern, solche Ungeheuer, wie der Jabberwock, durch Portale auf der Erde erschienen, dann war die Zahl sehr gut vorstellbar.

Herzlichen Glückwunsch!
Du hast mitgeholfen, einen jungen Jabberwock (Level 52) zu töten.
+24.840 EP (nach Schadenswirkung zugeteilt)

Wenn das eine junge Variante war, würde ich nur ungern mit einem ausgewachsenen Exemplar zu tun haben.

Titel erhalten

Für dein kontinuierliches Erledigen von Feinden mit höheren Levels, durch Ausnutzung von Schwächen in ihrer Abwehr, erhältst du den Titel „Scharfäugig". Kritische Trefferwahrscheinlichkeit um 10 % erhöht und sämtlicher kritischer Trefferschaden um weitere +10 % erhöht.

Herzlichen Glückwunsch!

Für deinen ersten Titel erhältst du einen Bonus von +5.000 EP.

Levelaufstieg! * 2

Du hast Level 8 als Gnadenloser Jäger erreicht. Wertepunkte werden automatisch verteilt. Du darfst 4 Gratis-Attributspunkte verteilen.
Klassen-Fertigkeiten gesperrt.

Inzwischen erreichte ich meine Levelanstiege in definitiv langsameren Intervallen, und ich konnte immer noch nicht auf meine Klassenfertigkeiten zugreifen. Hätte ich den Vorsprungs-Bonus nicht von Anfang an ausgewählt, wäre es mir bestimmt deutlich schwerer ergangen. Ich hätte es vielleicht nicht mal zum Shop geschafft, um mich dort einzudecken.

Und ohne das Hybridgewehr und die Spezialmunition wäre ich dann mit Sicherheit tot.

Ich öffnete meinen Statusbildschirm und berechnete meine Attributsanforderungen im Kopf. Es war noch lange nicht Zeit, Beweglichkeit oder Wahrnehmung zu vernachlässigen, also verteilte ich jeweils zwei Punkte auf meine Hauptattribute.

Dann ging ich im Status durch meine Titel-Ehrungen. Ich wollte vermeiden, dass jemand diese durchstöberte und über den Werdegang neugierig wurde. Mit einem Gedanken war der Titel als versteckt markiert.

Statusmonitor			
Name:	Hal Mason*	Klasse:	Jäger*
Volk:	Mensch (M)	Level:	8
Titel			
Scharfäugig (Titel versteckt)*			
Gesundheit:	300	Ausdauer:	300
Mana:	270		
Status			
Normal*			
Attribute			
Stärke	21 (30)	Beweglichkeit	37 (60)
Konstitution	30 (50)	Wahrnehmung	30 (40)
Intelligenz	27 (40)	Willenskraft	22 (30)
Charisma	26 (40)	Glück	16
Klassen-Fertigkeiten			
Hindern	1	Scharfe Sinne	1
Auf der Jagd	1		

Boni
Bauchgefühl
Zaubersprüche
Keine

Die Sonne war hoch am Himmel und ich war mit meinen Statusaktualisierungen schon lange fertig, als Carl seine Reparaturarbeiten an den Mauern beendete.

Zufrieden mit dem Wiederaufbau, ging ich zum Platz mit den Ringen um den ausgetrockneten, großen Springbrunnen. Dieser befand sich an der Spitze der Halbinsel, in der Kreuzung der drei Flüsse von Pittsburgh. An solch einem sonnigen Frühlingsmorgen wäre es normalerweise hier vollgepackt mit Pärchen und Familien. Ich war jedoch allein, und allein plante ich meine nächsten Schritte. Ich musste entscheiden, welcher Shop auf dem Weg zu Zekes Kindern am günstigsten lag.

Meine erste Option war, über den Fluss Allegheny nach Westen zu gehen, und eine Pause bei dem Shop einzulegen, der laut Karte im ehemaligen River's Casino war. Ich sah zwei Probleme in dieser Wahl. Erstens müsste ich danach den Fluss Ohio überqueren, und der Weg über die nahe West End Brücke schien mir nicht besonders sicher zu sein. Die Brücke war ein verbogenes Wrack, und in der Mitte war sie geteilt. Beide Enden des breiten Spalts reichten ins Wasser.

Zweitens war nach dem Tod des Jabberwocks ein ungewöhnliches Feuerwerk über dem Casino in die Luft gegangen, und seitdem wiederholte es sich in regelmäßigen Abständen. Wer auch immer es abfeuerte, hatte wahrscheinlich nicht vor, die Aufmerksamkeit des Monsters auf sich zu ziehen. Der verwendete Sprengstoff war jedoch mit Sicherheit

Systemtechnologie. Mir war noch nie Feuerwerk untergekommen, welches mit glitzernden Buchstaben „Shop hier" im Himmel buchstabieren konnte. Für mich war das ein Zeichen, dass der Betreiber des Shops nicht von dieser Erde war.

Aliens wollte ich fürs Erste meiden. Das Ganze war so schon kompliziert genug. Mir blieb also nur die andere Option: Nach Süden gehen und den Hügel Mount Washington besteigen, auf dem der dritte Shop von Pittsburgh, in der Kirche Saint Mary of the Mount war. Ich hätte mir gerne den Weg bergauf erspart. Wenn man aber die zerstörte Brücke im Westen einkalkuliert, war das definitiv die bessere Wahl.

Hoffentlich würde die angesammelte Beute für ein paar Zaubersprüche reichen. Wenn Zeke oder ich genug Credits für einen einfachen Heilzauber gehabt hätten, wäre der Große noch am Leben.

Außerdem brauchte ich ein effizienteres Fortbewegungsmittel. Beim Militär musste ich eine Menge Meilen zu Fuß zurücklegen. Jetzt wollte ich etwas, das mich schneller überallhin bringt.

Ich ging vom Springbrunnen aus am Fort vorbei, auf dem Weg zu den nächsten noch intakten Brücken.

Chrystal eilte hinter mir her. „Du verlässt uns?"

Ich blieb stehen und zuckte der Rangerin gegenüber mit den Schultern. „Zeke hat mir eine Quest aufgetragen."

„Wohin gehst du?"

Ich zeigte ungefähr in Richtung Westen. „Ich muss zur Schule seiner Kinder gehen und schauen, was aus ihnen geworden ist."

„Oh. Wir hatten gehofft, dass du bei uns bleiben würdest."

„Sorry", sagte ich. Es klang nicht nach einer Entschuldigung. „Ich habe hier wirklich nichts mehr zu tun, und ich bin Zeke diesen Gefallen schuldig."

„Ich verstehe", antwortete Chrystal. „Dann ist es wohl Zeit, Lebewohl zu sagen."

Ich nickte. „Lebe wohl, Chrystal."

Ich ging nach Süden, dann nach Osten, und war somit wieder auf Straßen unterwegs. Sie waren immer noch von Autos verstopft, aber es waren überraschend wenige Menschen draußen. Wahrscheinlich sind die meisten wegen des Jabberwock-Fiaskos abgehauen. Über den Fort Pitt Boulevard erreichte ich die Smithfield Street Bridge.

Ich wählte einen der seitlichen Fußgängerwege auf der Straßenbrücke, und überquerte den Monongahela Fluss ohne Zwischenfälle. Zum Glück war nichts von den Katzenwelsmonstern vom Vortag zu sehen.

Furchtbar stinkende Viecher.

Auf der anderen Seite angelangt, ging ich die West Carson Street links entlang, bis zu einer Seitenstraße, die den Mount Washington hinaufging. Dem typischen pittsburgher Hang zur Übertreibung nach, war Mount Washington korrekterweise gar kein Berg, sondern nur ein sehr großer Hügel. Andererseits war er so steil und hoch, dass mehrere Tunnel durch ihn hindurch verliefen. Vielleicht doch nicht ganz so übertrieben.

Ich grummelte darüber, dass ich kein Fahrzeug hatte, und lief die steile Straße hoch. Selbst mit meiner Erhöhten Konstitution fühlte es sich an wie eine Kletterwanderung.

Auf halbem Weg entschied ich mich, eine Abkürzung zu versuchen. Im Gegensatz zur windenden Straße, führte ein schmaler Gehweg viel gerader nach oben. Die Abkürzung schien es wert gewesen zu sein. Einige Kaninchen mit rasiermesserscharfen Zähnen hatten mich aus dem Gebüsch heraus umschwärmt, waren jedoch leicht zu erledigen.

Einige Kurven und eine Seitenstraße ging es weiter, bis ich mich auf der Straße mit der besten Aussicht über die Stadt wiederfand. Grandview

Avenue verlief entlang des Hügelkamms und von mehreren Aussichtsplattformen aus Beton konnte man eindrucksvolle Perspektiven auf die Stadt genießen. Ich trat auf eine der Plattformen und blickte auf die Stadt hinunter.

Auf der anderen Seite des Flusses, sah ich die Mauern von Fort Duquesne und die winzigen Leute im Park. Ob wohl jemand von hier aus das Herumwüten des Jabberwocks und den darauffolgenden Kampf beobachtet hat?

Im Tageslicht waren die Schäden am U.S. Steel Tower klar zu erkennen. Die Kreatur hatte Spuren der Zerstörung am Dach zurückgelassen, und die Buchstaben U, P und C hingen schief hinunter, als wollten sie dem M Richtung Boden folgen.

Mehrere Hausbrände tauchten die hohen Gebäude der Innenstadt in einen Rauchschleier. Immer noch waren zeitweise Schüsse zu hören. Menschen kämpften um ihr Leben – gegen die spawnenden Monster und gegeneinander.

Ich stieß mich vom Geländer ab und verließ den Aussichtspunkt. Je länger ich brauchte, um den Shop zu erreichen und ein Fahrzeug zu beschaffen, desto höher die Wahrscheinlichkeit, in meiner Quest zu versagen.

Entlang der Grandview Avenue stieg der Hügel leicht an. Kurz bevor ich den Shop erreichen konnte, war die Straße versperrt. Autos waren an einer Kreuzung auf die Seite gekippt worden. Stoßstange an Stoßstange waren die Fahrzeuge Teil einer Barrikade, die vom Rand des steilen Hügels bis zum Gemeindezentrum an der Ecke reichte, und dann um die Ecke verschwand.

Auf der Barrikade waren mehrere Personen, die mich nervös beobachteten. Als ich näher kam, wurde klar, dass sie alle bewaffnet waren.

Es fühlte sich an wie bei meiner Ankunft beim Fort am Vorabend. Meine Hände waren leer und weit von meinen Waffen gestreckt.

„Seid gegrüßt, auf der Mauer!", rief ich laut.

Mehrere der Leute tauschten nervöse Blicke, und alle schauten zu einem Mann, geschätzt über vierzig, der in der Mitte auf der Mauer stand.

„Was willst du?" Seine Stimme war müde und voller Misstrauen.

„Ich will nur den Shop benutzen und dann weiterziehen", antwortete ich. „Ich bin nicht hier, um Ärger zu machen."

„Woher weißt du von dem Shop?" Das Misstrauen in der Stimme hatte zugenommen.

„Er ist auf einer Karte markiert, die ich von einem anderen Shop gekauft habe." Ich zeigte nach Nordosten, zur Kathedrale des Lernens.

„Es gibt andere Shops?"

„Drei in Pittsburgh, und noch mehr in anderen Städten verteilt."

„Oh." Der Mann betrachtete mich einen Augenblick aufmerksam und winkte mich dann nach vorne. „Na gut, komm hoch."

Ich wurde zu einem Abschnitt der improvisierten Mauer geführt, wo die Fahrzeuge nicht so dicht beieinander standen. Zwei der Autos waren angewinkelt, um eine kleine Lücke zu bilden, die von vorne kaum zu erkennen war. Sie war gerade groß genug, damit ich mich seitlich hindurchquetschen konnte.

Innerhalb der Mauern sah ich, dass mehrere Pick-ups dicht an der Fahrzeugwand standen. Ihre Ladeflächen dienten als erhöhte Kampfplattformen. Hoch genug, dass die Wächter über die Mauern sehen konnten. Der Höhenvorteil bot klare Schussfelder für die futuristischen Gewehre, mit denen sie ausgerüstet waren.

Hinter den Mauern warteten noch mehr bewaffnete Menschen auf mich. Mehrere Teenager wurden abkommandiert, um mich zur nahegelegenen Kirche zu begleiten, und ein weiterer Teenager lief vor – vermutlich, um die Verantwortlichen über meine Ankunft zu informieren. Als ich beim gotischen Backsteingebäude ankam, hatten sich mehrere Leute draußen an der Straßenecke versammelt. Ihr Anführer war eindeutig der schwarz gekleidete Priester in ihrer Mitte. Er war ein älterer Mann mit grauen Haaren und tiefen Falten im Gesicht.

„Sei gegrüßt, Abenteurer.", sagte der Priester. „Ich bin Pater McCulley."

„Hal Mason. Was meinst du mit Abenteurer?", fragte ich mit gerunzelter Stirn. Es war das zweite Mal, dass ich so genannt worden bin. Der Shophändler hatte mir als erster diesen Spitznamen gegeben.

Der Priester nickte freundlich. „In diesem neuen System ist das der salonfähige Begriff für jene, die den Gefahren außerhalb der Sicheren Zonen trotzen."

„Das wusste ich nicht."

Der Priester seufzte. „Wir alle haben noch viel über diese neue Welt zu lernen."

„Ich hatte noch keine Gelegenheit, den Leitfaden zu Ende zu lesen", merkte ich an.

„*Thrashers Leitfaden?*" Auf mein Nicken hin fuhr Pater McCulley fort. „Es enthält viele hilfreiche Informationen. Ich würde empfehlen, dir die Zeit zu nehmen."

Der Priester fragte nach meinen bisherigen Erlebnissen im System, und ich beantwortete seine Fragen ehrlich. Ich wollte jedoch vertuschen, dass ich den Jabberwock getötet hatte. Der scharfsinnige Priester kam jedoch von selbst darauf.

„Du warst es also?" Er musterte mich grübelnd. „Was war das für ein Ding?"

„Ein Jabberwock", gab ich zu. „Mehrere Mitstreiter haben nicht überlebt, aber ihre Opfer brachten uns dem Tod der Kreatur näher."

„Wir konnten die Schlacht zum Teil von hier aus mitverfolgen." Pater McCulley deutete auf den Aussichtspunkt auf der anderen Straßenseite. „Ein Glück, dass du das Monster getötet hast. Es wäre sonst vielleicht noch stärker geworden."

Daran hatte ich gar nicht gedacht, aber der Priester hatte recht. Wie wir auch, sammelte die Kreatur Erfahrung, und wäre mit jedem getöteten Menschen stärker geworden. Und das traf auf alle Monster im System zu.

„Nun", sagte ich schließlich, „ich werde tun, was ich kann, damit die Monster, die mir über den Weg laufen, nicht mächtiger werden."

„Wonach suchst du hier?", fragte Pater McCulley.

„Ich will im Shop ein Fortbewegungsmittel kaufen. Ich habe eine Quest, die etwas Besseres als meine eigenen zwei Füße erfordert."

„Ein guter Grund." Der Priester nickte und schaute auf die anderen, die sich während des Gesprächs um uns versammelt hatten. „Ich bin zufrieden mit diesem jungen Mann. Ich habe keine Einwände dagegen, dass er zur Nutzung des Shops in die Kirche gelassen wird."

Die anderen stimmten anscheinend zu, und ich wurde durch die doppelflügelige Eingangstür mit Rundbogen in die Kirche geführt.

Du hast eine Sichere Zone betreten (Kirche Saint Mary of the Mount)

In diesem Bereich sind die Manaströme stabilisiert. Hier werden keine Monster spawnen.

Dieser Sicherheitsbereich umfasst:

Dorf Mount Washington

Ein Hospiz (+10 % Erholen von negativen Effekten)

Der Shop

Das Innere der Kirche war wunderschön. Die Morgensonne strömte durch die mächtigen Bleiglasfenster um die riesige Altarhalle hinein. Vor dem Altar predigte ein Diakon auf Latein zu einer kleinen Schar Menschen.

Der leuchtende, facettenreiche Silberkristall schwebte im Gang zwischen den hintersten Bänken am Ende der Halle. Die farbenprächtigen Bleiglasfenster wurden von der schimmernden Oberfläche des Kristalls reflektiert, und erhellten das Ende des großen Raumes mit einem kaleidoskopartigen Effekt.

Ich ging zum Kristall und legte meine Hand auf seine kühle Oberfläche. Sofort fand ich mich am Eingang des gleichen Shops wieder, den ich zuvor besucht hatte.

Ryk wartete neben der Schwelle und nickte respektvoll zu mir. „Willkommen zurück, Abenteurer Mason."

„Danke, Ryk", sagte ich. „Ich habe einiges, das ich loswerden möchte, wenn Ihnen nach feilschen zumute ist."

„Natürlich, Sir", erwiderte Ryk, und führte mich mit einer Geste zum Stasistisch.

Ich leerte mein Inventar auf den Tisch. Ich zögerte, als Zekes Ausrüstung einen scharfen Blick von Ryk auf sich zog, aber er wurde schnell von der Jabberwock-Beute abgelenkt. Während er sich mit der Monsterbeute befasste, änderte ich spontan meine Meinung, und legte Zekes Hammer zurück in mein Inventar.

„Sie haben Interessantes erlebt, nicht wahr?", fragte Ryk rhetorisch, während er die schimmernden, edelsteinartigen Augen des Jabberwocks in der Hand hielt und sie betrachtete – durch ein Okular, das einer Juwelierlupe ähnelte.

Ryk verstaute das Okular und sah wieder auf den Tisch. „Ich biete 52.000 Credits", feilschte er.

„60.000", konterte ich automatisch.

„55."

„57.", antwortete ich, „und Sie verraten mir, wer es vermag, ein Portal zu erschaffen, durch welches am ersten Tag der Systemintegration ein Jabberwock-Bossmonster erscheint."

Ryks Augen verengten sich und er sah mich aufmerksam an. „Na gut."

Die Credits erschienen in meinen Benachrichtigungen, während die Gegenstände auf dem Tisch verschwanden. Ich fühlte mich etwas schuldig, als Zekes restliche Ausrüstung verschwand, aber nicht einmal ich erfüllte die Stärkeanforderungen für die Rüstung. Im Fort hätte auch niemand die Ausrüstung benutzen können. Auf diese Weise kam sie immerhin mir zugute.

„Die Information hätte sowieso nicht viel gekostet", sagte Ryk. „Es ist Standard, dass der Galaktische Rat zusätzliche Monster in eine neue Dungeonwelt bringt, um die Vielfalt der dort spawnenden Kreaturen zu erhöhen." Trotz seines gleichgültigen Tons sah er ungewöhnlich angespannt aus.

„Ich verstehe", sagte ich vorsichtig.

Der Händler nickte einmal, sichtlich erleichtert, dass ich verstanden hatte, wie ernsthaft die Information war.

Ich hatte sehr wohl verstanden. Die Geschöpfe, die für den Jabberwock verantwortlich waren – das waren dieselben Geschöpfe, die auch das System steuerten, sowie die blauen Benachrichtigungsfelder, die bisher jeden Morgen aufgetaucht waren. Die Geschöpfe, die meinen Planeten zu einer Dungeonwelt gemacht hatten. Wenn man bedenkt, wie sehr ihre

Macht die meine überstieg, hätten diese Wesen genauso gut Gottheiten sein können. Das hatte ich verstanden.

Aber jetzt wusste ich es. Jetzt hatte ich ein Ziel.

„Danke", sagte ich und zwang mich, eine fröhliche Miene aufzusetzen. „Warum sehen wir uns nicht als nächstes einige Transportmöglichkeiten an?"

„Ein vorzüglicher Vorschlag", antwortete Ryk.

Der vierbeinige Händler wies mich an, ihm zu folgen. Er führte mich durch einen Flur in einen geräumigen Raum, in dem komplex angeordnet Maschinen von der hohen Decke hingen. Die Luft roch leicht nach Ozon, Öl und Metall. Ryk blieb direkt hinter der Tür stehen. Neben ihm ragte eine Konsole aus der Wand.

„Das hier nennen wir ‚die Garage'", erklärt der Händler stolz. „Mit den Hartlichtprojektoren an der Decke können Sie jedes Fahrzeug in unserem Angebot simulieren, solange es kleiner ist als ein Fregattenklassen-Raumschiff."

„Etwas so Großes werde ich mir kaum leisten können", sagte ich.

Ryk zuckte die Achseln und lächelte. „Vielleicht nicht heute, aber die Zukunft liegt noch vor uns."

Ich trat an die Konsole und sah mir an, was verfügbar war. Eine Menge war verfügbar.

Monstertrucks mit Rädern, die höher waren als ich. Schwebende Düsenräder. Landskimmer, die beträchtliche Höhen erreichen konnten. Jetpacks. Gepanzerte Dünenbuggys. Motorräder, die sich in gepanzerte Mechs umwandeln konnten.

Ich verbrachte viel zu viel Zeit damit, durch die Auswahl zu blättern, und mehrere Fahrzeuge Probe zu fahren, bis ich ein paar gute Angebote in meiner Preisklasse fand. Schließlich entschied ich mich für ein schwer gepanzertes Offroad-Motorrad. Es war unter Hakarta-Söldnern niedrigen Ranges beliebt, wegen seiner robusten Leistung in feindlichem Gelände – zu einem angemessenen Preis. Die tiefgelegte Maschine hatte breite Reifen mit dick geriffeltem Profil. Sie waren kaum schmaler als die Karosserie des Motorrads selbst. Der Sitz befand sich knapp vor und über dem Hinterreifen. Davor saß ein kolbiges, mit dicken Panzerplatten bedecktes Motorgehäuse. Der Vorderreifen ragte weit genug aus den vorderen Panzerplatten heraus, um Kurvenfahrten und das Erklimmen steiler Neigungen zu ermöglichen.

Das einzige Upgrade, das ich an dem robusten Fahrzeug vornahm, war die Möglichkeit, es in meinem Inventar zu verstauen. Das Upgrade verbrauchte einen der Befestigungspunkte des Motorrads. Normalerweise dienten diese zum Verbinden von Waffen oder Spezialausrüstung, aber ich konnte mir noch nichts Extravagantes leisten. Das Bike in meine Systemaufbewahrung ziehen zu können, überwog die Kosten des Nanogarage-Moduls. Ich wollte lieber zwei Felder im Inventar füllen, als mich mit Leuten rumschlagen zu müssen, die versuchen könnten, mit meinem Motorrad abzuhauen.

Das Bike hatte außerdem einen optionalen, aber dringend empfohlenen Anschluss für eine Neuralverbindung, mit der man es aus kurzer Entfernung fernsteuern konnte. Ich legte die Maschine in meinen virtuellen Einkaufswagen, sowie eine relativ günstige Neuralverbindung. Dann bat ich Ryk, mich zurück in den Hauptraum des Shops zu führen.

Ich kaufte Munition nach und legte die komplette Menschen-Genombehandlung in meinen Warenkorb, inklusive Entfernung defekter Gene aus meiner DNA sowie die Optimierung meines aktuellen genetischen Codes. Der Munition fügte ich einen vollständigen Satz Spezialmunition für das Hybridgewehr hinzu. Jede in ihrem eigenen farbcodierten Magazin, zwecks einfacher Identifizierung. Diese war deutlich teurer als Standardmunition, aber ich wollte bereit sein, sollte ich auf weitere Kreaturen treffen, die sonst weit über meiner Liga wären.

Dann behob ich meinen Mangel an Heilungsmöglichkeiten, indem ich den einfachsten Heilzauber im Shop auf meine Einkaufsliste setzte.

Schwacher Heilzauber (I)

Wirkung: Verleiht 20 Gesundheit pro Einsatz.
Ziel muss während der Heilung in Kontakt bleiben. Abklingzeit 60 Sekunden.
Preis: 20 Mana.

Ich konnte also mich selbst sowie andere damit heilen. Danach stöberte ich einige Zeit durch Angriffszauber in meiner Preisklasse. Ich brauchte einen Zauberspruch, der aus der Ferne Schaden verursachte und meine Stärken ausspielte. Hindern war gut für Feinde in nächster Nähe, aber ich wollte etwas, um den Abstand zwischen diesen Feinden und mir zu halten, während ich sie mit meinen präzisen Waffenangriffen Stück für Stück auseinandernahm. Endlich fand ich etwas Passendes.

Frostbolzen (I)

Wirkung: Erzeugt einen Frostbolzen aus dem Mana des Benutzers, der auf ein Ziel gerichtet werden kann und dieses beschädigt. Das Projektil bewirkt 10 Eisschaden und verlangsamt das Ziel um 2 %. Verlangsamungseffekt häuft sich bis zu dreimal (6 %). Abklingzeit 10 Sekunden.
Preis: 25 Mana.

Letztendlich fügte ich meinem Bestand ein Paar Unterstützungssprüche hinzu. *Reinigen* und *Wasser Schaffen* schienen auf selbstverständliche Weise nützlich zu sein, und wurden als „dringend empfohlen" für Abenteurer-Anfänger beschrieben.

Ich ging meine Liste durch, und seufzte über den Gesamtbetrag, mit einem Blick zu Ryk.

„Wahrscheinlich kommen Sie mir beim Feilschen so sehr entgegen, weil Sie genau wissen, dass ich sowieso alles gleich hier wieder ausgeben werde", sagte ich spöttisch.

Ryk zuckte unschuldig mit den Schultern, aber die Umrisse eines Grinsens zerrten an seinem Mundwinkel.

Mit einem schwülstigen Ächzten bestätigte ich meinen Einkauf. Die Credits verschwanden aus meinem Konto. Der Händler sah mich fragend an, und ich nickte, um zu zeigen, dass ich bereit war. Mein Blickfeld verdunkelte sich von den Rändern her und ich wurde für einen Moment ohnmächtig.

Einen Augenblick später – so schien es mir – öffnete ich meine Augen und fand mich beim Eingang von Ryks Shop wieder.

„Gut, Sie sind wach", sagte Ryk. „Wie fühlen sich die Genombehandlung und die Neuralverbindung an?"

Mein Sehvermögen war etwas schärfer, merklich schärfer sogar – zusätzlich zum Effekt meiner Klassenfertigkeit Scharfe Sinne. Die Behandlung hatte jegliche kleineren genetischen Mängel in und an meinem Körper behoben. Ich bemerkte es jedoch am meisten an meiner Sehfähigkeit, obwohl diese davor schon nahezu perfekte gewesen war. Ich stand auf und hatte das Gefühl, als hätte sich mein Blickwinkel etwas nach oben verschoben. Ich sah mich im Spiegelbild der Vitrinen an. Zurück starrte eine etwas rauer aussehende Version meiner Selbst.

Der Vorgang hatte sogar die Narben aus meinem Gesicht entfernt, und ich fuhr verwundert mit der Hand über die makellose Haut an meinem Kinn!

Ich war immer noch ich, nur besser aussehend und ein wenig größer.

Ich konnte außerdem die Verbindung zu meinem neuen Motorrad im Hinterkopf spüren. Per Gedankenbefehl rief ich die Werte sowohl für das Implantat in meinem Kopf als auch für das Bike in meinem Inventar auf.

Neuralverbindung Stufe V

Die Neuralverbindung unterstützt bis zu 4 Anschlüsse.

Momentane Anschlüsse: Rudianos Klasse IV Outrider

Installierte Software: Rich'lki Firewall Klasse IV, Rudianos Klasse V Controller

Rudianos Klasse IV Outrider

Kern: Hephaestus Mana-Maschine der Klasse IV

CPU: Klasse E Xylik Core CPU

Panzerstärke: Stufe IV

Befestigungspunkte: 2 (1 wird für das Nanogarage-Modul benutzt)

Software-Anschlüsse: 2 (1 wird für die Neuralverbindung benutzt)

Optional: Neuralverbindung für Fernaktivierung

Akkukapazität: 60/60

Alles schien zu meiner Zufriedenheit zu sein und ich blickte zurück auf Ryk.

„Bisher alles großartig", lobte ich, sah dann aber mein verbleibendes Guthaben. „Mit Ausnahme meines Geldbeutels."

Ryk grinste über meine Beschwerde und führte mich zum Ausgang.

Ein Lichtblitz, und ich befand mich wieder im Altarraum. Einer der Teenager von meiner Eskorte wartete gegen die Wand gelehnt. Als ich vor ihm erschien, drückte er sich von der Wand ab und wies mich an, ihm aus der Kirche zu folgen, ohne die laufende Messe zu stören.

Ich ging hinter dem Jugendlichen her und verließ die Kirche durch den Vordereingang. Draußen stand die Sonne im Zenit. Er führte mich zur anderen Seite der Autobarrikade, wo ich mich kurz von ihm verabschiedete und mich bedankte. Ich quetschte mich durch das enge Tor und hob die Hand, um mich von den Verteidigern zu verabschieden. Dann aktivierte ich in meinem Inventar das neue Motorrad.

Das robuste Fahrzeug tauchte neben mir auf der Straße auf. Ich schwang ein Bein darüber und setzte mich auf den niedrigen Sitz.

Durch eine Berührung sprang der Motor an und rumpelte leise. Das sanfte Vibrieren war entspannend. Ich tippte die Zielkoordinaten in ein kleines Terminal, das in der Mitte des Lenkers eingebaut war. Der Bildschirm war eine Kombination aus Navigations- und Zielsystem, aber ich hatte derzeit keine Waffen mit dem Outrider gekoppelt. Die Adresse war im System. Ich gab Gas und fuhr die Straße hinunter. Die sanfte Bergabneigung steigerte meine Geschwindigkeit von selbst. Ich schlenkerte mit der Maschine von Bordstein zu Bordstein, um ein Gefühl für das Fahrverhalten zu bekommen. Ausnahmsweise konnte ich eine leere Straße genießen. Die meisten Fahrzeuge in der Umgebung waren eindeutig zu Bauteilen der Barrikade um die Kirche herum ernannt worden.

Auf dem Weg zur Highwayauffahrt war die Fahrbahn bald weniger aufgeräumt. Auf der Interstate 376 konnte ich die Geschwindigkeit so richtig aufdrehen, und ich jagte den Highway entlang. Nur ab und zu musste ich im Zick oder Zack den verworrenen Stau aus leeren Fahrzeugen umfahren.

Insgesamt war ich von der Handhabung der Maschine beeindruckt und mit meinem Kauf zufrieden. Sie hatte Power und Speed und reagierte zackig. Ich war gespannt, wie sie sich abseits der Straßen schlagen würde, hatte aber keine Eile, das auszuprobieren. Ich war einfach nur froh, nicht überall hinlaufen zu müssen.

Sobald ich es endlich auf die Interstate geschafft hatte, war es nur eine kurze Fahrt. Nach ungefähr zehn Minuten nahm ich die Auffahrt auf die I-79 nach Norden. An der nächsten Ausfahrt stieg ich auf eine Parallelstraße ab.

Während der Fahrt hatte überraschenderweise nichts versucht, mich zu überfallen. Als ich mich der Highschool näherte und aus der Richtung die Echos von Schüssen hörte, wurde mir klar, dass ich mich zu früh gefreut hatte. Je näher ich kam, desto stärker wurden die Kampfgeräusche. Offensichtlich war gerade ernsthaft etwas los.

Ich ignorierte das „Betreten Verboten!"-Schild neben einem Tor und fuhr einen Grashügel hoch. An der Kuppe angekommen, erblickte ich einen dicht am Gebäude geparkten Schulbus, der den Hintereingang vollständig versperrte. Ich fuhr die Straße um das Gebäude herum in Richtung Haupteingang.

Als ich um die Ecke kam, musste ich erst mal abbremsen und verinnerlichen, was vor mir ablief.

Zwei dunkelrote Feuerwehrwagen blockierten die Straße zwischen den beiden Hauptgebäuden der Highschool. Sie hatten eine goldfarbene Beschriftung: „Moon Run Fire-Rescue". Ein Feuerwehrmann kniete mit blau leuchtenden Händen auf dem Tanklöschfahrzeug. Es sah aus, als würde er Wasser direkt in den Tank kanalisieren.

Zwei weitere Feuerwehrleute in Schutzausrüstung bemannten einen Schlauch, und schossen einen heftigen Wasserstrahl auf eine Kreatur, die wie ein Hund aussah. Das Ungetüm wurde vom Aufprall ungefähr ein Dutzend Meter weit geschleudert. Mehrere solcher schlaksiger Kreaturen umzingelten den Bereich, und die Leute mit dem Schlauch zielten den Strahl auf die nächste.

Die Lücke zwischen den beiden Wägen wurde von einem Streifenwagen der Pennsylvania Staatspolizei aufgefüllt. Davor standen zwei Polizisten in Uniform und mit gezückten Dienstpistolen. Sie feuerten auf die Tiere, die sich zu nah heranwagten. Die Standardpistolen richteten jedoch nur wenig Schaden an, wenn überhaupt welchen. Das war also der Ursprung der Schussgeräusche.

Ich zählte acht Bestien. Bei näherer Betrachtung sahen sie aus wie Kojoten. Sie waren ungewohnt aggressiv und größer als Präsystemkojoten. Kojoten jagten normalerweise auch nicht in Rudeln. Nicht, dass, seitdem die blauen Fenster erschienen sind, noch irgendwas normal war.

Zu schade, dass mir die Credits für ein Motorrad-Waffensystem gefehlt hatten. Ich gab Gas und lenkte auf den angeschlagenen Köter zu, der sich gerade aus einer großen Wasserpfütze wieder aufrappelte. Er hörte mich nicht kommen und mein Vorderreifen quetschte ein kurzes Jaulen heraus.

Beide Räder fuhren über das Tier, und beide Male knirschten gebrochene Knochen.

Die anderen Viecher hörten den Tod ihres Rudelkameraden, und drei von ihnen spalteten sich nach mir ab. Mit einer scharfen Kurve vermied ich einen Zusammenstoß mit dem Gebäude, und fuhr davon.

Ich zog eine Pistole, zielte und feuerte über meine Schulter auf die Kojoten hinter mir. Ich fuhr um den Sportplatz und um die Grundschule. Dabei hielt ich genau die richtige Geschwindigkeit, um das Interesse des Rudels aufrecht zu erhalten, ohne dass sie wirklich an Boden gewinnen konnten. Zwischen den Schüssen mit der Energiepistole sprach ich zum ersten Mal meinen neuen Frostbolzen-Zauber.

Worte und Mana materialisierten einen gezackten Eissplitter vor meiner Hand – ungefähr so groß wie ein Wachsmalstift – und er schoss direkt auf mein Ziel. Er grub sich zum Teil in die Brust des Kojoten, und ein weißer Lichtschein breitete sich um die Wunde aus. Der Kojote wurde langsamer, und die anderen huschten schnell an ihm vorbei.

Die meisten Pistolenschüsse und Frostbolzen trafen tatsächlich – all diese Punkte in Beweglichkeit und Wahrnehmung zahlten sich aus. Ich dezimierte sie nach und nach.

Eine Umrundung um den Gebäudekomplex später war ein Kojote tot, und ein weiterer so schwer verwundet, dass er weit hinterherhinkte. Eine Strahlenpistole war mehr als halbleer. Ich hielt an, stieg ab und ersetzte sie gegen die volle im Inventar.

Ich griff die Waffe mit beiden Händen. Die Bestie stürmte auf mich zu, und ich jagte meine Ladungen in ihre Schnauze, bis sie einige Schritte vor mir kopfüber zu Boden stürzte. Blut sickerte aus dem zerschossenen Schlund, und sie stieß ein letztes Keuchen aus.

Einzig der vom Frostbolzen verlangsamte Kojote war mir noch auf den Fersen. Der verletzte Köter war nicht mehr weit. Die Pistole kam ins Holster, und ich zog meine Nahkampfwaffen.

Das Vorderbein des Kojoten war bereits von Frostbolzen und Pistolenbeschuss verwundet, und ich benutzte Hindern, um ihn noch weiter zu verlangsamen, und schnellen Prozess mit ihm zu machen. Ich säuberte meine Klingen am Kojotenfell, plünderte die Kadaver und stieg wieder auf mein Motorrad.

Ich kehrte zum Vordereingang der Schule zurück. Dort war die Auseinandersetzung ebenfalls in einen Nahkampf übergegangen. Einer der zwei Feuerwehrleute lag regungslos neben dem Wagen, der andere Mensch rollte verzweifelt unter einem Kojoten über den Boden, um nicht zerfleischt zu werden.

Der Feuerwehrmann, der zuvor den Tanker befüllt hatte, verteidigte nun den Kollegen am Boden mit einer Feueraxt.

Der letzte Kojote bedrängte einen der uniformierten Polizisten, der aus nächster Nähe mit einer Standardknarre auf ihn feuerte. Der Kojote zuckte bei jedem Schuss zusammen, schritt jedoch immer näher heran. Der andere Ordnungshüter lag hinter ihnen auf dem Boden. Einer seiner Arme hing schlaff an ihm herunter und er versuchte davonzukriechen.

Das Axtschwingen schien eine effektive Abschreckung gegen die zwei Kojoten zu sein, und der ringende Kojote schien wenig Erfolg gegen die schwere Schutzausrüstung zu haben. Ich entschied mich, dem Polizisten zu helfen.

Ich sprang hinter dem unnatürlich großen Kojoten vom fahrenden Motorrad, zog mein Messer und landete auf seinem Rücken. Ich rammte das Messer seitlich in seinen Kopf und würgte ihn gleichzeitig mit meinem linken Arm.

Der Kojote bockte, rollte sich auf seinen Rücken und stieß mich in den Boden, um mich loszuwerden. Ich schlang meine Beine um seinen Körper, gab nicht nach und stach weiter mit dem Messer in seinen Hals. Bei jedem Stoß lief heißes Blut über meine Hand, und langsam ließ seine Widerspenstigkeit nach, bis er schließlich über mir erschlaffte.

Stöhnend schob ich den Kadaver von mir und stand auf, währen der Polizist mich mit großen Augen anstarrte. Er war ein älterer Mann mit faltigem Gesicht und kurzem, grauweißen Haar.

„Guck nicht so und steh auf!", schnauzte ich ihn an. „Es gibt Arbeit zu erledigen!"

Die zwei Kojoten hatten inzwischen den Feuerwehrmann mit der Axt zu Boden gebracht. Ein Vieh biss auf den Stiel der Axt und spielte Tauziehen mit dem Mann, der bisher seinen Griff noch halten konnte. Der andere Kojote zog währenddessen am Fußgelenk des Mannes in die entgegengesetzte Richtung.

Meine rechte Hand war immer noch mit Blut bedeckt, also zog ich die Pistole mit meiner anderen Hand aus dem linken Holster. Der Luxor donnerte dem Kojoten an der Axt eine Kugel in die Seite. Er jaulte vor Schmerz, sprang zurück und ließ los.

Ich gab mehrere weitere Schüsse ab, bevor er angreifen konnte. Jeder Kugelaufprall brachte den Kojoten mehr und mehr ins Taumeln, bis er schließlich tot umfiel.

Der Feuerwehrmann wirbelte die befreite Axt auf den Kojoten an seinem Fuß. Ihre Klinge sank tief in seinen Hinterkopf und er ließ das Bein sofort los. Der Kojote versuchte, wegzukommen, aber die Axt steckte in seinem Schädelknochen fest, und er zerrte den Feuerwehrmann mit sich.

Das Tier war nahe genug, also aktivierte ich Hindern erneut, und verlangsamte es noch mehr. Ein neuer Schuss mit der Luxor ging tief ins Hinterbein und ließ es zusammenbrechen. Der Feuerwehrmann stand bei dieser Gelegenheit auf, zog die Axt raus und rammte sie direkt wieder in den Kopf der Bestie.

Er hämmerte weiter auf den schwer verwundeten Kojoten. Ich wand mich dem letzten Kampf zu. Die Beteiligten wälzten sich ineinandergehakt über den Boden. Die unbewaffnete Feuerwehrfrau umklammerte den Kojoten so fest, dass die Bestie am dicken Schutzanzug nicht genug Halt bekam.

Das war für mich ein Problem.

Ein Schuss auf den Kojoten konnte durch ihn hindurchgehen und die Frau treffen. Ich konnte auch nicht zustechen, denn sie rollten wild umher – die Wahrscheinlichkeit war hoch, dass ich den Menschen verletzte.

Mit einem Seufzen trat ich neben sie und aktivierte Hindern auf den Kojoten. Dann holte ich mit dem Bein aus und jagte ihm einen Tritt mit voller Kraft in den Rücken. Mein schwerer Stiefel presste ein Jaulen aus dem Vieh. Ich trat nochmal. Und nochmal. Beim zweiten Tritt spürte ich Rippen brechen. Ich trat weiter. Immer weiter.

Bis seine Wirbelsäule gebrochen und sein Torso zerdrückt war, trat ich den Kojoten zu Tode.

Blut spritzte aus seinem Maul. Die Feuerwehrfrau befreite sich von der sterbenden Bestie, wurde dabei jedoch vom roten Ausfluss bedeckt. Wieder auf den Beinen, nahm die Frau ihren Helm ab und schweißdurchtränktes, schulterlanges, schwarzes Haar kam zum Vorschein. Sie bückte sich angewidert nach vorne und leerte ihren Magen.

Inzwischen war auch der letzte Kojote tot, und um uns hatte sich ein Publikum angesammelt.

Eine Krankenschwester im Kittel kniete über dem Feuerwehrmann am Boden, aber die anderen Neuankömmlinge beobachteten mich misstrauisch. Der ältere Polizist hatte sich wohl wieder fassen können. Er wirkte zurückhaltend, aber entspannt. Der verletzte Polizist war wieder auf den Beinen und stand bei der Gruppe, hielt aber immer noch seine Waffe in der Hand.

Ich sah den nervösen Mann an und zog beim Anblick der Waffe zum Spott eine Augenbraue hoch. Bei meiner Konstitution würde ein Schuss bestimmt nicht reichen, und ich würde ihm keine Gelegenheit für einen zweiten geben.

Ich wirkte zum ersten Mal den Zauber *Reinigen* auf mich, und eine Manawelle fuhr mir von Kopf bis Fuß. Ich spürte, wie sich die Blutflecken und -krusten an meiner Hand verflüchtigten. Mein Körper war vollkommen erfrischt und sogar meine Zähne fühlten sich an, wie frisch geputzt.

Dieser Zauber war jeden Credit wert.

Vor allem mit den erstaunten Gesichtern der Zuschauer. Ich konnte ein amüsiertes Grinsen nicht unterdrücken. Um weiter zu demonstrieren, wie die Welt sich verändert hatte, ging ich zu meinem Motorrad und verstaute es in meinem Inventar. Das Nanogarage-Modulupgrade hatte sich gerade bezahlt gemacht.

Wenn mein Reinigungsspruch sie schon beeindruckt hatte, dann war das Verschwindenlassen meines Gefährts der reinste Wahnsinn für sie.

„Also, wer hat hier das Sagen?", fragte ich die Gruppe.

„Das wäre wohl ich", sagte der ältere Polizist mit einem Achselzucken. Er trat vor und streckte die Hand aus. „Trooper Nelson."

„Hal Mason", antwortete ich und drückte ihm fest die Hand.

„Danke für Ihre Hilfe. Wenn Sie nicht vorbeigekommen wären, wäre es für uns bestimmt nicht gut ausgegangen."

Ich nickte verlegen aber zustimmend. Er hatte recht.

„Nun, was führt Sie her?", fragte Nelson.

„Ich muss mit ein paar Schülern sprechen, die wahrscheinlich hier sind."

„Wieso?", unterbrach der andere Polizist misstrauisch.

„Ich habe gestern ihren Vater getroffen", antwortete ich.

„Ach, und Sie müssen sie also zu ihm bringen?", fragte er vorwurfsvoll.

„Nein", sagte ich seriös und sah ihm in die Augen. „Ich muss ihnen mitteilen, dass er das Zeitliche gesegnet hat."

Der Mann schwieg und wandte sich verlegen von meinem Blick ab. Er stapfte zur Schwester hinüber, die dem verletzten Feuerwehrmann auf die Beine geholfen hatte, und bat sie, sich seinen verwundeten Arm anzusehen.

Mehrere Schulbeamte schlossen sich dem Gespräch an, und wir wechselten zum Thema System. Ich erklärte kurz alles, was ich bisher gelernt hatte. Durch andauernde Wiederholung war die Rede über Shops und Beute ziemlich gut eingespielt.

Nachdem ich den Schulbeamten Auskunft gegeben hatte, führte mich einer von ihnen hinein und schickte jemanden los, um die beiden Thomas-Kids zu finden.

Ich konnte mir kaum den Schmerz vorstellen, den ich in ihr Leben bringen würde. Ihre Mutter war schon lange nicht mehr bei ihnen, und der Vater musste unvorstellbar wichtig für sie gewesen sein.

Ich wartete am Haupteingang. Es dauerte nicht lange, bis die beiden zu mir gebracht wurden. Die zwei Teenager trugen Jeans und T-Shirt. Sie waren vergleichbar athletisch gebaut wie ihr Vater, und auch im Gesicht ähnelten sie ihm. Der Schulbeamte ging einige Schritte zur Seite und ließ mich für meine wenig beneidenswerte Aufgabe allein mit den Kindern.

„Gabrielle und Jordan Thomas?" Ihr Vater hatte sie in seinen Erzählungen Gabby und Jordie genannt, doch in dieser Situation schienen mir Kosenamen unangemessen.

„Ja", antwortete Gabrielle ohne zu Zögern.

„Setzt euch bitte." Ich deutete auf eine Sitzbank.

Sie schauten sich verunsichert um. Ihre Augen wanderten zwischen mir und dem Schulbeamten hin und her. Jordan war klar, dass es ernst war. Das konnte ich in seinem Gesicht erkennen.

Als sie Platz genommen hatten, atmete ich tief ein und schaute ihnen in die Augen. „Es tut mir leid, es gibt keinen einfachen Weg, das zu sagen – euer Vater ist tot."

„Was?" Gabrielle verarbeite meine Worte blinzelnd.

Aus ihren Augen traten Tränen und sie lehnte sich an ihren Bruder. Jordan umarmte seine Schwester und zog sie schützend zu sich.

Dann sah er mich grimmig an. „Woher kennen Sie meinen Vater? Was ist passiert?"

Ich konnte es nicht mehr ertragen, vor den traurigen Kindern zu stehen und von oben herab zu reden. Anstelle einer Antwort zog ich mir einen Stuhl heran, setzte mich vor ihnen hin und sammelte meine Gedanken. Auf gleicher Höhe schien es viel natürlicher, Jordans Frage zu beantworten.

„Ich habe euren Vater gestern früh kennengelernt. Gemeinsam überlebten wir einen Monsterangriff. Trotz all des Wahnsinns um uns herum, ging es ihm nur darum, zu euch beiden zu kommen."

Gabrielles Schultern zitterten vor lautlosem Schluchzen. Dennoch drehte sie ihren Kopf vom Arm ihres Bruders zu mir.

„Wir sind durch die ganze Stadt von Squirrel Hill aus gelaufen. Wir kämpften gegen Monster, aber einige Menschen versuchten uns aufzuhalten, also kämpften wir auch gegen sie.

Mitten in der Nacht tauchte eine riesige Kreatur über der Stadt auf und wütete durch die Innenstadt. Heute Morgen griff der Jabberwock unser Versteck an, und ich versuchte, ihn wegzulocken. Ohne Zeke wäre ich dabei gestorben. Seine Sonderfähigkeit durchbrach die Rüstung des Monsters und lenkte es von mir ab.

Der nächste Angriff versetzte eurem Vater eine tödliche Wunde. Dann jagte der Jabberwock mich durch die Stadt." Ich atmete tief durch. „Schließlich konnte ich die von eurem Vater zerbrochene Panzerung benutzten, um das Monster zu töten. Als ich wieder bei ihm war, hatte er fast keine Lebenskraft mehr. Mit seinen letzten Worten bat er mich, dafür zu sorgen, dass ihr in Sicherheit seid."

Die Teenager klammerten sich aneinander und hatten Tränen in den Augen.

„Es tut mir leid", sagte ich endlich. „Euer Vater war ein Held und er hat dieses Ende nicht verdient. Er hat die ganze Zeit von euch erzählt. Er war stolz auf euch und wollte nur für euch da sein."

Ich stand auf. Eine Benachrichtigung drängte nach meiner Aufmerksamkeit.

Quest abgeschlossen!
Du hast die Thomas-Kids sicher aufgefunden.
1.000 EP erhalten.

Ich schloss das Pop-up und ließ die Kinder alleine, damit sie anfangen konnten, ihre Trauer zu verarbeiten. Dieses Gespräch war eine der schwierigsten Aufgaben in meinem bisherigen Leben.

Während ich von den Kindern wegging, wartete der Schulbeamte auf mich in respektvoller Entfernung.

„Behalten Sie sie im Auge", sagte ich. „Wenigstens wissen sie, was mit ihrem Vater passiert ist. Andere hier werden es vielleicht nie erfahren."

Erschöpfung überkam mich plötzlich auf dem Weg zum Schuleingang. Es war nicht nur das bedrückende Gespräch. Den Großteil der vergangenen Nacht bin ich wach gewesen, und den ganzen heutigen Tag war ich entweder am Kämpfen oder unterwegs. Mein Magen knurrte und nagte von innen, aber ich war zu müde, um auch nur einen Rationsriegel aus meinem Inventar zu ziehen.

Ich taumelte im Eingangsbereich zur Wand und rutschte auf den Boden, mit dem Rücken an einen Trophäenschrank gelehnt. Die Nachmittagssonne wärmte mich durch das Fenster, es fühlte sich gut an. Ich entspannte mich, und hörte den Feuerwehrleuten und Polizisten in der Ferne zu.

Zum ersten Mal seit Beginn der Apokalypse hatte ich Freiraum, die neue Systemwelt zu erforschen. Zekes Quest war erfüllt, und ich war nicht mehr darauf eingeschränkt, nur auf plötzliche Ereignisse zu reagieren. Ich konnte daran arbeiten, höhere Levels zu erreichen, neue übermenschliche Fähigkeiten zu erlernen, stärker zu werden. Eines Tages würde ich vielleicht jene aufhalten, die so viele Menschen zum Tod verdammt hatten.

Meine Tagträume entspannten mich weiter und nach kurzer Zeit war ich vollständig eingenickt.

Ein lautes, schweres Grollen hallte tief in meiner Brust, wie der Bass eines Rockkonzerts. Ich war wach und stellte fest, dass es draußen dunkel war. Ich stand auf und schüttelte den abrupten Übergang vom Schlummer zum Wachsein ab. Mein Rücken schmerzte von der harten Wand und ich streckte mich. Während ich mich dehnte und mich nach dem Ursprung der stärker werdenden Vibration umsah, explodierte etwas direkt vor dem Gebäude.

Die Schockwelle zerschmetterte das Fenster und mein Trommelfell. Glasscherben übersäten mich mit kleinen Wunden. Ich wurde hochgehoben und durch die Luft geschleudert. Der Schrank, gegen den ich mich gelehnt hatte, wurde ebenfalls mitgerissen. Als ich gegen die Wand prallte, folgte er mir kurz darauf.

Die Luft entwich aus meinen Lungen und mehrere Rippen gaben nach. Zementblöcke zerbröckelten durch meinen Aufprall, und ich wurde teilweise durch die Wand gedrückt.

Dann traf mich der Schrank, presste mich vollständig durch die Wand und fiel auf mich.

Mit heiserem Keuchen versuchte ich, Luft in meine Lungen zu pumpen, und meine gebrochenen Rippen kreischten vor Schmerzen. Abwesend spürte ich zusätzliche Explosionen losgehen und Trümmer fallen, aber ich war zu sehr mit meinem Atem beschäftigt, und nahm kaum wahr, was sonst noch vor sich ging.

Eine weitere Explosion löste ein schweres Holzbrett aus dem Schrank über mir und es krachte mir auf die Stirn.

Alles wurde dunkel.

Kapitel 13

Ich erwachte im Dunkeln und bereitete mich darauf vor, dass die Alpträume von Neuem anfangen.

Nur waren die Schmerzen diesmal anders und ich musste nicht nach Atem ringen. Mein Körper war schmerzdurchflutet und erinnerten mich daran, dass ich durch die Schule katapultiert worden war. Die wundersamen Kräfte des Systems hatten zwar angefangen, meinen Körper zu heilen, als ich noch bewusstlos war, aber mein Gesundheitsbalken war durch die vielen Wunden fast leer, und jeder Fleck auf meinem Körper schmerzte.

Meine Erinnerung rang mit der Realität, zum zweiten Mal in meinem Leben in einem eingestürzten Gebäude gefangen zu sein. Verdrängte Emotionen erlangten die Kontrolle und quälten mich zur erneuten Bewusstlosigkeit.

Beim nächsten Erwachen plagte mich ein scharfer Schmerz quer über meine Stirn. Durch den Druck und den Schmerz konnte ich mich wieder fokussieren. Ich zügelte meine Emotionen und konnte mich wieder beherrschen.

Hauptsache, ich war noch am Leben. Ich konnte stärker werden und früher oder später etwas gegen diese Angriffe auf meine Welt unternehmen.

Meine Umgebung war völlig still. Nichts war zu hören. Ich öffnete die Augen und konnte auch nichts sehen. Es roch nach Rauch, Blut und Staub. Langsam hob ich meine Hände zu meinem Gesicht.

Vorsichtig ertastete ich ein dickes Holzbrett auf meiner Stirn, das mit irgendwas über meinem Unterkörper verbunden war. Als ich das Holzbrett von meinem Kopf hob, gab das andere Ende nach, und das Brett krachte auf meine Knie.

Ich stöhnte und fluchte und schob es von mir herunter. Dann tastete ich weiter im dunklen Raum um mich umher. Nach wenigen Minuten stellte ich fest, dass der kleine, rechteckige Raum um mich herum nichts anderes als der Trophäenschrank aus Massivholz war.

Dieser war an die Überreste der Wand gelehnt, welche mein Körper bei der Explosion durchbrochen hatte. Der Boden neben mir war von Trümmern bedeckt. Das ließ mich vermuten, dass das Gebäude über mir eingestürzt war.

Die Wand half mir, mich zu orientieren und ich wusste die notwendige Fluchtrichtung.

Mit einem tiefen Atemzug nahm ich eine meiner Strahlenpistolen und richtete sie auf einen nichttragenden Abschnitt der Wand. Wenn das daneben ging, wollte ich nicht zerdrückt werden. Ich feuerte auf die Betonsteine. Der leuchtende Lichtstrahl erhellte den Raum und ich musste mir die Augen zudrücken. Das Nachbild verschwand erst nach wiederholtem Blinzeln, dann tastete ich in der Dunkelheit, um zu spüren, wie effektiv der Schuss gewesen war.

Ein winziges Loch war durch den Beton gestanzt, nicht einmal zeigefingerdick.

Ich seufzte – das würde eine ganze Weile dauern.

Bis beide Energiewaffen leer waren, hatte ich es lediglich durch die Betonwand geschafft. Der Schutt auf der anderen Seite war jedoch nahezu unberührt.

Immerhin hatte niemand das Gebäude gekauft und ins System mit aufgenommen. Schwer vorzustellen, wie resistent die Wände sonst wären. Wobei es dann vielleicht auch die ursprüngliche Zerstörung überstanden hätte.

Ich war es leid, auf das Nachladen der Pistolen zu warten, und beschloss, eine eventuell schlechte Idee umzusetzen. Ich rollte mich zur Seite und drückte gegen eine Seite des Trophäenschranks, um möglichst viel Platz zu haben. Aus meinem Inventar rief ich das Hybridgewehr in den Bereich neben mir.

Halb um die sperrige Waffe gewickelt, zog ich meinen Körper vorsichtig von dem bisher gegrabenen Loch weg. Ich vergewisserte mich, dass meine Beine nicht im Weg waren und hielt das Gewehr entlang meiner Brust in Richtung Eingang.

Ich drückte ab.

Das Heulen der aufspulenden Waffe war in der kleinen Echokammer betäubend laut, und mit dem Auslösen des Gewehrs spürte ich meine Trommelfelle erneut knacken. Der Schuss ging deutlich weiter als die Strahlen meiner Pistolen. Staub und Sand stachen mir in die Arme und andere unbedeckte Hautflächen.

Ich zog die Hand zu einem meiner gepeinigten Ohren. Ich schluckte und zuckte zusammen. Meine Finger waren Blutdurchnässt. Ich schüttelte den Kopf und unterdrückte den Schmerz. Ich konnte sowieso nichts erreichen, solange ich noch hier drinnen feststeckte.

Ich packte das Gewehr mit festem Griff und feuerte zweimal in den Krater, der durch meinen Beschuss entstanden war. Ich konnte keine Veränderung erkennen und zielte etwas höher, für zwei weitere Schüsse.

Am Ende des gesprengten Tunnels schien es etwas weniger dunkel zu sein. Ich verstaute die Waffe wieder im Inventar, bückte mich und kroch langsam durch den engen freigeschossenen Gang. Scharfe Steine und zackige Trümmer zerschnitten mir dabei die Hände. Der Tunnel war an manchen Stellen so schmal, dass ich meinen Gürtel und meine geholsterten

Pistolen ins Inventar legte, um durch eine enge Lücke schlüpfen zu können.

Am Ende der Trümmer, drängte ich mich ins Freie und stand auf. Der Himmel war größtenteils dunkel und voller Sterne. Kaum sichtbar, deutete etwas purpurnes am Horizont auf die kommende Morgendämmerung.

Draußen war der Gestank von Rauch intensiver. Die Trümmer der ehemaligen Schule glimmten vor sich her. Nur wenige Abschnitte waren noch ganz und standen isoliert in den Ruinen.

Meine Verletzungen hatten sich inzwischen geheilt, doch der Einsturz hatte meinem Abenteurer-Jumpsuit einige weitere Risse hinzugefügt. Ich klopfte den Staub von mir. Sobald ich es mir leisten konnte, würde ich mir hochwertigere Ausrüstung kaufen. Oder zumindest Ersatzkleidung.

Alle geparkten Fahrzeuge waren nur noch ausgebrannte Wracks, einschließlich der Feuerwehrautos. Auf der Suche nach weiteren Informationen ging ich um das Areal herum und entdeckte mehrere Körper, die in einer Reihe im Gras abseits der Schule lagen.

Bei näherer Betrachtung erkannte ich alle Erwachsenen, die das Schulgebäude vor den Kojoten verteidigt hatten. Es sah aus, als hätte man allen wiederholt in den Rücken geschossen, während sie auf ihren Knien waren. Am Ende der Reihe lagen zwei Gestalten übereinander. Ich schaute sie mir etwas genauer an.

Einer von ihnen war der junge Trooper, der etwas arschig dahergekommen war. Wenigstens hatte es der Arschtrooper irgendwie geschafft, einen Angreifer mit in den Tod zu ziehen.

Und die Leiche unter ihm war kein Mensch.

Die Kreatur hatte eine humanoide Gestalt mit zwei Armen und zwei Beinen. Es waren jedoch paarhufige Beine, die nach hinten gebogen waren. Die Haut des scharfkantigen Gesichts war dunkelrot, und ging von der

Mitte aus ins Purpurbraun über. Keine Haare auf dem Kopf. Stattdessen ragten zwei kurze, leicht gebogene Hörner aus der Stirn, wie bei einer Ziege. Ein winziges Paar Hörner, nicht größer als meine Fingerspitzen, ragte von beiden Seiten des Kinns nach vorne und schräg nach unten. Das Aliengesicht war vor Schmerz und Überraschung verzerrt, im Mund waren scharfe Reißzähne. Die Kreatur sah beinahe aus wie ein Dämon aus Dutzenden verschiedener menschlicher Mythologien. Selbst im Tod hatte der Körper eine beunruhigende Ausstrahlung.

Hinter dem Platz mit den Leichen waren mehrere große rechteckige Abdrücke im Rasen, umgeben von Kreisen verkohlten Grases. Etwas Schweres hatte dort gestanden, als wäre es mit Raketenantrieb gelandet und dann abgehoben.

Raumschiffe.

Ich erinnerte mich an die erste Willkommensbotschaft des Systems, mit der Andeutung von Außerirdischem Besuch auf der Erde, und dass wir Menschen uns anfreunden sollten. Allem Anschein nach waren einige dieser Galaktiker angekommen, und hatten kein Interesse an menschlichem Wohlergehen.

Fußstapfen führten seitlich zu jedem Rechteck. Zahlreiche Leute waren wohl an Bord gegangen. Ich folgte den Spuren rückwärts über das Gras und in der angedeuteten Richtung über den Asphalt. Das führte mich zu einem Bereich, der noch nicht eingestürzt war. Die Außenwand war intakt, bis auf ein einziges Loch, das groß genug war, um hindurchzutreten. Vorsichtig näherte ich mich dem Loch und spähte hinein.

Ein weiterer toter Mensch lag im Raum auf dem Boden. Die Leiche trug Khakihosen, ein Hemd und einen verkohlten Laborkittel, vermutlich war es ein Lehrer gewesen. Im Klassenzimmer lagen, außer den Toten, noch Rucksäcke und andere Schulsachen herum.

Jedoch kein einziges Kind, weder tot noch lebendig.

Etwas stimmte nicht. Ich ging wieder raus und weiter um das Gebäude herum.

Ich fand weitere intakte Klassenräume, aber alle waren leer, mit Ausnahme von Leichen, die wahrscheinlich aus der Lehrerschaft oder Verwaltung stammten.

Trotz einer gründlichen Durchsuchung fand ich keine anderen Überlebenden. Alles deutete darauf hin, dass die Angreifer es auf die Kinder abgesehen und sie verschleppt hatten.

Vor der Schule schaute ich mir die Reihe an Toten noch einmal an. Auf ihren Rücken war die Kleidung vom Dauerbeschuss mit Strahlenwaffen versengt, aber gewehrt hatte sich nur der eine Trooper. Anscheinend hatte er sich auf einen der Henker gestürzt und den Alien mit einem ausziehbaren Schlagstock zu Tode geprügelt, bis die anderen oft genug auf ihn geschossen hatten, um ihn schließlich zu Fall zu bringen.

Ich hatte den toten Trooper vorhin vom Alien gezogen. Erst jetzt sah ich aber, dass seine toten Augen mit gedankenloser Rage geradeaus starrten.

Der Polizist trug nichts Wertvolles, wie auch die anderen Toten. Der Alien hingegen hielt immer noch eine Energiepistole, die meiner ähnlich sah. Ich ging in die Knie, befreite die Waffe aus seinem festen Griff und legte sie in mein Inventar.

Er hatte außerdem einen Ring an einem seiner Finger, den ich mit einigen Umdrehungen loslösen konnte. Zusätzlich fand ich weitere interessante Schmuckstücke.

Um den verunstalteten Kopf des Aliens hing eine Halskette, und ich musste Reinigen wirken, um das getrocknete purpurne Blut abzukriegen. Einige Gegenstände an seinem Gürtel sahen aus wie Granaten, und eine

Tasche mit einer Mana-Batterie war ebenfalls am Gürtel befestigt. Ich steckte alles in mein Inventar. Beim nächsten Shopbesuch wollte ich herausfinden, wie man die Gegenstände identifizieren konnte.

Ich konnte es kaum erwarten, endlich meine Klassenfähigkeiten freizuschalten. Die „Größere Beobachtung" Fähigkeit in der zweiten Stufe des Verfolgungsbaums war sehr verlockend.

Als ich mit dem Plündern fertig war, schaute ich mir die Vertiefungen vom Raumschiff noch mal genauer an. Bei der Suche fand ich nichts Neues, aber inzwischen war Tau am Gras und somit an meinen Stiefeln.

Einige Benachrichtigungen informierten mich über neue Fähigkeiten im Bereich Forensik und Spurenlesen, die ich laut System beim Untersuchen der zerstörten Schule gelernt hatte.

Ein Tab auf meiner Statusseite zählte alle anderen angesammelten Skills auf, aber es waren nur Zahlen und Statistiken, die verschiedene Fähigkeiten bewerteten. Soweit ich es einschätzen konnte, brachten mir die Zahlen keinen tatsächlichen Bonus. Mir fiel auf, dass Energiepistolen- und Messerfähigkeiten am höchsten waren, schenkte jedoch sonst der Anzeige nicht viel Aufmerksamkeit.

Eine neue Quest wartete auf mich am Ende meiner Benachrichtigungen.

Quest erhalten – Finde die Kinder
Die übriggebliebenen Menschen des Angriffs auf die Montour Highschool wurden von Unbekannten entführt. Orte die Überlebenden.
Belohnung: Variable EP und Credits

Ich seufzte über das uneindeutig formulierte Questupdate. Natürlich gab es mir keinen Hinweis auf mein weiteres Vorgehen.

Ich schloss die Fenster und betrachtete die Überreste der Schule um mich herum. Eigentlich hätte ich wütend sein sollen. Ich war unachtsam gewesen und jetzt litten die Kinder darunter. Unschuldige, wie die Thomas-Kids, die gerade ihren Vater verloren hatten.

All die Geschehnisse der letzten Tage verstärkten nur meinen Drang, noch stärker zu werden.

60 % der Menschen waren tot und mir blieb nichts anderes übrig, als für höhere Levels zu töten, bis ich so weit war, wirklich etwas dagegen zu unternehmen.

Dieses Ziel lag Jahre in der Zukunft. Wenn ich so lange überleben würde.

„Du bist 'ne ganz schöne Nummer, Hal!", murmelte ich.

Mit geschlossenen Augen lehnte ich meinen Kopf zurück.

Hier gab es nichts mehr für mich. Ich musste eine neue Spur finden oder ganz schön Glück haben, um die Schulmörder zu finden.

Ich öffnete meine Augen. Die Milchstraße leuchtete hell am Nachthimmel. Ein Stern leuchtete jedoch viel zu hell, um natürlich zu sein. Er kam näher. Zuerst sah es fast so aus, als würde die Sternschnuppe direkt auf mich zukommen, aber dann stieg sie westlich ab.

Ich überlegte, was es im Westen gab und zog mein Motorrad aus dem Inventar. Mit einem Grinsen setzte ich mich auf die Maschine. Vielleicht waren es mehr Aliens. Der Mana-Motor schnurrte und ich gab Gas.

Der Scharfe Sinne Klassenskill verbesserte meine Nachtsicht bei minimalster Beleuchtung, sodass ich die Straße in der Morgendämmerung deutlich sehen konnte. Bald war ich wieder auf der Auffahrt zur I-376 West. Der Highway war immer noch von Fahrzeugen verstopft. Auf dem Seitenstreifen konnte ich jedoch die meisten vermeiden.

Der fallende Stern über mir wurde währenddessen immer heller. Bald war er fast direkt über mir. Er leuchtete so hell, dass es hätte Tag sein können. Das Objekt bewegte sich immer noch nach Westen, verlangsamte sich jedoch stetig, bis die Beschleunigung meines Motorrads der Landegeschwindigkeit entsprach.

Ich bog von der Autobahn auf die 53. Ausfahrt ab und verlor den Hügel hinauf kaum an Fahrgeschwindigkeit. Ich grinste das Tempolimit-Schild zum Gruß breit an. Vor all dem Apokalypse-Kram wäre sofort ein versteckter Polizist vom Straßenrand aus hinterhergedüst, um jeglichen Rasern auf der Flughafenzufahrtsstraße einen Strafzettel anzudrehen.

Als ich plötzlich bremsen musste, um einem schwelenden Trümmerhaufen auszuweichen, war meine Miene nicht mehr so frech. Der Haufen war komplett über alle Fahrspuren und über dreißig Meter zu beiden Seiten der Straße verteilt. Aus einem Ende des Schutts ragte eine Seitenflosse. Als ich sie sah, blieb mir der Atem im Hals stecken. Wie sich wohl all die Leute in der Luft gefühlt hatten, als die Elektronik ausgefallen war. Die meisten werden keine Chance gehabt haben.

Der fallende Stern verlangsamte sich vor mir und sank dann sanft auf eine der Landebahnen des Flughafens herab. Die strahlende Lichtquelle schaltete sofort nach dem Aufsetzen ab.

Ich manövrierte das Motorrad um die größeren Brocken des zerfetzten Flugzeugs herum und schlängelte mich vorsichtig die Zufahrtsstraße entlang. Zum Glück kamen die dicken Reifen gut mit den gezackten Metallstücken des Wracks klar.

Nachdem ich die Trümmer hinter mir hatte, bog ich kurz vor dem Ankunftsterminal auf das Flugfeld ab.

Als ich an einem eingezäunten Bereich angekommen war, musste meine Maschine ins Inventar, aber mit meinen verbesserten Werten konnte ich problemlos über den Zaun springen. Einen kurzen Lauf und ein paar Hüpfer über weitere Zäune später, stand ich am Rand der Landebahn, wo das Raumschiff stand.

Das Gefährt war massiv, sogar im Vergleich zu den 737-Maschinen, die verlassen an den dunklen Flughafenterminals standen. Das Schiff hatte scharfe Kanten und war etwas größer als das Terminal selbst. Die Form erinnerte mich an das Washington Monument – wenn es auf die Seite gekippt und mit Geschütztürmen bedeckt wäre. Das Heck schien ausschließlich aus Triebwerken und Düsen zu bestehen. Aus den meisten davon entwich immer noch heißer Dampf. Helle Lichter strahlten in regelmäßigen Intervallen vom Schiff herab und beleuchteten weit über die schwarze Landebahn hinweg.

Rampen sanken von der Seite des Raumschiffs herab und Gestalten strömten aus offenen Luken zum Fuß des Schiffes, wo sie sich versammelten. All diese Humanoiden trugen etwas mit sich. Ob Koffer, Tasche oder Kiste – Frachtgut strömte stetig die Rampen herunter und stapelte sich auf dem Asphalt. Die humanoiden Gestalten drängten sich so eng wie sie nur konnten ans Ende der Rampe und an ihr angehäuftes Hab und Gut. Nur der Andrang der anderen brachte sie dazu, sich weiter vom Schiff zu entfernen. Jene, die an den äußeren Rändern standen, sahen nervös um sich.

Zuerst dachte ich, dass meine Wahrnehmung von der Größe des Schiffes gestört wurde, aber dann wurde mir klar, dass es nicht an meinen Sinnen lag. Die Gestalten um das Raumschiff herum waren nur etwa einen Meter groß und hatten äußerst farbenfrohe Haare. Primärfarben wie Rot und Blau waren wohl am beliebtesten, aber auch Neonfarben und mehrfarbige Schattierungen waren im Überfluss vorhanden.

Sie sahen überhaupt nicht aus wie der tote Alien bei der Schule. Mein Schuss ins Blaue, dass diese Neuankömmlinge der gleichen Rasse angehören könnten, hatte sich nicht ausgezahlt. Ein Teil von mir war enttäuscht.

Die Menge wurde unruhig, als eine Gestalt am Rand mich bemerkte und Alarm schlug. Mehrere Individuen lösten sich von der Menge. Ein metallischer Glanz fing an, sie zu bedecken und es sah aus, als würden sie größer werden. Drei der gepanzerten Gestalten kamen auf mich zu und blieben dann etwa auf halbem Weg zwischen der Menge und mir stehen. Die restlichen verteilten sich kreisförmig um die Ansammlung.

Die drei trugen riesige gepanzerte Anzüge und waren mit einer Vielfalt an Waffen ausgerüstet. Raketenbatterien, Waffenbehälter und kristallene Laserdioden waren an den Oberkörpern, Schultern und Armen der Mechs angebracht. Durch das Cockpitglas konnte ich die Piloten erkennen.

Gnome. Die ersten lebenden galaktischen Aliens, denen ich auf der Erde begegnet war, waren Gnome.

Ihre Panzeranzüge waren deutlich edler als der Mech, den ich in der Bibliothek getroffen hatte. Dieser hatte einfach nur unfertig ausgesehen, mit all seinen freiliegenden Drähten, Zahnrädern und Kolben. Diese Anzüge hingegen hatten einen eleganten, futuristischen Hightech-Look. Sie waren vollständig gepanzert und sogar die Gelenkstellen waren von Platten geschützt.

Ein Tumult lenkte mich von den schnittigen Mechs ab.

Die Menge murmelte nicht mehr nervös herum und war verstummt. Stattdessen schauten alle auf eine Auseinandersetzung, oben an der vordersten Rampe des Schiffs.

Ein großes, grünes Reptil gestikulierte mit seinen vier Armen und schrie einen viel kleineren grauhaarigen Gnom an, der in gleicher Weise reagierte, wobei er sich auf einen Stock stützte, mit dem er zur Betonung auf die Bodenplatte klopfte. Ich hatte keine Ahnung, was die beiden sagten, jedoch schienen beide miteinander unzufrieden zu sein.

Der Gnom hob seinen Stock und stach damit dem grünen Alien in den Unterleib. Der grüne Alien starrte einen Moment lang verblüfft auf den Gnom hinab. Dann holte er mit einem Bein aus und trat den Gnom aus der Luke.

Der Tritt warf den Gnom in die Luft, weit über die Rampe hinaus und in die Menge unten, wo er auf mehreren anderen landete. Die winzigen Gestalten stürzten ineinander und bildeten einen Haufen verhedderter Gliedmaßen.

Alle Luken des Schiffs waren zugekracht, noch während der Gnom in der Luft gewesen war, und die Rampen fuhren ein. Ein Grollen ertönte aus dem Schiff, und die Gnommenge wich vom Gefährt zurück. Als Dampf aus den Antrieben unter dem Schiff strömte, veränderte sich die Bewegung des Haufens zum eher panischen Rennen.

Sobald sich die Menge vom Raumschiff entfernt hatte, zündeten sich darauf verteilte Triebwerke in regelmäßigen Abständen. Feuer strömte unter dem Schiff hervor, und hob sich langsam vom Boden. Die von den Gnomen zuvor abgeworfene Fracht wurde nun durch die Triebwerke quer über die Fahrbahn geschleudert.

Sobald das Schiff vollständig in der Luft war, schwebte es einen Moment lang, bevor die Heckmotoren aufflammten. Der Schub drückte das Schiff nach oben, immer höher, bis nur noch ein Punkt am dunklen Himmel zu sehen war.

Während der Lichtfleck in der Ferne verschwand, schaute ich mir die zerstreute Menge an. Recht viele waren in meine Richtung geflohen, und die drei Mechrüstungen hatten sich zum Schutz näher zu mir mitbewegt.

Durch die durchsichtigen Cockpitscheiben sah ich ihre regen Lippen, konnte jedoch nichts hören. Wahrscheinlich hatten sie ein eingebautes Kommunikationssystem.

Plötzlich hörte ich etwas hinter mir: Zähneklappern und Klauenrattern. Ich drehte mich um. Zwei Murmeltiere waren im Ansturm, jedes so groß wie ein Einkaufswagen.

Die beiden Kreaturen waren immer noch über ein Dutzend Meter entfernt, also zog ich meine Strahlenpistole und feuerte auf das linke Murmeltier, während ich einen Frostbolzen auf das rechte warf. Ich hörte die Aufregung der Gnome hinter mir, sie hielten Abstand, also spendierte ich den Viechern weitere Energiestrahlen und Frostbolzen.

Das linke Murmeltier ging kurz darauf zu Boden, und ich aktivierte Hindern auf das andere. Es wurde langsamer und ich tauschte meine Pistole gegen mein Kampfmesser. Beim Ziehen drehte ich die Waffe, sodass die Klinge auf mich zeigte.

Als das Murmeltier sich auf mich stürzte, wich ich dem Angriff aus und rammte ihm mein Messer seitlich in die Kehle. Dann trat ich schnell zur anderen Seite des Murmeltiers und zog die Klinge zu mir. Die Bestie kreischte, das Messer schnitt durch den Hals, Blut strömte hinaus und ich wandte mich ab.

Die neuen Erfahrungsbenachrichtigungen bestätigten, dass die Murmeltiere tot waren. Ich wirkte Reinigen auf mein Messer, steckte es in seine Scheide, und wandte mich wieder den Gnomen zu.

Die Gesichter der Panzeranzugpiloten drückten Entsetzen und Ehrfurcht aus. Eine maximal perfekte Reaktion auf meine „Legt euch nicht mit dem Menschen an"-Demonstration. Ich selbst hätte mich niemals besser vorstellen können.

Hinter den Mech-Anzügen lösten mehrere Ältere das Durcheinander der Gnomschar auf und riefen Befehle in einer Sprache, die ich nicht verstand. Die Gnome huschten über das Rollfeld und sammelten das verstreute Gepäck ein.

Als die Habseligkeiten ordentlich gestapelt waren, traten zwei der Mechs beiseite. Eine kleine Schar älterer Gnome stand hinter ihnen, angeführt von einem älteren, grauhaarigen Gnom, dessen beeindruckender Bart bis zu seinem Werkzeuggürtel reichte. Er hatte einen Stock und ich erkannte ihn als denjenigen, der vom Schiff gestoßen worden war. Der würdevolle Gnom schien vom Sturz komplett unbeeinträchtigt zu sein.

Aus der Nähe sahen die Gnome aus wie kleine Menschen, mit nur wenigen Unterschieden. Sie hatten wulstige, breite Nasen und große, runde Ohren, die seitlich aus ihren wilden Frisuren herausragten. Ihre Körper waren etwas rundlich und in der Form sehr konsistent – niemand war besonders dünn oder dick.

Während ich die Gruppe betrachtete, kam der ältere Gnom nahe genug für ein entspanntes Gespräch. Mit hoher Stimme brabbelte er mir etwas zu.

Ich zog eine Augenbraue hoch und schüttelte den Kopf. „Tut mir leid, keine Ahnung, was das gerade war."

Beim nächsten Shopbesuch wollte ich herausfinden, ob man Sprachen kaufen kann, so wie Zaubersprüche oder Fähigkeiten.

„Bah", rief der Gnom aus. „Kannst Du mich jetzt verstehen?"

„Jetzt schon", bestätigte ich.

„Fantastisch!" Ein fröhliches Grinsen kam durch seinen Bart zum Vorschein. „Ich bin Borgym Kettenrader. Der Kettenrader-Clan ist hier, um eine Fabrik für moderne Technologien auf dieser neuen Welt zu gründen." Er sah sich nervös auf dem dunklen, stillen Flughafen um und richtete dann seine Augen auf mich. „Könnte ich deinen... Ihren Namen erfahren, edles Wesen, und ob Sie die Eigentümer dieses terrestrischen Verkehrsknotenpunktes repräsentieren?"

„Ich heiße Hal Mason", antwortete ich. „Ich bin anscheinend ein Abenteurer. Mir sind keine Besitzer dieses Flughafens bekannt, wenn es überhaupt noch welche gibt."

Borgyms Augen weiteten sich erstaunt und er wandte sich wieder den anderen Ältesten zu. Ich verstand seine Worte nicht aber die anderen plapperten aufgeregt zurück. Sie redeten für einige Minuten, bis Borgym sich an mich erinnerte und sich zu mir umdrehte.

„Entschuldigung, Abenteurer Mason. Wir hatten schon nahezu die Hoffnung aufgegeben, aber jetzt haben wir eine Chance, unseren Clan zu retten."

Meine gerunzelte Stirn musste Borgym verraten haben, dass ich keine Ahnung hatte, wovon er sprach.

„Das kann ich später erklären", sagte der bejahrte Gnom. „Jetzt ist es von höchster Wichtigkeit, diesen Flughafen von allen gespawnten Monstern zu befreien, und uns als Besitzer im nächsten Shop einzutragen."

Ich nahm den Gnom beim Wort und beschrieb den Weg zum Shop, den ich zuletzt besucht hatte.

Borgym rief zwei jüngere Gnome mit neonblauen Haaren zu uns und bat mich, die Wegbeschreibung zu wiederholen. Ich rief meine Karte auf, teilte meine Informationen zu allen Shops in der Gegend und warnte sie auch vor den kaputten Fahrzeugen, die an vielen Stellen die Straßen blockierten.

Eine Sekunde später tauchte eine neue Benachrichtigung auf. Borgym hatte mir ein paar hundert Credits für die Informationen gegeben. Zum Dank nickte ich ihm respektvoll zu.

Der ältere Gnom grinste verschlagen. „Wärst du daran interessiert, noch mehr Credits zu verdienen, Abenteurer?"

„Sie haben meine Aufmerksamkeit, Ältester Kettenrader", antwortete ich.

„Einfach nur Borgym, bitte."

Während wir uns unterhielten, traten die zwei Blauhaarigen von uns zurück und stellten einen dunkelgrauen Behälter in einem leeren Bereich auf den Boden. Ein Gnom berührte die Kiste an der Seite, die Seiten entfalteten sich und beide wichen zurück. Das Ding dehnte sich schnell zu einem schlittenartigen Gefährt aus, mit Sitzen für Fahrer und Beifahrer.

Es schwebte einige Zentimeter über dem Boden und ein Energieschild schimmerte schwach in der Luft darum herum. Die beiden Gnome kletterten in den Schlitten und er stieg bis knapp über meine Kopfhöhe hinauf. Sie winkten Borgym und mir zu, dann schoss der Schwebeschlitten in Richtung Shop nach Süden.

Borgym hob die Hand zum Abschied, während die Gnome in der Ferne verschwanden. Dann drehte er sich wieder zu mir. „Da ich einige meiner kampffähigen Gnome in den Shop schicke, um diese Lokalität zu erwerben, mangelt es uns an Kräften, um all die feindseligen Kreaturen zu entfernen, die hier möglicherweise gespawned sind. Ich würde dich gerne zur Unterstützung und als zusätzliche Feuerkraft einstellen."

„Ich bin immer bereit, ein paar Credits dazuzuverdienen", antwortete ich.

„Ausgezeichnet!", rief Borgym.

Einen Moment später erschien eine neue Benachrichtigung. Ich akzeptierte die Eingabeaufforderung und das Tagebuch in meinem Statusbildschirm wurde mit der neuen Quest aktualisiert.

__Quest Erhalten – Unterstütze den Kettenrader-Clan beim Räumen des Flughafens.__

Hilf dem Kettenrader-Clan, alle gespawnten Monster aus angegebenen Gebäuden zu entfernen.

Belohnung: Variable EP und Credits, basierend auf Gebäudegröße und angetroffener Monster. 25 % Anteil an sämtlicher ergatterter Beute. Erhöhter Ruf beim Kettenrader-Clan.

Der alte Gnom drehte sich um und deutete auf den Tower jenseits des Rollfeldes. „Lasst uns dort anfangen."

„Klingt gut", antwortete ich und machte mich in die Richtung des entfernten Gebäudes auf.

Borgym blieb zurück, aber zwei der Mechs folgten mir. Der dritte Mech sprintete zu den von den Gnomen angesammelten Habseligkeitsstapel.

Noch vor halbem Weg zum hohen Turm holte er wieder zu uns auf, und reichte mir eine kleine Perle, die sich etwas gummiartig anfühlte. Die Pilotin zeigte auf ihr Ohr und deutete an, dass ich das Kügelchen hineinstecken sollte. Es fühlte sich eine Sekunde lang kühl an und sämtliche weit entfernte Geräusche verstummten. Dann erwärmte sich das Gerät – es war nicht mehr zu spüren – und alle Geräusche kehrten zurück.

„Hallo, Abenteurer!", quietschte es mir fröhlich ins Ohr. Die Pilotin winkte mir heiter aus dem durchsichtigen Cockpit zu.

„Hallo", antwortete ich.

„Oh, super! Der Ohrhörer dient sowohl zur Kommunikation als auch zum Übersetzen. So bist du Teil unseres taktischen Netzwerks, während wir die Aufgabe erledigen."

„Klingt nützlich", sagte ich.

„Oh ja, erst recht im Kampf", sagte eine männliche Stimme über den Funkkanal. „Ich bin Ipbar. Die Zappelige, von der du den Ohrhörer hast ist Talliryna, aber wir nennen sie einfach Talli. Unser drittes Teammitglied ist Alryn. Er redet nicht viel."

„Hi", sagte eine neue männliche Stimme, vermutlich Alryn.

„Schön euch alle kennenzulernen", sagte ich. „Es wird guttun, wieder mit einem Team zu kämpfen."

„Hast du viel alleine kämpfen müssen?", fragte Talli.

Sie hatten meinen Levelstand inzwischen bestimmt analysiert, und ich überlegte, wie ich am besten antworten sollte.

„Gestern Morgen war ich nur Level eins", entschied ich mich letztendlich.

„Oh", sagte Talli, diesmal deutlich weniger enthusiastisch.

Nach einer Pause stellten die drei Gnome klar, dass sie eigentlich keine Kampfklassen hatten. Talli und Ipbar gehörten Ingenieursklassen an. Diese ermöglichten es ihnen, Ausrüstung zu bauen, zu warten und zu verbessern, inklusive dieser Mech-Anzüge. Alryn war ein Logistikmanager, und seine Klassenfähigkeiten erlaubten ihm, begrenzte Mengen an Materialien, Waffen und Munition direkt im Shop zu kaufen, ohne sich physisch in diesem befinden zu müssen.

Nur wenige Minuten später waren wir vier bei dem hohen Tower.

Der pittsburgher Flugverkehrskontrollturm war zwanzig Stockwerke hoch, eingerahmt von vier beigefarbenen Steinsäulen an den Seiten. In einem Metallgestell zwischen den Säulen befanden sich die Treppe, der Fahrstuhl und die Infrastruktur, die den Betrieb des Kontrollzentrums an der Spitze ermöglichte. Es gab keinen direkten Eingang in den Turm, und wir mussten durch das angrenzende Bürogebäude hineingehen.

Schließlich fanden wir den Weg hinein. Eine dicke Sicherheitstür aus Metall war einen Spalt offen, als hätte der letzte Durchschreitende sich keine Mühe machen wollen, sie zu schließen. Ich untersuchte die Tür ausführlich – sie war unbeschädigt. Als gestern das System aktiv wurde, hatte der von der Mana-Interferenz verursachte Stromausfall die Tür von innen geöffnet.

Ich trat durch die Tür und lauschte leise. Nichts als Stille. Ich ging langsam zum Aufzug. Die Aufzugtüren waren aufgehebelt worden und ein Brecheisen lag daneben. Ich steckte meinen Kopf vorsichtig in die Kabine und vergewisserte mich, dass sie leer war.

Ich gab den Gnomen ein Zeichen, und sie folgten mir zur Treppe. Dabei dämpften sie die metallischen Schritte ihrer Panzeranzüge beinahe bis zur Geräuschlosigkeit ab. Stockwerk um Stockwerk folgten sie mir leise die Wendeltreppe des Bauwerks hinauf.

Es waren nur noch ein paar Etagen bis zum Kontrollzentrum, als ich ein leises Flattern neben mir vernahm. Ich schaute nach und erblickte eine riesige Wespe, die an der Seite der Turmsäule saß. Ihre seitlich nach hinten gefalteten Flügel waren fast so lang, wie ich groß war. Es war das sanfte Trommeln der Flügel dieser halb schlafenden Kreatur, das ich bemerkt hatte.

Ich zog mein Messer und stieß es mit einer gleitenden Bewegung in das faustgroße Auge des Insekts. Ich drückte die Klinge zu mir und drehte meinen Arm. Während das Insekt schrie, packte ich seine Mundwerkzeuge mit meiner anderen Hand. Ich zog und drehte daran; die Beine des Insekts versuchten krampfhaft, sich an der Steinsäule festzuhalten. Mit einem heftigen Ruck und einem widerlichen Schnalzgeräusch riss der Kopf vom dünnen Hals. Der Körper des Insekts stürzte hinunter und der Wespenkopf blieb in meinen Händen zurück.

Ich befreite mein Messer mit einer quietschenden Bewegung, und warf den Kopf über das Geländer des Treppenabsatzes. Gleichzeitig begann ein stetig dröhnendes Summen die Luft über uns zu erfüllen.

Ein Hagel aus Energiestrahlen, Projektilen, Explosionen und Zaubersprüchen hielt ein paar Minuten lang an.

Die Gnome nutzten ihre kombinierte Feuerkraft, um die wütenden Wespen aus der Ferne zu bekämpfen. Zum Glück waren ihre Anzüge und Waffen alle innerhalb des Systems erstellt worden und hatten keine der Schwächen einheimischer Ausrüstung. Ihre Strahlen verbrannten das Chitin der Flügel, und ihre Projektile penetrierten die Panzer der Insekten.

Mit den Gnomen im Fernkampf verwickelt, wollte ich meinerseits lieber Munition sparen. Ich schlängelte mich also zwischen sie hindurch und griff jede Wespe an, die mit ihrem Stachel attackierte. Mit Hindern, Frostbolzen und meiner natürlichen Beweglichkeit schaffte ich es, jeden Wespensturzflug abzuwehren, sodass sie die Gnome jedes Mal verfehlten. Im Prozess erledigte ich auch einige der Wespen.

Die verletzten und sterbenden Wespen fielen eine nach der anderen herab, bis wieder Stille den Turm erfüllte.

Die Gnome keuchten laut über die Verbindung, also gab ich ihnen etwas Zeit, um zu Atem zu kommen. Dann stieg ich weiter hoch. Nur eine Treppe höher war der Durchgang von einem bräunlichen Material verstopft. Ich drückte mit der Hand dagegen und der hölzerne, papierartige Stoff gab ein wenig nach.

Es war das Wespennest – mehrere Stockwerke hoch, direkt unter dem Kontrollzentrum.

Meine Axt zerhackte die Wand mühelos. Ich drückte dagegen und stand in einer kleinen hexagonalen Kammer. Ich folgte den Bodenplatten aus

Metall und schnitt mir den Weg am anderen Ende der Kammer durch die papierartige Wand frei.

Drei weitere Kammern, und ich war gerade dabei, die nächste Treppe zu besteigen, da brach ein dickes, schwarzes Bein durch die Wand und stach mir in die Seite. Ich wollte ausweichen, aber die Kralle erwischte mich, zerriss meine gepanzerte Kleidung und grub sich ins Fleisch. Der Aufprall schleuderte mich zur Seite und ich schrie auf.

Das Insektenbein zog zurück und stach dann durch die Wand auf Talli, die hinter mir auf der Treppe war. Glücklicherweise stand die Gnomfrau nicht still und der Angriff verfehlte sie.

Ipbar und Alryn richteten ihre Arme auf den Ursprung der Angriffe – in der Mitte des Turms – und eröffneten das Feuer. Ihre Projektile zerfetzten die Kammerwände und es blieben nur zerrissene Ruinen übrig, die sich beim Strahlenwaffenbeschuss in Flammen auflösten. Es waren kaum noch Kammerwände übrig und wir sahen das Insekt, das sich im Herzen des Turms umdrehte und seine Klauen nach uns schlug.

Die riesige Wespe war bestimmt doppelt so groß wie ihre Soldaten.

„Es ist die Königin des Schwarms", keuchte ich durch zusammengebissene Zähne.

Ich rappelte mich auf, während die drei Gnome den Angriffen auswichen und die Wespenkönigin unter Beschuss nahmen.

Die Panzeranzugswaffen verursachten Schaden, jedoch nicht so effektiv wie gegen die kleineren Wespen. Ich nahm mein Hybridgewehr aus dem Inventar. Den Schmerz in der Seite ignorierte ich und hob die Waffe zur Schulter. Ich zielte auf den Kopf der Königin und drückte ab.

Das Hybridgewehr heulte in dem umschlossenen Bereich laut auf. Die Kugel schlug seitlich in ihren Kopf und der elektrische Donner der Waffe betäubte uns alle. Durch den Aufprall verlor die Königin ihren Halt und fiel fast ein ganzes Stockwerk hinunter. Dann gruben sich ihre Beine in die Wand und stabilisierten sie.

Ihr Kopf war jetzt auf unserer Höhe und ich zielte und feuerte die Hybridwaffe erneut auf sie ab. Diesmal traf die Kugel die Kieferklauen, drückte ihren Kopf weg und schleuderte das Insekt heftig zur Seite.

Die Erholung von diesem Angriff war noch langsamer. Allmählich drehte sich der Kopf zu uns. Eine Seite des Mundwerkzeugs war komplett abgesäbelt. Die Königin stürzte sich mit aufgerissenem Maul und einer zuckenden Kieferklaue auf mich. Ich schoss meine Hybridwaffe nochmals. Diesmal knallte die Kugel in das offene Mundwerkzeug hinein.

Die Königin wurde gegen das andere Ende des Wespennestes nach hinten geschleudert und stürzte nach unten. Sie prallte von den Treppenabsätzen und ließ den Turm jedes Mal erbeben, bis der Körper weit unten auf den Boden aufschlug.

Danach spürte und hörte ich nichts mehr, also schaute ich mir meine Benachrichtigungen an. Es gab nur Erfahrung für die kleineren Wespen, jedoch keine für die Königin.

„Hal, alles okay mit dir?", fragte Talli besorgt über Funk.

„Ich werd's überleben", sagte ich und seufzte. „Die Königin ist aber noch nicht tot."

„Dem kann ich abhelfen!", rief Talli.

Die Gnomfrau sprang über das Geländer, und aus den Füßen ihres Mechanzugs feuerten Triebwerke, die sie in der Luft hielten, während sie sich in der Mitte des Turms zentrierte. Sie drehte ihren Panzeranzug zu mir, sodass ich ihr Gesicht im Licht des Cockpit-Armaturenbretts sehen konnte. Talli zwinkerte mir zu, dann schalteten sich ihre Triebwerke aus.

Der Mechanzug fiel wie ein Stein und war nicht mehr zu sehen. Ein paar Sekunden später hallte ein Krachen den Turm hinauf, gefolgt von einer Erfahrungsbenachrichtigung für den Tod der Wespenkönigin.

Ich verstaute meine Waffen und setzte mich auf eine Stufe.

Alryn schaute über das Geländer nach unten und murrte: „Angeberin."

„Bist du noch bei uns, Talli?", fragte Ipbar.

„Jup!", antwortete Talli fröhlich über Funk. „Aaaaber mein Mechanzug steckt in der Decke des ersten Stocks fest."

Ipbar sah Alryn an und dieser seufzte tief.

„Ja, ja", sagte Alryn. „Ich geh sie dann mal befreien. Schon wieder."

Ipbar kicherte und kam auf mich zu. Eine kleine Spritzdüse klappte aus seinem Panzeranzug. Er führte sie über die klaffende Wunde an meiner Seite und ein Nebel sprühte aus der Düse heraus. Die Tropfen sanken in meine Haut, dämpften sofort den Schmerz und meine Gesundheitsanzeige kletterte schnell nach oben.

„So ist's besser!", sagte Ipbar. „Mit dem Jumpsuit kann ich dir jetzt nicht behilflich sein, aber wir haben bestimmt Leute mit den richtigen Fähigkeiten. Sie können ihn später reparieren, sobald wir ein paar Geräte aufgebaut haben."

„Danke." Ich stand auf und streckte mich versuchsweise. Zu meiner Überraschung war die Wunde nicht im Geringsten steif oder empfindlich. Ich rieb das Loch im Jumpsuit und sah auf meine Haut. Von der Wunde war nur eine leichte Rötung übrig, die sich jedoch glatt anfühlte und auch nicht schmerzte. „Beindruckendes Zeug. Was ist es?"

„Ein Heiltrank", antwortete Ipbar. „Der Mechanzug hat ein Trankreservoir, das intern injiziert oder extern auf Verbündete angewendet werden kann."

„Klingt sehr nützlich", sagte ich. „Mit hochwertigen Verbrauchsgütern wie Tränken oder anderen unterstützenden Gegenständen überlebt es sich bestimmt leichter."

Ipbar nickte bestätigend. „Ein guter Alchemist ist besser als Credits."

„Hat euer Clan einen solchen Alchemisten?"

Ipbar schenkte mir ein selbstgefälliges Lächeln und ein wenig überzeugendes Schulterzucken durch die Scheibe um sein Cockpit. Dann drehte er sich zum Material des Wespennestes, das uns den Weg die Treppe hinauf versperrte.

„Deine Kanone da ist auch ziemlich beeindruckend", sagte er, um das Thema zu wechseln.

Er wollte wohl die Information geheimhalten, und wahrscheinlich hatte er seine Gründe dafür. Bisher sah ich keinen Grund, diesen Gnomen zu misstrauen.

Ipbar feuerte ein Strahlengewehr am Mecharm von der einen Seite zur anderen. Die Energiestrahlen brannten durch die Papierwand hindurch und sie flammte auf, jedoch ohne, dass ein richtiger Brand entstand.

„Sie hat mir schon mehr als einmal den Hintern gerettet", sagte ich, während Ipbar das Wespennest bearbeitete.

„Oh?", entgegnete er.

„Sagt dir ‚Jabberwock' etwas?", fragte ich.

„Niemals!", staunte der Gnom. Er schaltete seine Energiewaffe ab und drehte sich wieder zu mir um. „Die Geschichte will ich hören!"

Ich warf ihm den gleichen selbstgefälligen Blick und das gleiche Achselzucken zurück. Ipbar erkannte seinen eigenen Ausdruck von vorher und gab mir scherzhaft einen bösen Blick.

„Wie sieht es bei dir mit Energieladungen aus?", fragte ich, um meinerseits das Thema zu wechseln. „Es wäre vielleicht besser, sie für den

Kampf aufzusparen und einfach auf altmodische Weise durchzuschneiden."

Ipbar seufzte übers Funknetz. „Du hast recht."

Er trat auf den Treppenabsatz zurück, um mir Platz zum Arbeiten zu geben. Ich zog meine Axt und hackte auf die Wand ein. Größtenteils zerriss die Klinge das Wespennest ohne Probleme. Nur die dickeren Bereiche, wo sich Wabenzellen überkreuzten, erforderten mehr Kraftaufwand.

Als Alryn und Talli zurückkehrten, hatte ich mich zwei Treppen hochgeschnitzt. Die Beine von Tallis Mechanzug waren fast bis zur Hüfte mit Sekret besudelt, aber die Rüstung schien ansonsten unbeschädigt zu sein.

Auf dem Weg zum Kontrollzentrum gab es keine weiteren Zwischenfälle. Die Treppe führte zu einer gepanzerten Luke in der Mitte des Turms.

Nach ein paar Versuchen, die Tür hochzudrücken, ließ ich sie von den Gnomen mit ihren Energiestrahlen bearbeiten. An einer seiner Rüstungshände hatte Alryn außerdem eine kleine Säge, die aus einem kästchenförmigen Anbau heraustrat.

Schließlich gab die Tür nach und krachte klirrend und klappernd die Treppe bis zum nächsten Absatz hinunter.

Das Hindernis war beseitigt und ich kletterte in den Turm, die Gnome dicht hinter mir. Allein das Licht der Mittagssonne fiel durch die schrägen Fenster herein und gab mir klare Sicht. Es war jedoch niemand im Kontrollzentrum und alle Monitore waren dunkel. Die Fenster boten einen 360-Grad-Blick auf den Flughafen und die Umgebung.

„Gut", sagte Ipbar, „der Turm ist leergeräumt. Wir gehen runter und finden heraus, wohin als nächstes."

Ich sah eine Weile aus dem Fenster und wandte mich an Ipbar. „Ihr solltet ein paar Leute hier oben stationieren, um nach Ärger Ausschau zu halten."

Der Gnom sah mich nachdenklich an und nickte dann. „Ich werde den Ältesten Borgym über deinen Vorschlag informieren."

Die Gnome führten mich auf dem Weg die Treppen hinunter. Unten stellten wir fest, dass auch die anderen Gnome fleißig gewesen waren. Die gesamte Ausrüstung vom Rollfeld war nun am Fuß des Turms.

Der Älteste Borgym wartete neben den zusammengestellten Kisten und Behältern auf uns. „Großartige Arbeit mit dem Tower!"

Er gestikulierte zu uns vieren und ein Questupdate materialisierte sich für mich.

Quest Update: Unterstütze den Kettenrader-Clan beim Räumen des Flughafens.

Pittsburgher Flugverkehrskontrollturm geräumt.

Belohnung: 5.000 Credits, 2.000 EP +100 Ruf beim Kettenrader-Clan.

Ich bedankte mich bei Borgym.

„Das ist ein guter Anfang", erwiderte der Gnom. „Als nächstes möchten wir das Bürogebäude räumen, damit es als Clan-Hauptquartier eingerichtet werden kann."

Die drei Gnome in Kampfanzügen folgten mir auf dem Weg zurück ins Gebäude. Es war nur einige Stockwerke hoch und hatte nicht mal zehn mal zehn Meter Fläche. Es dauerte nicht lange, das Innere zu durchkämmen, wobei wir nichts als leere Büros vorfanden.

Als wir zu Borgym zurückkehrten und das Gebäude als geräumt meldeten, gab es ein weiteres Questupdate, das mir weitere 1.000 Credits und 500 EP einbrachte. Die größere Auszahlung vom vorherigen Update war eindeutig den erledigten Monstern zu verdanken.

Nach dieser Berichterstattung strömte eine Schar der Gnome mit all ihren Habseligkeiten hinein. Die Stapel draußen wurden schnell durch wiederholte Transporte abgebaut.

Als nächstes schickte Borgym unseren Kampftrupp zu einigen der nahegelegenen Hangars der Fluglinie American Airlines. Bis wir mit diesen fertig waren, vergingen mehrere Stunden, obwohl wir nur zwei Vorfälle mit Monstern hatten.

Das erste Monster war ein riesiger Igel, der sich durch den Zementboden eines Hangars gegraben hatte. Das Fell des Monsters war zu Stacheln mutiert, wie bei einem Stachelschwein, und es schoss mit diesen im Hangar herum.

Mir waren die Strahlenladungen für die Energiepistolen während dieses Kampfes ausgegangen. Da ich den Stacheln fernbleiben wollte, war ich gezwungen, meine Projektilpistolen einzusetzen. Dadurch war meine Munition knapp, als wir im letzten Hangar ein Nest riesiger, säurespeiender Spinnen entdeckten. Auch die Gnome hatten wenig Munition, und es kam zu einem brutalen Nahkampf mit dem Schwarm.

Am Ende war mein Jumpsuit in Fetzen und die gepanzerten Anzüge hatten richtige Löcher. Niemand hatte ernsthafte Verletzungen aber alle von uns hatten Säure abbekommen. Wir schleppten uns in trauriger Verfassung zurück zum Tower-Hauptquartier.

Borgym warf einen Blick auf unser heruntergekommenes Äußeres und meinte, das würde für heute reichen.

Die drei Gnome öffneten die Cockpitverdecke ihrer Rüstungen und eine Leiter entrollte sich vorne an jedem Mechanzug. Sie drehten sich um und kletterten aus den Cockpits.

Ihre Kleidung bestand aus schwarzen, hautengen Overalls. Ich konnte nicht anders, als zuzusehen, während Talli rückwärts aus ihrer Rüstung wackelte. Borgyms selbstsicherer Lacher offenbarte, dass mein Blick auffälliger war, als gehofft.

Ich sah zum alten Gnom und zuckte die Schultern, zu müde, um Schuld zu bekennen.

Ein anderer Gnom führte mich in einen offenen Bereich in einem der Büros. Dort ließ er mich die Lumpen meines gepanzerten Overalls wechseln. Ich zog den Schlafsack aus meinem Ausrüstungspaket im Inventar, legte ihn in die Ecke, ließ mich auf die dünne, aber überraschend bequeme Unterlage fallen und schlief sofort ein.

Kapitel 14

Durch die Jalousien strömte helles Morgenlicht ins Büro und riss mich aus den Tiefen meines Schlafs.

Ich blinzelte in die Sonnenstrahlen hinein, gähnte, streckte meine Arme, und setzte mich auf. Mein gefalteter Jumpsuit lag neben meinem Kopf, zusammen mit einer großen Schachtel Munition für meine Luxor-Pistolen. Außer mir und meinem Schlafsack war der Raum leer, also zog ich mir schnell die frisch gereinigte und reparierte Kleidung an.

Ich verstaute mein Bettzeug und stellte sicher, dass sämtliche Waffen volle Energie hatten oder mit der für mich zurückgelassenen Munition nachgeladen waren. Beim Auffüllen der Magazine für meine Pistolen schaute ich meine Benachrichtigungen an. Außer den üblichen Erfahrungsboni für Monster-Kills und Questupdates war eine interessante Benachrichtigung dabei.

Du hast eine Sichere Zone betreten (Verkehrskontrollturm, Pittsburgh Kettenrader Raumhafen)

In diesem Bereich sind die Manaströme stabilisiert. Hier werden keine Monster spawnen.

Dieser Sicherheitsbereich umfasst:

Luft- und Raumverkehrskontrollturm

Kettenrader Clan Hauptquartier

Anscheinend hatten die Gnome es zum Shop geschafft und das Gebäude irgendwann während der Nacht gekauft. Ich fragte mich, wie viele der anderen geräumten Gebäude außerdem nun ihre waren.

Quest Update: Unterstütze den Kettenrader-Clan beim Räumen des Flughafens.

Mehrere Gebäude geräumt.

Belohnung: 12.000 Credits und 5.000 EP. +200 Ruf beim Kettenrader-Clan.

Das beantwortete meine Fragen größtenteils.

Und das war ein riesiger Haufen an Erfahrungspunkten. Sollten diese Gnome weiterhin meine Dienste benötigen, wäre das eine gute Gelegenheit, Levels anzuhäufen. Diese wiederum würden mir erlauben, Bedrohungen wie den Jabberwock und die Zerstörer der Schule zu bekämpfen.

Ich beendete meine Vorbereitungen, ging zur Tür und öffnete sie vorsichtig. Der Flur war voller Gnome, die in beide Richtungen vorbeieilten. Ich schlenderte aus dem Büro, und machte mich durch den regen Fußverkehr auf den Weg nach draußen. Als ich beim Eingang ankam, stellte ich fest, dass dieser über Nacht wiederaufgebaut worden war.

Ein Wachposten überblickte nun die Eingangshalle und zwei hintereinanderliegende Doppeltüren führten hinaus. Zwischen den beiden Türen war eine Art Luftschleuse.

Ich konnte weder Borgym, noch andere Gnome durch die Fenster nach draußen erkennen, also fragte ich den Wachposten, wo ich den Ältesten finden konnte. Der Wächter gab Anweisungen zur Leitstelle im zweiten Stock.

Diese fand ich recht schnell, aber erst als ich hineinsah fiel mir auf, dass das Gebäude jetzt Strom hatte. Abgestufte Reihen von Konsolen standen einer Wand gegenüber, die mit großen Monitoren bedeckt war. Die Anordnung erinnerte mich an Aufnahmen von NASA-

Missionskontrollzentren, aber die meisten Monitore waren dunkel und die Stühle an den Terminals waren leer.

Auf der obersten Ebene im hinteren Bereich des Raums saß Borgym an einer Konsole, und verteilte Befehle an die wenigen Operatoren im Raum. Der Gnomälteste sah mich und winkte mich zu sich.

Vorsichtig kletterte ich auf die Plattform. Ich passte gerade noch drauf, aber sie war eindeutig für die viel kleineren Gnome ausgelegt.

Auf der erhöhten Ebene bewegte ich mich seitwärts zu ihm, um nicht gegen die Konsolenausrüstung zu stoßen. „Guten Morgen, Abenteurer Mason!", rief Borgym laut.

„Guten Morgen." Ich war eher ein Morgenmuffel, aber es lohnt sich immer, höflich zum Arbeitgeber zu sein. „Vielen Dank für die Munition und den Jumpsuit."

„Nichts zu danken", winkte Borgym ab. „Das war das Mindeste, was wir tun konnten, als Dank dafür, dass wir mit deiner Hilfe beinahe den ersten aktiven Raumhafen auf der Erde in Betrieb nehmen konnten."

„Beinahe?"

„Nun", zögerte Borgym, „wir haben den Verkehrskontrollturm, die Hangars und unterstützende Einrichtungen."

„Klingt, als würde jetzt ein ‚aber' kommen", sagte ich.

Borgym seufzte. „Das Terminal gehört uns auch. Im Prinzip."

Ich zog eine Augenbraue hoch und zum ersten Mal, seit ich den fröhlichen älteren Gnom kennengelernt hatte, wurde Borgyms Gesichtsausdruck grimmig.

„Es ist voller Monster", sagte er mit besorgtem Stirnrunzeln.

„Also räumen wir es leer." Ich zuckte mit den Schultern. „Wie den Tower und die Hangars."

„Es ist nicht so einfach", antwortete er. „Der Kauf eines Gebäudes aus dem System stabilisiert das Mana am Standort. Wenn Monster den Standort befallen haben, während er stabilisiert wird, werden diese Kreaturen zu einem Teil dieses Ortes. Es ist fast wie in einem Dungeon. Wenn sie getötet werden, respawnen die Monster nach einer gewissen Zeit einfach wieder. Normalerweise zahlt man, um sowas zu beheben, aber dafür haben wir nicht die Mittel."

„Das ist alles andere als ideal", sagte ich. Mir war nicht bewusst gewesen, dass ein Standortkauf mit Nachteilen behaftet sein könnte.

„Genau", sagte Borgym. „Die Monster werden einfach immer wieder zurückkehren. Es sei denn, man tötet sie alle, und jemand mit einer speziellen Klassenfähigkeit passt die Manaströme an, während das Gebiet leer ist."

„Läuft es in Dungeons auch so ab?", fragte ich.

Borgym nickte bestätigend. „Ein Dungeon tritt in einem Gebiet mit hoher Manadichte auf. Dieser Überschuss an Mana ermöglicht es dem System, alle getöteten Monster nach einer gewissen Zeit zu ersetzen. Wenn die Monster nicht regelmäßig getötet werden, absorbieren sie das Mana aus der Umgebung und werden mit der Zeit viel stärker. Wenn sie zu lange ungestört verweilen, können sie sogar ein Alpha-Monster erschaffen oder sich exponentiell vermehren."

„Angenommen, wir können die Monster im Terminal eliminieren – hast du Zugriff auf was auch immer für Fähigkeiten erforderlich sind, um das Respawnen zu unterbinden?

Borgym zögerte, als wolle er seine Antwort nicht preisgeben. „Es befindet sich ein Architekt im Clan mit dem nötigen Klassenskill."

„Was ist also das Problem?", fragte ich.

„Wir sind keine Abenteurer, Hal", antwortete Borgym, „wir sind ein Clan an Artisans."

„Leider kenne ich den Unterschied nicht."

„Artisans sind Handwerker", erklärte Borgym. „Wir bauen und stellen Dinge her. Das System gibt uns Erfahrung für Innovation und Effizienz in unseren Entwürfen. Wir können EP für das Töten von Monstern erhalten, aber unsere Fähigkeiten und Quests sind fast ausschließlich darauf fokussiert, unser Handwerk zu fördern. Je mehr und besser wir Sachen bauen, desto weiter kommen wir in unserer Klasse voran."

Der ältere Gnom machte eine Handbewegung in meine Richtung. „Abenteurer wie du sammeln Erfahrung mit der Zerstörung von Monstern und intelligenten Wesen, die Teil des Systems sind. Es gibt ganze Gilden, die sich diesem Weg des Fortschreitens verschrieben haben, aber unser Clan hat versucht, diesen Pfad zu vermeiden."

„Ihr seid Pazifisten?", fragte ich.

Der Gnom legte den Kopf schief und dachte über seine Antwort nach.

„Etwas Ähnliches", antwortete Borgym schließlich. „Wir streben danach, zu erschaffen und tun unser Bestes, um den Weg der Zerstörung zu vermeiden. Ich bin nicht bereit, meine Leute auf einen Weg zu zwingen, der uns normalerweise zuwider ist."

„Wie kommt es also dazu, dass sich ein Haufen Pazifisten in einer Dungeonwelt niederlässt, wo sie möglicherweise um ihr Leben kämpfen müssen?"

„Die Erde sollte eigentlich keine Dungeonwelt sein", sagte Borgym seufzend. „Sie sollte friedlich in das System integriert werden und wir kamen in der Hoffnung, hier als einige der ersten in Fertigung und Entwicklung Fuß zu fassen.

„Da normale interplanetare Reisen Wochen dauern, sind wir vor fast einem Monat aufgebrochen. Als der Galaktische Rat vor zwei Tagen den Status der Erde in Dungeonwelt umänderte, waren wir zu nahe, um den Kurs zu ändern. Unser Verpächter bestand darauf, seinen Vertrag vollständig zu erfüllen und am vereinbarten Ort zu landen. Ich glaube, du hast gesehen, was sich alles abgespielt hatte, als wir gelandet waren und der Kapitän sich weigerte, neu zu verhandeln.“

„Es war ein beeindruckender Flug.“ Ich grinste beim Gedanken an den fliegenden Gnom.

Borgym kniff die Augen zusammen, aber sein Blick konnte mir den Spaß nicht verderben. Sein Gesichtsausdruck beruhigte sich und er erzählte weiter. „Als wir feststellten, dass der Flughafen hier praktisch leer war, bot das eine nur allzu lukrative Gelegenheit. Da dies hier eine Dungeonwelt ist, wird es massiven Handel mit Beute geben. Diese wird an Handwerker im gesamten System exportiert und dieser Handel benötigt konventionellen Transport. Wenn wir der erste voll funktionsfähige Raumhafen sein können, haben wir einen Vorsprung und sind der natürliche Standard für die meisten Großtransporte.“

„Und um voll funktionsfähig zu sein, braucht man das Terminal.“

Das war keine Frage, aber Borgym nickte trotzdem.

„Klingt, als hättest du bereits eine Entscheidung getroffen“, sagte ich.

Der alte Gnom hielt unnachgiebig meinem Blick stand. Mit einer Geste von Borgym tauchte ein neues Update vor mir auf.

Quest Update: Unterstütze den Kettenrader-Clan beim Räumen des Flughafens.

Unterstütze beim Räumen der Monster vom Flughafenterminal.

Belohnung: 20.000 Credits und 15.000 EP

So eine große Belohnung konnte ich mir nicht entgehen lassen. Der Questlohn allein würde mich schon um ein Level nach oben befördern, und dazu kamen noch die EP fürs Töten von Monstern. Machtgewinn wäre ein weiterer Schritt auf meinem Weg zur Erkenntnis, was in der Schule passiert war.

Ich akzeptierte die Quest und sah zum Anführer des Clans. „Rede mit deinem Architekten, ich brauche mehr Munition und ich hätte nichts gegen ein paar dieser Heiltränke, wenn welche übrig sind."

Borgym holte zwei rote Tränke aus seinem Inventar und reichte sie mir. Er wies mich an, mit der Wache am Haupteingang zu sprechen, um mehr Projektilmunition zu erhalten. Ich bewegte mich über die abgestufte Plattform zurück, kletterte zur Tür hinunter und ging dann auf gleichem Weg zurück zum Haupteingang.

Von der Wache erhielt ich noch eine Kiste mit Projektilgeschossen, identisch zu der, die ich beim Aufwachen vorgefunden hatte. Da alle meine Waffen und Ersatzmagazine bereits geladen waren, verstaute ich den Munitionsbehälter im Inventar.

Kurz darauf tauchten Ipbar, Talli und Alryn auf – sie waren bereits in ihren Rüstungen. Zusammen verließen wir das Gebäude durch die Sicherheitsschleuse; die ersten Türen dichteten sich hinter uns ab, bevor die nächsten nach außen sich öffneten.

Draußen entfernten wir uns vom Eingang und die drei Kampfanzüge drehten sich zu mir um.

„Wie geht's weiter, Hal?", fragte Ipbar.

Ich schaute mir das Trio an.

Tallis Mechanzug war unruhig, was auf den ersten Blick nach Nervosität aussah. Durch die Cockpithaube konnte ich jedoch sehen, dass die Gnomfrau mit hellem Haar grinste und eher Vorfreude hatte.

Ipbars Rüstung bewegte sich nicht, wobei die Art und Weise, wie der Gnom sich auf die Lippe biss, seine ruhige Haltung widerlegte.

Nur Alryn starrte mich stoisch an und der stille Gnom wartete einfach auf meine Antwort.

„Soll ich etwa hier den Ton angeben?", konterte ich endlich.

„Du bist der Kämpfer unter uns", sagte Talli. „Wir haben einfach nur Mechanzüge, die gut passen und mit Tech-Gadgets ausgestattet sind."

„Toll", sagte ich. „Euch ist schon klar, dass ich das Ganze seit gerade mal zwei Tagen mache?"

Die drei blinzelten mich nur überrascht an.

„Ja, aber du kommst großartig zurecht!", rief Talli.

Ich wandte mich von den allzu optimistischen Gnomen ab und schaute über das Rollfeld nach Westen. Das flugseitige Terminal des internationalen Flughafens bestand aus vier mehrstöckigen Gebäudeflügeln, die überwiegend kreuzförmig angeordnet waren. Die A- und B-Hallen der zwei östlichen Flügel hatten gerade nach Osten abgewinkelte Enden.

Während ich mir das Terminalgebäude anschaute, kamen mehrere Gnome hinter uns aus dem Hauptquartier und gesellten sich zu uns. Borgym grüßte gerade Ipbar, Alryn und Talli, als ich mich zurückdrehte.

Ich zählte durch.

Inklusive der drei gepanzerten Anzüge, stand ein volles Dutzend Gnome um den Ältesten versammelt. Vier der neuen Gnome trugen Metallzylinder, die fast größer waren als sie selbst. Zwei andere trugen Gewehre in Gnomgröße, mit einer Vielzahl von Aufsätzen und Rohren an der Vorderseite. Die nächsten zwei trugen Stäbe mit farbigen Kristallen an ihren Spitzen, einer rot und der andere grün.

Borgym trat vor und blickte durch die Runde. „Also gut, hier ist der Plan", sagte er mit ernster Miene. „Wir müssen in das Terminal eindringen und alle gespawnten Monster, die wir finden können, beseitigen. Ziel des ersten Durchgangs wird sein, so viele Monster wie möglich zu entfernen. Das wird einige Zeit in Anspruch nehmen. Aber wenn wir fertig sind, gehen wir noch mal durch das Terminal. Beim zweiten Durchgang müssen wir den Bereich für unseren Architekten Ospyr freihalten, damit er mit seiner Klassenfertigkeit die Manaströme im Terminal stabilisieren kann."

Borgym redete weiter. „Normalerweise wird die Architektenfähigkeit ‚Bauwerkliche Enfilade' verwendet, um das Innere von Systemgebäuden zu erweitern – über das hinaus, was ihre Außenmaße zu beinhalten scheinen. Ospyr wird es jedoch verwenden, um Mana in das Terminal zu kanalisieren. Das sollte die Manaströme in der gesamten Struktur stabilisieren und die Monster im Gebäude vom Respawnen abhalten."

Borgym wurde noch ernster. „Während Ospyr das Mana leitet, werden alle verbliebenen Monster in diesem Abschnitt durch diese Störung ihrer Umgebung in Rage versetzt werden. Sie werden versuchen, die Quelle dieser Störung anzugreifen, daher ist es wichtig, dass wir beim ersten Durchgang so viele Monster wie möglich beseitigen. Andernfalls müsst ihr Ospyr während seines Kanalisiervorgangs verteidigen. Es dauert zehn Minuten ununterbrochenes Kanalisieren, um jeden 30 Meter langen Abschnitt des Terminals zu stabilisieren, und jede Unterbrechung bedeutet, dass er noch mal von vorne anfangen muss.

„Ihr wisst alle, warum wir hierhergekommen sind. Auch wenn wir nicht davon ausgegangen sind, dass die Erde eine Dungeonwelt sein würde, haben wir eine einzigartige Gelegenheit. Der Clan zählt auf euch alle."

Die versammelten Gnome schienen nervös zu sein, aber bei seinen letzten Worten wurden ihre Gesichter fest entschlossen.

Borgym nahm die veränderte Atmosphäre in der Gruppe wahr und nickte zuversichtlich. „Unser neuer Freund, Abenteurer Mason, hat sich bereiterklärt, uns zu helfen."

Die Gnome sahen mich alle an und ich hob beiläufig die Hand. Talli winkte heiter zurück und ich musste über ihre Albernheit grinsen.

In meinem Sichtfeld erschien eine neue Benachrichtigung.

Borgym Kettenrader hat dich eingeladen, einer Gruppe beizutreten.

Akzeptieren: J/N

Ich wählte die bestätigende Option und am Rande des Sichtbereichs tauchte ein neues Interface-Fenster auf. Die Mitglieder der Gruppe waren in vertikalen Rechtecken nach Namen sortiert angezeigt, mit bunten Balken für Gesundheit, Mana und Ausdauer jedes Einzelnen.

Das neue Gruppenmenü war unaufdringlich und irgendwie im Augenwinkel erkennbar, ohne meine Wahrnehmung einzuschränken. Ich konzentrierte mich auf einen der Namen, und das Rechteck vergrößerte sich ein wenig und bot bessere Sicht auf die Statusleisten.

Borgym erwiderte meinen Gruppenbeitritt mit einem Kopfnicken, und gab mir einen Moment, die neue Benutzeroberfläche anzupassen. Danach führte er die Gruppe zum Ende von Halle B — sie lag am nächsten.

An den Flugsteigen parkten noch zahlreiche Flugzeuge und eine Handvoll war über die Rollbahn verstreut, als ob sie gerade auf dem Weg zwischen Terminal und Start- und Landebahnen waren, als das System aktiv wurde und sie abschaltete. Alle derart gestrandeten Flugzeuge hatten ihre Seitenluken geöffnet und aufblasbare Notrutschen ausgefahren.

Es gab keine Anzeichen von Überlebenden, aber eine Handvoll Leichen lag verstreut auf dem Rollfeld, die meisten davon in der Nähe des Terminals. Einige von ihnen waren anscheinend fliehende Passagiere gewesen, aber die meisten Toten waren in Uniformen des Bodenpersonals gekleidet. Die Leichen, an denen wir vorbeigingen, sahen aus wie von Aasfressern zerpickt. Es gab keine Blutspritzer, was darauf hindeute, dass die Schändung postmortal stattgefunden hatte.

Am Terminal gab es keine offensichtliche Eintrittsmöglichkeit, es sei denn, wir hätten durch das Gepäckabfertigungssystem kriechen wollen, welches aus dem Netzwerk von Förderbändern im Inneren des Terminals bestand.

Ich sah mich um und hinauf zu einer der Passagierbrücken. Ich hatte eine Idee und zeigte Borgym eine der offenen Brücken am Ende des Terminals. Er verstand meinen Plan und führte die Gruppe zu der schmalen Treppe, die im Fuß des mobilen Tunnels eingebaut war.

Normalerweise wurde die Treppe vom Bodenpersonal verwendet, um das zuletzt aufgegebene Gepäck von überbuchten Flügen zu holen. In diesem Fall war es aber für uns ein idealer Weg ins Terminal.

Ich zog meine Energiepistole und ging allen voran die wacklige Treppe hinauf. Die obere Tür zur Passagierbrücke war nicht verschlossen; vorsichtig öffnete ich sie einen Spalt breit. Nur die Gnome hinter mir auf der Treppe waren zu hören und am offenen Ende der Brücke pfiff der Wind.

Nichts Bedrohliches war zu erkennen, also ging ich hinein. Ich lief den Gang hoch, um den Gnomen Platz zu machen, und sie kamen mir hinterher und fingen an, den Korridor aufzufüllen. Als alle da waren, ging ich vorsichtig die Brücke weiter bis zur Sicherheitstür Richtung Terminal hinauf.

Ich sah, dass die Gruppe bereit war und versuchte die Tür zu öffnen. Sie ging leicht auf, denn ohne Strom war das magnetische Schließsystem ausgefallen.

Nachdem ich durch die Tür trat, bemerkte ich als erstes eine sanfte Brise. Der Wind strömte im Terminal durch zerbrochene Fenster zu beiden Seiten der Halle. Von den meisten hohen Fenstern war nichts als Glasscherben auf dem Boden und auf den Sitzreihen daneben übrig.

Ohne den Luftzug aus den leeren Fensterrahmen hätte der überwältigende Gestank des Todes die Halle erfüllt. Leichen lagen in Blutlachen verstreut, die meisten waren wild zerstückelt.

Ich sah trotz der Toten keine unmittelbare Bedrohung, also ging ich langsam weiter in das Terminal, während die Gnome sich hinter mir her ausbreiteten.

Die Halle war voller Leichen, was durch die unheimliche Stille umso verstörender wirkte.

Mir wäre es fast lieber gewesen, Endlosschleifen an Lautsprecheransagen aus Präsystemzeiten zu hören: Aufforderungen, das Gepäck nicht unbeaufsichtigt zu lassen oder unbeaufsichtigtes Gepäck dem Personal der Transport Sicherheit Administration zu melden. Die Abwesenheit solcher Ansagen waren besonders ironisch, da Handgepäck und Rollkoffer über die gesamte Halle verstreut waren.

Verpackungen, Getränkeflaschen und verschimmelte Essensreste lagen überall in der Gegend.

Nachdem ich ein paar Dutzend Meter vorangegangen war, blickte ich zurück zu der Gruppe von Gnomen, die sich hinter mir über das Terminal verteilt hatte.

„Das ist gut", sagte einer der neuen Gnome mit den Metallzylindern.

Auf irgendeine Weise konnte ich die Worte des jungen Gnoms hören, ohne dass er einen wirklichen Laut von sich gegeben hatte. Ich blickte ihn fragend an.

„Gruppenchat", erklärte Ipbar, der wohl meinen verwunderten Blick bemerkt hatte. „Konzentriere dich beim Sprechen einfach auf das Gruppenfenster, dann wird nur deine Gruppe dich hören und überhaupt mitbekommen, dass du etwas gesagt hast.

„Könnte ziemlich nützlich sein", sagte ich, beim Versuch, seine Anweisungen zu befolgen – anscheinend erfolgreich. „Erst recht, wenn etwas verstohlen erledigt werden muss."

Ipbar nickte.

Während der Gruppenchat-Lektion hatten sich der Gnom und die drei anderen mit den großen Metallzylindern an vier Ecken um die Gruppe herum positioniert. Ich sah zu, wie einer den Zylinder aufrecht auf den Boden stellte, mit der Hand oben draufschlug und dann zur Seite trat.

Drei Beine klappten seitlich aus dem Zylinder heraus und gaben dem Stativ Halt. Die Spitze teilte sich in zwei Teile, die in halbmondförmiger Stellung ein Schild bildeten, während ein Waffenlauf herausstieg und sich nach unten zwischen die zwei Schildhälften drehte. Der automatische Geschützturm zeigte von der Gruppe weg und der Lauf der Waffe bewegte sich suchend von einer Seite zur anderen.

Alle anderen Gnome hatten sich auf der quadratähnlichen Fläche zwischen den vier Türmen versammelt. Sie hielten ihre Waffen mit festem Griff bereit. Borgym stand in der Mitte der Gruppe. Als alle Vorbereitungen abgeschlossen waren, nickte er mir zu.

Ich schaute sorgfältig entlang des Terminals und schritt vom Perimeter der Gnome weg. Nach nur etwa sechs Metern hallte ein leiser Schrei durch den Raum.

Ich blieb stehen und einen Moment später hallte er erneut wider, diesmal lauter und näher.

Durch ein zerbrochenes Fenster streifte ein geflügelter Schemen hinein und der mir nächste Turm feuerte einen Strahl auf die flinke Gestalt ab. Der Strahl zischte einen Strich über die Kreatur und sie kreischte laut, mit dem gleichen Schrei, den wir zuvor gehört hatten. Der Vogel flog jedoch weiter.

Ich hob meine rechte Hand und warf Frostbolzen auf das flitzende Tier. Der Eissplitter traf den Vogel und verlangsamte ihn so weit, dass ich mit Hindern nachschlagen konnte, kurz bevor er ganz nahe war. Trotz der Verlangsamung prallte er dennoch in meine Brust.

Obwohl der Aufprall mich kaum erschütterte, stießen seine Krallen durch die Panzerplatten auf meiner Brust und ich spürte, wie sich ihre scharfen Spitzen in mein Fleisch bohrten. Instinktiv warf ich mir den Arm vors Gesicht, als der Bussard mit seinem Schnabel nach vorne schnappte. Ich konnte den Ausfall gerade noch mit einem Ruck nach hinten blockieren und der Hakenschnabel bohrte sich in meinen Unterarm.

Mit der linken Hand rammte ich meine Strahlenpistole in die Brust unter dem Flügel des Vogels und drückte ab. Ein verkohlter Geruch stieg mir in die Nase. Der Vogel ließ schließlich seinen Klauengriff um meine Brust los und stieß sich von mir ab.

Er flatterte mit seinen Flügeln und blieb vor mir in der Luft stehen, aber zwischen uns war jetzt genug Platz, damit die Gnome hinter mir sicher angreifen konnten. Strahl- und Projektilangriffe schossen mir knapp an beiden Seiten vorbei. Sie schlugen in den Bussard ein und er stürzte zu

Boden. Der Vogel sprang sofort wieder hoch und breitete seine Flügel aus, um wieder in die Luft zu steigen. Das bot mir einen guten Blick auf die gesamte Kreatur.

Braune Federn bedeckten den großen Vogel, aber die markant rötlichen Schwanzfedern identifizierten ihn als Rotschwanzbussard. Nur war seine Flügelspannweite von 1,2 Meter doppelt so groß wie bei einem normalen Exemplar.

Ich stimmte mit meiner Strahlenpistole in den Kugel- und Energiehagel auf den Bussard ein. Geschwächt, schlug er noch etwas mit den Flügeln und sackte dann zu Boden.

Als er sich nicht mehr bewegte, trat ich neben den blutigen Greifvogel und plünderte ihn. Ich erhielt ein Paar Rotschwanzkrallen, eine Handvoll Federn und einige leichte Bussardknochen. Eine Benachrichtigung teilte mir mit, dass ähnliche Gegenstände an die anderen Gruppenmitglieder verteilt worden waren.

Das war eine interessante Entdeckung. Nur ein Mitglied einer offiziellen Gruppe musste also etwas plündern und die gesamte Gruppe würde ihren Anteil erhalten.

Ich stand auf und spähte weiter, ob noch etwas da war, das uns angreifen konnte. Mir fiel nichts auf und ich ging weitere 15 Meter voran. Ich bewegte mich langsam genug, um am Ziel angekommen bereits vollständig geheilt zu sein.

Zwei der vier Geschützturmgnome, kehrten den Aktivierungsvorgang mit den hinteren Geschütztürmen um und sammelten ihre Zylinder wieder ein. Dann sprinteten sie an der Gruppe vorbei und aktivierten die mobilen Waffen direkt hinter meiner Stellung.

Alle 15 Meter wiederholten sie den Vorgang und 30 Meter weiter waren wir immer noch nicht auf Monster gestoßen. Ich ging vor der Gruppe her, während die Gnome sich im ungefähren Bereich zwischen den Geschütztürmen aufhielten.

Der Zyklus wiederholte sich noch zweimal, bis wir den Punkt erreichten, an dem die Halle im 45-Grad-Winkel nördlich abbog, in Richtung des zentralen Knotens des kreuzförmigen Terminals. Dieser Abschnitt der Halle war etwa dreimal so lang wie der gerade geräumte.

Nach einer weiteren halben Stunde und nur einigen wenigen, unregelmäßig verteilten Monsterangriffen, hatten wir einen Drittel des Weges durch Halle B hinter uns. Im Gegensatz zum Bussard am Anfang, war es nicht schwer gewesen, die Kreaturen zu erledigen. Fast alle waren irgendwelche Vögel gewesen und ich hatte das Gefühl, dass dieser Pseudodungeon einem Vogelthema folgte.

Diese Theorie bestätigte sich auch sogleich.

Ein Summen erfüllte die Luft, während die zwei Geschütztürme sich wieder aktivierten. Das Geräusch wuchs langsam an, pulsierte lauter und wurde dann leiser, bevor es wieder anstieg.

Ein wild flatternder Schwarm Vögel strömte durch die Fenster zu beiden Seiten. Sie glitten in komplizierten Mustern durch die Luft, wirbelten umeinander herum und füllten die gesamte Breite der Halle. Der faszinierende Kunstflug wurde von einem Schwarm Stare ausgeführt.

Die Geschütztürme feuerten in den Schwarm, aber es mussten Hunderte von Kreaturen gewesen sein, keine größer als meine gespreizte Hand. Man konnte kaum auf eine Einzelne zielen. Es gab jedoch so viele, dass fast jeder Schuss etwas traf.

Ich stimmte mit ein und feuerte auf den Schwarm. Jeder meiner Schüsse brachte einen Vogel zu Boden, aber es war, als würde man in den heulenden Wind eines wütenden Schneesturms spucken.

Die Vögel wirbelten um uns herum und tauchten in unsere Gruppe ein. Ich bedeckte mein Gesicht mit meinem Ellbogen und schlug mit der freien Hand auf den Schwarm ein. Ich erwischte mehrere Vögel mit meinen Schwüngen ins Schwarze, die Restlichen hackten aber auf mich ein.

Ich spürte vom Angriff fast keinen Aufprall aber ihre winzigen Klauen hinterließen ein Brennen, als wäre ich von tausend Blättern Papier geschnitten worden. Allmählich verlangsamte sich die Attacke, und der Schwarm zog vorbei. Ich senkte vorsichtig den Arm.

Mein Abenteurer-Jumpsuit war zum Teil zerschreddert und hing in Fetzen um meine Arme und Beine. Die stärker gepanzerten Teile meines Oberkörpers und meiner Beinschienen hatten dem Ansturm standgehalten aber zu meiner Überraschung hatte ich nach dem Angriff nur noch etwa zwanzig Hitpoints.

Mehrere Explosionen hinter mir lenkten meine Aufmerksamkeit wieder auf den Kampf. Ich steckte meine nutzlose Pistole ins Holster und drehte mich um. Der Schwarm hatte die ganze Gruppe angegriffen und flog nun in den bereits geräumten Bereich. Dann drehte er sich und glitt wieder auf uns zu.

Alle in der Gruppe teilten meinen mitgenommenen Zustand, mit Ausnahme der drei gepanzerten Anzüge. In der Mitte hatte Borgym einen kleinen Schutzschild aufgestellt, der ihn mit einer durchscheinenden Kuppel bedeckte.

Die Panzeranzüge feuerten Raketen ab, die in den wirbelnden Schwarm hineinflogen und explodierten. Jede Detonation riss einen Teil des Schwarms aus der Luft und warf Vogelkörper um sich.

Ich rief das Hybridgewehr aus meinem Inventar, richtete es über die Köpfe meiner Gnomkameraden und zielte auf die dichteste Stelle des Schwarms. Das Gewehr jaulte auf und eine Kugel schnitt durch die Luft.

Die Patrone bohrte ein rundes Loch von etwa 30 Zentimeter Durchmesser durch den dichten Schwarm, und selbst diejenigen, die nicht direkt getroffen wurden, stürzten durch die Schockwelle bewusstlos zu Boden. Mein Angriff war nicht so mächtig wie die explosiven Raketen der Gnome, aber deutlich effektiver als eine Salve meiner Strahlenpistole.

„Zu Flechette wechseln", befahl Ipbar über den Gruppenchat in einer Nachricht, die eindeutig nicht für mich bestimmt war.

Die zwei Gnome mit den Mehraufsatzgewehren unterbrachen ihre Feuerstöße, um einige schnelle Anpassungen an ihren Waffen vorzunehmen. Als sie wieder mit uns gemeinsam schossen, kamen nicht mehr einzelne Kugeln aus den Waffen. Stattdessen teilte sich jedes Projektil in eine Wolke winziger Pfeile auf, die ganze Schwaden von Staren aus dem Schwarm herausschossen.

Der kombinierte Angriff ließ den Schwarm verebben, und die Vögel fegten nur noch einmal über uns hinweg, bis es uns gelang, auch die letzten abzuschießen. Erst als alle Vögel tot waren, ließ Borgym das Schutzschild fallen, das ihn vor dem Angriff geschützt hatte.

Mit Ausnahme von Borgym und den drei Gnomen in Mechanzügen, hatte jeder Gnom während des Kampfes Schaden genommen. Keine unserer Verletzungen war ernst, aber statt weiterzugehen, warteten wir die Heilung ab.

Es waren so viele Vögel am Boden, dass wir sie nach dem Plündern auf Haufen warfen, um keinen auszulassen. Ein Menge Federn, winziger Krallen, Vogelgehirne und ein paar Dutzend Stareier waren die Beute.

Nachdem sich alle ausgeruht hatten, gingen wir in den nächsten Abschnitt der Halle. Die nächsten eineinhalb Stunden vergingen ereignislos. Nur das Klacken der aufgestellten Geschütztürme begleitete uns beim Vorstoß durch Halle B.

Schließlich erreichten wir das Ende der langen Halle und somit den zentralen Knotenpunkt des Terminals. Das „Airmall" Einkaufszentrum war ein achteckiges Gebäude mit einem Food-Court, zahlreichen Läden und Rolltreppen, die zu einem unterirdischen Transportsystem führten. Die Bahn beförderte Passagiere zwischen dem luftseitigen Terminal und dem landseitigen Terminal, in dem sich die Ticketschalter, Gepäckbänder und Sicherheitskontrollen befanden.

Die Luft roch verräuchert und verfault. Angewidert rümpfte ich meine Nase und sah mich sorgfältig um, bevor ich die Halle verließ und die Airmall betrat.

Ein paar verrottete Leichen waren auf dem Boden des Raums verstreut. Wahrscheinlich verursachten sie den verwesten Gestank. Ich sah keine sichtbaren Anzeichen von Verkohlung oder Ruß, also musste der Rauch von irgendwo anders im Terminal gekommen sein.

Die Oberlichter in der Mitte des Daches waren zusammengebrochen und hatten den Boden mit Scherben bedeckt und ich war überrascht, dass ich so viele Gerüche vernehmen konnte. Dies war wahrscheinlich auf meine Scharfe Sinne Fähigkeit zurückzuführen, da die zerbrochenen Fenster eine ständige Brise frischer Luft in den Bereich hineineinließen.

Mein Blick blieb auf die Airmall gerichtet, während ich den Gnomen zu verstehen gab, die Geschütztürme auf beiden Seiten der Verbindungsstelle zwischen Terminal und zentralem Knotenpunkt aufzustellen. Die Maschinen surrten beim Aufbau, und mit ihrem Schweigen erkannte ich, wann die Aufgabe erledigt war.

Ich trat vorsichtig ins Freie, während die Gnome hinter mir warteten. Der Wind, der durch die zerbrochenen Oberlichter im hohen Dach wehte, ließ nach. Eine bedrückende Stille blieb zurück. Instinktiv verlangsamte ich mein Schritttempo und lief leiser, da das Windpfeifen meine Bewegung nicht mehr überdeckte.

Etwas Hartes kratzte schwach über den Fliesenboden. Es war nicht zu sehen, kam aber aus der Richtung der Rolltreppen, die zur unteren Ebene des Terminals führten. Das Schaben durchbrach die unheimliche Stille, und ich blieb wie angewurzelt stehen, um zu hören, ob das Geräusch weiterging. Als ich nichts weiter hörte, näherte ich mich vorsichtig dem Geländer des offenen Treppenhauses, und warf einen Blick nach unten.

Der Bereich direkt unter mir bestand aus zwei versetzten Treppen zwischen zwei Rolltreppenpaaren. Die Treppe war dank der Oberlichter gut beleuchtet, aber der Bereich hinter ihrem Ende war im Schatten verborgen.

Das kratzende Geräusch war aus der Dunkelheit gekommen, die zum Transportsystem führte, und ich versuchte festzustellen, was der Ursprung war.

Für einen langen Moment war keine Regung zu sehen. Dann plötzlich: Eine große Gestalt bewegte sich in den schattigen Tiefen. Mehr Kratzen war zu hören, eindeutig von Krallen auf dem harten Fliesenboden. Es war zu dunkel, um etwas zu sehen, aber das Wesen schien vierbeinig zu sein. Die Kreatur verlagerte sich weiter. Ich spähte in die Dunkelheit und spitzte meine Ohren. Ich wollte mehr Details erkennen. Dann hörte ich ein Geräusch, das ich nur als leises, schrilles Kreischen beschreiben konnte.

Aus den weiten Tiefen ertönte ein Ruf als Antwort. Die große Kreatur war nicht allein.

Ich wich langsam vom Geländer zurück und kehrte zu den Gnomen an der Verbindung zu Halle B zurück. Besorgt beobachteten sie meine Schritte. Dass ich Grund hatte, so vorsichtig zu sein, machte sie offensichtlich nervös.

„Da unten in den Transporttunneln, die zum Bodenterminal führen, sind mindestens zwei Riesenbiester", sagte ich zu Borgym. Ich redete leise, aber ohne zu flüstern. Die hohen Frequenzen solcher Töne breiteten sich nur weiter aus, und ich wollte unbedingt vermeiden, die Bestien zu alarmieren. Zumindest nicht, bis wir bereit waren.

„Kannst du mir sonst noch etwas über sie verraten?", fragte Borgym.

Ich zuckte mit den Achseln. „Sie kommunizieren durch Gekreische."

„Das ist nicht besonders hilfreich." Borgym runzelte die Stirn. Der alte Gnom war kurz in Gedanken verloren. Dann erwiderte er mein Schulterzucken. „Wir müssen sie so oder so loswerden. Wie willst du es machen?"

Ich blickte auf den offenen Bereich und auf die Treppe nach unten zurück. Gegenüber war eine weitere Treppe, die zum Zwischengeschoss mit der VIP-Lounge von American Airlines führte.

„Mechanzüge an die Rückseite des Treppenhauses, damit sie nach unten schießen und die Kreaturen in den Rücken treffen können, wenn diese die Treppe heraufkommen", sagte ich. Dann zeigte ich nach oben. „Alle anderen in die obere Etage, um aus erhöhter Position zu schießen." Ich setzte ein bitteres Grinsen auf. „Dann spiele ich den Köder, und hoffentlich könnt ihr die Viecher abknallen, bevor sie mich erwischen."

Borgym stimmte meinem Plan zu, hatte aber einige Verbesserungsvorschläge. Die Geschütztürme wurden rund um die Airmall platziert, damit alles, was die Treppe heraufkam, ins Kreuzfeuer geriet. Außerdem reichte er mir zwei Stapel dünner, beigefarbener Scheiben, jede etwa so groß wie meine Hand und einen halben Zentimeter dick.

Während die Gnome Position bezogen, kauerte ich mich nieder und verteilte die beigefarbenen Minen auf dem Bereich über der Treppe. Nachdem die Minen platziert waren, änderten sie sofort ihre Farbe und passten sich dem Fliesenboden an. Die dünnen Scheiben waren praktisch verschwunden.

Sobald alle Gnome an ihren Plätzen waren, gab Borgym mir ein Zeichen über den Gruppenchat und ich schlich die Treppe hinunter. Auf dem Absatz zwischen den zwei Treppenläufen legte ich mich auf den Boden, sodass ich von unten nicht zu sehen war. Ich kroch vorsichtig und leise, und verteilte dabei langsam den zweiten Minenstapel auf dem Treppenabsatz.

Nachdem die Minen platziert waren, stemmte ich mich auf die Füße und ging wieder die Treppe hinauf. Ein überraschtes Kreischen hinter mir deutete an, dass mein Rückzug nicht so unbemerkt geblieben war, wie erhofft. Ich hetzte die Treppe hoch.

Oben angekommen, zog ich das Banshee-Hybridgewehr aus meinem Inventar. Als ich mich umdrehte, konnte ich einen ersten guten Blick auf die Kreatur werfen, die nun aus den Schatten aufgetaucht war.

Ein abscheulicher, braunhaariger Vierbeiner war die erste Treppe schon zur Hälfte hinaufgestiegen. Die stämmigen Beine der Bestie hatten Pfoten mit Krallen in der Länge mehrerer Zentimeter, wobei diese scharf gekrümmt waren und an riesige Raubvögel erinnerten. Der übrige Körper des Tieres ähnelte beinahe einem Bären – kleiner als die Bärenmutter, die ich am ersten Tag der Apokalypse getötet hatte, aber nicht viel. Anstelle eines knurrenden Bärenkopfes hatte diese Kreatur jedoch einen gefiederten Schädel mit abgeflachtem Gesicht und einem großen Hakenschnabel.

Ich hielt das Gewehr an meine Schulter und feuerte. Die Hybridwaffe heulte beim Aufspulen und drückte sich beim Abfeuern ruckartig in meine Achselhöhle. Der Schuss traf das Vogel-Bär-Ding im Gesicht und brachte es ins Schwanken.

Das war das Signal zum Angriff für die Gnome und aus den oben positionierten Panzeranzügen hagelte Waffenfeuer auf die Kreatur herab. Mikroexplosionen hüllten das Monster in Flammen und Energiestrahlen strichen über seinen dicken Pelz. Die Kreatur stolperte unter dem plötzlichen Ansturm, drängte sich aber weiter die Treppe und auf den Treppenabsatz herauf.

Dann trat sie auf eine der Tretminen. Die ausgelöste Mine schoss nach oben, in die Unterseite der Kreatur, und explodierte mit einer Wucht, welche die Kreatur vom Boden hob. Sie war von Feuer umhüllt und als es auf den Boden krachte, stieß sie ein ohrenbetäubendes Kreischen aus. Geschwächt stemmte sie sich wieder auf die Füße, während eine Flut aus erwiderndem Gekreische aus den Tunneln erklang.

Ich feuerte erneut, und eine weitere Angriffssequenz drosch von den gepanzerten Anzügen auf die verletzte Kreatur ein. Sie kippte um, aber vier weitere Gestalten stürmten aus dem düsteren Untergrund.

Zwei Bestien waren genau so groß, wie die soeben erlegte. Die anderen beiden waren noch größer.

Sie rasten die Treppe hinauf. Ich zielte auf das erste der größeren Bärenwesen und drückte ab, sobald das Hybridgewehr nachgeladen war. Die restlichen Minen auf dem Treppenabsatz explodierten unter den donnernden Schritten des großen Tieres, aber es kam bis auf versengtes Fell nahezu unbeschadet davon. Seine hasserfüllten Augen waren auf mich gerichtet.

Die zweite größere Kreatur bemerkte den zuckenden Kadaver auf dem Treppenabsatz. Sie blieb stehen und berührte ihn mit der Schnauze. Dann lehnte sie sich zurück und erfüllte den Raum mit einem traurigen Kreischen. Das schrille Geräusch drang und hallte durch die Airmall. Als es mir ins Trommelfell stach, zuckte ich zusammen.

Geistiger Einfluss abgewehrt

Die qualerfüllten Schreie im Gruppenchat zeigten, dass die meisten ungepanzerten Gnome vom schrillen Schrei beeinträchtigt waren.

„Das sind Vogelbären", sagte Borgym im Gruppenchat, als er sie beim Hochklettern von seiner Position im Zwischengeschoss erkannte.

Immerhin hatten die hässlichen Tiere jetzt einen Namen.

Der große Vogelbär kam mir immer näher und ich entfernte mich rasch von der Treppe. Die automatischen Geschütztürme aktivierten sich und alle vier feuerten gleichzeitig. Ihre Strahlen strichen über das massive Tier und es blieb versengtes Fell zurück.

Ich hatte Frostbolzen und sofort darauf Hindern benutzt. Die kombinierte Bewegungseinschränkung verlangsamte die Kreatur so weit, dass ich knapp außer Reichweite ihrer scharfen Klauen bleiben konnte.

Ich lief rückwärts vom Zentrum der Airmall und vom großen Vogelbären weg, und gab einen Hybridschuss auf den ersten kleineren Vogelbären, um diesen ebenfalls auf meine Fährte zu setzen.

Die kleine Kreatur schaute sich nach dem Ursprung des Angriffs um. Dann trafen zwei Strahlenangriffe der Gnome auf der oberen Ebene in ihre Seite, und sie stürmte auf die Treppen zum Zwischengeschoss zu. Die dort verstreuten Minen explodierten bei Kontakt, und die Bestie stürzte und rutschte über den Boden. Sie krallte sich in die Fliesen, stand auf und bewegte sich weiter zur Treppe.

Ich feuerte einen weiteren Schuss auf den Vogelbären ab, aber die junge Kreatur ignorierte meinen Angriff und lief weiter Richtung obere Ebene. Damit würden die Gnome allein fertig werden müssen.

Der zweite kleinere Vogelbär hatte gerade die Treppe verlassen und ich wirkte Frostbolzen. Diesmal gelang es meinem Angriff, die Aufmerksamkeit der Kreatur zu erregen, und sie stürzte auf mich zu.

Immer noch im Rückwärtstanz, richtete ich mein Hybridgewehr wieder auf den größeren Vogelbären und traf ihn abermals.

Die wiederholten Attacken setzten der großen Kreatur zu. Die Minen hatten das Fell an ihrer Unterseite verbrannt, und die vielen Railgun-Schüsse hatten ihr blutiges Gesicht verfilzt und verunstaltet. Von einem Auge war nur ein klaffendes, ausgefranstes Loch übrig, wo einer meiner Glückstreffer den Wangenknochen durchschlagen hatte.

Das verbliebene Auge funkelte wütend und versprach den Tod, wenn der Vogelbär mich erreichen sollte. Während ich durch den Food-Court rannte, machte ich mir das Versprechen, das nie zuzulassen.

Auf der Verfolgungsjagd nach mir warfen die zwei Vogelbären Tische und Stühle durch die Luft. Alle paar Schritte drehte ich mich zurück, um mein Gewehr abzufeuern, und als der kleinere Vogelbär am großen vorbeisauste, aktivierte ich Hindern.

Als die Abklingzeit von Frostbolzen vorbei war, wirke ich ihn erneut auf den größeren Verfolger. Der Eissplitter bohrte sich in den Leib der Kreatur und sie kreischte wütend. Durch den geöffneten Schnabel gab ich einen Schuss mit dem Hybridgewehr ab. Das wütende Kreischen wurde eher zu einem erstickten Husten, und der Vogelbär blieb stehen. Sein Kopf zuckte nach unten, er keuchte und hustete und Blut spritzte aus seinem verwundeten Schlund über die Fliesen.

Ich rannte so schnell ich konnte um die verletzte Kreatur, sodass ihr Körper zwischen mir und dem Vogelbärjungen war, bis ich im toten Winkel ihres zerstörten Auges stand. Die Schultern des Vogelbären waren fast so hoch wie ich, aber durch den vom Husten gesenkten Kopf war das

Gesicht nahe am Boden, und ich hatte eine gute Sicht auf die offene Wunde.

Ich ging in die Hocke und rammte den Gewehrlauf in das Loch im Gesicht des Vogelbären. Dann drückte ich ab. Er quiekte vor Überraschung, als das Gewehr direkt neben ihm aufheulte. Der Vogelbär schlug mit einem Bein nach mir, genau in dem Moment, als die Railgun losging.

Die starke Rückhand hob mich vom Boden. Sie zerknüllte die eingebaute Rüstung meines Jumpsuits, drückte mir den Wind aus den Lungen und zog dabei mehrere Rippen in Mitleidenschaft. Ich wirbelte durch die Luft und konnte nicht atmen, während die Welt sich um mich herum drehte. Mein Gewehr blieb an etwas hängen und rutschte mir aus der Hand. Ich konnte nur einen flüchtigen Blick meiner Waffe erhaschen, während sie durch die Luft flog und klappernd außer Sicht landete.

Tische und Stühle kratzten über die Fliesen, während mein Körper den Food-Court pflügte. Jeder Aufprall mit einem Möbelstück jagte mir einen stechenden Schmerz durch die Brust. Eine Tischkante grub sich in meinen Rücken, bis seine Beine nachgaben und ich zu Boden stürzte.

Als ich schließlich schlitternd zum Stehen kam, setzte ich mich stöhnend auf und warf einen Blick auf den Vogelbären. Die massige Kreatur lag zusammengesunken auf dem Boden. Die Hälfte des Kopfes fehlte. Ein Blick auf meinen Gesundheitsbalken zeigte, dass der eine Schlag mir mehr als ein Drittel davon genommen hatte. Eigentlich ein fairer Tausch.

„Einen erledigt", keuchte ich über den Gruppenchat, während der kleinere Vogelbär durch den Food-Court auf mich zuraste. Vom anstrengenden Atmen hob sich meine Brust, und eine meiner gebrochenen Rippen stach mir schmerzhaft in den Körper.

Ich holte einen der Heiltränke aus meinem Inventar und kippte ihn runter. Ein beruhigendes Gefühl breitete sich in meiner Brust aus und dämpfte den Schmerz, obwohl die ferne Qual noch andauerte. Meine Gesundheitsanzeige kroch nach oben und ich warf die leere Trankflasche beiseite. Mit Unbehagen spürte ich, wie sich meine Rippen bewegten und sich wieder an ihren Platz schoben.

Ich zwang mich mühsam auf die Füße und zog meine Strahlenpistolen, um damit dem heranstürmenden jungen Vogelbären entgegenzutreten. Ich nahm ihn aufs Korn und eröffnete das Feuer. Die Energiestrahlen peitschten über sein Gesicht und er zuckte zusammen. Es war nicht genug, um ihn zu stoppen, aber der Vogelbär war abgelenkt und verlangsamt, sodass ich einen weiteren Frostbolzen auf ihn abgeben konnte, bevor er mich erreichte.

Der Vogelbär sprang auf mich zu und ich tauchte ab. Ich purzelte zurück auf meine Beine und drehte mich zu ihm, um mein Energiewaffenfeuer aufrechtzuerhalten, während er seinen Schwung abbremste. Die Energie strahlte dem Vogelbären in seine Flanke, verkohlte das Braune Fell, und der Geruch von verbranntem Haar stieg mir in die Nase.

Die kleinere Kreatur war bei weitem nicht so schnell wie mein größerer, ehemaliger Verfolger, und ich konnte ihren Klauen problemlos ausweichen. Ich musste aber konzentriert auf der Hut bleiben, sodass ich außer mit ein paar kurzen Blicken, nicht sicherstellen konnte, dass keine andere Bestie an mich heranschlich.

Ich hatte keine Ahnung, wie es um die Gnome stand, bis ein Blick aufs Gruppenmenü ein ausgegrautes Porträt mit leerem Gesundheitsbalken bemerkte.

Scheiße.

Ich hatte immer noch mit einem wütenden Vogelbären zu kämpfen, und ich konnte vorerst nichts tun, um ihnen zu helfen.

Meine Pistolen entleerten ihre Ladungen, während die Bestie weiterhin auf den Beinen blieb, und ich musste die ausgelaugten Waffen im Inventar verstauen. Ich zog eine meiner Projektilpistolen heraus, zusammen mit der Strahlenpistole, die ich vom toten Alien genommen hatte.

Das Pistolendonnern füllte den Innenbereich mit seinem scharfen Ton und seinem beißenden Schießpulvergeruch.

Die Kreatur brach unter meinem erneuten Sperrfeuer zusammen und kreischte erbärmlich um ihr Leben. Munitionsbewusst steckte ich meine Waffen in die Holster, nahm mein Messer mit Rückwärtsgriff in die Hand, und sprang dem Vogelbären auf den Rücken. Das Messer sank in seinen Nacken und seine Schultern.

Er rollte sich, versuchte mich abzuwerfen und unter sich zu zerquetschen. Hindern, wiederholte Frostbolzen und all der zugefügte Schaden verlangsamten die Bewegungen so sehr, dass ich mit Leichtigkeit fortspringen konnte. Die Drehung entblößte die Unterseite des Halses und ich stürzte mein Messer hinein.

Trotz der dicken Haut drang mein Messer tief ein. Ich sägte mit der Klinge hin und her. Blut strömte aus der Halswunde und bedeckte meine Hand und den Arm. Als die Kreatur versuchte, vollständig abzurollen, drehte ich die Klinge und riss sie rechtzeitig raus, um der Reichweite eines schwachen Klauenhiebs zu entkommen.

Auf dem Boden sammelte sich Blut, das ungehindert aus der Nackenwunde floss. Die rote Pfütze breitete sich aus und die Kreatur wurde langsamer. Der vertraute Geruch von Blut stieg mir in die Nase, und ich sah zu, wie das Leben aus dem Vogelbären schwand.

Im Gruppenchat ertönte ein Schreckensschrei, der mich von der sterbenden Kreatur ablenkte.

Der letzte große Vogelbär war von den drei Panzeranzügen und den automatischen Geschütztürmen angegriffen worden. Zwei der Türme waren Wracks; Funken flogen umher. Die anderen zwei hatten anscheinend keine Energieladungen mehr.

Ein Kampfanzug lag zerknüllt an der gegenüberliegenden Wand. Es sah aus, als versuchte er sich aufzurichten, obwohl eines der Beine knapp über dem Knie im 90-Grad-Winkel verdreht war.

Einem zweiten Mechanzug fehlte ein Arm. Er sprühte dem Vogelbären sein gesamtes Waffenfeuer aus nächster Nähe in die Flanke. Der Flammenwerfer brannte durch das dicke Fell und hinterließ verkohlte, gerissene Haut. Raketen aus den Schulterhalterungen des Anzugs bohrten sich in den verbrannten Körper und die Explosionen schleuderten Fleischstücke umher.

Keiner der Angriffe konnte jedoch die rasende Bestie von ihrer Beute ablenken – dem Ursprung des panischen Schreis im Gruppenchat. Der Vogelbär hatte den dritten Kampfanzug am Boden fest umklammert und hämmerte seinen Schnabel immer wieder in die Cockpithaube. Das Glas war gebrochen.

Mit dem nächsten Schlag durchbrach der Schnabel die Haube und drang tief ins Cockpit. Der Schrei verstummte sofort.

Ein weiteres Porträt im Gruppenmenü wurde grau – inzwischen waren insgesamt drei dunkel. Verzweifelte Schreie hallten durch den Gruppenchat.

Ich erspähte mein fallengelassenes Gewehr im Food-Court, rannte zu ihm und hob es auf. Nach einer kurzen Überprüfung, ob es vom Sturz beschädigt war, legte ich die Waffe an und gab einen Schuss auf den Vogelbären ab.

Mein Schuss war bei weitem nicht allein.

Von allen Seiten strömte Waffenfeuer auf die Bestie. Vom anderen kleinen Vogelbären war nichts zu sehen. Vermutlich war er bereits tot, da alle Gnome vom Zwischengeschoss gerade ihren Angriff gestartet hatten.

Die Attacke brachte den Vogelbären ins Schwanken und er taumelte vom gefallenen Panzeranzug weg. Die vielen Projektil- und Raketentreffer rissen Stücke aus seinem Körper, und er brach schließlich unter dem vernichtenden Beschuss zusammen. Es wurde weiter gefeuert und die Kreatur zuckte und zitterte mit jedem Einschlag. Als die Bestie sich nicht mehr regte, stellte ich mein Feuer ein, aber die Wut der Gnome blieb ungebrochen.

Ich zog Ersatzmunition aus meinem Inventar, um meine Magazine nachzuladen. Dann plünderte ich die beiden toten Vogelbären im Food-Court.

Selbst nach dieser Zeit hagelten noch mehrere Feuerströme auf den Kadaver des letzten Vogelbären.

„Ich glaube, es ist tot“, sagte ich über den Gruppenchat.

Allmählich stellten die Gnome ihr Feuer ein.

Ich ging zum zerschossenen, zerfetzten Vogelbären und plünderte ihn. Dann drehte ich mich zum gefallenen Kampfanzug um.

Die zwei anderen Piloten hatten ihre Rüstungen verlassen und blickten in das zerstörte Cockpit. Alryns Rüstung mit dem verdrehten Bein lag weiterhin gegen die Wand gelehnt. Ipbars armloser Anzug stand unbemannt hinter ihm.

Als ich den Schrei im Gruppenchat gehört hatte, erkannte ich sofort den Piloten des gefallenen Kampfanzugs. Ich hatte dennoch den Anblick der grauen Symbole im Gruppenfenster gemieden.

Die fröhlichste der Gnome war nun dahin. Irgendwie erschien mir der Clan aufs äußerste geschwächt, jetzt wo wir Talli verloren hatten, obwohl ich sie nicht lange genug gekannt hatte, um mit den zwei Piloten um sie zu trauern.

Ich drehte mich um, als ich Schritte hinter mir vernahm. Ein Strom Gnome kam auf den gefallenen Anzug zu. Ich trat aus dem Weg und ließ sie schweigend passieren.

Borgym erreichte mich und blieb stehen.

Der Clanälteste hatte sein Alter immer mit Würde getragen, selbst als er von einem hartnäckigen Raumschiffkapitän durch die Luft geschleudert wurde. Jetzt sah der über seinen Stock gebeugte Borgym einfach nur alt aus, als könnte er kaum noch stehen, als würde der Tod seiner Clanmitglieder ihm schwerstens auf den Schultern liegen und ihn zerdrücken. Einen Moment lang stand er stumm da, mit zitternden Händen auf den Stock gestützt, als würde nur er ihn auf den Beinen halten.

„Mir war klar, dass wir auf diesem Kurs mit Verlusten rechnen mussten", sagte Borgym. Der alte Gnom seufzte. „Ich hätte nur niemals meine Tochter unter ihnen erwartet."

„Es tut mir leid", sagte ich. „Unvorstellbar, wie du dich fühlst."

„Jetzt ist nicht die Zeit für Trauer." Borgym schloss die Augen, um seine unvergossenen Tränen zu verbergen, und schüttelte den Kopf. „Wir müssen zu Ende bringen, was wir angefangen haben, oder es war alles vergebens."

Der alte Gnom richtete sich etwas auf. Irgendwo hatte er die Kraft gefunden, um weiterzumachen. Der trauernde Vater wurde für später beiseitegelegt. Nur der entschlossene Anführer blieb zurück.

Der Älteste trat von mir weg, um den Gnomen Anweisungen zu geben. Die gesamte Gruppe vergoss ungehemmt Tränen. Einige schubsten einander wütend, bis Borgym den Unruhestiftern jeweils einen Klaps auf den Hinterkopf gegeben hatte.

Die Manabatterien der beiden funktionsfähigen Geschütztürme wurden ausgetauscht, damit sie das Gebiet bewachten. Die beschädigten Geschütztürme wurden eingesammelt, und ihre Trümmer wurden dort platziert, wo bereits die zerstörten Panzeranzüge und drei Leichensäcke mit den gefallenen Gnomen lagen.

Jeder lud nach und bewaffnete sich neu. Dann verließen wir Überlebenden die Airmall und betraten Halle A.

Kapitel 15

Nach der mühseligen Räumung der ersten Halle und der Airmall, verlief es im restlichen Terminal vergleichsweise reibungslos.

Nur einige niedere Kreaturen griffen uns in der Halle an. Alle waren Vogelwesen, und keiner von ihnen kam an die Größe des Bussards beim Betreten des Terminals heran.

Während wir durch die nordöstlich gelegene Halle A gingen, sahen wir durch die Fenster, dass von Halle D im Westen nicht mehr viel übrig war. Ein Flugzeug war in das Terminal gestürzt und die Hälfte der Halle lag in Schutt und Asche.

Nachdem Halle A komplett geräumt war, bewegte die Gruppe sich auf gleichem Weg zurück, statt nach draußen und über die zerstörte Halle D zurück zum Knotenpunkt zu gelangen.

Der letzte Flügel des Terminals, Halle C, verlief ähnlich ereignislos. Der einzige Angriff kam von einem Paar rasender Krähen, die uns mit ihrem Krächzen vorwarnten, und am Boden lagen, noch bevor sie es schafften, auch nur irgendjemandem in der Gruppe Schaden zuzufügen.

Nach der Räumung der letzten Halle wartete ich, zusammen mit den meisten anderen aus der Gruppe, während Borgym und zwei weitere den Architekten des Clans holten.

Die drei kehrten als Eskorte eines jungen Gnoms zurück. Dieser war unbewaffnet und sah viel jünger aus als die anderen. Seine Daumen hingen am Gürtel seines übergroßen Overalls, der eindeutig für jemand größeren gedacht war, und er rutschte nervös von einer Seite zur anderen.

Borgym trat auf den nervösen jungen Gnom zu und legte ihm eine Hand auf die Schulter. „Bist du bereit, Ospyr? Wir werden da sein, und dich beschützen."

„Ja", antwortete der junge Gnom.

Ospyr kniete nieder und legte eine Handfläche auf den Boden, dann schloss er die Augen. Unter seiner Hand begann der Boden zu glühen.

Ich wandte mich ab und blickte das Terminal entlang, während die restlichen Gnome sich im Kreis um den Architekten formierten.

Ich verließ die Formation und ging mehrere Schritte ins Terminal hinein. Nichts regte sich. Gut, dass wir uns die Zeit genommen hatten, das Terminal zu räumen, bevor wir versuchten, das Mana innen zu stabilisieren. Es war recht sicher, dass nur noch Nachzügler von all den Monstern übriggeblieben waren. Hätten wir mit mehr als den Vogelbären zu tun gehabt, hätte der Kampf mit weitaus mehr toten Gnomen enden können.

Ich schaute zurück auf die Gruppe. Die Gnome waren auf Zack, jeder passte aufmerksam auf seinen Abschnitt auf und war bereit für eventuell aufkreuzende Monster. Heute Morgen hatten sie in ähnlichen Situationen noch nervös herumgeplappert. Seitdem hatte ihr Verhalten eine bemerkenswerte Entwicklung hinter sich.

Im Terminal rührte sich nichts, und etwa zehn Minuten später war der Gnom damit fertig, seine Fähigkeiten zu kanalisieren. Als Ospyr nach Luft schnappte und sich, vom vollendeten Kanalisierungsprozess, erschöpft hinsetzte, waren wir ziemlich überrascht. Wir gaben Ospyr einen Moment zur Erholung, dann stand er steif auf und schüttelte sich. Wir bewegten uns etwa dreißig Meter entlang des Terminals, und stellten uns wieder auf.

Nachdem wir in Position waren, mussten wir noch warten, bis der Manavorrat des jungen Gnoms sich vollständig regeneriert hatte. Der Vorgang, bei dem Ospyr seine Klassenfertigkeit aktivierte und aktiv kanalisierte, um das Terminal zu modifizieren, leerte seinen Manavorrat mit jedem Abschnitt fast vollständig.

Wir ließen Ospyr seine Fähigkeiten kanalisieren. Gingen zur nächsten Position. Warteten darauf, dass der Architekt sein Mana regenerierte. Und dann alles noch einmal.

Der Prozess wurde nahezu eineinhalb Stunden lang wiederholt – ohne Zwischenfälle – bis wir schließlich die Sicherung von Halle C abgeschlossen hatten.

Der Tag zog sich zäh in die Länge, im scharfen Kontrast zu den Morgenstunden, die in Adrenalin und Blut getränkt gewesen waren. Wir wurden nur noch von wenigen mutierten Kleinvögeln wie Spatzen und einem einzelnen Kragenhuhn angegriffen. Alle erledigten wir weit außerhalb der Gruppenformation.

Wir bewegten uns gegen den Uhrzeigersinn durch das Terminal. Die Absicherung des zentralen Airmall-Knotenpunktes dauerte knapp über eine Stunde, gefolgt von jeweils zwei Stunden für Halle B und A.

Auf halber Strecke in Halle A kamen wir an einer Bar vorbei, die nicht vollkommen verwüstet aussah, und ich nahm mir vor, nach getaner Arbeit vorbeizuschauen. Ich hatte seit Beginn der Apokalypse keinen Drink mehr, und die bernsteinfarbenen Flaschen hinter der Theke riefen geradezu nach mir.

Als wir mit dem letzten Abschnitt des Terminals fertig waren, war auch schon die Dämmerung angebrochen.

Ospyr beendete die Kanalisierung zum letzten Mal und fiel theatralisch zu Boden. Sein Scherz entlockte den anderen Gnomen trotz ihrer Erschöpfung und den erlittenen Verlusten ein paar Lacher, die selbst beim Lesen einer neuen Benachrichtigung nicht verstummten.

Du hast eine Sichere Zone betreten (Terminal, Pittsburgh Kettenrader Raumhafen)

In diesem Bereich sind die Manaströme stabilisiert. Hier werden keine Monster spawnen.

Dieser Sicherheitsbereich umfasst:

Passagier- und Frachtterminals

Borgym verteilte Befehle an die Gnome und schickte die meisten weg, um anderen Gruppen beim mühseligen Reinigen des Gebäudes zu helfen. Im gesamten Bereich waren Schutt und Leichen. Bevor das Gebäude als funktionsfähiger Raumhafen wiedereröffnet werden konnte, musste das alles verschwinden.

Als die anderen Gnome zu ihren Aufgaben loszogen, ging ich zum alten Gnom hinüber. Borgym sah mich mit müden Augen an. Er gab mir ein Zeichen, mit ihm zum Zentrum des Terminals zu gehen.

„Danke", sagte Borgym und eine Benachrichtigung tauchte auf.

Quest abgeschlossen!

Du hast die benötigten Flughafeneinrichtungen von allen feindlichen Wesen geräumt und dem Kettenrader-Clan erlaubt, ihren Anspruch auf die Einrichtung geltend zu machen.

20.000 Credits und 15.000 EP erhalten. +400 Ruf beim Kettenrader-Clan.

Ich wischte die Benachrichtigung beiseite und sah Borgym an. „Ich wünsche, ich hätte mehr tun können."

Selbst mir erschienen die Worte leer und inadäquat.

Borgym zuckte die Achseln. „Das System gibt, und das System nimmt."

Obwohl es erschien, als hätte er das Geschehene bewältigt, konnte ich den tief in seinen Augen vergrabenen Schmerz erkennen. Ich wusste nicht, was ich erwidern sollte. Stattdessen ließ ich Stille den Raum erfüllen.

„Was wirst du jetzt machen?", fragte Borgym schließlich.

Der Themenwechsel war mir äußerst willkommen. „Mir wäre danach, die Bar auf halber Strecke in der Halle aufsuchen und zu schauen, ob irgendein Fusel die Apokalypse überstanden hat."

„Ich meinte danach", sagte Borgym, „aber nimm, was du willst von der Bar."

Ich überlegte, wie viel ich preisgeben wollte. Dank Borgym hatte ich jede Menge Credits und Erfahrung sammeln können. Von den Quests und erschlagenen Monstern müsste ich ein paar Levels dazugewonnen haben. Mein Vertrauen war das Mindeste, was ich ihm bieten konnte.

„Eigentlich bin ich auf der Suche nach einer Gruppe Galaktiker gewesen", gestand ich. „Deshalb habe ich euer Schiff aufgesucht, als ich es im Landeanflug sah. Aber ihr seid nicht jene, die ich zu finden hoffte."

„Und wen hast du gesucht?", fragte Borgym.

Ich beschrieb das Wenige, das ich über die Ereignisse an der Schule wusste. Der alte Gnom runzelte die Stirn, als ich ihm erzählte, dass alle Erwachsenen abgeschlachtet und alle Schulkinder entführt worden waren. Dann beschrieb ich den toten Alien, den ich nach dem Angriff entdeckt hatte.

„Krym'parke", fluchte Borgym angewidert, nachdem ich von den Hörnern und Reißzähnen erzählt hatte. Dann sah der Gnom zu meinem verwirrten Gesicht auf. „Du würdest sie wahrscheinlich Butzemänner nennen."

„Butzemänner?" „Monster, die nachts unerzogene Kinder fressen?"

Eine Benachrichtigung ertönte und lenkte meine Aufmerksamkeit auf die Quest-Seite meines Statusbildschirms.

Quest Update: Finde die Kinder.

Die unbekannten Angreifer wurden als Krym'parke identifiziert. Finde sie und ermittle über das Schicksal eventueller menschlicher Opfer.

Ohne zu merken, dass ich mit dem Quest-Bildschirm beschäftigt war, antwortete Borgym mit einem Nicken auf meine Frage und seufzte. „Das Phänomen wird Manaleck genannt. Auch außerhalb des Systems haben sich gängige Mythen und Legenden über einige der Systemgattungen verbreitet. Es ist, als würde das System das äußere Universum irgendwie auf eine eventuelle Assimilation vorbereiten."

An anderer Stelle im Quest-Statusfenster erhöhte sich der System-Quest-Tracker um einen ganzen Prozentpunkt.

Borgym legte eine Hand auf seine Brust, als ich endlich meine Aufmerksamkeit wieder auf ihn richtete. „Auf dem Weg zu deinem Planeten habe ich mich über diesen informiert. Du würdest mich wahrscheinlich als Gnom bezeichnen. Du denkst wahrscheinlich, dass mein Volk mit Vorliebe unter der Erde lebt, eine natürliche Begabung für Alchemie hat, und dass lauter Mechanik-Genies unter uns sind."

Er hatte recht. Ich hatte sie mir als Gnome vorgestellt. Erst recht, als ich in den Mechanzügen ihren Hang zum Handwerk gesehen hatte, und als sie ihre Fähigkeiten als Alchemisten unter Beweis gestellt hatten.

„Ihr seid also keine Gnome?"

„Es gibt viele verschiedene Gattungen, die sich mit den meisten eurer mythologischen Fantasy-Rassen überschneiden, Gnome eingeschlossen", antwortete Borgym. „Wir sind eigentlich als Pharyleri bekannt."

„Oh, ich hoffe, ich habe euch nicht gekränkt."

Der alte Gnom sah amüsiert aus. „Es ist euer Planet, also lassen wir den Menschen die meisten Fauxpas durchgehen. Du solltest jedoch ein Standard-Systemkulturpaket im Shop herunterladen, falls du planst, jemals die Erde zu verlassen. Die Systemknigge folgt im Allgemeinen den Verhaltensregeln der Spezies, auf deren Heimatwelt man sich befindet." Er kicherte tief und sah mich an. „Schau dir immer die jeweiligen Verhaltensregeln an, bevor du eine neue Welt betrittst."

Ich nickte; Nachricht erhalten. Beim nächsten Einkauf würde ich dieses kulturelle Update im Shop kaufen. Meine Einkaufsliste wurde mit wachsender Erfahrung immer größer. Ich brauchte mehr Wissen, mehr Ausrüstung, mehr Fähigkeiten.

„Dann sind Krym'parke also …?", fragte ich.

„So ziemlich deinen Erwartungen entsprechend", antwortete Borgym. „Hauptsächlich nachtaktiv; am liebsten ernähren sie sich von den Jungen anderer intelligenter Spezies. Die verschonten Jungen werden oft als Sklaven verkauft. Wenn eine Gruppe auftaucht, werden sie von den meisten zivilisierten Rassen gejagt, aber ihre Clans sind so hartnäckig wie Feltha-Kakerlaken. Egal wie oft sie ausgerottet werden, tauchen sie immer wieder auf."

Wenn Feltha-Kakerlaken terrestrischen Kakerlaken auch nur ähnelten, waren die Dinger also schwer loszuwerden.

Ich runzelte die Stirn. „Dann wird es nicht leicht sein, die Gruppe aufzuspüren."

Borgym schüttelte den Kopf. „Bestimmt nicht. Umso schwieriger wird es, weil sie einen Hang dazu haben, sich als andere Gruppen zweifelhaften Charakters auszugeben. Gimsar- oder Hakarta-Abtrünnige sind bei ihnen beliebt. Das sind Söldner, die ihren Ehrenkodex aufgegeben haben."

Ich hatte jetzt mehr Informationen, aber sie brachten mich den Angreifern der Schule nicht näher. Ich wusste wer, aber nicht wo sie waren. Sie hätten genauso gut mit ihren Raumschiffen vom Mond aus operieren können.

Borgym spürte meine Frustration und klopfte mir auf den Ellbogen. „Kommt Zeit, kommt Rat. Sie schlagen nie nur einmal zu, obwohl das eigentlich schlauer wäre. Es wird mehr Sichtungen geben, und dann bekommst du deine Chance, sie zu erwischen."

Wir erreichten den zentralen Knotenpunkt des Terminals und fanden den gesamten Clan versammelt vor. Borgym klopfte mir noch einmal auf den Arm und verschwand dann in der Menge.

Ich stand auf und sah der Versammlung zu. Die trübsinnige Zusammenkunft bildete einen scharfen Kontrast zur lebhaften Gruppe bei Ankunft auf der Erde.

Die Gefallenen lagen auf Totenbahren in der Mitte der Versammlung. Kleine Gruppen drängten sich um jeden der Toten. So wie sie jammerten und einander umklammerten, waren sie bestimmt unmittelbare Familienangehörige.

Bald fingen einzelne Stimmen aus der Menge heraus an, ein trauriges Lied zu singen. Es hallte durch den hohen Raum. Ich konnte die Sprache nicht verstehen. Die Worte in meinem Ohrhörer waren älter und rauer als der Dialekt, den das System übersetzt hatte, aber ich spürte die vollständige Kraft der Trauer und des Kummers, die den Gesang durchzogen.

Andere Sänger traten dem Refrain bei und gaben der eindringlichen Melodie ihre Stimme. Immer mehr unter ihnen sangen mit, sogar die Familienmitglieder erhoben ihre Stimme. Der Refrain grollte durch das Terminal.

In diesem Augenblick stand ich dem kollektiven Gram eines ganzen Clans gegenüber. Ich fühlte mich noch mehr als ein Außenseiter, der ihre Trauer störte. Die gefühlvolle Harmonie folgte mir, während ich mich von der Versammlung entfernte. Ich verkroch mich in Halle A und zog mich zur zuvor entdeckten Bar zurück.

Die Wände und Möbel im Lokal hatten elegante, dunkle Holzoberflächen. Diese dunklen Holztöne standen im scharfen Kontrast zu den dunkeltürkis gestrichenen Metallrahmen der Einrichtungsgegenstände.

Es gab keinen Strom, also entschied ich mich für einen Drink, der ohne Eiswürfel und Mixer auskommen würde. Ich schritt hinter den holzverkleideten Tresen und schaute auf den hohen Schrank. Wenn ich schon nicht zahlte, konnte ich die No-Name-Marken getrost ignorieren.

„Das sieht vielversprechend aus", murmelte ich und stellte eine bernsteinfarbene Flasche mit gelbem Etikett auf die Theke. Dieser Pennsylvania Straight Rye passte zum Auswahlkriterium.

Ich schnappte mir ein Whiskeyglas und goss einen Fingerbreit hinein. Ich schwappte die goldene Flüssigkeit im Glas umher, hob es zum Gesicht und schnupperte ein wenig. Noten von Vanille und schwarzem Pfeffer füllten meine Nase in einer unerwartet reizvollen Kombination. Ich nippte am guten Tropfen.

Zuerst schmeckte er würzig und stark, mit einem Hauch von Blumen und Kräutern, dann ging er auf meiner Zunge schnell in einen sanften, rauchigen Abgang über. Ich schluckte und genoss den typisch erdigen Nachgeschmack des Roggenwhiskeys.

Der passte mir, sogar ziemlich gut.

Ich ließ die fast volle Flasche auf der Theke und ging zur Vorderseite des Tresens, setzte mich auf einen der hohen Hocker und nippte nach und nach das Glas leer. Ich schenkte noch eine Runde ein und trank weiter.

Vier starke Drinks später war die Flasche halb leer, aber ich konnte noch nicht mal den geringsten Schwips vom Whiskey spüren. Ich schaute nochmal auf die Flasche.

Zweiundvierzig Prozent.

Ich trank ihn pur – ich hätte etwas spüren müssen. Ich runzelte die Stirn und sah nach meinen Benachrichtigungen. Außer Erfahrung und beendeten Quests nichts dabei.

Ich rief mein Kampfprotokoll auf.

Gifteffekt abgewehrt.

Die Nachricht wiederholte sich. Mehrmals.

Das System behandelte Alkohol als Gift und der Effekt wurde von meiner erhöhten Konstitution und meinen Klassenwiderständen neutralisiert.

Mist. So viel zum Betrinken.

Ich schenkte mir trotzdem noch ein Glas ein und kehrte zu den Benachrichtigungen zurück, die ich in den letzten eineinhalb Tagen gesammelt hatte.

*Levelaufstieg! * 5*

Du hast Level 13 als Gnadenloser Jäger erreicht. Wertepunkte werden automatisch verteilt. Du darfst 10 Gratis-Attributspunkte verteilen.
Klassen-Fertigkeiten gesperrt.

Boah. Das war ein ziemlicher Aufstieg.

Mir war schon klar, dass ich ein paar Level dazugewonnen hatte. Während ich mit den fortlaufenden Quests beschäftigt war, schienen die jeweiligen zwei Gratis-Attributspunkte aber kaum die Mühe wert zu sein. Nichtsdestotrotz, ich hatte meinen Level in nur zwei Tagen fast verdoppelt, indem ich nahezu ununterbrochen gekämpft hatte. Über zwei Level waren allein aus Quest-Erfahrung entstanden, und als Kämpfer hatte ich den Löwenanteil der Gruppenerfahrung aus all den Monster-Kills gesammelt.

Ganz klar; wenn ich schnell Levels sammeln wollte, musste ich einen Weg finden, mehr Quests abzuschließen.

Mein zackiger Fortschritt gab wirklich keinen Grund zur Beschwerde, aber diese „Klassen-Fertigkeiten gesperrt"-Benachrichtigung ging mir auf den Senkel.

Vier der Gratis-Attributspunkte gingen an Beweglichkeit, drei an Stärke, zwei an Wahrnehmung und der letzte Punkt an Willenskraft. Wenn meine Berechnung richtig war und ich mit meinem nächsten Level beide Gratis-Attributspunkte in Wahrnehmung stecke, sollte ich nach der automatischen Punkteverteilung auf Level 15 die Klassen-Mindestanforderungen erreicht haben und endlich den Zugang zu meinen Klassen-Fertigkeiten freischalten.

Ich bestätigte meine Auswahl und prüfte meinen Status ein letztes Mal.

Statusmonitor			
Name:	Hal Mason*	Klasse:	Jäger*
Volk:	Mensch (M)	Level:	13
Titel			
Scharfäugig (Titel versteckt)*			
Gesundheit:	450	Ausdauer:	450
Mana:	370		
Status			

Normal*			
Attribute			
Stärke	29 (30)	Beweglichkeit	56 (60)
Konstitution	45 (50)	Wahrnehmung	37 (40)
Intelligenz	37 (40)	Willenskraft	28 (30)
Charisma	36 (40)	Glück	16
Klassen-Fertigkeiten			
Hindern	1	Scharfe Sinne	1
Auf der Jagd	1		
Boni			
Bauchgefühl			
Kampfzauber			
Frostbolzen (I), Schwacher Heilzauber (I)			

Ich schloss meinen Statusbildschirm, nahm einen weiteren Schluck geschmeidigen Whiskeys und las währenddessen die letzte Benachrichtigung, die auf meine Bestätigung wartete.

Quest Update: Befreie die Kinder.

Du hast die Spezies identifiziert, die hinter der Entführung der Schulkinder steht.

Belohnung: 1.000 EP und 1.000 Credits

Ich schloss das Update und hoffte, dass es den Kindern gut ging. Angesichts der Geschichten Borgyms über die Aliens bezweifelte ich das jedoch. Ich schüttelte den Kopf und nippte an meinem Drink.

Der Schnaps hatte zwar keinen Effekt, aber der Akt selbst entspannte mich, und ich schloss die Augen. Mir schien fast, als wäre die Bar voller Leute, die einander Geschichten erzählten, während sie auf ihren Flug warten, und als würde Rockmusik aus den Lautsprechern erklingen.

Einen Moment lang vertiefte ich mich in diese Fantasie. Wenn ich könnte, würde ich alles zum Alten zurückkehren lassen? Von sieben Milliarden Menschen waren jetzt über vier davon tot, wenn meine Schätzung stimmte. Bei so vielen Toten allein am ersten Tag, konnte ich mir gar nicht vorstellen, wie viele es inzwischen waren.

Obwohl ich oft nur knapp davongekommen war, schien ich zu gedeihen. Ich war am Leben, aber genauso gut hätte jemand anderes hier an meiner Stelle sitzen können.

Hätten meine Schüsse den Jabberwock weggelockt, wäre Zeke vielleicht noch am Leben und ich würde statt seiner im Point State Park begraben liegen. Vielleicht hätte er es zu seinen Kindern geschafft, und sie alle wären beim Angriff der Krym'parke längst weg gewesen.

Ich verwarf den gedanklichen Höhenflug. Zweifel bringt die Toten nicht zurück, und kehrt auch nicht den Kurs der Welt im System um.

Würde ich zurückgehen, wenn ich könnte? Nein. Ich hatte so viel dazugewonnen, dass eine andere Antwort der reinste Wahnsinn wäre. Ich mochte meine neuen Fähigkeiten sehr und es gefiel mir ausgesprochen gut, dass meine alten Verletzungen nur noch in meiner Erinnerung existierten. Die Vorstellung, dass ein Einzelner das mächtige System und alles, wofür es stand, überwältigen konnte, blieb mir trotzdem im Hinterkopf. Die

Milliarden Ermordeten der Erde riefen nach Rache, und etwas in mir wollte diese Vergeltung üben.

Wenn ich eines Tages über den Rang einer Meisterklasse aufgestiegen war, konnte ich es mir überlegen, heimzuzahlen, was der Erde angetan wurde. Aber heute … heute war ich nicht mehr als eine Fliege. Eine zerdrückte Fliege, wenn ich nicht höher levelte und weiter über meine Grenzen hinausging. Ich hatte gesehen, wie wenig dazu gehörte, als Bewohner des Systems von seinen Monstern und Bruten vernichtet zu werden. Das Prinzip, dass nur die Starken überleben, wurde immer wieder vom System bestätigt.

Ich öffnete die Augen und leerte mein Glas. Ich würde auf Kurs bleiben. Ich wollte gerade aufstehen und gehen, da hörte ich Schritte in der Bar.

Ipbar und Alryn sahen sich im dunklen Raum um und traten zögerlich ein.

Ich stand auf und griff über die Theke nach zwei weiteren Gläsern. Ich füllte sie und schob sie auf der Bar in Richtung der Neuankömmlinge, bevor ich mein eigenes Glas nachfüllte.

Beide Pharyleri erklommen jeweils einen Barhocker und schnupperten skeptisch am Whiskey. Sie tauschten einen Blick aus und sahen dann mich an. Ihre Gesichtsausdrücke ließen mich grinsen; ich stieß an und nahm einen kräftigen Schluck.

Alryn starrte nur auf sein Glas, aber Ipbar versuchte mich nachzuahmen. Nach seinem Schluck fing der Gnom sofort an zu husten.

Ich kicherte über seinen verzerrten Ausdruck und nahm einen üblicheren Schluck. Alryn wiederholte die vernünftigere Geschmacksprobe und nickte anerkennend. Er grinste Ipbar an, der immer noch den Mund auf- und zumachte, um den Geschmack zu beseitigen.

„Was zur Hölle war das?", fragte Ipbar endlich.

„Whiskey", antwortete ich, „Pennsylvania Straight Rye."

Ipbar schüttelte nur den Kopf.

„Nicht übel", meinte Alryn.

Von da an drehte sich das Gespräch um galaktische Spirituosen und um den Vergleich mit verschiedenen Flaschen, die ich hinter der Theke finden konnte.

Eineinhalb Stunden später waren die beiden Pharyleri auf bestem Wege zum Vollrausch. Als Handwerker fehlten ihren Klassen angeborene Widerstände, sodass sie die volle Wirkung des Alkohols spürten. Ich spürte immer noch nichts vom Schwips, aber die Possen der Gnome hoben meine Stimmung.

Ipbar war eindeutig kein Fan von Whiskey, hatte jedoch eine Vorliebe für Gewürzrum entdeckt und versagte wiederholt, die Pose des roten Freibeuters auf der Flasche nachzuahmen. Der beschwipste Gnom kippte jedes Mal mit einem Kichern um und nahm dann noch einen Drink. Die meiste Zeit erinnerte er sich daran, das Glas wieder auf die Theke zu stellen, und erst dann einen neuen Versuch mit vorhersehbar komischen Ergebnissen zu starten. Von den Malen, bei denen er es vergessen hatte, lagen mehrere gesprungene und zerbrochene Gläser auf dem Boden.

„Das räumst du morgen früh auf." Ich schüttelte den Kopf und kicherte.

Ipbar rülpste und stemmte sich unter Alryns Gelächter wieder vom Boden auf. Erst dann bemerkte ich, dass Borgym vor der Bar stand und die betrunkenen Zwerge mit hochgezogener Augenbraue beobachte. Der alte Gnom sah mich fragend an, und ich zuckte die Achseln. Er seufzte und kam zu mir.

„Die beiden sollten herausfinden, wohin du verschwunden bist", sagte Borgym.

„Dass du sie geschickt hast, wurde gar nicht erwähnt." Ich griff über die Theke nach einem weiteren Glas. Der Vorrat an sauberen Gläsern ging dank Ipbars destruktiven Gewohnheiten langsam aber sicher zur Neige.

Ich goss Borgym einen Schuss Rye ein und reichte ihn ihm. Er wirbelte das Glas herum, atmete das Aroma ein und nickte anerkennend. Dann nahm er einen Schluck und behielt ihn kurz im Mund.

„Nicht schlecht", urteilte Borgym schließlich, „aber ein bisschen schwach."

„Schwach?"

Er zog eine Flasche aus seinem Inventar und reichte sie mir. Ich schraubte die Kappe ab und nahm einen tiefen Schluck.

Feuer fegte durch meinen Mund und schoss mir in tosendem Strom in meinen Magen. Hitze blühte durch mein Inneres auf und Energie strahlte und strömte von dort durch meinen ganzen Körper. Muskeln zitterten vor Vorfreude, als wären sie jeden Moment für Höchstleistungen bereit. Der Rausch, den ich vermisst hatte, traf mich mit voller Wucht, als dieses flüssige Mittel durch meine Widerstände raste, als wären sie nicht vorhanden.

Borgym kicherte bei meiner Reaktion. „Damit werden dir noch die Schnurrhaare rosa."

„Was war das?" Keuchend gab ich die Flasche zurück.

Ich rieb mir die unrasierten Stoppeln am Kinn und hoffte, dass Borgyms Metapher nicht wörtlich gemeint war. Nach der Genombehandlung hatte ich keine Narben mehr, dafür aber endlich wieder einen vollen Stoppelbart. Fröhliche Farbtöne waren vielleicht etwas für die Gnome, aber bestimmt nichts für mich.

Er schob mir die Flasche zurück. „Behalte sie, es sah schon so aus, als könntest du einen guten Schluck vertragen. Das ist eine Endlosflasche Argelianisches Feuerwasser."

„Äh, danke", sagte ich. „Was ist eine Endlosflasche?"

Borgym zeigte auf eine außen eingravierte Rune. „Kanalisiere dein Mana hinein, wenn die Flasche leer ist, und sie wird sich sofort wieder füllen. Aber Vorsicht, du fühlst dich vielleicht großartig, aber deine Willenskraft und Geschicklichkeit werden vom Trinken beide verringert."

Ich überprüfte meine Statusanzeige. Tatsächlich waren Geschicklichkeit und Willenskraft jeweils um mehrere Punkte geschwächt, sogar mit Timer. Andererseits war meine Regeneration der Gesundheit, des Manas und der Ausdauer vorübergehend erhöht worden. Kein Wunder, dass ich mich so großartig fühlte.

„Alles klar", sagte ich. „Nach einem Kampf benutzen, nicht davor oder währenddessen. Vielen Dank."

Ich probierte noch etwas von der feurigen Flüssigkeit. Sie brannte beim zweiten Mal genauso stark. Dann legte ich die Flasche in mein Inventar. Nicht, dass ich mich zu sehr damit beschäftige.

Borgym gesellte sich zu mir an die Bar. Bald schon war auch der Rest des Clans informiert. Eine improvisierte Totenwache bildete sich um mich herum. Diesmal steckte ich in der Mitte fest. Glücklicherweise war diese Versammlung weniger ernst. Die meisten Pharyleri waren bereits wieder fröhlich, so wie sie es normalerweise waren.

Ich musste mehrmals in die Küche und in die Lagerräume der Bar gehen, um im Angesicht der wachsenden Schar mehr Gläser und Alkohol zu besorgen. Mein kurzer Rausch verzog sich schnell, während ich die stibitzten Vorräte stapelte.

Als die Party in vollem Gange war, blieb ich hinter der Theke und schenkte Drinks aus. Ein Gnom füllte einen Eisbehälter hinter der Bar mit einem Zauberspruch, sodass auch gekühlte Getränke verfügbar waren. Ich war bestimmt kein großartiger Barkeeper, schuf aber auch mit den No-Name-Marken ganz passable Drinks. Long Island Ice Tea, Gin Tonic und Black Russian waren beliebt, wobei viele Pharyleri auch Ipbars Affinität für Rum teilten.

Ich konnte mit den Bestellungen am Ende nicht mehr mithalten und stellte eine Kiste Rum auf die Theke, damit sie selbst mit den verfügbaren Kombinationen experimentieren konnten. Als ich mir endlich eine Pause gönnte, war die Bar von den winzigen Pharyleri völlig überfüllt. Es war ein seltsamer Anblick, wie eine Bar voller Kinder.

Das Trinkgelage ging noch spät nach Sonnenuntergang weiter, bis letztendlich die gepolsterten Bänke bei den Flugsteigen an der Bar mit ausgestreckten und schnarchenden Gnomen übersät waren.

Obwohl ich die zweite Hälfte des Abends völlig nüchtern war, trank ich ein Glas Wasser, bevor ich mich hinlegte. Alte Gewohnheiten sterben langsam, und ich hatte überhaupt keine Lust herauszufinden, wie schlimm sich ein Argelianischer-Feuerwasser-Kater anfühlen würde.

In einer leeren Ecke sank ich gegen die Wand und schlief bald ein.

Kapitel 16

Die darauffolgende Woche verging wie im Flug.

Ich verbrachte sie im Raumhafen, während die Pharyleri fleißig ihre beanspruchten Gebäude verbesserten. Die Infrastruktur für das Betanken und Reparieren von Raumschiffen für Fracht- und Passagiertransport wurde von mehreren Ingenieuren installiert. Die Flugstege der ehemaligen terrestrischen Flugzeugindustrie wurden mit mehr Abstand neu verteilt. Auf den breiteren Liegeplätzen würden riesige Transportschiffe viel Platz zum Beladen haben.

Einer der größten Anziehungspunkte einer Dungeonwelt war der Export von rohen Handwerksmaterialien ins Universum. Der Raumhafen wurde angelegt, um die Verladung dieser Rohstoffe auf Transportschiffe zu erleichtern und die Fracht so schnell wie möglich ans gewünschte Ziel zu bringen. Portale und Teleportationstechnologien waren schneller als ein physischer Warentransport, jedoch skalierten die Kosten mit Größe und Anzahl der Waren. Massentransport mit jeglicher anderer Methode als der physikalischen wurde schnell untragbar teuer.

Ich griff all diese Details nur am Rande mit auf, da ich nicht an Bau- oder Logistikprojekten beteiligt war. Auch nicht an der Säuberung der Leichen im Territorium. Viele Tote waren von Vogelbären in die unterirdischen Zugtunnel gezogen worden und mussten beseitigt werden.

Das abgestürzte Flugzeug auf der Flughafenzufahrtsstraße war auch kein Einzelfall. Mehrere Wracks übersäten die Start- und Landebahnen. Einige Piloten hatten wohl versucht, irgendwie ohne funktionierendes Triebwerk auf dem Rollfeld zu gleiten. Sie waren alle gescheitert und hatten ihre Passagiere dem Untergang geweiht. Die Flugzeuge waren auf dem Boden zerschellt.

Anstatt mich mit all dem zu befassen, bestand mein Job weiterhin aus der Monsterjagd.

Obwohl die bewohnbaren Gebäude des Raumhafens jetzt sichere Zonen waren, würden die Außenbereiche diese Klassifizierung erst nach offizieller Eröffnung erhalten. Monster streiften also draußen umher und die alten Maschendrahtzäune um den Flughafen konnten nicht mal geringfügig aggressive Kreaturen zurückhalten. Ich patrouillierte regelmäßig, um alles zu beseitigen, was auf das Gelände kam.

Ich tötete Kreaturen, bis mein Inventar voll war, dann lud ich die Kadaver bei der Flughafenfeuerwache ab. Die Feuerwehrwagen waren aus den großen Lkw-Stellplätzen geräumt worden und das Gebäude diente nun als Handwerkszentrum. Kadaver gingen auf der einen Seite hinein und kamen auf der anderen als verarbeitete Rohstoffe wieder heraus.

Es war mir sehr recht, meine Kills bei den Clan-Handwerkern gegen Credits zu tauschen – so musste ich sie nicht mühselig selbst zerlegen. Obwohl der Clan etwas weniger bezahlte, als ich aus dem Shop bekommen würde, konnte ich mir auf diese Weise die Reise ersparen und tauschen, wann immer mein Inventar voll war. Mein Einkommensverlust wurde dadurch ausgeglichen, dass ich für Kills auf dem Raumhafenareal zusätzlich bezahlt wurde.

Da ich keine Boni durch Quests erhielt, war meine Erfahrung insgesamt leider nicht so schnell angestiegen, wie mein Credit-Stand. Ich sammelte langsam Erfahrungspunkte, bis ich, fast genau eine Woche nach Räumung des Terminals endlich Level 15 erreichte.

Ich hatte gerade einen Haufen toter Monster an der Handwerksstation abgeladen und blätterte durch meine Benachrichtigungen.

Levelaufstieg!

Du hast Level 15 als Gnadenloser Jäger erreicht. Wertepunkte werden automatisch verteilt. Du darfst 2 Gratis-Attributspunkte verteilen.

Klassen-Fertigkeiten freigeschaltet.

Endlich, die Nachricht, auf die ich schon so lange gewartet hatte.

Die zwei Attributspunkte vom 14. Level hatte ich in Wahrnehmung gesteckt. Nun brachte mich die automatische Verteilung über die Mindestanforderungen für meine Fortgeschrittene Klasse.

Ich feierte für mich im Stillen und investierte meine beiden neuen Gratispunkte in Glück. Das vernachlässigte Attribut brauchte etwas Zuwendung. Genug Glück, um bisher zu überleben hatte ich schon gehabt.

Nachdem die Wahl der Attribute erledigt war, sah ich mir meine Klassenfertigkeiten an. Seit dem „Vorsprung"-Bonus von Tag eins habe ich mir diese Ansicht nicht mehr genau angeschaut. Punkte hatte ich dafür ja keine gehabt.

Klassen-Fertigkeiten freigeschaltet

7 Klassen-Fertigkeiten können verteilt werden. Möchtest du das tun?

Das mochte ich allerdings. Ich bestätigte und wies als erstes einen Punkt der einzigen noch gesperrten Stufe-I-Fähigkeit im Unterstützungsbaum zu.

Klassen-Fertigkeit erhalten

Kühlkammer (Level 1)

Wirkung: Der Gnadenlose Jäger hat nun Zugang zu einem außerdimensionalen Speicherort mit einem Volumen von 20 Kubikfuß. Nur tote Kopfgeldbeute und Kreaturen können diesem Ort hinzugefügt werden, und müssen zum

Hineinwünschen berührt werden. Manaregeneration wird dauerhaft um 5 Mana pro Minute reduziert.

Da ich jetzt einen Punkt in jeder Fähigkeit der Stufe 1 hatte, wurden alle Primärbäume für die zweitstufigen Klassenfertigkeiten als auswählbar angezeigt. Es gab eine ausgegraute Klassenfertigkeit der Stufe 2 zwischen dem Verfolgungs- und Kampfbaum, die wohl die Primärbaum-Fähigkeiten als Voraussetzungen hatte.

Kein Problem. Ich setzte jeweils einen Punkt in die drei Hauptbaumfähigkeiten, und die ausgegraute Klassenfähigkeit wurde auswählbar. Nachdem ich diese Fähigkeit ebenfalls aktiviert hatte, erschien eine Flut von Benachrichtigungen.

Klassen-Fertigkeit erhalten

Genau das richtige Werkzeug (Level 1)

Wirkung: Der Gnadenlose Jäger hat nun Zugang zu einem außerdimensionalen Speicherort mit einem Volumen von 5 Kubikfuß. Eingelagerte Gegenstände müssen berührt werden, um sie hineinzuwünschen. Nur nutzbar mit Waffen, Rüstungen, Ausrüstung oder Vorräten im Besitz des Gnadenlosen Jägers. Jeder gültige, vom System anerkannte Gegenstand kann an diesem Inventarbereich platziert oder entfernt werden, wenn genug Raum vorhanden ist. Preis: 5 Mana je Gegenstand.

Klassen-Fertigkeit erhalten

Größere Beobachtung (Level 1)

Wirkung: Der Benutzer kann jetzt System-Kreaturen in einer Entfernung von bis zu 50 Metern erkennen und erhält bei der Erkennung eine Analyse der Kreatur. Höhere Fertigkeitswerte können zusätzliche Systeminformationen anzeigen, die normalerweise nicht verfügbar sind. Abhängig vom gegenüberstehenden Gesamtlevel und den aktiven Fähigkeiten kann die beobachtete Kreatur erfahren, dass der Benutzer ein gewisses Maß an Informationen erlangt hat. Manaregeneration wird dauerhaft um 5 Mana pro Minute reduziert.

Klassen-Fertigkeit erhalten

Zerreißen (Level 1)

Wirkung: Physische Waffenangriffe, die Gesundheitsschaden zufügen, verursachen einen Blutungseffekt, wodurch das Ziel 15 Sekunden lang mit 15 Schaden blutet. Dieser Effekt ist stapelbar, wenn der Gesundheitsschaden an einer anderen Stelle des Ziels auftritt. Preis: 10 Ausdauer.

Klassen-Fertigkeit erhalten

Unerbittliche Ausdauer (Level 1)

Wirkung: Verringert die Ausdauerkosten für körperliche Anstrengung und aktiviert körperliche Fähigkeiten um 25 %. Stapelt nicht mit anderen Fertigkeiten zur Verringerung der Ausdauerkosten. Manaregeneration wird dauerhaft um 5 Mana pro Minute reduziert.

Ich hatte fünf meiner sieben Punkte ausgegeben und alle verfügbaren Klassenfähigkeiten der Stufen eins und zwei freigeschaltet. Die drittstufigen Fähigkeiten im Menü blieben dennoch weiterhin nicht auswählbar. Als ich versuchte, die Klassenfertigkeit der Stufe 3 aus dem Kampfbaum hinzuzufügen, zeigte eine Meldung an, dass sie erst bei Level 30 entsperrt wird.

Die letzten beiden Punkte sparte ich vorerst auf, zumindest bis ich eine bessere Vorstellung davon hatte, was meine neu entdeckten Klassenfähigkeiten für mich tun könnten.

Ich überflog noch einmal meinen Statusbildschirm und grinste über die neuen Einträge im Bereich Klassen-Fertigkeiten.

Statusmonitor			
Name:	Hal Mason*	Klasse:	Jäger*
Volk:	Mensch (M)	Level:	15
Titel			
Scharfäugig (Titel versteckt)*			
Gesundheit:	510	Ausdauer:	510
Mana:	410		
Status			
Normal*			
Attribute			
Stärke	31	Beweglichkeit	62
Konstitution	51	Wahrnehmung	41
Intelligenz	41	Willenskraft	30
Charisma	40	Glück	18
Klassen-Fertigkeiten			
Größere Beobachtung	1	Hindern	1
Unerbittliche Ausdauer	1	Scharfe Sinne	1

Kühlkammer	1	Auf der Jagd	1
Zerreißen	1	Genau das richtige Werkzeug	1
Boni			
Bauchgefühl			
Kampfzauber			
Frostbolzen (I), Schwacher Heilzauber (I)			

Es war Zeit, meine neuen Spielsachen – wenn man sie so nennen darf – auszuprobieren!

Ich sah mich in der Gegend um und mich überraschten die zusätzlichen Details, die ich dank Größere Beobachtung bemerkte. Eine winzige, durchsichtige Karte erschien in meinem Augenwinkel und überlagerte eine Ecke meines Sichtfeldes. Sie war nur sichtbar, wenn ich mich darauf konzentrierte.

Ich richtete mich auf einen grünen Punkt auf der Minikarte aus. Es war eine der Pharyleri, die dabei war, meinen soeben gelieferten Monsterkadaver zu zerteilen. Ihre Position stimmte mit dem Indikator auf meinem Monitor überein und war als freundliches Wesen markiert.

Abgesehen von dieser neuen Fähigkeit, Kreaturen auf der Karte zu sehen, bemerkte ich eine weitere Überraschung. Zusätzlich zu der schwach grünen Gesundheitsleiste über ihrem Kopf wurden weitere Details über die Gnomfrau angezeigt.

Emilyana Schleifsäg (Sezierer Level 34)
_HP: 290/290_

Fantastisch! Nun würde ich mir keine Namen mehr merken müssen. Jetzt, wo ich genaue Schätzungen zum Gesundheitszustand hatte, kamen mir auch neue Ideen zur Anwendung. Ich runzelte die Stirn. Ihre Gesundheit schien im Vergleich zu meiner sehr gering zu sein, obwohl sie einen mehr als doppelt so hohen Level hatte.

Emilyana bemerkte, dass ich auf sie konzentriert war und drehte sich um.

„Oi!", rief sie. „Was gibt's da zu glotzen?"

Ich zuckte mit den Schultern und winkte sie ab, während ich mich aktiv bemühte, mich auf etwas anderes zu fixieren. Die Gnomfrau grummelte und machte sich wieder daran, die Leiche zu zerlegen.

Das war also mit dem Alarmieren meines Beobachtungsziels in der Beschreibung der Fähigkeit gemeint. Ich würde die Nutzung der Klassenfertigkeit üben müssen, um nicht so leicht entdeckt zu werden. Wahrscheinlich würde ich einen meiner ungenutzten Klassenfähigkeitspunkte investieren, aber ich wollte die restlichen Fertigkeiten zuerst ausprobieren.

Die Fähigkeit „Genau das richtige Werkzeug" war als nächstes dran. Bei der Aktivierung öffnete sich eine neue Inventaransicht vor mir. Ich bewegte alle meine Waffen, Munition, Werkzeuge, Rationen und Vorräte in den zusätzlichen Bereich. Das befreite einige Felder in meinem normalen Inventar-Tab, was mehr Platz für Beute und Monsterteile bedeutete.

Apropos Monsterteile, Kühlkammer kam als nächstes dran. Wie bei der Fertigkeit davor, öffnete diese auch einen neuen Inventarbereich. Nichts, was noch in meinem Inventar war, wollte jedoch in die offenen Felder des Rasters gehen. Schließlich ging ich zurück zu dem Haufen toter Monster und legte meine Hand auf eines von ihnen.

Die Leiche ließ sich ohne den geringsten Widerstand direkt im neuen Bereich platzieren.

„Hey!", rief eine schrille Stimme. „Was soll das? Die habe ich dir schon bezahlt."

Ich sah auf. Emilyana hatte sich wieder zu mir umgedreht.

„Sorry", verteidigte ich mich. „Ich habe nur etwas ausprobiert. Ich lege es zurück."

Mit einem mentalen Zupfen fiel der Kadaver aus der Kühlkammer und zurück an die Stelle, wo ich ihn ursprünglich abgeliefert hatte.

Emilyana starrte mich einfach nur an.

Im Angesicht der wütenden Gnomfrau schluckte ich nervös. „Ich gehe jetzt einfach mal."

Die Gnomfrau sah mit zusammengekniffenen Augen hinterher, und kehrte erst zu ihrer Arbeit zurück, als ich mehr als hundert Meter zurückgelegt hatte.

Ich hatte drei meiner neuen Klassenskills ausprobiert. Die zusätzlichen Inventarräume waren nichts Weltbewegendes oder Extravagantes, jedoch äußerst praktisch. Ich hatte früh gelernt, dass Ausrüstung im System wichtig ist und dass die Verfügbarkeit eines mächtigen Ausrüstungsgegenstandes eine tödliche Bedrohung in eine triviale verwandeln konnte.

Da ich in der Kühlkammer mehr Monsterleichen tragen konnte, befreite das meinen normalen Inventarraum für Beute anderer Art. Ich konnte auch einfach weitere Kreaturkadaver hineinwerfen, was bedeutete, dass ich länger auf Patrouille bleiben konnte, ohne Kills opfern zu müssen, für die ich keinen Platz hatte.

Am Ende würde „Größere Beobachtung" einen Riesenunterschied machen, wobei sie auch nichts zum Angeben war. Wie mir schon mehrfach gesagt wurde, war Wissen gleich Macht. Jede kleine Information über einen Gegner, seinen Level oder seine Gesundheitspunkte könnte nützlich sein.

Ich musste noch Zerreißen und Unerbittliche Ausdauer ausprobieren, aber das waren eher körperliche Fähigkeiten. Dafür würde ich bestimmt Gelegenheit haben, wenn ich das nächste Mal auf Patrouille auf ein Monster stoße.

Insgesamt war ich begeistert, endlich Zugang zu meinen Klassenfertigkeiten zu haben. Ich war zufrieden damit, dass sich das Durchhalten gelohnt hatte.

In der Ferne sah ich eine watschelnde Gestalt über den Asphalt huschen. Nun, ich würde wohl schneller als gedacht die Gelegenheit bekommen, meine neuesten Klassenfähigkeiten zu testen. Die verdammten Riesenmurmeltiere tauchten immer wieder in der ganzen Gegend auf. Im Gegensatz zu normalen Murmeltieren war diese Rassenmutation weitaus weniger solitär und machte sich in Rudeln auf Nahrungssuche. Sie waren auch viel aggressiver zu Kreaturen, die anderen Spezies angehörten – insbesondere zu mir. Andererseits hatte ich recht viele von ihnen getötet, während ich sie vom Raumhafen verjagte.

Ich zog meine Axt und mein Messer, dann sprintete ich über den Asphalt.

Diesmal waren es nur fünf riesige Murmeltiere. Sie reichten mir selbst auf allen Vieren noch bis zur Hüfte. Als ich die Herde braunfelliger Kreaturen erreichte, konzentrierte ich mich auf das nächste Monster.

Thiccbody Pfeifschwein (Level 24)
HP: 870/870

Die ersten Murmeltiere fertigte ich schnell ab, wobei meine Ausdauer bei der kurzen Auseinandersetzung kaum abnahm.

Als das letzte dicke Nagetiere versuchte, davonzueilen, ließ ich es fliehen und folgte ihm gerade so dicht, dass es in Reichweite von Größere Beobachtung blieb. Ich hatte genug davon, dass diese Viecher den Raumhafen fortwährend angriffen. Dieses Mal wollte ich den Überlebenden heimfolgen und herausfinden, woher sie kamen.

Mehrere hundert Meter hinter der Zaunlinie des alten Flughafens tauchte das Murmeltier in ein Loch im Boden ab. Ich verlangsamte mein Tempo, als ich mich dem Bau näherte, und ein schriller Schrei pfiff links von mir.

Ich sah ein weiteres Pfeifschwein auf einer leichten Anhöhe. Es stellte sich auf die Hinterbeine und schrie Alarm, als ich mich näherte. Der durchdringende Ruf wurde von weiteren Kreaturen wahrgenommen, und sie strömten aus nahegelegenen Höhlen hervor.

Kein Wunder, dass ich wohl nie alle Murmeltiere loswerden konnte. Es gab eine ganze Kolonie dieser verdammten Viecher hier draußen.

Die Kreaturen würden sich alle auf mich stürzen, also lief ich auf gleichem Weg zurück, damit sie sich hoffentlich breit verteilten. Sie befolgten meinen Plan. Die schnelleren Kreaturen eilten den langsameren voraus. Für Murmeltiere waren sie recht schnell, konnten mich jedoch nicht fangen. Ich ließ die Anführer weit genug vor das Rudel kommen, sodass ich ausreichend Zeit hätte, mich mit ihnen zu befassen.

Als die schnellsten der Kreaturen einen guten Vorsprung vor ihren Geschwistern hatten, sprang ich zu ihnen zurück. Ich aktivierte Zerreißen wiederholt, während ich die Seite des ersten Murmeltiers mit Schlägen überdeckte. Das Tier wimmerte schmerzhaft und drehte sich zu mir, aber seine Reaktionszeit war viel zu langsam. Ich ließ die blutüberströmte, sterbende Kreatur zurück und war bereits mit dem nächsten Monster beschäftigt.

Ein Paar großer Schneidezähne schnappte nach mir. Ich wehrte den Biss mit der Klinge meiner Axt ab und rammte mein Messer in das Auge des riesigen Murmeltiers. Sein Kopf zuckte zurück, und ich benutzte das festgefahrene Messer, um mich selbst zu katapultieren. Als ich auf der Bestie landete, zog ich die Klinge heraus. Ich stach das Messer seitlich in den Hals des Murmeltiers und rollte auf der anderen Seite herunter, zog die Klinge dabei hinter mir her und aktivierte Zerreißen. Blut spritzte hervor, und ich stach noch ein paar Mal zu, während die Kreatur schwächlich nach mir schlug.

Ich duckte mich, tauchte ab und wich den Dutzenden von Pfeifschweinen auf meiner Fährte aus. Ich führte sie in einem riesigen Kreis hinter mir her und vermied es, von den wütenden Kreaturen umzingelt zu werden, so sehr sie es auch während der vergeblichen Verteidigung ihres Heims versuchten. Ich behielt meine Ausdauer im Auge und benutzte Zerreißen nicht, wenn ich unter der Hälfte lag. Glücklicherweise waren die Kosten für aktives Kämpfen und den Einsatz von Fähigkeiten durch Unerbittliche Ausdauer reduziert. Meine Regeneration konnte somit selbst im langwierigen Gefecht problemlos mit der Nachfrage Schritt halten.

Am Ende blieben nur die Kadaverhaufen vor den Pfeifschwein-Höhlen. Ich hatte mindestens dreißig abgeschlachtet und war nicht mal annähernd außer Atem.

Unerbittliche Ausdauer war auf jeden Fall nützlich, besonders in einem langen Kampf. Es war die ultimative Hetzjagd-Fähigkeit. Ich konnte meine Beute buchstäblich in den Zusammenbruch treiben.

In diesem Fall fand ich Zerreißen nicht besonders großartig. Ich hatte den Haufen ja auch viel zu schnell getötet und keine Gelegenheit gehabt, den Schaden durch wiederholte Treffer stapeln zu lassen. Ich konnte mir gut vorstellen, dass es bei größeren Gegnern nützlich würde.

Ich ließ die Kadaver liegen und ging zu dem Bau, in den das fliehende Pfeifschwein verschwunden war. Die Öffnung war ungefähr eineinhalb Meter hoch; groß genug, damit ich geduckt leicht hineinpasste. Mir war klar, dass ich den dunklen Tunnel betreten musste, um die Bedrohung durch die Kolonie zu beseitigen.

Während ich in die Dunkelheit vordrang, verblasste langsam das Licht hinter mir. Ich konnte nichts sehen und fluchte darüber, dass ich nicht vorausgeplant und eine Lichtquelle mitgebracht hatte; besonders, nachdem meine Fackel im Meth-Labor so nützlich gewesen war. Ich nahm mir vor, beim nächsten Shopbesuch Fackeln und einen Lichtzauber zu kaufen. Ich hätte nur allzu gerne jetzt einen gehabt, selbst wenn er meine Anwesenheit offenbart hätte.

Ich führte meine Bewegungen stattdessen so leise wie möglich aus und atmete langsam und flüsterleise. Dabei konzentrierte ich mich auf meine Sinne und lauschte sorgfältig auf jegliche Bewegungsgeräusche im Tunnel.

Ich steckte meine Axt weg, legte mein Messer in meine dominante Hand und zog eine meiner Strahlenpistolen. Sollte ich ein Ziel erspüren, hoffte ich auf den Lichtblitz des Strahls, um die Bedrohung erkennbarer zu machen, wobei jedoch meine Fähigkeit, vor dem Gegner zu fliehen, im engen Bau stark eingeschränkt wäre.

Ich hielt mein Messer locker in der rechten Hand und glitt meine Zeige- und Mittelfinger über die feste Schlammwand, um mögliche Öffnungen zu ertasten.

Als meine Finger leere Luft spürten, verharrte ich und lauschte. Ich konnte nichts hören, aber der üble Geruch aus dem Seitengang, deutete darauf hin, dass die Kammer die Latrine der riesigen Nagetiere war.

Ich kam an zwei weiteren Abzweigungen vorbei. Die Seitentunnel waren etwas kleiner, und ich hielt bei beiden an, konnte jedoch keine Anzeichen von Bewegung hören.

Kurz hinter der dritten Kreuzung erschien auf der Minikarte ein roter Punkt, und ich blieb stehen. Er war etwas abseits, aber ausreichend sichtbar, um eine weitere Abzweigung im Tunnel vermuten zu können.

Ich wartete, und der Punkt bewegte sich auf mich zu. Er änderte sich in einen Pfeil, der in seiner Bewegung fortwährend auf mich zeigte.

Ich feuerte die Strahlenpistole in meiner linken Hand in die Richtung des Punktes auf meiner Karte. Der Blitz beleuchtete den Tunnel für einen Moment. Das Murmeltier war direkt vor mir, und der brennende Energiestrahl ließ es aufquieken. Der plötzliche Schuss hatte es überrascht, und ich aktivierte Hindern. Da ich keinen Platz zum Wegrennen hatte, stürzte ich stattdessen vorwärts. Ich duckte mich, ließ das Gebiss der Kreatur über mir, steckte meine Schulter unter ihr Kinn, und sprang aufwärts.

Das Murmeltier rammte seinen Kopf in die Tunneldecke, und Erde rieselte auf uns beide herab. Der Aufprall hatte die Kreatur betäubt, und ich stach immer wieder mein Messer in die Unterseite ihres Halses. Die Bestie rüttelte sich auf und krallte nach mir, aber ich feuerte ihr die Pistole in die Seite und schlug dann mit der Waffe ihre Pfote auf der gleichen Seite weg. Da mein anderer Arm damit beschäftigt war, die Kreatur zu erstechen, kratzte das andere Vorderglied des Murmeltiers in meinen Arm und mein Bein. Selbst von Hindern verlangsamt, riss es durch meinen Jumpsuit und drang tief in mein Fleisch ein.

Ich ignorierte den Schmerz und setzte meinen Messerangriff fort.

Als die Klauen mich das zweite Mal zerkratzten, war die Attacke deutlich schwächer und richtete nur dort Schaden an, wo meine Rüstung bereits zerfetzt war.

Das Biest zuckte mehrmals und sackte dann schlaff in meinen Armen zusammen.

Ich trat einen Schritt zurück und ließ den Kadaver zu Boden fallen, um meine Wunden zu untersuchen. Die Einschnitte schmerzten, aber ich war nicht von einem Blutungs-Statuseffekt betroffen. Somit nahmen meine Gesundheitspunkte nicht mehr ab, nachdem die Attacke des Monsters vorbei war. Mehr als zwei Drittel meines Gesundheitsbalkens waren noch voll, also ging ich zuversichtlich weiter.

Ich tastete herum und stellte fest, dass der Körper den Durchgang fast vollständig versperrte. Ich hatte wirklich keine Lust, darüber zu klettern, also legte ich ihn in einem Stück in meine Kühlkammer hinein.

Nachdem das Hindernis beseitigt war, bahnte ich mir weiterhin einen Weg durch den Tunnel. Ich kam an der Seitenkammer vorbei, aus der das Murmeltier herausgekommen war, aber der Gang schien jetzt leer zu sein.

Ich hoffte, dass ich vielleicht den letzten Riesennager beseitigt hatte und das Tunnelsystem bald hinter mir lassen konnte. Ich freute mich schon darauf, wieder aufrecht stehen zu können.

Das Wunschdenken wurde unterbrochen, als ich mich der nächsten Kammer näherte und Geräusche aus ihr vernahm. Der Bau vor mir war mit Quieken und Geräuschen von sich aneinander windenden Körpern durchdrungen. Meine Minikarte leuchtete rot; mehrere kleine Punkte und ein einziger großer Punkt waren darauf zu sehen.

Ich tauschte meine ausgerüsteten Waffen gegen das Hybridgewehr aus, wählte das orange markierte Spezialmagazin aus meinem Inventar und lud die Waffe.

Das ohrenbetäubende Heulen der kreisenden Gaußspulen erfüllte den engen Tunnel. Ich benutzte die Minikarte in Kombination mit der Fähigkeit Größere Beobachtung, um in Richtung der größeren Bedrohung zu zielen. Die Waffe feuerte, und die Brandmunition schoss durch die Kammer und explodierte in einem gewaltigen Feuerball auf einer pelzigen Masse. Die Flammen entzündeten das Fell des größten Murmeltiers, das ich je gesehen hatte und beleuchteten die Kreatur, sowie die gesamte Kammer.

Dummy Thicc Pfeifschwein Brüterin (Level 37)
HP: 1148/1290

Bei dem lächerlichen Namen musste ich erstmal kurz blinzeln. Die Kreatur selbst sah widerlich aus und war locker dreimal so groß wie eines der Murmeltiere, die mir bisher über den Weg gelaufen sind. Dicke Fettschwarten rollten sich unter ihrem Fell, und es heulte vor Schmerzen, als es in Flammen aufging.

Der Boden unter der großen Kreatur war am Brodeln. Ich musste an die Schwärme von Kanalratten zurückdenken, gegen die ich am ersten Tag der Apokalypse gekämpft hatte.

Dann las ich den Monsterstatus, der von Größere Beobachtung über dem nächsten Vieh angezeigt wurde, und erkannte, dass die haarlosen kleinen Kreaturen die Pfeifschweinjungen waren.

Pfeifschwein Kicherer (Level 2)

HP: 24/24

Auf dem Boden lagen mindestens zwei Dutzend hundsgroßer Junge. Ihre Ansammlung hinderte ihre riesige Mutter daran, auf mich zuzustürmen. Sie fletschte die Zähne und ratterte wütend.

Das Aufheulen zwang die Murmeltierbabys, zu den Seiten der Kammer zu weichen, und viele flohen aus einem anderen Tunnel, den ich hinter der großen Mutter ausmachen konnte. Die Bewegungen der Jungen eröffneten einen Weg zwischen uns, und die wütende Murmeltiermutter stürmte auf mich zu.

Ihre Speckrollen bildeten Falten, und das Klatschen von aufeinanderprallendem, fettigen Fleisch drang durch den Bau. Ich feuerte das Hybridgewehr noch einmal ab, und ein Inferno erblühte um das Gesicht des Pfeifschweins. Die Explosion stoppte die angreifende Bestie und verkohlte mehrere der jungen Monster.

Die Murmeltiermutter warf den Kopf zurück und stieß einen schrillen Pfiff aus, der durch den unterirdischen Raum hallte. Das scharfe Geräusch bohrte sich durch mein linkes Trommelfell, und ich zuckte zusammen, als ich es platzen spürte. Ein Rinnsal aus Blut tropfte aus meinem Ohr und an der Seite meines Kopfes hinunter.

Eine Benachrichtigung informierte mich, dass ich taub war; das Einzige, was ich auf meinem rechten Ohr hören konnte, war ein hallendes Klingeln. Ich schüttelte meinen Kopf, um ihn freizukriegen, und biss die Zähne zusammen, um den Schmerz zu unterdrücken.

Geistiger Einfluss abgewehrt

Ich konzentrierte mich auf die Bedrohung vor mir; meine Ablenkung war fast tödlich ausgegangen. Ich warf mich nach hinten, und riesige Schneidezähne schossen herunter, wo ich gerade noch stand. Die Zähne schlugen in den Erdboden. Sie waren fast so groß wie mein Bein und hätten mich fast in zwei Hälften zerteilt.

Ich kroch auf meinen Ellbogen rückwärts und zog mein Gewehr dabei hinter mir her, bis ich außer Reichweite war. Dann stemmte ich mich wieder auf die Beine.

Das schwelende Pfeifschwein grub hektisch in den Gang, um ihn breit genug zu kriegen. Es wollte an mich herankommen, aber die Brüterin war aber viel zu groß und konnte höchstens ihren Kopf in den Tunnel stecken. Ich stand knapp außerhalb ihrer Reichweite und sah zu, wie sie mich anknurrte. Dann gab ich noch einen Schuss ab.

Die Brandpatrone bedeckte das Gesicht der Kreatur mit Flammen, die dann von der Tunnelmündung zurückwich. Dabei sah ich, dass das Feuer an ihrer Seite immer noch flackerte.

Sie floh auf die andere Seite der Höhle und kletterte dort in den Gang. Die Größe der Kreatur stellte wieder ein Problem für sie dar – sie war viel zu dick, um durch den engen Tunnel zu entkommen.

Ich war überzeugt, dass das Vieh noch eine Weile brennen würde, also tauschte ich die Magazine wieder gegen Standardgeschosse aus und nahm, von meinem relativ sicheren, engen Tunnel aus, die Kreatur ins Sperrfeuer, bis sie schließlich zu Boden ging.

Als ich mir sicher war, dass die große Pfeifschwein-Mutter nicht mehr aufstehen würde, wagte ich mich in die Kammer und erlegte die verbliebenen Jungen, die nicht fliehen konnten oder bereits verbrannt waren.

Ich packte den massiven Kadaver der Brüterin in die Kühlkammer, was allerdings fast den gesamten verfügbaren Lagerraum einnahm. Um alle Toten zur Sammelstation im Raumhafen bringen zu können, müsste ich mehrere Transportgänge machen.

Die Kammer war wieder in völlige Dunkelheit getaucht, da keine Feuer mehr den Bereich beleuchteten und die tote Brüterin sich nun in meiner Systemaufbewahrung befand.

Ich verbrachte die nächsten Stunden damit, durch die dunklen Tunnel zu pirschen, diese zu kartieren, und die verbliebenen Pfeifschweinjungen zu jagen. Die Arbeit war mühsam, aber sie musste getan werden, um diese Angriffsquelle auf den Raumhafen endgültig zu versiegen.

Zurück an der Oberfläche stellte ich fest, dass die Sonne fast den Horizont erreicht hatte. Nach all den Stunden in völliger Dunkelheit, blendete das Licht mich ziemlich.

Im Raumhafen ging ich als erstes zur Sammelstation. Der Brüterinnenkadaver zog eine kleine Schar Pharyleri an, und ein halbes Dutzend Leichentransporte vom Bau später, standen immer noch viele herum und bestaunten die Größe der Bestie.

Nachdem ich endlich den letzten Kadaver abgeliefert hatte, feilschte ich mit Emilyana mehrere Minuten darüber, wie viele Credits der einzelne wert war. Am Ende ließ ich mich auf einen reduzierten Massentarif ein, denn ich hatte überhaupt keine Lust, mehrere Fahrten zu einem Shop machen zu müssen, nur um eine Handvoll mehr Credits je Kadaver zu erhalten.

Ein langer Tag lag hinter mir und Feierabend war angesagt. Ich gab Emilyana Bescheid, dass ich für heute fertig war – solange das Areal nicht plötzlich angegriffen wurde – und machte mich auf den Weg zum Terminal. Ich hatte eine abgelegene Ecke im Erdgeschoss gefunden, wo ich die meisten Nächte der letzten paar Tage verbracht hatte.

Ein Kissen wäre vielleicht nett gewesen, aber ich hatte im Laufe der Jahre an weitaus schlimmeren Orten geschlafen als auf der abgenutzten, aber einigermaßen bequemen Couch in einem ehemaligen Pausenraum für das Bodenpersonal der Fluggesellschaften.

Ich streckte mich auf der Couch aus und schaute mir meinen Statusschirm an. Trotz der schieren Menge an Kills, die ich seit meinem letzten Level geleistet hatte, brachten recht viele davon kaum Erfahrung fürs nächste Level ein. Die Pfeifschweine gaben mir reduzierte Erfahrung, da sie keine besondere Bedrohung darstellten und die jungen waren überhaupt keine Erfahrung wert. Die Brüterin hatte mir als erhebliche Bedrohung immerhin eine ordentliche Summe eingebracht.

Abgesehen von der insgesamt geringen Erfahrung, die ich an dem Tag gesammelt hatte, verzeichnete mein enttäuschender Skills-Tab seit meinem letzten Besuch einige Steigerungen. Verstohlenheit, Spurenlesen und mein gesamtes Waffengeschick waren durch den intensiven Gebrauch der letzten Tage um ein oder zwei Punkte gestiegen. Sogar meine Feilschen-Fähigkeit war durch die ständigen Verhandlungen über Monsterleichen um einen Punkt gestiegen.

Ich schloss meinen Statusbildschirm und entspannte mich. Dabei überlegte ich, wie ich mein verbleibendes Paar Klassenfähigkeitspunkte ausgeben sollte. Ich war sehr zufrieden mit dem Zugriff auf meine Klassenfähigkeiten, wobei die meisten Verbesserungen jedoch außerhalb des Kampfes am nützlichsten waren.

Dank Kühlkammer und Genau das richtige Werkzeug hatte ich beträchtlich mehr Platz im Inventar. Ich konnte ganze Leichen in der Kühlkammer lagern und somit mehr Monster und ihre Teile für zusätzliche Credits verkaufen. Da mein normaler Inventarplatz kaum noch für Waffen, Munition und andere Kampfausrüstung dienen musste, konnte ich diesen

Platz für mehr Beute verwenden. Noch mehr Kapazitäten hatte ich nicht nötig, da ich meine Beute derzeit kurzfristig verkaufen konnte, also würde ich diesen beiden Klassenfertigkeiten vorerst keine weiteren Punkte zuweisen.

Auf den Rest meiner Fertigkeiten war das Ausschlussprinzip weitaus schwieriger anzuwenden. Ich konnte mir nämlich für jede Fertigkeit gute Gründe vorstellen, warum ich diese verbessern sollte. Ein weiterer Punkt in Auf der Jagd würde es erschweren, die mit der Fertigkeit erschaffene Verschleierung zu durchdringen, und ich wollte andere über meine ungewöhnliche Klasse gerne im Dunkeln lassen. Eine Erhöhung von Scharfe Sinne würde meine Entdeckung, allgemeine Bewegung, und Reaktionsgeschwindigkeit verbessern. Größere Beobachtung würde mehr Reichweite und zusätzliche Details über anvisierte Ziele erhalten. Punkte in Unerbittliche Ausdauer würden Ausdauerkosten weiter reduzieren. Hindern würde an Reichweite gewinnen und den Verlangsamungseffekt erhöhen. Schließlich würde eine Verbesserung von Zerreißen den Schaden und die Dauer erhöhen, und gleichzeitig die Nachladezeit der Fähigkeit zwischen Anwendungen verringern.

Ich lag auf der Couch und grübelte darüber nach, was ich wählen sollte. In diesem Halbschlafzustand kehrten meine Gedanken immer wieder zu einem Spruch zurück, den ich in dieser Systemwelt wiederholt gehört hatte – Wissen ist Macht.

Wenn das stimmte, würde ich am längsten überleben, wenn ich verringerte, was andere über mich erfahren konnten. Andere Individuen würden ihre eigenen Versionen von Beobachtungskräften haben, also musste ich diese Fähigkeit stärken, um meinen vollen Status weiterhin zu verbergen.

Ich war überzeugt. Ein weiterer Punkt ging an Auf der Jagd. Nach der Bestätigung schaute ich mir die Fähigkeitsbeschreibung an – sie hatte sich verändert.

Auf der Jagd (Level 2)

Der Gnadenlose Jäger hat eine verringerte Systempräsenz und erhöhte Fähigkeit, seine sichtbaren Titel, seine Klasse, seinen Level und seine Werte zu verbergen. Die Effektivität basiert auf dem Fähigkeitslevel und dem Charisma des Benutzers. Manaregeneration wird dauerhaft um 10 Mana pro Minute reduziert.

Die aktualisierte Klassenfertigkeit schien mir noch besser zu sein als erwartet. Eine reduzierte Systempräsenz bedeutete wohl, dass ich weniger Aufmerksamkeit auf mich lenken würde. Das war genau das, worauf ich aus war – von der Bildfläche zu verschwinden, während ich daran arbeitete, stärker zu werden.

Diese Logik überzeugte mich so sehr, dass ich auch den zweiten freien Punk in die Fertigkeit investierte. Obwohl die Beschreibung bis auf die verringerte Manaregeneration unverändert blieb, hatte ich allein wegen des höheren Levels mehr Vertrauen in die Fertigkeit.

Zufrieden mit meiner Wahl, döste ich ein.

Kapitel 17

Das Abenteurer im Pfeifschweinbau hatte Schwächen in meiner Ausstattung aufgedeckt; einige davon wollte ich am frühen Morgen beheben.

Die Jungenschaar hatte mich an die Kanalratten erinnert und gezeigt, dass ich noch immer keinen effektiven Konter gegen Monsterschwärme hatte. Einige Gesprächen mit Pharyleri-Alchemisten in der Handwerksstation und einige Credits später war ich im Besitz von zehn Fläschchen Alchemistenfeuer. Die Phiolen würde ich aus meinem Inventar ziehen und auf einen Schwarm Kreaturen werfen können. Beim Zerbrechen würde das brennbare Gemisch den Bereich in Flammen setzen.

Ich kaufte außerdem ein Dutzend Handfackeln. Diese waren viel billiger als die Phiolen und fast identisch zu normalen roten Straßenfackeln. Beide Stapel konnte ich im Inventarraum der Fähigkeit Genau das richtige Werkzeug aufbewahren.

Als ich das Gebäude verließ, sah ich ein Team von Pharyleri, das am Rande des Rollfelds eine Konstruktion errichtete, und ging hinüber. Das Turmgerüst war über sechs Meter hoch, und einer der Gnome kletterte den Turm hinauf und stellte oben auf der Plattform ein Geschütz auf. Ich grüßte sie.

Melton Schnellschlüss (Ingenieur, Level 38)
HP: 425/425

Während der Ingenieur wieder nach unten kletterte, schaute ich mir die Waffe an, die sich oben auf dem Turm langsam bewegte und automatisch kalibrierte.

Das Waffensystem war größer als die tragbaren Geschütztürme, die beim Räumen des Terminals zum Einsatz gekommen waren. Der doppelläufige Energiegatling konnte sich in seiner Halterung im kompletten 360-Grad-Kreis drehen. Über den Läufen war ein abgerundetes Sensorgehäuse, das mich an Phalanx-Waffensysteme erinnerte, die Kriegsschiffe der US-Marine vor Raketenangriffen verteidigt hatten.

„Ihr baut wohl statische Verteidigungen gegen Monster ein?", fragte ich.

„Meistens sind es Monster, ja. Sobald wir den Betrieb hochgefahren haben und die Rohstoffe fließen, werden diese zu verlockenden Zielen für Piraten – wenn die Verteidigung nicht ausreichend Hand und Fuß hat." Der Ingenieur ließ seinen Blick über den Himmel schweifen. „Außerdem haben Dungeonwelten öfters ganze Massen fliegender Kreaturen, die ihr Territorium höchst aggressiv verteidigen und im Allgemeinen etwas gegen die Raumschiffe in ihrem Luftraum haben." Melton deutete auf den Flugverkehrskontrollturm, auf dem ich eine weitere Crew beim Werken ausmachte. „Diese Schönheit wird eine Bedrohung für alles und jeden am Himmel sein, sobald wir mit ihr fertig sind."

Ich hob eine Augenbraue. „Was ist das?"

„Eine vierläufige Suborbitalkanone vom Typ Icarus Mark VI", sagte Melton stolz.

„Klingt fies", musste ich zugeben.

„Es wird auf jeden Fall mit den meisten großen Flugmonstern wie Chimären oder Harpyien fertig werden!", antwortete der Ingenieur. „Sogar Drachen sollten es sich zweimal überlegen, bevor sie sich mit dem Raumhafen oder irgendwelchen Schiffen darüber anlegen."

„Sogar Drachen?", antwortete ich mit einer hochgezogenen Augenbraue.

„Nun, zumindest die meisten jüngeren Drachen."

Melton grinste. Er und seine Kollegen sammelte ihre um den Turm verstreuten Werkzeuge ein. Eigentlich hätte es mich nicht überraschen sollen, dass auch Drachen im System existieren. Nicht, nachdem ich von Gnomen, Jabberwocks und Butzemännern erfahren hatte.

„Wir müssen heute noch sechs weitere davon einbauen", sagte Melton. „Bis später, Hal."

Die Gruppe machte sich auf den Weg zum nächsten Aufstellungsort, und ich hob die Hand zum Abschied.

Dann schaute ich zum Turm hoch. Offensichtlich war man gerade dabei, meine aktuelle Aufgabe teilweise zu automatisieren. Es schien mir ein guter Zeitpunkt zu sein, ein weiteres Gespräch mit Borgym über meine Pläne zu führen. Ich ging zum Tower mit dem Verwaltungsgebäude, wo der Clan-Chef oft zu finden war.

Das Gebäude hatte sich kaum verändert, aber direkt vor der Sicherheitstür bedeckte eine zerlumpte Plane etwas Neues. Die fettverschmierte Plane sah aus, als hätte man sie in einem alten Hangar gefunden. Durch Risse im Stoff war Mauerwerk zu erkennen.

Ich ging am bedeckten Objekt vorbei und in das Gebäude hinein. Bald schon fand ich den alten Gnom genau dort, wo ich ihn erwartet hatte. Borgym war in der Kommandozentrale im zweiten Stock des Verwaltungsgebäudes.

Im Gegensatz zu meinem ersten Besuch waren jetzt fast alle Terminals von uniformierten Pharyleri besetzt, und ein leises Gemurmel erfüllte den Raum, während die Techniker ihre Monitore überwachten.

Die großen Bildschirme an der vorderen Wand zeigten Radaranzeigen des Luftraums und Sicherheitsaufnahmen vom Raumhafen, inklusive Kameras der neu auf dem Gelände eingerichteten Geschütztürme.

Während der Tower den Luftraum über dem Raumhafen verwalten sollte, war dieses Zentrum hier dem Betrieb der gesamten Bodenanlage gewidmet.

Im hinteren Bereich der Leitstelle war ein neues Büro mit Glaswänden; von dort aus konnte Borgym die Kommandozentrale beaufsichtigen und gleichzeitig Clan-Geschäfte privat führen.

Ich war froh, dass ich nicht mehr durch das Gnom-enge Kontrollzentrum kriechen musste, um mit dem Clananführer zu sprechen. Ich klopfte an die offene Tür und Borgym sah vom Schreibtisch auf und winkte mich ins Büro. Ich trat ein und schloss die Tür. Er beobachtete mich mit hochgezogener Augenbraue.

„Das wird also eins von *diesen* Gesprächen sein, was?“, sagte Borgym.

Ich zuckte mit den Schultern. „Der automatisierte Umgebungsschutz ist so gut wie fertig. Somit habe ich hier nicht mehr viel zu tun. Wenn die Geschütze Monster abknallen, erhalte ich keine Erfahrung dafür. Außerdem habe ich Hinweise für eine Quest, denen ich folgen muss.“

Der alte Gnom seufzte und nickte.

„Ich dachte mir schon, dass du bald weiterziehen würdest“, sagte Borgym und stand auf. „Komm mit. Ich möchte dir etwas zeigen.“

Er führte mich aus dem Büro und vor das Gebäude. Der alte Gnom blieb neben dem mit einer Plane bedeckten Objekt stehen, das ich beim Eintreten bemerkt hatte. Gummiseile hielten die Abdeckung durch Ösen am Rand mit S-Haken fest. Borgym löste sie vorsichtig, zog die Plane weg und legte das Objekt darunter frei.

Es war ein gemeißelter Steinobelisk, der beinahe so hoch war, wie ich. Vorne am rechteckigen Block war eine Bronzetafel mit einem Relief voller Symbole angebracht. Die Sprache bot keine Ähnlichkeit mit jeglichen mir bekannten Erdschriftsprachen. Wenn überhaupt, sahen die Kritzeleien eher wie Wingdings aus.

Ich schaute zu Borgym. „Es ist schöne Metzarbeit, aber –"

„Du kannst sie nicht lesen", unterbrach der alte Gnom wissend, und ich schüttelte den Kopf. „Schau nochmal hin."

Ich wandte meinen Blick wieder der Tafel zu und blinzelte. Erst verschwammen die Buchstaben, dann verschoben sie sich, sodass mir fast schwindelig wurde. Ich schüttelte den Kopf und fand wieder halt, bevor ich erneut auf die Bronzeplatte schaute.

Irgendwie konnte ich sie jetzt lesen. Ich wusste, dass die Tafel nicht auf Englisch geschrieben war, aber das war die Sprache, die ich sah. Ich starrte einen selbstgefälligen Borgym an.

„Wir haben es verzaubert, sodass es für den Betrachter in seiner Muttersprache lesbar ist", sagte der Clan-Chef.

Ich drehte mich wieder zur Tafel um.

Unsere Schuld diesen Helden

die ihr Leben hingaben

zum Gedeihen des Clans

kann nie beglichen werden.

Ruht in Frieden

wisst eure Opfer

waren nicht vergebens

und werden nie vergessen.

Birlez Schleifsäg

Lieren Mechschlüss

Talliryna Kettenrader

Unter den Namen der Gefallenen war außerdem ein Abschnitt mit einer Liste der Gnome, die den Angriff auf das Flughafenterminal überlebt hatten. Ich schaute mir die Spalte an und erkannte viele der Gnome, die ich die vergangene Woche über kennengelernt hatte, während sie einen Raumhafen aus den Überresten des Flughafens errichteten.

Ganz unten auf der Metallplatte war ein viel kleinerer Abschnitt mit einem einzigen Namen. Ich spürte Borgym neben mich treten.

„Die ersten beiden Listen hätten deutlich andere Längen gehabt", sagte Borgym leise, „wenn Du nicht nach Antworten und einem Kampf mit den Krym'parke gesucht hättest." Der kleine Gnom klopfte beruhigend an mein Bein. „Ich hoffe, du wirst sie finden."

Ich hörte die Worte des Clananführers, aber mein Fokus blieb auf den Worten, die in den letzten Abschnitt des Denkmals eingraviert waren.

Ohne Hilfe des Menschenverbündeten

wäre der Preis unserer Zukunft

weitaus höher gewesen

als unsere Herzen ertragen könnten.

Hal Mason

Kapitel 18

Wieder einmal fuhr ich mit meinem All-Terrain-Motorrad die Interstate 376 entlang. Diesmal ging es jedoch nach Osten, weg vom Flughafen, auf dem ich die letzte Woche verbracht hatte, und zurück in Richtung Pittsburgher Innenstadt.

Im Gegensatz zu meinen vorherigen Fahrten auf der Interstate, kam ich umso einfacher voran, je mehr ich mich dem Stadtzentrum näherte. Die Autos blockierten nicht mehr die Fahrspuren, auf denen sie zum Stillstand gekommen waren, als das System sie alle deaktiviert hatte. Stattdessen waren die Fahrzeuge an die Straßenränder geschoben und gedrückt worden. Zerschmetterte Stoßstangen und eingedrückte Seitenverkleidungen deuteten darauf hin, dass ein größeres Fahrzeug sie mit Vollgas zur Seite geschmettert hatte. Trotz der Hinweise gab es keine Spur darauf, wer oder was für diese Straßenräumung verantwortlich gewesen sein könnte.

Am Eingang zum Fort-Pitt-Tunnel, reduzierte ich meine Geschwindigkeit und schaltete den Scheinwerfer an. Draußen waren die Fahrzeuge zwar seitlich angehäuft, aber mir war trotzdem nicht danach, mit Vollgas durch die Dunkelheit zu rasen. Vor allem nach meinem letzten unterirdischen Abenteuer mit den Pfeifschweinen.

Als mein Licht ein Fahrzeug vor mir streifte, schien meine Vorsicht bestätigt. Ich bremste ab. Es war ein planlos zusammengebautes Motorrad mit unterschiedlichen Reifen, und einem Beiwagen, der anscheinend aus Autotüren zusammengeschweißt worden war. Das Fahrzeug war halb zur Seite gedreht. Die Vorderseite war von einem Aufprall an der Tunnelwand leicht verbeult.

Von Fahrer oder Beifahrer gab es jedoch keine Spur. Ich brachte mein Motorrad in etwa zehn Metern Entfernung zum Stillstand. Zwei schwach leuchtende rote Punkte waren auf meiner Minikarte in der Dunkelheit hinter dem Bike zu sehen. Ich stieg ab – vorgewarnt durch Größere Beobachtung – und zog mit der linken Hand eine Strahlenpistole.

An den Wänden und auch über dem beschädigten Fahrzeug vor mir glitzerten Drahtfäden im grellen Licht meines Scheinwerfers und hingen bedrohlich vor sich her. Eine leichte Brise strömte durch den Tunnel. Sie brachte die Fäden ins Schwanken und jagte mir einen Schauer über den Rücken.

Ich zog eine Handfackel aus meinem Inventar und zündete sie mit einer schnellen Reibung gegen die Fahrbahn an. Im rotglühenden Licht erkannte ich weitere Stränge des Geflechts an der Decke, die anscheinend vom verunglückten Motorrad zerrissen worden waren. Ich trat vor und schleuderte die Fackel über das Motorrad in die Dunkelheit.

Der infernalische Schein der Fackel erleuchtete zwei große, mehrbeinige Gestalten, die direkt hinter dem Motorrad kauerten. Die Gliedmaßen der spinnenartigen Kreaturen reichten über einen ganzen Fahrstreifen hinweg. Ich betrachtete das mir nähere Wesen mit Größere Beobachtung.

Gefleckter Einsiedler (Level 31)
HP: 930/930

Die Spinnen huschten von der Fackel weg. Als sie in ihre Netze hoch an den Seiten der Tunnelwände sprangen, blitzten ihre Chitinpanzer im düsteren Tunnel auf. Sie ließen zwei winzige, regungslose Gestalten auf dem Boden zurück, aber ich hatte keine Zeit für die Opfer der verscheuchten Arachniden.

Jetzt, da ich die Körper sah, war ich mir fast sicher, dass es ihnen zu verdanken war, dass die Spinnen im Hinterhalt überhaupt auf meiner Karte angezeigt worden waren. Wäre ich ein paar Minuten früher angekommen, würde vielleicht mein eigener Körper an ihrer Stelle tot am Boden liegen.

Die zwei Einsiedlerspinnen kletterten hastig über die Tunnelwände auf mich zu. Ich wechselte meine Waffenausrüstung mit einer schnellen Aktivierung von Genau das richtige Werkzeug aus, und mein Hybridgewehr heulte auf, während ich auf die Spinnen zielte. Der Schuss schlug dem Monster seitlich in den Panzer und schnitt dort die beiden vordersten Beine ab. Der Aufprall und der Verlust ihrer Beine schleuderten die Spinne von der Wand weg, und sie stürzte auf die Fahrbahn.

Ich warf Frostbolzen auf die zweite Spinne und visierte sie an. Der Eisbrocken stach in die kleine Lücke zwischen Brustkorb und Vorderbein. Um die Wunde herum glitzerte der Frost, und Kälte breitete sich vom Aufprallpunkt nach außen aus. Der Ansturm der Spinne verlangsamte sich, und ich feuerte erneut mit meinem Gewehr.

Von insgesamt sechs Augen ging der Schuss durch eines in der Mitte und durchbohrte das Gehirn. Das Riesenmonster fiel von der Wand, landete auf dem Rücken und blieb mit zuckenden Beinen liegen.

Trotz ihrer Wunden taumelte die erste Spinne währenddessen auf mich zu und als ich mit der anderen fertig war, hatte sie mich fast erreicht. Ihr verbliebenes Vorderbein zuckte blitzartig, und ich konnte nicht rechtzeitig ausweichen. Die Krallen rissen durch meinen gepanzerten Jumpsuit und in den Oberschenkel hinein. Ich steckte den Schmerz mit knirschenden Zähnen ein und sprang weg.

Ich taumelte nach hinten, und die Einsiedlerspinne rückte nach. Mit einem Schwung zeigte das Hybridgewehr auf das Monster, und ich drückte den Abzug, aber plötzlich schlug es mir die Waffe mit dem Vorderbein aus den Händen, bevor diese sich entladen konnte. Wegen der Wunde am Bein war ich bereits aus meinem Gleichgewicht, und der Hieb stieß mich deshalb zu Boden.

Ich aktivierte Hindern auf die Spinne, kroch rückwärts auf meinen Ellbogen und hinterließ eine Blutspur mit meinem verletzten Bein. Das Monster bewegte sich trotz Schieflage und Verlangsamung immer noch schneller als ich, also gab ich es auf, Abstand zwischen uns zu bringen.

Stattdessen zog ich mit beiden Händen jeweils eine Pistole heraus und eröffnete das Feuer, sobald sich die Waffen materialisiert hatten. Mir fiel sofort auf, dass meine Energiepistole nicht mal effektiv genug war, um durch den reflektierenden Panzer zu brennen. Ich konzentrierte mich stattdessen auf meine Schüsse aus der Projektilpistole und gab einen Feuerstoß auf die Gelenke an der verletzten Seite ab. Die verbliebenen zwei Beine an dieser Seite gaben nach, und der Körper sank zu Boden.

Jetzt konnte ich etwas Luft holen und Schwacher Heilzauber auf mein Bein wirken. Das Fleisch verflocht sich kribbelnd über die gröbsten Verletzungen in nur wenigen Augenblicken. Die Wunden schmerzten weiterhin, aber wenigstens konnte ich wieder das Bein belasten.

Da meine Beweglichkeit größtenteils wiederhergestellt war, und der Spinne die Hälfte ihrer Beine fehlte, wich ich ihren ungeschickten Angriffen problemlos aus und erledigte sie. Nachdem beide Kills bestätigt waren, verstaute ich die Riesenspinnen in der Kühlkammer und holte mein Hybridgewehr vom Straßenrand.

Erst als ich überzeugt war, dass die Bedrohungen beseitigt waren, schaute ich mir die Gestalten neben dem seltsam konstruierten Bike an. Die winzigen, grünhäutigen Humanoiden hätten mir vielleicht fast bis zur Hüfte gereicht. Die Aliens hatten überdurchschnittlich große, runde Köpfe mit langen Nasen und spitzen Ohren, die fast senkrecht herausragten. Ihre breiten Mäuler enthielten mehrere Reihen scharfer Zähne.

Beide Leichen lagen an der Tunnelwand, als wären sie durch die Kollision aus ihrem Fahrzeug geschleudert worden. Ein Kopf war durch den Aufprall eingedrückt, und die Wand war entsprechend blutbespritzt. Die andere zerbrechlich aussehende Kreatur hatte in unnatürlichen Winkeln verdrehte Gliedmaßen und eine blutige Wunde im Oberkörper von einer der Spinnenklauen. Die Wunde war ein sauberer, tiefer Schnitt in die Brust, der sogar durch die Rippen ging. Ich war froh, dass das Monster mir keinen vergleichbaren Schaden zugefügt hatte. Den Goblin-artig aussehenden Kreaturen war nicht mehr zu helfen. Der miese Zustand ihrer Körper und die von Größere Beobachtung angezeigten null Hitpoints waren eindeutig.

Ich durchsuchte die Leichen, fand aber neben der Standard-Abenteurerausrüstung nur eine interessante Sache. Beide Goblins waren mit menschlichen Schusswaffen ausgestattet, die scheinbar mit wenig Geschick für Hände in Kindergröße zusammengebaut worden waren. Das grob bearbeitete Metall war klobig. Als ich es testweise hielt, stachen mir die scharfen Kanten in die Hände.

Die weiße Druckschrift am Lauf weckte jedoch Zweifel in mir, ob es sich wirklich um Menschenhandwerk handelte.

Beim Lesen der Beschriftung murmelte ich: „Was zur Hölle ist eine ‚YEET CANNON‘?"

Ich versuchte spontan, die Waffen in meinem Inventar zu verstauen. Überraschenderweise rutschten beide Pistolen in meinen „Genau das richtige Werkzeug"-Inventarplatz, was wohl bedeutete, dass die Waffen im System erstellt worden waren.

Die Waffen waren verstaut, aber mitten auf der Straße waren noch das seltsame Motorrad und das Leichenpaar. Da mir nichts Besseres einfiel, versuchte ich, die toten Goblins in den Inventarraum der Kühlkammer zu legen, was überraschenderweise funktionierte.

Der Vorderrahmen des Bikes war vom Aufprall verbogen, und das Rad nicht mehr richtig ausgerichtet. Zum Glück konnte ich tatsächlich auch das Fahrzeug im Systemspeicher von Genau das richtige Werkzeug unterbringen. Es nahm viel Platz ein, aber so viel Ausrüstung hatte ich noch nicht. Bald darauf folgte mein eigenes Motorrad ins Inventar. Das schien mir sicherer, als weiter durch einen womöglich von Monstern infizierten Tunnel zu fahren.

Beim Plündern benutzte ich mehrmals Schwacher Heilzauber, wann immer die 60-Sekunden-Abklingzeit vorbei war. Erst nachdem ich vollständig geheilt war, ging ich weiter – wohlgemerkt deutlich langsamer als zuvor.

Die Fackel am Boden brannte noch und ich warf sie so weit in den Tunnel, wie ich konnte. Obwohl auf meiner Minikarte keine roten Punkte zu sehen waren, wartete ich ab, ob sich etwas im Leuchtfeuer an den Wänden oder der Decke bewegte. Erst dann ging ich vorsichtig weiter. Ich kam zur Fackel und wiederholte den Ablauf.

Ich fand einige ausgetrocknete Hüllen von Humanoiden und diversen Monstern, die an den Tunnelwänden entsorgt lagen. Von den Opfern der Spinnen war nichts außer Knochen und Haut zurückgeblieben. Es gab keine nennenswerte Beute, aber immerhin tauchten keine gruseligen Krabbler mehr auf.

Als ich endlich das Ende des Tunnels erreicht hatte, sah ich die Sonne hoch am Himmel über der Fort Pitt Bridge stehen. Ich holte mein Motorrad aus dem Inventar, setzte mich auf den bequemen Sitz und gab Gas.

Auf diesem Abschnitt der Interstate 376 waren die Autos ebenfalls an den Straßenrand gedrückt, und ich konnte problemlos über die Brücke fahren. Als ich den Monongahela Fluss überquerte, sah ich links von mir, und einige Stockwerke weiter unten, den vierzackigen Stern von Fort Duquesne. Die Mauern waren vollständig repariert, und es waren keine Schäden des Jabberwock-Angriffs mehr zu sehen. Sie waren jetzt deutlich höher als bei meiner Abreise vor über einer Woche.

Innerhalb des Baus bewegte sich nichts. Ich fragte mich, ob der Rangerin und den anderen etwas passiert war, aber meine Neugierde war nicht groß genug, um meine aktuellen Pläne jetzt zu ändern und nachzusehen.

Ich fuhr links auf die Ausfahrt zur I-279 North und dann über die Fort Duquesne Bridge zur anderen Seite des Allegheny River.

Das grün-schwarze Feuerwerk, das ich vor einer Woche von der anderen Seite des Flusses bemerkt hatte, explodierte immer noch in regelmäßigen Abständen. Ich folgte den Schildern zur North Shore Ausfahrt und verließ den Highway.

Danach nahm ich die nächste Ausfahrt auf die Reedsdale Street, bog links in den Casino Drive ein und bemerkte sofort die lange Menschenschlange auf dem Bürgersteig. Von der Kreuzung aus konnte ich sehen, dass die Schlange am Eingang des Casinos begann, den gesamten Casino Drive einnahm und entlang der Reedsdale Street verschwand.

Das Tor am Eingang zum Casino war neu, ebenso wie die drei Meter hohe Mauer zwischen den Wartenden und dem Casino selbst. Die Mauer war aus Blechen und zerlegten Autoteilen zusammengeschweißt worden. Wachtürme standen unterstützend in regelmäßigen Abständen. Sie hatten lediglich einen schmalen waagerechten Schlitz in der primitiven Panzerung als Sichtfenster. Die marode Konstruktion aus Mauer und Türmen schienen den geschichteten Panzerplatten des Motorrads aus dem Tunnel sehr zu ähneln.

Das Einfahrtstor war komplett abgeriegelt; rechts daneben befand sich ein kleineres Personentor. Die Schlange begann an der kleineren Tür. Sie öffnete sich und ein Mann kam mit leeren Händen heraus, wonach die nächste Person in der Schlange hineingelassen wurde.

Statt zum Casino-Eingang abzubiegen, fuhr ich geradeaus über die Kreuzung und rollte die Straße mit den anstehenden Menschen entlang. Mein langsames Tempo gab mir Zeit, die Leute einzuschätzen.

Fast alle trugen Monsterteile oder andere Beute, als hätten sie keinen Platz mehr in ihrem Inventar oder würden diesen Platz für wertvollere Gegenstände aufsparen. Ihre gesamte Kleidung war dreckig, zerlumpt und zerrissen. Das System heilte zwar die Wunden der Überlebenden, aber ihre abgenutzte Kleidung zeigte, dass sie sich kaum noch über Wasser halten konnten.

Diejenigen, die keine Waren in den Händen hatten, hielten Baseballschläger oder grobe, selbstgemachte Waffen. Es schien, als hätte seit Tag eins niemand seine Ausrüstung aufgestockt. Das ergab keinen Sinn, wenn sich ein Shop gleich um die Ecke befand.

Mir fiel tatsächlich auf, dass insgesamt nur sehr wenig Systemausrüstung in der Menge verteilt war. Der Mangel an geeigneter Ausrüstung und die vielen auf mich gerichteten starrenden Blicke waren offensichtliche Anzeichen, dass etwas sehr Ungewöhnliches hier vor sich ging.

Ich inspizierte einige wenige Individuen mit Größere Beobachtung. Die Levels und Gesundheitswerte beunruhigten mich ebenfalls. Genauer gesagt, der Mangel daran. Sie waren so weit unter meinem Level, dass keiner von ihnen auch nur aufzuckte, als meine aktivierte Klassenfertigkeit ihren Systemstatus auseinandernahm, um Namen, Level und Gesundheit anzuzeigen. Die meisten Leute hatten Basisklassen aus Handwerker- oder Nichtkämpfer-Kategorien. Die wenigen Leute mit für Kampf ausgelegten Klassen waren die einzigen, die zweistellige Levels erreicht hatten.

Am Ende der Warteschlange stieg ich vom Motorrad, verstaute es in meinem Inventar und stellte mich an. Einige wenige murrten überrascht über das Verschwinden meines Bikes, aber ansonsten ignorierten mich die Leute am Ende der Schlange stur und schauten weiter nach vorne.

Alle Leute waren in kleinen Gruppen zusammengeschlossen. Sie kannten sich oder arbeiteten anscheinend zusammen. Alle hielten ein wenig Abstand zwischen sich und ihren Mitmenschen, und es gab fast keine Vermischungen, oder Gespräche mit anderen Familien- oder Freundesgruppen. Eine Aura des Misstrauens erfüllte die Luft, und die Gruppen schauten sich immer wieder verstohlen um, als erwarteten sie, jeden Moment ausgeraubt oder angegriffen zu werden. Ich erhielt mehr solcher Blicke als alle anderen und fragte mich, ob es daran lag, dass ich bessere Ausrüstung besaß, dass ich mit einem Fahrzeug statt zu Fuß aufgekreuzt war oder dass ich niemanden bei mir hatte.

Die Warteschlange kroch langsam voran.

Im Laufe der Zeit stellten sich immer mehr Leute hinter mir an, ihre Hände voller Monsterteile. Die Beute: Knochen, Geweihe, Zähne, Felle und Panzerstücke. Ich erkannte Teile von einigen mir inzwischen bekannten Kreaturen, aber genauso oft hatte ich keine Ahnung, welches Monster für die Beute gestorben war.

Meine leeren Hände bekamen ein paar Seitenblicke von den Neuankömmlingen, aber nicht annähernd so bitter, wie die bei meiner Ankunft. Sie schienen etwas weniger verhalten als die Leute vor mir, und ich konnte Teile ihrer Gespräche überhören. Anscheinend wollten sie ihre

Rohstoffe bei den Casinobesitzern gegen bessere Waffen und Rüstungen eintauschen.

Das kam mir seltsam vor. Je länger ich hier war, desto mehr Fragen hatte ich.

Warum handelten die Leute hier mit den Casinobesitzern, anstatt Ausrüstung aus dem Shop zu beziehen?

Ich wandte mich an die Gruppe hinter mir, um das Thema anzusprechen, aber als ich mich vorstellen wollte, drehten sie sich demonstrativ weg. Ich wartete einen Moment auf eine Gelegenheit, ihrem Gespräch beizutreten. Ein paar Mal sahen mich die Männer und Frauen auf der anderen Seite der Gruppe an, schauten aber schnell weg. Die anderen hielten ihre Rücken zu mir gedreht. Ein einziges Mal sprach jemand aus der Gruppe zu mir, um darauf hinzuweisen, dass die Schlange weitergezogen war.

Nach der Zurückweisung wandte ich mich ab und holte die Schlange ein. Ich war mehr als bereit gewesen, das Systemwissen, das diesen Leuten eindeutig fehlte, weiterzugeben, aber ich würde mich nicht in ihre Gruppe zwingen.

In gewisser Weise verstand ich die Vertrauensprobleme dieser Leute. Man hatte sie in einen Überlebenskampf gezwungen, und sie hatten nur enge Freunde und Familie zur Unterstützung. Als ich mit Zeke durch die Stadt gezogen war, hatten diese frühen Begegnungen bewiesen, dass es immer noch Menschen gab, die bereit waren, zu bedrohen und zu töten. Am besten niemandem vertrauen, der einem in den Rücken fallen könnte.

Eine halbe Stunde verging, bis ich an der Kreuzung war, dann weitere 45 Minuten, bis ich das Tor erreichte. Näher zum Tor sah ich eine zweite Schlange auf der anderen Straßenseite. Diese schlängelte sich in entgegengesetzter Richtung um den Block und führte auf einen Parkplatz, dessen Eingang sich gegenüber vom Casino-Tor befand. Leute in dieser Warteschlange schoben verbeulte Autos und diverse andere defekte Fahrzeuge.

Ich konnte durch die Bäume um den Parkplatz herum sehen, dass die Autoschlange zu einem riesigen Lastwagen mitten auf dem leeren Parkplatz führte. Dieses massive Fahrzeug war einst ein Schneepflug von PennDOT – dem Verkehrsministerium von Pennsylvania – aber inzwischen hatte der Truck reichlich Modifikationen erhalten und ähnelte eher etwas aus einem postapokalyptischen Film, in dem Fahrer um Benzin, Munition und Frauen kämpften. Der verstärkte Schneepflug vor dem Lkw wies Schrammen und verschmierte Farbflecken auf.

Es sah so aus, als hätte ich die Gruppe gefunden, die für die Räumung der Highways verantwortlich war.

Der hydraulische Streugutkipper war durch einen mächtigen Kranarm ersetzt und die Ladefläche um mehrere Anhänger mit Radpaaren ergänzt worden. Die verlängerte Ladefläche enthielt eine offene Vorrichtung, die aussah wie eine Autozerkleinerungsmaschine, wie man sie von Schrottplätzen kennt.

Eine Gruppe schob ein Auto neben die Ladefläche des Lastwagens. Ein Fahrer stieg aus und winkte dem Kran zu. Die Krankralle packte den Wagen und hob ihn über den Zerkleinerer. Dann ließ der Kran das Fahrzeug in die zahnradartigen Räder des Schredders fallen, die das Auto in Sekundenschnelle auseinanderfetzten. Am hinteren Teil der Zerkleinerungsmaschine wimmelte es von winzigen, grünhäutigen Arbeitern; sie sortierten die anfallenden Komponenten in große Behälter. Soweit ich es beurteilen konnte, wurden diese zerlegten Fahrzeugkomponenten zum Beispiel zu Metallplatten umfunktioniert, wie die an der Mauer um das Casino oder an den Motorrädern, die neben dem riesigen Abschlepptruck geparkt waren. Motorräder, die aussahen wie das eine in meinem Inventar.

Als ich am Casino-Tor ankam, wurde mir klar, dass die Besitzer dieses Betriebs und des Shops weitere Goblins waren, die den Leichen vom Highway ähnelten.

Ein schwer bewaffneter Goblin stand in der offenen Tür. Ich scannte die Kreatur mit Größere Beobachtung vorsichtig nur nach Basisinformationen aus dem System, um zu sehen, womit ich es zu tun hatte.

Gribbari Raufbold (Level 31)
HP: 290/290

Der Systemname für diese Goblinrasse war Gribbari, genau wie die Gnome vom Raumhafen eigentlich ein Volk namens Pharyleri waren, und die Butzemänner von der Schule eigentlich Krym'parke waren.

Meine Größeneinschätzungen der Gribbari anhand der Leichen im Tunnel erwiesen sich als richtig. Sie waren ähnlich hoch wie die Gnome und reichten mir bis zur Mitte der Oberschenkel. Ihre Körper waren dürrer als die der rundlicheren Gnome, aber ihre Köpfe waren größer und viel weniger menschlich. Unter einem breiten Mund mit gelben Zähnen schnitt ein scharfes Kinn schräg nach unten, und aus der Mitte des Gesichts ragte eine spitze Nase. Die Ohransätze waren fast so groß wie der gesamte Kopf des Goblins, aber sie ragten senkrecht vom Kopf, in einer fast dreieckigen Form mit einer dünnen Spitze.

Der Raufbold warf mir einen fragenden Blick zu, als er sah, dass meine Hände im Gegensatz zu allen anderen in der Schlange leer waren. Der Alien blickte zu den Waffen an meinem Gürtel und legte den Kopf schief, als wäre er durch mein kampftüchtiges Erscheinen verwirrt. Dennoch winkte mich der Wächter hinein, um die Warteschlange nicht aufzuhalten.

Eine Benachrichtigung erschien, als ich durch das Tor trat.

Du hast eine sichere Zone betreten (Rivers Casino Pittsburgh)
In diesem Bereich sind die Manaströme stabilisiert. Hier werden keine Monster spawnen.
Dieser Sicherheitsbereich umfasst:
Dorf North Shore, Pittsburgh Stadtzentrum
Ein Casino (+1 % durch Wetten gewonnener Credits)
Der Shop

Als ich durch das Tor ging, erkannte ich den Bereich unter der mehrspurigen Überdachung des alten Casino-Eingangs kaum wieder. Ich schritt zur Seite, um der nächsten Person Platz zu machen und den Fußverkehr durch das Personentor nicht zu blockieren. Ich stellte sicher, dass ich an meinem Standort nicht auffallen würde, und inspizierte die Umgebung.

Unter dem Portikus war nur noch eine einzige Durchfahrtsspur der ehemaligen Valet- und Drop-off-Zone offen. Diese war für Fahrzeuge vorhergesehen, während der restliche Bereich größtenteils mit Tischen gefüllt war, an dem Menschen Monsterteile oder komplette Kadaver gegen Waren tauschten. Jenseits des organisierten Chaos der Tische im Handelsbereich, sah ich am Ende der leeren Fahrspur eine weitere Schlepper-Maschine. Ein Trupp bewaffneter Goblins hielt jegliche Gaffer vom Fahrzeug fern.

Ein kleiner Aufruhr lenkte mich von meiner Analyse der Umgebung ab. Ein großer Mann in voller Hockeyrüstung ließ einen Rasierhorn-

Hirschkadaver auf einen breiten Tisch fallen. Der Goblin hinter dem Tisch betrachtete den Kadaver sorgfältig, nickte und ließ ihn in seinem Inventar verschwinden. Anstelle des toten Monsters schob der Goblin dem großen Mann im „Pittsburgh Penguins"-Trikot ein Messer über den Tisch zu.

Ich fokussierte Größere Beobachtung auf das Messer, das einsam auf dem Tisch lag.

Stufe V Messer
Grundschaden: 4
Haltbarkeit: 25/25
Sonderfähigkeiten: Keine
Preis: 50 Credits

Der Mann funkelte den Goblin böse an und fluchte etwas Hässliches, das russisch klang. Dann nahm er das Messer vom Tisch und stürmte zum Tor davon.

Man konnte dem Mann keinen Vorwurf machen. Das Messer war Schrott.

Die Goblins schienen mit den Menschen das Gleiche zu tun, was europäische Entdecker während des Segelzeitalters mit Eingeborenen auf der ganzen Welt getan hatten. Die Kolonisten hatten billige Massenware wie Decken, Perlen und Messer an die Eingeborenen getauscht. Im Gegenzug erhielten sie Rohstoffe wie Pelze oder Gewürze, die in ihren Heimatländern weitaus wertvoller waren.

Ich hatte von den Gnomen gelernt, dass die Monsterteile Rohstoffe von hohem Wert waren, genau wie Tierfelle in der Vergangenheit der Erde. Die Monster-Waren der Dungeonwelt namens Erde waren in der Galaxis sehr gefragt. Jedes Monsterstück war wertvolles Gut für den Shop oder interplanetaren Großtransport. Handel und Transport waren lukrative Geschäfte auf den anderen Dungeonwelten, also würde auch hier der Wettbewerb hart sein.

Das war einer der Gründe, warum die Pharyleri so viel riskiert und geopfert hatten, um mit dem Raumhafen Fuß zu fassen. Ich vermutete, dass die Gribbari haufenweise Beute mit ihren ausbeuterischen Praktiken ergattert hatten. Diese würde zusammen mit anderen Gütern bald durch den Raumhafen der Pharyleri in die Galaxis fließen.

Jenseits des organisierten Chaos der Tische stand am eigentlichen Haupteingang zum Casino eine Handvoll Wächter. Der Shop musste drinnen sein, also drängte ich mich zur Tür durch. Auf meinem Weg durch die Menge musste ich eine Hand abwehren, die versuchte, eine meiner Pistolen aus dem Holster zu ziehen. Der Möchtegern-Taschendieb machte große Augen, als ich schneller reagierte als seine flinken Finger stehlen konnten. Mit einem bedrohlichen Blick meinerseits rannte das schmuddelige Kind panisch davon.

Eine Benachrichtigung informierte mich, dass meine Einschüchterungs-Fähigkeit zugenommen hatte.

Ohne weitere Zwischenfälle war ich auch schon am Casino-Eingang. Ein stämmiger Goblin mit einem winzigen Gewehr versperrte mir den Weg.

Gribbari Schläger (Level 27)

HP: 210/210

Der Goblin war in ein Gespräch mit einem anderen Wächter verwickelt und ignorierte mich zunächst. Ich verschränkte meine Arme und fixierte die winzige Kreatur mit dem gleichen warnenden Blick, der den kleinen Taschendieb abgeschreckt hatte.

Schließlich sah mich der Goblin aus dem Augenwinkel an. Dann schnellte sein Kopf erschrocken herum, und er hob das Gewehr halb auf mich gerichtet. Meine sichtbar bewaffnete und gepanzerte Gestalt erkannte er als Bedrohung, die sich von den anderen Menschen in der Handelszone abhob.

„Was willste?" Der Goblin spuckte seine schrillen Worte im Schnellfeuertakt.

Ich nickte zur Tür hinter ihm. „Ich will reingehen."

„Warum?"

Ich hob eine Augenbraue. „Was glaubst du denn?"

Der Goblin sah nervös zu den anderen Wächtern. Keiner von ihnen schien so erschrocken wie der Goblin vor mir, aber ebenso schien keiner von ihnen daran interessiert zu sein, seinen Mund aufzumachen. Sie blickten zurück zu ihm und zuckten nacheinander die Achseln.

„Der Handelsbereich ist hier draußen", antwortete der Goblin schließlich.

„Sehe ich aus wie jemand, der hier draußen handelt?"

Das machte alle Goblins nervös.

„Nein", murmelte der Schläger vor mir.

Ungeduldig tippte ich mit dem Fuß. „Nun?"

Der Schläger seufzte und senkte das Gewehr. Dann drehte er sich um, zog die Tür auf und hielt sie für mich fest.

Ich hob mein Kinn und schnaubte herrisch, als hätte man meine wertvolle Zeit vergeudet. Dann ging ich am Goblin vorbei durch die Tür ins Casino. Er ließ die Tür schnell los. Sie fiel hinter mir zu und dichtete den lärmenden Tumult des Handelsbereichs ab.

Der Casino-Eingang war innen gänzlich anders eingerichtet als die marode aussehenden Außenmauern.

Kronleuchter hingen noch immer über den beckenartigen, hüfthohen Blumenbeeten am Eingang. Dieser Bereich führte ankommende Gäste zu einem inneren Sicherheitskontrollpunkt, der von ungefähr einem weiteren halben Dutzend Goblin-Sicherheitskräften besetzt war. Außer den Goblins war die neue Trennwand zum Spielbereich die größte Veränderung im Eingangsbereich. Die Wand passte zum Marmor und zum roten Stein der Pflanzgefäße.

Die Kronleuchter waren an, was darauf hindeutete, dass die Goblins eine Systemstromquelle hatten.

Die Goblins am Checkpoint hatten noch niedrigere Levels als jene draußen und schenkten mir noch weniger Aufmerksamkeit, während ich hineinging. Einige der wachsameren Goblins warfen mir Seitenblicke zu, aber sie machten keine Anstalten, mich aufzuhalten.

Der Spielbereich hinter dem Kontrollpunkt war vom Systemstart und Besitzerwechsel weitgehend unberührt. Reihe um Reihe vergoldeter, hell beleuchteter Spielautomaten füllten den meisten Platz. Viele der Maschinen waren nicht nur von Goblins oder Menschen besetzt, sondern auch von Spezies, die ich überhaupt nicht erkannte – abgesehen von einigen, die Standard-Fantasy-Kost zu sein schienen.

Gnome und Goblins waren echt. Zwergen oder Elfen sollten mich auch nicht weiter überraschen.

Sogar die Menschen im Casino waren fein gekleidet – deutlich besser als die heruntergekommenen Leute draußen. Sogar meine im System hergestellte und im Shop gekaufte Abenteurerrüstung fühlte sich vergleichsweise schäbig an. Ich konnte mich erst wieder entspannen, als ich mehrere Leute in Trainingsanzügen erblickte.

Auf der Suche nach Anzeichen vom Shop lief ich an Spieltischen und Automatenspielen vorbei. Ich machte eine halbe Runde durch die Haupthalle und kam am Kassenfenster zum Einlösen von Chips an. Der Shop-Kristall war dort seitlich an der Wand. Er hatte eine eigene Warteschlange, die durch vergoldete Absperrständer und weinrote Kordel von der Kasse getrennt war. In beiden Schlangen warteten mehrere Menschen und eine Handvoll Aliens.

Trotz meiner bisherigen Erfahrungen mit Gnomen und Goblins, kam es mir völlig surreal vor, die fremden Spezies zwanglos zwischen Menschen verteilt zu sehen. Meine Schritte kamen ins Stocken, ich blieb stehen und zwang mich, den Blick von den seltsamen anstehenden Gestalten abzuwenden.

Ich drehte mich weg, um niemanden anzustarren, und bemerkte etwas an der Wand neben dem Kassenfenster. Unpassend zur feinen Einrichtung des Casinos hingen dort mehrere Blätter mit Porträts. Ich ging hinüber, um mir einen der Aushänge genauer anzusehen.

Links oben auf der Seite war das Bild eines bebrillten Mannes. Rechts daneben stand eine Reihe von persönlichen Daten wie Name, Alter, Größe, Gewicht und Haarfarbe geschrieben. Darunter wurde im kurzen Absatz erklärt, dass der Mann mehrere Casino-Chips gestohlen hatte, dass für seine Festnahme eine Belohnung angeboten wurde und dass es einen Bonus für das Wiedererlangen der entwendeten Chips gab. Im Kleingedruckten stand wer das Kopfgeld anbot, wohin der Gesuchte gebracht werden sollte, die Höhe der Basisbelohnung, und dass der Kopfgeldstatus öffentlich war.

Meine Augen waren auf die Belohnung von fünftausend Credits gerichtet. Das war ein ordentlicher Batzen Credits, nur um einen Gesuchten festzunehmen.

Bei den anderen Blättern handelte es sich ebenfalls um Kopfgeld-Aushänge für diverse Missetaten. Die Delikte reichten von Bagatelldiebstahl auf dem ersten Blatt, bis hin zu Vertragsbruch, bei dem die Person aus ihrem vertraglichen Dienst geflohen war.

Beim letzten Aushang zog ich die Augenbraue hoch. Ich hatte nicht gewusst, dass es Indentur im System gab, aber es schien das höchste Kopfgeld an der Wand zu sein. Der Status dieses Kopfgeldes war jedoch anders als bei den anderen. Anstelle von „öffentlich", hatte dieses Kopfgeld den Status „eingeschränkt". Auf dem Papier gab es keine Definition zum Status, ich brauchte also mehr Informationen über die Kopfgeldjagd im System.

Ein Folgegedanke tauchte sofort auf.

Was, wenn ich in die Kopfgeldjagd einsteige?

Tatsächlich klang es nach dem perfekten nächsten Schritt auf meiner Suche. Wenn ich meine Talente aus der Zeit vor der Apokalypse einsetzte, würde ich vielleicht einige Kontakte knüpfen und mehr über die Krym'parke herausfinden können.

Mit diesem Ziel vor Augen trat ich von der Kopfgeldwand weg und stellte mich zum Shop an. Niemand reagierte auf mich, und ich richtete meine Aufmerksamkeit auf die seltsamen Lebewesen in der Schlange. Ich gab mir Mühe, sie nicht zu offensichtlich zu untersuchen und erweiterte mein Bewusstsein mit Größere Beobachtung – so subtil, dass nicht einmal Name und Level angezeigt wurden.

Der erste Alien in der Warteschlange war ein riesiger Humanoid, höher als alle anderen, und er hatte den Kopf eines Stiers. Die zweieinhalb Meter große Kreatur war muskelbepackt und nahm die gesamte Breite zwischen den Absperrständern ein. Größere Beobachtung informierte mich, dass die Kreatur zu einer als Yerrick bekannten Spezies gehörte, lieferte jedoch keinen weiteren Kontext. Die massive zweiköpfige Streitaxt an seinem Rücken war jedoch ein deutliches Signal, dass man sich mit dem riesigen Minotauren nicht anlegen sollte.

Ich richtete meine Aufmerksamkeit auf den nächsten Alien, eine Kreatur von durchschnittlicher Größe, die wie ein dreibeiniger Pilz aussah. Direkt unter der konischen Kappe, die ein Drittel der Gesamthöhe der Kreatur ausmachte, ragte ein Paar dürrer Arme über den drei Beinen heraus. Der Pilzkopf war tiefrot mit gelben Flecken und die Lücken zwischen seinen leichten Rüstungsplatten zeigten blasse, cremefarbene Haut. Nach meiner Untersuchung vermerkte meine Fertigkeit den Artnamen „Frulegur" für die fungiartige Kreatur.

Der letzte Alien in der Reihe war ein zierlicher Elf mit spitzen Ohren, nachtschwarzer Haut und silberweißem Haar. Die imposante Platinmähne hatte pinke Strähnchen, die mich an die neonfarbenen Haare der Gnome erinnerte. Hasserfüllte bernsteinfarbene Augen starrten aus einem scharfkantigen Gesicht mit recht bitteren Zügen, wobei es möglich war, dass das Gesicht des Elfen gerade von Emotionen verzogen war. Durch den intensiven, starren Blick des Truinnars bemerkte ich einen Alien, den ich zuvor übersehen hatte.

Der Zorn des Dunkelelfen war auf einen anderen Elfen in der anderen Warteschlange gerichtet, den ich aufgrund seiner milchig-weißen Haut und den goldblonden Locken als Menschen wahrgenommen hatte. Der hellhäutige Elf war sich bestimmt des auf ihn gerichteten Hasses bewusst, aber er ignorierte den intensiven Blick und drehte geschickt einen Casino-Chip zwischen seinen Fingerspitzen. Er wartete in der Kassenschlange mit einem gefüllten Casino-Chip-Behälter in seinem anderen Arm.

Ich war nicht der Einzige, der die Spannung zwischen den Elfen bemerkte. Mehrere Goblin-Türsteher am Kassenfenster sahen nervös zwischen den beiden Elfen hin und her, als erwarteten sie eine Auseinandersetzung.

Die Anzeichen deuteten darauf hin, dass aufgrund des Manaleck-Phänomens das böse Blut zwischen den verschiedenen Elfenrassen mehr als nur Fantasy war.

Ich war mit meinen Beobachtungen der verschiedenen Aliens fertig und richtete meinen Blick nun auf die restlichen Kreaturen in den Warteschlangen. Auch die anderen vor dem Kassenfenster trugen Behälter mit Casino-Chips der Blackjack- und Pokertische. Umgekehrt schienen so ziemlich alle in der Shop-Schlange mit leeren Händen zu warten.

Beide Warteschlangen bewegten sich einigermaßen schnell, und bald war ich an der Reihe, auf den Shop zuzugreifen. Ich trat vor und berührte den Shopkristall. Meine Finger streiften die Kugel, und die Realität um mich herum fing an, sich aufzulösen, während das System mich in meinen Shop transportierte.

Kapitel 19

Die lange, museale Halle des Shops materialisierte sich um mich herum, und wie erwartet, grüßte eine vertraute Stimme.

„Seien Sie gegrüßt, Abenteurer Mason", sagte Ryk. „Willkommen zurück. Ich war bereits besorgt, Sie nicht mehr wiederzusehen, da Ihr letzter Besuch schon einige Zeit her ist."

„Guten Tag, Händler Ryk", antwortete ich. „Nichts dergleichen, meine Reisen hielten mich einfach von Orten mit Shopzugang fern."

Der Bariadur nickte bei meinen Worten.

Erst dann wurde mir bewusst, dass ich den tatsächlichen Namen der widderähnlichen Spezies aufgeschnappt hatte und endlich seinen emotionalen Zustand einschätzen konnte. Bei meinen vorherigen Besuchen war der Händler ein leeres Blatt gewesen, weil sein Level meinen eigenen weit überstieg. Mein Level war zwar nur leicht angestiegen, jedoch schien Größere Beobachtung Synergie mit Scharfe Sinne zu schaffen, und die Kombination der beiden Fähigkeiten gab mir ein größeres Bewusstsein für alles in meiner nahen Umgebung.

„Haben Sie heute Waren zu verkaufen?", fragte Ryk.

„Nur einige wenige", sagte ich.

Ich hatte eigentlich nur die Spinnenkadaver als Beute, da ich die Goblinleichen in der Kühlkammer nur ungern zur Schau stellen wollte.

Wir feilschten kurz um den Preis für die Riesenspinnen-Teile. Dann war ich bereit für eine schöne Shoppingtour. Nachdem ich in den vergangenen Tagen meine gesamte Beute bei den Gnomen abgeladen hatte, fühlte ich mich ziemlich gut bei Kasse. Ich würde mir noch keine eigene Siedlung leisten können, aber ich hatte aktuell deutlich mehr Credits als je zuvor.

Ryk verließ mich, um die klebrigen Spinnenteile einzusortieren, und ich wandte mich zur Konsole mit den meisten käuflichen Informationen sowie

Zauber- und Klassenfertigkeiten um. Nach mehreren Suchanfragen hatte ich mehrere Artikel zu den Themen herausgesucht, die ich mir seit meinem letzten Besuch im Shop gemerkt hatte.

Willkommen im System

Diese Einführung in die Etikette lehrt die gängigsten Verhaltensweisen Galaktischer Zivilisationen. Dieses Handbuch wird für eine neu assimilierte Spezies beim Integrieren in das System und in die Galaktische Gesellschaft dringend empfohlen.

„Vier von fünf Speere hoch" – anonymer Galzon-Rezensent

Das Buch der Spezies des Systems

Dieser kulturelle und physiologische Leitfaden bietet einen allgemeinen Überblick über die Hauptspezies und ihre Gruppierungen. Nur allgemeine Informationen sind enthalten. Genaueres muss in spezialisierten Leitfäden, die auf einzelne Spezies zugeschnitten sind, separat recherchiert werden, um detailliertes Wissen zu erhalten. Im Kontext dieses Buches werden Hauptspezies als Spezies definiert, die im Galaktischen Rat durch gewählte Repräsentation vertreten sind. Hinweis: Dieses Verzeichnis enthält keine Sekten, Gilden oder Konzerne.

Grundlagen: Pharyleri

Dieses Buch gibt einen detaillierten Einblick in die Pharyleri-Spezies. Untersucht werden ihre physiologische und psychologische Zusammensetzung sowie die Geschichte der Spezies von der Systemassimilation bis in die Gegenwart.

Grundlagen: Gribbari

Dieses Buch gibt einen detaillierten Einblick in eine Variante der goblinoiden Spezies. Untersucht werden ihre physiologische und psychologische Zusammensetzung sowie die Geschichte der Spezies von der Systemassimilation bis in die Gegenwart.

Grundlagen: Krym'parke

Dieses Buch gibt einen detaillierten Einblick in die verdorbenen Krym'parke-Spezies. Untersucht werden ihre physiologische und psychologische Zusammensetzung sowie die Geschichte der Spezies von der Systemassimilation bis in die Gegenwart.

Als erstes besorgte ich mir ein allgemeines Handbuch für System-Etikette, gefolgt von einem Kulturleitfaden für die wichtigsten Galaktischen Gruppen, die sich wahrscheinlich für die Erde interessieren würden. Dann kaufte ich detailliertere Informationen über die Gruppierungen, denen ich bisher begegnet war: Gnome, Goblins und Krym'parke.

Der letzte Artikel war der teuerste – er kostete so viel wie alle bisherigen Informationsdownloads zusammengelegt. Ich kaufte die Information in Buchform zum Selberlesen, anstatt sie herunterzuladen, denn der Kostenanstieg für das direkte Integrieren der Information ins Gedächtnis war äußerst steil.

Eine weitere Suche nach Aufenthaltsorten der Krym'parke auf der Erde ergab ein Resultat mit einem achtstelligen Credits-Preisschild. Ich blinzelte und zählte noch einmal die Nullen im Interface. Welche Klassenfähigkeiten auch immer die verachteten Aliens schützten, sie erhöhten eindeutig die Kosten der auf sie bezogenen Informationsbeschaffung.

Ich musste es auf die altmodische Art angehen: Hinweise suchen und sie selbst aufspüren.

Schließlich fügte ich eine umfassende Datenbank mit häufig vorkommenden Dungeonwelt-Kreaturen als implantiertes Wissen hinzu.

Bestiarium I

Dieser Leitfaden über häufig vorkommende Kreaturen ist ein Muss für jeden Abenteurer. Hinweis: Paezo, Inc. ist nicht verantwortlich für Mutationen der hierin enthaltenen Kreaturen und haftet nicht für Abweichungen von den Erwartungen der Abenteurer.

Derzeit stellte Größere Beobachtung reine Identifizierung von Wesen bereit, und dieses Wissen würde mir zusätzlichen Kontext bieten. Ich würde nicht mehr nur einen Namen erfahren, sondern auch ein instinktives Verständnis für die Fähigkeiten der Kreaturen haben. Ich nahm die Warnung in der Beschreibung ernst und bereitete mich mental darauf vor, dass das implantierte Wissen ungenau sein könnte. Das war trotzdem besser als nichts, also akzeptierte ich die Gebühren für den Wissenstransfer.

Mit diesen Käufen war meine ursprüngliche Liste abgehakt, aber ich brauchte noch etwas. Eine kurze Suche brachte mir die gewünschte Anleitung, und ich wählte den vollständigen Download.

Kopfgeldjagd für Dummies

Galaktische Kopfgeldjagd leicht gemacht!
Ein klares Nachschlagewerk für den Beruf, egal ob Sie ein erfahrener Veteran der Strafverfolgung oder ein Abenteurer sind, der sich nebenbei ein paar Credits dazuverdienen möchte.

Kopfgeldjagd für Dummies, 23. Ausgabe, vermeidet den gesamten Branchenjargon mit klaren, leicht verständlichen Erklärungen und Schritt-für-Schritt-Anleitungen für:

- *Erhalt der Kopfgeldjäger-Gilden-Zertifizierung*
- *Umgang mit Gilden-Papierkram*
- *Zugriff auf das Galaktische Kopfgeld-Netzwerk*
- *Kopfgeldklassifizierungen verstehen*
- *Annahme ausgehängter Kopfgelder und Lohneinforderung*

Mit dem Kauf drang das Wissen in mich ein, und ich wusste, dass ich als nächstes eine Zertifizierung der Kopfgeldjägergilde besorgen musste. Ein paar hundert Credits später besaß ich die Lizenz und einen neuen Titel; Galaktischer Kopfgeldjäger, Eisen.

Eisen war nicht mal annähernd ein Edelmetall, also befand ich mich auf der Starter-Stufe mit dem niedrigsten Rang. Der Titel bedeutete jedoch, dass ich zwecks Arbeitssuche auf das Galaktische Kopfgeld-Netzwerk zugreifen konnte und berechtigt war, Kopfgelder mit dem Status „Eingeschränkt" und „Reserviert" anzunehmen.

Während ein Kopfgeld mit dem Status „Öffentlich" von jedem angenommen werden konnte, waren beim Status „Eingeschränkt" nur registrierte Galaktische Kopfgeldjäger in der Lage, die Belohnung für sich zu beanspruchen. „Reserviert" war ein weiterer Schritt aufwärts, der die Beute auf bestimmte einzelne Jäger beschränkte oder erforderten, dass der Kopfgeldjäger einen bestimmten Rang hatte, um sie jagen zu können.

Jetzt, da ich registriert war, konnte ich den an der Casino-Wand aufgelisteten Vertragsbrecher für die höchste Credits-Prämie frei jagen.

Im ersten Rang bot der Titel keine weiteren Vorteile. Wenn ich in eine höhere Stufe aufsteige, würde sich das hoffentlich ändern.

Mein Informationsbedarf war gedeckt, also verließ ich die Konsole und frischte meine sämtlichen Munitionsvorräte auf. Mit all dem zusätzlichen Speicher durch Genau das richtige Werkzeug war ich vielleicht etwas großzügig mit der gekauften Menge an Projektilen und anderen Sprengstoffen.

Ich hatte eine Idee, wie ich meine neu entdeckten beruflichen Ziele leichter erreichen könnte, und kehrte zum Terminal für Zaubersprüche und Klassenfähigkeiten zurück. Meine erste Suche im Zaubermenü des Shops dauerte nicht lange. Ich wollte mein Aussehen ändern können, und der Zauber „Geringere Verkleidung" war genau das Richtige dafür.

„Auf der Jagd" konnte bereits meinen Systemstatus ändern. Mit dem neuen Zauber würde ich nun flexibler sein, wenn mein Ziel genau nach mir Ausschau hielt. Ich hatte es bereits mit Gesuchten zu tun gehabt, die bei meinem Anblick sofort davonrannten. Etwas, das mich näher an sie herankommen lassen würde, war willkommene Hilfe.

Nachdem ich den Kauf abgeschlossen hatte, und das Wissen zum Wirken des Spruchs meinen Kopf füllte, verließ ich die Konsole und machte mich auf die Suche nach zusätzlicher Ausrüstung, die mir bei meiner Rückkehr zum Kopfgeldjägerdasein helfen sollte. Es gab alle möglichen Hightech-Überwachungsspielzeuge, die ich gerne vor der Apokalypse gehabt hätte. Jetzt, da ich sie mir leisten konnte, fügte ich sie meiner Liste hinzu.

Außerdem legte ich mir diverse Fesselungssysteme zu. Diese reichten von Einweg-Kabelbindern über Handschellen bis hin zu Fußfesseln. Für alle Fälle nahm ich ein Seil, eine Spule Nanostahlkabel und einige Stahlketten mit. Man weiß nie, wann man ein Seil gebrauchen kann.

Ich fügte dem Einkauf noch einen ordentlichen Vorrat Energy-Drinks, Nahrungsmittel-Riegel und eine Vielzahl von Tränken hinzu. Dieser

Fahnder würde ganz sicher keinen Tankstellenkaffee mehr über sich ergehen lassen.

Bevor ich meine Auswahl bestätigte, wählte ich Ersatzteile für die meisten meiner gepanzerten Kleidungsstücke, sowie Kits mit Nanotechnologie-Flicken, die Rüstungen reparieren konnten und günstiger ausfielen als ein vollständiger Ersatz. Vom vielen Kämpfen waren Schnitte und Löcher in meinem Jumpsuit zurückgeblieben. Es machte also Sinn, diesen, wann immer möglich, zu reparieren.

Die Rüstung, Ausrüstung und die technischen Geräte passen alle ohne Probleme in meinen erweiterten Aufbewahrungsplatz von Genau das richtige Werkzeug, und ich hatte reichlich Platz für Nahrung und Verbrauchsgüter in meinem normalen Inventarraum.

Ich trat vom Terminal zurück und nickte, zufrieden mit meinen Einkäufen.

Trotz der ziemlich hohen Ausgaben würde ich den Shop ausnahmsweise tatsächlich mit weiterhin genug Credits verlassen. Ich verabschiedete mich vom fröhlichen Ryk, der seinerseits zufrieden war, dass ich reichlich Credits ausgegeben hatte. Seine Ratschläge und Investitionen in mein Überleben hatten sich eindeutig ausgezahlt. Ich wurde zurück ins Casino transportiert.

Ich kam in einem offenen Bereich neben dem Shopkristall an, abseits von den Warteschlangen zu Shop und Kassenfenster. Ich ging um die Schlangen herum und kehrte zu den Kopfgeldaushängen zurück.

Als ich mir dieses Mal das Infoblatt zum Vertragsbrecher ansah, erschien eine Eingabeaufforderung des Systems.

Möchtest du diese Kopfgeldausschreibung akzeptieren? (J/N)
Es gibt derzeit ... 0 ... registrierte Kopfgeldjäger, die diesen Gesuchten verfolgen.

Ich bestätigte und erhielt eine Benachrichtigung, dass das Quest-Interface in meinem Status jetzt die Details vom Zettel an der Wand auflistete. Ich rief diese Information auf. Enthalten waren lediglich sein Name und der Arbeitsplatz, von dem er geflohen war, und somit seinen Indenturvertrag gebrochen hatte. Das war kein besonders großer Hinweis, aber zumindest war es in der Nähe und ich konnte dort mit meinen Nachforschungen anfangen.

Dem Kopfgeld war ein Wegpunkt zum Einsatzort beigefügt. Ich aktivierte ihn und ein Punkt leuchtete auf meiner Minikarte auf.

Da das Kopfgeld auf mich wartete, hatte ich keinen weiteren Grund, im Casino zu verweilen, und ging durch die Spielhalle zum Ausgang. Beim Durchschreiten des Sicherheitskontrollpunkts erhielt ich nur einen flüchtigen Blick von den unaufmerksamen Goblins.

Ich stieß die Tür auf und ging an der ersten Wache vorbei. Der Goblin sah mich und wandte sich ignorierend ab, ging aber vorher sicherheitshalber aus dem Weg.

Ich drückte mich durch den überfüllten Handelsbereich und stellte mich hinter die verärgerten Jäger und Sammler in der Schlange zum Haupttor nach draußen an. Keiner von ihnen beachtete mich und einer nach dem anderen gingen sie durch das Personentor.

Ich bog draußen nach links ab und ging zu Fuß nach Norden. Um nicht angestarrt zu werden – wie bei meiner Ankunft zuvor – mischte ich mich unter die anderen.

An der Kreuzung bog ich wieder links ab und folgte der Reedsdale Street nach Westen. Die Straße ging in die Beaver Avenue über und bog nach Norden ab. Nach einigen Häuserblocks hatten sich die Casinobesucher zerstreut und ich war alleine.

Rechts von mir stützte eine hohe verstärkte Böschung den Highway und versperrte die Sicht auf den Rest der Stadt. Ich konnte den Ohio River nur ein oder zwei Blocks zu meiner Linken entfernt riechen. Zwischen der Straße und dem Fluss lag das Chateau-Industrieviertel. In diesem Stadtteil befanden sich Betriebe und Lagerhäuser, deren Angebot von Schiffszubehör und Autoteilen bis hin zu Baumaterial und Gerätereparaturen reichte. So war es zumindest vor dem System gewesen.

Die Straßen waren hier ungewöhnlich leer, es fehlten die defekten Fahrzeuge, die sonst über die Straßen und Gehwege der Stadt verstreut waren.

Bald erreichte ich einen Bereich, der sich über mehrere Blocks erstreckte und von den gleichen maroden Mauern und Türmen wie das Casino umgeben war. Der Arbeitgeber des Gesuchten und Inhaber des Indenturvertrags befand sich hinter diesen Mauern.

Fünf Minuten später fand ich ein verriegeltes Tor vor einem Gebäude mit einem eingestürzten Mack-Truck-Schild direkt daneben. Ich klopfte mit der Faust gegen den verschlossenen Torflügel aber das Geräusch wurde kaum übertragen. Ich wartete kurz, für den Fall, dass einer der Wächter in den Türmen am Tor tatsächlich aufpasste. Wenn die Goblins hier so unaufmerksam waren wie beim Casino, hatte ich jedoch nicht viel Hoffnung.

Ich zog mein Messer und klopfte mit dem Griffende gegen das Metalltor. Diesmal hallte der Aufprall von Metall auf Metall laut wider, und ich steckte das Messer weg. Nicht, dass jemand den Eindruck bekam, ich wollte drohen.

„Oi!", rief eine schrille Stimme aus dem linken Turm. „Was machst du da?"

Ich sah hoch und antwortete: „Ich bin wegen eines Kopfgeldes hier!"

Ich konnte nicht in die Schießscharte um den Turm herum hineinsehen, dafür zeigten jedoch mehrere Waffenläufe aus dem engen Spalt auf mich. Ich öffnete meine Hände und hielt sie von meiner Hüfte, um zu zeigen, dass alle meine Waffen geholstert waren.

„Warte da!", befahl die Stimme nach einer langen Pause.

Einige Minuten später rollte ein Torflügel knirschend und quietschend zurück. Ich konnte durch den engen Spalt gerade so hindurchgehen. Direkt dahinter wartete ein bewaffneter Goblin, den ich mit Größere Beobachtung musterte.

Kild Schnellflick (Revolverheld Level 19)

HP: 190/190

MP: 110/110

Wie auch ich, trug der Goblin zu beiden Seiten seiner Hüfte eine Pistole im Holster, aber hier endete auch schon jede Ähnlichkeit. Der winzige grünhäutige Alien trug Munitionsbänder gekreuzt über seine Brust und einen lächerlich breitkrempigen Hut, der ihm den Look eines Banditos aus einem alten Western verlieh.

„Du bist hier wegen eines Kopfgeldes?", fragte Kild, der Bandito-Goblin, nachdem das Tor klirrend hinter mir zugefallen war.

Ich schnippte das Fenster mit den Systeminformationen zur Prämie zum Goblin hinüber, damit er sie sich selbst ansehen konnte.

Während er las, sah ich mich um. Direkt vor mir stand ein halbfertiger Schlepper in der offenen ehemaligen Truck-Garage. Ungefähr ein Dutzend Goblins schwärmten über das Fahrzeug, und eine kleinere Anzahl von Menschen unterstützte sie dabei, Panzerplatten zu schweißen und eine Klaue am Kranarm zu befestigten. Hier wurden wohl die Abschlepptrucks montiert, die ich beim Casino gesehen hatte. Mehrere halbzerlegte Autos und Lastwagen lagen um den Schleppertruck herum. Die Arbeiter plünderten ihre Rahmen nach Bauteilen und fügten diese dem größeren Fahrzeug hinzu.

„Ah, Archer Hayes", las Kild vor. „Warum kaufst du die Info zu seinem Standort nicht einfach im Shop?"

Ich hatte nicht gewusst, dass das möglich war. Dennoch ...

„Das würde mich Credits kosten", antwortete ich. „Ich versuche lieber, ihn erst mal auf die altmodische Art aufzuspüren."

„Das macht wohl Sinn", sagte Kild langsam. „Wie willst du das anstellen?"

„Ich dachte, ich fange hier an", sagte ich. „Jemand könnte etwas wissen, da er eigentlich hier arbeiten sollte, nicht wahr?"

„Wir können nachfragen." Der Goblin zuckte die Achseln und wies mich mit einer Handgeste an, ihm zu folgen.

Ich begleitete den winzigen Alien am Rand der industriellen Truck-Garage. Wir überquerten eine leere Straße, dann einen Parkplatz, und betraten ein Büro in einem anderen, langen Gebäude. Die Krempe seines lächerlichen Huts streifte beim Betreten des Gebäudes beide Seiten des Türrahmens. Innen klirrte und ratterte der Lärm schwerer Maschinen aus den Tiefen des Gebäudes, leicht gedämpft von den Bürowänden, aber dennoch ablenkend laut.

Im Büro befanden sich drei weitere Goblins, die uns jedoch kaum Aufmerksamkeit schenkten. Zwei spielten ein Kartenspiel auf einem Tisch hinten im Raum. Der dritte sabberte vor sich hin, mit seinem Kopf auf einem anderen Tisch. Irgendwie schaffte er es, trotz der lauten Maschinen zu schlafen.

Kild ging zu dem Schreibtisch mit dem Schlafenden und sprang auf, um seine Hand auf die Tischplatte zu donnern. Das Klatschen der Haut auf der ebenen Oberfläche hallte durch das kleine Büro und überdeckte sogar kurz die Hintergrundgeräusche; auch die beiden Kartenspieler rissen ihre Köpfe in Richtung des Geräuschs. Der schlafende Goblin sprang auf und kippte rückwärts aus seinem Stuhl.

Mein Begleiter heulte vor Lachen auf, als der gefallene Goblin über den Boden und gegen einen anderen Schreibtisch rollte. Die beiden anderen Goblins stimmten mit schrillem Lachen mit ein, während der gefallene sich schwankend und mühevoll auf seine Beine bemühte.

Da der Goblin nicht mehr hinter dem Schreibtisch versteckt war, konnte ich ihn besser sehen und untersuchte ihn kurz.

Gribbati Aufseher (Level 17)
HP: 150/150
MP: 180/180

Seine Klasse und die zusammengerollte Peitsche an seinem Gürtel gaben mir so langsam eine Vorstellung davon, was für eine Art Laden die Goblins hier schmeißen wollten. Erst recht, wenn man bedenkt, dass das Kopfgeld für einen gebrochenen Indenturvertrag galt.

Außer der Peitsche hatte der Goblin eine verchromte Pistole im Gürtel stecken. Das Metall war heller, aber sonst schien sie das gleiche „Yeet Cannon"-Modell zu sein, das ich bisher bei den meisten Goblins gesehen hatte.

Der Aufseher fand endlich Halt und starrte Kild an, der immer noch vor Lachen brüllte.

„Hast du nicht gerade Tordienst?", forderte der Aufseher.

Kild deutete mit einem Daumen über seine Schulter in meine Richtung. „Ich habe einen Kopfgeldjäger, der nach einem deiner Streuner sucht."

Alle drei Bürogoblins drehten sich um und schauten mich genau an. Ich erwiderte ihre Blicke und nutzte die Gelegenheit, um die anderen beiden zu scannen, deren Klassen Vorarbeiter und Zuchtmeister waren.

Der Aufseher kicherte und sah die anderen beiden Goblins an. „Ein Mensch, der Menschen jagt. Wie passend." Der Goblin drehte sich wieder zu mir um. „Welche Kopfgeldausschreibung hast du?"

„Archer Hayes", antwortete ich. „Was kannst du mir über ihn erzählen?"

Der Aufseher zuckte die Achseln. „Er verkaufte sich in eine fünfzigjährige Leibeigenschaft, erschien aber heute Morgen nicht zur Arbeit. Ich habe die Strafklausel des Vertrags aktiviert, er wird also nicht besonders geschäftig sein. Aber er ist noch am Leben, sonst wäre der Vertrag aufgelöst."

„Strafklausel?", fragte ich.

Der Goblin sah mich an, sah Kild an, dann wieder die zwei Goblins, und schnaubte mit Verachtung. „Der hat doch keine Ahnung."

Die zwei anderen Goblins starrten mich an und kicherten.

Der Goblin schüttelte den Kopf und sagte: „Wenn du einen ordentlich formulierten Systemvertrag brichst, wirst du von allen möglichen scheußlichen Effekten getroffen, wie verringerten Attributen, geringeren Erfahrungsgewinnen und erhöhten Manakosten für Zaubersprüche und Fähigkeiten."

Ich ignorierte den herablassenden Ton. „Danke. Weißt du näheres über ihn oder wo er sich aufhalten könnte?"

„Wenn wir wüssten, wo wir ihn finden können, hätten wir kein Kopfgeld ausgesetzt", schnaubte der Goblin.

„War er mit einem der anderen Arbeiter befreundet?"

Der Goblin runzelte die Stirn. „Glaube nicht, er war ziemlich neu. Er hat nur einen Tag gearbeitet, bevor er abgehauen ist."

Ich seufzte. War ja klar. „Hatte er ein Fortbewegungsmittel?"

Nach kurzem Nachdenken antwortete der Goblin endlich. „Glaub ich nicht." Dann kicherte der Goblin finster. „Die meisten Leute, die sich ein Fahrzeug leisten können, verkaufen sich nicht in die Leibeigenschaft."

„Macht Sinn." Ich nickte zustimmend.

„Ich glaub das war's", sagte der Goblin. „Wir haben viel zu tun und müssen wieder an die Arbeit."

„Gewiss doch. Aber danke für die Auskunft."

Ich drehte mich um, verließ das Büro und hielt Kild die Tür auf. Bevor sie hinter dem Goblin zuging, sah ich den Kopf des Aufsehers bereits wieder auf dem Tisch liegen und die anderen beiden Goblins hinten wieder beim Kartenspiel.

Kild führte mich stumm zum Tor zurück, und mir war, als hätte ich hier drinnen nur meine Zeit verschwendet. Ich wusste zwar mehr über den Betrieb der Goblins und dass sie irgendwelche Maschinen bauten, aber das brachte mich dem Kopfgeld nicht näher.

Genauso wenig half es mir weiter zu meinem letztendlichen Ziel: Herauszufinden, was mit all den Kindern aus der Schule passiert war.

Kapitel 20

Das Tor fiel hinter mir mit einem Klirren ins Schloss und ich stieß einen Seufzer aus. Mein Besuch im Betrieb hatte keine neue Information über mein Ziel geliefert.

Ich lief gedankenversunken weiter auf der Straße nach Norden. Einen Häuserblock später endete die Mauer um das Industriegebiet der Goblins. Auch hier waren die Straßen leer. Bestimmt waren die defekten Autos von den Arbeitern des Gebäudekomplexes zwecks Rohstoffgewinnung abgeschleppt worden, damit die Goblins ihre komischen Fahrzeuge bauen konnten.

Ich ging weiter und überquerte eine Straße. Am Anfang des nächsten Blocks starrte ich auf das braun-gelbe Schild neben dem Bürgersteig.

Das schildförmige Logo eines internationalen Transportunternehmens mit den gleichen Farben zierte das Schild, und mir kam ein Gedanke auf. Transportunternehmen hatten Aufzeichnungen von ihren erfassten Daten, nicht wahr? Diese hatte vielleicht nicht die Informationen, nach denen ich suchte, aber ich hatte im Moment sowieso keine besseren Hinweise. Ich ging über den Parkplatz und suchte nach einem Eingang in das Gebäude.

Auf dem ersten Stockwerk des mir nächsten Gebäudes war ein Parkdeck. Darunter befand sich eine Reihe von Laderampen an der Vorderseite. Da alle Laderampen fest verschlossen zu sein schienen, machte ich mich auf den Weg zum Parkhaus.

Die Fenster über dem einsamen Parkdeck sahen mir nach einem möglichen Bürobereich aus; dort musste ich hin.

Ich trat aus der Nachmittagssonne in die Parkgarage und meine Augen passten sich schnell an die dunkleren Lichtverhältnisse an. Ich ging zu einer Tür am anderen Ende, aber sie ließ sich nicht aufziehen oder -drücken. Irgendein Mechanismus war wohl nach dem Stromausfall aktiv geblieben.

Ein Kartenleser und eine Gegensprechanlage befanden sich neben der Tür, und ich drückte ihre Knöpfe. Nichts geschah, also rammte ich meine Schulter gegen die Metalltür, prallte jedoch ohne jeglichen Erfolg ab. Hier kam ich nicht rein.

Ich verließ das Parkhaus, ging um das Gebäude herum, und sprang mit Leichtigkeit über einen Maschendrahtzaun, der mir den Weg versperrte.

Bei meinem nächsten Einbruchsversuch wollte ich meine Finger unter ein geschlossenes Garagentor stecken, hatte jedoch keinen Erfolg. Das Tor war so passgenau verschlossen, dass meine Finger unter dem Metallrahmen keinen Halt fanden, und selbst als ich an der Außenseite des Tors nach oben drückte, weigerte es sich, auch nur im Geringsten nachzugeben.

Ich hüpfte über einen weiteren Maschendrahtzaun in einen Bereich, den die Goblin-Arbeitsmannschaften noch nicht ausgebeutet hatten. Dieser Abschnitt des lagerhausartigen Gebäudes enthielt vertiefte Laderampen, vor denen eine Flotte der unverwechselbaren schokoladenbraunen Lieferwagen des Unternehmens stand. Ich zwängte mich zwischen zwei der Lastwagen, hob mich hinter ihnen auf eine Laderampe und sah mich um.

Die Laderampen hatten bestimmt schon bessere Zeiten erlebt.

Das dunkle Lagerhaus wurde lediglich vom Sonnenlicht erhellt, das von den dicht geparkten Lastwagen noch durchgelassen wurde, aber ich konnte zerstreute Haufen an Paketen deutlich erkennen. Viele der Kartons waren aufgerissen und ihr Inhalt war ausgeschüttet worden. Spielzeug, Werkzeuge und Dutzende Haushaltsgegenstände lagen überall auf den wenigen offenen Stellen, die ich von hier aus sehen konnte.

Ich konnte sogar fast den Pfad der Zerstörung durch das Lagerhaus nachverfolgen.

Ich hörte, wie eine Kiste weiter entfernt im Lagerraum krachend zu Boden fiel, und sah etwas, das sich in der schwach beleuchteten Ferne bewegte. Licht reflektierte von einer segmentierten Oberfläche, die sich durch die Schatten wellte, und ich konnte hören, wie Hunderte von Beinen über den Betonboden huschen.

Ich konzentrierte mich auf die Bewegung und aktivierte Größere Beobachtung.

Riesiger Tausendfüßler (Level 41)
HP: 2186/2186

„Ach du Scheiße", murmelte ich, zog die Railgun aus meinem Inventar und zielte auf die Vorderseite des Panzers, während das Wesen sich durchs Lagerhaus schlängelte.

Ich drückte ab und das Gewehr jaulte und prallte gegen meine Schulter. Aus meiner Waffe schoss Licht hinaus, das Hyperschallprojektil raste durch die Halle und schoss durch den Gliederfüßer hindurch. Aus der Wunde spritzte Blut und ein Batzen seiner Gesundheit verschwand.

Durch den Lichtblitz der Waffe hatte ich mir das Monster etwas genauer ansehen können.

Der Tausendfüßler reichte durch die gesamte Lagerhalle hindurch und sein Querschnitt war zylindrisch. Sein Körper bestand aus Hunderten segmentierter Abschnitte, wobei jeder Abschnitt ein Paar spitzer Beine enthielt, die von einem gepanzerten Exoskelett geschützt wurden.

Die Kreatur hatte einen runden Kopf mit zwei gezackten Mundwerkzeugen, die bedrohlich aneinander knirschten. Über seinem Schlund schwang ein Paar Antennen hin und her, während das Monster nach seinem Angreifer suchte.

Dann zeigten die Antennen in meine Richtung, und der riesige Tausendfüßler schoss auf mich zu. Er glitt über die Paketberge durch das

Lagerhaus und seine spitzen Füße zerrissen die Kartons und schleuderten sie in die Luft.

Ich feuerte das Hybridgewehr auf das sich nähernde Monster ab, und es bäumte sich auf und wandte sich vom Angriff ab. Anstatt das Monster zu enthaupten, traf das Projektil mehrere Segmente unterhalb des erhobenen Kopfes. Der Schuss riss mehrere Beine an der Seite des riesigen Insekts ab und drang tief in den Körper des Tausendfüßlers ein.

Das Monster kreischte vor Schmerzen und ich nutzte die Gelegenheit, um Frostbolzen zu wirken. Der eisige Bolzen flog aus meiner offenen Handfläche und durchbohrte den Panzer. Der Angriff fügte der gepanzerten Kreatur kaum Schaden zu, aber Frostlinien breiteten sich vom Einschlagspunkt aus und verlangsamten das Monster weiter.

Ich eilte die Laderampe hinunter, um mehr Abstand zwischen mir und dem herannahenden Tausendfüßler zu schaffen. Während ich rannte, warf ich eine Handvoll Fackeln aus, um das dunkle Lagerhaus zu erhellen. Das dunkelrote Licht der flackernden Fackeln warf unheimliche Schatten in den Raum, aber das war mir lieber, als mit dem Gesicht gegen eine Wand zu rennen und mich selbst k.o. zu schlagen.

Die Kreatur verfolgte mich, war jetzt aber durch die ernsthaften Schäden an den vorderen Körperteilen verlangsamt.

Ich führte das Monster an seiner Nase herum durch das Lagerhaus. Ich drückte ab, wenn ich klare Schusslinie hatte, und ließ den Verlangsamungseffekt von Frostbolzen stapeln.

Verzweifelt schlug die Kreatur mit ihrem langen Körper um sich, und mehrere Regale brachen zusammen. Eines nach dem anderen fiel um, wie Dominosteine. Ich rannte mit Vollgas, um zu entkommen.

Ich hatte es fast geschafft.

Ein heftiger Hieb traf mich von hinten und schleuderte mich durch die Luft. Ich stieß gegen eine tragende Säule und glitt schlaff und stöhnend zu Boden.

Als ich die ratternden Beine des Monsters näherkommen hörte, rappelte ich mich wieder auf. Es hatte mich fast erreicht, da aktivierte ich Hindern und wich den Kieferklauen aus. Sie brachen ein Stück Beton aus der Stützsäule, die gerade noch hinter mir war.

Mein Hybridgewehr war mir abhandengekommen, als ich vom fallenden Regal erwischt wurde, oder als ich gegen die Säule gekracht war. Ich zauberte erneut Frostbolzen. Das Eis materialisierte sich vor meiner erhobenen Handfläche und schoss auf den Gliederfüßer zu. Diesmal durchbohrte die Macht des gezackten Eiszapfens den geschwächten Kopfpanzer. Grüner Schleim tropfte für einen Moment aus der Wunde und wurde dann vom Frosteffekt eingefroren.

Da mir meine stärkste Waffe abhandengekommen war, hoffte ich, dass meine anderen Fernkampfwaffen die Sache zu Ende bringen würden.

Ich zog meine Pistolen aus den Holstern und eröffnete das Feuer, noch bevor das Monster sich erholen und wieder auf mich stürzen konnte. Ich trat zurück und konzentrierte mein Feuer auf den geschwächten Panzer am Kopf der Kreatur, um die vom Frostbolzen hinterlassenen Risse auszunutzen.

Die ersten Energiestrahlen und meine erste Kugel prallten vom harten Chitin ab, aber die zweite Kugel brach hindurch und die folgenden Geschosse vergrößerten das Loch noch mehr. Die Panzerung an dieser Stelle war durchbrochen, und so fügten nun auch die Energiestrahlen Schaden zu.

Der Tausendfüßler ratterte und änderte seine Taktik. Er wand seinen Unterkörper um sich selbst, um einen frischen Abschnitt seines Rumpfes zwischen meine Attacke und den freiliegenden Bereich seines Kopfes zu platzieren. Dann schlug er mit seinem hinteren Drittel um sich, und versuchte, mich unter seinen Panzerplatten zu zerquetschen.

Ich tauschte meine Pistolen gegen vollgeladene Waffen aus Genau das richtige Werkzeug aus und rannte auf das um sich schlagende Monster zu. Als das Schwanzende auf den Boden donnerte, sprang ich darauf und kletterte weiter das Monster hinauf, wobei ich den Schwung des wiederaufsteigenden Körperteils nutzte. Der Sprung brachte mich vom hinteren Drittel zum mittleren Abschnitt, der vom Tausendfüßler als Schild genutzt wurde.

Ich machte einen Kopfüber-Satz nach oben, um direkt in seinen bereits aufgebrochenen Kopf zu schießen. Die Feuersalve zerfetzte die letzte Gesundheit des Monsters, und es brach zusammen.

Die Schwerkraft beendete mein waghalsiges Akrobatikstück, und ich krachte zu Boden. Mein Abrollen als Landung zu bezeichnen wäre sehr großzügig gewesen. Ich schlitterte über den Betonboden und warf dabei Kistenstapel um, bis ich mich endlich ausgerollt hatte.

Ich lag einen Moment da, bestätigte den Tod des Monsters mit meiner aktuellsten Erfahrungsmitteilung und genoss die Stille. Ich hatte durch die verdammten Kisten im Lagerhaus mehr Schaden genommen als durch die eigentlichen Insektenangriffe, wobei der Aufprall an der Säule doch recht schmerzhaft gewesen war.

Der Betonboden wurde mir jedoch bald schon zu ungemütlich und ich zwang mich auf. Ich plünderte den riesigen Tausendfüßler und verbrachte fast 20 Minuten damit, das schwach beleuchtete Lagerhaus zu durchsuchen, um mein fallengelassenes Hybridgewehr wiederzufinden.

Die Waffe hatte einige Einbußen bezüglich ihrer Haltbarkeit und einige Abriebspuren an ihrer Hülle hinnehmen müssen, aber beim Inspizieren schien alles noch ordentlich zu funktionieren. Das Gewehr konnte ohne Probleme nachladen, und ich stopfte es wieder in meinen spezialisierten Systemwaffenraum von Genau das richtige Werkzeug.

Die während des Kampfes ausgeworfenen Fackeln brannten aus, und das Licht um die Verladestationen wurde trüber, während ich einen Weg zu den Büros suchte, die ich draußen im ersten Stock gesehen hatte.

Ich gelangte in einen kleinen Flur. Hier hatte der Tausendfüßler noch keine Spuren hinterlassen. Der kurze Flur führe zu Badezimmern, einer Besenkammer und einem Pausenraum für die Mitarbeiter, mit einer kleinen Küchenzeile. Es war nichts für mich Interessantes dabei, also ging ich weiter durch eine Tür am anderen Ende des Flurs. Sie führte mich in ein dunkles Treppenhaus.

Ich machte die Tür einen Spalt weit auf, stand still und lauschte nach irgendwelchen Geräuschen in der Dunkelheit. Ich hörte nichts, also stieß ich die Tür auf und trat auf den Treppenabsatz. Von einem hohen Oberlicht im Dach des Gebäudes drang ausreichend Licht, um zu erkennen, dass die Treppen sowohl nach oben als auch nach unten führten. Ich wusste bereits, dass ich zum Stockwerk über dem Erdgeschoss musste.

Mit der zufallenden Tür verschwand jegliches Licht, und ich griff mit einer Hand nach dem Geländer, das mich zwei Treppen bis zur nächsten Tür hinaufführte. Ich öffnete sie einen Spalt weit und spähte hinaus.

Natürliches Licht fiel durch getönte Fenster und gab mir freie Sicht auf ein Kabinenwände-Labyrinth hinter der Tür. Ich hatte immer noch keine Anzeichen irgendwelcher Bewohner gehört, also schlüpfte ich leise ins Büro und schloss die Treppenhaustür.

Ich lief im Stockwerk herum und suchte nach Anzeichen eines Archivs, konnte jedoch keines finden. Ohne weitere Ideen zu haben, wählte ich einen Arbeitsplatz am Ende der Reihe und begann eine systematischere Suche.

Auf dem Schreibtisch befanden sich typische Peripheriegeräte für Bürocomputer. Zum Beispiel: Eine Tastatur, eine Maus, ein Mauspad, bedruckt mit einem süßen Katzenbild. Zwei dunkle LED-Monitore standen mittig auf dem Arbeitsplatz. Es gab zwar die typischen Büromaterialien, aber einen frustrierenden Mangel an Papierunterlagen.

Ich starrte die abgeschalteten Monitore an. Natürlich war alles elektronisch. Mit der Ankunft des Systems war die terrestrische Computerausrüstung nicht mehr wert als Schrott, und ich hatte keine Hoffnung, irgendwelche Aufzeichnungen aus der leblosen Elektronik herauszuquetschen. In der Hoffnung, irgendwelche Aufzeichnungen zu finden, durchwühlte ich trotzdem die Schreibtischschubladen. Ich fand persönliche Gegenstände, ein paar Handbücher für verschiedene Versandanwendungen und ein Mitarbeiterhandbuch.

Keine Versandunterlagen.

Ich seufzte und ging zum nächsten Arbeitsplatz. Dann zum nächsten. Und zum nächsten.

Es dauerte ungefähr fünf Minuten, jeden Platz zu durchsuchen, und es gab etwa zwanzig abgeschirmte Arbeitsplätze im Büro, plus ein halbes Dutzend geschlossener Büros an den Außenwänden. Ich ging zuerst durch die Arbeitsplätze, dann durch die Büroräume. Nirgendwo waren irgendwelche Aufzeichnungen in Papierform zu entdecken.

Auf dem Weg ins letzte Eckbüro bemerkte ich eine Nische, die ich bei meiner ersten Runde durch das Büro übersehen hatte. In dieser befand sich auf einer Seite ein großes Multifunktionsgerät. Dem Kopierer gegenüber stand ein Industrie-Aktenvernichter. Der volle Mülleimer darunter erklärte die Abwesenheit von Hardcopy.

Regale im hinteren Bereich der Nische enthielten Papierstapel verschiedener Größen für den Kopierer. Auf dem untersten Brett lag ein halb vom Kopierer verdeckter dicker Wälzer unter mehreren weggeworfenen Zeitschriften. Ich wollte es schon als ein weiteres Handbuch abtun, aber etwas ließ mich noch einmal hinschauen.

Ich bückte mich und stocherte am staubbedeckten Buch herum, bis der Buchrücken von vorne sichtbar war. Als ich den Titel lesen konnte, machte ich große Augen und schnappte mir den schweren Band vom Regal.

Ich legte das Telefonbuch auf den Kopierer und blätterte nach dem Namen meines Kopfgeldziels. Bald fand ich den Namen, und es blieb nur zu hoffen, dass das mein „Hayes, Archer" war. Die Telefonnummer nützte mir nichts, aber ich las die Adresse mehrmals, bis ich sie auswendig gelernt hatte und schloss den gelben Wälzer.

Ich starrte auf das geschlossene Telefonbuch. Die Vorderseite zeigte ein um mehrere Jahre veraltetes Datum. Ich hoffte, dass meine Beute in der Zwischenzeit nicht umgezogen war. Nichtsdestotrotz war es eine weitaus bessere Spur als alles, was ich bei den Goblins oder irgendwo sonst erhalten hatte.

Ich versuchte, das Telefonbuch in mein Inventar aufzunehmen, aber der Gegenstand weigerte sich, in meinen Systemspeicher einzudringen. Es gab den gleichen roten Blitz wie bei der Schrotflinte am ersten Tag. Ich konnte wohl immer noch keine Nicht-System-Gegenstände unterbringen. Ich zog einen Rucksack aus den Survival-Vorräten, die ich in meinem Inventar gestapelt hatte und warf das Telefonbuch hinein. Ich war bereit, es für den Notfall auf meinem Rücken zu Tragen. Ich versuchte zum Spaß, den Rucksack ins Inventar zurückzulegen und blinzelte vor Überraschung, als das tatsächlich klappte.

Ich musste den Kopf schütteln. Manchmal machte das System einfach keinen Sinn. Jemand weitaus schlaueres als ich musste diese „System-Quest" entschlüsseln. Für mich klang es einfach nur nach einem riesigen Haufen Kopfzerbrechen.

Ich verließ das Büro über ein anderes Treppenhaus, das mich durch die altbekannte Tür ins Parkdeck führte. Natürlich öffnete sie sich leicht von innen, als ich die Druckstange betätigte. Mit dem Glück ging es mir halt mal so, mal so.

Beim Verlassen des Gebäudes stand die Sonne bereits tief am Himmel. Meine Suche hatte den Rest des Nachmittags verbraucht. Bald würde es dunkel werden.

Mit der Adresse meines Ziels im Hinterkopf verließ ich das Versandzentrum und ging noch einen Block weiter nach Norden. Eine Querstraße führte mich unter dem Highway nach Osten in das dahinterliegende Wohnviertel.

Je mehr ich durchs Viertel lief, desto schneller konnte ich die bewohnten Häuser identifizieren. Die meisten Häuser hier fielen in eine von drei Kategorien.

Zur ersten und seltensten gehörten im Shop gekaufte Gebäude. Sie fielen dadurch auf, dass die systemgestützte Wartung sie sauber und in gutem Zustand hielt. Einige Gebäude hatten sogar klar erkennbare System-Upgrades, die von ihren Besitzern gebaut oder direkt in einem Shop gekauft worden waren. Sonnenkollektoren, Mana-Batterien und verbesserte Verteidigung in Form von verstärkten Wänden und gepanzerten Fenstern waren alle nahtlos in die Bauten integriert.

Nur wenige nicht-defensive Verbesserungen befanden sich in Erdgeschossen. Die meisten waren nur an ihren Befestigungspunkten seitlich an den oberen Stockwerken oder über die Dachkanten hinüberspähend zu erkennen.

Die zweite Kategorie war etwas weiter verbreitet als die System-Gebäude, aber auf ihre eigene Weise genauso auffällig. Ob sich ihre Besitzer den Kauf des Gebäudes vom System nicht leisten konnten oder sich nur hartnäckig dagegen sträubten – diese Bauten hatten überwiegend eigenhändig konstruierte Verteidigungsanlagen. Vernagelte Fenster, zugeschweißte Fensterläden, Maschendraht- und Stacheldrahtzäune bedeckten diese Grundstücke. Es sah aus wie in Zombie-Apokalypse-Filmen.

Die letzte und deprimierendste Haussorte stand leer, war dunkel, hatte zerbrochene Fensterscheiben, zertrümmerte Haustüren und strahlte etwas Bedrohliches aus. Gelegentliches Krachen oder Knurren, gefolgt von Stille, war aus den verlassenen Gebäuden zu hören und deutete an, welche schrecklichen Gefahren drinnen lauerten.

Die wenigen Leute auf den Bürgersteigen machten einen großen Bogen um mich. Sie wirkten angespannt und bereit, mit Kampf oder Flucht zu reagieren. Der Schmelztiegel der Apokalypse hatte die Ansässigen geformt, und ihre Überlebensinstinkte verliehen ihnen den letzten Schliff. Ich spürte wieder die schaurige Ähnlichkeit mit den Kampfzonen meiner Vergangenheit.

Die wenigen Monster, die sich herauswagten, wurden schnell von allen in ihrer Nähe gemeinsam angegriffen und besiegt. Zaubersprüche und Schüsse aus allen Richtungen betäubten die Kreaturen lange genug, damit sich Nahkämpfer in den Kampf stürzen konnten. Ich beschränkte mich auf wenige Schüsse aus einer meiner Strahlenpistolen. Zweimal war ich nahe genug, um mitzukämpfen: Zuerst bei einem mutierten Eichhörnchen, dann bei einem achtbeinigen Alligator, der aus einem Kanalgitter kroch.

Beide Male winkte ich Beuteangebote ab und lief weiter. Die Leute hier brauchten die Beute viel mehr als ich, und mir ging es darum, die Adresse meiner Kopfgeldbeute aus dem Telefonbuch zu finden.

Ich nutzte stattdessen die Gelegenheit, die plündernden Bewohner zu fragen, ob sie den Weg zu meiner gesuchten Straße kannten. Die ersten beiden Versuche schlugen fehl, aber als ich das dritte Mal fragte, wies mich die Frau an, zwei Blocks nach Norden zu gehen und dann links abzubiegen. Ich dankte ihr und ging weiter, während sie den blutigen Alligatorenkadaver häutete.

Kurz darauf kam ich bei der Adresse aus dem Telefonbuch an, und blickte die leere Zementeinfahrt zum Haus hinauf. Das zweistöckige Haus gehörte zu den ohne System-Upgrades eigenhändig verbesserten, also wohnte hier bestimmt jemand.

Ich ging die Stufen zur Haustür hinauf und schlug meine Faust dagegen. Nach einer Minute ohne Reaktion klopfte ich erneut. Nach dem zweiten Klopfen hörte ich eine schwache Bewegung hinter der Tür, die gleich wieder verstummte, als könnte sich jemand nicht entscheiden, Antwort zu geben oder nicht.

Bei den meisten Leuten war es mir ganz recht, ignoriert zu werden, jedoch ging es hier um mein Kopfgeld, und das passte mir überhaupt nicht. Ich holte mit meinem gepanzerten Stiefel aus und versetzte der Tür einen kräftigen Tritt, sodass sie im Rahmen klapperte.

Ein aufgewühlter Ruf ertönte hinter der Tür: „Wer ist da? Was wollen Sie?"

Ich unterbrach meinen zweiten Tritt mitten im Schwung. Die Stimme klang schmächtig, gebrechlich und eindeutig männlich.

„Machen Sie die Tür nun auf oder muss ich weiter klopfen?", fragte ich und ignorierte die Frage des Mannes.

Er entgegnete nur mit Schweigen, also hämmerte ich noch mal mit meinem Stiefel gegen die Tür. Diesmal lösten sich ein paar Splitter vom Aufprall und sprangen zu beiden Seiten entlang der Zementterrasse.

„Schon gut!", rief die Stimme von drinnen. „Schon gut, ich mach' auf."

Ein Holzbrett wurde innen aus ihren Halterungen gezogen und kratzte an der Tür entlang, zwei Türschlösser drehten sich und die Tür sprang um eine schmale Öffnung nach innen auf. Ein ängstliches Auge blickte aus dem Spalt.

„Was?" Der Mann keuchte dieses eine Wort heraus, als wäre er vom Sprechen alleine bereits erschöpft.

Ich sah demonstrativ auf die fast geschlossene Tür und dann wieder auf meinen Gesprächspartner.

Er seufzte deutlich, dann klapperte eine Türkette, und die Tür öffnete sich etwas weiter.

Der Mann stützte sich auf den Türrahmen, als könne er alleine nicht stehen. Sein blasses Gesicht hatte einen gelblichen Farbton, der seine eingefallenen Wangen und blutunterlaufenen Augen hervorhob. Seine Kleidung hing von seinem Körper, als hätte er in letzter Zeit erheblich an Gewicht verloren.

Ich aktivierte Größere Beobachtung, um seine Identität zu bestätigen, konnte aber deutlich die behindernden Auswirkungen des Systems erkennen, denn die Attributsschwächungen des Vertragsbruchs waren nicht zu übersehen.

Archer Hayes (Maschinist Level 5)
HP: 40/40
MP: 30/30

Eine starke Brise würde reichen, um diesen Kerl auszuschalten. Warum hatte er überhaupt versucht, aus seinem Vertrag zu entkommen?

„Warum sind Sie abgehauen?", fragte ich.

Seine Augen weiteten sich überrascht, und er sah nervös nach beiden Seiten. Er hatte alle Kennzeichen eines Mannes, der kurz davor war, wegzurennen.

„Was?", sagte Archer mit einem Zucken. „Abhauen? Wovon reden Sie?"

„Von Ihrem Vertrag", sagte ich.

Der Mann trat zurück, versuchte, die Tür zuzuschlagen und drehte sich zur Flucht um, aber sein ausweichendes Verhalten hatte mich vorgewarnt. Darüber hinaus bewegte er sich schmerzhaft langsam.

Ich rammte die Tür mit meiner Schulter, bevor sie sich schließen konnte. Ich sprang vorwärts und packte Archer mit nur einem Schritt an seiner Schulter und an einem seiner Handgelenke. Wir taumelten zusammen nach vorne, und ich drückte den Mann gegen die Wand im Eingangsbereich.

Er verlor ein riesiges Stück Gesundheit durch den Aufprall, und als Archer schmerzhaft keuchte, entspannte ich meinen Griff ein wenig. Ich drehte sein Handgelenk hinter seinen Rücken zu einem Polizeigriff, aktivierte Genau das richtige Werkzeug und nahm mit meiner freien Hand einen Satz Kabelbinder aus dem Inventar.

Ich legte Archer den Kabelbinder um seine Hände am Rücken an und machte einen Schritt zurück. Der Mann sackte gegen die Wand, Tränen rannen über sein Gesicht.

„Bitte!", rief er. „Zwingen Sie mich nicht, zurückzugehen! Ich will da nicht raus! Ich kann nicht!"

Ich seufzte. Es war mir eigentlich egal, fragte aber dennoch. „Warum können Sie nicht?"

„Ich werde sterben", jammerte er. „Alle sterben."

„Das stimmt", sagte ich. „Wir alle sterben irgendwann."

Ich packte Archer am Arm und zog ihn in Richtung Tür. Er starrte mich überrascht an.

„Nein!", rief er und fiel auf die Knie. „Bitte, ich kann meine Familie nicht verlassen."

Ich ließ den Mann am Boden, schloss meine Augen und konzentrierte mich auf meine anderen Sinne. Ich legte den Kopf schief, während ich im ganzen Haus nach Geräuschen lauschte. Ich hörte nichts außer dem Mann zu meinen Füßen. Ich schniefte, um die Gerüche der Hausbewohner einzuatmen. Es roch nach ungewaschenem Menschen, verdorbenen Lebensmitteln und verbranntem Essen.

„Ihre Familie? Außer Ihnen ist hier niemand."

„Sie verstecken sich", wimmerte Archer nur wenig überzeugend.

„Nein", antworte ich mit einem Kopfschütteln. „Sie sind einfach nur ein Lügner, der bereit ist, alles Mögliche zu erzählen."

Seine Augen waren voller Krokodilstränen und ich bereute, dass ich beim Zusammenstellen meiner Kopfgeldjäger-Ausstattung versäumt hatte, den Bedarf von Beruhigungsmitteln zu erwägen.

Ich zerrte Archer auf seine Beine. Er versuchte noch einmal, in meinem Griff schlaff zu werden, aber der Mann war so gebrechlich, dass er sich nicht befreien konnte. Ich hatte genug von dieser lächerlichen Situation, schwang den zappelnden Mann auf meine Schulter und ging durch die Haustür. Ich machte mir nicht die Mühe, sie hinter mir zu schließen.

Es sagte etwas über die Nachbarschaft aus, dass niemand während unserer Auseinandersetzung vorbeigekommen war oder draußen stand, um Archers anhaltende Schreie zu untersuchen.

Ich beschwor mein Motorrad und benutzte ein Seilbündel, um mein Kopfgeld auf dem Gepäckträger hinter dem Sitz festzubinden. Kann schon sein, dass ein paar zusätzliche Schlaufen beim Wickeln in seinen Mund abrutschten, um sein Gejammer zu unterdrücken.

Dann setzte ich mich auf das Bike und startete es. Ich gab Gas, der Mana-Motor schnurrte und wir fuhren die Straße entlang.

Als ich wieder beim Industriegelände der Goblins ankam, war es bereits Nacht. Ich hielt vor dem Tor und klopfte.

Das Tor schwang quietschend auf. Der Goblin mit der sombreroähnlichen Kopfbedeckung stand dahinter.

„Schon zurück?", fragte Kild.

Ich deutete mit dem Daumen über meine Schulter auf den am Motorrad festgebundenen Archer.

„Oh", sagte der Goblin, als er Archer hinter mir erblickte. „Das ging ja schnell."

„Ich habe einige besonders nützliche Fähigkeiten", antwortete ich. „Wie komme ich an meinen Lohn?"

„Äh, das muss der Chef machen." Kild wies mich an, zu folgen. „Komm."

Ich fuhr auf dem Motorrad neben ihm her. Auf dem Weg ins Büro rumpelte der Motor kaum lauter als im Leerlauf.

„Bring ihn rein", sagte Kild, als er bei der Bürotür angekommen war.

Ich funkelte Archer warnend an, während ich die Fesseln von ihm nahm. Zum Glück schwieg der Mann, nachdem ich die Seile gelöst hatte.

Ich wickelte die Leine zu einem ordentlichen Bündel zusammen und verstaute es im Inventar.

Als der Mann wieder auf seinen Beinen war, schob ich ihn vor mir in Richtung Büro. Ich behielt eine Hand auf seiner Schulter, falls er nochmal wegrennen wollte. Archer ging mürrisch an Kild vorbei, der uns die Tür aufhielt.

Das Echo des Maschinenlärms war im Büro immer noch zu hören, und ich war etwas überrascht, den Aufseher zu dieser späten Stunde am Schreibtisch zu sehen – scheinbar beim Arbeiten. Aber dann wurde mir klar, dass ich immer noch menschliche Logik auf eine weitere Alien-Kultur anwendete. Diesmal war der Goblin allein im Büro.

„Sieh mal einer an, wer da ist", dröhnte es vom Aufseher, als Archer das Büro betrat.

„Er gehört dir", sagte ich über Archers Schulter hinweg, „sobald das Kopfgeld als abgeschlossen markiert ist und ich bezahlt wurde."

Der Aufseher machte eine Handbewegung in meine Richtung, und am unteren Rand meines Blickfeldes ertönte eine Benachrichtigung.

Kopfgeldjagd abgeschlossen!
Du hast einen Indentur-Vertragsbrecher erfolgreich an den Hauptvertragsinhaber zurückgebracht und die ausstehende Kopfgeldausschreibung abgeschlossen.
500 EP und 6.000 Credits erhalten

Als ich die Benachrichtigung zu Ende gelesen hatte, zog ich mein Messer und durchtrennte den Kabelbinder um Archers Handgelenke. Ich steckte die Klinge in die Scheide und schob den Mann zum Aufseher, welcher mit einem vergnügten Grinsen vom Schreibtischstuhl aufsprang.

„Lass uns gehen, Faulpelz!", befahl der Aufseher. „Du hast eine Quote zu erfüllen!"

„Aber es ist schon so spät!", jammerte Archer.

„Hättest du dir überlegen sollen, bevor du die Arbeit schwänzen wolltest, der du selber zugestimmt hattest." Der Goblin kicherte und führte Archer durch eine Tür im hinteren Teil des Büros.

Der Lärm im Zimmer wurde ohrenbetäubend, bis sich die Tür hinter ihnen schloss.

Endlich gab ich der Neugier nach.

„Was ist das für ein Lärm?", fragte ich Kild, der hinter mir am Eingang wartete.

„Maschinen", antwortete mein Begleiter.

Ich hatte nicht das Gefühl, dass er meiner Frage auswich, aber er war immer noch ein Alien.

„Und was machen die?" fragte ich.

„Knarren", antwortete Kild.

Mein Begleiter sah mich unter der Krempe seines breiten Hutes hervor vergnügt an. Dann lief der Goblin durch das Büro und öffnete einen breiten Schrank bei der Tür, durch die der Aufseher vor Kurzem Archer geführt hatte. Die Schranktür schwang auf und ich sah Regale voller Schusswaffen. Menschliche Schusswaffen.

Als Soldat und Kautionseinzugsbeamter hatte ich eine ganze Reihe von Waffen gesehen oder abgefeuert, und als ich vor den Waffenschrank trat, erkannte ich die meisten Modelle der Sammlung sofort. Einige der Handfeuerwaffen waren scheinbar für Goblinhände verkleinert worden. Die meisten jedoch, inklusive aller Waffen mit Gewehrlänge, waren die gleichen, die man hier in jedem Sportgeschäft hinter der Waffentheke finden konnte. Die meisten Waffen waren ähnlich grob konstruiert und ungeschliffen im Aussehen, wie die Waffen, die ich im Tunnel gefunden hatte.

Kild nahm eine der Pistolen aus dem Schrank und hielt sie hoch, und ich konnte die weiße Schrift auf dem Lauf erkennen. Sie stimmte mit den Schusswaffen überein, die ich zuvor gefunden hatte, also waren sie tatsächlich von den Goblins hergestellt worden.

Ich nickte anerkennend und Kild legte die Pistole in den Schrank zurück.

„Ihr Menschlein habt so viele Arten von Knarren", plapperte Kild aufgeregt. „Es ist so toll – all diese Dakkas zur Auswahl!"

„Beeindruckende Sammlung", sagte ich.

Der Goblin strahlte über mein Lob, dann zog er die Pistolen aus seinen Holstern und richtete sie auf die Wand.

„Dakka, dakka, dakka!", rief der winzige Goblin, während er die Waffen schüttelte und so tat, als würde er sie auf ein imaginäres Ziel abfeuern.

Dann wirbelte der Pistolier beide Pistolen um die Zeigefinger an den Abzugsbügeln. Der Revolverheld wirbelte die Waffen erst vorwärts, dann rückwärts und hielt letztendlich seine Hände seitlich, sodass sich die Pistolen horizontal drehten. Ich fühlte mich wie in einem alten Westernschinken, nur war der einsame Revolverheld ein grüner, meterhoher Alien.

Schließlich beendete Kild die spontane Vorführung und steckte beide Pistolen gleichzeitig wieder in die Holster am Gürtel. Er blickte zu mir, als erwartete er Beifall.

Ich nickte anerkennend, hielt mich sonst jedoch zurück, um trotz der unsinnigen Show ein seriöses Gesicht zu bewahren.

Die Tür zur Werkstatt ging auf und der Aufseher trat ein. Der Goblin erkannte, dass Kild dabei war, den offenen Waffenschrank vorzuführen und sah meinen Begleiter stirnrunzelnd an. Kild bemerkte erst etwas, als ich dem Aufseher zunickte, woraufhin mein Begleiter sich unter dem missbilligenden Blick des Chefgoblins beeilte, den Schrank zu schließen.

„Warum bist du noch hier?", fragte der Aufseher fordernd.

„Hast du noch mehr Kopfgelder, die ich eintreiben kann?", fragte ich hoffnungsvoll.

„Nein!", kläffte er. „Raus mit dir!"

Kild sah verlegen aus, als der winzige Alien zur Tür zeigte. Ich ging hinaus und schaute zurück. Der Goblin schloss die Tür hinter sich. Sein Gesichtsausdruck blieb vom Hut verborgen, jedoch zuckte er mit den Schultern.

„Was war das Problem?", fragte ich.

„Menschen." Kild kicherte. „Menschen machen dem Chef immer schlechte Laune."

„Dir nicht?"

„Ihr macht die besten Dakkas", quietschte Kild.

Der Goblin zog eine Patrone aus einem seiner gekreuzten Bandeliere und spielte mit ihr herum, während ich mein Motorrad bestieg. Kild warf die Patrone von der einen Hand in die andere und spielte weiter herum, während mein Fahrzeug langsam zum Tor rollte, damit der kurzbeinige Goblin Schritt halten konnte.

Das Tor knarrte und bot gerade genug Platz, um vom Goblin-Gelände hinauszufahren.

„Komm zurück, wenn du hier mehr Kopfgeldaufträge hast", rief Kild.

„Wird das deinem Chef passen?", fragte ich und schaute zu ihm.

„Wenn's ihm was bringt, zum Beispiel wenn du noch einen herbringst, der abgehauen ist."

„Nun, wir werden sehen."

Ich hob die Hand kurz zum Abschied und das Tor fiel zu. Die Sonne war inzwischen untergegangen, und Flutlichter von den Wachtürmen erhellten den Bereich außerhalb der Mauer.

Ich gab Gas und fuhr in Richtung der Wohngegend zurück, wo ich meine Kopfgeldbeute gefangen hatte. Eines der verlassenen Häuser würde bestimmt anständig genug zum Übernachten sein und mir eine Mütze Schlaf bieten können.

Etwas schweres landete plötzlich auf mir und der Aufprall warf mich vom Sitz. Mein Motorrad überschlug sich und ich rollte ab. Dabei konnte ich gerade noch einen Blick auf die hinter mir aufblitzende Krallen erhaschen. Das Motorrad schlitterte am Bürgersteig entlang, und ich rollte auf die Knie. Eine riesige Katze kauerte hinter mir und starrte dem Bike hinterher, bis es auf halber Strecke den Block hinunter zum Stillstand kam.

Die grau-braun-schwarz gefleckte Katze beobachtete das regungslose Fahrzeug einen Moment lang und zuckte gespannt mit ihrem Schwanz. Das Biest war eine kurzhaarige Tabbykatze, die größer als ein Windhund war, und bestimmt über 50 Kilo auf die Waage bringen würde.

Gassenkater (Level 39)
HP: 976/976

Der Kater drehte den Kopf zu mir, als ich Größere Beobachtung einsetzte. Ein Auge starrte mich mit gelbem Blick unheilvoll an, das andere war von Narbengewebe bedeckt, das einen Strich über sein Gesicht zog.

Als der Kater tiefer in die Hocke ging und bereit war, mich anzuspringen, murmelte ich den Frostbolzen Zauberspruch. Der gezackte Eissplitter flog aus meiner ausgestreckten Hand und grub sich in das Bein des Katers. Er jaulte vor Schmerz.

Ich zog meine Pistolen und feuerte beide Waffen gleichzeitig ab. Ein dunkelroter Strahl brannte und schnitt ihm über die Brust, und Blut quoll aus den Einschüssen der Kugeln. Das Biest zischte vor Schmerz, fletschte dabei seine Reißzähne und warf sich auf mich. Ich aktivierte Hindern, als der Kater in Reichweite der Klassenfertigkeit war. Sie verlangsamte das Monster ein wenig, aber seine Klauen blitzten immer noch wütend auf mich zu. Ich tänzelte aus der Reichweite der Attacke zurück.

Zum ersten Mal verfiel ich in einen Flow-Zustand, in dem ich mich über die Straße drehte und wirbelte, und in dem der Kampf überraschend geschmeidig verlief. Mit jedem Schritt hielt ich eine Pistole auf den wütenden Kater und drückte ab. Mit jeder Betätigung des Abzugs bohrte sich eine Patrone in den Kater oder brannte ein brilliantroter Energiestrahl auf mein Ziel.

Ich erhöhte mein Tempo und blinzelte mir die Schweißperlen von den Wimpern, um klare Sicht zu bewahren. Die Gesundheit des Katers sank immer weiter, und mit jeder Attacke, der ich auswich, wurde er verzweifelter.

Schließlich drehte sich das Biest um und sprang von mir weg. Sein Fell war größtenteils versengt, verbrannt und blutig, der Kater wollte offensichtlich fliehen.

„Oh nein, das wirst du nicht!", knurrte ich.

Ich rannte hinter dem Kater her, der in einer Gasse zum Industriegebiet verschwand. Als er wieder in Sichtweite war, feuerte ich weiter. Die Strahlenpistole piepste und der Schlitten der Projektilpistole schnallte fest. Mir waren Energie und Munition ausgegangen. Ich legte beide Pistolen ins Inventar und zog eine weitere Strahlenpistole heraus. Ich sprintete dem Kater hinterher und behielt ihn im Sperrfeuer, konnte ihm jedoch nur noch mit unkritischen Treffern das Fell versengen.

Der Kater verlor weiterhin Gesundheit, und als ich am Ende eines weiteren Blocks aufgeholt hatte, stolperte er endlich. Ein weiterer Schwall von Schüssen brachte den Kater zu Boden. Er zuckte einmal, dann rührte er sich nicht mehr. Erst als er regungslos war, überprüfte ich, ob die Gesundheit auf null war, und beugte mich über den Körper.

Ich erhielt ein ordentlich großes Fell, eine Handvoll Reißzähne und ein halbes Dutzend gemein gebogener Krallen. Die Gegenstände kamen in mein Inventar und ich stand wieder auf. In der leeren Gasse gab es nichts Interessantes und ich nahm den gleichen Weg zurück.

Auf dem Weg zum Motorrad dachte ich an den gerade stattgefundenen Kampf zurück. Ich war Kriegsveteran, hatte aber offensichtlich mehr über neue Weisen des Kämpfens im System zu lernen. Die alten Erdtaktiken zu Beschuss und Manöver waren nicht effektiv gegen Monster, die ohne Vorwarnung aus dem Hinterhalt zuschlagen oder im Handumdrehen vor dir stehen konnten.

Ich hatte mich wacker geschlagen, brauchte aber eindeutig mehr Übung beim Schießen aus der Bewegung heraus. Mein Kampfstil begann den Action-Sequenzen aus Hollywood-Action-Blockbustern zu ähneln. Obwohl das System meine Präzision dank meiner Wahrnehmung und Beweglichkeit auf ein übernatürliches Niveau gesteigert hatte, brauchte es dennoch Geschick, um im Vollsprint etwas zu treffen.

Mein Motorrad lag mitten auf der Straße, wo es beim Katzenangriff zuvor hingerutscht war. Ich stellte es wieder auf und prüfte im Kreis nach Anzeichen von Beschädigungen. Ich fand keine. Nicht einmal der Lack war vom Asphalt zerkratzt.

„Gutes Bike", murmelte ich und klopfte liebevoll auf den Rahmen des gepanzerten Fahrzeugs.

Die restliche Fahrt zur Wohngegend verlief ereignislos, und ich hielt vor dem ersten verlassenen Haus, bei dem die Haustür einen Spalt offen war. In der Hoffnung, dass nichts allzu Problematisches darin ein Zuhause gefunden hatte, verstaute ich mein Motorrad im Inventar und nahm meine Strahlenpistole in die Hand. Mit der freien Hand zog ich einen Gegenstand aus dem Ausrüstungslager heraus.

Starburst Taktische Taschenlampe

Diese Hochleistungs-Lichtquelle wirft einen brillanten Lichtstrahl, der an deine Bedürfnisse in einer Vielzahl von Situationen angepasst werden kann. Die robust konstruierte Hülle dieses Werkzeugs kann im Notfall als Waffe dienen, bequem von allen Spezies mit opponierbaren Daumen gehalten werden und passt an jeden Standardwaffenbefestigungspunkt.

Die taktische Taschenlampe war eines der zahlreichen Ausrüstungsgegenstände, die mir beim letzten Shopbesuch nützlich erschienen waren. Ich hielt den kleinen Zylinder in meiner freien Hand, drückte den Knopf und öffnete die Tür.

Ich blieb im Türrahmen stehen. Meine Pistole war erhoben und ich war für jede Bedrohung bereit.

Ich fand zerstörte Möbel und verstreute Kissen als Anzeichen eines Kampfes vor. Leichen sah ich jedoch keine.

Ich blickte durch den Raum, sah aber keine Bewegung in meinem Blickfeld. Hören konnte ich im Haus ebenfalls nichts. Nachdem ich die Haustür verriegelt hatte, machte ich mich auf die Suche nach eventuellen Hausbewohnern. Abgesehen vom Zustand des Wohnzimmers und dem faulen Gestank aus dem Kühlschrank, schien der Rest des Hauses in recht gutem Zustand zu sein.

Ich hatte das Erdgeschoss überprüft und als ich mich der Treppe nach oben näherte, erschien ein winziges Paar roter Punkte auf meiner Minikarte.

Von oben kam kein Geräusch, aber ich erklomm die knarrenden Holzstufen langsam und mit erhobener Pistole. Auf halber Höhe knickte die Treppe im rechten Winkel um. Ich sicherte die Ecke langsam, Pistole voran, dann ging ich weiter hinauf.

Ein Trippeln von winzigen, weichen Füßen auf dem Holzboden hielt an, als ich auf Augenhöhe mit der höchsten Stufe war. Ein weißer Streifen blitzte vor mir über der Treppe auf. Ich zuckte meine Waffe hinterher, und ein weiterer Strich folgte, der jedoch eher bräunlich war.

Das verschwommene Braun hielt plötzlich an und leuchtend rote Augen starrten mich an.

Ich blinzelte, dann schnaubte ich. Es war ein Kaninchen.

Das Kaninchen zitterte und schoss auf mich zu. Ich feuerte meine Pistole ab, aber es schaffte irgendwie, sich im Flug zu schlängeln und dem Energiestrahl auszuweichen.

Dann landete die Kreatur auf meiner Brust. Die Kaninchenkrallen gruben und kratzten nach Halt in meiner Rüstung, und seine scharfen Vorderzähne schnappten nach meinem Hals.

Ich stolperte die Treppe hinab und krachte am Treppenabsatz gegen die Wand, während ich auf das dämonische Tier mit glühenden Augen an meiner Brust einschlug. Schließlich ließ ich die Taschenlampe fallen und hielt die Kreatur mit dieser Hand fest. Der Stoff meines Jumpsuits zerriss, als ich das Monster von mir zog und auf den Boden schmetterte. Der Aufprall betäubte das kleine Biest, und ich knallte schnell meinen Fuß darauf.

Ich stampfte immer wieder, bis das beige Fell blutig rot gefärbt war. Als die Kreatur endlich reglos war, atmete ich erst mal keuchend vor mich hin. Meine Taschenlampe war mit Monsterblut besudelt und tauchte das Treppenhaus in ein trübes, unheimliches Licht.

Oben an der Treppe sah ich zwei dunkelrot glühende Augen auf mich herabstarren. Es war das erste Monster, das am Treppenausgang vorbeigesaust war.

Das weiße Kaninchen saß da und beobachtete mich.

Arrrghhh-Bestie (Level 18)

HP: 175/175

Die Bestie stürmte die Stufen herab, und ich jagte die Strahlen meiner Pistole in sie hinein. Dieses Mal trafen alle meine Schüsse und brannten sich in das Kaninchen, bevor es nahe genug war, um mich anzuspringen wie sein Vorgänger. Der Kadaver des kleinen Wesens holperte die letzten Stufen herab und blieb schlaff auf dem Absatz zu meinen Füßen liegen.

Ich schüttelte den Kopf und fühlte meinen zerrissenen Jumpsuit. Diese kleinen Viecher waren beim ersten Eindruck viel bedrohlicher, als sie es tatsächlich waren.

Eine schnelle Plünderung der Leichen brachte einige kleine Felle und ein Paar Kaninchenfüße zutage, die ich allesamt in mein Inventar legte. Dann sammelte ich meine Taschenlampe auf und ging ins erste Stockwerk.

Der beißende Gestank von Urin und Tierkot drang aus dem ersten Schlafzimmer. Direkt hinter der Tür stand ein erhöhter Kaninchenstall. Die Viecher hatten sich einen Fluchtweg aus dem Drahtkäfig gekaut. Ich schloss die Schlafzimmertür, um den Geruch so weit wie möglich abzublocken, und fragte mich, wer so einen Tierstall im eigenen Haus aufbewahren würde.

Die restlichen Zimmer der oberen Etage waren leer. Ich wählte ein ungenutztes Gästezimmer am anderen Ende des Flurs, möglichst fern vom Kaninchengestank. Vor die verschlossene Tür schob ich eine leere Kommode, und hoffte, dass sie mögliche Eindringlinge abwehren würde.

Ich legte mich auf die Tagesdecke und meine Pistolen neben mir auf das Bett, starrte die dunkle Decke an und überlegte meine nächsten Schritte.

Kurzfristig hatten die Goblins weitere Kopfgelder im Casino aushängen. Diese zu erledigen, würde mir Credits und Erfahrung einbringen. Kontakt zu mehr Galaktikern in der Umgebung könnte weitere Gelegenheiten für mehr Lohn eröffnen.

Darüber hinaus hoffte ich immer noch, Hinweise auf den Verbleib der Krym'parke zu finden. Wenn sie überhaupt noch in der Gegend wären. Ich musste jedoch davon ausgehen, denn sonst hatte ich kaum eine Chance, etwas gegen sie zu unternehmen.

Ich wollte außerdem mehr Levels und mehr Klassenskills. Der Einsatz meiner Fähigkeiten brachte ein fast süchtig machendes Gefühl von Macht und Zweck mit sich. Trotz der Gefahren dieser veränderten Welt und des ständigen Zwangs, um mein Leben zu kämpfen, war die heutige erfolgreiche Kopfgeldjagd zehr zufriedenstellend. Ich wollte mehr solcher Herausforderungen.

Die Gedanken und Pläne, die mir durch den Kopf gingen, füllten mich mit Zufriedenheit und führten mich kurze Zeit später in den Schlaf.

Kapitel 21

„Wir haben eine Eiswürfelmaschine, wissen Sie."

Die schrille Ermahnung des Goblin-Barkeepers hielt mich beinahe davon ab, Mana in den schmelzenden, gezackten Eisstachel über meiner erhobenen Handfläche fließen zu lassen. Trotz der kalten Aura an meiner Hand tropfte mir der Schweiß von der Stirn. Als ich mit der Größe des Eiszapfens zufrieden war, schnitt ich den Manafluss ab und drehte meine Hand zur Seite. Der Miniatur-Frostbolzen fiel mit einem befriedigenden Klirren in das Whiskeyglas vor mir auf der Theke.

Unbeeindruckt von der Einmischung in mein kleines Experiment starrte ich den bebrillten Goblin böse an. Der Barkeeper erbleichte und zog sich schnell zum anderen Ende der Bar zurück.

Ich war nun an der Bar des Casinos mir selbst überlassen und schwenkte den Mana-Eiswürfel, im halb mit bernsteinfarbener Flüssigkeit gefüllten Glas unter meiner Nase, während ich den eichenen Abgang des Whiskeys besann. Ich nahm einen Schluck und genoss die aromatische, goldene Flüssigkeit, die sanft über meine Zunge floss. Seufzend stellte ich das Glas zurück auf den Tresen. Trotz der Qualität des Tropfens war ich so gut wie enttäuscht. Meine verbesserte Konstitution bedeutete, dass es jetzt fast unmöglich war, einen Schwips zu spüren.

Der teure Drink war eine kleine Belohnung für mich, da ich gerade den letzten ausgeschriebenen Kopfgeldauftrag erfüllt hatte und die Jobbörse der Goblins an der Casino-Wand nun komplett geräumt war. Ich hatte nur vier Tage gebraucht, und die Belohnungen aus den verschiedenen Aufgaben hatten sich zu einer ordentlichen Menge an Credits aufsummiert.

Die Aufträge selbst waren eher mühselig als schwierig oder gefährlich gewesen. Bei den meisten handelte es sich um Menschen, die zu ahnungslos oder zu faul waren, um Verträge im Detail durchzulesen. Ich wurde mit ihrer Jagd beauftragt, als sie zwangsläufig gegen den Vertrag verstießen, weil sie das Kleingedruckte überlesen hatten.

Die Hauptanstrengung bestand darin, die verschiedenen Täter aufzuspüren, aber glücklicherweise stammten sie alle aus der Gegend. Das Telefonbuch vom Regal der verstaubten Kopierer-Ecke hatte mich oft auf den richtigen Pfad gebracht. Es dauerte länger, die wenigen ohne Eintrag zu finden, aber ich fand stets Spuren beim Absuchen der North Shore und der nördlichen Umgebung der Stadt. In solchen Fällen wiesen mich lokal ansässige in die richtige Richtung. Wenn dann die Gesuchten Wind von mir bekamen, versuchten sie zu fliehen. Das störte mich genauso wie eine Zielscheibe auf ihrem Rücken.

Während der Arbeit hielt ich meine Augen und Ohren offen. Ich suchte nach Hinweisen auf die Thomas-Kids, die anderen vermissten Kinder und die mysteriösen Angreifer auf die Schule. Bisher konnte ich jedoch keine finden.

Die Kehrseite meiner Kopfgeldjagd war der negative Ruf, den ich bei den Leuten in der Umgebung bekam. Dieser äußerte sich zwar meist nur durch schmutzige Blicke oder Gemurmel, aber die Tatsache, dass ich als Mensch andere Menschen jagte, weckte erheblichen Hass in der Bevölkerung. Immerhin arbeitete ich im Namen ausbeuterischer Aliens, die das Gebiet eingenommen hatten.

Auf der positiven Seite gab es auf dem Weg zur Arbeit einige Monster zu töten. Die Erfahrung und Beute aus dieser Nebenaufgabe glichen den negativen Ruf für mich etwas aus. Da die Kämpfe normalerweise mitten auf der Straße stattfanden, war mein Ruf als Monstertöter fast ebenbürtig mit dem als Kopfgeldjäger.

Tatsächlich hatte mich die Erfahrung aus den Kopfgeldern zusammen mit den verschiedenen erschlagenen Monstern aufs nächste Level gebracht.

Jetzt, da ich Zeit hatte, mich damit zu befassen, rief ich die neueste Benachrichtigung auf.

Levelaufstieg!

Du hast Level 16 als Gnadenloser Jäger erreicht. Wertepunkte werden automatisch verteilt. Du darfst 2 Gratis-Attribute verteilen.

Ein kurzer Blick auf die Attribute mit den automatisch hinzugefügten Punkten offenbarte, dass Beweglichkeit weiterhin mein mit Abstand höchster Wert war. Dieser lag in der Mitte der Sechziger. Konstitution lag direkt dahinter, in den Fünfzigern, dann kamen Intelligenz, Charisma und Wahrnehmung, alle in den unteren Vierzigern. Stärke und Willenskraft waren die zwei weit zurückgebliebenen Attribute, ihre Werte lagen in den unteren Dreißigern. Mein höchstes Attribut war fast doppelt so hoch wie meine beiden niedrigsten, und das gefiel mir nicht.

Ich fügte sowohl Stärke als auch Willenskraft einen Gratispunkt hinzu, um den gefühlten Mangel auszugleichen. Ich war mit meiner Auswahl zufrieden, bestätigte die Änderungen und überprüfte meinen aktualisierten Status.

Statusmonitor			
Name:	Hal Mason*	Klasse:	Jäger*
Volk:	Mensch (M)	Level:	16
Titel			
Scharfäugig (Titel versteckt)*			
Gesundheit:	540	Ausdauer:	540

Mana:	430		
Status			
Normal*			
Attribute			
Stärke	33	Beweglichkeit	65
Konstitution	54	Wahrnehmung	42
Intelligenz	43	Willenskraft	32
Charisma	42	Glück	18
Klassen-Fertigkeiten			
Größere Beobachtung	1	Hindern	1
Unerbittliche Ausdauer	1	Scharfe Sinne	1
Kühlkammer	1	Auf der Jagd	3
Zerreißen	1	Genau das richtige Werkzeug	1
Boni			
Bauchgefühl			
Kampfzauber			
Frostbolzen (I), Geringere Verkleidung (I), Schwacher Heilzauber (I)			

„Entschuldigen Sie, Abenteurer Mason.“

Die nasale Stimme klirrte in meinen Ohren und lenkte mich vom Status ab. Ich schloss das Fenster und schaute zum Auslöser der Unterbrechung.

Ein paar Schritte von meinem Platz an der Bar entfernt wartete ein Goblin in einem Maßanzug.

Meqik Knallschloss (Concierge Level 32)

HP: 310/310

MP: 360/360

Zwei bewaffnete Wachen standen hinter dem scharf gekleideten Goblin, und ein schneller Scan mit Größere Beobachtung identifizierte das Paar als Raufbold und Türsteher. Die beiden Leibwächter hatten Levels Mitte Zwanziger. Niedrigere Levels als das ihres Schützlings.

„Sie haben dem Goldkragen-Kartell mit dem Abschluss unserer Kopfgelder große Dienste geleistet", sagte der Goblin im schicken Anzug, als ich mich ihm zuwandte. „Und ich wollte Ihnen persönlich danken."

„Gern geschehen", antwortete ich.

Der Goblin blieb an seinem Fleck. Er hatte wohl sonst noch etwas zu sagen.

„Gibt es noch was?", fragte ich mit hochgezogener Augenbraue.

Meqik trat einen halben Schritt vor und lehnte sich zu mir. „Es gibt einen weiteren Auftrag, der für jemanden mit Ihren Fähigkeiten verfügbar sein könnte, aber dieses Gespräch erfordert gewisse Diskretion."

Der Goblin sah sich demonstrativ zu den anderen Barbesuchern um, und ich verstand, dass der Concierge seine Geschäfte an einem privateren Ort besprechen wollte. Ich nickte dem Goblin zu und trank meinen Drink mit einem einzigen Schluck aus. Vom flüssigen Feuer aus Präsystemzeiten war im Hals leider nichts zu spüren. Ich stand auf, völlig unbeeinflusst vom Alkohol in meinem Körper.

Ich deutete mit der Hand an, dass Meqik den Weg weisen möge und gesellte mich zum Goblin auf dem Weg durch die Spielhalle. Die beiden Leibwächter ließen mich vor und folgten uns.

„Sie erwähnten das Goldkragen-Kartell", sagte ich, während wir das Casino durchquerten. „Mit Ausnahme des Kleingedruckten in den Kopfgeldaushängen bin ich diesem Namen noch nirgendwo über den Weg gelaufen."

„Der berühmte Anführer des Goldkragen-Kartells, Handelskönig Fezz Goldkragen IV., hat diesen Außenposten als Expansion für seinen Sohn, Handelsbaron Fazz Goldkragen, gekauft", erklärte mein Begleiter. „Wenn Baron Fazz es schafft, aus dieser Einrichtung reichlich Gewinn zu beziehen, dann hat er sich als würdig erwiesen, zum Erben des Kartells ernannt zu werden."

„Bisher sieht es mir nach einem regen Geschäft aus." Ich deutete auf die geschäftigen Spieltische in der Umgebung.

„Die Prognosen für dieses Quartal übertreffen bisher die Erwartungen", antwortete der Goblin.

Mit anderen Worten, sie nahmen die hiesigen Hinterwäldler um jeden Credit in ihrer Tasche aus. Ich musste beinahe vor Abscheu schnauben. Ich hatte ganz schön Glück gehabt, dass mein erster Shopbesuch nicht wie die Farce vor dem Casino abgelaufen war.

Es war aber auch nicht so, dass ich etwas an der Situation ändern konnte. Die Goblin-Streitkräfte hatten zwar überwiegend niedrige Levels, aber dafür gab es von ihnen sehr viele. Bei einem Direktangriff würde die Horde mich umschwärmen und überrumpeln. Und jetzt hatte ich noch dazu erfahren, dass die Kartellpräsenz hier nur ein Teil einer größeren Galaktischen Organisation war. Ich musste unauffällig agieren.

„Viele der jüngeren Kartellmitglieder haben sich dieser Expedition angeschlossen", fuhr Meqik fort, ohne sich meiner zynischen Überlegungen bewusst zu sein. „Sie wollen ihren eigenen Nutzen aus den Gewinnen und Erfahrungen ziehen, die das Kartell mit seinem Ressourcenmonopol in der Stadt sammelt."

Der Goblin sagte für einige Schritte nichts.

„Allerdings hatten wir in letzter Zeit einige Misserfolge", gab der Goblin schließlich zu. „Anstatt Systemwaffen und Vorräte von unserem Handelsbasar zu kaufen, bezieht die ansässige Bevölkerung Ausrüstung von einer Quelle in der Innenstadt jenseits der Flüsse."

Während der Goblin sprach, gingen wir eine Treppe zum „Grand View Buffet"-Restaurant hinauf. An der offenen Tür wartete zu beiden Seiten jeweils ein Goblinwächter. Keiner von beiden reagierte, als meine Eskorte mich an ihnen vorbeiführte. Einer von ihnen war zu sehr darin vertieft, in seiner Nase zu bohren. Der Raum ließ mich die unachtsamen Wachen jedoch schnell vergessen.

Trotz der gleichgültigen Haltung der Wachen spürte ich beim Eintreten eine statische Ladung auf meiner Haut.

Meqik bemerkte meinen verwirrten Gesichtsausdruck und sah zu mir auf. „Ein Datenschutzfeld. Alles, was in diesem Raum gesagt wird, sollte für Feinde schwierig herauszufinden sein."

Ein gewaltiger goldener Thron stand in der Mitte des ehemaligen Buffetrestaurants. Der Sitz bestand aus einem gut gepolsterten Kissen, aber der Rest der Konstruktion schien aus Spielautomaten zu bestehen. Lichter blinkten am Thron und zogen die Aufmerksamkeit auf sich. Der Effekt schien mir beabsichtigt zu sein, als ich mich mental anstrengen musste, um mich auf die Person auf dem Thron zu konzentrieren.

Auf dem Thron saß ein großer Goblin mit zurückgekämmten schwarzen Haaren. Er trug einen purpurfarbenen Trainingsanzug mit geöffneter Jacke, die mehrere goldene Ketten um seinen Hals enthüllte. Darunter hing ein dicker Bauch unter seinem fleckigen weißen Hemd hervor. Der Goblin spielte gelangweilt mit dem Spielautomaten in einem der Arme des Throns und drückte alle paar Sekunden den Knopf, um die Walzen zu drehen.

Meqik führte mich vor den Thron und als ich anhielt, machte er einen weiteren Schritt nach vorne.

„Handelsbaron, ich bringe Ihnen den Menschenabenteurer Hal Mason." Meqik verbeugte sich mit seinen Worten.

Ich nickte respektvoll mit dem Kopf, verbeugte mich aber nicht. Stattdessen beobachtete ich, wie der Handelsbaron seinen Kopf schief legte und vom Spielautomaten zu mir schaute.

Fazz Goldkragen, Langfingriger, Karrierekletterer (Handelsbaron Level 3)
HP: 890/890
MP: 970/970

Die Beinamen des Goblins waren neu für mich, beziehungsweise wären sie es, wenn ich nicht selbst einen Titel versteckt hätte.

Das lächerlich niedrige Level stand im starken Kontrast zu den hohen Gesundheits- und Manawerten, die mir vermittelten, dass ich endlich einer andere Fortgeschrittenen Klasse gegenüberstand. Im Gegensatz zum Erhalt der Klasse über eine Abkürzung im System, hatte dieser Goblin zuerst die vollen fünfzig Levels seiner Basisklasse erarbeitet. Der höhere Manawert deutete darauf hin, dass sich der Goblin weniger auf körperliche Attribute konzentrierte und mehr auf intellektuelle Errungenschaften. Diese Spekulation passte zum eigentlichen Klassennamen, der eher auf Führung und Merkantilismus als auf Kampf hindeutete.

Interessanterweise wurde die Klasse des Goblins anscheinend auch als Titel behandelt. Darauf deutete zumindest die Art hin, in der mein Begleiter den Baron angesprochen hatte.

Der Handelsbaron sah auf mich herab und zu dem Concierge, dann zog er überrascht eine Augenbraue hoch. „Das ist der Mensch, der alle unsere Kopfgelder eingesammelt hat?"

„Ja, Baron", antwortete Meqik.

Der Goblin-Anführer räusperte sich enttäuscht.

„Er ist nur ein einfacher Jäger", sagte Baron Fazz abweisend und verriet damit, dass er meinen Status und meine Klasse gelesen hatte. Gleichzeitig wusste ich durch die Bemerkung, dass der Handelsbaron trotz seiner Fortgeschrittenen Klasse nicht in der Lage war, meine „Auf der Jagd"-Fähigkeit zu durchdringen.

„Ein effektiver Jäger", quietschte Meqik. „Er hat viele Gesuchte ausfindig gemacht, die unsere eigenen Jäger nicht aufspüren konnten."

„Also gut, gib ihm die Quest." Fazz seufzte. „Wenn er scheitert, wird diesmal zumindest keiner von uns verloren gehen."

Die Goblins waren mit ihren Geschäften wohl auf ein gefährliches Problem gestoßen, aber das war nicht im Geringsten überraschend. Sogar in der Welt vor dem System war das Stören der Feindlogistik eine bewährte Taktik auf dem Schlachtfeld. Niemand besaß ausreichend Gebäude in der Stadt, um eine flächendeckende Sichere Zone zu schaffen, und die unaufhaltsam spawnenden Monster verwandelten den größten Teil der Pittsburgher Innenstadt in ein Kriegsgebiet.

Meqik machte eine Handbewegung in meine Richtung, und eine neue Benachrichtigung erschien.

Quest angeboten – Störung lokalisieren

Die Handelsmonopol-Pläne des Goldkragen-Kartells im Bereich Pittsburghs sind in Gefahr. Eine externe Quelle liefert Ausrüstung in die Stadt. Suche den Lieferanten dieser Waren und informiere das Kartell.

Belohnung: 10.000 XP und 15.000 Credits, erhöhter Ruf beim Goldkragen-Kartell

Optional: Das Ergreifen von Maßnahmen gegen den mysteriösen Lieferanten können zu zusätzlichen Belohnungen führen.

Optionale Belohnung: Variabel.

Quest akzeptieren? (J/N)

Die Erfahrung und Credits waren zu gut, um auszuschlagen, aber bevor ich die Quest annahm, sah ich Meqik an.

„Können Sie mir weitere Information bereitstellen?"

Der Concierge streckte wortlos eine Hand aus, und eine Pistole tauchte in der Handfläche auf. Der Goblin reichte mir die Waffe. Ich erkannte sie sofort als eine der beliebtesten Handfeuerwaffen des letzten Jahrhunderts, die Pistole Modell 1911. Im Gegensatz zu den Waffen der Goblins sah diese jedoch ausgefeilt und vollständig aus.

Da Meqik mir die Waffe angeboten hatte, nahm ich sie, prüfte ob die Kammer leer war und inspizierte sie genauer.

Der Pistolengriff lag angenehm gewinkelt in meiner Hand, ohne die scharfen Kanten oder die grobe Bearbeitung, die ich bei den Goblinwaffen bemerkt hatte. Kein Wunder, dass die Goblins sich bedroht fühlten, wenn diese hochwertigen Feuerwaffen auftauchten.

Ich nickte und nahm die Quest an. Ich mochte die Goblins und ihren Umgang mit den Anwohnern nicht besonders, aber ich konnte auch das potenzielle Wohlwollen der größten Galaktischen Macht in der Umgebung nicht ausschlagen.

„Vielen Dank, Abenteurer Mason", sagte Meqik. „Sie dürfen sie als Zeichen unserer Großzügigkeit behalten."

Meqik warf mir eine Schachtel Munition zu und ich verstaute beides in meinem Inventar. Dann bedeutete mir der Goblin mit einer Geste, den Thronsaal zu verlassen.

Ich nickte dem Handelsbaron respektvoll zu, bevor ich mich abwandte, aber der Goblinanführer war bereits wieder im Spiel versunken und beachtete mich nicht, als ich mit Meqik den Raum verließ.

Wir stiegen die Treppe hinab und die Leibwächter des Goblin-Concierges folgten uns. Auf dem Weg zurück zu meinem leeren Platz an der Bar sprach Meqik kein einziges Wort.

Als wir ankamen, verabschiedete er sich: „Ich wünsche Ihnen viel Erfolg bei Ihrer Suche, Abenteurer Mason."

Meqik eilte davon, um sich seinen üblichen Aufgaben als Concierge zuzuwenden. Ich erwog kurz einen weiteren Drink, und trotz meiner ausstehenden Quest lockte mich der Gedanke an den vollmundigen Whiskey zurück auf den Barhocker.

Der Goblin-Barkeeper erfüllte rasch meine Bestellung, nahm die Credits an und zog sich dann zum Ende der Bar zurück, um sein Gespräch mit einem Casino-Bereichsleiter murmelnd fortzuführen.

Ich nippte abwesend am Drink, ohne den Geschmack wirklich zu genießen, und plante meine nächsten Schritte. Da Informationsbeschaffung die einzige Anforderung war, verzahnte sich meine neue Aufgabe praktischerweise mit meinem eigenen Bedarf an Informationen für meine ältere Quest.

Die unvollendete Suchquest nach den entführten Kindern war weiterhin aktiv. Bei der System-Quest verspürte ich einfach keinen Drang nach Fortschritt. Im Gegensatz dazu fühlte ich den Druck einer nicht abgeschlossenen Angelegenheit bei der Suche nach den vermissten Kindern.

Meine bisherigen Aufgaben hatten mich auf die Nordseite der Stadt beschränkt, da dort die Menschen wohnten, die mit dem Goldkragen-Kartell zu tun hatten. Dabei gab es in den letzten paar Tagen keinen einzigen neuen Hinweis auf die Krym'parke. Die Untersuchung der neuen Ausrüstungsquelle im Süden schien auch bei dieser Quest ein logischer nächster Schritt zu sein, da ich jetzt einige Zeit im Westen und Norden der Stadt verbracht hatte. Sollte das auch keine Früchte tragen, würde ich anfangen, Bereiche weiter außerhalb der Stadt zu durchkämmen.

Als ich mit meinem Drink fertig war, rutschte ich vom Barhocker und verließ das Casino. Die ständigen Explosionen des Werbefeuerwerks am Himmel begrüßten mich, als ich aus der Tür ging und den Handelsbereich zum Tor durchquerte.

Nachdem ich die Casinomauern hinter mir gelassen hatte, bog ich rechts ab und ging zum gepflasterten Weg am Fluss. Der Three Rivers Heritage Trail war einst ein beliebter Spazierpfad für die Stadtbewohner gewesen, aber inzwischen hatte sich die Begeisterung bestimmt gelegt, da ständig Flussmonster aus dem Wasser krochen, um die Einheimischen zu belästigen.

Der Ohio River war zu meiner Rechten, und ich lief den Pfad entlang nach Osten. Als ich am Carnegie Science Center vorbeiging, hörte ich einen lauten Wasserspritzer vom Ufer und entdeckte eine neue Bedrohung.

Eine riesige Schildkröte stürzte sich aus dem Wasser und krabbelte über die Felsen auf mich zu. Das Biest stürzte auf mich zu – überraschend schnell für seine Größe. Der Schnabel in der dunklen Höhle ihres Schutzpanzers ragte kaum heraus.

Hartpanzerschnapper (Level 45)

HP: 1994/1994

Ich warf einen Frostbolzen, um das Monster zu verlangsamen. Der gezackte Eiszapfen glitt in den Halsansatz und es zischte mich an. Trotz meines Zaubers kam die Schildkröte schnell näher. Ich lief rückwärts den Pfad entlang, zog meine Waffen und eröffnete das Feuer auf den Hartpanzer-Vierbeiner.

Als meine Energiestrahlen auf den Kopf der Kreatur prallten, leuchteten die getroffenen Hautschuppen auf. Meine Geschosse brachen den Schutz der Bestie auf und Fragmente der Panzerung splitterten ab und zerfielen. Die wenigen Schüsse, die den Kopf des Monsters verfehlten, wurden vom schweren Schildpanzer abgelenkt, ohne diesen zu beschädigen.

Die Schildkröte war für ihre Größe schnell, aber ich war schneller und blieb dem schnappenden Schnabel stets voraus.

Dann schoss der Kopf nach vorne, erstreckte sich auf einem schlangenförmigen Hals, und nur ein schneller Sprung zur Seite hielt das Monster davon ab, mich in zwei Hälften zu beißen. Die Schnabelspitze erwischte meine Wade, und ich schrie vor Schmerz auf. Haut riss und Blut spritzte, als die Schildkröte mit dem Kopf zur Seite zuckte und dabei meine Rüstung komplett zerstückelte, Fleisch abtrennte und mich zum Fluss schleuderte.

Ich konnte meine beiden Waffen festhalten und den Schwung nutzen, um einige Schritte vom Ufer entfernt auf meine wackeligen Füße zu rollen. Ich biss die Zähne gegen den Schmerz in meinem Bein zusammen. Ich aktivierte verspätet Hindern auf die Riesenschildkröte, dann leerte ich meine Pistolen, während es langsam seinen langen Hals zurückzog. Eiter floss aus den Wunden an ihrem Kopf und vermischte sich mit meinem Blut, das aus dem Schlund des Monsters tropfte.

Meine beiden Waffen waren gleichzeitig aufgebraucht. Die Strahlenpistole piepte und der Schlitten der Projektilpistole blieb offen. Ich verbannte die zwei leeren Waffen mit Genau das richtige Werkzeug und beschwor stattdessen mein Hybridgewehr.

Dieses feuerte ich aus der Hüfte. Das Gewehr jaulte auf, und bockte beim Auslösen in meinen Händen. Der Schuss durchschlug den gepanzerten Kopf der Schildkröte und bohrte sich tief hinein, wobei die Wucht den Kopf zur Seite schlug.

Das Monster schnarrte und bewegte sich trotz des Schadens an seinem ramponierten Gesicht immer noch. Es schüttelte sich und kam schwerfällig wieder auf mich zu. Ich hinkte rückwärts über das unebene Gelände des felsbedeckten Flussufers und feuerte erneut. Dabei schleifte ich mein verletztes Bein eher, als dass ich wirklich darauf lief. Bei jedem Schritt schmatzte etwas unter dem Fuß meines verwundeten Beins, und ich konnte nicht erkennen, ob es Schlamm vom Flussufer unter meinem Stiefel war oder ob sich mein Stiefel mit Blut von meiner verstümmelten Wade gefüllt hatte.

Da mein mächtiges Hybridgewehr beständig Schaden anrichtete, schwang der Kampf zu meinen Gunsten und endete kurz darauf. Eine letzte Handvoll Schüsse zerstörte die Überreste des Monsterschildkrötenkopfs, und nur noch ein blutiger Klumpen ragte an Stelle des Amphibienhalses aus dem Panzer heraus. Aus dem Stumpf sickerte ein Strom blutigen Schleims, der bis zum Ufer rieselte.

Sobald die Schildkröte zum Stillstand kam, zauberte ich Schwacher Heilzauber auf mich, zog einen Heiltrank aus meinem Inventar und schluckte ihn herunter. Während ich die Phiole leerte, verjagten der Zauber und der Trank gemeinsam die Schmerzen aus meinem verletzten Bein. Ich sah zu, wie das fehlende Fleisch meiner Wade sich wieder zusammenknüpfte.

Als ich zum Schildkrötenkadaver ging, um ihn zu plündern, schmatzte mein Stiefel immer noch mit jedem Schritt. Das unangenehme Gefühl von Flüssigkeit zwischen meinen Zehen bestätigte, dass mein Stiefel tatsächlich mit Blut gefüllt war. Ich ließ mich auf einer Bank am Wegrand nieder, zog den störenden Stiefel aus und kippte den grässlichen Inhalt auf den Boden.

Dann hielt ich inne und seufzte. Ab und zu vergaß ich, dass ich in einem Videospiel lebte.

Eine Beschwörung von Reinigen später war meine Ausrüstung sauber, und ich tauschte meinen ruinierten Jumpsuit gegen einen Ersatzanzug aus dem Shop aus. Ich war zufriedener denn je, dass ich bei meiner letzten Shop-Tour Ersatz für die meisten Gegenstände besorgt hatte.

Trotz des erlittenen Schadens fand ich, dass der Kampf gut gelaufen war. Das Monster hatte fast das Dreifache meines Levels gehabt, aber die Kombination aus meinen ungewöhnlich hohen Attributen und die vielfältigen Schadensarten meiner Ausrüstung verschaffte mir Vorteile, die, in Anbetracht des Levelunterschieds zu meinem Gegner, nicht sofort erkennbar waren.

Es hatte sich einiges getan, seitdem ich Tomatenpflanzen in den Asphalt stampfte.

Ich warf den Schildkrötenkadaver in meine Kühlkammer, um mich später darum zu kümmern, und setzte den Weg nach Osten fort.

Ich ging am stillen und leeren Heinz Field Stadion vorbei, und mir wurde bewusst, dass wahrscheinlich nie wieder ein Footballspiel stattfinden würde. Bei dem Gedanken hielt ich inne und schaute zu dem hoch aufragenden Bauwerk hinauf. Das hufeisenförmige Stadion war ungefähr nach Süden ausgerichtet und öffnete sich an dem Ende zum Fluss hin, an dem ich gerade stand. Von hier aus konnte ich die leeren gelben Sitze in den oberen Reihen der Tribünen sehen.

Tausende und Abertausende leerer Plätze, die nie wieder gefüllt werden würden. Und das war der geringste Verlust für die Menschheit. Wenn sechzig Prozent von uns am ersten Tag tot waren, wie viele sind wohl seitdem umgekommen?

Ich versuchte, den Blick vom Stadion abzuwenden, aber als ich dem Gebäude den Rücken zuwandte, fiel mein Blick über den Fluss auf die Steinmauern von Fort Duquesne. Ein weiterer Ort der Zerstörung und des Todes, an dem ein weiterer Waffenbruder im Kampf gefallen war.

Das Gewicht des Verlustes bedrückte mich. Einen Moment lang hatte ich das Gefühl, als wäre ein weiteres Gebäude über mir eingestürzt und hätte mich an Ort und Stelle vergraben. Mir blieb der Atem im Hals stecken, und ich erwartete die eindringlichen Anschuldigungen der Gefallenen.

Es kamen keine.

Schließlich zwang ich mich tief durchzuatmen und füllte meine Lungen mit frischer Luft.

Ich schüttelte den Kopf und ließ das stille Gebäude hinter mir. Mit einem Schritt auf dem Pfad knirschte der Kies unter meinen Füßen und durchbrach die Vorahnung der Einsamkeit. Dennoch zog es meine Gedanken immer wieder zum ehemaligen Heimstadion der Pittsburgh Steelers hinter mir.

Ich spürte, wie sich etwas in mir verhärtete.

Manchmal war das Schicksal der ganzen Welt zu viel für eine einzelne Person, und man musste es einfach loslassen. Es war genug, einfach durchzuhalten. Weiter am Leben zu bleiben. Noch einen Schritt weiterzugehen.

Also ließ ich die Toten los.

Meinen Trupp.

Den Polizisten, begraben unter einem Rattenschwarm.

Die Möchtegern-Räuber in der Innenstadt.

Paula.

Zeke.

Sie alle.

Ich ließ sie los, konzentrierte mich auf das Geräusch meiner Stiefel auf dem Pfad und ging einen Schritt nach dem anderen voran.

Und ich machte weiter.

Kapitel 22

Ich stieg die Treppen neben dem verlassenen PNC Park Stadion hinauf und ging an der Statue des Baseballstars Roberto Clemente vorbei. Meine Gedanken an die Toten ließ ich hinter mir und konzentrierte mich voll auf die Suche nach der neuen Ausrüstungsquelle in Pittsburgh.

Erstaunlich viele Fußgänger bewegten sich ungehindert in beide Richtungen auf der Brücke. Ich blieb einen Moment lang stehen, um mich daran zu gewöhnen. Den Weg konnte man nicht gerade als belebt bezeichnen, aber die vielen Menschen auf der Straße bildeten einen scharfen Kontrast zu dem menschenleeren Pfad, den ich gerade gelaufen war.

Ich erntete einige seltsame Blicke von Passanten in meiner Nähe. Sie blickten nervös auf die Treppe hinter mir. In Anbetracht meiner Begegnung mit dem riesigen Schildkrötenmonster war ich nicht überrascht, dass die meisten Leute sich vom Wasser fernhielten.

Abgesehen von den Blicken belästigte mich niemand. Ich wechselte auf die Südspur der Brücke und überquerte den Allegheny River auf dem gelben Wahrzeichen, benannt nach dem Baseballspieler der gerade zuvor besuchten Statue.

Ich hatte noch nie so viele Fahrräder gesehen – abgesehen von der Tour de France im Fernsehen – wobei die meisten Menschen dennoch auf ihre eigenen zwei Füße vertrauen mussten, um herumzukommen. Ohne einfachen Zugang zu einem Shop konnte kaum jemand auf normale Weise Credits verdienen oder Fahrzeuge erwerben. Um nicht aufzufallen, ließ ich mein All-Terrain-Motorrad in meinem Inventar versteckt.

Am anderen Ende der Brücke teilte sich der Fußverkehr an der Kreuzung auf, und ich schloss mich denjenigen auf der 6th Street zum Zentrum der Stadt an. Nach den ersten paar Häuserblocks schien nur die

Hauptverkehrsstraße zugänglich zu sein. Die Gassen zwischen den Gebäuden waren mit Trümmern oder beiseite geschobenen Fahrzeugen versperrt.

Zwei Blocks später kam ich zwischen der Heinz Hall for the Performing Arts und einem Parkhaus hindurch, das teilweise in sich zusammengestürzt war. Nach einem weiteren Häuserblock bog ich auf der Liberty Avenue nach links ab.

Kleidungsfetzen lagen in der Gegend verstreut herum. Es waren überwiegend blaue Jeansstücke, die das Ableben von Menschen in diesem Bereich markierten. Aus ihren Überresten ragten geblichene Knochen heraus, die von allen möglichen Aasfressern zerstückelt und abgenagt waren.

Die Straßen rochen schwach nach Verwesung, Rauch und moderndem Müll. Die zahlreichen Restaurants und ihre Düfte gehörten der Geschichte an, denn die Lichter waren aus und sämtliche Lokale verlassen.

Ich lief ziellos durch die Innenstadt und musste mehrmals umkehren, wenn Straßen völlig von Trümmern blockiert waren. Ich fragte mich, was eine solche Zerstörung verursacht haben könnte, und hätte mir in den Hintern beißen können, als ich die riesigen Kratzspuren in der DMV-Zulassungsstelle sah.

Ich war angekommen, wo der Jabberwock unsere Welt durch das Portal betreten hatte.

Ich wanderte durch die Stadt, bis ich an der Nordseite des US Steel Towers ankam. Als der Jabberwock das 64 Stockwerke hohe Gebäude vom Portal aus angefallen hatte, zerstreute er Schutt und Trümmer, die immer noch in der Umgebung lagen. Ich blickte zur Dachkante des höchsten Gebäudes der Stadt. Die großen weißen Buchstaben hoben sich vom dunkelbraunen Stahl der Fassade ab. Einer der Buchstaben schwang bedenklich in einer leichten Brise, die ich am Boden kaum spürte.

Mir lief es kalt über den Rücken und ich entfernte mich vom Fuß des Wolkenkratzers. Mir war nicht im Geringsten danach, von diesem riesigen Buchstaben zerquetscht zu werden, wenn er schließlich vom Gebäude abfallen würde. Erst recht nicht, nachdem ich ursprünglich das Monster überlebt hatte, welches für all diese Zerstörung verantwortlich war.

Das Donnern von Automatikwaffen riss mich aus meinen Gedanken zurück. Die Geräusche hallten von den hohen Gebäuden der Innenstadt wider, und ich lauschte einen Moment lang nach ihrem Ursprungsort. Dann umkreiste ich den Wolkenkratzer zum Waffenfeuer hin.

Auf der Südseite stellten die zwei Häuserblocks der Steel Plaza und des Mellon Green einen Flecken Grün bereit und trennten das höchste Gebäude in Pittsburgh vom zweithöchsten, dem BNY Mellon Center.

Zwei durchsichtige blaue Monster tobten um einen Springbrunnen in der Mitte der Grünanlage. Schaum wirbelte durch diese Gestalten wie Wellen auf dem Meer. Ihre Oberhälften waren grob humanoid geformt: Ein runder Kopf, ein Torso und zwei Rinne, die wie Arme aussahen. Darunter wirbelte eine zylindrische Wassersäule vom Boden herauf. Die Monster flossen auf den Platz herum und warfen Pflastersteine und Sträucher mit ihren Armen umher.

Kleiner Wasser-Elementar (Level 28)
HP: 674/682

Kleiner Wasser-Elementar (Level 29)
HP: 709/718

Der Verursacher der Schüsse und nur minimaler Schäden an den Elementaren befand sich auf der Straße neben der Grünanlage und hatte klare Schusslinie auf den Park. Ein ringmontierter Geschützturm auf einem seltsamen Fahrzeug spuckte Leuchtspurgeschosse und feste Munition auf die wässrigen Gestalten.

Das schnelle Rattern eines leichten Maschinengewehrs begleitete den Kugelflug und die gleichmäßigen, dumpfen Schüsse eines Granatwerfers waren selbst durch die Detonationen seiner Geschosse zu hören. Beide Waffenläufe in der koaxialen Turmhalterung waren auf die Elementare gerichtet. Aus meiner Zeit im Einsatz erkannte ich die Waffen am Klang und am Seitenprofil als einen Mk-19-Granatwerfer und ein M240G-Maschinengewehr.

Der Rest des Fahrzeugs war mir komplett neu und ich überflog es mit Größere Beobachtung.

Wolverine Friedenshüter Verteidigungseinheit (Klasse IV)
Panzerstärke: Stufe V

Das schwarzlackierte Fahrzeug hatte goldene Streifen an den Seiten und war mit dem Wappen der Pittsburgher Polizei versehen. Mit seiner scharf nach unten verlaufenden Vorderseite hatte es den schnittigen Look eines Supersportwagens mit dunkel getönten Front- und Seitenscheiben, die diesen Eindruck verstärkten. Unter dem vorderen Stoßfänger ragte ein schwerer Frontschutzbügel hervor, der das sportliche Erscheinungsbild beeinträchtigte.

Das Dach über der schrägen Windschutzscheibe verlief senkrecht nach oben und flachte vor dem Geschützturm ab. Von dem Punk aus ähnelte der Rest des Fahrzeugs eher einem gepanzerten Humvee. Ein

Panzerplatten-Achteck mit schmalen Lücken zwischen den einzelnen Abschnitten bildeten ein Schild für den Richtschützen. Jede Platte hatte einen schmalen Streifen getöntes Glas, um dem Insassen geschützte Sicht in alle Richtungen zu bieten. Die Lücken zwischen den Platten sollten wahrscheinlich dem Richtschützen erlauben, neben dem angebrachten Maschinengewehr auch persönliche Verteidigungswaffen oder Klassen-Skills einzusetzen.

Während meiner Analyse griff das Fahrzeug die beiden Elementare weiter an, jedoch ohne nennenswerten Effekt. Weder das Maschinengewehr noch der Mk-19-Granatwerfer konnten den Monstern mehr als leichte Schäden zufügen. Die Projektile durchschlugen die Gestalten mit minimalem Schaden, die entstandenen Löcher verheilten schnell und die Granaten detonierten erst am Boden hinter den Kreaturen. Selbst als die Granaten vor den Monstern explodierten, floss das wegspritzende Wasser sogleich zurück und wurde von den Schaumsäulen wiederaufgesaugt.

Auch den Leuten im Fahrzeug musste der Beschuss nutzlos vorkommen, denn die Geschütztürme stellten das Feuer ein. Die Vordertüren gingen auf und zwei gepanzerte Gestalten stiegen aus.

Die Jumpsuits der beiden Polizisten ähnelten meinem, hatten aber zusätzlich silberne, schildförmige Abzeichen auf der Brust. Außerdem waren ihre Gesichter von Helmen mit getönten Visieren verdeckt. Neben den System-Jumpsuits und ihren Helmen trugen sie an ihren Gürteln typische Polizeiausrüstung aus vorapokalyptischen Zeiten. Es sah nach einem seltsamen Prä- und Post-System-Mischmasch aus, und ich fragte mich, ob die Ausrüstung mit Absicht unaufgerüstet aussah.

Pearce Williamson (Wächter Level 15)

HP: 150/150

MP: 110/110

Zoey Kemper (Wache Level 14)

HP: 140/140

MP: 100/100

Pearce war von der Fahrerseite ausgestiegen. Er führte den Angriff an und stürmte voraus. Der Mann sprang mühelos über die hüfthohen Sträucher um den Platz, und ein Schild aus roter Energie erschien aus dem Nichts vor ihm. Der Energieschimmer bedeckte den Polizisten von Knie bis Schulter, war leicht gekrümmt und schien von einer Armschutzplatte auszugehen, die der Mann beim Rennen in Brusthöhe hielt. Mit einem Schrei setzte der Offizier eine Wächter-Klassenfähigkeit ein, um die Aufmerksamkeit der beiden Elementare auf sich zu ziehen.

Die Elementare reagierten fast augenblicklich auf den Schrei. Strudel wirbelten in ihren Oberkörpern und schossen in zwei Wasserströmen auf den angreifenden Polizisten hinaus. Die kräftigen Wasserstrahlen wirbelten spiralförmig in der Luft, schlugen auf den Schild des Offiziers ein und stoppten ihn. Wie aus einem Hochdruckschlauch wurde das Wasser um den gebogenen Schild herum abgelenkt und spritzte harmlos zu Boden, sobald die Attacke beendet war.

Während sich die Elementare auf den Mann mit dem Schild konzentrierten, zog Zoey eine Pistole und eröffnete das Feuer. Das scharfe Geräusch der Schusswaffe lenkte meine Aufmerksam von den Elementaren. Das dumpfe Krachen deutete auf ein größeres Kaliber hin, und als mir klar wurde, dass die Knarre in ihrer Hand identisch zur Pistole in meinem Inventar war, schlich ein Grinsen auf mein Gesicht.

Ich war auf eine Spur für die Quest der Goblins gestoßen! Jetzt musste ich nur noch herausfinden, woher die Polizei Systemwaffen mit menschlichem Design hatte.

„Verdammt, Zoey", schrie Pearce seine Partnerin an. „Benutze deinen Beamer. Du hast doch gerade gesehen, dass Kanonen nichts bringen."

Die Beamten waren weit weg und das Wasser rauschte so laut, dass ich nicht mitbekam, ob sie Antwort gab. Sie steckte ihre Handfeuerwaffe weg und zog eine schlankere Pistole heraus, die so ähnlich aussah wie meine.

Die Beamtin richtete die Strahlenpistole auf einen der Elementare, ein Energiestrahl bohrte sich in das Wesen, ließ Wasser verdampfen, und das Monster machte ein zischendes Geräusch.

Dann verfehlten ihre nächsten beiden Schüsse, was mich sehr überraschte.

Ich konnte bestimmt die Anzahl meiner eigenen Fehlschüsse seit Beginn der Apokalypse an einer Hand abzählen. Der Mangel an Treffsicherheit erinnerte mich daran, dass die meisten Menschen einfach nicht die rohen Wahrnehmungs- und Beweglichkeitsattribute hatten, die mir mit meiner fortgeschrittenen Klasse geschenkt worden waren. Währenddessen ging eine der mittleren Türen des Polizeifahrzeugs auf und ein weiterer Beamter stieg aus.

Kevin Beatty (Deputy Level 9)
HP: 80/80
MP: 120/120

Der Neuankömmling streckte eine Hand zu Pearce aus, und der Schild um den Polizisten leuchtete plötzlich heller. Irgendwie hatte der

Polizeibeamte mit dem niedrigeren Level den ersten Offizier gestärkt und ihm ermöglicht, sich wieder voran zu bewegen.

Dennoch schien dies eine Gelegenheit zu sein, neue Kontakte zu knüpfen und möglicherweise mehr über die Rivalen der Goblins zu erfahren. Die drei Polizisten waren den Monstern weit unterlegen. Selbst wenn sie diese zu Fall bringen könnten, würde es eine Weile dauern.

Ich ging im Kreis um den Parkblock, um im rechten Winkel zu den kämpfenden Polizisten zu stehen, und zog nur eine einzelne Strahlenpistole aus einem meinem Holster. Meine Waffe war auf Zoeys Elementar ausgerichtet, und ich eröffnete das Feuer.

Ich grinste und winkte freundlich, als die Polizisten alarmiert auf mich schauten, dann schoss ich erneut auf den Elementar.

Die Polizeibeamten zögerten und beobachteten mich misstrauisch, während sie sich weiter gegen die Wasserelementare zur Wehr setzten. Sie waren offensichtlich besorgt, dass ich die Monster als Ablenkung benutzen könnte. Ich zuckte nur mit den Schultern und setzte meinen Beschuss fort.

Das Elementar hatte Schaden genommen, und eine Dampfwolke stieg auf, als mein Waffenfeuer immer wieder in die Wassergestalt einschlug. Der ständige Schaden lenkte die Aufmerksamkeit des Elementars bald von Pearce auf mich. Ich entfernte mich im Kreis von den Offizieren, als sich der Wasserstrahl des Elementars auf mich zubewegte. Das Wasser schoss schneller als erwartet, also legte ich einen Zahn zu, bis ich im Vollsprint war. Selbst dann schaffte ich es nur knapp, dem reißenden Strom zu entkommen. Beim Rennen drehte ich mich aber zur Seite und feuerte auf den Elementar.

Zoey, die Beamtin mit der Energiepistole, griff nach einer Weile wieder mein Ziel an. Dabei gingen allerdings mehrere Schüsse daneben, obwohl sie stillstand und mit beiden Händen die Pistole festhielt.

Währenddessen hatte Pearce nur noch gegen einen Wasserstrahl auf seinem Schutzschild ankämpfen müssen und sich bis an das andere Elementar vorgerückt. Kevin nahm weiterhin die Rolle des Unterstützers ein und stärkte das Schutzschild mit seinem Mana, sodass es nicht vom Wasser beschädigt wurde.

Als Pearce nur noch eine Armlänge vom Elementar entfernt war, zog er einen Zylinder aus seinem Dienstgürtel und expandierte den Schlagstock mit einer Handbewegung. Zwischen den Zacken der Waffe flimmerten Stromstöße, und Pearce rammte sie dem Elementar waagerecht in die Seite.

An der Kontaktstelle flackerte Licht auf, und sichtbare Stromblitze schossen durch die durchsichtige Elementargestalt. Das Ungeheuer schüttelte sich, und der Wasserstrahl, der unaufhörlich aus dem Ungeheuer strömte, verlor an Kraft. Als der Wasserdruck nachließ, schlug Pearce mit dem aufgeladenen Schlagstock weiter auf den Wasserelementar ein. Bei jedem Treffer spritzte Wasser vom Elementar ab, und ein elektrischer Funkenflug verdampfte die Tropfen, bevor sie wieder vom Elementar aufgesogen werden konnten.

Da ich nicht meine vollen Fähigkeiten zur Schau stellen wollte, beschränkte ich mich auf meine Strahlenpistole und ein konstantes Sperrfeuer für das Elementar, das immer noch seine Flüssigkanone auf mich richtete. Nur ich und Zoey attackierten das Monster, und da dieses von keiner Betäubung beeinflusst wurde, verfolgte es mich weiter beim Umkreisen des Platzes.

Ich drehte noch zwei Runden um den kleinen Park, bis Pearce sein Angriffsziel in einem Lichtblitz seines Schockstabs erledigte und sich dem anderen Elementar zuwandte. Dieses war durch den Energiewaffenbeschuss bereits schwer geschädigt und wurde gemeinsam von uns vieren schnell zugrunde gerichtet.

Ich brauchte nicht mehr zu rennen und steckte meine Pistole weg, während die Beamten sich zu ihrem Fahrzeug zurückzogen, und der niedriglevelige Deputy wieder einstieg. Beim Durchsuchen der erschlagenen Elementare erbeutete ich eine Handvoll wässriger Elementaressenzen. Ein schwaches Frösteln ging von den weichen, juwelenartigen Kristallen aus, während ich sie im Inventar verstaute.

Danach ging ich langsam auf die beiden Beamten zu. Ihre Gesichter waren weiterhin hinter den reflektierenden Visieren ihrer Helme verborgen, und beide Polizisten hielten ihre Waffen in der Hand – wohlgemerkt gesenkt. Wenn nötig, waren sie bereit, sich zu verteidigen.

„Sie haben ziemlich schwere Ausrüstung bei sich", sagte der Mann mit dem Schild, der auf der Fahrerseite des Wagens ausgestiegen war. Dem dreifachen Chevron auf dem Ärmel seines Jumpsuits nach zu urteilen, war er von den beiden der Ranghöhere.

Die zweite Polizistin hatte ihren Kopf zu Seite gelegt und starrte mich musternd an.

„Es ist eine raue Stadt heutzutage, Officer." Ich zuckte mit den Schultern und deutete in die Richtung der gefallenen Elementare. „Man muss nun mal auf sich aufpassen."

„Wir sollten ihn einfach erledigen und zurück zur Kaserne gehen", sprach eine Stimme vom Fahrzeugturm.

Beide Waffenläufe waren in meine ungefähre Richtung gedreht, und die lässige Gleichgültigkeit seines Tonfalls war vielleicht noch beunruhigender als die Gewaltandrohung selbst.

Die zwei Beamten schauten ruckartig zum Geschützturm. Vielleicht war es nicht das erste Mal, dass ihr Richtschütze solch eine Drohung in die Tat umgesetzt hatte.

„Entspann dich, Kevin", befahl der Sergeant. „Du kannst nicht einfach Menschen mitten auf der Straße niedermähen."

Der Schütze hatte also schon mal auf jemanden geschossen. Als sich die beiden Beamten wieder zu mir wandten, zögerten sie, denn meine Hände ruhten nun auf den Pistolengriffen an meinen Holstern. Ich hatte auf die verbale Drohung ihres Schützen mit einer stummen Warnung reagiert.

Mit den beiden Beamten vor dem Wagen würde ich bestimmt fertig werden, solange ich nicht vom Schockstab des Sergeants betäubt wurde. Der im Geschützturm wäre jedoch eine Herausforderung. Meine Verteidigungsfähigkeiten waren alle auf einzelne Ziele ausgerichtet, und ich hatte keine Ahnung, wie sich Hindern auf Waffen an Fahrzeugen auswirken würde. Mir war noch nichts mit solch schwerer Rüstung über den Weg gelaufen, mit Ausnahme des Jabberwocks, dessen Panzerung Zeke mit seiner Klassenfertigkeit durchbrochen hatte.

„Immer mit der Ruhe", mahnte der Sergeant.

„Warum sollte ich denn ruhig sein?", fragte ich mit trügerisch gelassenen Worten. „Ich wurde gerade von bewaffneten Leuten bedroht, und sie haben ein Maschinengewehr auf mich gerichtet. Und das, nachdem ich ihnen ausgeholfen habe."

Einen Moment lang herrschte peinliche Stille. Dann ging die Polizistin auf mich zu und hielt dabei ihre Hände beruhigend hoch. „Moment mal, bist du das, Hal?"

Mir war unklar, woher sie meinen Namen kannte, und ich hob eine Augenbraue.

Die Beamtin nahm ihren Helm ab, und ihr struppiges, braunes Haar kam zum Vorschein. Ihr Gesicht kam mir irgendwie vertraut vor.

Dann machte es Klick bei mir.

Ich erkannte die Frau, aber ich kannte ihren Namen nicht. Zum Glück konnte ich mit Größere Beobachtung schummeln.

„Du bist eine der Wachen aus dem Allegheny County Gefängnis!", sagte ich. „Zoey, nicht wahr? Du hast abgelieferte Häftlinge zur Anmeldung gebracht."

„Ja, Mann!", sagte Zoey, sichtlich erfreut, dass ich mich an sie erinnerte. Sie drehte sich zum Sergeant um und zeigte aufgeregt auf mich. „Dieser Typ ist einer der besten Kautionseintreiber der Stadt!"

„Oh?" Die einsilbige Antwort unterstrich sein Misstrauen.

„Ihm ist noch nie ein Kautionsflüchtling entgangen", fuhr Zoey fort. „Im Annahmeteam gab es immer wieder Wetten darauf, wie lange er brauchen würde, um einen anzuschleppen. Eine Wette war sogar noch offen; Ein Mann hatte seinen Gerichtstermin verpasst, genau als diese ganze Apokalypse anfing." Zoey runzelte die Stirn und sah dann zu mir. „Was ist mit dem passiert?"

„Nun, er hatte ein Meth-Labor", antwortete ich.

Zoeys Augen weiteten sich. „Ich glaub's nicht!"

„Von da an ging es bergab." Ich zuckte mit den Schultern.

Die Beamten erwarteten mehr von meiner Geschichte, aber ich ließ die Stille walten. Ich wollte nicht drauf eingehen, dass ich den Mann tatsächlich getötet hatte. Oder mit Riesenbären kämpfte, und dann ein Meth-Labor in die Luft jagte. Im Nachhinein klang die ganze Geschichte lächerlich, aber ich hatte sie tatsächlich durchlebt.

Zoeys quirliger Ausbruch und das daraus resultierende Gespräch entschärfen die Situation. Wir waren nicht mehr so angespannt, und meine Sorge, dass der Turmschütze mit dem 240G auf mich schießen würde, verflüchtigte sich. Der dritte Polizist schien etwas unberechenbar, also behielt ich ihn dennoch im Auge.

Als Zoey ihren Helm abgenommen hatte, war das professionelle Auftreten der Beamten einer gewissen Lässigkeit gewichen. Der Sergeant zog ebenfalls seinen Helm aus, fuhr mit der Hand durch sein verfilztes blondes Haar, kratzte sich abwesend am Kinn und musterte mich kritisch.

Diesmal versuchte er mich eher einzuschätzen, als eine Bedrohung zu analysieren. Ihm war wohl aufgefallen, dass ich nicht alles über das Schicksal des Kautionsflüchtlings verraten hatte und er schien die richtige Schlussfolgerung gezogen zu haben.

„Kevin, du hältst uns den Rücken frei!", befahl Pearce. „Sorge dafür, dass sich nichts an uns heranschleicht!"

Ich konnte selbst von hier aus einen lauten Seufzer vom Richtschützen hören. Er befolgte den Befehl, vom Turm ertönte ein leises Brummen, und er drehte gleichmäßig die beiden Waffen zur Rückseite des Fahrzeugs.

„Offensichtlich kennst du Zoey", sagte der Sergeant. „Ich bin Pearce."

„Schön, dich kennenzulernen, Pearce." Ich nickte respektvoll.

Jetzt, da die beiden Beamten ihre Kopfbedeckungen abgenommen hatten, konnte ich sehen, wie erschöpft sie waren. Dunkle Augenringe und verfilzte Haare verliehen ihnen ein ungepflegtes Aussehen, welches die Uniform verdeckt hatte.

„Was macht ihr hier draußen auf Patrouille?", fragte ich Zoey.

„Von den Gesetzeshütern der Stadt ist nicht mehr viel übrig", antwortete sie mit einem schlappen Kopfschütteln. „Die zurückgebliebenen sind gewissermaßen zusammengewachsen. Polizei, Strafvollzugsbehörde, Marshals, FBI, DEA, wir alle tun unser Möglichstes, um die Dinge zusammenzuhalten. Gefängnisdirektorin Hughes organisiert jene, die noch da sind, und alle arbeiten ohne Ende, damit die Straßen wenigstens ein wenig sicher sind. Manchmal scheint der Kampf aber aussichtslos zu sein." Sie zeigte zum Fahrzeug. „Wir haben einen

Lieferanten für Hightech-Ausrüstung, aber bei den vielen Monstern, die auftauchen, und Leuten, die durchdrehen, kommen wir einfach nicht hinterher."

Der lustlose Tonfall und der starre Blick waren mir aus meiner Dienstzeit im Einsatz nur allzu gut vertraut. Pearce bemerkte ihre Laune, ging zur niedergeschlagenen Beamtin hinüber und legte ihr zum Trost seine Hand auf die Schulter.

„Ach, kommt schon", jammerte Kevin vom Fahrzeugturm. „Yihr macht doch nicht schon wieder einen auf Emo da draußen!"

„Es reicht, Officer Beatty!", knurrte Pearce in seine Richtung.

Ich konnte seine genuschelte Antwort trotz scharfer Sinne kaum verstehen, aber, obwohl ich einige Schritte hinter dem Sergeant stand, war mir klar, dass es nicht die kooperative Antworte war, die der Polizist sich von seinem Untergebenen gewünscht hatte.

„Was war das, Officer Beatty?", fragte Pearce. Der Sergeant starrte auf die Rückseite des Geschützturms, seine Augen bohrten sich in die Panzerung und seine Stimme war kalt.

„Ich sagte: ‚Ja, Sergeant!'", kam die streitlustige Antwort aus dem Fahrzeug.

Pearce starrte mehrere Sekunden lang auf den Geschützturm und sah dann zu Zoey. Die müde Polizistin reagierte mit einem Achselzucken. Pearce seufzte, drückte ihr bekräftigend auf die Schulter und ließ los. Die zwei Beamten schoben das Problem mit ihrem dritten Partner vorerst beiseite und drehten sich wieder mir zu.

„Wie du siehst, Hal, könnten wir gute Beamte gebrauchen", sagte der Sergeant. „Bist du an einem Job interessiert?"

Nachdem sie ihr feindseliges Verhalten so plötzlich geändert hatten, hatte ich bereits ein Nachspiel erwartet, nicht jedoch ein Jobangebot.

„Einfach so?", fragte ich behutsam. „Du kennst mich kaum und bietest mir schon an, mitzumachen?"

Pearce biss sich auf die Lippe, und rang offensichtlich mit sich, ob er etwas sagen sollte.

„Wir brauchen mehr Leute, um die Stadt zu halten", erklärte er schließlich. „Wenn wir es nicht schaffen, achtzig Prozent der Gebäude vom System zu kaufen, werden die Monster einfach weiter spawnen. Wir haben Unterstützung von einigen Außerirdischen, die uns mit Fahrzeugen, Waffen und Credits unterstützen, aber sie wollen keine aktive Rolle im Kampf übernehmen." Der Sergeant seufzte. „Du kommst eindeutig auch alleine über die Runden, aber wir brauchen jede Hilfe, die wir kriegen können. Unsere Familien sind auf unserem Gelände in Sicherheit, wenn dir also jemand am Herzen liegt, können wir die auch unterbringen."

Ich winkte seinen ersten Vorschlag ab. „Ich habe niemanden, also hat Sicherheit keinen Wert. Was kannst du *mir* anbieten?"

Der Sergeant runzelte zuerst die Stirn, aber passte schnell seine Gesichtszüge an, um seinen Unmut zu verbergen. „Wir haben auch ein Kopfgeldprogramm: Credits und Ausrüstung für Monster-Kills."

„Das klingt schon besser." Ich deutete ihm an, fortzufahren.

Pearce erläuterte die Lohnstruktur, bei der eine Prämie für Materialien gezahlt wurde, wenn sie gut genug erhalten waren, damit Handwerker sich daran hochleveln konnten.

Als er fertig war, fragte ich: „Hmm, ihr würdet also gut für intakte Monsterleichen bezahlen?"

„Ja." Pearce nickte.

„Der Klang von Credits gefällt mir schon", sagte ich.

„Welcher Klasse gehörst du an?", fragte Pearce.

„Der Jägerklasse", log ich. „Monster jagen ist meist gar nicht so anders als Menschen jagen. Ich bin ziemlich gut darin, Monster zu erlegen und auszunehmen."

Mir war überhaupt nicht danach, meine tatsächliche Klasse oder meine Fähigkeiten vollständig offenzulegen. Ich traute ihnen nicht – erst recht nicht nach der Drohung des Polizisten im Geschützturm. Die Straßen um uns waren sowohl während des Kampfes als auch während des darauffolgenden Gesprächs leer geblieben. Das bedeutete, dass die Anwohner auch nicht besonders erfreut waren, die Polizeibeamten zu sehen.

Pearce schien mir meine Erklärung aber zum Glück abzukaufen.

„Das ist nützlich", sagte er, und ich erblickte eine Gelegenheit.

„Das wäre es, wenn ich einen zuverlässigen Ort finden würde, an dem ich meine Monster-Kills verkaufen könnte."

„Unsere Handwerker würden gut dafür zahlen, da bin ich mir sicher."

Ich hielt inne, um den Beamten vorzumachen, dass ich über ihr Angebot nachdachte. „Also gut, ich will wissen, was eure Handwerker zahlen würden."

„Ganze Fäuste voller Credits", warf Zoey ein. „Garantiert!"

Pearce schüttelte den Kopf über Zoeys Worte, hob aber seine Hand in Richtung ihres Fahrzeugs. „Sollen wir dich mitnehmen?"

„Na klar", sagte ich.

„Wir müssen unseren Kontrollgang zu Ende führen", warnte Pearce. „Aber wenn wir durch sind, können wir dich zum Gelände bringen und dort einweisen."

„Klingt gut", sagte ich und zuckte gleichgültig mit den Schultern.

Ich folgte Zoey zur Beifahrerseite. An jeder Seite gab es drei Türen, und zwischen mittlerer und hinterer war eine kleine Lücke. In der Mitte dieses

Raums befand sich das Turmgehäuse. Zoey stieg bereits vorne ein, also machte ich die mittlere Tür auf. Der Innenraum stellte sich als recht komfortabel heraus.

„Moment!", forderte die Stimme des Polizisten im Geschützturm, als ich hineinschaute. „Ihr nehmt den Typen jetzt auch noch mit?"

„Wenn ich Ihre Meinung hören wollte, würde ich selber fragen, Beatty", antwortete Pearce.

Der Sergeant hatte mit Absicht Officer Beattys Titel ausgelassen, um seine Unzufriedenheit zu unterstreichen. Der Turmschütze bekam es jedoch nicht mit und murrte weiter.

„Halten Sie den Mund, Beatty!", befahl Pearce. „Wenn ich noch ein Wort von dir höre, wirst du das Gelände nicht mehr verlassen! Ganz egal, wer dein Papa ist! Ich werde dafür sorgen, dass du im Kasernendienst steckenbleibst und die ganze Zeit nur noch Klos putzen darfst!"

Die Schimpfworte aus dem Geschützturm verstummten, als Kevin endlich klar wurde, dass sein Vorgesetzter jegliche Geduld verloren hatte.

Der Wagen hatte drei Abschnitte. Vorne sahen die Bedienelemente aus, wie in einem Science-Fiction-Film, mit holografischen Anzeigen, die auf die Frontscheibe projiziert wurden. Der Abstand zwischen den Sitzen war groß genug, sodass man ohne viel Mühe von der mittleren zur vorderen Reihe durchklettern konnte.

Zwischen der mittleren und der hinteren Abteilung befand sich eine erhöhte runde Plattform, die das Turmgehäuse stützte. Die Beine des dritten Polizisten waren darin zu sehen.

Ich fand es interessant, dass der Aggressivste in der Gruppe auch der mit dem niedrigsten Level war. War das seine Art, sich anzustrengen, um aufzuholen oder seine Vorgesetzten zu beeindrucken? Ich vertagte meine

Gedanken zur Gruppendynamik vorerst und untersuchte den Rest des Innenraums.

Ein feines Gitter trennte den hinteren Bereich vom Rest des Fahrzeugs ab - es handelte sich eindeutig um den Gefangenentransportbereich des aufgerüsteten Polizeiwagens.

Es sah mir nicht nach einer Falle aus, also setzte ich mich mit Schwung in den Schalensitz und machte die Tür zu. Dann lehnte ich mich nach vorne und steckte meinen Kopf zwischen die Vordersitze, um einen Blick auf die Steuerung zu werfen, während sich die Beamten vorne niederließen.

Die Beschleunigung war so sanft, dass ich es kaum bemerkte, als das Fahrzeug abfuhr. Während Pearce sich auf die Straße konzentrierte, erklärte Zoey die Bedienelemente und Funktionen des Fahrzeugs. Diese Lektion hielt die gesamte Kontrollfahrt über an und wurde nur unterbrochen, wenn Monster angriffen.

Am bemerkenswertesten fand ich die Begegnung mit einer Handvoll feuerspeiender Eichhörnchen, die Kevin mit Leichtigkeit niedermähte, nachdem Pearce dem 240G „Feuer frei" erteilt hatte. Die Waffe donnerte, und das Rattern hallte bis ins Fahrzeuginnere, begleitet vom Klirren leerer Patronenhülsen, die von der Schützenposition herabfielen. Als die Maschinengewehrsalve über die Biester hinwegfegte, war ich erleichtert, dass ich bei unserem ersten Treffen nicht unter Beschuss geraten war.

Pearce fuhr schließlich auf der Grant Street nach Süden, passierte den Boulevard of the Allies, fuhr fast bis zum Ende der Straße, und bog nach links in die First Avenue ab.

Nach ein paar Minuten ruhiger Fahrt machte Pearce eine kurze Ankündigung: „Wir sind da."

Ich beugte mich vor und schaute über Zoeys Schulter durch die Windschutzscheibe. Wir fuhren unter dem Crosstown Boulevard hindurch und auf den Parkplatz vor dem Pittsburgh Municipal Court Stadtgericht. Das imposante Gebäude des Allegheny County Jail Gefängnisses stand gleich hinter dem Gerichtsgebäude. Es sah aus wie eine Festung, und sofort war klar, dass es seit meinem letzten Besuch, vor dem System, einige Upgrades erhalten hatte.

Der Gefängnisbau selbst sah immer noch aus wie ein zusammenhängender Komplex aus einem halben Dutzend rechteckiger, roter Backsteinwohntürme. Die oberen Stockwerke waren versetzt angeordnet, wie zwei Reihen roter Quadrate auf einem rot-weißen Schachbrett, die nur an ihren Ecken miteinander verbunden waren. Einzig die schmalen Fenster des Bauwerks – mit speziell angefertigten Zementgehäusen, die sie teilweise verdeckten – ließen auf seinen wahren Zweck schließen.

Statt einem Maschendrahtzaun stand nun eine rechteckige, glatte Steinmauer um den Gebäudekomplex, und ein zweistöckiger Turm wachte über den Parkplatz. Die Mauer umfasste auch das angrenzende Gelände, auf dem das Stadtgerichtsgebäude stand.

Auf dem umgebauten Gefängnisdach befanden sich nun Lichter und Leitsysteme für mehrere Landeplätze, die über den Dächern angebracht waren. Ein Gerüst erweiterte die Dachfläche und stützte die breite Plattform. Ich konnte nur einen kurzen Blick auf ein Flugzeug am Rand werfen – mein Sichtfeld am Boden war beschränkt – aber irgendetwas an dem Fahrzeug schien mir vertraut, und ich untersuchte das, was ich davon sehen konnte, etwas genauer. Das kastenförmige Luftfahrzeug schien an jeder Ecke Triebwerke zu haben, die für den Senkrechtstart drehbar waren.

Dann wurde mir klar, dass nicht das Flugzeug selbst mir aufgefallen war, sondern das Profil der Aufstandsfläche. Die einzigartige Form eines rechteckigen Umrisses mit Düsen an den Ecken würde kreisförmige Verbrennungen unter ihnen hinterlassen.

Dieses Layout passte zu den Abdrücken, die vor über einer Woche auf dem Rasen der Highschool eingebrannt worden waren.

Ich hatte endlich herausgefunden, wo sich die Krym'parke aufhielten.

Und ich wurde direkt zu ihnen hinein chauffiert.

Kapitel 23

„Ihr habt Raumschiffe?", fragte ich.

Ich zeigte zum Dach auf dem Gefängnis, während die Polizisten und ich aus dem Wolverine stiegen. Kevin ignorierte uns und machte sich zügig zum Tor zwischen Parkplatz und Gerichtsgebäude auf. Pearce und Zoey schien es recht zu sein, dass der junge Mann sich rasch entfernte, also passte ich mich ihrem entspannten Tempo an und schaute mich um.

Ein ähnliches Fahrzeug parkte einige Plätze weiter, ansonsten war der Parkplatz leer. Der andere Transporter hatte sichtbare Gebrauchsspuren: Der Lack war stark zerkratzt, und der vordere Schutzbügel war nach innen und fast bis zum Boden nach unten gebogen.

„Nicht wirklich", antwortete Zoey. „Die gehören unseren Lieferanten. Es sind Außerirdische, aber mit ihrer Ausrüstung konnten wir einen Aufstand unterdrücken, den die Gefangenen am ersten Tag mit ihren Fähigkeiten veranstaltet haben, um aus ihren Zellen zu fliehen."

„Klingt nach einem harten Tag."

Nach meinen eigenen Erlebnissen am ersten Tag kostete es mich erstaunlich viel Mühe, Mitgefühl vorzutäuschen.

„Unsere Funkgeräte funktionierten nicht mehr, sodass wir uns nicht koordinieren konnten", erzählte sie weiter. „Die Häftlinge überwältigten alle Wächter, die alleine waren, erlangten die Kontrolle über einen Gefängnistrakt und drangen in den nächsten vor."

Die Beamtin verstummte mit weit aufgerissenen Augen, während sie die Erinnerungen im Kopf abspielte. Nach einem Moment schüttelte Zoey den Kopf und fuhr fort. „Dann tauchte die Gefängnisdirektorin mit einem Haufen Hightech-Ausrüstung auf, und als ein Schwarm Außerirdischer ihr half, die Insassen zurückzudrängen, stellte das auch niemand in Frage. Mit den neuen Verbündeten dezimierte die Direktorin die Frontlinie der

Gefangenen so schnell, dass die Leichen kaum zu erkennen waren, und die Aufständischen kurz drauf kapitulierten.

„Als die Lage wieder unter Kontrolle war, erklärte die Gefängnisdirektorin ihr Abkommen mit den Außerirdischen: Sie kriegen die gefährlichen Gefangenen und wir kriegen die Technologie, mit der wir den Bereich zu einer befestigten Anlage auszubauen können, um uns und unsere Familien zu schützen."

Während Zoey die Geschichte über den ersten Tag aus der Sicht eines Gefängniswächters im Allegheny County Jail erzählte, erreichten wir das Tor. Das Metallportal öffnete sich geräuschlos in der Mitte, als Kevin sich annäherte, und blieb offen, bis wir alle hindurchgegangen waren. Anders als bei den Befestigungen der Goblins, deren Tore an Scharnieren nach innen aufschwangen, verschwanden diese Torflügel seitlich in Schlitzen in der Mauer.

Das Gerichtsgebäude hinter dem Tor war weitgehend unverändert. Der Haupteingang befand sich an der nördlichen, schmaleren Seite des überwiegen rechteckig geformten, grauen Steingebäudes. Die drei Geschosse hatten jeweils kleinere Grundflächen, und die Längsseiten der Baute wölbten sich leicht nach außen, wie ein Rugbyball. Über dem Haupteingang ragten Fenster in die Höhe, aber die viel schmaleren Fenster entlang der seitlichen Flügel gaben dem Gebäude eine wehrhafte Atmosphäre.

Kevin war längst durch die Glastür am Eingang verschwunden, als wir sie erreichten und eintraten. Beim Betreten erschien eine Benachrichtigung, die ich kurz durchlas.

Du hast eine sichere Zone betreten (Pittsburgh Stadtgericht)

In diesem Bereich sind die Manaströme stabilisiert. Hier werden keine Monster spawnen.
Dieser Sicherheitsbereich umfasst:
Stadtgericht Pittsburgh
Allegheny County Gefängnis

Als ich die Systemnachricht gelesen und geschlossen hatte, waren wir schon drinnen, und ich sah Kevin hinter einem Mann in einer schwarzen Robe stehen. Mit verschränkten Armen und einem selbstgefälligen Grinsen starrte uns der Heranwachsende über die Schulter des Mannes an.

„Sergeant Williamson", donnerte der Mann in der schwarzen Robe. „Sie werden sich auf der Stelle erklären."

„Richter Beatty", antwortete Pearce kühl. „Was genau soll ich denn erklären?"

„Sie können damit beginnen, warum Sie meinem Sohn die Möglichkeit zum Hochleveln vorenthalten und warum Sie einen Fremden unsere Zuflucht betreten lassen." Der Mann hob sein Kinn, sodass er entlang seiner Nase zu uns hinunterschaute. Ich konnte die Ähnlichkeiten in seiner Gesichtsstruktur zum Jungen hinter ihm erkennen.

Während er seine Aufmerksamkeit auf den Sergeant an meiner Seite richtete, nutzte ich die Gelegenheit, um den arroganten Mann zu untersuchen.

Kevin Beatty (Richter Level 12)
HP: 110/110
MP: 140/140

Pearce sah den Beamten schweigend an, dann richtete er seinen Blick auf den jungen Mann hinter ihm. Kevin erblasste leicht, sein Grinsen schwand und der Jugendliche schaute unter dem intensiven Blick des Sergeants weg.

In der langen Eingangshalle hinter Vater und Sohn waren ein paar Leute in Zivil, die das Drama offen mitverfolgten. Ein weiterer Polizeibeamter, der ähnlich ausgestattet war wie Pearce und Zoey, lehnte an einem Empfangspult seitlich des Eingangs und beobachtete den Showdown mit irritierter Miene.

„Ignorieren Sie mich nicht", schimpfte Richter Beatty und wurde rot im Gesicht. „Ich –"

„Unsere Grundsätze sind Verantwortlichkeit, Integrität und Respekt, Herr Richter", knurrte Pearce. „Der Maschinengewehrbeschuss auf Fußgänger, die uns nicht gefallen, fällt nicht darunter."

„Das war ein einziges Mal", spottete der ältere Mann.

„Wenn es nach mir ginge, würde Ihr Sohn mit den anderen Wilden im Käfig sitzen. Aus unerklärlichen Gründen mag Direktorin Hughes den Jungen immer noch und will, dass er übt, also werde ich weiterhin meine Befehle befolgen." Pearce pirschte sich vor und rammte seinen Zeigefinger in die Brust des älteren Mannes. „Aber seien Sie gewarnt, meine Geduld mit ihm ist so gut wie am Ende." Der Polizist zeigte in meine Richtung. „Und dieser Fremde ist ein registrierter Galaktischer Kopfgeldjäger. Wissen Sie, was das bedeutet?"

Der Richter murrte eine Antwort, begleitet von einer pochenden Ader an seiner roten Stirn. Für mich war weitaus interessanter, dass Pearce etwas über meinen Status erfahren hatte. Irgendeine Fähigkeit oder Klassenfertigkeit hatte es ihm ermöglicht, zumindest meinen Titel herauszulesen. Diese Enthüllung bestätigte für mich, dass ich zurecht so viel von meinem Status verschleiert hatte.

Ich traute dieser Gruppe immer noch nicht, vor allem nach der Bestätigung, dass Kevin tatsächlich Zivilisten ermordet hatte. Ich konnte meine eigenen tödlich ausgehenden Taten rechtfertigen, zumindest für mich selbst. Bei Kevin war ich mir sicher, dass er keine Rechtfertigung zu bieten hatte. Ich hatte ein Bauchgefühl, dass der junge Mann ein arroganter Narzisst war, der in die Fußstapfen seines Vaters trat, und dass keiner der beiden vor kaltblütigem Mord zum eigenen Nutzen zurückschrecken würde.

Das aggressive Auftreten des Sergeants verärgerte den Richter und er öffnete den Mund, um etwas zu erwidern, wurde aber von zwei winzigen Gestalten unterbrochen, die aus einem Gerichtssaal stürmten und durch den Saal flitzten.

„Papa, Papa!"

Erst, als die beiden sich abrupt um die Beine des Sergeants gewickelt hatten, konnte ich erkennen, dass es sich um zwei kleine Mädchen handelte, beide nicht älter als fünf Jahre. Beide umschlossen krampfhaft jeweils ein Bein mit ihren Armen. Ihre blonden Zöpfe passten zum Haar des Sergeants, und so waren ihre Ausrufe nicht überraschend.

Der Richter war anscheinend nicht gewillt, die verbale Auseinandersetzung mit seinem Gegenüber in Anwesenheit der Kinder fortzusetzen. Prompt wandte er sich ab und ging davon. Kevin folgte seinem Vater und Zoey schnaubte vor Abscheu.

Pearce brauchte einen Moment, um die Kinder von seinen Beinen zu lösen und hielt sie danach in einer festen Umarmung vor sich. Kurz darauf setzte er die Mädchen wieder ab, aber nun klammerten sie sich an seine Arme, wie zuvor an seine Beine.

„Mädels, ihr wisst, dass ich euch liebe, aber was habe ich euch übers Weglaufen von Mama gesagt?", mahnte der Sergeant mit sanfter, aber strenger Stimme.

„Immer in Sichtweite bleiben", murmelte die etwas Größere der beiden.

Die beiden Mädchen ließen den Beamten letztendlich los und traten widerwillig zurück. Beschämt zappelten sie mit gesenktem Kopf herum und starrten auf ihre Füße.

„Genau", antwortete Pearce.

Er streichelte ihre Köpfe liebevoll, legte seine Hände auf ihre Schultern und drehte sie dann zurück in die Richtung, aus der sie gekommen waren.

„Ihr müsst jetzt zurück zu eurer Mama gehen", sagte Pearce. „Papa muss noch etwas für die Arbeit erledigen, aber ich verspreche – ich komme zu euch, wenn ich fertig bin."

„Okay, Papa." „Ja, Papa."

Nach ihren hastigen Antworten stürmten sie davon.

„Ich liebe euch, ihr kleinen Knirpse", rief Pearce den Mädchen hinterher, während sie durch den Flur rannten und durch eine der offenen Türen verschwanden.

Der Sergeant blieb danach noch einen Moment stehen, dann seufzte er und wandte sich wieder uns zu.

„Tut mir leid", sagte Pearce, „das war nicht gerade ein herzlicher Empfang."

„Du musst dich nicht für die Kinder entschuldigen", sagte ich kopfschüttelnd. „Wobei, wenn man Kevins Vater anschaut, erklärt das sein Verhalten so ziemlich. Es liegt wohl in der Familie."

Der Sergeant vom Empfangstresen kam zu uns herüber und schüttelte seinen Kopf.

Brian Conrad (Scharfschütze, Level 15)

HP: 160/160

MP: 170/170

„Sie wissen gar nicht, wie schlimm es wirklich ist." Brian gluckste finster, als er sich in das Gespräch einschaltete.

„Der Richter hatte bei der Gefängnisdirektorin etwas gut und nutzte das aus, damit sein Schulabbrecher von einem Sohn einer Patrouille zugewiesen wurde, sodass er schneller Erfahrungen sammeln konnte", erklärte Pearce. „Und das, nachdem er sein eigenes Kind mit einer Klassenfähigkeit dazu verurteilte, einen Prozentsatz der gewonnenen Erfahrung direkt an ihn zu übertragen. So muss der Richter selbst nie den Schutz der Mauern verlassen."

„Hat Kevin deshalb einen so niedrigen Level?", fragte ich.

Pearce nickte. „Keiner von ihnen will alleine rausgehen und sich selbst gefährden, also müssen wir ein Kind babysitten, das zurückgefallen ist und langsamer Level dazugewinnt, als alle anderen."

Die Verbitterung in seiner Stimme war für jeden herauszuhören, und die Gruppe wurde still. Danach hatte niemand mehr was zu sagen.

Mein Misstrauen war umso berechtigter, da diese Gruppe anscheinend die Taten des Richters und seines Sohns tolerierte.

„Gehen wir zur Gefängnisdirektorin", sagte Pearce schließlich und beendete mit seinen Worten die peinliche Stille.

Brian hob die Hand zum Abschied und kehrte zu seinem Posten an der Rezeption zurück, während wir uns auf den Weg machten. Der Hauptgang bog zu verschiedenen Gerichtssälen ab, unter anderem auch durch die Tür, welche die Mädchen vorhin gewählt hatten. Wie auch alle anderen Türen, war diese offen, und ich konnte hineinsehen. Ich sah dicht gedrängte Menschen, aber meiner Einschätzung nach nicht zu dicht.

„Wir haben die Gerichtssäle in Schlafsäle umfunktioniert", erklärte Zoey, nachdem sie meinen Blick verfolgt hatte. „Dort sind die Familien untergebracht." Sie war einen Moment lang still. Ihre deprimierte Aura war deutlich zu spüren. „Diejenigen, die überlebt haben, meine ich."

„Das tut mir leid."

Mehr konnte ich nicht sagen. Es war vollkommen klar, dass die Polizistin jemand Nahestehenden verloren hatte.

Wir gingen an den Gerichtssälen vorbei, bogen nach links ab und gingen durch einen Sicherheitskontrollpunkt, der von zwei Wachleuten mit einstelligen Levels besetzt war. Während die Patrouillen wie Zoey und Pearce anscheinend regelmäßig im Level aufstiegen, fielen andere zurück, wenn sie zur Bewachung der Anlage zurückblieben.

Nach der Kontrolle führte ein schmaler Gang durch das Gerichtsgebäude zum angrenzenden Gefängnis. Ich lief neben Zoey her, während Pearce uns zum Büro der Direktorin führte.

Nach kurzer Zeit klopfte Pearce an eine unscheinbare Holztür in der Mitte eines langen Flurs.

„Herein", rief eine durchdringende Stimme von der anderen Seite.

Pearce öffnete die Tür, trat hindurch und winkte mich dabei hinein. Zwei Gestalten befanden sich im Raum, die eine menschlich, die andere ganz sicher nicht.

Die Rückwand war mit einem gut gefüllten Bücherregal ausgestattet. In der Mitte vor den Regalen stand ein eleganter Schreibtisch, hinter dem eine Frau mit kantigem Gesicht, schwarzem Pferdeschwanz und dunklen Augen saß. Diese starrten mich durchdringend an, als ich den Raum betrat. Ich begegnete ihrem prüfenden Blick, und ein Schauer lief mir über den

Rücken. Seelenlose Tiefen blickten mich unter ihrer gerunzelten Stirn hervor an. Ich schaute weg und betrachtete den Rest des Zimmers.

Eine Couch nahm den größten Teil einer der Wände ein. Kissen und Decke lagen ordentlich auf der Couch, und deuteten darauf hin, dass die Direktorin die meisten Nächte wahrscheinlich darauf verbrachte.

Auf einem Arm der Couch hockte ein Alien, mit einem Bein auf dem Boden und dem anderen auf der Couch. Obwohl ich damit gerechnet hatte, hier irgendwann einen zu treffen, war ich dennoch verunsichert, einem der purpurbraunhäutigen Krym'parke von Angesicht zu Angesicht gegenüberzustehen.

Der gehörnte Alien blinzelte mich mit bernsteinfarbenen Augen an und lächelte, wobei er seine gezackten Reißzähne zur Schau stellte.

Geistiger Einfluss abgewehrt

Ich zog eine Augenbraue hoch und verbarg dann meine Belustigung über das erstaunte Gesicht des Aliens, nachdem ich keine Reaktion auf den von ihm aktivierten Einschüchterungseffekt gezeigt hatte. Stattdessen entspannte ich meinen Ausdruck ins Neutrale und schaute mir die Ausrüstung an seinem Körper an. Auf einem Standard-Abenteurerjumpsuit waren Gürtel um seine Hüfte und seinen Körper geschlungen, an denen mehrere Messer in ihren Scheiden steckten.

Jahgg'd Ot'lyke (Fleischfresser Taktiker Level 5)
HP: 1680/1680
MP: 1500/1500

Das niedrige Level, in Kombination mit den wahnsinnig hohen Gesundheits- und Mana-Werten, war ein eindeutiges Indiz dafür, dass ich eine weitere fortgeschrittene Klasse gefunden hatte. Der Alien starrte mich an, erholte sich von seiner Überraschung und verzog seine Lippen zu einem leisen Knurren.

„Lass das, Jahgg'd", befahl die gleiche durchdringende Stimme, die uns in den Raum gerufen hatte.

Der Außerirdische schloss seinen Mund und verbarg die Reißzähne, aber seine Lippen blieben im Ärger über meinen Widerstand weiterhin verzogen. Ich blickte zur Gefängnisdirektorin und stellte fest, dass ihre Aufmerksamkeit voll auf mich gerichtet war.

„Sergeant Williamson?" Aus dem Tonfall der Frau ging unausgesprochen hervor, dass es an der Zeit war, meine Anwesenheit zu erklären.

„Gefängnisdirektorin Hughes," sagte Pearce, „das ist Hal Mason. Er ist ein Jäger, der auch als Galaktischer Kopfgeldjäger registriert ist. Er hat uns bei einem Patrouillendurchgang unterstützt, und ich dachte, er könnte nützlich sein."

Als mein Titel „Galaktischer Kopfgeldjäger" fiel, konnte ich aus dem Augenwinkel sehen, wie der Krym'parke auf der Couch versteifte, aber der Alien ließ mich ansonsten in Ruhe, also ließ ich mich von der Direktorin hinter dem Schreibtisch nicht ablenken.

Die Direktorin musterte mich, und ich erwiderte ihren Blick direkt.

Madison Hughes (Gefängnisdirektorin Level 25)

HP: 280/280

MP: 300/300

Die Direktorin hatte den höchsten Level, den ich bisher bei einem Menschen gesehen hatte.

„Officer Kemper erkannte ihn als einen Kautionseinzugsbeamten aus der Zeit vor dem System", fuhr Pearce fort.

Die Gefängnisdirektorin warf Zoey einen kurzen Blick zu, bevor sie sich wieder mir zuwandte. „Herr Mason, Sie scheinen mir eine fähige Person zu sein. Was wollen Sie denn bei uns?"

„Ich bin hauptsächlich darauf aus, Monster zu töten, und Erfahrung und Materialien zu sammeln", antwortete ich. „Ich bin auch verfügbar, wenn Sie irgendwelche Kopfgelder ausgesetzt haben."

Die Gefängnisdirektorin tauschte einen Blick mit dem Alien auf der Couch aus, als ich Kopfgelder erwähnte.

Es war die zweite seltsame Reaktion des Aliens auf das Wort „Kopfgeld". Irgendetwas Seltsames ging hier hinter den Kulissen vor sich.

Dann kamen mir die Worte des Gnomclananführers in den Sinn, als Borgym den toten Alien anhand meiner Beschreibung der Leiche vor der Schule identifiziert hatte. Ich erinnerte mich, dass die Krym'parke wegen ihrer barbarischen Praktiken oft gejagt wurden. Wenn auf die Aliens ein Kopfgeld ausgesetzt war, bedrohte meine Anwesenheit sie und gefährdete auch den Zugang der Direktorin zu Hightech-Ausrüstung. Ihre bisherigen Reaktionen ließen mich vermuten, dass sie die Natur der Krym'parke verstand und auch wusste, dass sie Galaktische Verstoßene waren.

Ich steckte bereits zu tief drin. Ich musste mich der Gefängnisdirektorin und dem Alien gegenüber als nützlich erweisen, zumindest bis ich meine Quest erfüllen konnte. Eigentlich beide Quests, denn ich war mir inzwischen ziemlich sicher, die Krym'parke waren die geheimnisvollen Lieferanten der hochwertigen Ware, die das Handelsmonopol der Goblins bedrohten. Wie sie die Waffen vor Ort herstellen konnten war mir jedoch weiterhin unbekannt.

Diese Gedanken brachten mich auf eine Idee. Die beiden Gruppierungen waren bereits auf einen Handelskonflikt ausgerichtet. Was, wenn ich den Dingen einen kleinen Schubs geben würde?

„Wenn Sie irgendwelche Kopfgelder auf die Goblins von der anderen Seite des Flusses ausgesetzt haben, nehme ich diese gerne an", sagte ich.

Die Direktorin legte den Kopf schief und betrachtete mich aufmerksam. „Hast du ein Hühnchen mit den Goblins zu rupfen?"

„Das kann man wohl sagen", erwiderte ich spöttisch. „Diese Geizhälse. Wenn es nur nicht so verdammt viele von ihnen gäbe, dann wären sie eine leichte Beute."

Die Gefängnisdirektorin lehnte sich in ihrem Stuhl zurück und dachte über meine Worte nach. „Ich glaube, wir können eine Lösung finden, die für beide Seiten von Vorteil sein wird. Halten Sie sich fürs Erste an Sergeant Williamson."

„Selbstverständlich", sagte ich, „der Sergeant führt sein Team gut an."

Die Direktorin winkte uns zum Wegtreten aus dem Büro. Ich folgte Zoey auf den Flur und wartete auf Pearce, der die Bürotür hinter uns zuzog.

„Danke für die guten Worte über das Team", sagte Pearce. Der Sergeant führte uns vom Büro aus tiefer ins Gefängnis hinein.

„Es ist einfach die Wahrheit." Ich zuckte mit den Schultern. „Wir haben diese Elementare dem Erdboden gleich gemacht, obwohl der Kleine für den Kampf einen viel zu niedrigen Level hatte."

Zoey schnaubte. „Ich weiß nicht, was schlimmer ist, sein Mangel an Levels oder dass wir an seinen Zügeln ziehen müssen, damit er nicht auf alles schießt, was ihm über den Weg läuft."

Nur zweimal kamen wir auf dem Flur an anderen Beamten vorbei. Beide Male erhielten wir nur ein eiliges und müdes Nicken zum Gruß. Abgesehen davon waren die Gänge des Gefängnisses still und leer. Wir gingen auch durch einige offene und unbewachte Sicherheitsschleusen, was mir ungewöhnlich erschien, wenn noch Gefangene untergebracht waren.

In einem Flur blieb Pearce neben einer Tür stehen und drehte sich zu mir um. „Hast du Monsterkadaver, die du jetzt verkaufen willst?"

„Ein paar", antwortete ich.

Der Sergeant nickte und führte mich durch die Tür, während Zoey im Flur blieb.

Angesichts des beißenden, metallischen Geruches von Blut im Raum rümpfte ich die Nase. Der kleine Fitnessraum war von den meisten Geräten befreit worden und fungierte nun als Schlachthaus. Der Gummiboden lag abgezogen und gestapelt in einer Ecke. In zwei Kraftstationen für freies Gewichtheben hingen nun Monsterkadaver. Das Blut tropfte und lief in Rinnsalen über den Boden zu einem Abfluss in der Mitte des Raumes.

Ein Krym'parke stand mit dem Rücken zu uns in einem der Langhantelständer und schnitt mit einem Messer flink Fleischscheiben aus einem der Monster. Die andere Hand des Aliens hielt ein Tablett und fing jedes Mal ein Filet auf, wenn das Messer durch das Fleisch blitzte.

Nach mehreren Stücken schnippte der Alien mit dem Messer nach oben, und ein mundgerechtes Stück rohen Fleisches flog zwischen seine Reißzähne ins Maul.

Krahg'k Am'tyve (Fleischfresser Metzger Level 37)
HP: 780/780
MP: 850/850

Das war der zweite Alien mit der „Fleischfresser"-Bezeichnung in seinem Klassennamen. Da sein Level eindeutig nicht hoch genug war, um einer Fortgeschrittenen Klasse anzugehören, musste ich annehmen, dass die Klassenbezeichnung irgendwie mit den barbarischen Gewohnheiten der Aliens zusammenhing, bei jeder Gelegenheit vernunftbegabte Wesen zu verzehren.

„Hey, Krahg'k", sagte Pearce. „Ich habe etwas Frischfleisch für dich."

Auf die Worte des Beamten hin drehte sich der Alien mit wütenden rotglühenden Augen zu uns und hob das Messer drohend in unsere Richtung. Der Krym'parke hielt inne, sah uns an und senkte dann langsam das Messer. Nach ein paar Sekunden wich das gespenstisch dunkelrote Licht aus seinen Augen einem matten Gelb.

„Diessem tut ess leid", zischte der Außerirdische, und sein offener Mund zeigte seine scharfen Zähne.

Trotz der Worte hatte ich nicht den Eindruck, dass es dem Alien besonders leidtat.

„Wass kann diesser für euchh tun?"

„Unser neuer Freund hier hat ein paar Monster zu verkaufen", erklärte Pearce.

Es war einfach nicht genug Platz für den Kadaver der Schildkröte, die ich heute erschlagen hatte, also beschwor ich nur ein paar der anderen Monster, die ich in der Kühlkammer aufbewahrt hatte.

Der Alien untersuchte die beiden toten Monster und zischte ein Angebot. Ich konterte mit einem höheren Preis, und wir feilschten eine Weile, bis wir uns auf eine angemessene Summe einigten. Es war weniger, als mir die Gnome gegeben hätten, aber immerhin mehr, als ich im Shop bekommen hätte.

Nachdem die Credits in meinem Inventar aufgetaucht waren, überließen wir den Metzger seiner Arbeit, und Pearce führte mich wieder aus dem Raum.

„Scheint ein netter Kerl zu sein", sagte ich, als wir hinter geschlossener Tür wieder bei Zoey standen.

Pearce sah mich mit zusammengekniffenen Augen an und konnte wohl nicht erkennen, ob meine Worte Sarkasmus enthielten. Zoey prustete nur, während wir unseren Weg fortführten.

Nachdem wir durch einige weitere Türen gegangen waren, führte uns der Flur zu einer mittelgroßen Kantine mit langen Tischen und Bänken, die am Boden festgeschraubt waren. Ein halbes Dutzend Polizisten in schwarzen, gepanzerten Uniformen und eine Handvoll Zivilisten saßen in kleinen Gruppen verteilt. Bei den letzteren handelte es sich wohl um Hilfspersonal. Sie aßen von unterteilten Plastiktabletts und ein Murmeln ging von ihren Unterhaltungen aus.

Pearce zeigte auf ein Treppenhaus am anderen Ende der Kantine. „Wenn du später ohne uns hier bist, geh nicht die Treppe hoch. Dieser Bereich ist für jedermann gesperrt."

„Die Außerirdischen leiten jetzt das Gefängnis", erklärte Zoey. „Wir sind nur hier, um Schutz vor den Monstern da draußen zu bieten."

„Verstehe." Ich stimmte verbal zu, aber ohne Gesichtsausdruck. Die verbotene Treppe führte wahrscheinlich zu den vermissten Kindern.

Pearce nahm an, dass ich seine Warnung verinnerlicht hatte und führte uns zu einem schmalen Fenster in der Wand, das zur Küche führte. Ein Koch auf der anderen Seite füllte wortlos drei Tabletts und schob sie hinüber. Ich nahm den letzten Plastikbehälter und folgte den Beamten zu einem freien Tisch.

„Das ist auf jeden Fall besser als der Fraß, den sie den Flüchtlingen im anderen Gebäude geben", sagte Zoey, wobei sie dennoch vorsichtig an ihrem Tablett schnupperte, bevor sie sich setzte. „Auch wenn es wieder Geheimbraten gibt."

Ich bemerkte bei Pearce den Anflug eines Stirnrunzelns bei dieser Bemerkung, aber als ich auch am Tisch saß, war es schon verschwunden. Vielleicht ärgerte sich der Sergeant darüber, dass nur Beamte hier essen durften, während seine Familie mit den anderen vertriebenen Überlebenden festsaß.

Nachdem sie Platz genommen hatten, stürzten sich die beiden Offiziere mit Heißhunger auf ihr Essen. Ich hob ein Stück geheimnisvolles Fleisch auf und schnupperte vorsichtig daran, worauf mein Magen mit einem Knurren reagierte. Anhand des Schnitts des Fleisches war ich mir ziemlich sicher, zu wissen, woher es stammte. Mein Magen verlangte dennoch Nachschub, und bald schluckte ich gemeinsam mit meinen Tischnachbarn die nicht identifizierbare Proteinquelle hinunter. Zusätzlich zum geheimnisvollen Fleisch, das wahrscheinlich von einem der Monster im ehemaligen Fitnessraum stammte, war auf den Tabletts großzügig übliche Kantinenkost verteilt, wie man sie in jeder Kaserne und jedem Krankenhaus finden würde.

Reis und Bohnen waren in einer Ecke des Plastiktabletts aufgehäuft, und das nächste Fach war mit Apfelmus gefüllt. Zwei Stücke Weizenbrot und ein Stückchen Butter vervollständigten die Mahlzeit. Im letzten Fach stand ein nach unten gedrehter Plastikbecher, den ich umdrehte und mit Eiswasser aus einem Krug auf dem Tisch füllte.

Es war nichts Ausgefallenes, aber nachdem ich mehrere Tage lang Monsterteile auf einem Campingkocher aus dem Shop gekocht hatte, war diese einfache Mahlzeit himmlisch. Manchmal war es ein Vergnügen, mal nicht selbst jagen und kochen zu müssen.

Mitten beim Aufsaugen der Mahlzeit wurde mir klar, dass ich mich nicht daran erinnern konnte, wann ich das letzte Mal inmitten so vieler Menschen gegessen hatte. Vor der Apokalypse bestand meine Ernährung hauptsächlich aus Fast Food und abgepackten Tankstellensandwiches, da ich ständig dabei war, Kautionsgelder einzusammeln, um betriebsam zu bleiben. Das letzte Mal, dass ich mit anderen zusammen gegessen hatte, war vielleicht in einer Veteranenkrankenhauskantine die dieser nicht unähnlich war.

Ich schob die Gedanken an die Vergangenheit beiseite und konzentrierte mich auf die Mahlzeit. Tatsächlich hatte ich gerade wichtigeres zu tun, als mich mit meinen antisozialen Tendenzen zu beschäftigen.

Der Brownie im Dessertfach war etwas trocken, aber ich spülte ihn mit einem weiteren Glas Eiswasser hinunter. Ich wollte mich nicht über ein kostenloses Mahl beschweren.

Als mein Tablett leer war, nippte ich an meinem Wasser und sah Pearce und Zoey an. Sie waren fast fertig, nur hatte Zoey das Apfelmus auf ihrem Tablett nicht angerührt.

„Also, was nun?", fragte ich.

Pearce schnitt ein mundgerechtes Stück von seinem Brownie mit seiner Gabel ab. Bis jetzt hatte ich den Sergeant für einen anständigen Kerl gehalten, der seine Familie liebt und Gelegenheitsmord klar ablehnt, aber was für ein Mensch isst Brownies mit der Gabel?

Nachdem er seinen Nachtisch aufgegessen hatte, sagte Pearce: „Wir haben bis morgen früh dienstfrei."

„Es sei denn, die Monster kommen die Mauern hoch." Zoey seufzte. „Es sei denn, die Monster kommen *schon wieder* die Mauern hoch."

Pearce nickte energielos. „Dann heißt es: Alle Mann an Deck, egal zu welcher Stunde."

„Wie verbringt ihr eure Abende, wenn ihr nicht gerade an den Mauern kämpft?", fragte ich.

„Ich verbringe sie mit meiner Familie", antwortete Pearce mit einem Blick, der mich herausforderte, daran etwas auszusetzen.

„Hauptsächlich schlafen", sagte Zoey.

„Ich schlafe in letzter Zeit nicht viel", sagte ich. „Ist es in Ordnung, wenn ich rausgehe und noch etwas jage?"

Pearce prustete. „Niemand wird sich beschweren, wenn du den lokalen Monsterbestand reduzierst."

Das Gespräch ging danach in Smalltalk über, bis unsere Teller leer waren. Nachdem die beiden aufgegessen hatten, räumten wir den Tisch ab und stellten die Tabletts in ein Schlitzfenster, das zurück in die Küche führte. Außerhalb der Kantine trennte sich Zoey von uns, und ich folgte Pearce zurück zum Gerichtsgebäude.

Brian, der Scharfschütze, wachte immer noch entspannt am Eingang. Pearce zeigte auf mich, als wir zur Rezeption kamen.

„Sorge dafür, dass Hal Zugang zum Tor hat", erklärte Pearce. „Er geht jetzt auf die Jagd und kommt später zurück, um morgen früh wieder mit uns auf Patrouille zu gehen."

„Allein auf die Jagd?" Brian zog skeptisch eine Augenbraue hoch und schüttelte den Kopf. „Ganz schön waghalsig."

Eine holografische Anzeigetafel erschien über dem Schreibtisch, und Brian wischte durch mehrere Menüs, wobei er mich vermutlich in eine Art Liste autorisierter Benutzer aufnahm.

„Das ist der beste Weg, um Erfahrung zu sammeln", sagte ich.

„Das ist der beste Weg in ein einsames Grab", erwiderte Brian. „Ich bleibe lieber hinter den Mauern, danke schön."

„Wir sehen uns morgen früh." Ich ignorierte die Bemerkung des Polizisten und winkte zu Pearce.

Pearce erwiderte die Handgeste und eilte dann geradewegs auf den Gerichtssaal zu, in den sich seine Kinder zuvor verzogen hatten. Ich stieß die Glastüren auf und trat ins Freie. Das Außentor öffnete sich, ließ mich auf den Parkplatz und schloss sich hinter mir wieder.

Die Sonne war hinter der Skyline im Westen verschwunden und hüllte die Stadt in die langen Schatten der Hochhäuser im Stadtzentrum. Mir war bewusst, dass die Wachen im Turm mich wahrscheinlich im Auge behielten, also verließ ich den Parkplatz zu Fuß. Ich ging die First Avenue in Richtung Westen den gleichen Weg entlang, auf dem ich angekommen war.

Etwa zwei Häuserblocks später war ich außer Sichtweite des Gebäudekomplexes und bog nördlich in die Ross Street ein. Nach zwei weiteren Häuserblocks bog ich in die Forbes Avenue ein.

Es waren kaum Menschen auf der Straße unterwegs, und sie waren bemüht, ihre Aufgaben vor Einbruch der Dunkelheit zu erledigen. Da es nur wenige sichere Zonen ohne spawnende Monster gab, waren die Straßen nachts besonders gefährlich für Zivilisten ohne Kampfklasse. Als ich an den wenigen Menschen vorbeikam, nickte ich zum Gruß, und sie nickten zurück, aber es war eher eine misstrauische Bestätigung, dass wir einander nicht an den Hals fallen würden, als ein wirkliches Zeichen von Respekt.

Mein Besuch im Stadtzentrum verlief ohne Störungen, und ich erreichte den Campus der Duquesne University. Vor diesem bog ich nach Süden ab und mied mehrere unbeleuchtete, verlassene Gebäude, deren Fenster und Türen im Erdgeschoss größtenteils zerstört waren. Ich machte mich auf den Weg zum südlichsten Teil des Campus und trat durch die zerbrochenen Glastüren der Mellon Hall.

Da ich an der Universität bisher nur vorbeigefahren war und noch keinen Teil davon von innen gesehen hatte, kostete es mich etwas Zeit, das Innere des Gebäudes zu erkunden. Im obersten Stockwerk traf ich auf ein Nest riesiger, säurespuckender Mäuse, die einen weiteren gepanzerten Jumpsuit ruinierten, bevor ich sie ausschalten konnte. Nachdem ich mich um die Mäuse gekümmert hatte, fand ich einen Zugang zum Dach des vierstöckigen Gebäudes. Auf dem Dach schloss ich die Zugangstür hinter mir und ging zur Südseite. Als ich mich dem Dachrand näherte, ging ich in die Hocke, um weniger auffällig für eventuelle Beobachter zu sein. Nur wenige Gebäude in diesem Teil der Stadt waren hoch genug, um mich auf dem Dach hocken zu sehen, aber es war zwecklos, das Schicksal herauszufordern.

Ich kroch an den Rand und setzte mich mit dem Rücken gegen die niedrige Wand, die um das Dach verlief. Aus Genau das richtige Werkzeug zog ich einen der Ausrüstungsgegenstände heraus, die ich zur Vorbereitung auf meine Rückkehr zur Kopfgeldjagd im Shop gekauft hatte.

Ommatidia Taktische Überwachungskamera

Diese taktische Überwachungskamera besteht aus einer Headset-Sichteinheit und einer Reihe von Aufsätzen, die Livebilder von einem Zielort bereitstellen können. Optionale ferngesteuerte Kameras können mit der Sichteinheit synchronisiert werden, um mehrere Perspektiven zu bieten oder um verschiedene Standorte mit einem einzigen Empfänger zu überwachen.

Ich schnallte mir das Sichtgerät um, sodass es bequem saß. Dann zog ich eine mit einem Glasfaserkabel zur Fernsteuerung verbundene Kamera über die Kante der Mauer hinter mir. Auf dem Bildschirm sah ich über das Dach und die Straßen zu meinem Ziel hin.

Das stattliche, festungsartige Gebäude des Allegheny County Gefängnisses lag auf der anderen Seite der vier Spuren des Boulevard of the Allies. Von meiner erhöhten Position aus hatte ich nun einen viel besseren Blick auf die Landeplätze auf den Dächern, auch wenn die Autobahn von hier aus die Sicht auf die unteren Stockwerke versperrte.

Eine Handvoll Gestalten bewegte sich zwischen den auf den Dächern geparkten Luftfahrzeugen. Es handelte sich eindeutig um Krym'parke, aber ich konnte nicht sofort erkennen, ob sie Wachen auf Patrouille oder Wartungspersonal waren. In der Welt vor dem System mussten Flugzeuge umfassend gewartet werden, um lufttüchtig zu bleiben. Aber auch jetzt, wo die meisten Gegenstände einen vom System gemessenen Haltbarkeitswert hatten, ergab es Sinn, dass diese Schiffe qualifizierte Arbeiter benötigten, um sie in der Luft zu halten.

Ich befestigte die Kamera an einer Ecke des Dachs und verstaute das Headset wieder im Inventar. Dann kroch ich zur südöstlichen Ecke des Dachs, wo ich eine weitere Kamera aus meinem Ausrüstungslager nahm und befestigte, bevor ich mich wieder auf den Weg zur Zugangstür machte. Ich verließ das Dach und verschloss die Tür im engen Treppenhaus.

Selbst wenn ich nicht mehr zurückkommen konnte, um die Kameras zu holen, würde die Aussicht auf das Fluggerät nützliche Informationen liefern.

Da ich sowieso auf der Jagd sein sollte, verließ ich Mellon Hall und arbeitete mich durch die anderen Gebäude auf dem Campus. Fast jedes Gebäude hatte die eine oder andere Art von Monsterbefall, die ich mit wenig Mühe beseitigen konnte. Ich beschränkte mich auf meine Strahlenpistolen und Nahkampfwaffen, um keine Credits vom Verkauf der Monsterbeute für Projektilmunition ausgeben zu müssen.

Die Monster, die ich auf dem stillgelegten Universitätsgelände fand, reichten von weiteren Nestern der säurespeienden Mäuse bis hin zu einer mutierten Abgottschlange, die Jagd auf sie machte. Die Riesenschlange hätte ein größeres Problem sein können, wenn sie nicht bereits in einen Kampf mit einem der Mäusenester verwickelt gewesen wäre.

Den Beulen an ihrem Körper nach zu urteilen hatte sie mehrere Nagetiere verschluckt, bevor ich die von den Säureangriffen der Mäuse geschwächten Schuppen mit meiner Axt durchhackte und die Wirbelsäule des Reptils durchtrennte. Es war eine banale Angelegenheit, die verbliebenen Mäuse zu erledigen.

Die restlichen Monster, denen ich begegnete, waren alltäglichere Versionen gewöhnlicher Nagetiere, Haustiere und Insekten. Die meisten Kreaturen hatten einen mehr als doppelt so hohen Level wie ich, aber ich konnte die meisten Feinde schnell erledigen, indem ich auf Schwachstellen wie Gelenke, Hälse und andere schlecht geschützte Bereiche zielte. Dank meiner hohen Beweglichkeit und Wahrnehmung konnte ich mit meinen Strahlenwaffen auf diese Punkte mit hoher Genauigkeit zielen. Wenn ich zum Nahkampf mit Messer und Axt überging, gaben mir dieselben Attribute die nötige Geschwindigkeit, um jede entdeckte Schwäche auszunutzen. Dieser Angriffsstil harmonierte gut mit den Verlangsamungseffekten von Frostbolzen auf größere Entfernung und Hindern auf kurze Distanz.

Wenn ich Treffer erlitt, hatte ich dank Konstitution die nötigen Trefferpunkte, um diese wegzustecken – solange ich nicht nachlässig wurde, und man mich umzingeln oder umschwärmen konnte. Ich streifte bis in die späte Nacht hinein über den Campus.

Schließlich beschloss ich, eine Pause vom Töten einzulegen, um im Morgengrauen für die Patrouille mit den Polizisten bereit sein zu können. Ich nahm einige Sofakissen aus einem Aufenthaltsraum im Erdgeschoss eines Verwaltungsgebäudes auf dem Campus, verbarrikadierte mich in einer Besenkammer und machte es mir auf den Kissen gemütlich. Dann erlaubte ich mir eine Mütze Schlaf.

Kapitel 24

Über dem Horizont im Osten waren die ersten Lichtstrahlen der Morgendämmerung zu sehen, die um die Gebäude der Innenstadt von Pittsburgh hereingebrochen waren. Ich saß auf dem Wolverine Polizeiwagen vor dem Stadtgerichtsgebäude. Die Morgenluft war frisch und gerade noch warm genug, dass auf dem Grasstreifen am Rande des Parkplatzes Tau statt Frost glitzerte.

Beim Warten auf die Beamten ließ ich ein Bein vom Dach des Fahrzeugs baumeln und gähnte. Späte Nächte und frühe Morgenstunden waren mir zwar nicht fremd, aber besonders gern hatte ich sie auch nicht. Glücklicherweise schien ich weniger Schlaf zu brauchen, je höher meine Konstitution anstieg, sodass ich mit reichlich Zeit übrig aufgewacht war. Ich hatte das Universitätsgelände noch vor der Morgendämmerung verlassen, und meinen Spaziergang zum Parkplatz ohne Zwischenfälle beendet.

Bei meiner Rückkehr zum Gefängnis gingen mir schwere Gedanken durch den Kopf. Höchstwahrscheinlich würden heute Menschen sterben, wenn ich meinen Plan umsetzte, und die Alientruppen in der Stadt aufeinanderhetzte. Dem Kreuzfeuer würden auch Unschuldige zum Opfer fallen.

Ich hatte nichts gegen die meisten der Beamten. Wie Pearce und Zoey, wollten sie einfach nur in dieser verrückten Welt überleben und mit der Gefängnisdirektorin auf gutem Fuß stehen.

Diese Frau hingegen war eine Sache für sich. Ich war mir sicher, dass sie über die dunkle Seite der Krym'parke Bescheid wusste. Sie hatte – scheinbar buchstäblich – einen Pakt mit dem Teufel geschlossen. Sie musste zu Fall gebracht werden, auch wenn diejenigen, die sich ihr angeschlossen hatten, den Preis dafür zahlten.

Das war eine weitgehend egoistische Entscheidung meinerseits. Ich sah keinen anderen Weg durch die Verteidigungsanlagen im Gefängnis, um meine Quest nach den verschwundenen Kindern zu beenden. Ich hatte sogar noch Hoffnung, dass die Thomas-Kids am Ende heil davonkommen würden. Zekes Nachkommen verdienten die Gelegenheit, in dieser neuen Welt zu gedeihen, und wenn möglich, würde ich dafür sorgen.

Ich hatte zwar keine Quest dafür, aber es bedeutete mir mehr als die Kameradschaft der Offiziere, an deren Seite ich gestern gekämpft hatte.

Bald nach meiner Ankunft öffneten sich die Tore zum Gelände, und die drei Beamten, die ich am Vortag kennen gelernt hatte, traten gemeinsam heraus. Sie hatten ihre Helme noch nicht aufgesetzt, und ich konnte an ihren Gesichtsausdrücken erkennen, dass keiner von ihnen besonders überrascht war, dass ich auf sie wartete. Die Turmwächter auf der Mauer hatten sie wohl gewarnt.

Die drei wirkten ausgeruhter als am Vortag, was ich auf eine ausgiebige Nachtruhe zurückführte. Kevin stapfte hinter Pearce und Zoey her, sah aber immer noch ziemlich mürrisch aus.

„Guten Morgen, Officers", rief ich, als sich die drei näherten.

„Guten Morgen", antwortete Pearce, während Zoey winkte und Kevin mich weiterhin ignorierte.

„Wie lautet der heutige Plan?", fragte ich und sprang vom Dach des Fahrzeugs.

Zoey seufzte. „Genau dasselbe, wie jeden Tag."

Ich schaute die Polizistin an und hob eine Augenbraue. „Wir versuchen, die Weltherrschaft an uns zu reißen?"

„Was?"

Die drei sahen mich alle mit verwirrten Blicken an.

„Schon gut", antworte ich mit einem Kopfschütteln. „Bloß ein Zitat aus einem alten Zeichentrickfilm."

Der Sergeant sah mich mit zusammengekniffenen Augen an.

„Ich kann in diesem Team keine weiteren Zyniker gebrauchen", warnte mich Pearce mit einem Blick auf Kevin.

„Schon gut", sagte ich. „Wir jagen also weiter Monster?"

Pearce nickte und stieg in die Fahrerkabine des Wolverine. Der Rest von uns stieg nach ihm ein, und Kevin kletterte in das Turmgehäuse. Pearce fuhr vom Parkplatz und die First Avenue hinunter, wobei er fast meine Tour vom Vorabend wiederholte. Anstatt jedoch rechts abzubiegen, was uns ins Zentrum der Stadt geführt hätte, fuhr Pearce noch einen Block weiter und bog links ab. Er fuhr in die südliche Richtung auf falscher Fahrbahn und nahm die Ausfahrt vom US-22, dem Penn-Lincoln Parkway. In einer Kurve fuhren wir die Rampe hinunter auf die US-22 entlang des Flusses. Wir fuhren nach Westen auf der Fahrspur, die dem Flussufer am nächsten war und eigentlich in Richtung Osten verlief.

„Aus dem Fluss krabbelt immer etwas heraus", erklärt Pearce. „Also kommen wir hier unten alle paar Mal i..."

Pearce wurde von Donnerschlägen unterbrochen, als Kevin oben das Feuer mit dem 240G eröffnete.

Durch die Frontscheibe sah ich einen Haufen großer Echsenwesen, die sich um etwas in der Mitte der Straße angesammelt hatten. Die dunkelgrünen Reptilien hatten lange V-förmige Köpfe, wie bei Krokodilen, und vorstehende Zähne entlang des gesamten Mauls. Die Kreaturen hatten zwar auch für Landkrokodile üblich lange Körper und dicke Schwänze, aber bei diesen hatten die sechs Beine spitze Krallen und waren länger und beweglicher. Es handelte sich also um vom System mutierte Wesen.

Leuchtspurgeschosse markierten die Feuerlinie vom Geschützturm aus bis zum Echsenschwarm. Kevin feuerte den Kugelhagel des 240G auf den Haufen, aber nur wenige wurden durch das Sperrfeuer niedergerissen. Die Bestien waren erstaunlich flink und verteilten sich in verschiedene Richtungen. Einige sprangen über das Geländer am Straßenrand, zehn Meter tief zum Fluss, während der Rest auf uns zu stürmte. Pearce bremste ruckartig und legte den Rückwärtsgang ein, um den Abstand zur herannahenden Echsenschar zu halten.

Kevin betätigte den Mk 19, und die Explosionen schleuderten ein paar der Reptilien in die Luft, aber der Ansturm bestand aus zu vielen und zu schnellen Monstern, als dass der junge Richtschütze sie anvisieren konnte. Durch Kevins niedrigen Level fehlte dem Jungen einfach die Kombination aus Beweglichkeit und Wahrnehmung, um die Kreaturen genau zu verfolgen, ganz im Gegensatz zu meinen relativ hohen Attributen, die es mir ermöglicht hatten, mit Fernkampfwaffen tödlich genau zu zielen.

„Sie werden uns einholen", sagte ich mit so leiser Stimme, dass nur Pearce und Zoey mich beim Getöse der Waffen hören konnten.

„Seh' ich selbst!", antwortete Pearce schroff.

Etwas prallte von der Seite gegen den vibrierenden Wolverine. Ich erblickte eines der Echsenwesen, kurz bevor es ein zweites Mal eine Schulter in die mir gegenüberliegende Beifahrertür rammte.

Dolchmaul Raser (Level 29)

HP: 726/726

Das Fahrzeug kippte durch den Aufprall zur Seite, und Pearce fluchte vom Fahrersitz aus, während er sich abmühte, im Rückwärtsgang die Kontrolle zu behalten. Ein weiterer Raser tauchte über der Leitplanke neben der ersten Echse auf und rammte den Wagen gemeinsam mit seinem Gefährten.

Einen Moment später trafen wir hinter uns etwas und rollten mit hoher Geschwindigkeit darüber. Als dieses Etwas gegen die Unterseite des Kreuzers prallte, bockte das Heck des Wolverine auf. Der kurzzeitige Verlust an Bodenhaftung und die Echsen, die sich ins Fahrzeug rammten, das alles führte dazu, dass Pearce die Kontrolle über den Wagen verlor und wir gegen die Betonleitwand prallten.

Durch den Aufprall geriet das Fahrzeug ins Schleudern und drehte sich drei Viertel im Kreis, bis es auf der gegenüberliegenden Straßenseite gegen die Barriere prallte und den Beton durchschlug. Die Vorderreifen rutschten nach unten, und das Fahrzeug kratzte mit der Unterseite über die Trümmer. Es kam zum Stillstand. Der Vorderteil hing in der Höhe eines Stockwerks über dem Flussufer.

Das Fahrzeug hatte sich weder überschlagen noch war es im Fluss gelandet, aber Zeit zum Feiern hatten wir nicht. Da wir nicht mehr in Fahrt waren, umzingelte uns die Echsenschar kurzerhand und schwärmte über das Fahrzeug. Die Krallen kratzten über den Wolverine, gruben sich in die gepanzerte Hülle und sorgten für ein ohrenbetäubendes Quietschen, während sie die Panzerung allmählich abrieben. Die wilden Monster bissen und schnappten mit ihren großen Mäulern nach allen freiliegenden Kanten und schlugen auf das erzitternde Fahrzeug ein.

„Sie sind zu nah", rief Kevin vom Geschützturm aus. „Ich kann nicht tief genug zielen, um irgendetwas zu treffen, ohne auch uns zu erwischen."

Pearce riss an einem Steuerhebel neben dem Fahrersitz, und ich spürte, wie sich das Fahrzeug unter uns aufbäumte, während der Sergeant versuchte, von der Kante zurückzufahren. Die Reifen drehten sich, fanden aber nicht genug Halt, um sich loszureißen.

„Wir stecken fest", sagte Pearce.

„Die Panzerung wird nicht halten", sagte Zoey mit besorgter Stimme.

„Dann machen wir es auf die harte Tour", antwortete Pearce grimmig.

Der Sergeant griff zwischen die Vordersitze nach seinem Helm und zog ihn sich über den Kopf. Zoey seufzte und setzte ihren eigenen Helm auf.

Pearce legte die Hand an einen Knopf auf dem Armaturenbrett neben der Lenkstange, dann hielt er inne und sah mich an. Der Feldwebel legte den Kopf fragend schief.

„Bereit, wenn du es bist." Mit einem Grinsen zog ich mein Messer und meine Axt heraus. Dies würde ein Kampf auf engstem Raum sein.

Pearce drückte den Knopf und ein Ruck ging durch das Fahrzeug, der mir die Nackenhaare sträubte. Außen strömte Elektrizität in einer gezackten Welle von der Oberfläche des Wolverine. Leuchtend blaue Energiebögen sprangen von Krokodil zu Krokodil, und die Kreaturen schüttelten sich, als sie von dem elektrischen Angriff erfasst wurden.

„Die Schockbetäubung wird nicht lange anhalten, geht jetzt!", rief Pearce, öffnete die Tür mit einem Ruck und stürzte sich auf die erstbeste Echse mit seinem ausgestreckten, leuchtenden Energie-Schlagstock.

Als ich die Tür aufstieß und hinaussprang, kippte das Dolchmaul von meiner Tür hinunter. Ich verschwendete keine Zeit und stieß mein Messer durch das Auge und in das Gehirn des gerade umgestoßenen Krokodils. Dann aktivierte ich Zerreißen, um Schaden über Zeit zuzufügen, obwohl mir die Wunde ziemlich tödlich erschien. Ich wandte mich zum nächsten Monster.

Als sich das Abklingen der Betäubung bemerkbar machte, hatte ich bereits drei Dolchmäuler zu Grunde gerichtet. Zunächst nur langsam, aber sobald sich die Kreaturen in Bewegung setzten, wurde es viel schwieriger, die Monster mit kritischen Treffern am Boden zu halten.

Die Dolchmäuler waren von dicker Schuppenhaut geschützt, aber meine beiden Nahkampfwaffen durchbrachen den Panzer und fügten ihnen mit jedem Angriff schwere Wunden zu. Ich schoss durch die Krokodilmasse und aktivierte Zerreißen, um meinen Schaden zu maximieren. Gerade als sich die Bestie vor mir wieder aufrichtete, sprintete ich an ihr vorbei und hackte meine Axt unter dem Schädel in den Hals. Die Waffe durchtrennte Schuppen und Muskeln und zersplitterte die Wirbelsäule. Beim Herausreißen der Axt spritzte Blut aus der Wunde. Das Krokodil brach zusammen, und ich setzte meinen Fuß auf, drehte mich und stach ihm mein Messer mehrmals in die Seite.

Ich blieb in Bewegung und wählte das nächste Ziel. Die Bestie war nicht tot, aber sie war am Boden und litt unter einem Vierfachstapel von Blutungs-Schwächungseffekten meines Zerreißen-Skills, die sie weiter schwächen würden. Die Betäubung hatte uns die Möglichkeit gegeben, aus dem Fahrzeug zu entkommen, aber ich musste aus dem Gedränge herausfinden, bevor sich die Monster vollständig erholt hatten.

Während ich mich durch das Gewimmel von Echsen schlängelte, blieben Pearce und Zoey in der Nähe des steckengebliebenen Wagens. Ich hatte keine Zeit, mich um die beiden zu kümmern, da die Dolchmäuler nach mir schnappten und kratzten, also schätzte ich ihren Zustand mit meinem Hörvermögen ein. Die Wucht von Pearces schweren Schlägen drang bis zu mir durch. Obwohl er sich auf der anderen Seite des Wolverine befand, hörte ich die Entladung seines Schlagstocks mit jedem Treffer. Den scharfen Knallgeräuschen nach zu urteilen hatte Zoey ihre Waffe gezogen, um ihrem Partner zu helfen.

Ich erreichte die Außenseite des Gedränges und arbeitete mich an den Rändern der Echsenmasse entlang. Es waren zwar tödliche und wendige Gegner, aber das war ich auch. Meine Schnelligkeit verschaffte mir gerade so viel Vorsprung, dass ich den schlimmsten ihrer Angriffe ausweichen konnte, jetzt, da ich den nötigen Spielraum hatte.

Einige Krallenspitzen schafften es dennoch, durch meinen Jumpsuit zu schlitzen und mir in meine Beine zu schneiden, während ich mich an den Rändern des Monsterrudels zu schaffen machte. Blut sickerte aus den Wunden, und obwohl für sich genommen keine kritisch war, summierten sich die Schäden. Meine Gesundheit sickerte mit dem Blut an meinen Beinen herab.

Meine Ausdauer sank mit jedem Aufruf von Zerreißen, den ich auf die Monster losließ. Die von mir angegriffenen Kreaturen wandten ihre Aufmerksamkeit vom Wolverine ab und versuchten, mich zu umzingeln. Wenn ich das zugelassen hätte, wäre ich völlig zerfetzt worden.

Ich wich ihren Angriffen aus und schlüpfte zwischen den Monstern hindurch. Dabei lockte ich die Kreaturen die Straße hinunter und zurück in die Richtung, aus der sie zu Beginn auf uns losgegangen waren.

Die Explosionen des Granatwerfers hatten die Straße in ein zerklüftetes Schlachtfeld verwandelt, und ich tanzte seitwärts hindurch, wobei ich meine halbe Aufmerksamkeit auf den Pfad durch die Trümmer richtete und mit der restlichen den Angriffen meiner Verfolger auswich. Drei der sechsbeinigen Dolchmäuler konnten sich mühelos durch die Trümmer bewegen und die Verfolgung aufrechterhalten.

Sobald diese Echsen neun Meter vom restlichen Monsterrudel entfernt waren, drehte ich mich um und nutzte die Leitplanke als Sprungbrett, um auf das linke Dolchmaul zu springen. Die Kreatur warf ihren Kopf zurück und schnappte nach mir, als ich auf ihrem Rückgrat landete. Ich hakte meine Axt unter dem langen Kinn des Krokodils ein, um es zu fixieren und fuhr mit meiner Messerklinge durch seine Kehle. Das Dolchmaul bockte unter mir, während das Blut aus der klaffenden Wunde floss, und ich sprang von der Kreatur weg, wobei ich darauf achtete, den Körper der sterbenden Kreatur zwischen den beiden anderen Monstern und mir zu behalten.

Die beiden Echsen kletterten über das gefallene Dolchmaul, und achteten in ihrem Eifer, mich zu erwischen, nicht auf die Wunden, die ihre scharfen Krallen hinterließen. Da ich immer noch nicht bereit war, meine Fähigkeiten voll auszuschöpfen, solange die Beamten in der Nähe waren, beeilte ich mich, die Krokodile zu umkreisen, sodass eines für einen Moment hinter dem anderen war – dann stürzte ich mich nach vorne.

Ich täuschte meinen Ansturm an, und das Monster schnappte mit dem Maul zu, wo ich hätte sein sollen, erwischte jedoch nur leere Luft. Ich war in letzter Sekunde zurückgewichen, dann schwang ich meine Axt auf seine Schnauze. Die Klinge durchschlug den Oberkiefer vollständig und blieb dort stecken. Als die Echse wegzuckte, rutschte mir die Waffe aus der Hand. Das Monster wandte sich komplett von mir ab und drosch gegen die Leitplanke, um die feststeckende Waffe zu lösen.

Nun hatte ich nur noch ein Messer in meiner linken Hand und stand einem einzelnen Dolchmaul gegenüber. Ich warf die Klinge in meine dominante Hand und beschwor eine Strahlenpistole aus meinem Ausrüstungslager in die offene Handfläche. Das Tier wich instinktiv zurück, als meine hastig abgefeuerten Energiestrahlen gefährlich nahe neben seinen Augen einschlugen. Als die Kreatur kurz zögerte, zielte ich auf eines der Augen, und dieses Mal schlug der Schuss mit einem knisternden Platzen in den Augapfel ein. Das Dolchmaul zischte und wich zur Seite aus. Ich stürzte mich in den schutzlosen toten Winkel und stach mein Messer in das geschwärzte Loch des ehemaligen Auges. Die lange Kampfklinge durchbohrte das Gehirn des Ungeheuers und glitt dann blutüberströmt heraus, während die Bestie zuckend zu Boden fiel.

Ich stach noch einige Male zu, bevor ich die beiden anderen verwundeten Tiere erledigte und meine Axt holte.

Ein Schreckensschrei ertönte vom Polizeiwagen, in dessen Nähe die anderen noch im Kampf mit den verbliebenen Monstern verwickelt waren. Zoey stand auf der Motorhaube und feuerte auf einen Schwarm Dolchmäuler, die sich unter ihr auf dem Boden sammelten. Der Anblick erinnerte mich kurz an einen anderen Polizisten, der von der Motorhaube seines Fahrzeugs aus auf einen Monsterschwarm schoss. Ein weiteres panisches Kreischen vom Geschützturm half mir, die Erinnerung abzuschütteln.

Auf der anderen Seite des Geschützturms bissen und krallten sich zwei Dolchmäuler in den Schild. Die wiederholten Angriffe hatten die Panzerung geschwächt, das konnte ich selbst aus dieser Entfernung erkennen. Zwischen den Platten wurden die Lücken umso breiter, je mehr die Monster daran zerrten.

Auch wenn ich Kevin für einen kleinen Scheißer hielt, eröffnete ich das Feuer auf die zwei Biester und stürzte mich wieder in die Schlacht. Die Energiestrahlen brannten sich in die Echsen hinein, diese wählten aber, meine Attacken zu ignorieren und weiter am Fahrzeug zu scharren. Ein Dolchmaul schaffte es, eine Klaue durch den Spalt zu quetschen, und die Schreie aus dem Geschützturm verwandelten sich von Panik in Schmerz.

Zwei Echsen schnappten nach meinen Fersen, als ich über sie hinwegsprang und schwer auf einer dritten landete. Die Kreatur versuchte instinktiv, mich abzuwerfen, und ich nutzte den Schwung, um mich den Rest des Weges auf den Wolverine katapultieren zu lassen.

Zoey feuerte hinter mich und ihre Schüsse prasselten auf die gerade übersprungenen Echsen ein. Die Kugeln zischten direkt neben mir durch die Luft, aber ich hatte keine Zeit, darüber zu sinnieren, wie knapp sie mich verfehlt hatte.

Ich verstaute meine Waffen in meinem Inventar und drehte mich in der Luft, sodass ich mit den Füßen voran in jenes Dolchmaul einschlug, das bisher noch keines seiner Glieder in den Turm gesteckt hatte.

Mein Tritt schleuderte die Kreatur in die Luft. Sie überschlug sich zweimal, und ich verlor sie auf der anderen Seite des Fahrzeugs aus den Augen. Das Monster, dessen Klaue im Turm steckte, schwang seinen Kopf zu mir, aber bevor es mich beißen konnte, stieß ich meinen Stiefel seitlich in die Schnauze. Die Attacke schmetterte den Kopf der Kreatur gegen den Turm. Vom Tritt zurückgeprallt, wirbelte ich herum. Ich drehte mich auf den Bauch und kroch auf das Monster, wobei ich wieder mein Messer zog. Schwächlich versuchte es, mich abzuwerfen, aber da es mit einem Bein noch im Turm hing, konnte es nicht viel mehr tun, als unter mir zu buckeln. Ich schlang meine Beine fest um seinen Rücken, während ich mit dem Messer wiederholt zustach.

Das Ungetüm erschlaffte schließlich. Ich stieß mich ab und stand wieder auf dem Fahrzeug. Ich schaute genau rechtzeitig über den Turm, um Pearce dabei zu beobachten, wie er den Schädel des Krokodils, das ich vom Fahrzeug geworfen hatte, mit einem vernichtenden Schlag seines Schockstabs zertrümmerte. Der Sergeant hatte mehrere blutende Wunden an den Unterschenkeln und Unterarmen, jedoch sah keine davon kritisch aus. Die Armschutzplatte, die während des Elementarkampfes seinen Energieschild erzeugt hatte, spritzte Funken und zog einen schwachen Rauchschleier hinter sich her, als hätte sie einen Kurzschluss erlitten.

Zoey stand immer noch auf der Motorhaube und versuchte mit zitternden Händen ein Pistolenmagazin umständlich nachzuladen, während sie gleichzeitig die Munitionsschachtel hielt. Einige Patronen glitten ihr, statt ins Magazin, aus der Hand und prallten rasselnd von der Motorhaube ab. Ihre leergeschossene Pistole lag mit zurückgeschobenem Schlitten zu ihren Füßen. Jetzt, wo ich die Waffe endlich genauer in Augenschein nehmen konnte, stellte ich fest, dass sie eindeutig mit der Waffe übereinstimmte, die ich für die Goblins aufspüren sollte.

Ich schaute mich um und vergewisserte mich, dass von keinem der Dolchmäuler noch Gefahr ausging. Nichts als Kadaver. Ich wischte die Klinge meines Messers an der schuppigen Unterseite der toten Kreatur ab, die neben mir auf dem Dach des Fahrzeugs lag, und steckte die Waffe in die Messerscheide. Dann zerrte ich die vordere Gliedmaße des toten Monsters aus der verbogenen Geschützturmpanzerung. Ich ignorierte das leise Schluchzen von innen, stieß den Kadaver zu Boden und sprang vom Fahrzeug, um mit dem Einsammeln der Beute anzufangen.

„Ist er in Ordnung?", fragte mich Pearce und nickte zum Wagen.

Ich zuckte mit den Schultern. „Klingt, als wäre er noch am Leben."

Ich machte mit dem Plündern der Monsterkadaver weiter und dachte einige Minuten lang darüber nach, wie gleichgültig mir das Überleben des jungen Mannes war.

Abgesehen von ein paar Dolchmäulern, die Kevin im ersten Sperrfeuer ausgeschaltet hatte, war der Jugendliche im Kampf relativ nutzlos gewesen. Erst recht, nachdem der Wolverine durch die Barriere gekracht war. Mir war klar, dass der Sergeant den jungen Mann von seinen Vorgesetzten aufgedrängt bekommen hatte, aber Kevin war eindeutig nicht für den Kampf geeignet. Ihn in den Turm zu stecken, sollte natürlich seinen relativ niedrigen Level mit der Feuerkraft der Geschütze ausgleichen, aber er konnte die Waffen nicht effektiv bedienen.

Der Kampf wäre für uns alle viel einfacher gewesen, wenn der Geschützturm die Krokodile angemessen ausgedünnt hätte, bevor sie uns umzingeln konnten.

Die Beute war recht üppig: Mehrere hochwertige Reptilienhäute, Klauen und Zähne. Selbst durch vier geteilt hatte ich genug Materialien für einen ordentlichen Dazuverdienst beim nächsten Shopbesuch. Außerdem legte ich die drei unversehrtesten Kadaver in die Kühlkammer, um sie der Gefängnisküche zu spenden.

Als ich mit dem Plündern fertig war, kam Kevin aus seinem Versteck im Wolverine heraus. Seine Augen waren rot und das Gesicht mit Tränen bedeckt. An seinen Händen und Unterarmen hatte er hässliche rote Schnittwunden – die Spuren seines Versuchs, das Dolchmaul im Geschützturm abzuwehren. Die Seitenwaffe steckte immer noch in seinem Gürtel, er hatte sie nicht einmal zur eigenen Verteidigung gezogen.

„Vielen Dank, vielen Dank!", murmelte Kevin und kam mit ausgebreiteten Armen auf mich zu, um mich zu umarmen.

Ich zog einen schwachen Gesundheitstrank aus meinem Inventar und drückte ihn dem jungen Mann in die Hände, um seine Annäherungsversuche abzuwehren. „Hier, trink das. Dann geht's dir besser."

Kevin blinzelte mich einen Moment lang verständnislos an und starrte dann auf die Flasche mit der roten Flüssigkeit in seiner Hand.

Pearce kam an und packte den jungen Mann an der Schulter. Der Sergeant half Kevin, den Trank zu schlucken und brachte ihn zur anderen Straßenseite, um mit ihm zu reden. Ich ging zu Zoey hinüber, die fertig nachgeladen hatte und gerade die fallengelassenen Patronen einsammelte. Die Beamtin rieb sich den Nacken, holsterte ihre Pistole und schaute sich die Vorderseite des Wolverine an, die durch die Leitplanke ragend in der Luft hing.

„Das sieht mir nach einer guten Pistole aus." Ich nickte in Richtung ihres Holsters.

„Die hier?", fragte Zoey und zog die Waffe wieder heraus.

Sie warf das Magazin aus und entlud die Kammer, bevor sie mir die Waffe reichte. Ich hob sie versuchsweise hoch, als wäre es das erste Mal. Jetzt, wo ich sie in den eigenen Händen hielt, war ich mir aber absolut sicher, dass es eine der Waffen war, die ich für die Goblins aufspüren sollte.

Ich musste mein Wissen nur noch an das Casino weitergeben, um für die Quest bezahlt zu werden.

„Sie liegt gut in der Hand", sagte ich. „Wo hast du sie her?"

Ich nahm den Finger vom Abzug und richtete die Pistole über den Fluss. Nach einem zufriedenen Nicken bestätigte ich, dass sie unscharf war und gab sie Zoey zurück.

„Wir haben eine Waffenkammer im Gefängnis, im zweiten Stock. Da gibt's eine Menge Systemvarianten traditioneller Feuerwaffen. Die Wohltäter der Gefängnisdirektorin haben geholfen, sie zu bauen. Allerdings dürfen wir nur mit einer Eskorte da oben rein. Muss ich dir zeigen, wenn wir zurück sind." Zoey lud die Pistole nach und steckte sie wieder ein. „Wie kriegen wir das Ding da wieder raus?"

„Indem wir dran ziehen?", schlug ich vor.

Zoey schaute mich ungläubig an.

„Mit den erhöhten Werten haben wir doch übermenschliche Kräfte, nicht wahr?"

„Naja ..."

Sie war eindeutig nicht überzeugt, also ging ich zur Rückseite des Wolverine und zerrte an der hinteren Stoßstange. Die Krallen hatten tief eingekerbte Spuren hinterlassen, trotzdem schien das Ganze stabil genug zu sein. Ich ging in die Hocke und packte die Unterseite der Stoßstange an. An einer Gummilippe unter dem Kotflügel fand ich bequemen Halt, und ich wuchtete mich nach hinten. Das Fahrzeug schwankte auf mich zu.

Zoey stand daneben und schaute zu. Das war meine Gelegenheit. Während meine Hände unter dem Fahrzeug verborgen waren, zog ich eine daumennagelgroße, durchsichtige Scheibe aus meinem Ausrüstungslager und drückte sie auf die Oberseite der Gummilippe hinter der Stoßstange.

Ixodada Nanoflicken

Dieser Peilsender verschmilzt bei Anbringung mit der Oberfläche und übernimmt sowohl das Aussehen als auch die Textur. Der Nanoflicken nutzt Mana aus der Umgebung, um den Standort und die Bewegungen des Ziels zu melden, und bleibt an Ort und Stelle, bis er einen Befehl zur Selbstzerstörung erhält – danach löst sich der Flicken spurlos auf.

Dauer: 7 Galaktische Standardtage

„Komm schon", sagte ich zu Zoey, als ich die Scheibe nicht mehr spüren konnte, und nickte zum freien Bereich an der Stoßstange neben mir.

Die Beamtin schüttelte den Kopf, kam aber trotzdem.

Wir zogen gemeinsam und konnten spürten, dass das Fahrzeug nach hinten wackelte. Pearce bemerkte unsere Bemühungen und schloss sich uns an, zusammen mit Kevin. Unser Vierertrupp zog am Heck, und der Wagen schleifte langsam zurück auf die Straße.

Nach viel Schweiß und einer nicht unerheblichen Menge an Flüchen gelang es uns schließlich, alle vier Reifen des Wolverine wieder auf die Straße zu bekommen. Pearce setzte sich auf den Fahrersitz und startete das Auto.

„Sieht gut aus, würde ich sagen!", rief der Sergeant.

Wir stiegen ein, aber drinnen bemerkte ich Kevins ängstlichen und unwilligen Blick auf den Geschützturm. Er war definitiv nicht bereit, seine vorherige Position auf dem Sitz des Richtschützen einzunehmen. Pearce schaute mich entrüstet an, als er Kevins Gesichtsausdruck sah. Wir brauchten jemanden da oben, also zuckte ich mit den Schultern und kroch von meinem Sitz ins Turmgehäuse.

Das Tageslicht schien durch die Lücken zwischen den Panzerplatten in den Turm. Die Platten waren an einigen Stellen verbogen und aufgeschlitzt, aber größtenteils war die Panzerung noch in gutem Zustand. Die Waffenrohre ragten aus dem gepanzerten Gehäuse heraus, aber ich konnte die Waffen innerhalb des Geschützturms bedienen, und machte sie schnell einsatzbereit. Ich war ein wenig überrascht, wie viel von der Checkliste noch im Muskelgedächtnis war, als ich die Munitionszufuhr überprüfte und Geschosse in die beiden gürtelgefütterten Waffen einführte.

Als ich mich vergewissert hatte, dass die Waffen durch den Kampf keinen Schaden genommen hatten, machte ich es mir gemütlich. Eine hängemattenähnliche Schlinge war am Innenrand des Turms mit zwei Karabinern befestigt, und mit wenigen Anpassungen positionierte ich mich bequem an der Waffensteuerung.

Ein Joystick am Rand unter den Waffen steuerte den Turm, und ich drehte ihn versuchsweise in beide Richtungen, um ein Gefühl dafür zu bekommen, wie sich die Waffen bewegen würden.

„Alles in Ordnung da oben?", rief Pearce.

„Jup, damit komme ich klar."

Eine Sekunde später setzte sich der Wolverine in Bewegung und fuhr auf der Straße nach Westen, unsere Fahrtrichtung vor dem Zusammenstoß mit den Dolchmaul-Krokodilen. Pearce lenkte um die tiefsten Krater in der Straße herum, aber einigen konnte er nicht ausweichen und der Wagen ratterte hindurch.

Als die Krater hinter uns waren, kamen wir am Sammelpunkt der Echsen vorbei, an dem wir sie ursprünglich entdeckt hatten. Auf der Fahrbahn lagen zwischen den Überresten eines Menschen mit Blut und Eingeweiden verschmierte Stofffetzen. Ich hörte wie Kevin im Innenraum unter mir bei diesem schrecklichen Anblick würgte.

„Wenn du hier kotzt, machst du es sauber!", schrie Pearce. „Mach die Tür auf!"

Die Tür sprang einen Spalt auf, und Kevin reiherte, während Pearce weiterfuhr. Trotz der Fahrbewegung erfüllte der beißende Gallegestank den Innenraum und stieg bis in den Geschützturm. Ich drehte den Turm mit dem größten Loch, das die Echsen zwischen die Panzerplatten gebohrt hatten, nach vorne, und frische Luft strömte hinein und milderte den Geruch.

Nach einigen Minuten hatte Kevin seinen Magen wieder unter Kontrolle und schloss die Tür. Mit Ausnahme des durch den Geschützturm pfeifenden Windes war es im Fahrzeug still, und wir fuhren in falscher Fahrtrichtung den Highway entlang.

Kapitel 25

Der Highway um uns herum war leer. Die Straße stieg an und bog nach Süden über die Fort Pitt Bridge ab. Anstatt der Straße zu folgen und auf der falschen Straßenseite weiterzufahren, bog Pearce scharf nach Norden ab und nahm die Liberty-Avenue-Ausfahrt zurück zum Stadtzentrum.

Ich schwenkte den Turm nach links, um einen Blick auf Fort Duquesne zu erhaschen, aber die Bäume um den Point State Park standen in voller Blüte und verdeckten die Sicht. Ich setzte die Drehung fort und prüfte auch den Bereich hinter uns. Am Ende zeigte der Geschützturm wieder nach vorne.

Da es kaum Autoverkehr in der Stadt gab, waren die Fußgänger sowohl auf der Straße als auch auf den Gehwegen entlang der Liberty Avenue verteilt. Das Gedränge verlangsamte uns, als wir die Ausfahrt verließen. Einige Radfahrer fuhren durch die überfüllten Straßen, aber alle blieben uns aus dem Weg. Ich achtete darauf, die Geschütze nach oben zu richten, aber wir bekamen dennoch viele Seitenblicke.

Wir hatten erst einen Häuserblock hinter uns, als ich Bewegung oben links bemerkte und den Turm instinktiv in die Richtung schwenkte. Aus dem hohen Fenster eines grauen Backsteinhochhauses stieg ein orangefarbener Tentakel herab und packte eine Frau, die auf dem gemauerten Gehweg neben dem Gebäude stand. Die Frau schrie auf und schlug gegen die sich um sie wickelnde fleischige Gliedmaße, während sie nach oben gezogen wurde.

„Kontakt links!", rief ich, zielte weit über der Frau auf den Tentakel und betätigte den Abzug des 240G.

Die Waffe dröhnte und ein Strom von Leuchtspurgeschossen schlug in den Tentakel ein. Die Kugeln spritzten grünes Sekret auf die Fassade. Querschläger zerbrachen Ziegel um mein Ziel herum und warfen

Staubwolken auf. Der getroffene Tentakel zuckte und ließ die Frau eineinhalb Stockwerke in die Tiefe stürzen. Sie prallte hart auf dem Bürgersteig auf.

Die Frau sackte ab und versuchte sich vom Gebäude wegzuschleppen. Die Menschenmenge um uns herum hatte sich zu Anfang des Feuergefechts größtenteils aufgelöst, sodass niemand in der Nähe war, um ihr Soforthilfe zu leisten. Da ich von hier aus nichts für die Frau tun konnte, richtete ich meine Aufmerksamkeit und meine Waffen auf den Tentakel, der dabei war, sich in ein Fenster auf halber Höhe des Wolkenkratzers zurückzuziehen. Sporadische Angriffe einiger der wenigen noch verbliebenen Menschen stimmten in den Feuerstrom des Maschinengewehrs mit ein, aber der Tentakel entfloh schnell, und die meisten Umstehenden setzten zur sofortigen Flucht an.

Als der Tentakel verschwunden war, ließ ich vom Abzug ab. Ein paar weitere Schüsse waren zu hören, dann schlug ein Feuerball gegen die Wand am Fenster. Die Detonation spuckte Flammen und verkohlte die graue Fassade.

Die Straße war fast völlig leer, nur eine Handvoll Menschen hatte versucht, gegen die Bedrohung zu helfen. Ein weißhaariger Mann in einer Lederweste eilte zu der verletzten Frau, die inzwischen auf die Straße gekrochen war. Der Mann schien Erste Hilfe zu leisten oder zu heilen, aber ich verlor die beiden aus den Augen, als Pearce den Wolverine an den Rand der zweispurigen Straße neben dem Gebäude mit dem Monster fuhr.

„Verfolgen wir das Ding?", rief ich in die Kabine des Fahrzeugs.

„Wir können ja wohl schlecht zulassen, dass es sich weitere Menschen schnappt", sagte Pearce.

Leider war es für Größere Beobachtung zu weit weg gewesen. Ich hatte also keine Ahnung, womit wir es zu tun hatten. Ich schnallte mich vom Turm ins Hauptabteil ab.

„Oorah!" Ich grinste und stieß die Tür auf, um das Fahrzeug zu verlassen.

Nachdem ich mich kurz durchgecheckt hatte, stellte ich fest, dass nur Pearce und Zoey ebenfalls ihre Ausrüstung kontrollierten. Kevin blieb im Wolverine. Pearce zuckte nur mit den Schultern, als ich eine Augenbraue hochzog und in Richtung Fahrzeug nickte.

„Irgendeiner muss nun mal unseren Schlitten im Auge behalten", sagte Pearce.

Ich schüttelte den Kopf und rollte meine Augen. Wenn ich das Sagen gehabt hätte, würde ich den jungen Mann nicht aus dem Blick lassen. Abgesehen von seinem zweifelhaften moralischen Charakter hatte er sich in einem ernsthaften Kampf als äußerst unzuverlässig erwiesen.

Nachdem die beiden Beamten das Fahrzeug verließen, folgte ich ihnen über den breiten Backsteinweg zum Haupteingang. Zwei Drehtüren führten zum Eingang, was der einzige Ort war, an dem das Glas noch nicht vollständig zerbrochen war. Der Eingangsbereich des kreuzförmigen Gebäudes bestand aus einem Bogen zwischen zwei der vier gleichgroßen Flügel. In silbernen Buchstaben stand „Three Gateway Center" auf der Rotunde.

Wir traten mit gezogenen Waffen über knirschende Glasscherben. Müll und andere Trümmer lagen zerstreut herum, aber es gab keine unmittelbaren Anzeichen für die Anwesenheit von Monstern. Im hinteren Teil des Eingangsbereichs kamen wir an einem leeren Sicherheitsschalter und an einer Reihe von Aufzügen vorbei, deren Türen teilweise aufgehebelt waren. Nur in einem war eine Kabine vorhanden. Aus den anderen klafften leere Schächte voller Dunkelheit. Hinter den Aufzügen fanden wir zwei Treppen. Sie befanden sich in den gegenüberliegenden Ecken der zentralen Säule des Gebäudes, dort, wo dessen Kreuzflügel aufeinandertrafen.

Pearce hielt inne, bevor er auf die südwestliche Treppenhaustür zuging, und ich nutzte den Moment, um die Schilder neben den Treppen zu lesen. Es stellte sich heraus, dass unter uns eine Tiefgarage war.

„Das ist ein Job für mehr als drei Leute, aber wir arbeiten mit dem, was wir haben", sagte der Sergeant über die Schulter, den Blick auf die Tür vor ihm gerichtet. „Wir werden Etage für Etage räumen. Ich will nicht, dass sich etwas von hinten an uns heranschleicht, wenn wir bei diesem Tentakel-Ding ankommen."

In einer idealen Welt hätten wir mindestens zwei deutlich größere Teams gehabt, um das Gebäude zu räumen und alle Treppenhäuser gleichzeitig und koordiniert zu stürmen. Die Nachhut eines jeden Teams würde die jeweilige Treppe sichern, sodass nichts vorbeikriechen konnte, während die einzelnen Stockwerke geräumt wurden. Aber wie Pearce sagte, arbeiteten wir mit dem, was wir hatten.

„Klingt gut", stimmte Zoey zu.

„Ich werde die Nachhut bilden", sagte ich.

Einen Moment lang hatte ich ein seltsames Gefühl. Erst als ich plötzlich an die Zeit vor meiner medizinischen Entlassung zurückdachte – an meinen letzten Kampfeinsatz als Marine – begriff ich, warum. Auch damals war ich das Charlie-Schlusslicht gewesen.

Ich schüttelte das Unbehagen ab, und Pearce trat neben die Tür. Der Sergeant hielt sein Handgelenk vor sich und nickte Zoey zu. Sie zog die Tür für Pearce auf, und der Energieschild seiner Armschiene erschien. Er trat in das dunkle Treppenhaus. Das Licht seiner Armschutzplatte flackerte auf und erhellte die Treppe. Ich hielt für Zoey die Tür mit dem Fuß auf. Sie folgte dem Sergeant, dann betrat ich das Treppenhaus, schloss die Tür leise hinter mir und zog meine eigene taktische Taschenlampe.

Wir stiegen zwei Treppenläufe hinauf und erreichten die Tür zur nächsten Etage. Pearce und Zoey reihten sich an der Tür an, und ich ging an ihnen vorbei und zog die Tür auf. Die beiden Beamten gingen voran durch die Tür, und ich folgte ihnen.

Die Beamten waren beide nach Links, in Richtung der zentralen Kreuzung des Stockwerks abgebogen, also ging ich nach rechts. Der Flur mündete gleich nach der Treppenhaustür in einen langen, rechteckigen Raum, der mit mehreren abgeschirmten Arbeitsplätzen gefüllt war. Der Gebäudeflügel wurde von vier Stützpfeilern gehalten und in dem weitläufigen Bereich gab es keine Innenwände. Durch große, gleichmäßig verteilte, quadratische Fenster, die sich über die gesamte Länge der drei Wände des Gebäudes erstreckten, strömte Sonnenlicht in den Raum. Durch die Beleuchtung brauchte ich meine taktische Lampe nicht mehr, also legte ich sie weg und zog stattdessen mein Messer. Wenn irgendwas hinter den würfelförmigen Arbeitsplätzen auftauchen würde, müsste es aus nächster Nähe bekämpft werden.

Ich überprüfte kurz jeden Platz, indem ich einen Gang zwischen den Reihen bis zum Ende hinunterging, und dann auf der anderen Seite wieder zurückkehrte. Als ich wieder bei der Treppe war, kamen Pearce und Zoey gerade von ihren Kontrollen in zwei anderen Flügeln zur Hauptkreuzung zurück. Ich schüttelte kurz mit dem Kopf. Hier gab es keine Anzeichen von Monstern.

Nach einer kurzen Überprüfung des letzten Gebäudeabschnitts gingen wir zurück zum Treppenhaus und stiegen zum nächsten Stockwerk auf, welches wir mit dem gleichen Vorgang ebenfalls räumten. Zehn

Stockwerke über fanden wir keine Lebewesen, aber es gab Hinweise darauf, dass irgendwann einmal etwas in diesem Gebiet gewesen war.

Jede Etage wies zunehmende Schäden auf, und zwischen den Stockwerken fanden wir immer häufiger auftauchende Löcher vor, als hätte sich etwas durch zufällig gewählte Stellen gegraben. Zuerst waren die Löcher Faustklein. Je höher wir hinaufstiegen, desto größer wurden die Löcher, und wir mussten beim Prüfen der Etagen aufpassen, wo wir hintraten.

Die Löcher wurden so groß, dass wir bald durch sie hindurch in die darüberliegenden Stockwerke sehen konnten, und unser Tempo sich verlangsamte. Jede Etage dauerte länger und länger, denn wir mussten stabilen Boden finden und gleichzeitig sicherstellen, dass über uns nichts auf der Lauer lag.

Die Etagen fingen an, ineinander überzugehen, und wir verloren uns in der Monotonie, mit der wir jede Ebene abräumten. Obwohl sich unsere Aufgabe ständig wiederholte, wuchs die Spannung, je höher wir kamen. Wir wussten, dass irgendwo in dem Gebäude eine Bedrohung lauerte, und dass wir sie nur noch nicht gefunden hatten. Aber früher oder später würden wir auf sie stoßen.

Im sechzehnten Stock hatte ich gerade eine Reihe von Verwaltungsbüros voller Aktenschränke inspiziert, als ich einen Schrei und darauffolgende Schüsse hörte. Ich raste zur Mitte des Turms. Pearce rannte über die Kreuzung, bevor ich sie erreichen konnte, und verschwand in Richtung der Kampfgeräusche. Sekunden später hörte ich die Entladung seines Elektroschlagstocks, und ich bog im Laufschritt um die Ecke, um mich dem Kampf anzuschließen.

Mir fiel als erstes auf, dass Zoey kopfüber von der Decke hing.

Ein mit Widerhaken versehener Tentakel, der so dick wie mein Handgelenk war, hatte ihr Bein umschlungen und versuchte, sie durch ein Loch im Boden des darüberliegenden Stockwerks zu ziehen. Zoey stützte sich mit ihrem freien Bein neben dem Loch ab, um zu verhindern, dass das umwickelte Bein hindurchgezogen wurde, während sie mit ihrer Pistole auf die orangefarbene Gliedmaße schoss.

Pearce sprang mit einem Schrei auf und schlug mit seinem Schlagstock auf den Tentakel ein. Es war derselbe Schrei, mit dem er in unseren früheren Kämpfen die Aufmerksamkeit der Feinde auf sich gelenkt hatte. Hier schien es jedoch keine Wirkung zu haben, und der Tentakel blieb fest um Zoey gewickelt. Der Stromschlag von Pearces Schlagstockangriff ließ jedoch die Gliedmaße erzittern. Zoey schrie auf, als der Strom durch das Monster zu ihrem Bein wanderte.

„Schock mich nicht", schrie Zoey, die Zähne vor Schmerz und Anstrengung zusammengebissen, während sie gegen den Tentakel zog, der ihr Bein durch den Spalt in der Decke zu reißen drohte.

„Mein Schmähruf hat nicht funktioniert", rief Pearce mit einem Blick auf mich. „Die eigentliche Kreatur muss außer Reichweite sein."

„Bin schon dabei." Ich nickte und eilte zum Treppenhaus. Das Monster war nie als roter Punkt auf meinem Tracker erschienen, also musste es mindestens zwei Stockwerke über uns sein.

Ich kletterte die zwei Stockwerke hinauf und stieß die Tür so heftig auf, dass sie fast aus den Angeln flog. Mit erhobener Pistole rannte ich zur Stelle, an der sich Zoey unter mir widersetzte. In diesem Hochhausflügel erwartete ich ein Monster.

Jedoch war da kein Monster. Stattdessen reichte der orangefarbene Tentakel vom Boden bis in ein weiteres Loch in der Decke. Der Bereich hier war größtenteils leer, nur ein paar Kisten und verstreute Trümmer lagen im Gebäudeabschnitt herum und gaben den Anschein, als wäre ein unordentlicher Vormieter ausgezogen.

Ich knurrte und packte meine Pistole in meinen Ausrüstungsstauraum, während ich mit der freien Hand die Axt aus der Scheide an meinem Rücken zog. Als ich den Tentakel erreichte, stützte ich mich ab und schwang die Axt mit voller Wucht in die mit Widerhaken versehene Gliedmaße. Der Axtkopf schnitt sich, mit einem widerlichen Quietschen und kaum Widerstand, vollständig durch den Tentakel. Grünes Sekret spritzte aus dem abgetrennten Körperteil, und der untere Abschnitt fiel durch das Loch im Boden.

Zwei Stimmen kreischten kurz auf, gefolgt von einem heftigen Aufschlag. Bei der Vorstellung davon, wie Zoey auf Pearce fiel, musste ich glucksen.

Der obere Teil des abgetrennten Tentakels schwang auf mich zu, und ich schlitzte die Wunde mit meinem Messer auf. Ich wendete Zerreißen auf die Attacke an und bemerkte sofort, dass der Fluss grünen Sekrets aus der Wunde zunahm.

Die Decke rumpelte, und eine Trümmerwolke explodierte über mir, als zwei weitere Tentakel nach unten stießen und nach mir peitschten. Die Stacheln an den Enden der Fühler gruben sich in den Boden, während ich zwischen ihnen tänzelte und auswich. Zum Glück gab es in dieser offenen Etage keine umzäunten Arbeitsplätze, die meine Bewegungen behinderten.

Ich lief um die Stützpfeiler, nutzte sie, um das Tentakel-Trio daran zu hindern, mich zu fangen und drehte mich zurück auf meinen vorherigen Weg um. Die Gliedmaßen waren durch den Bereich gespannt und um die Säulen gewickelt. Als ich die Tentakel angriff, tat ich das aus guter Entfernung zu den beiden gezackten Widerhaken an ihren Spitzen. Der abgetrennte Tentakel war wieder in sein Loch verschwunden, und ich hackte und stach auf die verbliebenen Gliedmaßen ein.

Diese beiden Tentakel waren dicker, schneller und widerstanden meinen Angriffen viel besser als der erste. Mit ihren Spitzen im Schlepptau landete ich ein paar Treffer, schwankte dann herum, um mir genug Platz zu verschaffen, und griff die gleiche Stelle erneut an. Die beiden Tentakel erwischten mich mit mehreren Hieben, die meinen Jumpsuit zerrissen und meine Gesundheit reduzierten. Jedoch gelang es keinem von ihnen, mich zu umwickeln, wie es bei Zoey gelungen war.

Schüsse vom Zwischengeschoss bei der Treppe zeigten mir, dass Pearce und Zoey endlich aufgeholt hatten.

„Der Körper ist nicht hier!“, schrie ich. „Geht eine Etage höher!“

Die Schüsse verstummten, und ich konzentrierte mich darauf, den Tentakeln auszuweichen und sie zu treffen, wann immer ich konnte.

Es dauerte mehrere Minuten, bis ich schließlich einen der dickeren Tentakel vollständig durchtrennt hatte. Mit nur einem Tentakel als Gegenüber, konnte ich diesen direkter bekämpfen. Die Spitze des Fühlers endete in einem gezackten Stachel, der so lang war wie meine Hand. Er hielt meinen Angriffen stand, aber direkt neben dem gehärteten Material befand sich gummiartiges, orangefarbenes Fleisch, das sehr wohl Schaden durch meine Waffen nahm.

Abwechselnd parierte ich den Stachel mit der Klinge meines Messers und der scharfen Schneide des Axtkopfes, wobei ich jedes Mal, wenn ich einen Schlag abwehrte, die freie Waffe benutzte, um Treffer zu landen. Ich hatte den Tentakel fast durchtrennt, als plötzlich die gesamte Gliedmaße erschlaffte.

Ich stand einen Moment lang wachsam da und wartete darauf, dass sich das Monster wieder bewegte, bevor mir klar wurde, dass Pearce und Zoey den Körper der Kreatur irgendwo oben getötet haben mussten.

Ich machte mich auf den Rückweg zum Treppenhaus. Erst drei Stockwerke höher fand ich die Polizisten.

Schüsse und Stromstöße hallten aus dem Stockwerk – sie kämpften also immer noch gegen etwas, aber es klang, als hätten sie es im Griff.

Ein Schimmer einer Idee keimte in mir auf. Anstatt mich in den Kampf zu stürzen, spähte ich vorsichtig aus dem Treppenhaus. Ich konnte nur den leeren Eingangsbereich des Stockwerks sehen, und es klang, als würde der Kampf in einem der Flügel um die Ecke stattfinden.

Die abgelenkten Beamten konnten meine Chance sein, den kalten Krieg zwischen den Goblins und der von den Krym'parke unterstützten Polizei anzuheizen.

Ich schlüpfte aus dem Treppenhaus und ging zur Tür, die zum gegenüberliegenden Treppenhaus führte. Es war das nordöstliche Treppenhaus, das wir bisher vermieden hatten. Ich zog ein Gerät aus meinem „Genau das richtige Werkzeug"-Stauraum – ein weiteres der coolen System-Items, die ich für meine Rückkehr zur Kopfgeldjagd gekauft hatte.

Kakofonie Ablenker IV

Dieser fernaktivierte Geräuschmacher erzeugt eine Vielzahl von programmierbaren Tönen in einem breiten Spektrum hörbarer Frequenzen.

Der Geräuschmacher war ein grauer, rechteckiger Block und so groß wie mein Zeigefinger. Ich stellte den Ablenker so ein, dass er das Geräusch der zufallenden Tür imitierte, und klebte das Gerät an die Unterseite des Türgriffs.

Dann rief ich die Details eines Zaubers auf, den ich zur gleichen Zeit wie meine Kopfgeldjägerausrüstung gekauft hatte, ohne ihn bisher verwendet zu haben.

Geringere Verkleidung (I)

Wirkung: Erzeugt eine Illusion auf dem Ziel des Zaubers und verändert dessen Aussehen. Die Wirksamkeit ist umso höher, je vertrauter der Zauberwirkende mit der Form der gewünschten Verkleidung ist. Der Zauber verleiht keine Fähigkeiten oder Eigenheiten der gewünschten Form und verändert auch nicht die wahrgenommenen hörbaren oder fühlbaren Eigenschaften des Ziels.
Preis: 75 Mana plus 10 Mana pro Minute, um die Illusion aufrechtzuerhalten

Mit Stirnrunzeln las ich die Beschreibung des Zaubers erneut. Ich musste mit dem Ziel vertraut sein, und ich musste die Details richtig hinbekommen.

Ich rief meinen Inventarstatus auf und wischte am „Genau das richtige Werkzeug"-Abschnitt mit Ausrüstung und Waffen vorbei. Stattdessen schaute ich durch den Abschnitt für die Kühlkammer und verbrachte mindestens eine Minute damit, eine der Leichen zu studieren, und mir jedes Detail einzuprägen. Ich schaltete den Statusbildschirm aus und konnte hören, dass der Kampf immer noch im Gange war.

Als ich den Zauber sprach, sank mein Manastand. Mein Körper wurde durchscheinend, dann völlig unsichtbar und ich hatte das plötzliche Gefühl von Entfremdung. Ich schaute nach unten, und auf Höhe meiner Hüften sah ich einen Goblin, der ebenfalls nach unten schaute. Ich bewegte meinen Kopf von einer Seite zur anderen, und die Illusion machte meine Bewegungen mit.

Die Kampfgeräusche aus dem Flur verstummten, und ich zog die Yeet Cannon der Goblins aus meinem Inventar. Diese Waffe hatte ich neben der Goblin-Gestalt gefunden, die ich nun nachahmte. Ich vergewisserte mich, dass die winzige Waffe geladen und schussbereit war, auch wenn mein Zeigefinger kaum durch den Abzugsbügel passte. Ich hob die Pistole, und der illusorische Goblin an meiner Hüfte, der nun mit einer entsprechenden Waffe bewaffnet war, richtete sie in dieselbe Richtung.

Ich war zufrieden mit meinen Vorbereitungen. Magisch verschleiert, schlich ich in den Eingangsbereich und spähte um die Ecke.

Pearce und Zoey kämpften sich durch weitere leere Räume, die mit einem Gewirr von Tentakeln gefüllt waren – die meisten davon schlaff und unbeweglich. Endlich erblickte ich den Hauptteil einer der Kreaturen, gegen die wir gekämpft hatten, wobei nur noch ein einziges Monster im Nest stand.

Tentakelgrabscher (Level 29)

HP: 126/626

Das orangehäutige Ungetüm humpelte rückwärts auf vier kurzen, stämmigen Beinen, die mich an ein Nashorn oder ein Flusspferd erinnerten. Die Kreatur hatte keinen Kopf und nur einen großen, mit Zähnen besetzten Schlund in der Mitte des vorderen Rumpfes. Ein dicker Tentakel ragte aus einem Schultergelenk auf jeder Seite des dicken Körpers über den Vorderbeinen. Sie wich von den unerbittlichen Angriffen der Polizisten zurück und schleppte dabei eines der Vorderbeine leblos hinter sich her.

Das Monster war ein Lauerjäger, der seine Beute mit den langen Tentakeln einfing und hilflos festhielt, während die Opfer in die Schlundhöhle verfüttert wurden. Nur gab es diesmal keine hilflose Beute. Während ich die Szene aufnahm, gab Zoey Feuerschutz durch Strahlenwaffenbeschuss, während ihr Partner attackierte. Pearce nutzte die Unterstützung und sprang über den Körper einer gefallenen Kreatur auf das letzte Monster zu, wobei sein Schlagstock für einen mächtigen Überkopfschlag erhoben war.

Während die beiden Beamten mit dem Monster beschäftigt waren, richtete ich die Pistole des Goblins auf Zoey und eröffnete das Feuer. Sechs Schüsse krachten aus der Waffe, verteilt über ihren Rücken, wobei ich mit meinem ersten und letzten Schuss absichtlich verfehlte.

Zoey drehte sich zu mir und machte ein überraschtes Gesicht, als sie den Goblin-Schützen sah. Ich gab einen weiteren Schuss auf ihre Brust ab, bevor Sie das Feuer erwiderte. Der Strahl ihres Schusses verkohlte die Wand neben mir, und ich duckte mich um die Ecke zurück.

Sobald ich außer Sichtweite war, ließ ich die winzige Goblin-Pistole fallen und löste gleichzeitig die Magie von Geringere Verkleidung auf. Die Illusion des Goblins verschwand und meine eigene Gestalt war nun sichtbar. Ich schlug in Hüfthöhe gegen die Trockenbauwand, die unter meiner Faust zerbröselte. Aus meiner Kühlkammer nahm ich den Leichnam des Goblins mit dem zertrümmerten Schädel, und rammte den Kopf des gebrochenen Körpers in das Loch, das ich gerade in die Wand geschlagen hatte. Blut und Hirn durchtränkten die zerschmetterte Rigipsplatte, und ich ließ die Leiche auf den Boden sinken.

Ich hörte keine Kampfgeräusche mehr, dafür kamen Schritte hinter der Ecke auf mich zu. Ich schnippte die Pistole mit meiner Stiefelspitze von der Leiche weg. Die Waffe schlitterte über den Boden, sichtbar für alle, die zu mir stürmten.

„Alles klar bei euch?", rief ich.

Einen Moment später kam Zoey mit Pistole im Anschlag um die Ecke. Die Polizistin sah mich, blieb überrascht stehen und schaute dann auf die Goblinleiche. Ihr Blick fiel auf die mit Blutspritzern übersäte Wand. Es war ein klarer Fall und sie ließ ihre Waffe sinken. Sie kniete sich über die Leiche, als wolle sie diese durchsuchen, doch ich aktivierte den Ablenker.

Das Geräusch der sich auf der anderen Seite des Eingangsbereichs schließenden Tür hallte durch die Stille. Ich zog eine Pistole und wandte mich dem Geräusch zu. Wie erwartet war nichts zu sehen, und ich schaute zurück zu Zoey. Die Beamtin kniete immer noch neben der Goblinleiche, hatte jetzt aber ihre Waffe auch auf das hintere Treppenhaus gerichtet, und erwiderte meinen Blick.

„Da ist noch ein Goblin", flüsterte Zoey.

„Schon dabei", rief ich und raste zur Tür.

Mein Körper versperrte Zoey die Sicht auf die Tür, und ich schlüpfte den Ablenker vom Griff und zurück in mein Inventar, während ich die Tür aufriss und ins dunkle Treppenhaus stürmte.

Bis jetzt schien mein Plan zu funktionieren, aber der gefährlichste Teil fing erst an. Je nachdem, wie schnell mir die beiden Polizisten folgten, konnte die Täuschung noch auffliegen.

Ich rannte mit meiner Taschenlampe auf voller Helligkeit das Treppenhaus hinunter und lauschte nach Geräuschen von oben oder unten. Wir hatten dieses Treppenhaus nicht geräumt, also war es möglich, dass dort etwas lauerte.

Ich hatte etwa ein halbes Dutzend Stockwerke hinter mir, als ich Bewegung von oben hörte. Stiefel stampften durch das Treppenhaus. Es klang, als würden Pearce und Zoey versuchen, aufzuholen.

Da ich mit voller Geschwindigkeit rannte, war der Weg nach unten deutlich rascher zurückgelegt als der Aufstieg, und nach kurzer Zeit befand ich mich im Erdgeschoss. Anstatt das Treppenhaus zu verlassen, lief ich ein Stockwerk weiter zur Tiefgarage. Ich sprintete aus dem Treppenhaus hinaus, an den Aufzügen vorbei, direkt zur Parkfläche.

Ich hatte nicht viel Zeit.

Ich holte das Motorrad der Goblins aus meinem Inventar und wurde skeptisch, als ich das verbogene Vorderrad im Licht meiner Taschenlampe untersuchte. Es würde niemals als fahrtüchtig durchgehen.

Ich drehte das Motorrad in Richtung Garagenausfahrt und kippte das Fahrzeug auf die Seite. Nun sah es aus, als hätte ich es umgeworfen, um den Fahrer an der Flucht zu hindern. Ich zog die zweite Goblinleiche aus meinem Inventar und legte sie hinter das Motorrad. Bei oberflächlicher Betrachtung bot dies den Eindruck, dass ich mich auf den Goblin gestürzt und dabei das Motorrad umgeworfen hatte.

Dann setzte ich mich auf die Leiche, zog mein Messer und führte die Klinge im Schnitt durch seine Brust. Diese war nun in zwei Teile zerlegt und die Waffe mit Blut besudelt.

Gerade als ich fertig war, hörte ich, wie die Tür hinter mir aufgerissen wurde. Ich richtete mich auf und drehte mich den Geräuschen zu. Als Pearce und Zoey ankamen, schnappten sie nach Luft, da ihre Konstitution der Verfolgung nicht gewachsen war. Vor sich fanden sie mich, das kaputte Motorrad und das Blut, das von meinem Messer tropfte.

Ich grinste düster. „Wie gesagt – ich mag keine Goblins."

Ich bückte mich und wischte meine Klinge an der Leiche zu meinen Füßen ab.

„Das kann ich sehen", sagte Pearce, als er wieder zu Atem kam.

Ich steckte mein Messer in die Scheide und trat gegen die Leiche. „Wenn sie schon anfangen, auf offener Straße anzugreifen, könnte es schlimmer sein, als ich dachte."

„Wir müssen die Gefängnisdirektorin informieren." Pearce runzelte die Stirn.

„Macht das", sagte ich. „Bestimmt gehören diese Goblins zu der Gruppe im Casino, aber ich werde sie von hier aus zurückverfolgen und sehen, was ich in Erfahrung bringen kann."

Zoey richtete das Motorrad auf und bemerkte das verbogene Vorderrad.

„Was für ein Schrott", sagte Zoey abschätzig und trat gegen das Rad, was es nur noch mehr verbog.

„Lass es", sagte Pearce. „Wir müssen los. Sehen wir uns später im Gerichtsgebäude, Hal?"

„Bis später im Gerichtsgebäude." Ich nickte, und die beiden Beamten gingen zurück zum Treppenhaus.

Ich ging in die entgegengesetzte Richtung zur Ausfahrt der Tiefgarage. Das Licht meiner taktischen Taschenlampe wies mir den Weg.

Kapitel 26

Als ich die Tiefgarage verließ, fiel die späte Nachmittagssonne auf die leicht ansteigende Tunneleinfahrt. Die Gasse weitete sich, bevor sie abrupt auf Straßenhöhe endete, und ich befand mich auf dem Fort Duquesne Boulevard.

Ein Trümmerhaufen auf der Straße zu meiner Linken lockte meine Neugierde und ich warf einen weiteren Blick auf das teilweise eingestürzte Gebäude. Etwas unglaublich Großes hatte sich durch den Vordereingang gegraben.

Ich zuckte zusammen, als ich die Trümmer untersuchte und erkannte, dass die Zerstörung hier durch mich verursacht worden war. Hier hatte mich der Jabberwock in die Wohngebäude verfolgt, und hier hatte ich Glück mit der Spezialmunition für mein Hybridgewehr gehabt.

Wie die meisten beschädigten Gebäude in der Stadt, würden auch diese weiter verfallen, bis jemand sie im System für sich beanspruchte. Wenn ich mich richtig erinnerte, mussten die Bewohner etwa 80 % der Gebäude in einem Gebiet besitzen, damit eine stadtweite Sichere Zone möglich wurde, und Monster nicht mehr spawnen konnten.

Ich schüttelte den Kopf. Meine Entscheidung stand fest. Ich hatte mich bereits für einen Weg entschieden, aber diese Erkenntnis festigte meinen Entschluss umso mehr. Anwohner, die es sich nicht leisten konnten, in den Shop zu gehen, wurden von den Gribbari ausgenutzt. Ich hatte für die Goblins und ihre ausbeuterischen Praktiken nichts übrig, aber sie investierten in die Stadt und bauten ihre Geschäfte aus. Irgendwann würde ihr Gebiet so groß sein, dass sich diese Sichere Zone manifestieren würde, und die Bürger nicht mehr den Gefahren der spawnenden Monster ausgesetzt wären.

Es schadete auch nicht, dass dieser Pfad mir erlaubte, eine Quest abzuschließen, die erhebliche Belohnungen in Form von Credits und Erfahrung mit sich brachte. Mindestens eine Quest. Mit etwas Risiko hatte ich die Chance auch eine zweite abzuschließen.

Ich wandte mich von den zerstörten Wohnhäusern ab und machte mich auf den Weg. Es waren ein paar Fußgänger unterwegs, aber je weiter ich ging, desto weniger Leuten begegnete ich.

Ich achtete nur zur Hälfte auf meine Umgebung, rief meine Kartenoberfläche auf und zoomte heraus, bis die gesamte Innenstadt angezeigt wurde. Ein leuchtender Punkt bewegte sich immer weiter von mir weg nach Süden. Der Peilsender am Wolverine zeigte mir den Standort des Fahrzeugs auf meiner Karte, während es zum Gerichtsgebäude raste. Ich war mir ziemlich sicher, dass Pearce und Zoey mir meine Täuschung abgekauft hatten, und der Tracker bestätigte, dass sie nicht in der Nähe geblieben waren, um mich im Auge zu behalten.

Zwei Blocks weiter bog ich nach Norden ab und überquerte die Roberto-Clemente-Brücke über den Allegheny River. War es erst gestern Morgen gewesen, als ich die Brücke nach Süden überquert hatte?

Auf der anderen Seite des Flusses schritt ich von der Straße, drehte mich um und beobachtete den Strom des Fußverkehrs auf der Brücke. Niemand schien mir besonders viel Aufmerksamkeit zu schenken, aber ich wollte unbedingt sichergehen, dass mir niemand zurück ins Casino folgte. Nach einigen Minuten Beobachtung ging ich wieder auf die Straße und am Stadion vorbei. Ich bog in die nächste Straße links ab und überquerte mehrere Parkplätze, die von den benachbarten Stadien gemeinsam genutzt wurden. Meine längere Route nach Westen sollte eventuellen Beobachtern hoffentlich mein Ziel verschleiern.

Als ich das Casino erreichte, ging ich zum Haupteingang, wo eine Schlange von Leuten darauf wartete, den Tauschhandelsplatz hinter dem Tor zu betreten. Um diese Zeit am späten Nachmittag hatten die Jäger ihr Inventar in der Regel bis zum Rand gefüllt und wollten die Ausrüstung auf dem von den Goblins kontrollierten Markt loswerden.

Ohne Zwischenfälle kam ich durch das Tor und am turbulenten Handelsplatz vorbei und stand am eigentlichen Casino. Die Wächter an der Eingangstür ließen mich durch, nachdem sie mich von früheren Besuchen erkannten. Drinnen blieb ich an der Sicherheitskontrolle stehen und versuchte, mich beim nächstbesten Wächter bemerkbar zu machen. Der Goblin saß in einem hohen Stuhl am Schalter neben dem Kontrollpunkt. Seine Füße waren auf dem Tisch, und er las ein Info-Display.

„Ich suche Meqik", sagte ich, als der gelangweilte Goblin mich endlich bemerkte.

Der Goblin musterte mich misstrauisch. „Was willst du denn von Meqik?"

„Ich habe Informationen für ihn."

„Sag mir, was du hast, ich geb's weiter."

„Nein. Aber Meqik und der Handelsbaron werden von mir erfahren, warum sie ihre angeforderten Informationen mit Verzögerung erhalten."

Der Goblin machte große Augen und richtete sich auf. „Komm, komm."

Der Goblin sprang vom Stuhl, und ich folgte ihm durch das Casino, bis wir einen Flur erreichten, der zu einer Reihe von Büros im hinteren Teil des Gebäudes führte. Der Wachmann führte mich bis zum Ende des Flurs und klopfte an eine ungekennzeichnete Tür.

Die Tür schwang auf und gab den Blick auf ein gut ausgestattetes Büro frei, in dem der Concierge im hinteren Bereich an einem Schreibtisch saß.

Meqik winkte mich in den Raum, dann legte er den Kopf schief und starrte den Wächter an, der mir hineingefolgt war. Dieser gaffte auf die verschiedenen Dekorationen im Büro und bemerkte den Blick, den Meqik auf ihn gerichtet hatte, überhaupt nicht. Nach kurzer Zeit offenbarte dieser intensive Blick Anzeichen seiner Verärgerung.

„Äh-häm." Meqiks Augen funkelten.

Endlich sah der Wächter zum Concierge. „Ja, Chef?"

„Raus mit dir!", forderte Meqik.

Der Wachmann musste sich angesichts des wütenden Gesichtsausdrucks des Concierge erst mal fassen und verließ dann fluchtartig das Zimmer. Die Tür schwang hinter dem fliehenden Wächter zu, und Meqik stieß einen Seufzer aus.

„Fähiges Personal ist so schwer zu finden", jammerte der Goblin. „Ich hoffe, Sie bringen gute Neuigkeiten."

„Zumindest bringe ich überhaupt Neuigkeiten." Ich zuckte mit den Schultern. „Ich habe die Waffenlieferanten gefunden."

„Lassen Sie hören." Meqik verschränkte die Hände unter seinem Kinn und lehnte sich über den Schreibtisch zu mir.

„Es gibt eine Gruppe gut ausgerüsteter Aliens, die sich im Allegheny County Jail verschanzt haben", war der Anfang meines Berichts.

Als nächstes beschrieb ich das Erscheinungsbild der Krym'parke und das auf dem Gefängnisdach geparkte Luftfahrzeug, ohne dabei den Namen der Alien-Spezies zu nennen. Ich wollte unbedingt den Goblins gegenüber verheimlichen, wie viel ich über die Krym'parke wusste und wie nahe ich an ihre Aktivitäten herangekommen war.

„Die Aliens scheinen Überlebende der örtlichen menschlichen Polizeikräfte als ihre Vollstrecker und ihr Vertriebsnetz zu verwenden", war der Abschluss meines Berichts.

Meqik nickte. Seine Finger formten ein Dreieck unter seinem spitzen Kinn, und er saß einen Moment lang schweigend da. „Vielen Dank. Das war ein ausgezeichneter Bericht. Jetzt haben wir ein Ziel vor Augen, mit dem wir uns auseinandersetzen müssen."

Meqik winkte mit seiner Hand in einer komplizierten Geste, und eine Mitteilung erschien vor mir, die ich in aller Ruhe durchlas.

Quest abgeschlossen!

Du hast den Lieferanten der geheimnisvollen Waffen erfolgreich ausfindig gemacht und das Goldkragen-Kartell über den Standort der Quelle informiert.
Optionales Ziel nicht erreicht; es werden keine zusätzlichen Belohnungen gewährt.
15.000 Credits und 10.000 EP erhalten. +100 Ruf beim Goldkragen-Kartell.

Ich nickte dem Goblin-Concierge zum Dank zu.

„Wenn Sie mich entschuldigen würden, ich habe Pläne vorzubereiten", sagte Meqik.

„Gewiss", antwortete ich. „Nochmals danke für die Quest."

Der Concierge griff nach einem Elfenbein-und-Gold-Telefon und erteilte Befehle mit seiner schrillen Stimme, die ich hören konnte, selbst, nachdem die Bürotür hinter mir zufiel. Ich verließ den Korridor der Casinobüros und ging zum Shop hinüber.

Ich hatte es lediglich darauf abgesehen, Munition und Verbrauchsmaterialien aufzufüllen, musste aber auch beschädigte Teile meiner Ausrüstung ersetzen oder reparieren. Das betraf vor allem die gepanzerten Jumpsuits, die im Laufe meiner Abenteuer mit Schlitzen und Löchern versehen worden waren, aber auch meine Nahkampfwaffen hatten niedrige Haltbarkeitswerte, und ich musste sie ersetzen oder aufrüsten. Außerdem wollte ich mir ein paar zusätzliche Ersatzwaffen zulegen, da ich nun sowohl die Credits als auch den Platz durch „Genau das richtige Werkzeug" zur Verfügung hatte.

Am Kassenfenster warteten diverse Aliens und einige gut gekleidete Menschen mit Behältern voller Casino-Chips, aber vor dem Shop gab es keine Schlange. Ich ging zum Kristall und legte meine Hand drauf, woraufhin ich in den Shop teleportiert wurde.

„Willkommen zurück, Abenteurer Mason", begrüßte mich Ryk einen Moment später.

„Vielen Dank, Händler Ryk", antwortete ich. „Schön, Sie wiederzusehen."

„Das sagen Sie doch nur, weil Sie etwas loswerden möchten." Der Händler kniff misstrauisch seine Augen zusammen.

Ich grinste zur Antwort und Ryk zeigte zum Stasis-Tisch, auf dem ich normalerweise meine Monsterteile zwecks Tauschhandel ablud.

„Gibt's einen größeren Tisch?", fragte ich.

Ryk hob eine Augenbraue und behielt gleichzeitig das vorgetäuschte Misstrauen bei, auch wenn mir klar war, dass es nur als Schauspiel gemeint war. Nachdem er seinen Blick einige Sekunden lang gehalten hatte, gab er mir zu verstehen, ihm zu folgen. Eine Tür war aus dem Nichts an einer Wand erschienen, die Sekunden zuvor noch leer gewesen war. Er führte mich hindurch.

Als ich in den Raum trat, sank die Temperatur deutlich ab, und ein Energiefeld kribbelte auf meiner Haut. Eine sehr hohe Decke mit freiliegenden Metallbalken bot die Atmosphäre eines Lagerhauses. Der glatte Boden war leicht angewinkelt und führte zu einer Reihe von Abflüssen, die in einer Linie mitten im großen Raum verliefen.

„Ist das groß genug?", fragte Ryk, während er zur Seite trat und mir erlaubte, den Raum zu untersuchen.

„Das passt." Ich rief den Kadaver des Hartpanzerschnappers aus meiner Kühlkammer.

Als das tote Monster direkt vor ihm materialisierte und mit einem Platsch schlaff zu Boden fiel, sprang Ryk zurück. Der Händler funkelte mich erneut an, und mit einem Kichern zog ich weitere tote Monster aus dem erweiterten System-Lager. Als ich die Kühlkammer letzten Endes vollständig geleert hatte, bedeckten tote Monster den Boden des großen Raums, und ihr Blut tropfte durch die Gitter des Abflusssystems.

„Du warst fleißig", kommentierte Ryk.

„Die Erde ist eine Dungeonwelt." Ich gab ein Achselzucken von mir. „Jede Menge Monster zum Niedermetzeln."

Wir feilschten kurz um die Kadaver. Am Ende nahm ich ein Angebot an, das geringfügig über Ryks Anfangsgebot lag, aber weit unter meinem Gegenangebot war. Ich missgönnte es dem Händler allerdings nicht allzu sehr, denn die Kühlkammer verschaffte mir enormen Vorteil, was das Sammeln von Credits anging, und ich wollte Ryks bisheriges Wohlwollen nicht ausnutzen.

Sobald der Tausch sich in meinem Credits-Guthaben widerspiegelte, machte ich mich daran, dieses mithilfe von Einkäufen im Shop wieder zu senken. Als erstes stockte ich meine Munitionsvorräte auf. Ich hatte nicht gerade viele Granaten oder Minen benutzt, da ich meine gesamte Sammlung an Waffen und Fähigkeiten verheimlichte, also brauchte ich keine weiteren zu kaufen.

Bei meinen niedrigstufigen Jumpsuits erwies es sich als kosteneffizienter, die Fetzen zum Recyceln an den Hersteller zurückzuverkaufen, anstatt sie reparieren zu lassen.

Ich schaute mir Rüstungen mit Selbstreparaturfunktion an und zuckte bei Angesicht der Kosten zusammen. Ich kaufte einen selbstreparierenden Jumpsuit und mehrere deutlich billigere Einweg-Varianten.

Ansonsten legte ich mir nur noch eine Sache zu: Ein Hybridgewehr der nächsten Stufe. Das Gewehr war in allen Kämpfen, an denen ich bisher teilgenommen hatte, eine meiner effektivsten Waffen gewesen, also machte es Sinn, sie aufzurüsten.

Banshee II Gauss Hybridgewehr

Grundschaden: -- (je nach Munition)

Munitionskapazität: 18/18

Akkukapazität: 40/40

Nachladerate: 8 pro Stunde pro GME

Preis: 15.100 Credits

Im Anschluss suchte ich nach Nahkampfwaffen, die nicht an Haltbarkeitsgrenzen gebunden waren, fand jedoch nur eine begrenzte Anzahl wahnsinnig teurer Waffen. Das kam mir schräg vor, also wandte ich mich an den Händler, der diskret auf der einen Seite wartete.

„Hey, Ryk, warum gibt es kaum Waffen ohne Haltbarkeitswert?", fragte ich.

„Nur beschworene oder seelengebundene Waffen haben keine Haltbarkeitswerte, da sie vorübergehende Manakonstrukte sind, die sich jedes Mal erneuern, wenn sie gezogen werden", erklärte der Händler. „Meistens werden diese Waffen mit Hilfe einer Klassenfertigkeit von einer gewöhnlichen Version aus umgewandelt. Gleichzeitig sind die Waffen, die nicht solch einen Ursprung haben, selten und teuer."

„Das ist also der Grund, warum alle in der Liste einzigartig klingende Namen haben?"

„Das stimmt", sagte Ryk. „Jede dieser Waffen wurde von einem Meister-Level-Waffenschmied von Hand gefertigt, sodass es keine gleiche gibt. Selbst wenn der Schmied dasselbe Verfahren anwendet, wird das Werk unterschwellig abweichend sein."

Nach dieser Erklärung gab ich es auf, eine Waffe ohne Haltbarkeit in meiner Preisklasse zu finden und entschied mich stattdessen für Nahkampfwaffen der Stufe III. Die Waffen in meinen Scheiden waren inzwischen auf einstellige Haltbarkeitswerte gesunken, und ich nahm eine Axt und mehrere Messer als Ersatz.

Schließlich fügte ich meinem Bestand einen neuen Zauberspruch hinzu. Frostbolzen ergänzte meinen geschmeidigen Kampfstil: Er verlangsamte Gegner und hielt sie auf Distanz, während sie noch weit entfernt waren. Wenn jedoch ein Feind in nahe Reichweite kam, bevor ich Frostbolzen oder Hindern einsetzen konnte, brauchte ich etwas, mit dem ich das Scharmützel unterbrechen und die Entfernung wieder anpassen konnte.

Ich musste nur wenigen Minuten lang Beschreibungen verfügbarer Zaubersprüche lesen, bis ich einen fand, der meinen Bedürfnissen entsprach.

Frostnova (I)

Wirkung: Erzeugt einen Frostring aus dem Mana des Benutzers, der in einem 3-Meter-Radius um ihn herum nach außen schießt. Der Ring verursacht 12 Eisschaden und kann Feinde mit einem Einfriereffekt treffen, der sie bis zu 8 Sekunden lang an Ort und Stelle festhält. Abklingzeit 30 Sekunden.
Preis: 50 Mana.

Der Zauberspruch erfüllte alle meine Anforderungen. Es war ein auf mich selbst gerichteter, sofort ausgeführter Zauber, der Feinde auch dann erwischen würde, wenn sie mir zu nahe kamen, hinter mir standen, oder wenn ich von mehreren Feinden bedroht wurde. Ich kaufte den Zauberspruch, und konnte spüren, wie das magische Wissen mein Gehirn erfüllte.

Außerdem kaufte ich die nächste Stufe des Frostbolzen-Zaubers, die sowohl den Schaden als auch den Verlangsamungseffekt erhöhte.

Nachdem ich einen großen Teil meiner Credits ausgegeben hatte, und mich zurück auf den Weg ins Casino machte, nahm ich mir die Zeit, meine Benachrichtigungen zu lesen. Neben den üblichen Hinweisen auf gewonnene Erfahrung für das Töten von Monstern, gab es eine, die meine Aufmerksamkeit erforderte.

Levelaufstieg!

Du hast Level 17 als Gnadenloser Jäger erreicht. Wertepunkte werden automatisch verteilt. Du kannst 2 Gratis-Attributpunkte und 1 Klassen-Fertigkeitspunkt verteilen.

Mit all den Monstern, die ich in den letzten vierundzwanzig Stunden getötet hatte, war ich fast auf Level 18, aber noch nicht ganz. Ich würde mich mit dem zufrieden geben müssen, was da war. Die beiden freien Punkte wies ich wieder meinen niedrigsten Attributen zu: Stärke und Willenskraft. Damit war meine Stärke insgesamt auf 35 und meine Willenskraft auf 34 gestiegen.

Die gesteigerte Willenskraft erhöhte meine Manaregeneration, die durch die permanente Reduzierung der Klassenfertigkeit Unerbittliche Ausdauer verringert worden war. Die zusätzliche Stärke verbesserte meinen

Nahkampfschaden, was etwas war, worauf ich mich häufiger verließ. Immerhin versuchte ich, weniger Credits zum Auffüllen meiner verbrauchten Munition auszugeben. Jede abgefeuerte Kugel hatte ihren Wert, und wenn ich sie für brenzlige Situationen aufsparen konnte, war ich bereit, mich beim Abstechen von Monstern ein wenig verprügeln zu lassen.

Nach Anpassung der Attribute blieb mir noch ein neuer Klassenfertigkeitspunkt.

Die Verbesserungen, die „Auf der Jagd" durch den zweiten Punkt erfahren hatte, waren nicht schlecht, aber es schien mir vorerst nicht nötig, einen weiteren Punkt zu investieren. Aus dieser Perspektive betrachtet, hatte ich in fast jedem Kampf ein und dieselbe Fähigkeit zu meinem Vorteil eingesetzt. Ich steckte den Punkt in Hindern und hob die Fähigkeit somit auf den zweiten Level an. Die einzige Änderung an der Fähigkeit war, dass die Reichweite leicht erhöht wurde.

Als ich mit meinen Statusmeldungen fertig war, winkte ich Ryk zum Abschied zu. Einen Moment später verschwand der Shop um mich herum und wurde durch die Spielhalle ersetzt, und meine empfindlichen Ohren wurden von ihrem chaotischen Lärm überwältigt.

Schwere Metallrollläden schlossen sich über dem Kassenfenster neben dem Shop und versiegelten den Schalter. Die Goblins eilten chaotisch hin und her, vor allem vom Flur zu den hinteren Büros. Unbewaffnete Goblins rannten aus dem Casino in den Flur und kamen mit Waffen und minderwertigen Rüstungen wieder heraus.

Die Goblins bereiteten sich auf einen Kampf vor.

Ein unglückseliger Goblin rannte aus der hinteren Halle mit einem Gewehr und einem olivfarbenen Stahlhelm, der einem amerikanischen GI an den Stränden der Normandie im Zweiten Weltkrieg gut zu Gesicht gestanden hätte. Der übergroße Helm schaukelte locker auf dem

Goblinkopf herum und rutschte ihm plötzlich vor die Augen. Der geblendete Goblin stolperte sogleich über seine eigenen Füße und knallte mit dem Gesicht auf den Boden. Sein Gewehr purzelte und rutschte quer durch das Casino, bis es zwischen zwei Spielautomaten liegenblieb.

Der Goblin drückte sich wieder auf die Beine, wischte das Blut von seiner gebrochenen Nase und hob den Helm an, um wieder sehen zu können. Dann suchte er verzweifelt nach dem verlorenen Gewehr, wobei er sich mit einer Hand die Nasenlöcher zukniff, um das Nasenbluten zu stoppen. Andere Goblins strömten an dem unglücklichen Goblin vorbei, während er vergeblich nach der fallengelassenen Waffe suchte. Frustriert gab er die flüchtige Suche auf und lief in den Flur zurück.

Kurz darauf tauchte der blutnasige Goblin wieder auf, mit einer neuen Waffe in der Hand. Ich konnte nur den Kopf schütteln, während die Kreatur gemeinsam mit den anderen Goblins davonstürmte, völlig ahnungslos, dass ich Zeuge des ganzen Geschehens geworden war.

Ich überragte die um mich herumschwirrenden Goblins und schlüpfte durch die Menge. Ich lief unauffällig zur Reihe mit den Spielautomaten, vergewisserte mich, dass keiner der Goblins mir Beachtung schenkte und steckte das fallengelassene Gewehr in mein Ausrüstungslager. Niemand hatte meinen kleinen Diebstahl bemerkt, und ich entfernte mich von den Spielautomaten. Ich behielt das Chaos im Auge, und arbeitete mich an der Seite des Casinos durch die Menge bis zum Ausgang vor.

Draußen sah ich, dass auch der Tauschmarkt weitgehend leergefegt war. Nur eine Handvoll Händler waren noch bei der Arbeit, und die wenigen in der Schlange blickten nervös auf das Treiben der Goblins.

Die meisten Tische und Handelsstationen waren von den Fahrbahnen geräumt worden, und zwei große Abschlepptrucks nahmen nun den meisten Raum ein. Die riesigen Fahrzeuge standen im Leerlauf, und das donnernde Geräusch hallte durch den überdachten Handelsplatz. Mehrere Goblins brachten Artilleriegranaten zu den Schleppern. Hinter der an jedem Fahrzeug angebrachten Kanone nahm ein Kranarm die übergroßen Geschosse von den Trägern auf und verstaute sie in einem am Kanonenturm angebrachten Munitionsfach.

Um die Abschlepptrucks herum wurden außerdem mindestens ein Dutzend Motorräder aus Goblin-Produktion vorbereitet. Nur eine Handvoll davon hatte einen Beiwagen, wie das beschädigte Motorrad, das ich in der Tiefgarage zurückgelassen hatte, aber die schiere Anzahl der Fahrzeuge deutete darauf hin, dass die Goblins auf eine Auseinandersetzung vorbereitet waren.

Anders als zu meinen früheren Besuchen, waren die beiden breiten Tore des Fahrwegs zum Handelsplatz jetzt weit geöffnet, um die Schleppertrucks herausrollen zu lassen. Da die Tore offen waren, gab es keine Schlange am Ausgang, und die wenigen Leute, die noch ihre Geschäfte beendeten, hatten es offensichtlich eilig, davonzukommen. Ich schloss mich ihnen an und schlenderte vom Gelände, ohne einen Blick zurückzuwerfen.

Kapitel 27

Die Ereignisse waren in vollem Gange und ich musste schnell handeln.

Spannung lag in der Luft und die Straßen waren erstaunlich leer. Man hätte meinen können, dass die Stadt den bevorstehenden Konflikt irgendwie erahnt hatte und die Menschen sich in sichere Ecken verkrochen hatten.

Es war die Ruhe vor dem Sturm.

Als ich einen Häuserblock vom Casino entfernt war, beschwor ich mein Motorrad mitten auf die Straße und stieg auf. Ich gab Gas, die Reifen quietschten und Gebäude zischten an mir vorbei.

Ich fuhr scharf in die Kurve, und mit jeder Abbiegung streifte mein Knie beinahe den Asphalt. Noch nie war ich so schnell gerast, weitaus schneller, als ich vor dem System je gewagt hatte. Ich genoss das Gefühl in vollen Zügen. Vor der Apokalypse wäre solch rücksichtsloses Fahren der reinste Wahnsinn gewesen, aber meine Attribute lagen jetzt weit über der alten menschlichen Norm. Die Verbesserung meiner Wahrnehmung und Beweglichkeit ermöglichten mir mit einer berauschenden Genauigkeit zu fahren, die es mir erlaubte, das Motorrad und mich selbst an die Grenzen zu treiben.

Ich befand mich in einer Zone, in der nichts zählte, außer meiner Verbindung zum Motorrad und der Verbindung zur Straße.

In diesem Moment wurde mir etwas über mich selbst klar.

Vielleicht waren es die erlebten Konflikte, die Veränderungen, die das System über mich gebracht hatte, oder vielleicht war es das System selbst. Auf jeden Fall hatte ich ein grundlegendes Bedürfnis entdeckt, an meine Grenzen zu gehen und darüber hinaus zu wachsen.

Es gab immer eine weitere Quest zu erfüllen oder einen weiteren Level zu erreichen. Ich verspürte einen Drang, diese Ziele zu erreichen, sie zu übertreffen und stärker zu werden.

Das Licht der untergehenden Sonne waberte im Fluss unter der Clemente Bridge. Das Motorrad schoss in die Innenstadt und ich ließ von der Beschleunigung nach.

Etwas auf meiner Minikarte fiel mir auf, und ich verlangsamte meine Fahrt entsprechend. Der Peilsender am Polizeifahrzeug meldete auf der Karte, dass es sich vom Gefängnis entfernte.

An der Kreuzung der 6th Street und Liberty Avenue bremste ich ab und stützte das Bike mit meinen Füßen. Während der Punkt auf der Karte in meine Richtung fuhr, beobachtete ich teilweise auch die Straßen um mich herum.

Als der Punkt in die Fifth Avenue einbog, überlegte ich mir, vorzugeben, dass ich gerade von der Erkundung zurückkam, um ihnen auf ganz natürliche Weise über den Weg zu laufen. Ich stieg ab, legte das Bike in mein Inventar zurück und joggte über die Kreuzung, dann um den kleinen Triangle Park herum nach Süden und auf die Market Street.

Der Punkt auf der Karte war beinahe bei der Kreuzung links von mir. Ich schritt auf die Fifth Avenue und ein Feuerstoß aus Leuchtspurgeschossen prallte unter meinen Füßen ab. Ich tänzelte sofort zurück. Das Donnern des Waffenfeuers war aus der Richtung des Punktes auf meiner Karte gekommen.

Ich zog mich um die Ecke zurück und duckte mich unter den Fenstern, deren Glas gerade durch die Kugeln zerbarst. Ich hatte einen flüchtigen Blick auf den Ursprung des Waffenfeuers werfen können und verstand meine Fehlkalkulation. Ein zweiter Wolverine fuhr vor dem getrackten vor und brachte mein Timing durcheinander. Offenbar hatte ich den Richtschützen im Führungsfahrzeug aufgeschreckt.

„Feuer einstellen", rief jemand, und der Befehl war sogar über das Dröhnen des Maschinengewehrs hinweg zu hören.

Die Stimme kam mir bekannt vor, aber ich konnte sie nicht sofort zuordnen.

„Kommen Sie heraus", sagte Gefängnisdirektorin Hughes. „Wir werden nicht schießen."

Ich steckte meinen Kopf hinaus, um einen kurzen Blick zu erhaschen, zog mich aber zurück, bevor jemand einen Schuss abgeben konnte, nur für den Fall. Nachdem mein Blick nicht mit Waffenfeuer erwidert wurde, trat ich hervor, weiterhin bereit, sofort in Deckung zu springen.

Diesmal schoss niemand auf mich, und ich ließ mir Zeit, um die Fahrzeuge auf der Straße genauer anzusehen. Die beiden Wolverines führten den Konvoi an, gefolgt von einem stärker gepanzerten vierachsigen Fahrzeug mit einem schnittigen, doppelläufigen Geschützturm. Der erste, größere Lauf war eine Art Kanone, während die Koaxialwaffe eine kleinere Energiewaffe zu sein schien. Obwohl das Fahrzeug die gleiche schwarzgoldene Farbgebung aufwies, überragte das gepanzerte Vehikel die beiden kleineren in der Vorhut. Ich schaute es mir rasch genauer an.

Grizzly Urban Assault Vehicle (Klasse III)

Panzerstärke: Stufe IV

Wenige Sekunden, nachdem ich um die Ecke getreten war, öffneten sich die hinteren Türen des Führungsfahrzeugs, und die Gefängnisdirektorin stieg aus, gefolgt von Jahgg'd, dem Krym'parke, dem ich beim ersten Treffen im Büro der Direktorin vorgestellt worden war.

Pearce rannte schnell neben die Direktorin, und sie trafen mich mitten in der Kreuzung vor dem Konvoi.

„Das tut mir leid, Hal!" Der Sergeant beeilte sich, eine Erklärung abzugeben. „Wir sind ein bisschen nervös nach dem Angriff der Goblins vorhin."

„Verständlich", antwortete ich. „Nichts passiert, ich muss nur vielleicht meine Unterhose wechseln."

Selbst der Alien kicherte auf seine düstere Weise über meinen Scherz. Weiter Beamte schlossen sich unserer Versammlung auf der Straße an. Die ersten beiden näherten sich in makellosen Uniformen, als hätten sie noch nie einen Kampf gesehen, während die Ausrüstung der übrigen Polizisten zerkratzt und verbeult war. Es war leicht zu erkennen, wer in der monsterverseuchten Stadt aus der Gruppe am aktivsten auf Patrouille war.

„Vielen Dank für die Warnung, die Sie Pearce zurückbringen ließen. Wenn Sie die Späher nicht ausgeschaltet hätten – es könnte sein, dass uns die Goblins dann vollkommen unvorbereitet vorgefunden hätten. Hat Ihre Erkundung etwas ergeben?", fragte Direktorin Hughes, nachdem sich alle versammelt hatten.

„Es wimmelt von Goblins um das Casino herum, als hätte jemand ein Wespennest umgestoßen", antwortete ich. „Sie bereiten sich auf etwas Großes vor."

Mehrere Beamte runzelten die Stirn und murmelten besorgt über die Bedrohung durch die Goblins.

Überraschenderweise ergriff Jahgg'd das Wort, um die Bedenken zu zerstreuen. „Wir haben euch neue gepanzerte Fahrzeuge bereitgestellt. Die Fahrzeuge der Goblins sind aus Schrott zusammengeflickt und euren eigenen Waffen weit hinterher. Eure Angriffe werden sie zerreißen wie eines eurer Papiertaschentücher."

Das Gemurmel verstummte, und der Krym'parke nickte zuversichtlich.

„Wenn es Probleme gibt – was ich bezweifle", fuhr Jahgg'd fort, „werden wir mit Luftunterstützung bereitstehen." Dann wand sich der Alien mir zu. „Was für Fahrzeuge bereiteten die Goblins vor?"

„Vielleicht ein Dutzend Motorräder und zwei der größeren Trucks mit den Geschützplattformen", antwortete ich. „Als ich mich auf den Rückweg machte, um Bericht zu erstatten, war noch keiner von ihnen losgefahren, aber das ist bestimmt schon fünfzehn bis zwanzig Minuten her."

„Die Goblins sind zahlreicher, aber das war zu erwarten", kommentierte der Alien. „Brenzlig wird es erst, wenn die Expedition irgendwelche Kämpfer mit Fortgeschrittenen Klassen einsetzt und die regulären Truppen als Deckung nutzt." Der Alien schaute mit ernster Miene in die versammelte Gruppe um sich. „Sollte sich irgendjemand Höherrangiges von ihrer Seite in den Konflikt einmischen, muss er sofort in die Mangel genommen werden."

Der Alien hielt inne, um seine Worte wirken zu lassen. Mit Ausnahme des Alien-Taktikers hatte ich in dieser Gruppe keine Fortgeschrittene Kämpfer gesehen. Die Vorstellung, dass einer auf Gegnerseite erscheinen könnte war für alle ernüchternd. Meine wahre Klasse war allen unbekannt und sie hielten mich für einen Jäger, also würde hoffentlich niemand erwarten, dass ich mich mitten in den Kampf stürzen würde.

Mit der Stille wuchs auch die Spannung, und ich merkte, dass sogar das ferne Casino-Feuerwerk verstummt war. Tagelang hatte ich mich an die regelmäßigen Explosionen gewöhnt, die draußen immer zu hören waren. Ihre Abwesenheit war beunruhigend.

Dann hörte ich ein entferntes Motorheulen, das allmählich lauter wurde und deren Quelle immer näherkam. Weitere Motoren gesellten sich zu dem

Lärm. Als Jahgg'd auch die nahenden Goblin-Motorräder hörte, legte der Alien den Kopf schief.

Hughes sah Jahgg'd an und nickte. Der Alien zog ein Gerät vom Gürtel und brummte etwas Unverständliches in das silberne Kästchen. Eine Stimme knurrte in derselben fremden Sprache aus dem Handkommunikator zurück, und Jahgg'd grinste die Direktorin an.

Auf dem gleichen Weg, den ich vom Casino in die Innenstadt genommen hatte, brach eine Gruppe von Goblin-Bikern hinter dem Parkhaus an der Ecke 6th Street und Liberty Avenue hervor, und das Motorheulen erreichte seinen Höhepunkt. Die Gruppe trennte sich auf der Liberty Avenue, sodass jeweils drei in beide Richtungen fuhren.

Eines der Motorräder, die in unsere Richtung fuhren, hatte einen Beiwagen samt Beifahrer, der sich ein Gerät vors Gesicht hielt, durch das er von einer Seite zur anderen spähte. Er sah uns durch die dünnen Bäume im Triangle Park hindurch, rief den Fahrern zu und hob seine Hand in unsere Richtung. Alle drei Biker folgten dem Fingerzeig und schwenkten ihre Maschinen auf uns zu.

Das fernglasartige Gerät hatte blinkende Lichter an der Seite. Solche Hightech-Ausrüstung schien unübliche für die Goblins. Ich wischte Größere Beobachtung leicht über die zwei Goblins auf dem Motorrad, um einen Eindruck für die ankommenden Kräfte zu erhalten.

Gribbari Beobachter (Level 24)
HP: 170/170

Gribbari Späher (Level 25)
HP: 190/190

Während ich Goblins und ihre Klassen analysierte, versteckte ich mich hinter unserem Führungsfahrzeug, und auch alle anderen verteilten sich in Deckung hinter ihren Fahrzeugen.

Innerhalb von militärischen Organisationen hatten Beobachter zwei Haupteinsatzbereiche. Oft wurden sie mit Scharfschützen als Entfernungsmesser und Überwacher eingesetzt, aber ich glaubte nicht, dass dies hier der Fall war. Umso wahrscheinlicher war die zweite Möglichkeit — dass irgendeine Art von Artillerie den Goblin als Beobachter brauchte.

Mein Wolverine fuhr vor, um die Ecke des Gebäudes neben uns zu sichern. Er blieb stehen, sobald freies Schussfeld über die offene Fläche gegeben war. Der Geschützturm eröffnete das Feuer auf die Goblins, die durch den kleinen Park heranjagten. Die Schüsse aus dem Maschinengewehr zersplitterten Bäume und sprengten Zement, und das Biker-Trio teilte sich auf. Sie schlängelten sich um die Bänke und Pflanzkübel auf dem Platz und versuchten, dem Feuerhagel auszuweichen.

Dann schlugen die Leuchtspurgeschosse des Wolverine-Maschinengewehrs durch das Vorderrad des führenden Motorrads. Das Rad brach auseinander, das Motorrad überschlug sich und der Fahrer wurde durch die Luft geschleudert. Das Motorrad mit dem Beiwagen wendete scharf ab, während das Beschädigte Bike in einen Blumenkübel prallte und explodierte. Gleichzeitig scherte das andere Motorrad aus, um dem führenden Wolverine auszuweichen.

Der zweite Wolverine fuhr hinter mir auf die leere Gegenfahrbahn, während ich hinter das erste Fahrzeug ging. Die beiden Maschinengewehre nahmen den entgegenkommenden Späher in die Klemme und durchlöcherten sowohl das Motorrad als auch den Fahrer.

Ich kauerte neben dem Hotelgebäude und spähte durch die bereits zerstörten Fenster am Eingang, während die Wolverine-Richtschützen einen Jubelschrei von sich gaben. Der Beschuss ließ nach, und das zerfetzte Wrack des Goblin-Motorrads kam mitten auf der Straße zum Stehen. Das Erschießen des Spähers hatte jedoch dem Fahrzeug mit dem Beobachter genug Zeit gegeben, um hinter dem nächsten Häuserblock außer Sichtweite zu verschwinden, und die Richtschützen konnten es nicht erneut aufs Korn nehmen.

Es donnerte über den Platz, und Feuer entfachte an der Seite des vordersten Wolverine. Die Wucht des Überraschungsangriffs hob das Fahrzeug vom Boden ab und kippte es auf die Seite. Die Panzerplatten entlang der Passagiertüren wurden nach innen gedrückt, blieben aber noch in einem Stück.

Auf der anderen Seite des Platzes fuhr einer der Goblin-Schlepper aus der Straße heraus, auf der die Goblin-Späher zuerst aufgetaucht waren, und seine Kanone stieß mit ihrem zweiten Schuss ein ohrenbetäubendes Feuer aus. Diesmal traf der Angriff den Wolverine am Unterbau. Schreie hallten vom Fahrzeug. Der Wagen rollte auf sein Dach und drückte den Turm mit seinem eigenen Gewicht platt.

Der verbliebene Wolverine rückte vor und platzierte sich zwischen dem Schleppertruck und dem umgeworfenen Fahrzeug. Das Grizzly UAV hatte nun Platz, um vorzufahren, nahm hinter den beiden kleineren Fahrzeugen Stellung und griff den Abschlepptruck mit beiden Turmwaffen an. Ein Schwall rubinroter Energiestrahlen zischte durch den Park hindurch. Ihr Aufprall hinterließ Schmelzflecken auf den am Schlepper angeschweißten Metall-Panzerplatten.

Am Ende der Kolonne hinter mir stiegen die Polizeikräfte aus den Transportfahrzeugen und stürmten die Gebäude, die dem sich angehenden Feuergefecht gegenüberstanden. Auf der anderen Seite des Parks eröffneten ähnlich formierte Goblins das Feuer aus dem ersten und zweiten Obergeschoss des Parkhauses hinter dem gepanzerten Schleppertruck. Die Bodentruppen beider Seiten beteiligten sich mit voller Feuerkraft am Gefecht und durchkreuzten den Platz zwischen ihnen mit Kugeln und Energiestrahlen. Niemand landete wirkliche Treffer, aber die Mitte des Parks wandelte sich schnell zu einer Feuer-Frei-Zone.

Eine Seitentür des überschlagenen Wolverine öffnete sich, und eine Person plumpste halb auf den Boden. Bevor ich Zeit hatte, meine Entscheidung zu bereuen, sprintete ich auf den am Boden liegenden Beamten zu.

Ein Kanonenschuss schlug in den Grizzly ein, als ich hinter ihn gerannt war, und die Schockwelle brachte mich ins Taumeln. Ich konnte mich kaum halten und stolperte am UAV vorbei, während der Grizzly das Feuer erwiderte. Als ich das überschlagene Fahrzeug erreichte, beugte ich mich hinunter und packte den liegenden Mann am Kragen.

Er schrie vor Schmerzen, als ich ihn aus dem Fahrzeug zerrte. Unterhalb seines Oberschenkels am linken Bein war nur noch eine zerfetzte Verunstaltung aus Blut und zerschmetterten Knochen übrig. Trotz seiner Schreie hielt ich nicht an und hievte uns rückwärts durch das Fenster eines Bekleidungsgeschäfts.

Ich konnte das zersplitternde Glas kaum über das Waffenfeuer hören. Ich zog den schluchzenden Mann in den Schutzbereich hinter den erhöhten Böden für die Schaufensterregale. Sein Helm rutschte ihm vom Kopf, als er auf dem Boden aufprallte und ich erkannte den Verwundeten.

Kevin stöhnte vor Schmerzen, er war durch seine Beinverletzung kaum noch bei Bewusstsein. Wenn Kevin hier war, dann waren Pearce und Zoey wahrscheinlich immer noch im überschlagenen Fahrzeug gefangen.

Ich warf einen Blick zum auf dem Kopf liegenden Wolverine, doch dort rührte sich nichts und niemand. Ich nahm mich zusammen und rannte hinaus, um das Fahrzeug zu überprüfen, aber dann detonierten mehrere Explosionen über dem Platz und über den obersten Stockwerken der Gebäude in unserer Nähe.

Keine der Explosionen traf die gepanzerten Fahrzeuge, jedoch zerfurchten sie den Boden auf unserer Seite des Platzes, weit entfernt von den Goblins. Den nahezu kreisförmig angeordneten Kratern nach zu urteilen, musste das Sperrfeuer von fast direkt über uns gekommen sein. Die indirekten Einschläge bedeuteten, dass der Beobachter zurückgekehrt war und den Beschuss auf uns lenkte.

Mit der Artillerieunterstützung verlagerte sich das Tempo des Feuergefechts zugunsten der Goblins.

Bevor jedoch die andere Seite die zusätzliche Feuerkraft ausnutzen konnte, schimmerte es in der Luft. Eines der kastenförmigen Krym'parke-Flugzeuge wurde sichtbar, und es eröffnete das Feuer aus einem Paar Energiekanonen unter dem Cockpit.

Die Explosionen rissen Stücke aus dem Parkhaus, in dem die Goblin-Infanterie untergebracht war, und schlugen dann dem Abschlepptruck in die Panzerung des Fahrerhauses ein. Aus der Fahrerkabine quoll Rauch, aber der Geschützturm dahinter feuerte weiter.

Da die Aliens auf beiden Seiten nun voll ins Gefecht verwickelt waren, musste ich mich davonschleichen, während der Kampf noch tobte und alle zu sehr beschäftigt waren, um meine Abwesenheit zu bemerken.

Neben mir hörte ich ein Stöhnen, was mich an eine weitere Kleinigkeit erinnerte.

Kevins Gesichtsausdruck war vor Schmerz verzerrt. „Danke." Um seine Wunden zu ertragen, biss er die Zähne zusammen. „Du hast mir jetzt schon zweimal das Leben gerettet."

„Vielleicht kannst du mir als Dank etwas verraten", sagte ich.

Kevin sah mich nur verwirrt an.

„Bevor wir uns über den Weg gelaufen sind – wie viele Menschen hattest du bis dahin auf der Straße erschossen?"

Meine kalte Stimme ließ Kevin zurückschrecken, aber ich packte ihn am Kragen, bevor er sich wegdrücken konnte. Ich beugte mich halb über ihn, um unter dem Fenstersims in Deckung zu bleiben. Mein Unterarm hielt ihn trotz seines Zappelns mit meinem Gewicht fest.

„Wie. Viele?", wiederholte ich.

„Sechs." Seine Stimme schwankte, und sein Blick huschte nervös von einer Seite zur anderen, als suchte er jemanden, der ihn aus seiner prekären Lage befreien könnte.

Auf dem Platz wüteten weiterhin Schüsse, Explosionen und Strahlenfeuer, aber ich hatte Kevins volle Aufmerksamkeit.

„Ich glaub' dir nicht", sagte ich.

Kevin zuckte, als ich die kalte Schneide meines Messers an seine Kehle setzte.

„Zehn!", platzte es panisch aus ihm heraus. „Ich musste schneller leveln, und als ich herausfand, dass Menschen mehr Erfahrung als Monster bringen, tötete ich sie."

„Hmm." Ich drückte das Messer noch ein wenig fester ran. „Und wie viele von diesen zehn Kills waren zur Selbstverteidigung?"

„Keine", flüsterte Kevin.

„Keine", sagte ich. „Alle einfach kaltblütig auf der Straße niedergemetzelt."

„Ja."

Tränen flossen aus Kevins fest geschlossenen Augen, und ich blieb einen Moment lang still.

Dann öffnete sich ein Auge und sah mich an, als wolle er meine Reaktion abwägen. Ich erkannte, dass die Reue des jungen Mannes vollkommen vorgetäuscht war. Bei Anblick meines Gesichtsausdrucks riss Kevin beide Augen auf und versuchte sich freizuzappeln.

In dieser neuen, vom System beherrschten Welt gab es weder Gerichte noch wahre Gefängnisse. Nur der Wille des Stärkeren, der den Schwächeren aufgezwungen wird. Vielleicht würde es wenig Unterschied machen, aber ich konnte immerhin dafür sorgen, dass diese erbärmliche Schande von einem Menschen nie wieder eine unschuldige Seele töten würde.

Ich rammte die Messerklinge unter Kevins Kinn und drückte sie in sein Gehirn. Der Körper zuckte, der letzte Rest seiner Gesundheit schwand. Ich zog die Klinge heraus, während der Gestank des Todes um mich herum aufstieg. Ich wischte die Klinge an der Uniform des Toten ab und nahm die wenigen brauchbaren Gegenstände von seinem Gürtel an mich.

Ich blickte über die Deckung der Ladenfassade, und sah eine Magiewelle über das schwebende Krym'parke-Kanonenboot hereinbrechen. Feuerbälle, Eissplitter und elektrische Schläge trafen das Luftfahrzeug, und einer der Motoren versagte unter dem Ansturm. Das Raumschiff driftete zur einen Seite des Platzes, der Pilot korrigierte zu scharf und es ruckte herum. Es schwang und drehte sich quer über den Park und prallte gegen das Parkhaus.

Zusammen mit den anhaltenden magischen Angriffen überforderte der Aufprall die Schutzvorrichtungen eines zweiten Triebwerks. Das Luftfahrzeug schwebte zurück über den Park und sank Richtung Boden ab. Der Pilot schaffte es, das Kanonenboot vollständig zu drehen, sodass der am Kinn montierte Geschützturm weiterhin auf die Goblins gerichtet blieb, und die Waffe feuerte weiter, selbst, nachdem das Schiff auf den Boden aufschlug.

Ein Kanonenboot war abgestürzt, aber ein anderes tauchte auf und griff die Stellungen der Goblins weiter an.

Ich war mir sicher, dass mich niemand bemerkt hatte und schnappte mir Kevins Helm. Ich ließ seine Leiche zurück und kroch zwischen Kleiderständern durch den Laden bis zur hinteren Wand. Es gab zwar mehrere Lagerräume im Flur, aber keine Hintertür.

Ich fluchte über mein Pech und arbeitete mich an der Rückwand entlang, bis ich die andere Seite des Ladens erreichte. Eine danebengeschossene Mörsergranate hatte hier die Fenster zertrümmert. Ich sprang über die zerstörten Schaufensterpuppen und sprintete auf der Straße nach links, in Richtung Market Square.

Ich rechnete damit, dass mir in den Rücken geschossen würde, da jeder Goblin im Parkhaus klare Sicht auf mich haben würde, aber entweder waren sie mit unmittelbareren Zielen beschäftigt oder für sie ging von einem Fliehenden keine Bedrohung mehr aus.

Gerade als ich glaubte, in Sicherheit zu sein, detonierte eine Mörsergranate auf der Straße hinter mir und schleuderte mich vier Meter weit durch die Luft. Mein linkes Knie prallte als erstes auf dem Pflaster auf, und ich spürte das Knacken meiner Knochen.

Grün und blau geschlagen purzelte ich auf den ansonsten leeren Market Square und wischte mir die blutige Nase ab. Ich hob mich mühsam auf die Beine und brachte möglichst schnell die Sichtlinie zum Gefecht hinter mich.

Zum Glück für mein Ego war niemand zu sehen, der meinen luftigen Abgang aus dem Kampf hätte beobachten können, und ich eilte eine weitere Seitenstraße hinunter.

Kapitel 28

Hinter mir hallten Explosionen und Schüsse durch die Straßen, während ich von der Schlacht weghumpelte. Meine Flucht war an sich schon ein Erfolg, nun musste ich die Ablenkung zu meinem Vorteil nutzen.

Ich behandelte meine Verletzungen mit Schwacher Heilzauber und einem Heiltrank. Das Schlimmste war verheilt, als ich das Ende des nächsten Häuserblocks erreichte.

Kurz bevor ich beim Gefängnis ankam, wendete ich einen weiteren Zauberspruch auf mich an. Da ich bereits den Helm des gefallenen Polizisten trug, musste Geringere Verkleidung nur noch geringfügige Änderungen vornehmen: Die Farbe meines Jumpsuits in den von der Polizei verwendeten Schwarzton ändern und mir ein Abzeichen mit der Aufschrift „Williamson" auf die Brust setzen. Die geholsterten Waffen an meinen Seiten waren als üblicher Dienstgürtel der Polizeibeamten getarnt.

Da ich nun wie Pearce aussah, täuschte ich meine Beinverletzung vor. Sobald ich in Sichtweite des Parkplatzes am Gerichtsgebäude war, taumelte ich zum Tor. Bei so vielen Beamten im Einsatz, konnte ich nicht eindeutig feststellen, ob die Wachtürme überhaupt noch besetzt waren. Jedenfalls schien niemand durch meine Ankunft beunruhigt zu sein. Die schweren Torflügel fuhren zur Seite, also hatte noch niemand meinen Zugriff entfernt. Ich humpelte schnell zum Eingang des Gerichtsgebäudes und trat ein.

„Pearce, ist alles in Ordnung?"

Brian, der Wachmann an der Rezeption, erhob sich von seinem Platz hinter dem Tresen, und ich hob wortlos die Hand zum Gruß. Er blieb stehen und sah mich verwirrt an.

Meine Stimme war nicht die von Pearce und hätte meine Täuschung verraten, also hielt ich meinen Mund. Ich hoffte sehr, dass der Beamte hinter der Rezeption bleiben würde. Ich wollte den Mann nicht töten, nur weil er sich mir in den Weg stellte.

Ein Schrei hallte durch den Flur, und wir drehten uns beide in seine Richtung.

Eine Gestalt in einer schwarzen Robe und mit einem wutverzerrten Gesicht schritt zu uns. Der Richter umklammerte mit einer Hand den Oberarm eines jungen blonden Mädchens und zerrte sie praktisch hinter sich her. Tränen liefen über ihr Gesicht, und mir gefror bei diesem Anblick das Blut in den Adern.

„Warum ist mein Sohn tot, Pearce?", rief Beatty. „Ich spürte es, als die Verbindung abbrach. Warum bist du hier, aber mein Sohn nicht?"

Der Richter zog eine mir vertraute Handfeuerwaffe unter seiner Robe hervor. Es war eine der allgegenwärtigen Pistolen, mit denen fast jeder Polizist ausgestattet war. Weniger als ein Dutzend Schritte von mir entfernt blieb er stehen und drückte dem kleinen Mädchen die Mündung seitlich an den Kopf.

„Richter Beatty, was machen Sie da?", sagte Brian entsetzt.

„Ich habe meinen Sohn verloren, und jetzt wird Pearce hier auch erleben, wie es ist, ein Kind zu verlieren", knurrte der Mann.

„Da gibt es nur ein Problem", sagte ich.

Brian drehte seinen Kopf überrascht zu mir, da meine Stimme eindeutig nicht die von Pearce war.

Bevor der Polizist reagieren konnte, streckte ich eine Hand nach dem schwarz gekleideten Richter aus und zauberte Frostbolzen. Der Eissplitter schoss über die kurze Distanz und stach ihm in die Schulter. Die Wucht des Aufpralls schob die Waffe nach vorne, sodass sie nicht mehr auf den Kopf des Mädchens zielte, und ruckte den Richter einen Schritt nach hinten.

Dieser Schritt schuf Raum zwischen dem Richter und seiner Geisel, wobei er immer noch einen festen Griff um ihre Hand hielt. Ich aktivierte Hindern, um den Mann zu verlangsamen, und stürzte mich mit gezogener Nahkampfwaffe auf ihn.

Als der Mann sein Gleichgewicht wiedergefunden hatte, schwang meine Axt bereits zwischen den beiden. Ich winkelte die Klinge der Waffe vorsichtig über seinem Handgelenk an, um die Geisel nicht zu gefährden, aber die Wucht des Hiebs schnitt tief in seinen Unterarmknochen, und ich hörte, wie sowohl die Speiche als auch die Elle mit einem lauten Knacken zerbrachen.

Der Richter löste augenblicklich seinen Griff um das Mädchen, das Blut spritzte vom fast abgetrennten Arm in ihr Gesicht und sie rannte mit einem Schrei davon. Ich drehte mich, trat zwischen den Richter und das Kind und ließ den Verschleierungszauber fallen, da diese Auseinandersetzung meine Tarnung so oder so auffliegen lassen würde.

Als sich meine Erscheinung veränderte, mischten sich Schmerz und Hass auf seinem Gesicht. Er versuchte, seine Waffe auf mich zu richten, aber ich war zu nah dran. Die Schusswaffe entlud sich durch den Aufprall, und ich schlug sie mit dem Messer in meiner anderen Hand zur Seite. Der Schuss selbst verfehlte mich weit, und ich grinste unter dem Visier. Die Gelegenheit für einen weiteren Schuss würde er nicht erhalten.

Beim nächsten Schwung durchtrennte meine Messerklinge die Sehnen am Handgelenk des Richters. Die Hand mit der Pistole wurde schlaff, und die Waffe fiel zu Boden, bevor er sonst irgendwelchen Schaden androhen konnte.

Obwohl der Mann entwaffnet war, griff ich weiter an, damit er keine seiner Fähigkeiten aktivieren konnte. Auf keinen Fall wollte ich zu einem

Urteil verdonnert werden, das, wie seinem Sohn, die Erfahrungsgewinne schmälerte – Gnade konnte er also von mir keine erwarten.

Als dem Richter nur noch ein Hauch seiner Gesundheit blieb, kniete ich mich über das keuchende Wrack eines Mannes. Bei meinem letzten Angriff hatte ich seine Kehle aufgeschlitzt. Das Blut spritzte mit jedem Herzschlag aus seinem Körper. Eine Flut von Rot bedeckte den Boden unter ihm. Der Mann hatte nur noch Sekunden zu leben.

„Pearce hat deinen Sohn nicht umgebracht", flüsterte ich in sein Ohr – so leise, dass nur der Sterbende mich hören konnte. „Das war ich."

Der Mann blinzelte, hauchte seinen letzten Atemzug, und sein Körper regte sich nicht mehr.

Ich wischte meine Waffen an einem größtenteils unbesudelten Teil der Robe ab und steckte sie weg. Ich stand auf und drehte mich zu Brian, der immer noch mit schockierter Miene hinter der Rezeption stand.

„Papa?"

Das kleine Mädchen kauerte am Rande der Halle und weinte. Sie sah sich verwirrt nach ihrem Vater um. Mein Verschleierungszauber war verblasst, aber sie hatte es verdient, zu wissen, dass ich nicht ihr Vater war. Ich nahm den Helm ab.

Das kleine Mädchen starrte mich an, und erneut erfüllte Angst ihre Augen.

„Dein Papa ist nicht hier. Geh zu deiner Mutter", befahl ich leise und richtete meinen Blick wieder auf den Polizisten vor mir.

Mit winzigen Schritten tapste das Mädchen weg, während ich Brian weiter anstarrte.

„Du hast ihn getötet", sagte der Beamte.

„Manche Menschen muss man einfach töten." Ich gab ein Achselzucken von mir. „Die Wahl war er oder das Mädchen, also tu nicht so, als hätte er es nicht verdient. Er war ein noch größeres Stück Dreck als sein Sohn."

Der Mann zögerte unentschlossen – meine Worte hatten einen Effekt.

„Was willst du hier?", fragte Brian schließlich.

„Die Krym'parke", antwortete ich.

Der Beamte wurde blass und schaute nervös weg.

„Du hast es gewusst", sagte ich, nachdem ich die Reaktion des Beamten gesehen hatte. „Du hast gewusst, was sie sind und was sie mit den Gefangenen anstellen."

Der Mann schrumpfte vor meinen Augen.

„Wir hatten unsere Vermutungen", sagte Brian mit heiserer Stimme und mied meinen Blick. „Wir wussten es nicht mit Sicherheit. Wir mussten uns um unsere Familien kümmern. Sie waren viel wichtiger."

„Es war nur eine Frage der Zeit, bis sie sich gegen euch wenden würden." Ich musste den Kopf schütteln. „Sie hätten sich eure Familien geschnappt, sobald ihr Bedarf nicht mehr mit dem Fleisch anderer befriedigen werden konnte."

Ich wandte mich vom Beamten ab, setzte den Helm wieder auf und verließ den Eingangsbereich des Gerichtsgebäudes. Ich war nicht besorgt, dass Brian mir folgen würde. Er mag sich nie für Gutes eingesetzt haben, würde mich jetzt aber auch nicht aufhalten.

Die Hallen waren still, und auf den Gängen zum Gefängnis begegnete ich keiner Seele. Im Gefängnistrakt lief ich den Weg nach, auf dem Pearce mich zur Kantine geführt hatte.

Ich erstarrte, als eine Tür vor mir aufging. Der Alien vom umgebauten Schlachthaus trat mit einer Platte voller Monsterfilets heraus. In der anderen Hand hielt er eine Schlüsselkarte. Er zog sie über den rot aufleuchtenden Kartenleser neben der Tür.

Der Krym'parke blieb stehen, als er mich bemerkte, und sah mich genauer an. Die gelben Augen des Aliens verengten sich mit einem Knurren. Sowohl die Schlüsselkarte als auch das Tablett fielen zu Boden, ein Messer erschien plötzlich in seiner Hand und er stürzte sich auf mich. Die Klinge sah aus wie ein dickes Fleischmesser mit einer spitzen Klinge.

Die Platte prallte vom Boden ab und die Filets verteilten sich im Flur. Der Metzger kam mir näher, aber ich hatte Hindern bereits aktiviert, sobald er sich auf mich gestürzt hatte. Die Klassenfertigkeit verlangsamte den Alien gerade so weit, dass ich Zeit hatte, meine eigenen Waffen zu ziehen, und den Angriff zu parieren.

Der Außerirdische schlug mit dem Schlachtermesser nach mir, und ich hakte sein Handgelenk mit der Unterseite meiner Axtklinge ein und leitete sein Messer an mir vorbei. Ich wollte den Alien mit seinem eigenen Schwung zurückwirbeln, aber der Krym'parke verdrehte flink seinen Arm und befreite sich, bevor ich jegliche Kraft auf den Arm anwenden konnte.

Der Gang beschränkte unseren seitlichen Bewegungsraum, und wir mussten das Spielfeld mit Vor- und Rückwärtsbewegungen dominieren.

Nachdem ich dem Alien einen erfolgreichen Schnitt über den Oberarm versetzt hatte, wich er außer Reichweite zurück und betrachtete mich. Ich hatte Zerreißen ausgelöst, und Blut tropfte aus der Wunde am Arm. Sie war jedoch so klein, dass der Lebenspunktebalken des Schlächters selbst mit meiner aktiven Klassenfertigkeit durch den Angriff kaum gesunken war.

Der Außerirdische nickte mir mit einem bedrohlichen Grinsen zu und ging wieder in die Offensive. Klingen blitzten zwischen uns auf und übersäten uns beide mit Kratzern. Sie bluteten durch die Schlitze im Stoff an unseren Armen und Oberkörpern. Der Ansturm ließ nach, und wir ließen schwer atmend voneinander ab.

Von der Geschwindigkeit her waren wir beide fast gleichauf, und obwohl ich bei der Gesamtstärke im Vorteil war, bewies der Krym'parke eine rohe Beherrschung der Klinge, die mir selbst fehlte. Hätte ich nicht weiterhin Hindern auf den Alien aktiviert, wäre ich schon längst filetiert worden.

In einem Moment des Überlegens während der Kampfpause bemerkte ich, dass meine Wunden blutiger waren, als ich es bei solch oberflächlichen Ritzen erwartet hätte. Offensichtlich war mein Zerreißen nicht die einzige Klassenfertigkeit mit Blutungseffekt, die hier verwendet wurde; der Alien hatte etwas Ähnliches auf mich angewendet. Ich wirkte Schwacher Heilzauber auf mich und der Blutungseffekt verschwand. Die meisten Wunden blieben zwar zurück, dafür nahm meine Gesundheit aber nicht weiter ab.

Das Glühen des Heilzaubers in meinen Wunden ärgerte den knurrenden Alien.

Ich wusste nicht, wie sich der Kampf in der Stadt entwickeln würde und hielt es für notwendig, diesen Kampf zu beenden, bevor er sich zu sehr in die Länge zog.

Dem Alien ging es offensichtlich ähnlich – wir stürmten gleichzeitig aufeinander los. Kurz vor unserem Zusammenstoß bemerkte ich, dass der Alien eine Waffe in der anderen Hand hielt. Ihr Griff hatte einen Zeigefingerring für einen festeren Halt. Er hielt die kleine Klinge rückwärts und nach vorne gebogen, wie eine Klaue.

Die Arme des Krym'parke verschwammen im Tempo, mit dem er seine Klingen erneut mit mir kreuzte. Die höhere Geschwindigkeit muss von einer anderen Klassenfertigkeit herrühren. Diesmal konnte ich nicht mithalten. Es gelang mir gerade noch, das größere Fleischermesser mit meiner eigenen Waffe abzuwehren, aber die gebogene Klinge in seiner anderen Hand schlitzte über meinen Oberkörper, riss komplett durch meinen gepanzerten Jumpsuit und grub sich in die Muskeln in meinem Brustkörper.

Als der Schmerz mich durchfuhr, zuckte ich zusammen, aber ich konnte mich jetzt nicht von der Wunde ablenken lassen. Bevor der Alien die Attacke fortsetzen konnte, trat ich ihm mitten in die Brust und nutzte die Schwungkraft, um einen Rückwärtssalto zu machen und im Flur nach hinten zu springen. Der Tritt hatte den Alien von den Füßen geschleudert, aber er rollte sich wieder auf die Beine. Mit dem Abstand öffnete sich der Raum zwischen uns erheblich.

Der Außerirdische grinste hungrig, als das Blut aus meiner Brustwunde auf den Boden tropfte. Der Krym'parke kauerte in einer vorbereiteten Haltung und begnügte sich damit, mich weiter bluten zu lassen, während mein Heilzauber aufgrund der Abklingzeit nicht verfügbar war.

Ich grinste den Alien an und steckte meine Waffen weg. Er wiederum runzelte seine Stirn und neigte seinen Kopf verwirrt zur Seite.

Er riss seine gelben Augen auf, als ich mit dem Handgelenk zu ihm schnippte, und mein aufgerüsteter Frostbolzen durch den Raum zwischen uns in seine Brust schoss. Der Krym'parke taumelte mit einem Eissplitter mitten im Oberkörper zurück, und Reif breitete sich vom Aufprallpunkt aus.

Als der Alien wieder Halt fand, sah er mich mit einem Ausdruck der Angst an. Mir war klar, dass der Kampf so gut wie gelaufen war. Während er den Zauberstoß weggesteckt hatte, waren zwei Projektilpistolen in meinen Händen aus dem Inventar erschienen. Ich eröffnete das Feuer.

Verlangsamt durch die kombinierte Wirkung von Hindern und Frostbolzen, gelang es dem flinken Alien nicht, meinen Angriffen auszuweichen. Ich gab die Schüsse versetzt ab, eine Waffe nach der anderen. So konnte ich ein stabiles Sperrfeuer aufrechterhalten. Jeder Schuss schlug in den Alien ein und generierte im engen Gang ein ohrenbetäubendes Getöse.

Der Krym'parke zuckte bei jedem Aufprall auf und versuchte dennoch sich durch die Füsillade hindurch auf mich zu stürzen. Mit jedem seiner Schritte wich ich im Gang zurück, um die freie Schießbahn zwischen uns zu bewahren. Der Schlitten einer Pistole schnellte zurück mit leerem Magazin, und ich tauschte sie gegen eine geladene Ersatzpistole aus meinem Inventar aus. Als der zerschlagene und blutige Außerirdische schließlich zu Boden fiel, verabreichte ich ihm ein paar zusätzliche Schüsse, bis seine Gesundheitsanzeige komplett erlosch.

Ich stand in der Halle und lud meine leeren Waffen mit Ersatzmunition nach. Erst als ich auf eine weitere Kampfrunde vorbereitet war, näherte ich mich dem gefallenen Alien und plünderte die Leiche.

Ich befreite die Klingen in seinen Händen und legte sie in mein Inventar. Bei der klauenartigen Klinge handelte es sich um ein Karambit, aber ich nahm mir vor, seine Werte zu einer späteren Zeit genauer anzusehen.

Nachdem ich die wenigen nützlichen Ausrüstungsgegenstände des toten Aliens geplündert hatte, warf ich seinen Körper in meine Kühlkammer. Es würde viel zu lange dauern, das Blut und die leeren Patronenhülsen im Flur zu beseitigen, aber wenigstens würde ich meinen Weg nicht mit einer zurückgelassenen Leiche markieren.

Die Schlüsselkarte, die der Alien zu Beginn unseres Kampfes fallen gelassen hatte, nahm ich an mich. Sie schien mir nützlich für später.

Nach einem weiteren Schwacher Heilzauber und einem schnellen Trank war meine Gesundheit wiederhergestellt und ich ließ den Bereich hinter mir. Töpfe und Pfannen klirrten aus der Küche hinter der Kantine, also war das Zivilpersonal noch im Gebäude. Ich musste ihnen aus dem Weg gehen, um einen weiteren Kampf á la Alienmetzger zu vermeiden.

Ich ging in die Hocke und schlich mich an den Türen der Kantine vorbei, dann ging ich die verbotene Treppe hinter der Küche eine Etage hoch.

Ich war noch nie so weit in dem Gebäude gewesen, es war also Neuland für mich, und mein Fortschritt verlangsamte sich auf dem nächsten Stockwerk. Die meisten Räume waren leer, aber auf halbem Weg durch das Geschoss fand ich eine verschlossene Tür, die sich nicht aufreißen ließ.

Als ich die Schlüsselkarte des Metzgers über den Kartenleser neben der Tür zog, blinkte das Licht grün auf, und ich hörte ein Klicken. Als ich diesmal an der Tür rüttelte, schwang sie auf, und als das Licht den Raum automatisch durchflutete, musste ich erst mal erstaunt pfeifen.

Da war nichts mehr mit Zurückhaltung.

„Waffen, jede Menge Waffen", sagte ich trotz meiner Situation mit meiner besten Filmzitatstimme.

Ich trat ein. Das musste die Waffenkammer sein, die Zoey nach dem Kampf mit den Echsen erwähnt hatte.

Auf beiden Seiten des Raumes befanden sich Regale mit Schusswaffen hinter durchsichtigen Glastüren. Eine futuristische, aber immer noch als solche erkennbare Fräsmaschine nahm den Großteil einer Ecke ein, daneben stand eine ähnlich elegante Standbohrmaschine, und auf dem Boden dazwischen war eine riesige Mana-Batterie an beide Geräte angeschlossen. Neben der Bohrmaschine stand eine Werkbank, die den Rest der Rückwand einnahm. Darüber befand sich eine Lochwand mit einer Vielzahl von Hämmern, Schraubenziehern, Splinttreibern, Messschiebern und anderen Handwerkzeugen unterschiedlicher Größen.

Zwei hohe Tische füllten die Mitte des Raumes und boten gerade genug Platz für ein halbes Dutzend Personen, um ihre Waffen zu reinigen. In der Mitte jedes Tisches befand sich ein Behälter, der mit Reinigungsschnüren, Lösungsmitteln, Ölen, Stapeln von quadratischen Baumwollflicken und einer Vielzahl anderer Reinigungsmittel für Waffen gefüllt war. Die Tischoberflächen waren makellos und spiegelten die helle Deckenbeleuchtung wider.

Die ordentlich sortierten Reinigungsmittel und die makellosen Tische standen in scharfem Kontrast zur Unordnung auf der Werkbank im hinteren Teil des Raumes. Ich ging hinüber. Metallstücke lagen auf der offenen Arbeitsfläche verstreut und eine teilweise zusammengebaute Waffe ruhte in einem Reinigungsgestell, das vorne auf dem Arbeitstisch befestigt war.

Es war eine der Standard-Seitenwaffen der Patrouillen-Polizisten, nur war diese hier in einem miesen Zustand. Die Oberfläche der Waffe wies überall Lochfraß auf, und an den Kanten des Schlittens befanden sich einige Roststellen. Durch die gerissenen Griffschalen sah es aus, als würde die Pistole jeden Moment auseinanderfallen.

Auf dem Boden vor dem Reinigungsgestell mit der ruinierten Waffe stand eine unverschlossene Kiste. Ich hob den Deckel an und schaute hinein. Der Behälter war zur Hälfte mit identischen Schusswaffen in ähnlichem Zustand gefüllt – alle in dickes Wachspapier eingewickelt.

Ich schloss den Deckel und bemerkte das runde Logo auf der Kiste. Das Emblem bestand aus einem Adler, der ein Bündel Pfeile in seinen Klauen hielt, mit einem Schild im Vordergrund. Im Kreis um den Adler stand „Civilian Marksmanship Program".

Das „CMP Sales"-Programm verkaufte der Regierung überschüssige Schusswaffen, die jahrzehntelang eingelagert gewesen waren, insbesondere

„M1 Garand"-Gewehre. Aufgrund der Kiste zu meinen Füßen vermutete ich, dass sie aus einem geplünderten Lager der Regierung stammte.

Mein Blick wanderte von der Kiste zur Waffe im Reinigungsgestell, dann zu den Bauteilen auf der Werkbank, und mit einem Mal ergaben die Puzzleteile einen Sinn.

Die Waffen befanden sich zu Beginn in einem furchtbaren Zustand und wurden auseinandergebaut. Jemand mit einer Systemfähigkeit oder Klassenfertigkeit restaurierte die einzelnen Komponenten, und dann wurde alles wieder zu einer funktionsfähigen Systemwaffe zusammengesetzt.

Solchen Einfallsreichtum konnte ich einfach nur bewundern.

So sehr, dass ich meine Wertschätzung durch die „Befreiung" einiger ihrer Werke zeigen würde. Der Sammlung im Raum nach zu urteilen, hatte jemand ein Regierungsdepot oder eine Privatsammlung geplündert. Höchstwahrscheinlich beides.

Ich wandte mich den Regalen zu und nahm eine Handvoll der restaurierten Pistolen an mich. Neben den Pistolen waren die in den Vitrinen am häufigsten vertretenen Schusswaffen Polizeiausführungen von AR-15-Gewehren. Ich schnappte mir ein paar und fügte sie meinem Waffenlager hinzu. Die Klassenfertigkeit Genau das richtige Werkzeug hat sich hier wirklich ausgezahlt. Bevor ich die Waffen wegsteckte, nahm ich mir die Zeit, sie alle zu laden.

Zu meinem Glück befanden sich unter den Waffen Regale mit Munition mit entsprechenden Kalibern in ordentlich gestapelten Kisten. Dann räumte ich so ziemlich alles, was noch übrig war, ab.

Munition für Lau? Volltreffer!

Am Ende des Waffenregals stellte ich fest, dass das CMP-Depot nicht die einzige ungewöhnliche Beschaffungsquelle für die Waffen war.

Ganz am Ende gab es eine Reihe von Waffen, die ich bisher nur in Filmen gesehen hatte. Ich erbeutete ein Paar Reihenfeuerpistolen, einige Uzis und eine riesige Knarre, die der größte Revolver war, den ich je gesehen hatte. Ich erkannte das Modell nicht auf den ersten Blick, da Revolver beim Militär nicht in Gebrauch waren und ich nie mit so massiven Waffen trainiert hatte. Die Munitionsschachteln unter dem Regal waren mit „.44 Magnum" beschriftet, und ich steckte sie alle ein.

Mein zusätzlicher „Genau das richtige Werkzeug"-Ausrüstungsspeicher war fast voll, als ich meinen Raubzug durch die Waffenkammer beendet hatte. Leere Regale machten es ersichtlich, wo ich entweder Waffen oder Munition „befreit" hatte. Meine Hoffnung war, bereits lange fort zu sein, bevor es jemandem auffiel.

Als ich wieder zur Tür ging, ertönte ein lautes Klicken und ich erstarrte.

Mit der aufschwingenden Tür zog ich meine Pistolen. Zwei Gestalten standen vor mir. Sie waren definitiv überrascht, mich mit erhobenen Waffen in der Waffenkammer vorzufinden.

Vor mir war ein grauhaariger Mann mit einem dicken Halsband aus Metall, und hinter ihm stand ein Krym'parke. Die blinkenden Lichter am Gerät um seinen Hals erinnerten mich an diese Filme, in denen ein Schurke seinen Gefangenen droht, den Kopf abzusprengen, wenn sie es wagen, zu fliehen. Der Alien trug ein hautenges beigefarbenes Hemd und eine braune Cargohose mit einem Gürtel, der mit Taschen und Handgeräten ausgestattet war.

Robert Wilson (Büchsenmacher Level 11)
HP: 90/90
MP: 150/150

Rahrn't Eh'pyxe (Sklaventreiber Level 35)

HP: 720/720

MP: 820/820

Der alte Mann warf sich zur Seite und gab mir freie Schussbahn auf den Alien, der nach dem Schock erst jetzt seine Waffe zog.

Der Alien war nahe genug für den Hindern-Zauber. Ich aktivierte die Klassenfertigkeit zusammen mit Frostbolzen. Der gezackte Eissplitter schlug in die Brust des Krym'parke ein, und ich eröffnete gleichzeitig das Feuer mit meinen Pistolen. Das Echo hallte laut in der geschlossenen Waffenkammer, und der Alien taumelte unter der Wucht der Kugeln zurück.

Blauschwarzes Blut drang aus den Wunden an seinem Oberkörper und sickerte durch die Schusslöcher im enganliegenden Hemd. Ich hatte ihn an die hintere Wand des Flurs zurückgetrieben, sodass es dem Alien gelang, seine eigene Waffe zu ziehen und das Feuer mit einer Strahlenpistole zu erwidern.

Der Energiestrahl brannte sich in den Ärmel meines Jumpsuits, aber der gepanzerte Stoff hielt stand. Trotz des Schadens hatte ich beim Schlagabtausch die Oberhand gewonnen. Bei Fortsetzung dieses Zermürbungskampfes auf Distanz würde ich als Sieger übrigbleiben.

Ich schritt bis in den Türrahmen der Waffenkammer, feuerte, bis meine Pistolen leer waren, und tauschte sie dann gegen ein geladenes Paar aus dem Inventar. Mein nahtloser Waffentausch verdutzte den Alien, und als er zur gleichen Schlussfolgerung über unseren Werdegang kam, überzog Panik sein Gesicht.

Der Schaden durch die Strahlenpistole tat zwar weh, aber die Verbrennungen waren größtenteils oberflächlich. Bisher war jeder Schuss auf einem anderen Körperteil gelandet und hatte meine Haut nur dort verkohlt, wo meine Rüstung bereits vom vorherigen Scharmützel aufgeschlitzt war. Ich schaffte es, den Schmerz zu überwinden und weiterzukämpfen.

Die Brust des Krym'parke war hingegen eine blutige Masse. Meine Geschosse verursachten innere Schäden und zerstückelten Knochen im Alientorso. Er konnte die Strahlenpistole kaum noch auf mich richten.

Der Alien schaute sich hektisch um und hielt mit leicht zur Seite gedrehtem Kopf inne, als er etwas im Flur vor der Tür sah. Es war dieselbe Richtung, in welche der Büchsenmacher Deckung genommen hatte, und mir wurde klar, dass der alte Mann noch am Boden liegen musste.

Der Außerirdische schaute mich an und zeigte seine Reißzähne mit einem manischen Grinsen.

Nicht gut. Ich musste ihn stoppen, bevor er seine Idee, was immer es für eine sein mochte, in die Tat umsetzen konnte.

Ich stürzte quer durch den Flur, gerade in dem Moment, als er nach seiner Hüfte griff. Ich ließ meine Pistolen fallen und hielt seine Hand fest, die gerade dabei war, ein Gerät vom Gürtel zu ziehen. Ich hielt das Handgelenk des an die Wand gedrückten Aliens mit einer Hand fest und zog mit der anderen mein Messer. Er zerrte am Gerät, hatte aber nicht die Kraft, mich zu überwältigen.

Mir wurde klar, dass ich, trotz des Levelunterschieds, den meisten Gegnern mit Basisklasse in jedem einzelnen Attribut mehr als gewachsen war. Da sie in der Regel weniger Attributspunkte pro Level erhielten, konzentrierten sich die meisten Galaktiker auf ein einzelnes Attribut, das ihren Klassenfähigkeiten zugutekam. Obwohl meine Attributspunkte breiter verteilt waren, würden sie stets mindestens nah an den spezialisierten Attributswerten sein, die Grundklassen mit bis zum zweifachen meines Levels pflegten.

Der Alien reagierte auf seine missliche Lage, indem er seine Pistole an mein Ohr setzte und direkt in meinen Kopf feuerte. Ich schrie auf, mit dem Geruch von verbranntem Haar und Fleisch in der Nase. Ich drehte meinen Kopf weg, sodass der Energiestrahl sich seinen Weg über meinen Hinterkopf statt über die Seite bahnte.

Ich zog meine Schulter herunter und rammte sie dem Alien in seine verwundete Brust, ohne sein Handgelenk loszulassen. Der Krym'parke keuchte, verlor den Atem durch den Aufprall, und die Pistole glitt von meinem Kopf weg.

In der kurzen Atempause teilte ich mit einem seitlichen Messerstich Nachschlag in den Kopf des Aliens aus. Die Messerspitze traf auf den Gehörgang und drang knirschend bis zum Griff ein. Der Alien zuckte in meinen Armen, aber ich zog die Klinge heraus und stach erneut zu, bis der Sklaventreiber erschlaffte. Erst dann löste ich meinen Griff um das Handgelenk des Toten und ließ den Leichnam zu Boden sinken.

Mein Messer glitt mit einem ekelhaften Quietschen aus dem Kopf und ich wankte zurück, während das Adrenalin nachließ. Ich sank neben dem toten Alien auf ein Knie und wischte meine Klinge an seiner Hose ab, bevor ich sie wieder in die Scheide steckte.

Ich hätte das Blut mit „Reinigen" von der Waffe zaubern können, aber ich zog die altmodische Methode vor und nutzte stattdessen das aufgesparte Mana, um mich selbst zu heilen, bevor ich behutsam die blasige Seite meines Kopfes untersuchte, die immer noch Hitze ausstrahlte und vor Schmerzen pochte. Von meinem Ohr war kaum mehr als ein verkohltes Stück Fleisch übrig, und eine Linie verbrannter Haut zog sich über meinen Hinterkopf, wo der Lauf der Strahlenpistole entlang geglitten war.

Ich bemerkte, dass der Büchsenmacher sich mühsam aufrichtete, und vergaß fürs Erste meine Wunden. Die Augen des Alten waren voller Schmerz, aber sein Blick war stur auf den toten Alien gerichtet. Er humpelte herüber und fiel neben mir auf die Knie. Er griff nach dem gleichen Gerät, das der Alien vor seinem Tod packen wollte, und zog den kästchenartigen Gegenstand vom Gürtel.

Ich zog einen Gesundheitstrank heraus und trank ihn, während der Mann sich an dem Gerät zu schaffen machte. Lichter blinkten an dem silbernen Kästchen, dann ertönte ein Piepsen und der Büchsenmacher erstarrte in Panik. Eine Sekunde später klickte das Halsband um seinen Hals und öffnete sich.

Der Mann seufzte erleichtert auf, ließ die Schachtel fallen, und nahm das Halsband ab. Er schleuderte es mit Abscheu im Gesicht auf die Leiche und spuckte auf sie.

„Ich schulde dir meinen Dank, junger Mann", sagte der Büchsenmacher und rieb sich den Hals. Die Haut unter dem Ring, an dem das Halsband gesessen hatte, war rot und wund.

„Gern geschehen", antwortete ich.

„Ich bin Robert", sagte er und streckte mir die Hand entgegen.

„Hal", sagte ich und schüttelte die ausgestreckte Hand kräftig.

„Ich nehme an, du steckst mit den Besitzern dieser netten, kleinen Anstalt nicht unter 'nem Hut?"

„Nein." Ich schüttelte den Kopf.

Robert nickte und richtete sich langsam auf. „Ich bin ganz schön froh, dass ich 's Sklavenhalsband los bin."

„Sklavenhalsband?", fragte ich. „Wie funktionieren die?"

Robert zeigte auf den dicken Metallring, der auf dem toten Alien lag. „Du tust, was sie sagen, oder sie drücken 'nen Knopf und dein Kopf platzt."

„Sowas habe ich noch nie gesehen."

„Den Kindern haben sie die auch aufgesetzt", sagte Robert.

„Welchen Kindern?", fragte ich direkt.

„Sie haben 'nen Haufen Kinder oben in die Zellen gestopft. Von den ursprünglichen Gefangenen ist kaum noch wer übrig." Robert zeigte nach oben und ein Schaudern ergriff ihn.

„Dann werde ich wohl nach oben gehen", sagte ich.

Der alte Mann betrachtete mich mehrere Sekunden lang schweigend.

„Warum denn das?" fragte Robert schließlich. „Heutzutage kocht jeder doch nur noch sein eigenes Süppchen."

„Ich kann nicht behaupten, dass ich da anders bin." Ich begegnete seinem Blick. „Aber ich habe eine Quest, die Kinder zu befreien und ich werde sie durchziehen."

Der Büchsenmacher nickte wieder. „Gib mir 'nen Moment. Ich bewaffne mich, dann komme ich auch mit."

Er wandte sich von mir ab und ging in die Waffenkammer.

Ich nahm das Sklavenhalsband und die Fernsteuerung, und verstaute sie in meinem Inventar. Dann schob ich den ganzen Alien in die Kühlkammer und stand wieder auf. Meine schlimmsten Verletzungen verschwanden, während der alte Büchsenmacher über fehlende Waffen fluchte, und ich seinen Ärger durch die offene Tür hörte.

Ich hatte nicht vor, mich als Täter zu entlarven.

Während der Büchsenmacher sich eindeckte, bereitete ich mich ebenfalls vor. Ich lud die Waffen vom letzten Kampf nach und prüfte danach meinen Jumpsuit. Obwohl er nun etwas verkohlt war, hatte er seit meinem Kampf mit dem Metzger nicht wirklich allzu viel Schaden genommen. Er sah ganz schön abgenutzt aus, blieb aber fürs Erste weiterhin einsatzfähig.

Als ich mit meinen Vorbereitungen fertig war, hantierte der Büchsenmacher immer noch in seiner Werkstatt herum. Ich lehnte mich mit dem Rücken zur Wand und wachte über den leeren Flur.

Ein paar Minuten später kam der Alte heraus. Ein Polizei-AR-Gewehr hing am Riemen an seiner Schulter und eine Seitenwaffe steckte an seiner Hüfte. Er gab mir einen kurzen prüfenden Blick und nickte dann.

„Die meisten Außerirdischen flogen nicht lang' her mit ihren Raumschiffen weg. Also wenn wir uns beeilen, schaffen wir die Kinder vielleicht noch rechtzeitig hier raus", sagte Robert.

„Wo müssen wir hin?", fragte ich.

„Drei Stockwerke hoch. Da haben sie die Kinder eingesperrt. Darüber befindet sich 'ne Wohnetage für die Außerirdischen, dann ein Stockwerk mit Ausrüstung für sie und zur Wartung derer Schiffe."

„Du bist hier wohl ganz schön herumgekommen", kommentierte ich.

„Jemand musste deren Mist ja reparieren", antwortete der Mann. „Sie waren meist zu faul, ihre eigenen Geräte zu warten, solange wer anders es für sie tun konnte. Außerdem hatte ich ja einen Babysitter."

Er zeigte zur Stelle mit der nun verschwundenen Alienleiche und runzelte überrascht die Stirn. Außer Blutspritzern auf Wand und Boden war vom Sklaventreiber nichts übrig.

„Ich habe mich um die Leiche gekümmert", sagte ich, bevor der Büchsenmacher danach fragen konnte.

Der Alte nickte abermals, aber das Stirnrunzeln blieb, wahrscheinlich weil auch das Sklavenhalsband verschwunden war.

„Bereit?" Ich zog eine Pistole aus dem Holster.

„Los geht's", antwortete Robert.

Der alte Mann schwang die Waffe von seiner Schulter und machte sie bereit. Er hatte ganz klar jahrelange Erfahrung. Er war wohl ein Veteran, oder hat zumindest regelmäßig mit seiner Ausrüstung geübt. Wahrscheinlich beides.

Ich drehte dem Mann den Rücken zu und ging zur Treppe. Wenn er vorhatte, mir in den Rücken zu schießen, dann wollte ich das lieber jetzt schon wissen. Ich hatte jedoch nicht den Eindruck, dass es darauf hinauslaufen würde. Ich verließ mich auf meine Menschenkenntnis und hatte den Eindruck, dass der Büchsenmacher es den sklaventreibenden Aliens heimzahlen wollte.

Ich öffnete die Tür zum Treppenhaus und ging voran, hinauf zu den höheren Etagen.

Kapitel 29

Zum Vorteil meiner Gesundheit war mein Urteil über Robert solide, und mein Rücken blieb von Einschusslöchern verschont, während wir zum Stockwerk mit den gefangenen Kindern hinaufstiegen.

Ich trat aus dem Treppenhaus in einen schleusenartigen Korridor, der den Zugang zum Rest der Etage einschränkte. Im Gegensatz zu den bisherigen Stockwerken, sah es hier aus und fühlte es sich an, wie in einem Gefängnis.

Die Schlüsselkarte des Metzgers ließ mich durch die Sicherheitsschleusen und Robert folgte mit erhobenem Gewehr. Der Büchsenmacher hatte mich nicht ein einziges Mal mit der Mündung seiner Waffe gestreift, während wir den Gang hinunterschlichen, was mich beeindruckte. Für den Fall, dass wir auf jemanden stießen, hoffte ich nur, dass er so gut schießen konnte, wie er sich bewegte.

Nach der gesicherten Tür führte ein Korridor im rechten Winkel nach rechts und ein anderer geradeaus, der am Ende ebenfalls nach rechts weiterverlief. Mit einem Blick nach rechts erkannte ich, dass dieser Flur nach links abbog. Der Abschnitt hatte also einen quadratischen Grundriss.

Eine Karte des Stockwerks neben der Sicherheitstür bestätigte meine Vermutung. Die Zellen waren an den Außenwänden des Flurs angebracht, während sich in der Mitte ein Fitnessbereich, eine Waschküche, eine kleine Küche und eine Häftlingskantine befanden. Da die gesamte Etage eine in sich geschlossene Einrichtung war, mussten die Gefangenen nicht zwischen den Geschossen wechseln. Zumindest theoretisch hätte es vor dem System so funktioniert.

Tatsächlich jedoch stieg mir der Geruch von ungewaschenen Menschen in die Nase, sobald wir die Sicherheitsschleusen verließen. Ich rümpfte angewidert die Nase und sah Robert an, der sich vom Gestank nicht beeinflussen ließ. Der alte Mann warf mir einen ausdruckslos herausfordernden Blick zu und deckte den Weg nach rechts.

Ich hielt meinen Mund und ging vorwärts zur nächsten Gefängniszelle, um einen Blick hineinzuwerfen. Meine unausgesprochenen Fragen über den Fußboden wurden durch das Gesehene beantwortet.

In der Zelle waren ein Etagenbett, eine kleine Dusche, ein Waschbecken und eine Toilette. In dem Raum, der für zwei erwachsene Häftlinge vorgesehen war, saßen ein halbes Dutzend Kinder, die leise miteinander flüsterten. Die Kinder waren gemischten Alters und Geschlechts, als hätte man sich nicht die Mühe gemacht, sie zu trennen, aber sie waren alle unter achtzehn.

Die sechs Jugendlichen verstummten, als ich an die Zellentür trat, dann wichen sie mit instinktiver Furcht zurück. Als sie erkannten, dass ich weder ein Alien noch ein uniformierter Polizist war, wich Furcht der Verwirrung, aber der Anblick der ängstlich zurückschreckenden Kinder prägte sich mir noch tiefer ein als die überfüllten und unhygienischen Bedingungen.

Nachdem ich mich von der Zelle abgewandt hatte, fragte ich: „Wo ist der Kontrollraum für das Stockwerk?" Meine Stimme kam geradezu als Knurren heraus.

„Hier lang", sagte der Alte über die Schulter weg, und ging den Flur hinunter.

Ich folgte ihm und drehte mich alle paar Schritte prüfend zurück, vermied jedoch den Anblick der anderen Zellen. Wir erreichten das Ende des Ganges und gingen um die Ecke, in den nächsten Abschnitt des Flurs.

Robert hielt vor der nächsten Kreuzung an und winkte mich an die Wand. Ich lehnte mich mit dem Rücken gegen das Schott und vergewisserte mich, dass unsere Rücken frei waren, bevor ich nach vorne sah.

Die massive Metalltür gleich hinter Robert schien der Eingang zum Kontrollraum zu sein. Mindestens eine Wand des Raums bestand aus Panzerglas, was erklärte, warum der Büchsenmacher mich an die Wand gedrängt hatte.

Hinter dem Kontrollraum war zum einen eine Abbiegung im quadratischen Format des Turms, zum anderen eine weitere Sicherheitsschleuse, die den Zellenblock auf dieser Etage vom nächsten Turm trennte. Durch die schachbrettartig versetzte Anordnung der Türme hatten die Zellen an den Außenwänden keine gegenüberliegenden Zellen.

Robert bedeutete mir, zur Tür zu gehen. Ich zog die gestohlene Schlüsselkarte heraus und schlüpfte an ihm vorbei. Der Büchsenmacher ordnete sich hinter mir an, eine Hand am Türgriff, während ich mit der Schlüsselkarte vor dem Kartenleser wartete. Ich schaute Robert an, und er nickte mir zuversichtlich zu. Ich erwiderte die Kopfbewegung und zog die Schlüsselkarte am Lesegerät des Schlosses vorbei.

Die Tür klickte, Robert schwang sie auf, und ich ging hindurch. Der Krym'parke im Kontrollpunkt saß weit zurückgelehnt in einem Bürostuhl. Seine Hände waren hinter dem Kopf verschränkt und die Füße lagen auf der Kante einer Konsole, über der zahlreiche Monitore hingen. Wäre der Alien wach gewesen, hätte er uns auf einem der vielen Bildschirme auf unserem Weg durch die Gänge beobachten können.

Certlk'n Af'ryve (Sklaventreiber Level 36)

HP: 730/730

MP: 840/840

Als ich durch die Tür trat, öffnete der Krym'parke eines seiner Augen ein wenig, leicht verärgert über die Unterbrechung seines Nickerchens.

Dann erwachte der Alien ruckartig beim Anblick meiner ausgerichteten Pistole und schwang seine Füße vom Schreibtisch.

Bevor die Füße des Aliens den Boden berührten, schoss ich mit meiner Pistole und ging weiter in den Raum hinein. Nachdem ich den Türrahmen geräumt hatte, warf ich Frostbolzen, und Robert eröffnete hinter mir das Feuer mit seinem Gewehr. Unsere kombinierten Angriffe schlugen auf den Alien ein, der versuchte, sich gegen die Wucht der eintreffenden Geschosse aufzurichten. Er scheiterte und konnte nur zusammen mit seinem bereits angekippten Bürostuhl nach hinten fallen.

Der Alien landete auf den Knien, und ich aktivierte Hindern, bevor er etwas anderes tun konnte. Seine Reaktionen verlangsamten sich noch mehr. Aller Lebenskräfte von unserem Sperrfeuer geraubt, konnte der Alien nicht mal eine Waffe ziehen, bevor er zusammenbrach.

Robert eilte zur Konsole, die der Außerirdische als Fußstütze benutzt hatte, und tippte schnell auf einer Tastatur, während ich die Leiche untersuchte. Ein Taschenmesser und eine Strahlenpistole waren bald in meinem Inventar verstaut, aber sonst fand ich nichts Nützliches.

Robert drückte mehrere Knöpfe neben der Steuerkonsole, dann rannte er aus dem Raum. Der alte Mann bewegte sich erstaunlich schnell, und ich eilte ihm nach.

Draußen auf dem Korridor waren die Zellentüren aufgeschwungen, und mehrere Kinder steckten mutig ihren Kopf aus den Zellen hervor.

Robert ignorierte sie alle und rannte durch das Sicherheitstor zum angrenzenden Gefängnisturm. Was auch immer er mit der Konsole des Kontrollraums angestellt hatte, um die Zellentüren zu öffnen, hatte gleichzeitig auch die Sicherheitstüren geöffnet.

Ich folgte ihm in den nächsten Zellenblock, wo der Flur mit Kindern gefüllt war, die ihre Zellen verlassen hatten. Sie zogen sich rasch zurück, um uns Platz zu machen. Robert ignorierte sie und drängte sich durch die Schar. Er lief weiter im Korridor, durch eine weitere Sicherheitskontrolle und in den nächsten Zellenblock.

Auf halbem Weg durch den nächsten Flur begann Robert, die Kinder anzusehen. Er blickte von einem Gesicht zum anderen, als suche er nach einer bestimmten Person.

„Mickey!", rief Robert. „Mickey, wo bist du?"

„Opa", rief eine Stimme aus einer Gefängniszelle in der Nähe.

Ein kleiner Junge stürzte in den Flur und rannte zu Robert. Der alte Büchsenmacher schwang sein Gewehr auf den Rücken, ging in die Knie und umarmte den Jungen, der kaum älter als zwölf war.

Michael Wilson
HP: 50/50

Die beiden klammerten sich verzweifelt aneinander, während weitere Kinder auf den Flur traten. Ich ging zu den beiden hinüber und rüttelte Robert sanft an der Schulter.

„Wir müssen gehen", sagte ich. „Es wird bestimmt nicht lange dauern, bis die anderen zurückkommen."

Der Büchsenmacher stemmte sich auf und hob seinen Enkel an, der nicht von seinem Hals losgelassen hätte.

Die Wärme zwischen dem Jungen und Robert schien die Kinder um uns herum zu beruhigen und ihnen das Misstrauen zu nehmen. Dass wir sie aus ihren Zellen befreit hatten, half auch dabei.

Irgendwie schafften wir es, die Kinder zusammenzutrommeln und zur Treppe zu bringen. Was auch immer Robert mit den Sicherheitssystemen angestellt hatte, beide Türen an der Treppe waren jetzt offen und erlaubten mir, uns durch das Treppenhaus nach unten zu führen.

Einen kurzen Abstecher in die Waffenkammer später, waren die Waffenregale leer und die restlichen Waffen und Munition in mein fast randvolles Ausrüstungslager gestopft.

Ich fühlte mich wie der Rattenfänger, als ich den Aufmarsch der Kinder aus dem Gefängnis und durch das Gerichtsgebäude führte.

An der Rezeption angekommen, starrte Brian die Kinder mit schockierter Miene an. „Woher kommen denn all diese Kinder?"

„Deine Freunde, die Aliens, hatten sie ins Gefängnis gesteckt", antwortete ich.

„Was? Nein, das ist unmö..." Sein Mund klappte auf. Die Kinder strömten weiter in die Halle und vernichteten seine Leugnung durch ihre blanke Anwesenheit.

Es dauerte nicht lange, bis mehr als einhundert Kinder im Eingangsbereich standen. Robert schob sich durch die Menge zur Rezeption. Während der Büchsenmacher sich durch die Masse der Kinder arbeitete, erkannte ich ein paar Gesichter wieder.

Die Thomas-Kids hatten überlebt.

Die Erleichterung nahm eine Last von mir, die ich gar nicht bemerkt hatte. Zeke war schon lange nicht mehr unter uns, aber seine Kinder waren noch da.

Robert hielt immer noch seinen Enkel im Arm und trat vor die beiden Kinder. Ich bekam den Eindruck, dass Brian es nicht glauben konnte, ihn zu sehen.

„Robert, ich habe dich seit Wochen nicht gesehen. Weißt du, was zur Hölle los ist?", fragte Brian. „Woher kommen all diese Kinder?"

„Diese außerirdischen Wickser haben mich in ein Sklavenhalsband gesteckt!", fluchte Robert. „Sie haben Mickey mit den anderen Kindern eingesperrt, damit ich gehorsam war. Sie hatten vor, die meisten Kinder als Sklaven und Zuchttiere für ein Schwarzmarktnetzwerk vom Planeten zu verschiffen."

„Nie und nimmer waren all diese Kinder im Gefängnis", sagte Brian. „Es gab hier so schon zu viele Häftlinge, selbst nach dem Aufstand am ersten Tag."

„Es gibt keine Häftlinge mehr", sagte Robert zitternd. „Die Außerirdischen haben sie als erstes gefressen."

Brian verarbeitete das Wissen stumm, rang damit, aber ich konnte wieder den Zeitdruck spüren. Ich hatte keine Ahnung, wie lange der Kampf in der Stadt noch andauern würde, aber bevor irgendwelche Überlebenden zurückkehrten, wollte ich mit den Kindern weit weg sein.

„Wir müssen die Kinder wegbekommen", sagte ich. „Mach das Tor auf, Brian. Mir ist egal, was du machst, wenn wir weg sind."

Der Beamte drückte einen Schalter auf dem Schreibtisch, und das Eingangstor vor den gläsernen Eingangstüren des Gebäudes öffnete sich. Draußen war die Nacht hereingebrochen und hüllte den Parkplatz hinter den Toren in Dunkelheit.

„Komm mit uns, Brian", sagte Robert leise. „Du bist ein guter Mensch, und die Kinder brauchen mehr gute Menschen, die sich um sie kümmern. Ich weiß, wo wir hingehen können, aber ich könnte deine Hilfe gebrauchen."

Der Beamte schaute auf die Kinder und schien eine Entscheidung zu treffen. Brian nickte Robert zu und entfernte das Schild von der Brust. Er legte das silberne Abzeichen auf den Schreibtisch und ließ seine Hand für einen Moment verweilen, dann trat er hinter dem Tresen hervor und zog sein Gewehr aus dem Inventar.

„Wie sieht's mit dir aus?", fragte Robert mit dem Blick auf mich gerichtet.

„Nein, das Ganze wird noch Folgen haben." Ich schüttelte den Kopf. „Sobald jemand anfängt, Fragen zu stellen, werden viel zu viele hinter mir her sein. Am besten ist es, wenn ich eine zweite Spur lege, der sie folgen können. Ich spiele den Köder, um die Aufmerksamkeit von deinem Zielort abzulenken."

Robert nickte verständnisvoll. Er öffnete den Mund, um noch etwas zu sagen, aber ich unterbrach ihn mit einer Handgeste.

„Sage mir nicht, wo. Für den schlimmstmöglichen Fall ist es besser, ich weiß es nicht."

Der alte Mann sah mich einen Moment lang ernst an und streckte dann seine Hand aus. „Danke. Dafür, dass du mir das verdammte Halsband abgemacht hast und für unsere Freiheit."

Ich schüttelte seine knorrige Hand und winkte den Dank ab.

Ich war kein Held, der es verdiente, gepriesen zu werden. Im jetzigen Moment starben wahrscheinlich Menschen in der Stadt, als Konsequenz für meine Handlungen. Ich habe beinahe ausnahmslos nur mit verdeckten Karten gespielt. Aber verraten wollte ich das nicht. Nicht hier und nicht jetzt, mit dem Eingangsbereich vollgepackt mit Mädchen und Jungen.

Alles war gesagt, und ich öffnete die Eingangstür. Ich hielt sie offen, damit Robert die ersten Kinder aus dem Gebäude führen konnte. Sie eilten ihm klaglos hinterher und strömten still hinaus, zwei oder drei auf einmal. Einige dankten flüsternd im Vorbeigehen.

Als der erste ältere Teenager vorbeiging, stoppte ich das blonde Mädchen mit erhobener Hand und hielt ihr eines der überholten

Polizeigewehre hin, die ich beim Ausräumen der Waffenkammer erbeutet hatte. Ihre überraschte Miene wandelte sich in eine entschlossene, und sie packte die Waffe und verstaute die zugehörige Munitionsschachtel in ihrem Inventar.

Ich verteilte den Rest der geplünderten Gewehre an die anderen Oberstufenschüler. Die Monster der Dungeonwelt scherten sich nicht darum, dass sie Kinder waren. So haben sie wenigstens eine Chance, sich zu verteidigen.

Ich hoffte nur, dass Robert nicht allzu verärgert sein würde, sobald er bemerkte, wo der Rest seines Waffenarsenals geblieben war.

Gabrielle und Jordan Thomas hatten mich definitiv von unserer letzten Begegnung erkannt, denn sie nickten mir respektvoll zu, als sie das Gebäude verließen. Ich händigte ihnen die Waffen aus und ruckte mit dem Kopf zur Seite. Sie stellten sich neben mich, während weitere Kinder aus dem Gebäude liefen.

Ich hielt die Tür mit einem Fuß auf, drehte mich zu den beiden um und holte Zekes Kriegshammer aus meinem Inventar. Ich hielt die massive Waffe den Jünglingen mit beiden Händen hin.

„Das gehörte eurem Vater", sagte ich. „Er hätte gewollt, dass ihr sie bekommt. Bei all dem Durcheinander hatte ich vergessen, sie euch bei unserem letzten Treffen zu geben."

Die Teenager sahen sich stumm an, und Jordan nickte seiner Schwester zu. Gabrielle trat vor und hob die schwere Waffe aus meinen Händen. Sie konnte den Kriegshammer kaum anheben.

Jedoch stand es ihr auf dem Gesicht geschrieben, dass sie voll entschlossen war, die Waffe nicht fallenzulassen, selbst ohne die Stärkeanforderung zum effektiven Schwingen.

Jordan strich mit der Hand über den Hammer. Die beiden hielten ihn hoch und untersuchten ihn gemeinsam. Nach einigen Momenten des Kampfes mit seinem Gewicht, verschwand der Kriegshammer im Inventar des Mädchens.

„Danke", schluchzte Gabrielle. Von Emotionen überwältigt bekam die junge Frau kein weiteres Wort heraus.

„Das bedeutet uns so viel", sagte Jordan. „Wir haben alles verloren, aber jetzt haben wir etwas von Vater." Der junge Mann zähmte seine Gefühle mit tiefen Atemzügen. „Vielen Dank."

Ich nickte und spürte, dass meine Schuld gegenüber Zeke endlich erfüllt war, obwohl ich seine Quest bereits vor langer Zeit abgeschlossen hatte.

Die Thomas-Kids bedankten sich noch einmal bei mir, bevor sie wegliefen, um die letzten Kinder aus dem Gebäude einzuholen. Als Gabrielle und Jordan durch das Tor um den Gebäudekomplex traten, erschien eine Meldung, die ich vorerst auf Eis legte.

Brian bildete das Schlusslicht, und ich schloss die Türen hinter uns.

„Viel Glück", wünschte mir Brian und folgte der Gruppe.

„Dir auch", antwortete ich.

Der Scharfschütze zog ein Gewehr aus seinem Inventar und lief dann zum Ende des Zuges der geretteten Jugendlichen. Die unorganisierte Truppe schlängelte sich über den Parkplatz davon. Die Vorausgehenden waren bereits in die Second Avenue abgebogen, und ich verlor sie bald darauf in der schattendurchfluteten Abendstadt aus den Augen.

Als sie alle weg waren, holte ich mein Motorrad aus dem Inventar und stieg auf. Ich gab nach Westen Gas, fuhr um den Häuserblock herum und bog auf den Boulevard of the Allies ab. Die Straße kletterte hier am Hang hinauf, und als sie wieder flach wurde, hielt ich an.

Durch die Southside Flats auf der anderen Seite des Monongahela River glitzerten nur wenige Lichter im Dunkeln, aber die Aussicht unter dem frühen Abendmond war nicht weniger malerisch.

Niemand war zu sehen, und ich nutzte die Gelegenheit, um mich endlich um die blinkenden Benachrichtigungen in meinem Sichtfeld zu kümmern.

Quest abgeschlossen!

Du hast die von den Krym'parke-Sklaventreibern entführten Kinder erfolgreich gefunden und befreit.

25.000 Credits und 20.000 EP erhalten.

*-800 Ruf beim Goldkragen-Kartell**

*-1000 Ruf bei mit den Krym'parke verbundenen Gruppierungen**

Die Sternchen in den letzten beiden Zeilen machten mich neugierig. Bei genauerer Betrachtung erschien eine verlinkte Benachrichtigung.

** Diese Änderungen am Ruf werden für 347 Galaktische Standardtage ausgesetzt. Sollte ein Mitglied der betreffenden Gruppierung der Gruppierungsleitung innerhalb der ausgesetzten Zeit Beweise für deine Beteiligung vorlegen, wird der Verlust des Rufs bei dieser Gruppierung in vollem Umfang angerechnet.*

Wenn ich knapp ein Jahr lang untertauchte und keine weiteren Beweise auf den Plan traten, würde ich vielleicht doch nicht so sehr gejagt werden, wie ich dachte. Dennoch — es wäre besser, nicht hier rumzuhängen, um es herauszufinden.

*Levelaufstieg! * 2*

Du hast Level 19 als Gnadenloser Jäger erreicht. Wertepunkte werden automatisch verteilt. Du kannst 4 Gratis-Attributpunkte und 1 Klassen-Fertigkeitspunkt verteilen.

Ein erfolgreicher Abschluss der Quest und zwei Levels. Nicht schlecht für einen Abend Arbeit.

Ich wollte mit der Punkteverteilung erst mal warten, denn leider war die Nacht für mich noch lange nicht vorbei. Ich hatte vor, auf der Interstate 376 weit aus der Stadt hinauszufahren, um Abstand zu den fliehenden Kindern herzustellen.

Zum Glück hatte ich im normalen Inventar und in „Genau das richtige Werkzeug" reichlich Ausrüstung und Vorräte für eine Tour durch die Wildnis.

Wenn ich genug Monster getötet habe und mächtiger geworden bin, würde ich vielleicht eines Tages zurückkommen und nachschauen, ob irgendwelche Krym'parke den Kampf mit den Goblins überlebt haben.

Mit einem letzten Blick auf die Stadt hatte ich allerdings nicht gerade das Gefühl, dass ich bald zurückkehren würde.

Vor weniger als zwei Wochen war ich noch ein einfacher Kautionseintreiber mit einem angeschlagenen Körper und einem gebrochenen Geist. Mein Leben war ein einziger, mühseliger Überlebenskampf geworden, und ich verfolgte Gesetzesbrecher durch die Stadt hindurch, um mich davon abzulenken.

Das System hat alles verändert.

Das Mana, das durch die Welt strömte, hatte meinen Körper in Topform gebracht und mir buchstäblich Superkräfte verliehen. Der Kampf ums Überleben ging weiter, aber alles war anders, jetzt wo ich übermenschliche Fähigkeiten, Laserpistolen und Magie besaß. Und eine Railgun.

In letzter Zeit schienen mich außerdem weniger Alpträume zu plagen. Ich konnte endlich eine Nacht durchschlafen, ohne schweißgebadet aufzuwachen. Wenn man bedenkt, wie wenig ich in den vergangenen paar Tagen geschlafen hatte, war es die weltweite Katastrophe beinahe wert.

Zumindest für mich.

Lange nicht jeder würde mir dabei zustimmen. Nichtsdestotrotz waren die System-Monster für mich greifbare Gegner, die ich bekämpfen konnte, und ich freute mich schon darauf, mich den Herausforderungen dieser neuen Dungeonwelt zu stellen und dabei mächtiger zu werden.

Genug Zeit verschwendet – ich musste weiterziehen.

Mein Motorrad erwachte brüllend zum Leben, ich lehnte mich tief über den Lenker und gab Gas.

Der Asphalt verschwand unter meinen Reifen, und ich schoss die Straße hinunter. Die Auffahrt zur 376 East verlief in einer Kurve nach rechts, und ich fuhr hinab auf die breitere Fahrbahn.

Ich rutschte in den bequemen Sitz des Motorrads – es würde eine lange Nacht werden.

Bis ich mich wieder hinlegen könnte, lagen noch viele Meilen vor mir.

Epilog

In dem schimmernden, kristallklaren Wasser in der Mitte eines erhöhten und elegant geformten Granitbeckens waberte ein Bild. In den Stein war eine Darstellung gemeißelt: Jäger ritten in Rüstung, mit Speeren und Bögen, gefolgt von knurrenden Hunden, und verfolgten zierliche, menschenähnliche Gestalten zwischen den Bäumen.

Ein Bild schwebte in der kräuselnden Flüssigkeit, die den Kessel füllte. Zuerst schlummerte der braunhaarige Mann mit dem vernarbten Gesicht auf dem angelehnten Fahrersitz eines plumpen, rechteckigen Fahrzeugs, eines vierrädrigen Gefährts mit Verbrennungsmotor. Das ihn markierende Narbengewebe verlief unter seinem Hemdkragen – ein Anzeichen dafür, dass der Schaden auf dieser Seite seines Körpers dort noch kein Ende nahm.

Das Bild waberte und zeigte den Mann in einer Schießerei mit einem anderen Menschen in einem weißen Schutzanzug. Einen Moment später wirbelte die Flüssigkeit auf und zeigte den Mann nun im Kampf gegen einen riesigen Bären. Dann füllten Flammen das Becken und die Vision wechselte zu einer anderen Szene.

Diesmal stand der Mann hinter dem Fahrzeug und drehte sich schnell mit erhobener Waffe um. Das Becken waberte erneut.

Mit jedem Kräuseln erschien der Mann im Wasser, meist im Kampf gegen einen weiteren Feind.

Monster, Menschen und sogar ein Jabberwock.

Die Betrachter sahen schweigend zu, bis die Vision verblasste. Ihr letztes Bild zeigte ihn auf einem zweirädrigen Gefährt, mit seinen Augen auf eine Stadt gerichtet, die in die Nacht hineintauchte.

„Das? Das soll das nächste Mitglied der *Jagd* sein?“, forderte eine gebieterische Stimme vom wirbelnden Becken.

„Eure Majestät, die Mana-Formationen in der neuen Dungeonwelt sind noch nicht stabil", antwortete die Seherin, die das Becken fest am Rand umklammerte. Ihre Hände glühten noch immer von den Kräften, die sie durch den Stein und in das darin enthaltene Wasser kanalisiert hatte.

Das Becken wurde von einer silbernen Krone mit tiefblauen Saphiren reflektiert, die auf der Stirn der kommandierenden Herrscherin saß. Sie schniefte mit einem Ausdruck hochmütigen Spotts und wandte sich von der Seherin und ihrer Vision ab.

„Ich bin unbeeindruckt", sagte die Königin beim Fortschreiten.

Eine im Mantel verhüllte Gestalt trat aus einer der dunklen Nischen um den Raum herum und öffnete die schwere Holztür. Licht strömte hinein, wurde jedoch um die Gestalt herum verzerrt. Trotz der Beleuchtung durch die offene Tür blieb sie in düstere Finsternis gehüllt.

Draußen vor der Tür warteten Wachen in silbernen Plattenrüstungen reglos in Formation.

„Soll ich diesen Affront unseres Volkes beseitigen lassen, meine Königin?", fragte die verhüllte Gestalt.

Die gekrönte Gestalt atmete erneut angewidert scharf durch die Nase, hielt aber inne. „Nein. Das System soll seine Spiele spielen. Nicht einmal die Quester wagen es, sich dem Willen des Systems auf Dauer zu widersetzen." Sie trat in den Türrahmen und blickte zurück zur verborgenen Gestalt. „Sollte er sich als unwürdig erweisen, dann sei es euch erlaubt, die Hunde auf ihn zu hetzen."

Die Frau trat aus dem Raum und in die Mitte der Wächterformation. Die Truppe marschierte sofort mit elegantem Schritt den Flur hinunter. Ihre scharfen Schritte passten sich dem Tempo ihrer Monarchin an.

Die verhüllte Gestalt grinste ihnen hinterher, wobei nur seine weißen, spitzen Zähne in seinem ansonsten verhüllten Gesicht sichtbar waren. Er schloss die Tür und wandte sich wieder an die Seherin.

„Zeig mir diesen Menschen noch einmal ...“

Hals Abenteuer werden fortgesetzt in

Drifter der Dungeonwelt

In der Zwischenzeit können Sie die Kurzgeschichte „Auf Monsterjagd“ lesen, erstmals erschienen in

System-Apokalypse Kurzgeschichten-Anthologie Band 1

Glossar

Gnadenloser Jäger Fertigkeitsbaum

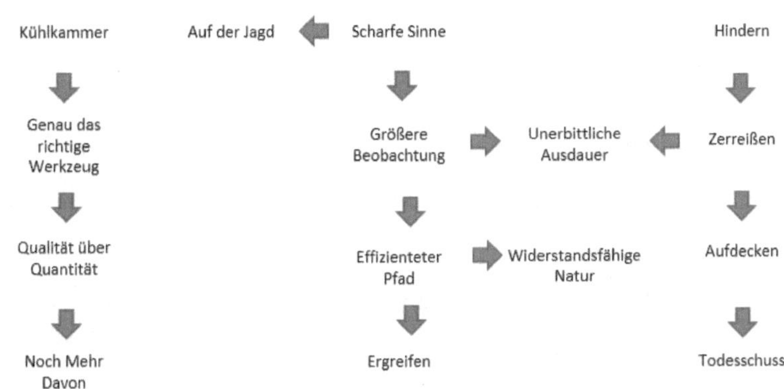

Hals Fertigkeiten

Hindern (Level 2)

Wirkung: Jegliche physische Bewegung eines bestimmten Ziels innerhalb von 3 Metern wird 1 Minute lang erheblich beeinträchtigt.

Preis: 40 Ausdauer + 20 Mana

Scharfe Sinne (Level 1)

Der Benutzer ist besser auf seinen Körper abgestimmt und interpretiert Informationen aus seiner Umgebung genauer. Dies manifestiert sich beim Benutzer durch Steigerung der Sehkraft, des Hörvermögens, des Geschmackssinnes, des Tastsinnes, des Fühlsinnes und der Kinästhesie. Manaregeneration wird dauerhaft um 5 Mana pro Minute reduziert.

Auf der Jagd (Level 3)

Der Gnadenlose Jäger hat eine verringerte Systempräsenz und erhöhte Fähigkeit, seine sichtbaren Titel, Klasse, Level und Werte zu verbergen. Die Effektivität basiert auf dem Fähigkeitslevel und dem Charisma des Benutzers. Manaregeneration wird dauerhaft um 15 Mana pro Minute reduziert.

Kühlkammer (Level 1)

Wirkung: Der Gnadenlose Jäger hat nun Zugang zu einem außerdimensionalen Speicherort mit einem Volumen von 20 Kubikfuß. Nur tote Kopfgeldbeute und Kreaturen können diesem Ort hinzugefügt werden, und müssen zum Hineinwünschen berührt werden. Manaregeneration wird dauerhaft um 5 Mana pro Minute reduziert.

Genau das richtige Werkzeug (Level 1)

Wirkung: Der Gnadenlose Jäger hat nun Zugang zu einem außerdimensionalen Speicherort mit einem Volumen von 5 Kubikfuß. Eingelagerte Gegenstände müssen berührt werden, um sie hineinzuwünschen. Nur nutzbar mit Waffen, Rüstungen, Ausrüstung oder Vorräten im Besitz des Gnadenlosen Jägers. Jeder gültige, vom System anerkannte Gegenstand kann an diesem Inventarbereich platziert oder entfernt werden, wenn genug Raum vorhanden ist. Preis: 5 Mana je Gegenstand.

Größere Beobachtung (Level 1)

Wirkung: Der Benutzer kann jetzt System-Kreaturen in einer Entfernung von bis zu 50 Metern erkennen und erhält bei der Erkennung eine Analyse der Kreatur. Höhere Fertigkeitswerte können zusätzliche Systeminformationen anzeigen, die normalerweise nicht verfügbar sind.

Abhängig vom gegenüberstehenden Gesamtlevel und den aktiven Fähigkeiten kann die beobachtete Kreatur erfahren, dass der Benutzer ein gewisses Maß an Informationen erlangt hat. Manaregeneration wird dauerhaft um 5 Mana pro Minute reduziert.

Zerreißen (Level 1)

Wirkung: Physische Waffenangriffe, die Gesundheitsschaden zufügen, verursachen einen Blutungseffekt, wodurch das Ziel 15 Sekunden lang mit 15 Schaden blutet. Dieser Effekt ist stapelbar, wenn der Gesundheitsschaden an einer anderen Stelle des Ziels auftritt.
Preis: 10 Ausdauer.

Unerbittliche Ausdauer (Level 1)

Wirkung: Verringert die Ausdauerkosten für körperliche Anstrengung und aktiviert körperliche Fähigkeiten um 25 %. Stapelt nicht mit anderen Fertigkeiten zur Verringerung der Ausdauerkosten. Manaregeneration wird dauerhaft um 5 Mana pro Minute reduziert.

Zaubersprüche

Schwacher Heilzauber (I)

Wirkung: Verleiht 20 Gesundheit pro Einsatz.
Ziel muss während der Heilung in Kontakt bleiben. Abklingzeit 60 Sekunden.
Preis: 20 Mana.

Frostbolzen (II)

Wirkung: Erzeugt einen Frostbolzen aus dem Mana des Benutzers, der auf ein Ziel gerichtet werden kann und dieses beschädigt. Das Projektil bewirkt 30 Eisschaden und verlangsamt das Ziel um 3 %. Verlangsamungseffekt häuft sich bis zu dreimal (9 %). Abklingzeit 10 Sekunden.

Preis: 25 Mana.

Frostnova (I)

Wirkung: Erzeugt einen Frostring aus dem Mana des Benutzers, der in einem 3-Meter-Radius um ihn herum nach außen schießt. Der Ring verursacht 12 Eisschaden und kann Feinde mit einem Einfriereffekt treffen, der sie bis zu 8 Sekunden lang an Ort und Stelle festhält. Abklingzeit 30 Sekunden.

Preis: 50 Mana.

Ausrüstung

Silversmith Mark II Strahlenpistole (Upgradefähig)

Grundschaden: 18

Akkukapazität: 24/24

Nachladerate: 2 pro Stunde pro GME

Luxor Serie III Projektilpistole

Grundschaden: -- (je nach Munition)

Munitionskapazität: 12/12

Munitionstypen: Standard, Panzerbrechend, Sprengpatronen, Leuchtspur, Hohlspitzgeschosse

Stufe IV Messer

Grundschaden: 11

Haltbarkeit: 140/140

Sonderfähigkeiten: Keine

Stufe III Handaxt

Grundschaden: 25

Haltbarkeit: 200/200

Sonderfähigkeiten: Keine

Banshee II Gauss Hybridgewehr

Grundschaden: -- (je nach Munition)

Munitionskapazität: 15/15

Akkukapazität: 30/30

Nachladerate: 4 pro Stunde pro GME

Preis: 5.400 Credits

Rudianos Klasse IV Outrider

Kern: Hephaestus Mana-Maschine der Klasse IV

CPU: Klasse E Xylik Core CPU

Panzerstärke: Stufe V

Befestigungspunkte: 2 (1 wird für Nanogarage-Modul benutzt)

Software-Anschlüsse: 2 (1 wird für Neuralverbindung benutzt)

Optional: Neuralverbindung für Fernaktivierung

Akkukapazität: 60/60

Neuralverbindung Stufe V

Die Neuralverbindung unterstützt bis zu 4 Anschlüsse.

Momentane Anschlüsse: Rudianos Klasse IV Outrider

Installierte Software: Rich'lki Firewall Klasse IV, Rudianos Klasse V
Controller

Auf Monsterjagd

Von Craig Hamilton
(Diese Kurzgeschichte erschien zuerst in The System Apocalypse
Short Story Anthology Volume 1)
https://books2read.com/systemapocalypse-anthology-1

Nur ein Monster konnte solch ein Blutbad hinterlassen haben.

Ich stand in der Tür einer winzigen Wohnung, aus welcher der Gestank von Verwesung auf den schwach beleuchteten Flur herausschlich. Ein Polizist hatte die Tür geöffnet und war bereits durch den Korridor geflüchtet, um seinen Magen zu entleeren. Ich ignorierte ihn. Genauso wie ich seinen Partner ignorierte, der mich anstarrte, während ich die Szene im Raum über mich ergehen ließ. Ich fühlte mich von seiner Skepsis genauso wenig betroffen wie vom Geruch.

Ich war den Polizisten nicht bekannt gewesen, aber der Tod war mir wohl vertraut. Fast zwei Drittel der Menschheit waren vor zehn Monaten gestorben, an dem Tag, als das System aktiv wurde und die Welt, wie wir sie kannten, beendete. Überall spawnten Monster und metzelten die Menschheit zugrunde, während unser Leben von den videospielartigen Regeln des Systems bestimmt wurde. Regeln, die keine Neustarts oder Extraleben zuließen. Die Überlebenden hatten jede Menge Tod erlebt, aber es war gut möglich, dass ich mehr davon erlebt hatte als die meisten.

Dieser Schicksalstag hatte für mich mit einer Jagd auf einen Kautionsflüchtling begonnen. Der Mann eröffnete unerwartet das Feuer und flüchtete, aber ich konnte sein Entkommen nicht zulassen – auch während sich unsere Welt veränderte. Die Verfolgung und das anschließende Feuergefecht führten zu meinem ersten Erfahrungsgewinn im System. Bevor ich auch nur Gelegenheit gehabt hatte, eine Klasse zu wählen, hatte mir das Töten eines anderen Menschen einen Levelaufstieg beschert. Das System belohnte diese Leistung mit einer fortgeschrittenen Klasse, die zu meinen Taten passte, und seither war ich auf der Jagd nach Monstern.

Mit vorsichtigen Schritten betrat ich das als Wohnung genutzte Hotelzimmer. Das getrocknete Blut, das den Boden rostig rot färbte, war nicht zu umgehen, aber ich hielt meine Füße von den größeren Klumpen fern. Ich ging neben einem Haufen organischer Masse in die Hocke und betrachtete die Eingeweide, die von einem menschlichen Torso übriggeblieben waren. Die klaffenden Wunden waren scharf geschnitten. Mein Blick wanderte über das aufgeschlitzte Fleisch zu den getrockneten, bogenförmigen Blutspritzern, verfolgte das Muster zurück und stellte die Szene in meinem Kopf nach. Ich ging von einem Blutfleck zum nächsten, vorsichtig, um nichts zu berühren. Langsam und bedächtig setzte ich das schreckliche Puzzle zusammen, während mir jedes Zeitgefühl entglitt.

Schließlich stand ich auf und wischte eine Systembenachrichtigung beiseite, die mich über eine Verbesserung meiner Forensik-Fertigkeit informierte. Als ich mich der Tür zuwandte, fiel mir ein Lichtschimmer auf. Mitten auf einem mit Nippes gefüllten Bücherregal stand ein blutbespritzter Bilderrahmen mit einem Hologramm. Ich hob ihn auf und wischte das Glas ab. Die Kruste löste sich, Flocken fielen herab, und das freiliegende Bild brachte meinen Atem ins Stocken. Sechs lächelnde Gesichter waren ein grelles Spiegelbild des quälenden Puzzles, das ich in meinem Kopf zusammengesetzt hatte. Eine Familie – soweit man solches in diesen Tagen nach der Systemapokalypse noch seine eigene nennen konnte – mit Eltern, die sich um Kinder kümmerten, die nicht ihre eigenen waren, und Kindern, die sich liebevoll an Erwachsene ohne Blutverwandtschaft klammerten.

Nachdem ich das Hologramm wieder ins Regal gestellt hatte, zog ich geistesabwesend eine Flasche aus meinem Inventar und nahm einen tiefen Schluck. Ich hätte mehr Mitgefühl für die Familie haben müssen. Wut darüber, dass ihre Leben genommen worden waren. Wut über das ausgelöschte Potenzial. Ein Begehren, ihren Mörder zur Rechenschaft zu ziehen. Stattdessen fühlte ich nichts. Nicht einmal das Brennen des Whiskeys, der meine Kehle hinunterfloss. Meine durch das System gestärkte Konstitution widerstand schwächeren Giften mühelos und dämpfte jegliches Gefühl, das der Alkohol bei mir hätte auslösen können. Obwohl ich keine Beweise dafür hatte, vermutete ich, dass das System die psychische Belastbarkeit in ähnlicher Weise beeinflusste und abschwächte, wie der Schrecken über die vielen Toten in den letzten zehn Monaten auf einen wirkte. Trotz der Tragödie hatten die Menschen ihr Leben einfach weitergeführt. Die meisten nahmen sogar die Ankunft der Galaktiker – Aliens von überall her im Systemuniversum – gelassen hin, während diese sich auf der Erde niederließen. In den meisten Orten übernahmen die Neuankömmlinge sofort die Führung.

Ich befand mich gerade an solch einem Ort – einem Dorf im Besitz der Truinnar im ehemaligen westlichen Pennsylvania. Bei Betreten des Stadtbereichs hatte ich eine vom System generierte Aufgabe angenommen: Einen Mörder aufzuspüren, der die menschliche Bevölkerung bedrohte. Die wenigen örtlichen Polizeibeamten, die überlebt hatten, waren offenbar nicht in der Lage, den Mörder zu fassen. Zwar konnte die Identität jedes Kriminellen vom System gekauft werden, jedoch konnten solche Kriminelle auch Klassenfähigkeiten oder Zaubersprüche haben, die ihnen beim Verstecken halfen. Der Preis im Shop für den Erwerb der Identität stieg mit jeder zusätzlichen verschleiernden Fähigkeit bis zur Unbezahlbarkeit an. Meist war es günstiger, jemanden anzuheuern oder eine Quest auszuschreiben, um einen Kriminellen mit solchen Vorsichtsmaßnahmen zur Strecke zu bringen. Das führte dazu, dass Abenteurer Nebenjobs als Kopfgeldjäger auf sich nahmen.

Ich achtete wieder auf den Raum, schloss die Augen und benutzte eine neu erworbene Klassenfertigkeit. Der ekelerregende Gestank des Raumes überfiel meine Sinne, während Blutwitterung einsetzte. Sechs unterschiedlich würzige Buketts hingen stark verheddert in der Luft, und ich prägte mir jeden einzelnen von ihnen mehrere Minuten lang ein. Ich verschwendete keine Zeit mit der Suche nach der Fährte des Mörders, da an keinem der früheren Tatorte Beweise gefunden worden waren, und ich hier dasselbe erwartete.

Ich öffnete meine Augen und verließ den Raum, blieb aber bei den beiden wartenden Polizisten stehen. Der jüngere Mann schwitzte und war blass. Er stand hinter seinem Partner und ließ seinen Blick überall umherschweifen, nur nicht zur anderen Seite der Wohnungstür. Beide bemerkten die Flasche in meiner Hand und keiner von ihnen konnte seine Missachtung verbergen.

Officer Robert Richardson (Wächter Level 36)
HP: 960/960

Officer Thomas Cook (Wächter Level 11)
HP: 280/280

„Sechs Tote", sprach ich zum Polizisten mit mehr Erfahrung. „Drei Erwachsene, zwei Teenager und ein Kleinkind. Vor zwei Tagen."

„Das stimmt mit der Wohnungsanmeldung überein", antwortete Officer Richardson stoisch. „Und mit dem letzten Gespräch mit den Bewohnern."

„Hat niemand etwas mitbekommen?", fragte ich.

„Nein", sagte Richardson mit seinem Blick in die Ferne. „Niemand hat auch nur irgendetwas mitbekommen."

„Der Mörder hat sie alle ziemlich schnell ausgeschaltet", sagte ich. „Dann nahm er sich die Zeit, sie Stück für Stück zu zerlegen. Die anderen mussten zusehen."

Der junge Polizist machte den Eindruck, als würde ihm gleich wieder schlecht werden.

„Und der Mörder?" Richardson starrte mich mit stechendem Blick an. „Es war kein Monster?"

„Oh, es war sehr wohl ein Monster", antwortete ich, „nur kein vom System hervorgebrachtes. Euer Mörder ist ein Mensch."

Ich ließ die beiden verblüfften Polizisten zurück und ging über den Flur zur Treppe. Vielleicht war es etwas voreilig, zu behaupten, der Täter sei ein Mensch, aber mein Bauchgefühl war eindeutig. Ein Systemmonster hätte im Raum nicht spawnen können, denn dieses Gebäude war eine sichere Zone. Die Galaktiker, die diese Stadt beherrschten, hatten keine Reue, einen Menschen kaltblütig zu ermorden, aber keiner von ihnen hatte einen Grund, dies hinter verschlossenen Türen zu verbergen. Genau das Gegenteil war der Fall. In der Regel wurden Kriminelle, Unruhestifter oder Personen, die sich der Galaktischen Herrschaft gewaltsam widersetzten, öffentlich hingerichtet. Die meisten Menschen waren – wenn überhaupt – Bürger zweiter Klasse. Kein Galaktiker hätte sich die Mühe gemacht, eine Mordserie zu vertuschen. Hinzu kam, dass die meisten Galaktiker auf der

Erde so hoch entwickelt waren, dass sie kaum bis gar keine Erfahrung durch das Töten von Menschen mit niedrigen Levels sammeln konnten.

Nur ein Mensch hätte es für nötig befunden, diese Massaker vor seinen Artgenossen zu verbergen. Vor allem ein Mord an so einem Ort – ein zum Apartmenthaus konvertiertes Hotel aus Präsystemzeiten - mitten in einer Sicheren Zone. Ein Heim, das die Schwächsten schützen sollte – jene ohne Kampfklassen. Stattdessen waren die Menschen hier verängstigt, weil sie wussten, dass nachts ein Mörder lauerte und jeder das nächste Opfer sein konnte. Bestimmt zehrte der Täter an der Atmosphäre der Verzweiflung und genoss den hinterlassenen Schrecken.

Das ärgerte mich noch mehr als der Tod der Familie. Dass ein Schänder sich an die Schwachen und Hilflosen heranpirschte, um sich überlegen zu fühlen, machte mich einfach nur wütend. Trotz meiner antisozialen Tendenzen war ich der Menschheit immer noch verbunden. Ich verspürte das Ur-Bedürfnis, das zu bekämpfen, was die Meinigen bedrohte. Ich war noch nicht stark genug, um mich um die Galaktiker zu kümmern, auch wenn es mich sehr juckte und ich mich auf den Tag freute, an dem ich bereit sein würde.

Ich trat nach draußen auf den Bürgersteig und atmete die frische Abendluft tief ein. Blutwitterung war weiterhin aktiv und verbrauchte langsam mein Mana. Die Fertigkeit erlaubte es mir, dem schwachen Kupfergeruch zu folgen. Die Sonne war bereits unter den Horizont gesunken, aber es war noch hell genug, um mich in dieser mir unbekannten Kleinstadt zurechtzufinden.

Abgesehen von den systemgenerierten Quests und Kopfgeldern für gebrochene Galaktische Verträge, verbrachte ich die meiste Zeit allein in der Wildnis, um Levels zu grinden. Gelegentlich tat ich mich mit anderen Abenteurern zusammen, um den einen oder anderen Dungeon auszuräumen. Es war nicht mein erstes Mal in diesem Städtchen, aber die wenigen, verbliebenen, ländlichen Ortschaften in diesem Teil des Landes waren inzwischen kaum noch voneinander zu unterscheiden.

„Nun, Sie sind also der Neuste, der sich an der Quest zu unserem Kleinstadt-Krimi-Mord versucht", sprach eine Stimme hinter mir.

Ich drehte meinen Kopf zu dem Mann, der sich am gerade durchschrittenen Ausgang lässig ans Gebäude lehnte, hob eine Augenbraue zur Antwort und sah ihn mir genauer an, während er mich seinerseits prüfend betrachtete. Der Mann trug Zivilkleidung – einen beigen Trenchcoat über einem hellblauen Hemd mit Kragen und eine khakifarbene Hose. Er war unterdurchschnittlich klein und hatte eine Glatze im Anfangsstadium. Der Mann war also entweder zu stolz oder zu pleite, um im Shop eine Genombehandlung zu kaufen. Eine Analyse seines Systemstatus lieferte seine Klasse und wies auf Letzteres hin.

Scott Davis (Journalist Level 7)
HP: 140/140

„Was meinen Sie mit ‚Der Neuste'?", fragte ich.

„Abenteurer auf der Durchreise, wie Sie", antwortete Scott. „Alle von ihnen verschwinden jedoch kurz nach Beginn ihrer Ermittlungen."

„Soll das eine Drohung sein?", knurrte ich. Meine Augen waren zu Schlitzen verengt und ich drehte mich vollständig in seine Richtung.

„Überhaupt nicht", antwortete der Journalist eilig. „Ich wollte Sie nur warnen, dass, was auch immer für die Morde verantwortlich ist, keine tieferen Nachforschungen wünscht."

„Und ein Journalist macht keine Nachforschungen?", fragte ich.

„Ich berichte die Fakten", sagte Scott defensiv. „Sobald die Polizei ihre Berichte veröffentlicht, sind diese sowieso allgemein bekannt. Zumindest, was die Leichen in der Stadt angeht."

„Es werden also auch Leichen außerhalb der Stadt gefunden?"

Der Journalist sah sich nervös um und nickte dann. „Als das System erstmals aktiv wurde, fanden die Jäger der Stadt Konvois, die außerhalb der Stadtgrenzen abgeschlachtet worden sind. Menschen, die Sicherheit suchten, es aber nicht bis hierher schafften. Oder sie fanden blutüberströmte Straßen, mit vollkommen verwüsteter Umgebung, jedoch ohne Leichen. Alle dachten, es waren Monster, aber dann begannen die Morde in der Stadt."

„Das klingt fast wie das Werk eines systemverstärkten Serienmörders", spekulierte ich. „Wie viele Tote gab es in der Stadt?"

„Niemand ist sich wirklich sicher", antwortete Scott achselzuckend. „Die Zahlen stiegen enorm, nachdem ganze Familien zu Opfern wurden, sodass mindestens fünfzig bestätigt sind. Aber bei der Anzahl von Leuten und Abenteurern auf Durchreise, könnten es leicht Hunderte sein, wenn man die Morde außerhalb der Stadt hinzuzählt."

Diese unheilvollen Neuigkeiten waren beunruhigend, denn in der System-Quest war weder von Geschehnissen außerhalb der Stadt, noch von so vielen Todesopfern die Rede gewesen. Wäre der Mörder seit Anfang des Systems aktiv gewesen, so hätte er beträchtlich an Erfahrung gesammelt und einen weit überdurchschnittlichen Level erreicht.

„Wenn die Lage so ernst ist, warum hat dann niemand seine Identität im Shop gekauft?", fragte ich.

„Es ist zu teuer", antwortete Scott. „Niemand kann es sich allein leisten, und jedes Mal, wenn die Leute versuchen, ihre Ressourcen zum Kauf zu bündeln, schießt der Preis in die Höhe."

Das waren wirklich üble Neuigkeiten. Der Mörder war also in der Gemeinde und in der Lage, Vorsichtsmaßnahmen zu treffen.

„Das ist wirklich alles an Informationen, die ich für Sie habe. Hoffentlich ist sie hilfreich." Der Journalist drehte sich um und ging weg. Nach ein paar Schritten drehte er sich wieder zu mir um. „Viel Glück", sagte er mit einem ernsten Nicken.

Der Journalist hatte mir viel zu denken gegeben. Er hatte vor dem letzten Tatort auf mich gewartet – es hatte sich also herumgesprochen, dass ein neuer Abenteurer die Morde untersuchte. Da der Mörder in die Gesellschaft eingebunden zu sein schien, würde er ebenfalls bald herausfinden, dass ich auf der Jagd war.

Ich ging in Richtung Süden und verfolgte den schwachen Blutgeruch, den der Mörder hinterlassen hatte. Mit Einsetzen der Dämmerung schlossen die meisten Geschäfte entlang der Main Street. In den Läden wurden lokal hergestellte Waren verkauft. Diese waren aus Ressourcen hergestellt, die im System gespawnte Monster hinterließen. Die menschlichen Handwerker, die diese Gegenstände herstellten, hatten noch recht niedrige Level. Dadurch hatten die System-Shops im Allgemeinen qualitativ hochwertigere und damit teurere Waren. Die Wahrscheinlichkeit, Verbesserungen für meine Ausrüstung zu finden, war jedoch gering. Ich ging vorbei, ignorierte die Läden und konzentrierte mich hauptsächlich auf die Fährte. Mir war durchaus bewusst, dass einige Bürger mich nervös musterten und einen großen Bogen um mich machten.

Als ich den südlichen Rand des Geschäftsviertels erreichte, lief ich nunmehr an Einfamilienhäusern, statt an Schaufenstern des Stadtzentrums vorbei. Ich spürte außerdem anbahnende Kopfschmerzen, die durch das niedrige Mana verursacht wurden, und schaltete Blutwitterung rasch ab, bevor die Mana-Ermüdung voll einsetzen konnte. Das Gespräch mit dem

Journalisten hatte länger gedauert, als mir lieb gewesen war, und da ich die Klassenfertigkeit währenddessen aktiv gelassen hatte, war mein Mana aufgebraucht. Ich würde mein Mana regenerieren müssen, bevor ich meine Jagd fortsetzen konnte. Ein Nachteil der körperlichen Vorteile meiner Klasse war, dass ich bei zauberwirkenden Aktivitäten viel schwächer war.

Ich war nicht mehr auf meinen Klassenskill konzentriert und folgte aufmerksam meiner Nase, als ich bemerkte, dass Musik von einem massiven Backsteingebäude vor mir zu hören war. Live-Musik war eher selten, da Musiker die Apokalypse im Allgemeinen schlecht überstanden hatten. Der volle Klang eines Saiteninstruments zog mich an, und ich ertappte mich dabei, wie ich einige Schritte auf das Gebäude zuging. Ich zwang mich, stehen zu bleiben, mit Unbehagen darüber, dass die unerwartete Musik mich so stark angezogen hatte.

Geistiger Einfluss abgewehrt

Die bewusste geistige Anstrengung und die Benachrichtigung erklärten die starke Anziehungskraft und weckten meine Neugierde. Ich hatte ziemlich starke mentale Widerstände, sodass ein Musiker, der sie derart zwanghaft herausfordern konnte, sicherlich einen Besuch wert war. Da ich nun etwas näher dran war, nahm ich das Gebäude genauer unter die Lupe. Es sah aus, wie eine Kneipe aus Zeiten vor dem System, die vom neuen Management nur ein wenig aufgefrischt worden war. Galaktische Runen über der Tür verkündeten stolz die Gimsar als Eigentümer und hießen Abenteurer aller Art willkommen.

Gimsar waren sowas wie Zwerge aus Fantasy-Legenden, nur waren ihre Handwerker nicht talentierter als alle anderen im Systemuniversum. Sie waren trinkfest und kampffest und sie wurden oft als ehrenhafte Söldner angesehen. Solange man es schaffte, zu vermeiden, den Clan, den Bart oder die Axt eines Gimsar zu beleidigen, waren sie in der Regel recht gutmütig.

Als ich das Gebäude betrat und die Tür zudrückte, blickten alle Augen in meine Richtung. Ich wusste genau, was ihren Blicken begegnete. Manche nutzten ein hohes Charisma, um ihr Aussehen zu verbessern. Ich nutzte mein Charisma, um sicherzustellen, dass andere genau das sahen, was ich ihnen zeigen wollte. Einen großen, braunhaarigen, muskulösen Mann in einem dunkelgrauen Kampf-Jumpsuit. Ein Schwert am Rücken und Pistolen in den Holstern, zu beiden Seiten der Hüfte. Übliche Abenteurer-Mode, nichts Ungewöhnliches.

Hal Mason (Jäger Level 29)

HP: 220/220

Der Raum war auf einer Seite mit einem Bartresen aus Granit ausgestattet. Überraschenderweise schien der Tresen auf normaler Barhöhe angebracht zu sein, trotz des älteren, graubärtigen Gimsar-Barkeepers. Er unterhielt sich mit einer Gruppe Gimsar, die etwa die Hälfte der Barhocker am näheren Ende der Theke besetzten. Hinter dem Barkeeper und über den Regalen mit Spirituosen, hing eine massive doppelköpfige Streitaxt. Die Kerben und Schrammen der Waffe verrieten, dass sie viel benutzt worden war.

Mehrere Tische mit Hakarta-Söldnern wandten sich sogleich von mir ab und widmeten sich wieder einer Reihe komplizierter Kartenspiele. Die grünhäutigen Aliens ähnelten Fantasy-Orks, aber ich stellte sie mir lieber als Hightech-Supersoldaten vor. Die Hakarta operierten in der Regel in gut disziplinierten Trupps. Wenn man also einen in der Wildnis sah, waren wahrscheinlich mehrere andere in der Nähe, die einen im Fadenkreuz behielten.

Eine Gruppe von Yerrick nahm einen großen, abgelegenen Tisch im hinteren Bereich der Bar ein. Die über zwei Meter großen Minotauren waren sehr muskulös und wurden häufig als Abenteurer angeheuert. Ich kannte niemanden aus dieser Gruppe, aber ich hatte in der Vergangenheit mit Yerricks gearbeitet und hielt sie für überaus fähig.

Die übrigen Gäste in der Bar waren eine Mischung aus Menschen und Truinnar. An den Menschen fiel mir nichts auf – sie waren genau von dem zwielichtigen Typ, den ich in einer schäbigen Kneipe erwarten würde. Die Truinnar hingegen waren ein echter Hingucker. Dunkelelfen mit zierlichen Figuren, nachtschwarzer Haut und exotischen Haarfarben, mit ästhetischer Anmut in ihren Bewegungen. Die politischen Strukturen der Truinnar waren als feudales Labyrinth aufgebaut. Ich verstand davon gerade genug, um zu wissen, dass die Erde direkt in ihr Galaktisches Einflussgebiet fiel. Wie auch diese Stadt, standen nun große Teile Nordamerikas unter direkter Kontrolle der Truinnar.

Gegenüber der Bar stand eine Truinnar-Frau auf der Bühne und spielte eifrig ein Saiteninstrument, das einer Geige ähnelte. So fesselnd die Musik draußen noch geklungen haben mochte, fand ich die über die Bühne tanzende Instrumentalistin nun umso faszinierender. Ein silbernes Kleid mit Korsett schmiegte sich an den schlanken, athletischen Körper der Frau und setzte einen scharfen Kontrast zu ihren freiliegenden, onyxfarbenen Schultern. Ihre wohlgeformten Beine blitzten durch die Schlitze des Kleides auf, während sie sich auf der Plattform drehte, wendete und kickte. Platinfarbenes Haar, gewellt und gefärbt in himmelblau und dunkelrot, strömte hinter ihr her. Sie tanzte mit geschlossenen Augen und verlor sich im Zauber ihrer eigenen musikalischen Kreation.

Ich löste mich von dem fesselnden Anblick auf der Bühne, ging zum leeren Ende des Tresens und setzte mich auf einen der Barhocker.

Ein Vorsprung hinter der Bar hielt den Gimsar auf Tresenhöhe, während er zu mir kam. „Was soll's sein, mein Junge?"

„Whiskey", antwortete ich. „Pur."

Der Zwerg nahm ein leeres Whiskeyglas von einem Regal hinter der Theke und goss großzügig eine bernsteinfarbene Flüssigkeit aus einer vertraut grünlichen Flasche ein. Er schob mir das Glas über die Theke zu, hielt mehrere Finger hoch, und ich übertrug ihm die gewünschte Anzahl Credits, samt eines kleinen Trinkgelds. Der Zwerg nickte anerkennend und ging zurück zum anderen Ende der Theke.

Ein Blick auf meinen Status verriet mir, dass mein fast leerer Manavorrat gerade erst zu regenerieren begann. Ich nahm mir vor, mehr Punkte in Willenskraft zu stecken, und entschloss mich zu warten, bis mein Mana wieder aufgefüllt war.

„So so, Sie sind sicherlich ein interessanter Mensch, Harold Mason."

Die sinnliche Stimme jagte mir einen Schauer über den Rücken, und mein voller Name pumpte Adrenalin durch meinen Körper. Ich drehte mich auf dem Barhocker herum, und meine rechte Hand fand instinktiv den Weg zur Pistole an meiner Seite. Ich saß der Musikerin von der Bühne gegenüber.

Dayena Baluisa, Sultana der Flüsternden Saiten, Herrin der Schatten (??? Level ???)

HP: ???

Aus der Nähe fand ich sie noch atemberaubender, und ihre Schönheit unterdrückte für einen Moment meine Panik darüber, dass sie anscheinend meinen vollständigen Systemstatus gelesen hatte. Kaum hatte ich einen Blick auf sie geworfen, zogen mich die leuchtenden amethystfarbenen Augen völlig in ihren Bann. Ich war perplex und hatte das vage Gefühl, analysiert und mental entblößt zu werden. Ich bändigte meine Augen, blinzelte schnell und wandte meinen Blick von ihrem scharfkantigen Gesicht ab, um den Bann zu brechen.

Geistiger Einfluss abgewehrt

„Das war nicht gerade höflich", knurrte ich und schaute sie wieder an – diesmal war ich auf der Hut.

„Oh, das tut mir leid", antwortete Dayena. Sie blinzelte unschuldig und wurde rot. „Ich vergaß, mit welcher Leichtigkeit ich die meisten Menschen beeinflusse und überwältige."

Trotz meiner ersten Reaktion hinterließ ihre Antwort einen Eindruck. Vielleicht war ich immer noch beeinflusst, aber meine Intuition war, dass ihre Worte ehrlich klangen. Sie wirkte so alterslos wie die meisten Truinnar, jedoch hatte ich das Gefühl, dass diese Frau jünger war, als ich erwartet hätte.

„Darf ich mich zu Ihnen setzen?", fragte sie höflich.

„Sicher", sagte ich, während ich meine rechte Hand vom Holster löste und eine Handgeste zum Barhocker neben mir machte.

Dayena gab dem Barkeeper ein Handzeichen und nahm anmutig Platz, während er einen bekannten Cocktail brachte.

„Sie trinken Manhattans?", fragte ich verblüfft, und wandte mich wieder meinem Drink zu.

„Ich habe mich vor kurzem an den Geschmack gewöhnt", wehrte sie ab. „Schade um die Stadt."

Ich schnaubte. „Schade um die meisten unserer Städte."

Sie sah mich mit zusammengekniffenen Augen an. „Sie sind nicht wirklich darüber verbittert, oder?"

Ihr Tonfall war frei von Vorwürfen. Kein Urteil. Nur eine Beobachtung. Ich nippte an meinem Drink und dachte über meine Antwort nach.

„Nein. Nicht wirklich. Nichts kann das Geschehene rückgängig machen, also gibt es auch keinen Grund, sich aufzuregen. Und doch habe ich das Bedürfnis, etwas dagegen zu tun. Um das Wenige zu schützen, das noch übrig ist." Sie führte mich dazu, mich mehr zu öffnen, als ich sollte, aber ich hatte schon immer eine Schwäche für hübsche Gesichter gehabt. „Nun, was hat eine edle Dame wie Sie in so einem Laden wie diesem verloren?"

Dayenas Lippen verzogen sich leicht zu einem Schmunzeln, ein Zeichen dafür, dass sie meinen Versuch, das Thema von mir abzulenken, durchschaute. „Ich bin dabei, mir anzusehen, was diese neue Dungeonwelt zu bieten hat. An einem Ort wie diesem gibt es zahlreiche Gelegenheiten für jene, die nach Ruhm und Reichtum streben."

„Gewiss, aber Sie hinterlassen nicht gerade den Eindruck, als würde es Ihnen an dem einen oder dem anderen mangeln", sagte ich.

Dayena zuckte zusammen und drehte ihren Kopf mit einem scharfen Blick auf mich. Ich hatte einen Nerv getroffen. „Kann schon sein, aber manchmal führen die Errungenschaften anderer einen dazu, sich zu fragen, was man selbst ohne fremden Schutz erreichen kann."

Ich nickte verständnisvoll. Auch mich belebte es, allein in der Wildnis auf meine eigenen Fähigkeiten angewiesen zu sein, zu überleben und die vom System gespawnten Monster zu eliminieren. Das Chaos des Kampfes vertrieb die Taubheit und Gefühllosigkeit, die mich seit Beginn des

Systems beherrscht hatten. Draußen in der ungezähmten Wildnis kämpfte ich darum, stärker zu werden. Wenn sie aus jemandes Fuchtel entkommen wollte, war der Aufbau ihrer Macht in einer Dungeonwelt sicherlich eine Möglichkeit, dies zu tun.

„Manchmal ist die Freiheit am größten, wenn es kein Sicherheitsnetz gibt, das den eigenen Fall abfangen könnte", antwortete ich.

„Genau!", rief Dayena aus, wurde jedoch gleich wieder nüchtern. „Aber meine Familie sieht das anders."

Die junge Frau schwieg eine Minute lang. Ich wartete. Entweder würde sie weiterreden und sich mehr öffnen oder nicht.

„Ich bin nichts als eine Schachfigur zum Verheiraten", sagte Dayena, während sie ihren Drink rührte. „Ich werde nicht die Freiheit haben, meine eigene Person zu sein. Eine arrangierte Ehe mit einem anderen Haus würde mich in Sicherheit, Verantwortungen und Verpflichtungen verheddern."

„Vielleicht hat Ihre Familie recht", warnte ich achselzuckend. „Auf sich selbst gestellt zu leben, ist gefährlich."

„Es ist der einzige Weg, um im System zu gedeihen", entgegnete sie mit Nachdruck. „Und so bin ich also weggelaufen."

„Diese Lösung funktioniert nicht für jedermann. Was hält Ihre Familie davon ab, Sie aufzuspüren?"

„Nichts", seufzte Dayena. „Sie wissen bestimmt bereits, wo ich bin. Sie müssen nur jemanden schicken, um mich zu holen, und ich bin nicht stark genug, um sie aufzuhalten. Die Galaktische Gesellschaft respektiert die Starken." Sie drehte sich mit durchdringendem Blick halb zu mir um. „Die Starken und die Findigen."

„Ich habe viel Glück gehabt", gab ich mit einem Achselzucken von mir. An diesem Zeitpunkt war uns beiden klar — trotz meiner vorgetäuschten nonchalanten Attitüde – dass sie meinen Systemstatus mit Leichtigkeit lesen konnte.

„Wie würden Sie reagieren, wenn ich Interesse daran hätte, Sie anzuheuern?"

„Ich wäre skeptisch darüber, was jemand mit ihrem Level von einem Niedrigleveligen wie mir wollen würde", antwortete ich. „Außerdem habe ich gerade einen Auftrag zu erfüllen."

Dayena schaute weg und spielte mit ihrem Glas. Der Eindruck von Jugend kehrte zurück, gemeinsam mit jeweils einem Hauch von Verletzlichkeit und Verzweiflung. „Diese Quest ist bisher für niemanden gut ausgegangen."

„Davon habe ich gehört. Zum Glück bin ich kein Niemand. Aber was kümmert es Sie überhaupt?"

„Das sage ich Ihnen, wenn Sie den Job annehmen", schoss sie zurück. „Ich kann garantiert mehr zahlen, als Sie mit Vertragsbrechern oder Verbrechensbekämpfung jemals auf diesem Planeten verdienen würden."

Dayena wusste offenbar, dass die Kopfgeldjagd auf Personen, die ihre vom System durchgesetzten Verträge brachen, ein lukratives Geschäft und meine Hauptquelle für Credits war. Mein derzeitiges Einkommen lag über dem Durchschnitt und war ein Grund dafür, dass ich noch lebte, während so viele andere die Radieschen von unten betrachteten. Wenn sie die Mittel hatte, um mich mit nur einem Blick vollständig zu analysieren, wäre ihr Angebot tatsächlich verlockend und würde sich wahrscheinlich auch noch lohnen. Mehr Credits bedeuteten, dass ich mir mehr und bessere Fertigkeiten und Ausrüstung aus dem Shop leisten konnte.

„Wissen Sie was? Machen Sie den Vorschlag nochmal, nachdem ich diese Quest erledigt habe. Wenn Sie wirklich so viele Credits bieten, bin ich interessiert."

„Gut", sagte Dayena. „Ich melde mich."

Damit kippte Dayena den Rest ihres Drinks hinunter, stellte ihr Cocktailglas auf den Tresen zurück und glitt vom Barhocker hinunter. Sie bahnte sich zurück auf die Bühne und kehrte kurzerhand zu ihrer melodischen Darbietung zurück.

Der von Dayena angebotene Posten würde mich wahrscheinlich stark in die Politik der Truinnar einbinden. Wenn ich mit diesem Job fertig war, musste ich über die Truinnar-Gesellschaft recherchieren. Mein Wissensmangel wäre ein erheblicher Nachteil, wenn ich direkt für eine ihrer Adligen arbeiten würde. Vor allem, wenn man die gnadenlosen Machtspielchen bedenkt, die ihre Familiengeschichte suggerierte. Ich hatte keine Zweifel daran, dass sie weit mehr war als nur eine Minnesängerin.

Ich hob mir diesen Gedankengang für später auf und verlor mich in der Musik auf der Bühne, unterstützt durch ein paar weitere Runden, die der Barkeeper großzügig einschenkte. Nach einer Weile überprüfte ich meinen Status und stellte fest, dass mein Manavorrat so gut wie voll war. Ich trank meinen letzten Drink aus, nickte dem Gimsar-Barkeeper respektvoll zu und machte mich zum Gehen auf. Ich musste wieder an die Arbeit.

Vor der Kneipe aktivierte ich wieder Blutwitterung und folgte erneut der schwachen Spur nach Süden. Die Nacht war inzwischen völlig hereingebrochen, und die Dunkelheit wurde nur von spärlich verteilten Laternen und gelegentlichen Ladenschildern durchbrochen. Die Straßen waren menschenleer – kein einziger war zu sehen. Ich folgte den Geruchsspuren. Außer den Schritten meiner gepanzerten Stiefel war in der Stille nichts zu hören.

Die Fährte überquerte kurz darauf die Hauptstraße und bog dann wieder nach Norden ab, weiterhin auf dem Bürgersteig der Main Street. Es dauerte nicht lange, bis ich wieder das Stadtzentrum durchquerte und mich auf der anderen Straßenseite des Hotels wiederfand, neben dem ich die Verfolgung des Mörders aufgenommen hatte.

Der Weg führte weiter nach Norden, und ich hatte ein Bauchgefühl, dass sein Ende in der Nähe lag. Ich folgte der Fährte noch einen halben Häuserblock weiter, dann überquerte der Pfad abermals die Main Street und führte in westlicher Richtung eine Gasse hinunter, zwischen einem alten Theater und einem aus verwitterten Ziegeln gebauten Geschäft. Am Ende der Gasse fand ich einen kleinen Parkplatz vor, der an den Rückseiten mehrerer Gebäude grenzte. Der Weg führte über den Parkplatz und zur Hintertür eines schmalen zweistöckigen Hauses.

Ich stand mitten auf dem dunklen Parkplatz und starrte die Tür mehrere Minuten lang an. Dann wandte ich mich der Hinterseite eines anderen Gebäudes zu, das an diesen kleinen Parkplatz grenzte. Das beigefarbene Backsteingebäude war meine erste Station in der Stadt gewesen, nachdem ich die Quest zur Mördersuche angenommen hatte. Es handelte sich um das alte Gemeindegebäude aus Präsystemzeiten, das nun als Polizeipräsidium diente.

Es überraschte mich nicht, dass sich ein Schatten vom Gebäude löste und auf mich zu glitt. Die Gestalt blieb ein Dutzend Schritte entfernt stehen. Mir war seine Identität lange davor bewusst. Menschlich, überdurchschnittlicher Level und in einer Stellung, die gemütliche Spaziergänge nach jedem Mord erlaubte.

„Officer Richardson", sagte ich.

Der immer noch uniformierte Polizist legte den Kopf schief und musterte mich. „Wie haben Sie es geschafft, mich den ganzen Weg zurückzuverfolgen? Niemand sonst war der Lösung auch nur im Geringsten nahegekommen."

„Ganz einfach", antwortete ich. „Ich bin schlicht und ergreifend meiner Nase gefolgt."

„Unmöglich", sagte Richardson mit verwirrt angehobener Augenbraue. „Ich habe den Reinigen-Zauber angewandt. Da war nichts mehr von mir zu riechen."

„Aber klar doch", sagte ich mit einem triumphierenden Grinsen. „Aber Sie haben ihn gesprochen, während Sie noch in einem kleinen Raum standen, der nach dem Blut Ihrer Opfer stank. Dieser Geruch haftete an Ihnen beim Gehen, und ich folgte ihm."

„Nun", sagte Richardson mit großen Augen, „das muss ich mir für das nächste Mal merken."

„Es wird kein nächstes Mal geben", knurrte ich.

„Aber klar doch", antwortete er, während seine Geste einen Zauber auf die Umgebung legte.

Obwohl der Zauber nicht direkt auf mich gerichtet war, erkannte ich, dass es sich um eine Art flächendeckende Verstummungsfähigkeit handelte. Der Zauber verhinderte, dass Geräusche nach draußen drangen — so hatte der Mörder verhindert, dass irgendjemand seinen Blutrausch störte.

Lange Messer schimmerten in Richardsons Händen auf. Als die Waffen auftauchten, zog ich je eine Pistole aus meinen Oberschenkelholstern. Das angenehme Gewicht des im System aufgerüsteten Colt M1911, dessen Magazin mit handgefertigter .45er-Kaliber-Munition geladen war, füllte meine rechte Hand. In meiner Linken trug ich eine elegante, leichte Strahlenpistole aus Galaktischen Verbundwerkstoffen, die beliebte Silversmith Mark II.

Richardson stürmte mit einer unglaublichen Geschwindigkeit auf mich zu. Genauso schnell eröffnete ich das Feuer. Der Strahl meiner Silversmith traf auf einen Schild, bevor er den vorrückenden Polizisten erreichte, und die Kugeln aus meinem M1911 prallten im Funkenflug am selbigen ab. Das Schild flackerte, als ich meinen vierten Schuss aus dem Colt abfeuerte, und beim fünften Schuss fiel es ganz, aber Richardson war nun zum Greifen nahe.

Ich versuchte, einen Schritt zurückzutreten, als er ausholte, aber die Kinetik war auf seiner Seite, und ich war gezwungen, seine Klingen mit den Läufen meiner Pistolen abzuwehren, bevor ich außer Reichweite fliehen konnte. Die veredelten Metalle des Colts hielten dem Schlag stand, aber das andere Messer schlug vollständig durch die Silversmith. Ich schleuderte die funkensprühende Masse zertrennter Elektronik auf Richardson, aber er duckte sich nach unten. Sein Ausweichmanöver gab mir Zeit, mehrere Schüsse aus dem Colt abzugeben. Jede Kugel kostete ihn ein kleines Stück seiner Gesundheit.

Dann schnallte der Schlitten zurück – das Magazin der Pistole war leer.

Ein Nachteil der physischen Munition, die von der Hochleistungswaffe verschossen wurde, war die Kapazität des Magazins: Nur sieben Schuss, mit einem zusätzlichen im Patronenlager. Der Vorteil handgefertigter Munition war, dass jede Patrone vom Handwerker mit Boni versehen werden konnte, die einen wesentlich höheren Schaden verursachten als Munition aus der Massenproduktion. In diesem Fall war mein erstes Magazin mit Geschossen gefüllt, deren Zweck es war, Energieschilde zu durchbrechen.

Ich holte ein volles Magazin aus meinem Inventar. Gleichzeitig änderte ich meine Richtung und versuchte, mit einer Drehung am heranstürmenden Polizisten vorbeizukommen. Richardson traf mein Bein mit einem seiner Messer, und Feuer zog eine gerade Linie über die Rückseite meines linken Beins.

Gelähmt!

Du hast einen schweren Schlag am linken Bein erhalten. Du kannst mit deinem linken Bein nicht rennen, bis du geheilt bist.

Trotz der lähmenden Schmerzen in meinem Bein gelang es mir, den Colt nachzuladen. Wegen meiner stark eingeschränkten Beweglichkeit fiel Richardson sofort über mich, und seine Messer schlugen durch meine Verteidigung. Mein Status war nur noch ein Durcheinander aus Schwächungszaubern und Schadensmeldungen.

Betäubt!

Solange du betäubt bist, kannst du dich weder bewegen noch Mana verbrauchen oder in jeglicher Weise reagieren. Du bist für 4,3 Sekunden betäubt.

Entwaffnet!

Deine Waffe wurde aus deinem Griff entfernt. Du musst sie aufheben oder eine neue Waffe ausrüsten.

Blutend!

Du hast einen Blutungs-Schwächungszauber erhalten. Solange die Wunden nicht behandelt werden, verlierst du Gesundheit.

-2 Gesundheit pro Sekunde

Richardson grätsche meine Beine, sodass ich mit dem Rücken auf den Bürgersteig fiel. Ich lag bewegungsunfähig da, während der Betäubungs-Schwächungszauber langsam ablief. Ich schaute den Mörder über mir an, der in den leeren Bereich über meinem Kopf starrte. Mir wurde klar, dass er meinen Lebenspunktebalken ansah und beobachtete, wie mein fast leerer Lebenspunktestand durch den Blutungseffekt abnahm.

„Warum?" „Warum haben Sie all diese Menschen getötet?"

„Weil ich es konnte", spottete Richardson. „Sie waren schwach, und in dieser Welt überleben nur die Starken."

„Daran glaube ich nicht", antwortete ich leise. „Sie sind ein Monster."

„Sie sind doch auch ein Monster", sagte Richardson hämisch. „Ihnen geht es nur um den Nervenkitzel der Jagd, und Sie sind zu schwach, um zu überleben, so wie alle anderen, die ich getötet habe. Und das ist der Grund, warum auch Sie sterben werden."

Vielleicht hatte er Recht, mich ein Monster zu nennen, aber ich fühlte mich fast enttäuscht von dieser banalen Erklärung. Ich hätte von einem Mörder mit so vielen Opfern eine bessere Ausrede erwartet, wenn auch nur eine irregeleitete.

Als der letzte Gesundheitspunk aus meinem sichtbaren Gesundheitsvorrat verschwand, blieb ich vollkommen still und hielt den Atem an. Das war mein Lieblingsmoment auf der Jagd. Wenn das Monster den Sieg witterte und ich ihm diesen aus den Klauen reißen konnte.

Richardson starrte immer noch über mich, fixiert auf meinen leeren Gesundheitspool, während er auf seine Erfahrungsmeldungen wartete.

Nichts erschien bei ihm.

Richardsons Blick schnallte zu mir und dann wieder zur leeren Gesundheitsanzeige. Mit verwirrtem Gesicht blickte er wieder zu mir herab. Dieses Mal blinzelte ich.

„Was?" Der Mörder zuckte überrascht zurück.

Ich stemmte mich auf die Beine. Keine Spur war von meinen Verletzungen mehr zu sehen. Als ich wieder Boden unter den Füßen hatte, aktivierte ich „Genau das richtige Werkzeug". Die Klassenfertigkeit zog sofort Waffen aus einem speziellen Inventarbereich und füllte meine beiden Oberschenkelholster mit neuen Pistolen, stattete einen Schultergurt mit einer Pistole unter jeder Achsel aus und materialisierte ein Paar MP5K-Maschinenpistolen, eine in jeder Hand.

Mein Blick war unbeugsam auf Richardson gerichtet, dessen Gesicht zwischen Verwirrung und Überraschung wechselte. Ich genoss seinen Gesichtsausdruck mit Schadenfreude, und schaltete zeitgleich die meisten Komponenten meiner Kern-Klassenfertigkeit „Auf der Jagd" ab. Da meine wahre Klasse und meine Eigenschaften nicht mehr durch das System verschleiert wurden, sprang meine Gesundheitsleiste von leer auf über drei Viertel voll.

Harold „Hal" Mason (Gnadenloser Jäger, Level 29)
HP: 710/930

Mit weit aufgerissenen Augen gaffte Richardson mich an. Sein Mund öffnete und schloss sich mehrmals im Versuch, sich zu artikulieren. „Wie?"

„Vielleicht bin ich ein Monster" – ich grinste wild – „aber ich jage auch Monster."

Ich hob die MP5Ks und drückte die Abzüge der Automatikwaffen. Aus beiden Waffen donnerten Flammen. Der übliche Rückstoß vollautomatischer Waffen wäre schwer gerade zu halten, aber meine Systemgestärkte Körperkraft war der Herausforderung locker gewachsen. Richardson versuchte der Schusslinie zu entkomme, indem er zur Seite sprang und sich abrollte.

Trotz seines Versuchs verfehlten meine Kugeln ihr Ziel nicht. Der Beschuss aus meinen Waffen nahm Richardson den Schwung aus seinem Manöver und warf ihn zu Boden. Meine Waffen leerten sich und er regte sich nicht mehr. Nach nur wenigen Sekunden des vollautomatischen Beschusses waren die 30-Schuss-Magazine leer. Ich verstaute die Waffen in meiner privaten Systemwaffenkammer, die mir von Genau das richtige Werkzeug zur Verfügung gestellt wurde, und schritt zum zerschmetterten Körper des Mörders, den ich durch die Stadt verfolgt hatte.

Richardson trug unter seiner Uniform eine Panzerung, aber die panzerbrechende Munition hatte seinen Torso aus nächster Nähe zerfetzt und nur eine blutige Masse zurückgelassen. Aus einem Durchschuss in der Lunge pfiff sein Atem. Trotz all dieser Verletzungen würde er sich mit genügend Zeit erholen können. Zeit, die ich ihm nicht gewähren würde.

Ich beschwor eine Smith & Wesson Model 29, die einst als die mächtigste Handfeuerwaffe der Welt galt, aus meinem Inventar und richtete den dicken Revolver auf Richardsons Kopf. Der Hahn klickte zurück, als ich den selbstspannenden Abzug betätigte und dann durchdrückte. Das .44-Magnum-Geschoss sprengte dem Mörder fast den Kopf weg. Mit einem zweiten Schuss war Schluss. Benachrichtigungen überfluteten mein Sichtfeld. Ich blätterte schnell durch sie hindurch, um den Abschluss der Quest zum Aufspüren des Stadtmörders zu bestätigen.

Ich berührte die Leiche und zog sie mit der Klassenfertigkeit „Kühlkammer" in einen anderen System-Inventarbereich. Man weiß nie, wann und wo die nächste Auseinandersetzung auf einen lauert, also nahm ich mir die Zeit, die leergeschossenen Waffen aus meinem Inventar zu holen, sie auf Schäden zu überprüfen und neu zu laden. Dann hob ich die Stücke meiner Silversmith-Strahlenpistole auf, fand meinen fallengelassenen Colt und nahm Richardsons Dolche an mich. Nachdem all diese Gegenstände verstaut waren, blieben nur noch die Blutlachen auf dem Bürgersteig als Beweis für den stattgefundenen Kampf zurück. Um mich zu vergewissern, dass ich nichts zurückgelassen hatte, schaute ich mich um, merkte aber schnell, dass ich nicht mehr allein war.

Truinnar in Uniform der Stadtwache hatten den Parkplatz abgesperrt und blockierten jeden Weg aus dem Gebiet heraus. Am Eingang zur Gasse wartete ein Truinnar, der etwas feiner gekleidet war als die uniformierten Wachen hinter ihm.

Die Wachen beäugten mich misstrauisch, während ich mich der fein gekleideten Gestalt näherte. Dies gab mir Zeit, den Mann zu untersuchen. Er hatte den typischen hohen, schlanken Körperbau der Truinnar, obwohl er irgendwie sanfter wirkte als die Wachen und die meisten anderen Dunkelelfen, denen ich bisher begegnet war. Der Elf schien sogar jünger zu sein als Dayena. Er trug keine Waffen und vertraute offensichtlich auf den Schutz seiner Eskorte.

Lord Aradin Daxily, Baron der Argent'schen See (??? Level ???)
HP: 790/790

Der Level und die Klasse des Adligen waren verborgen – wahrscheinlich durch eine Klassenfertigkeit. Sein magerer Vorrat an Lebenspunkten deutete jedoch darauf hin, dass sein Level recht niedrig war. Erst recht, wenn ich mit meiner Vermutung Recht hatte, dass es sich hier um den Herrscher dieser Stadt handelte.

„Abenteurer Mason", begrüßte mich der junge Dunkelelf mit hoher, nasaler Stimme.

„Lord Daxily", antwortete ich höflich.

„Ich danke Ihnen, dass Sie mein Dorf von dieser Bedrohung befreit haben", sagte Daxily – es war also tatsächlich seine Stadt. „Er war eine Belastung für die Ressourcen und hat den Wert meines Dorfes gesenkt."

„Sie wussten also, dass er der Mörder ist."

Daxily schnüffelte. „Selbstverständlich. Ich weiß, was in meinem Dorf vor sich geht."

„Und Sie haben nichts getan?", fragte ich, verärgert über seine Untätigkeit im Angesicht der verlorenen Menschenleben.

„Es war ein menschliches Problem." Der Dunkelelf winkte abweisend. „Ich überlasse die menschlichen Probleme den Menschen. Aber jetzt bist du zu einem Problem für mich geworden, weil du den Frieden in meinem Dorf gestört hast."

Dass er den Mörder kannte und untätig blieb, machte mich ernsthaft wütend. Dass er nun mein Ausschalten des Mörders als problematisch bezeichnete, brachte mich dazu, zu erwägen, ob ich diesem verwöhnten Knilch ein echtes menschliches Problem zeigen sollte. Meine Miene blieb ausdruckslos, aber irgendetwas von meiner Absicht muss nach außen gedrungen sein, denn zwei der Wachen traten mit halb gezogenen Waffen neben den Adligen.

Ich wägte die Wachen ernsthaft ab. Mit den beiden vor mir und dem Adligen konnte ich es wohl aufnehmen, aber mindestens ein weiteres halbes Dutzend Wachen befand sich irgendwo hinter mir. Sie würden um Hilfe rufen, und ich würde eine Auseinandersetzung mit der gesamten Stadtwache sicherlich nicht überleben.

Bevor die Situation weiter eskalieren konnte, trat eine Gestalt aus dem Schatten der Gasse. Ihre Hüften schwangen mit jedem Schritt, während sie auf uns zu schlenderte, und ich erkannte die verführerische Silhouette der Musikerin aus der Bar. Statt ihres betörenden Kleides trug sie nun einen gepanzerten Jumpsuit, der zwar von wesentlich höherer Qualität war als mein eigener, ihrer schlanken Figur aber immer noch einen anregenden Reiz verlieh.

Geistiger Einfluss abgewehrt

„Immer mit der Ruhe, Jungs", sagte Dayena.

Die sinnliche Stimme erregte die Aufmerksamkeit aller Anwesenden.

Der weitäugige adlige Truinnar war wie vom Schlag getroffen. „G-Gräfin? Mir war bewusst, dass Sie sich in der Stadt befanden, aber was tun Sie hier?"

Ausgezeichnet. Der verwöhnte Adlige hatte meine potenzielle Arbeitgeberin als ranghohes Mitglied des Adelshauses der Truinnar enttarnt. Ihre Bemerkungen in der Bar ergaben jetzt mehr Sinn. Wenn ich nicht auf der Hut war, würde ich alsbald in politischen Angelegenheiten der Truinnar versinken. Leider hatte mein Bauchgefühl den leisen Verdacht, dass meine Achtsamkeit viel zu spät kam.

Dayena machte eine Geste in meine Richtung und schaute mir fest in die Augen, während eine Eingabeaufforderung vor mir erschien.

Vertrag initiiert zwischen Dayena Baluisa und Harold Mason.
Bist du einverstanden? (J/N)

„Der Jäger arbeitet für mich", erklärte Dayena selbstbewusst, während sie mich aufmerksam anstarrte und den anderen Adligen ignorierte.

Ich verstand schon. Sie hatte mir gerade ein Angebot gemacht, das ich nicht ablehnen konnte. Ich akzeptierte die Eingabeaufforderung und erklärte mich damit einverstanden, für die wunderschöne Elfin zu arbeiten – mit einem Abkommen, welches eindeutig zu ihren Gunsten ausfallen würde.

Vertrag vereinbart von Dayena Baluisa und Harold Mason.

Weitere Details? (J/N)

Ich ignorierte die Aufforderung und hoffte auf eine spatere Gelegenheit, das Kleingedruckte zu lesen.

„Wie? Ist das wahr?", fragte der junge Adlige, der sich endlich von der vollen Wucht des Charmes Dayenas erholt hatte.

„Ja", antwortete ich, obwohl ich es für sicherer hielt, so wenig wie möglich zu sagen.

„Nun gut", schnaubte Daxily. „Ich will euch beide aus meinem Dorf haben. Ich ziehe meine Gastfreundschaft zurück, Gräfin."

„Wir werden vor Tagesanbruch weg sein." Dayena drehte sich zur Gasse. „Kommen Sie schon, Abenteurer Mason."

Ich folgte der Frau und nickte den Stadtwachen im Vorbeigehen zu. Den verwöhnten Adligen ignorierte ich. Die Wachen verfolgten mich aufmerksam mit ihren Blicken, aber ihnen war klar, dass jegliche Gewaltanwendung für alle Beteiligten schlecht ausgehen würde.

Als wir die Hauptstraße am Ende der Gasse erreichten, drehte sich Dayena wieder zu mir um. „Brauchen Sie noch etwas in der Stadt, bevor wir aufbrechen?"

„Nein. Ich musste nur die Quest hier beenden, und das ist nun erledigt."

„Das war ein beeindruckender Kampf", sagte sie. „Wie Sie mit ihm gespielt haben – das war ganz nach meinem Geschmack. Es erinnerte mich an die Hofpolitik in meiner Heimat."

„Apropos Politik", sagte ich mit einer hochgezogenen Augenbraue. „Sie sind also ‚Gräfin'?"

Dayena zuckte abweisend mit den Schultern. „Nicht mehr als ein Adelstitel. Meine Familie ist kompliziert, daher habe ich keine Ländereien und keine Verantwortung. Ich möchte meinen eigenen Weg gehen und ihn mir nicht vorschreiben lassen. Und jetzt habe ich Ihre Unterstützung."

Einen Moment später schwang sich die Frau auf ein elegant gepanzertes Motorrad, das sich auf der Straße materialisiert hatte. Ich beschwor mein eigenes Motorrad aus dem Inventar neben sie und bestieg es.

„Und was wollen Sie mit meiner Unterstützung?", fragte ich.

„Monster jagen, selbstverständlich", antwortete Dayena mit einem Zwinkern. Ein Helm schnellte aus ihrem Kragen und über ihren Kopf. Die Reifen quietschten, ihr Motorrad schoss vorwärts, und sie ließ mich zurück.

Resigniert schmiss ich mein Motorrad an und folgte der Truinnar-Gräfin in die Nacht hinein. Monster jagen – in der Tat.

###

Ende

Hinweise der Autoren

Ich möchte Ihnen dafür danken, dass Sie sich die Zeit genommen haben, dieses Buch zu lesen. Ich hoffe, dass Ihnen dieses neue Abenteuer im System-Apokalypse-Universum gefallen hat. Seitdem ich die Kurzgeschichte für die Anthologie geschrieben habe (welche hier auch als Bonus enthalten ist!), schwirrten mir Ideen für Hal im Kopf herum, und ich wollte seine Herkunftsgeschichte erzählen, bevor ich sein Abenteuer weiterführte.

Ich bin Tao sehr dankbar, dass er mir die Möglichkeit gegeben hat, einige dieser Ideen hier zu veröffentlichen, und dass er mir erlaubt hat, auf seinem Spielplatz zu spielen.

Wenn Ihnen dieses Buch gefallen hat, hinterlassen Sie bitte eine Rezension! Rezensionen sind das Lebenselixier von Indie-Autoren, und sie ermutigen uns, mehr zu schreiben.

– Craig

***

Als ich die Anthologie ins Leben rief, bestand eines der vielen Ziele darin, neue Autoren zu finden, von denen einige vielleicht sogar in meiner Welt arbeiten würden. Einige dieser Autoren haben inzwischen ihre eigenen Serien geschrieben – R.K. Billiau schrieb seine äußerst erfolgreiche Primeverse-Reihe. Andere haben das Schreiben vorerst eingestellt. (Oder ihre Pseudonyme geändert!)

Craigs Geschichte über Hal hat mich schon immer fasziniert, und ich war neugierig, was er letztendlich daraus machen würde. Natürlich kamen Pandemie und tägliches Leben in die Quere, sodass es etwas länger als normal dauerte, es fertigzustellen; aber ich freue mich darauf, Hals Debüt im System und seine weiteren Abenteuer auf der Erde sowie die Erweiterung des Universums zu präsentieren.

Darüber hinaus plane ich die Veröffentlichung einer weiteren angrenzenden Serie von *K.T. Hanna* – eine der angesehensten Autorinnen des Universums – mit ihrer Sicht auf die System-Apokalypse, Familie und Australien. Halten Sie die Augen danach offen!

– Tao

Über die Autoren

Craig Hamilton

Craig Hamilton ist ein technischer Vertriebsingenieur, der die meiste Zeit seines Tages damit verbringt, technische Fachbegriffe für ein nichttechnisches Publikum zu übersetzen. Obwohl das Schreiben in letzter Zeit den größten Teil seiner Freizeit in Anspruch genommen hat, spielt Craig auch gerne Tabletop-Rollenspiele oder Brettspiele mit Freunden. Wenn seine introvertierte Seite eine Pause von guter Gesellschaft verlangt, findet man Craig mit einem Buch auf der Couch oder bei einem Videospiel mit Raumschiffen und viel zu vielen Tabellenkalkulationen.

Folgen Sie Craigs Werken auf seiner Autorenseite:

www.facebook.com/AuthorCraigHamilton

Tao Wong

Tao Wong ist ein begeisterter Leser von Fantasy und Science-Fiction, der im Norden Kanadas wohnt und dort schreibt. Er hat viel zu viele Jahre mit dem Training aller möglichen Kampfsportarten verbracht. Da er sich dabei zu oft verletzt hat, verbringt er seine Zeit nun mit der Erschaffung von Fantasy-Welten.

Informationen über diese Serie und weitere Bücher von Tao Wong (sowie besondere Kurzgeschichten) finden Sie auf der Website des Autors:

www.mylifemytao.com

www.mylifemytao.com/foreign-language-editions/german

Oder besuchen Sie seine Facebook-Seite: www.facebook.com/taowongauthor

Abonnenten von Taos Mailingliste erhalten **exklusiven Zugriff auf Kurzgeschichten in den fiktionalen Universen von Thousand Li und der System-Apokalypse.**

Über den Verlag

Tao Wong ist der alleinige Eigentümer und Betreiber von Starlit Publishing. Dieser Verlag für Science-Fiction und Fantasy konzentriert sich auf die Genres LitRPG & „Cultivation". Er will neue, vielversprechende Autoren in diesen Genres fördern, deren Texte die existierenden Stereotypen herausfordern, dabei aber dennoch ein fantastisches Lesevergnügen bieten.

Weitere Informationen zu den Neuerscheinungen und neuen, spannenden Autoren von Starlit Publishing finden Sie auf unserer Webseite, wo Sie sich auf in unsere Newsletter-Liste eintragen können!

www.starlitpublishing.com

Interessante Informationen über LitRPG-Serien finden Sie in diesen Facebook-Gruppen:

- Deutschsprachige LitRPG

www.facebook.com/groups/deutsche.litrpg

- Progression Fantasy-, Kultivations- und LitRPG-Romane auf Deutsch

www.facebook.com/groups/891113055086052

Die System-Apokalypse: Australien

Die Stadt am Ende der Welt (Buch 1)

Was ist schlimmer als die australische Wildnis? Die mutierte australische Wildnis.

Die Systemapokalypse kommt nach Australien, wo sie die ansässigen Organismen verwandelt und dem ohnehin schon gefährlichsten Kontinenten der Welt immer noch gefährlichere Kreaturen bringt. Kira Kent, ihres Zeichens Pflanzenbiologin, überrascht das System, als sie gerade mit ihren beiden Kindern im Schlepptau eine Nachtschicht auf der Arbeit einlegt.

Statt der üblichen elterlichen Sorgen, wie etwa Erziehungsarbeit und Rechnung, muss sie sich überlegen, wie sie in einer Welt überleben sollen, deren ohnehin schon tödliche Flora und Fauna ständig schlimmer wird – während sie sich nebenbei mit den nervtötenden blauen

Benachrichtigungsfeldern des Systems und seinen Levels herumschlagen muss und irgendwie versucht, eine Gemeinschaft von überlebenden zusammenzurotten und eine sichere Zone zu schaffen, wo sie ihre Tochter und ihren Sohn schützen kann.

Da sehnt sie sich ja fast wieder in die Budgetsitzungen im Forschungsbeirat zurück. Fast.

Die Stadt am Ende der Welt ist das erste Buch einer neuen Serie, Die System-Apokalypse: Australien. Sie spielt im selben Universum wie Tao Wongs Die System-Apokalypse und setzt zum selben Zeitpunkt an wie Das Leben im Norden, konzentriert sich dabei aber auf die Veränderungen auf dem tödlichsten aller Kontinente, Australien. Fans der ursprünglichen Reihe sowie von LitRPG, Fantasy, Science-Fiction und postapokalyptischen Romanen könnten hier fündig werden.

Lest mehr über Die Stadt am Ende der Welt
https://books2read.com/Die-Stadt-am-Ende-der-Welt

Die System-Apokalypse

Das Leben im Norden (Buch 1)

Was geschieht, wenn die Apokalypse kommt, nicht in Form eines Atomkriegs oder eines Kometen, sondern als Level und Monster? Was wäre, wenn du gerade im Yukon einen Campingurlaub machst, als die Welt endet?

John wollte lediglich im Kluane National Park am Wochenende ausspannen. Wandern, zelten, ausruhen. Stattdessen endet die Welt in einer Reihe blauer Textfelder. Tiere verändern sich, Monster erscheinen, und er erhält Charakterwerte und irre Fertigkeiten. Jetzt muss er die Apokalypse überleben und in die Zivilisation zurückkehren, ohne dabei durchzudrehen.

Das System ist da — und damit auch Aliens, Monster und eine Realität, die sowohl an alte Legenden als auch an Videospiele erinnert. John muss neue

Freunde finden, mit seiner Ex zurechtkommen und geifernde Monster besiegen, die überall auftauchen.

Das Leben im Norden ist Buch 1 der System-Apokalypse, einer apokalyptischen LitRPG-Reihe, welche die Gegenwart, Science Fiction und Fantasy-Elemente vereint und auch eine Spielmechanik besitzt.

Die Serie enthält Spielelemente wie Levelaufstieg, Erfahrungspunkte, verzauberte Materialien, einen sarkastischen Geist, einen Mech, einen verführerischen Dunkelelf, Monster, Minotauren, eine temperamentvolle Rothaarige und eine semi-realistische Darstellung von Gewalt und deren Auswirkungen. Enthält keine Harems.

Lest mehr über das Leben im Norden
https://books2read.com/das-leben-im-norden

Vorschau zu meiner anderen Reihe:

Die System-Apokalypse

Das Leben im Norden (Buch 1)
Kapitel 1

Guten Morgen, Bürger. Da eine friedliche und organisierte Aufnahme in den Galaxis-Rat (nach umfangreichen und schwierigen Untersuchungen, wie wir betonen müssen) abgelehnt wurde, ist deine Welt nun ein Dungeon. Danke. Die vorherigen 12 Welten wurden ohnehin allmählich langweilig.

Allerdings kann die Entwicklung einer Dungeonwelt für die jetzigen Bewohner mit Schwierigkeiten verbunden sein. Wir empfehlen, den Planeten bis zum Ende der Umwandlung in 373 Tagen, 2 Stunden, 14 Minuten und 12 Sekunden zu verlassen.

Alle, die den Planeten nicht verlassen können oder wollen, sollten sich bewusst sein, dass im Verlauf des Integrationsprozesses in unregelmäßigen Abständen neue Dungeons und wandernde Monster spawnen. Sämtliche neuen Dungeons und Zonen werden empfohlene Minimal-Levels erhalten. Allerdings ist während der Übergangsphase mit beträchtlichen Abweichungen von Levels und Monsterarten in den jeweiligen Dungeons und Zonen zu rechnen.

Da er eine neue Dungeonwelt darstellt, wurde dein Planet zur Einwanderung freigegeben. Nicht entwickelte Welten des Galaxis-Rats dürfen diese neuen Einwanderungsrichtlinien nutzen. Begrüßt die neuen Besucher aber bitte nicht so, wie ihr unseren Botschafter empfangen habt, denn ihr Menschen könntet wirklich ein paar Freunde gebrauchen.

Während der Übergangsphase haben alle vernunftbegabten Wesen Zugriff auf neue Klassen und Fähigkeiten sowie das vom Galaxis-Rat im Jahr 119 gewählte traditionelle Interface.
Vielen Dank für die Zusammenarbeit und viel Glück! Wir sehen unserem baldigen Treffen freudig entgegen.

Zeit bis zum Systemstart: 59 Minuten 23 Sekunden

Ich stöhne und strecke meine Hand gerade weit genug aus, um nach dem blauen Feld vor meinem Gesicht zu schlagen, während ich mühsam die Augen öffne. Seltsamer Traum. So viel hatte ich eigentlich gar nicht getrunken, nur ein paar Gläser Whiskey vor dem Schlafengehen. Fast sofort nach dem Verschwinden des Felds erscheint ein weiteres und verschleiert das kleine Zweimannzelt, in dem ich schlafe.

Herzlichen Glückwunsch! Du befindest dich nun in der Zone Kluane National Park (Level 110+).
Du hast 7.500 EP erhalten (verzögert).

Laut Dungeonwelt-Entwicklungsplan 124.3.2.1 erhalten Einwohner einer Region mit einem Level, der ihren eigenen um 25 oder mehr Stufen übersteigt, einen geringfügigen Bonus.

Laut Dungeonwelt-Entwicklungsplan 124.3.2.2 erhalten Einwohner einer Region mit einem Level, der ihren eigenen um 50 oder mehr Stufen übersteigt, einen mittleren Bonus.

Laut Dungeonwelt-Entwicklungsplan 124.3.2.3 erhalten Einwohner einer Region mit einem Level, der ihren eigenen um 75 oder mehr Stufen übersteigt, einen hohen Bonus.

Laut Dungeonwelt-Entwicklungsplan 124.3.2.4 erhalten Einwohner einer Region mit einem Level, der ihren eigenen um 100 oder mehr Stufen übersteigt, einen extrem hohen Bonus.

Was zum Teufel? Ich richte mich mit einer ruckartigen Bewegung auf und falle sofort darauf wieder hin, da ich mich im Schlafsack verheddert habe. Ich krieche ins Freie, bringe meinen einszweiundsiebzig großen Körper in eine sitzende Position und wische mir die schwarzen Haare aus den Augen, während ich die provozierende blaue Nachricht anstarre. Na gut, ich bin also wach und das hier ist kein Traum.

Aber so etwas kann eigentlich nicht passieren. Ich meine, es spielt sich jetzt gerade ab, trotzdem ist es unmöglich. Es muss einfach ein Traum sein, weil solche Dinge im echten Leben nicht vorkommen. Wenn ich allerdings die ziemlich realistischen Schmerzen am ganzen Körper in Betracht ziehe, die von meiner gestrigen Wanderung stammen, dann ist es kein Traum. Trotzdem kann nichts davon wahr sein.

Als ich versuche, den eigentlichen Bildschirm zu berühren, geschieht nichts, bis ich meine Hand bewege. Nun scheint der Schirm daran zu ‚kleben' und bewegt sich mit mir mit. Er sieht aus wie ein Fenster auf einem Touchscreen, was absolut keinen Sinn ergibt. Schließlich ist das die echte Welt und ich habe hier kein Tablet. Aber da ich mich nun darauf konzentriere, spüre ich, dass der Bildschirm mir die Andeutung eines haptischen Gefühls vermittelt. Etwa so, als ob man eine zu straff gespannte Plastikfolie berührt, aber mit einem Kribbeln statischer Elektrizität. Ich starre meine Hand und das Fenster an und wische sie dann zur Seite. Das Fenster schrumpft in sich zusammen. Auch das ergibt keinen Sinn.

Erst gestern habe ich mit meiner Ausrüstung den King´s Throne Peak bestiegen, um oberhalb des Sees zu zelten. Im Yukon ist der Gipfel Anfang April noch schneebedeckt, aber darauf war ich vorbereitet. Allerdings gestalteten sich die letzten paar Kilometer anstrengender als erwartet. Wenigstens lenkte mich der Aufenthalt in der Natur davon ab, wie miserabel es mir seit meinem Umzug nach Whitehorse gegangen ist. Ich war arbeitslos und konnte kaum das Geld für die nächste Monatsmiete zusammenkratzen. Als dann auch noch die Beziehung zu meiner Freundin in die Brüche ging, beschloss ich am Dienstag, ein Ausflug mit meiner alten Klapperkiste wäre genau das Richtige. Obwohl ich mich hundeelend fühlte, war ich nicht so kurz vor dem Überschnappen, dass ich von einem Tag auf den anderen halluzinieren würde.

Ich schließe die Augen und zähle bis drei, bevor ich sie wieder öffne. Das blaue Feld ist immer noch da, und seine Realität scheint mich zu verspotten. Ich spüre, wie meine Atmung sich beschleunigt und meine Gedanken in tausend verschiedene Richtungen davonrasen, während ich versuche, diese Ereignisse zu verstehen.

Stopp.

Ich schließe die Augen erneut und mein vergangenes Training und alte Gewohnheiten erwachen wieder. Ich unterdrücke die Panik, die mein Bewusstsein zu überwältigen droht. Bringe meine wirbelnden Gedanken unter Kontrolle und spalte meine Gefühle von mir ab. Das ist weder der Zeitpunkt noch der Ort für Gefühlskram. Ich schiebe alles in eine Schachtel und schließe den Deckel, unterdrücke meine Emotionen, bis sich eine beruhigende, vertraute Betäubung in mir ausbreitet.

Ein Therapeut sagte mir einst, dass meine emotionale Distanzierung einen erlernten Abwehrmechanismus darstellt, der mir während meiner Jugend nützlich war. Jetzt aber, da ich als Erwachsener eine größere Kontrolle über meine Umgebung habe, brauche ich ihn nicht mehr. Meine Freundin, meine Ex-Freundin, nannte mich ein gefühlloses Arschloch. Man hat mir bessere Methoden beigebracht, mit Problemen umzugehen. Im Ernstfall greife ich aber immer noch auf die zurück, die funktionieren. Wenn es eine Umgebung gäbe, die sich meiner Kontrolle entzieht, würden schwebende blaue Felder in der realen Welt sicher dazugehören.

Nachdem ich mich etwas beruhigt habe, öffne ich die Augen und lese mir den Text durch. Erste Regel – was ist, das ist. Schluss mit Argumenten oder Geschrei oder der Beschäftigung mit dem Warum. Der Frage, ob ich verrückt geworden bin. Was ist, das ist. Also. Ich habe Boni. Und es existiert ein System, das den jeweiligen Bonus verteilt und Level zuweist. Dungeons und Monster wird es ebenfalls geben. Anscheinend befinde ich mich in einem gottverdammten MMO ohne ein beschissenes Handbuch, was bedeutet, dass zumindest ein Teil meiner verschwendeten Jugend sich als nützlich erweisen wird. Ich frage mich, was mein Vater dazu sagen würde. Sobald ich an ihn denke, muss ich meine allzu vertraute Wut unterdrücken und fasse den Entschluss, mich stattdessen auf meine jetzigen Probleme zu konzentrieren.

Zuerst muss ich an Informationen kommen. Oder eine Dokumentation, was noch besser wäre. Momentan folge ich meinem Instinkt und tue das, was sich richtig anfühlt anstelle von dem, was ich für richtig halte. Schließlich hat sich der vernunftbegabte Teil meines Bewusstseins soeben die Finger in die Ohren gesteckt und singt "na-na-na-na-na".

"Status?", frage ich, und ein neuer Bildschirm erscheint.

Statusmonitor			
Name	John Lee	Klasse	Keine
Volk	Mensch (M)	Level	0
Titel			
Keine			
Gesundheit	100	Ausdauer	100
Mana	100		
Status			
Verstauter Knöchel (-5% Tempo) Sehnenentzündung (-10% manuelle Beweglichkeit)			
Attribute			
Stärke	11	Beweglichkeit	10
Konstitution	11	Wahrnehmung	14
Intelligenz	16	Willenskraft	18
Charisma	8	Glück	7
Fertigkeiten			
Keine			
Klassen-Fertigkeiten			
Keine			
Zaubersprüche			
Keine			

Nicht zugewiesene Attribute:

1 geringfügiger, 1 mittlerer, 1 hoher, 1 extrem hoher Bonus

Möchtest du diese Attribute zuweisen? (J/N)

Das zweite Fenster erscheint fast augenblicklich über dem ersten. Ich wünsche mir mehr Zeit, um meinen Status zu analysieren, aber die Informationen scheinen größtenteils für sich zu sprechen. Es wäre besser, die Angelegenheit hinter mich zu bringen. Schließlich habe ich nicht viel Zeit. Nachdem ich diesen Gedanken gefasst habe, wird das J angeklickt und eine ellenlange Bonusliste erscheint.

Dafür habe ich **garantiert** keine Zeit. Ich kann mir nicht leisten, während der Charaktererstellung steckenzubleiben. Halte ich mich nach dem Systemstart in einer Zone auf, die meinen Level um ein Vielfaches übersteigt, werde ich zum leckeren Appetithappen für Monster. Ich kann nicht einmal damit beginnen, die lange Bonusliste durchzugehen, auch aus dem Grund, weil manche Namen keinen Sinn ergeben. Was zum Teufel soll etwa eine adaptive Färbung darstellen? Das System scheint also durch Gedanken gesteuert zu werden. Es reagiert darauf, was in meinem Kopf vorgeht. Also gelingt es mir vielleicht, die Liste nach Bonustyp zu sortieren, mich auf kleine Boni für eine Art Fremdenführer oder Begleiter zu konzentrieren?

Kurz nach diesem Gedanken blinkt das System auf und nur das Wort "Begleiter" wird noch angezeigt. Ich nicke mir kaum merklich zu. Weitere Details erscheinen und bieten mir zwei Optionen.

KI *Geist*

Ich wähle KI, aber nun blinkt eine neue Meldung auf.

KI-Option nicht verfügbar. *Minimalanforderungen:*

Mark-IV-Prozessor (nicht vorhanden)

Ich grunze. Ja, im Ernst. Natürlich habe ich keinen Computer bei mir. Oder ... in mir? Keine Cyberpunkwelt für mich. Zumindest noch nicht, obwohl es cool wäre, einen Computer als Gehirn und metallische Arme zu haben, die nicht schmerzen, wenn man zu lange am Computer hockt. Aber dafür ist es jetzt gerade der falsche Zeitpunkt, also wähle ich "Geist" und bestätige die Auswahl.

System-Begleitergeist erhalten

Herzlichen Glückwunsch! Vierter in der Welt. Du bist die vierte Person, die einen Begleitergeist erhalten hat, und dein Begleiter ist nun (Verbunden). Verbundene Begleiter wachsen und entwickeln sich mit dir.

Nach dem Löschen dieser Meldung entdecke ich rechts von mir ein Licht, das nun aufzuleuchten beginnt. Ich drehe mich um und frage mich, wer oder was mein neuer Begleiter sein wird.

***

"Fliehen, verstecken oder kämpfen. Die Entscheidung ist leicht, Junge."

Na ja, sexbesessen bin ich ja nicht gerade. Ich brauche keine süße, schöne Fee als System-Begleitergeist. Klar, irgendwie hatte ich darauf gehofft. Ich bin nun einmal ein ganzer Kerl, der gerne mal ein hübsches Ding anstarrt. Aber praktisch gesehen wäre mir ein geschlechtsloser

Automat, der meine Fragen effizient und ohne freche Bemerkungen beantwortet, auch ganz recht gewesen. Stattdessen bekomme ich ... ihn.

Ich starre meinen neuen Begleiter an und muss innerlich seufzen. Er ist keine dreißig Zentimeter groß und so breitschultrig wie ein Footballspieler, ausgestattet mit einem vollen, braunen Kräuselbart. Braune Haare, braune Augen und olivfarbene Haut in einem knappen, orangefarbenen Overall, der sich über all den falschen Stellen zu eng spannt, komplettieren die Erscheinung. Mein neuer Begleiter namens Ali ist gerade erst 10 Minuten hier und dabei, mir eine Einführung zu liefern, las ich meine Wahl bereits teilweise bereue.

Nur teilweise, denn trotz seiner unablässigen Nörgeleien ist er eigentlich ganz nützlich.

"Fliehen", entscheide ich schließlich, breche den Schokoriegel entzwei und beiße hinein. Ein Kampf wäre sinnlos, denn laut Ali kann ich im Shop nichts benutzen, das einem Level-110-Monster etwas anhaben würde. Und obwohl es keine Garantie dafür gibt, dass eines dieser Monster sofort hier auftauchen wird, wären sogar die schwächeren Monster, von denen es sich ernährt, viel zu stark für mich.

Ein Versteckspiel würde alles nur hinauszögern. Also muss ich so schnell wie möglich raus aus diesem Park, was eigentlich nicht allzu schwierig sein dürfte. Ich habe einen halben Tag und eine ziemlich anstrengende Wanderung gebraucht, um vom Parkplatz so hoch auf den Berg zu gelangen. Der Parkplatz befindet sich gerade noch innerhalb der neuen Zone. Wenn ich flott vorankomme, dürfte ich in einigen Stunden dort unten ankommen. Wenn ich die Dinge richtig verstehe, bedeutet das, dass nicht allzu viele Monster unterwegs sind. Draußen angekommen kann ich Whitehorse erreichen. Anscheinend gibt es dort eine sichere Zone.

Dort hätte ich die Möglichkeit, eine Pause einzulegen und herauszufinden, was zum Geier eigentlich los ist.

"Wird aber auch höchste Zeit", schimpft Ali. Er bewegt die Hände und vor mir erscheinen einige neue Fenster. Kurz nach seiner Ankunft verlangte Ali vollen Zugriff auf mein System, was es ihm erlaubt, die Informationen zu beeinflussen, die ich sehe und empfange. Auf diese Weise werden wir schneller vorankommen, da er mir die Informationen einfach zusendet, so dass ich sie nur durchlese, während er detaillierte Suchanfragen stellt. Die neuen blauen Felder - ihm zufolge Systemmeldungen - sind die Optionen, die er als mittleren und hohen Bonus ausgewählt hat.

Wunderkind: Täuschung

Du bist ein geborener Spion. Jeder Geheimdienst würde dich sofort einstellen.
Wirkung: Alle Täuschungsfertigkeiten werden um 100% schneller erworben:
+50% Level für sämtliche Täuschungsfertigkeiten.

"Warum das?" Ich verziehe das Gesicht und tippe die Täuschungsseite an. Ich bin nicht gerade ein Spionagetyp und im sozialen Umgang eher direkt. Ich hatte nie das Verlangen, den Leuten allzu viele Lügen aufzutischen und kann mir nicht vorstellen, herumzuschleichen und in Gebäude einzubrechen.

"Skills, die mit Verstohlenheit verbunden sind. Es gewährt allen davon einen direkten Bonus, wodurch du sie schneller erwerben wirst. Mit einem kleinen Bonus könnten wir die grundlegende Verstohlenheit direkt beeinflussen, aber auf diesem Level müssen wir in die Hauptkategorie gehen." Ali fährt fort: "Wenn du es schaffst, zu überleben, dürfte es sich auch in Zukunft noch als nützlich erweisen."

Quanten-Status-Manipulator (QSM)

QSM ermöglicht es dem Benutzer, eine Phasenverschiebung durchzuführen und sich neben der aktuellen Dimension zu platzieren.

Wirkung: Solange der QSM aktiv ist, ist der Benutzer unsichtbar und kann weder durch normale noch durch magische Methoden entdeckt werden. Er kann feste Objekte durchdringen, aber dadurch wird die Ladung schneller verbraucht. Unter normalen Umständen reicht sie für 5 Minuten.

"Wie kann ich den QSM aufladen?"

"Er verwendet einen Typ-III-Kristallmanipulator. Der Kristall nutzt räumliche und linienspezifische ..." Ali starrt mir einen Moment lang ins Gesicht und macht dann eine Handbewegung. "Er lädt sich automatisch wieder auf. Unter normalen Bedingungen erreicht er nach einem Tag die volle Ladung."

"Gibt es dabei keine Levelanforderungen?"

"Absolut keine."

Ich habe Ali gewählt, weil er sich mit dem System besser auskennt als ich. Also akzeptiere ich entweder seine Erläuterungen oder mache alles selber. Anders gesagt bleibt mir kaum eine Wahl. Aber wie bereits erwähnt ist die Nützlichkeit dieses Täuschungsbonus für mich begrenzt. Andererseits wäre jeder Bonus toll, mit dem ich außer Sicht bleibe und es wäre großartig, sofort nach meiner Entdeckung mit dem QSM zu fliehen. Somit ist nur noch mein extrem hoher Bonus übrig.

Fortgeschrittene Klasse: Erethra-Ehrengarde

Die Erethra-Ehrengarde stellt die Elite er Streitkräfte von Erethra dar.

Klassenfähigkeiten: +2 pro Level in Stärke. +4 pro Level in Konstitution und Beweglichkeit. +3 pro Level in Intelligenz und Willenskraft. Zusätzlich 3 Gratis-Attribute pro Level.

+90% Geistiger Widerstand. +40% Elementarwiderstand

Darf die persönliche Waffe bestimmen. Persönliche Waffe ist seelengebunden und ermöglicht Upgrades.

Mitglieder der Ehrengarde können bis zu 4 Hardware-Links besitzen, bevor die Essenz-Strafpunkte einsetzen.

Warnung! Minimale Attribut-Anforderungen für die Klasse Erethra-Ehrengarde nicht erfüllt. Klassen-Fertigkeiten gesperrt, bis die minimalen Anforderungen erfüllt werden.

Fortgeschrittene Klasse: Drachenritter

Die schon vor der Geburt für ihre Rolle bestimmten Drachenritter sind die Elitekrieger des Königreichs Xylargh.

Klassenfähigkeiten: +3 pro Level in Stärke und Beweglichkeit. +4 pro Level in Konstitution. +3 pro Level in Intelligenz und Willenskraft. +1 in Charisma. Zusätzlich 2 Gratis-Attribute pro Level.

+80% Geistiger Widerstand. +50% Elementarwiderstand

Erhalte eine extrem hohe und eine geringfügige Elementar-Affinität.

Warnung! Minimale Attribut-Anforderungen für die Klasse Drachenritter nicht erfüllt. Klassen-Fertigkeiten gesperrt, bis die minimalen Anforderungen erfüllt werden.

"Ist das alles?"

"Nein. Der hier wäre auch noch eine Option."

Klasse: Halbgott

Du sexy aussehender Mensch wirst ein Halbgott. Intelligent, stark, attraktiv. Was will man denn mehr?

Klassenfähigkeiten: +100 auf alle Attribute

Alle höheren Affinitäten erhalten

Merkmal: Super-Sexy

"Diese Option gibt es überhaupt nicht."

"Nein, damit hast du recht", sagt Ali grinsend, wedelt mit der Hand und der letzte Bildschirm verschwindet. "Du wolltest eine Klasse, die dir das Überleben erleichtert? Das bedeutet mentalen Widerstand. Ansonsten machst du dir in deine hübsche kleine Pac-Man-Unterhose, sobald du ein Level-50-Monster siehst. Möchtest du etwas für die Endphase des Spiels? Die Ehrengardisten sind knallharte Kämpfer. Sie kombinieren Magie und Technologie, was sie zu einer der vielseitigsten Gruppen macht. Und ihre Meister-Klassenfortschritte sind echt unheimlich. Die Drachenritter bekämpfen Drachen. Im Einzelkampf, und gelegentlich gewinnen sie sogar. Oh, und keine dieser Optionen, und ich zitiere ‚macht mich zu einem Monster.'"

"Wenn das die fortgeschrittenen Klassen sind, welche Klassen gibt es sonst noch?" Ich schubse Ali an und zögere. Diese Entscheidung erscheint mir wichtig.

"Einfach, Erweitert, Meister, Heroisch, Legendär", listet Ali auf und zuckt mit den Schultern. "Ich könnte dir eine Meisterklasse mit deinem Bonus besorgen, aber dann wärst du für immer aus deinen Klassen-Fertigkeiten ausgesperrt. Für den Levelaufstieg würdest du auch ewig lange brauchen, da die minimalen Erfahrungspunkte pro Level höher sind. Stattdessen habe ich dir eine seltene fortgeschrittene Klasse besorgt - dadurch erhältst du einen besseren Grundwertzuwachs pro Level und musst nicht ewig warten, bis du auf deine Klassen-Fertigkeiten zugreifen kannst. Eine einfache Klasse, selbst eine seltenere einfache Klasse, wäre eine Verschwendung des extrem hohen Bonus. Was soll es also sein?"

Auch wenn es cool wäre, einem Drachen so richtig in die Fresse zu hauen, kenne ich meinen Weg, sobald dieser aufgerufen wurde. In Gedanken wähle ich die Garde, und Licht erfüllt mich. Anfangs muss ich deswegen nur die Augen zusammenkneifen. Dann aber verstärkt sich der Effekt, gräbt sich in meinen Körper und Geist und packt meine Zellen mit glühend heißen elektrischen Klauen. Der Schmerz ist schlimmer als alles, was ich je erlebt habe, und ich habe mir in der Vergangenheit Knochen und Rippen gebrochen und mir sogar einen Stromschlag eingefangen. Ich bin mir bewusst, dass ich laut schreie. Aber der Schmerz lässt nicht nach, rollt über mich hinweg und zerrt an meinem Verstand, meiner Beherrschung. Glücklicherweise empfängt mich die Dunkelheit, bevor ich den Verstand verliere.

Lest mehr über das Leben im Norden
https://books2read.com/das-leben-im-norden